KU-303-143

بہت نایاب ہے دیکھو

زمر نعیم

علی میاں پبلی کیشنز

20۔عزیز مارکیٹ، اُردو بازار لاہور پاکستان۔فون: 37247414

اے اللہ ہمارے علم میں اضافہ فرما آمین!

خوبصورت اور معیاری کتابیں......

نام کتاب	- بہت نایاب ہے دیکھو	اشاعت اول	- مارچ 2018ء
مصنفہ	- زمر نعیم	مطبع	- علی میاں پبلیکیشنز، لاہور
ناشر	- عبدالغفار	قیمت	- 500 روپے

ISBN 978-969-517-382-4

اہتمام ——— خالد علی

ملنے کے پتے

خزینہ علم وادب الکریم مارکیٹ اردو بازار، لاہور
دعا پبلشرز الحمد مارکیٹ، اردو بازار، لاہور
دعا بک پیلس اردو بازار، کراچی
ویلکم بک پورٹ مین اردو بازار، کراچی
فرید پبلشرز مین اردو بازار، کراچی

اشرف بک ایجنسی اقبال روڈ، کمیٹی چوک، راولپنڈی
سعید بک بنک جناح سپر مارکیٹ، اسلام آباد
رشید نیوز ایجنسی فریئر مارکیٹ، فریئر روڈ، کراچی
کلاسک بکس اندرون بوہر گیٹ، ملتان
علی بک سٹال نسبت روڈ، چوک میو ہسپتال، لاہور

بہت نایاب ہیں دیکھو

''ردا میں حیا کو تنہا کیسے بھیج دوں اور پھر یہاں زینب کی بہن کی بھی شادی ہے۔ بیٹے کی سسرال کا معاملہ ہے، میں شامل نہ ہوئی تو سو سو باتیں بنیں گی۔'' اماں جانی نے اپنے مخصوص انداز میں کہا تو ردا قدرے برا مان کر بولی۔

''اماں جانی! میرے بھی تو سسرال کا معاملہ ہے۔ میری بھی نند کا نکاح ہے، بے شک فون پر نکاح کر کے ہم رخصت کر رہے ہیں۔ پھر بھی شادی والی ارینج منٹ تو ہے ناں ہمارے گھر پر بھی...... وہاں بھی تو میرے میکے سے کسی کا شریک ہونا ضروری ہے ناں...... آپ نے مجھے فون پر منع کر دیا ہوتا تو میں انوائٹ کرنے سے پہلے ہی کوئی بہانہ کر دیتی اپنے سسرال میں۔ اب میں فیضان سے کیا کہوں گی کہ آپ میں سے کوئی بھی اس لئے شریک نہیں ہو سکتا کیونکہ یہاں بھائی کے سسرال میں شادی ہے۔'' ردا بولتے بولتے روہانسی ہو کر رونے لگی تو اماں جانی نے اسے قدرے جھنجلا کر دیکھا۔

''تمہیں ہماری مجبوریوں کا علم ہے ردا...... ایک شہر کی بات ہوتی تو تمہارے گھر کی خوشی میں بھی ضرور شریک ہوتے مگر...... ایک ہی تاریخ میں ہم دو جگہ کیسے جا سکتے ہیں۔''

''ہاں اب سب کے پاس یہی بہانہ ہے۔ پچھلے دو سال سے کون کتنی بار میرے پاس لاہور آیا ہے؟ میں ہی محبت میں ہر عید، بقر عید پر چلی آتی ہوں۔ ورنہ جانتی ہوں خود سے نہ آؤں تو کوئی مجھے بلائے بھی نہیں۔'' ردا باقاعدہ رونے لگی تھی۔ اماں جانی نے اسے بے بسی سے دیکھا۔ پھر قدرے چڑ کر بولیں۔

''ردا اب بچپنا تو نہ دکھاؤ۔''

''اماں جانی یہ بچپنا ہے؟ اماں جانی آپ ہی تو کہتی ہیں کہ جن بیٹیوں کے سر پر میکے والوں کا ہاتھ نہ ہو وہ بے چاریاں سسرال میں اپنا مقام نہیں پاتیں۔ میرے ساتھ بھی تو آپ ایسا ہی کر رہی ہیں۔''

''آئے...... ہائے...... ردا تم تو سچ مچ ناسمجھی والی باتیں کر رہی ہو...... تم لوگوں کا ہر موقع پر خیال رکھا ہے میں نے...... سبھی کو معلوم ہے عمر صاحب (شوہر) کے بعد بھی کیسے تم سب کی پرورش کی ہے اور سبھی کے فرض ادا کیے ہیں۔ اس سارے معاملے میں میرے بیٹے شہریار نے بھی میرا بھرپور ساتھ دیا ہے۔ تم چاروں بہنوں پر اپنی جان چھڑکتا ہے۔ سچ پوچھو تو زینب بھی بیٹی بن کر اس گھر کے ہر مسئلے میں پیش پیش رہتی ہے۔ پھر اب اس کی بہن

کی خوشی میں ہم شریک نہ ہوں تو کیا گزرے گی اس کے دل پر۔ بچے اس کی بھی تو اکلوتی بہن ہے۔ یتیم بچی ہے ذرا سوچو ہم اس کے سر پر ہاتھ نہ رکھیں گے تو سب خاندان والے کیا کہیں گے۔"

اماں جانی اندر ہی اندر جھنجلاہٹ کے باوجود ضبط سے کام لے کر تحمل سے بات کر رہی تھیں۔ ردا کو سمجھانا انہیں مشکل لگ رہا تھا۔

"میری بھی تو اکلوتی نند کا معاملہ ہے۔ میرے میکے سے کون جا رہا ہے؟ ثنا باجی، زارا آپی نے بھی معذرت کر لی ہے۔ ان کے بھی بچوں کے سکول کا مسئلہ ہے اور پھر ان کے پاس بھی زینب بھابی کی بہن کی شادی میں شریک ہونے کا جواز موجود ہے۔ میں تو کسی کی بھی کچھ نہیں لگتی ناں......" ردا با قاعدہ رونے لگی تھی۔

"افوہ...... بچے...... ردا کیسی بے وقوفی کی باتیں کر رہی ہو۔ دو سال ہو گئے ہیں تمہاری شادی کو مگر عقل تمہیں ابھی تک نہیں آئی۔ وہاں نہ جانے اماں باوا کو کیا کچھ سُنواتی ہو گی۔ ہر موقع پر تمہیں سب سے زیادہ اہمیت دی گئی ہے کہ بیٹی غیروں میں بیاہی ہے۔ کہیں ہماری کوئی بھول چوک تمہیں نہ بھگتنی پڑے۔ لیکن پھر بھی تمہیں ہم سے ہی شکایت رہتی ہے۔ حد ہے بھئی......" اماں جانی کا پارہ ایک دم ہی اوپر چڑھ گیا۔

"اماں جانی میں شکایت نہیں کر رہی آپ خود سوچیں سسرال میں میری موجودگی میں پہلی خوشی ہے۔ اگر میرے حوالے سے اس خوشی میں کوئی شریک نہیں ہو گا تو میری پوزیشن تو آکورڈ ہو گی ناں اماں جانی...... ٹھیک ہے آپ سب نہیں جا سکتے تو کوئی ایک تو چلے ناں وہاں...... میری بھی تو عزت کا سوال ہے۔" ردا اماں جانی کے غصے پر ایک دم سنبھل کر منت سے بولنے لگی۔

اماں جانی یعنی زہرا خاتون نے بیٹی کو دیکھا۔ اس کے بھیگے چہرے پر عجیب سی بے بسی تھی۔ پہلی بار وہ اپنے معاملے میں کسی بات کو منوانے کی ضد دکھا رہی تھی۔ ورنہ صرف وہی نہیں کوئی بھی اماں جانی کے سامنے اپنی بات کہنے کا حوصلہ نہیں رکھتا تھا۔ انہوں نے ہمیشہ بیٹے اور بیٹیوں سے اپنا آپ منوایا تھا۔ یہ اور بات تھی کہ شادی شدہ بیٹیوں کو کبھی کبھی رعایت مل جاتی تھی۔

ردا نے بھی اسی رعایت کا فائدہ اٹھایا تھا۔ وہ بھی اپنی جگہ ٹھیک تھی۔ انہیں احساس تھا۔ تبھی وہ کچھ نرمی سے گویا ہوئیں۔

"ٹھیک ہے...... پھر ہم حیا کو تمہارے ساتھ بھیج دیتے ہیں۔ مگر سوچ لو ردا، حیا کی نمائندگی سے تمہارے سسرال والے مطمئن ہو جائیں گے۔"

"مطمئن ہوں نہ ہوں کوئی تو شامل ہو گا اِدھر سے...... پھر میں امی جان (ساس) کو بھی بتا دوں گی آپ کی مجبوری۔ وہ سمجھ جائیں گی یہ بات۔ شکریہ اماں جانی...... آپ کہیں تو میں حیا کو اپنے ساتھ ہی لے جاتی ہوں۔ آپ تنہا تو اسے نہیں بھیجیں گی۔"

"ہا...... ں...... یہ تو ہے...... ٹھیک ہے تم حیا کو اپنے ساتھ ہی لے جاؤ...... مگر ردا ذرا دھیان رکھنا۔ حیا ابھی بچی ہے اور تمہارے سسرال کا ماحول بھی کچھ کھلا ہے۔ تم تو جانتی ہو ناں میں نے تم لوگوں کی کیسے پرورش کی ہے۔"

''اماں جانی آپ فکر کیوں کرتی ہیں۔ حیا ماشاءاللہ خود بھی سمجھدار ہے اور پھر میرے سسرال کے بارے میں آپ کو کوئی غلط فہمی ہے اماں جانی۔ ٹھیک ہے میرے سسرال میں دوپٹے سر پر جمانے اور چادریں لپیٹنے کا رواج نہیں ہے لیکن یقین کریں اماں وہ سبھی عورت کی بہت عزت کرتے ہیں اور فیضان کی ساری کزنز بھی بہت سلجھی ہوئی ہیں۔'' ردا نے اپنے طور پر انہیں مطمئن کرنے کی کوشش کی مگر وہ اندرونی طور پر کچھ خاص مطمئن نہیں تھیں۔

پہلی بار حیا کو تنہا کہیں بھیج رہی تھیں۔ دل میں ہزاروں وہم تھے لیکن بیٹی اور داماد کے اصرار پر وہ اپنے وسوسوں کو دبانے پر مجبور ہو گئی تھیں۔ البتہ حیا کو وہ بار بار ہدایات دے رہی تھیں جو ردا آپی کی نند شرمین کے نکاح کی تقریب میں شامل ہونے کے لئے تیاری میں مصروف تھیں۔ حالانکہ اسے یقین نہیں آ رہا تھا کہ وہ لاہور جا رہی ہے۔

''سنو حیا! تم ردا کی طرف جا تو رہی ہو مگر وہاں ذرا قاعدے سے رہنا۔ لڑکوں والا گھر ہے اس کا۔ اس پر شادی کا ہنگامہ...... مجھے شکایت نہ ملے۔''

''جی اماں جانی!'' بیگ میں کپڑے رکھتی حیا نے دسویں بار بھی اماں جانی کی وہی ہدایت سن کر سعادت مندی کا مظاہرہ کیا۔

''اور سنو وہاں زیادہ دن بھی مت ٹھہرنا۔ کوئی لاکھ کہے تمہیں تقریب سے اگلے دن واپس آنا ہے سمجھیں۔''

''اماں جانی...... ردا آپی سے کہیے ناں...... وہ جب مجھے چھوڑنے آئیں گی میں تبھی آؤں گی ناں......'' حیا نے ڈرتے، جھجکتے لب کشائی کی۔ صرف تین دن کی اجازت ملی تھی اور وہ بھی سینکڑوں نصیحتوں اور ہدایتوں کے ساتھ، کئی بار تو دل میں آیا کہ جائے ہی نہ مگر اماں جانی کے فیصلے کے سامنے سر اٹھانے کی اس میں ہمت تھی نہ مجال۔''

''جو بات ہم سمجھا رہے ہیں اسے سمجھو لڑکی...... ردا کو یہاں کے طور طریقے تو بھول ہی گئے ہیں۔ خیر یہ بھی اس کے لئے اچھا ہے کہ وہ اپنے سسرال کے رنگ میں رنگ گئی ہے۔ مگر تم تو ابھی ہم سے اس گھر سے وابستہ ہو اس لئے تمہیں ہر قدم پر سمجھانا ہماری ذمہ داری ہے۔ ویسے تو یہ ہمارا اصول نہیں ہے کہ ہم کنواری بہنوں کو شادی شدہ بہنوں کے گھروں میں رہنے کے لئے بھیجیں۔ مگر کیا کریں اولاد بھی کبھی کس قدر بے بس کر دیتی ہے۔ بیٹی کے سسرال کا معاملہ نہ ہوتا تو ہم تمہیں ہرگز نہ بھیجتے۔ بہر حال اب تم جا رہی ہو تو اپنا دھیان رکھنا اور بہن کا ہاتھ بٹانا...... فضول باتوں میں مت پڑنا۔ باقی تم خود بھی سمجھدار ہو۔''

''جی اماں جانی...... آ...... پ کو کوئی شکایت نہیں ملے گی۔''

''ہوں...... ٹھیک ہے تم تیاری کرو...... شہریار تم بہنوں کو ایئر پورٹ چھوڑ آئے گا......'' اماں جانی کے کمرے سے جاتے ہی اس نے گہری سانس لی۔ اس وقت وہ کچھ عجیب صورتِ حال کا شکار تھی۔ ردا آپی کی طرف جانے کا اسے بھی بہت ارمان تھا کیونکہ جب ردا آپی کی شادی ہوئی تھی وہ 9th کے ایگزیم دے رہی تھی۔ اسی وجہ سے وہ آپی کے ولیمے میں بھی شریک نہیں ہوئی۔ اس کے بعد کوئی ایسا موقع ہی نہیں آیا کہ وہ خاص طور پر لاہور جاتی۔

ردا خود ہی ملنے آجاتی تھی۔ اب وہ فرسٹ ایئر کے ایگزیم دے کر فارغ ہوئی تھی تو اسے یہ موقع ملا تھا۔ دل ہی دل میں خوش بھی تھی اور بے چین بھی۔ اماں جانی کی باتیں اور ہدایتیں تو ہمیشہ سے ایسی ہی تھیں۔ البتہ اب وہ خود بھی نئے لوگوں اور نئے ماحول میں جانے سے گھبرا رہی تھی۔ ردا کے سسرال والے متموّل حیثیت کے مالک تھے اور ان کا طرزِ زندگی بھی ان سے بے حد مختلف تھا۔ یہ تو ردا کے نصیب تھے کہ اس کا سنجوگ فیضان درانی سے ہونا لکھا تھا۔ ورنہ اماں جانی نے تو پہلی دفعہ میں انکار ہی کر دیا تھا یہ کہہ کر کہ ''ہمارا اور ان کا کوئی میل نہیں......''

O......❖......O

درّانی ہاؤس آکر تو وہ گھبرا ہی گئی تھی۔ ردا کے گھر کا ماحول اس کی توقع اور تربیت کے برعکس تھا۔ ردا نے تو آتے ہی اپنی پوزیشن سنبھال لی تھی۔ آخر وہ اس گھر کی بڑی اور فی الحال اکلوتی بہو تھی۔ فیضان کے تینوں بھائی ابھی چھوٹے تھے اور دوز یر تعلیم جبکہ اکلوتی نند کے نکاح اور رخصتی کا سلسلہ تو جاری تھا۔

شرمین کینیڈا رخصت ہو کر جا رہی تھی۔ گھر میں لوگوں کا ہجوم سا لگا ہوا تھا۔ رشتے دار کزنز، دوست، سہیلیاں سبھی جمع تھے اور سبھی ہنسی مذاق میں مصروف تھے۔ حیا نے ایسا پہلے اپنے ہاں نہیں دیکھا تھا۔ اس لئے وہ گھبرا رہی تھی۔

سبھی ردا کی نسبت سے اسے بہت اہمیت دے رہے تھے اور یہ اہمیت اسے مشکل میں ڈال رہی تھی۔ ان کے گھر کا ماحول قدامت پرست تھا۔ اماں جانی نے ان سب بہنوں کی تربیت جس انداز میں کی تھی اسے سامنے رکھا جاتا تو وہ موجودہ زمانے میں بالکل ''مس فٹ'' تھیں۔

بڑی بہنوں کے سسرال کا ماحول تو ویسا ہی تھا۔ جس کی وہ عادی تھیں۔ البتہ ردا کے لئے یقیناً بہت مشکل رہی ہوگی۔ یہ سوچ بھی حیا کو پریشان کر رہی تھی کہ ردا آپی نے کیسے خود کو ایک نئے رنگ میں ڈھال لیا ہے۔ وہ انہی جیسی لگ رہی تھیں۔ ہنستی بولتی، لاپروائی سے اٹھتی بیٹھتی ہوئی، ردا پر اسے کسی اور کا گمان ہو رہا تھا۔ ردا نے ہی اس کی خاموشی محسوس کی تھی اور پھر اسے اپنی مدد کا کہہ کر کچن میں اپنے ساتھ لے آئی تھی۔

''کیا ہوا حیا تم آتے ہی پریشان ہو گئی ہو۔ رئیلی بالکل ہونق لگ رہی ہو......'' ردا چولہے پر چائے کا پانی رکھتے ہوئے قدرے فکر مندی سے بولی تو حیا کی آنکھوں میں نمی آگئی۔ پھر اس نے اعتراف کیا۔

''آپی رئیلی مجھے پریشانی ہو رہی ہے۔ یہاں سب کچھ کس قدر مختلف ہے۔ میں خود کو عجیب سا محسوس کر رہی ہوں۔''

''ہاں مختلف تو ہے مگر تم کیوں پریشان ہو...... تم اب کالج گرل ہو حیا...... بی کانفیڈنٹ...... تمہیں معلوم ہونا چاہئے کہ دنیا میں کیا کچھ ہو رہا ہے۔ کس طرح رہا جا رہا ہے۔ سچ پوچھو تو تمہیں اپنے ساتھ لانے پر اصرار بھی اسی لئے تھا کہ میں تمہیں دکھانا چاہتی تھی۔ اماں جانی نے تو ہمیں واقعی گھر سے باہر مرغی کی طرح اپنے پروں میں چھپا رکھا تھا۔ گھر سے باہر کی دنیا کی ہمیں خبر ہی نہیں تھی۔ میری شادی نئے ماحول اور الگ مزاج کے لوگوں میں ہوئی تو مجھے بھی لگا تھا کہ میں کسی اور دنیا میں آگئی ہوں۔ کتنے مہینے تو مجھے سمجھ ہی نہیں آئی تھی کہ میں یہاں کس انداز میں رہوں۔ اماں جانی کی اکیس سالہ تربیت کا رنگ ایک دم تو اتر بھی نہیں سکتا تھا۔ مجھے خود کو بدلنے میں بہت دقت پیش آئی تھی۔

وہ تو فیضان نے میرا بہت ساتھ دیا۔ پھر میری ساس بھی بہت محبت والی ہیں۔ جب سے تم کالج گئی ہو تب سے مجھے تمہاری فکر رہنے لگی ہے۔ اماں جانی نے تمہیں تو بالکل ہی گھر تک محدود کر رکھا ہے۔ ثنا باجی، زارا آپی اور میں تو پھر بھی آپس میں اپنے خیالات اور پرابلمز شیئر کر لیتے تھے لیکن تم تو بالکل تنہا ہو۔ تمہاری سہیلیاں بھی سکول اور کالج تک محدود ہیں۔ تم نے تو خود کو اماں جانی کے صدیوں پرانے عورت کے تصور کے مطابق ڈھال رکھا ہے۔ حیا تم نے کالج جا کر بھی کچھ نہیں سیکھا۔ وہی ڈھیلا ڈھالا حلیہ اور سعادت مند مگر سپاٹ رویہ۔ آج کل کی لڑکیوں کی طرف دیکھتی ہوں تو سوچتی ہوں تمہارا کیا بنے گا۔ آئندہ دو چار سالوں میں تمہاری شادی کا سلسلہ شروع ہوگا تو تم نئے لوگوں اور نئے ماحول میں کیسے ایڈجسٹ کرو گی۔ کبھی سوچا ہے کچھ۔'' ردا جو کافی عرصے سے اسے اشاروں کنایوں میں سمجھا رہی تھی۔ آج کھل کر بول رہی تھی اور حیا ایک بار پھر محوِ حیرت تھی۔

ردا کی باتیں اور ان کا مفہوم وہ بھی سمجھ رہی تھی مگر حیران تھی کہ ردا آپی اس سے یہ باتیں کیوں کر رہی ہیں۔

''آپی اماں جانی نے کچھ غلط روک ٹوک تو نہیں رکھی۔ رئیلی مجھے کبھی بھی ''پابندی'' کا احساس نہیں ہوا ہے۔ اماں جانی نے تو ہمیں صحیح اور غلط کے درمیان فرق کرنا بتا کر ہمارا ہی بھلا کیا ہے۔ ورنہ آپ بھی جانتی ہیں کہ آج کل لڑکیوں پر کون سا رنگ چڑھا ہوا ہے۔ زمانے کے ساتھ چلنے کے لئے وہ نہ صرف اپنی اقدار اور روایات فراموش کر چکی ہیں بلکہ اپنی نسوانیت کا تقدس بھی پامال کرتی نظر آتی ہیں۔ مجھے ان جیسا تو نہیں بننا آپی...... میں جیسی ہوں ایسی ہی رہوں گی۔'' ردا نے مڑ کر حیرت سے اپنی چھوٹی بہن کو دیکھا۔

''حیا...... میں تمہیں اماں جان کی تربیت بھلانے کے لئے نہیں کہہ رہی...... مجھے بھی اپنی تربیت پہ فخر ہے۔ اماں جان کی تربیت ہی تھی کہ میں یہاں ایڈجسٹ ہوگئی ورنہ کوئی اور لڑکی ہوتی تو رئیلی چار دن بعد ہی یہاں سے بھاگ کھڑی ہوتی۔ تمہیں شاید اندازہ نہیں کہ اپنے مزاج اور ماحول سے مختلف انوائرمنٹ میں رہنا کس قدر دشوار ہوتا ہے۔ اسی لئے تو میں تمہیں سمجھانا چاہتی ہوں کہ خود کو ہر طرح کے ماحول کے مطابق ڈھالنے کی کوشش شروع کر دو۔''

''آپی میں سمجھ رہی ہوں جو آپ کہنا چاہتی ہیں۔ مگر یہ باتیں...... ابھی تو مجھے اپنی ایجوکیشن کمپلیٹ کرنی ہے...... کہیں اماں جانی کے ارادے......'' وہ ایک دم گھبرا کر پوچھنے لگی۔ ردا نے ماربل کاؤنٹر پر چائے کے کپ ترتیب دیتے ہوئے اس کی طرف مسکرا کر دیکھا۔

''ڈونٹ وری مائی سوئٹی...... ابھی کسی کے کوئی ارادے نہیں ہیں۔ میں تو ایسے ہی تمہیں پہلے سے وارن کرنے کی کوشش کر رہی تھی۔ تم اپنی ایجوکیشن کمپلیٹ کرو...... ہم سب بھی یہی چاہتے ہیں۔'' ردا نے اس کی گھبراہٹ پر اسے تسلی دینے والے انداز میں کہا۔ ابھی وہ کچھ کہنا ہی چاہتی تھی کہ ردا کا چھوٹا دیور ذیشان اور اس کے ساتھ کوئی دوست کچن میں ہی چلا آیا۔

''السلام علیکم بھابی جان...... پلیز چائے بعد میں سرو کیجئے گا...... پہلے ہمارے لئے کچھ کھانے کا انتظام کیجئے۔''

ذیشان نے آتے ہی مدعا بیان کیا۔ ٹرے میں کپ رکھتی حیا آواز پر قدرے بوکھلا گئی۔ ذیشان سے اس کا

تعارف تو تھا مگر وہ آج پہلی بار اس کا سامنا کر رہی تھی۔ ذیشان نے آرمی جوائن کی تھی اور کیپٹن کے رینک پر تھا۔ ذیشان کے ساتھ جو اس کا دوست تھا وہ بھی یقیناً ردا سے بے تکلف تھا۔ تبھی اس سے پوچھ رہا تھا۔

''میں نے تو سنا تھا آپ ابھی تک انوی ٹیشن ڈلیور کر رہی ہیں...... آپ کا کام ختم ہو گیا بھابی جان......''

''ہاں ختم ہو گیا تبھی تو یہاں نظر آ رہی ہوں۔ تم دونوں بھی ابھی آئے ہو؟'' ردا نے ٹرالی میں لوازمات رکھنے شروع کیے۔

''بس...... بہت مشکل سے تین دن کی چھٹی ملی ہے۔ ذیشان کے پاس تو بہن کی شادی کا جواز تھا۔ مجھ سے پوچھیں میں نے کیا کیا پاپڑ بیلے ہیں۔ لیکن پلیز کچھ پوچھنے سے پہلے پیٹ میں دوڑتے چوہوں کو آرام سے بٹھانے کا انتظام کر دیں تو اچھا ہو گا۔''

''بالکل بکواس کر رہا ہے یہ بھابی، آپ نہیں جانتیں یہ مجھ سے چار دن پہلے ہی لیو پر تھا...... اس کی ساری فیملی بھی آئی ہوئی ہے۔ اس کے تایا جان کی طرف...... اس کے بھی کزنز کی شادی ہے ناں آج......''

''آئی سی...... اسی لئے صبح شام فون ہو رہے تھے لیکن آنے کی توفیق نہیں ہوئی تمہیں...... کتنے کام بھاگ دوڑ میں کیے ہیں میں نے۔ اگر یہاں تھے تو آ جاتے...... ابھی بتاتی ہوں شرمین کو۔ نمٹ لے گی تم سے......'' ردا کو جیسے حیا کی موجودگی کا خیال نہیں رہا تھا۔ وہ ذیشان کے دوست طاب رحیم کے ساتھ باتوں میں مصروف تھی۔

''آپی...... چائے ٹھنڈی ہو جائے گی اور......'' حیا کو ناچار اپنی موجودگی کا احساس دلانا پڑا...... ذیشان اور طاب دونوں ہی چونک کر متوجہ ہوئے۔ ردا کو بھی خیال آیا......

''اوہاں...... اچھا میں چائے سرو کر دیتی ہوں۔ تم پلیز فریج سے کھانا نکال کر گرم کر دو میں بلی (ملازمہ) کو بھیجتی ہوں وہ آ کر کھانا لے جاتی ہے۔'' حیا کو ہدایت دے کر وہ طاب اور ذیشان سے مخاطب ہوئی۔

''آؤ...... پانچ منٹ میں کھانا گرم ہو جاتا ہے۔ سبھی ڈرائنگ روم میں جمع ہیں۔ سب سے مل بھی لینا اور وہیں کھانا بھی کھا لینا۔''

''ہم سب سے مل لئے ہیں بھابی جان...... اب اور صبر کا امتحان نہ لیں۔ میں تو یہیں بیٹھا ہوں۔'' طاب رحیم کچن میں موجود ڈائننگ ٹیبل کی چیئر کھینچ کر بیٹھ گیا۔ حیا وہیں کھڑی تھی اس کی حرکت پر اس نے خود کو وہاں سے ہٹایا۔

''آپی میں چائے سرو کر دیتی ہوں آپ کھانا دے دیں۔'' حیا نے وہاں سے جانے کا جواز ڈھونڈ لیا تھا۔ ردا بھی بہن کی فطرت اور جھجک سمجھ رہی تھی۔ اس لئے اسے جانے دیا۔

طاب نے بھی قدرے چونک کر رخ موڑ کر اسے جاتے ہوئے دیکھا اور فریج سے پانی نکالتے ذیشان کو بھی جیسے اچانک یاد آیا کہ جو لڑکی یہاں موجود تھی وہ اسے جانتا ہے......

''بھابی! یہ آپ کی سسٹر تھی نا حیا...... اور کون کون آیا ہے آپ کی فیملی سے......''

''صرف حیا...... شہریار بھائی کے سسرال میں بھی شادی ہے ناں...... تم بھی بیٹھو......'' ردا نے مصروف سے انداز میں جواب دیا۔

”ردا بھابی کی سسٹر، پر آپ نے تعارف نہیں کروایا بھابی......“ طاب رحیم نے پانی کا گلاس تھامتے ہوئے قدرے شکایت بھرے لہجے میں کہا۔ ردا کھانا گرم کرنے میں مصروف تھی اس لئے اس نے دھیان نہیں دیا۔ پھر بھی اسے سمجھانے والے انداز میں بولی۔

”شاید مجھے خیال نہیں رہا...... حیا میری سب سے چھوٹی سسٹر ہے۔ ابھی فرسٹ ایئر کے ایگزیم دے کر فارغ ہوئی ہے۔“

”فرسٹ ایئر سٹوڈنٹ؟ اور ایسی ذمہ دار...... آئی مین آپ کی سسٹر اپنی ایج سے زیادہ سیریس بی ہیویئر نہیں رکھتیں۔“ طاب رحیم کی دلچسپی ردا کو ایکدم محسوس ہوئی تھی۔ اس نے شاید حیا کو نظر بھر کے دیکھا بھی نہیں تھا اور اس کے بارے میں وہ تقریباً درست تجزیہ کر رہا تھا۔

”بھابی کی فیملی میں تقریباً سبھی لڑکیوں کا بی ہیویئر ایسا ہی ہوتا ہے۔“ ذیشان نے ردا کے کچھ کہنے سے پہلے ہی اس کی حیرت دور کی اور پھر اسے کھانے کی طرف متوجہ کیا۔ ردا بھی انہیں کھانا کھاتا چھوڑ کر وہاں سے نکل گئی۔ جبکہ طاب رحیم مسلسل حیرت زدہ تھا۔ اس نے اپنے خاندان کے علاوہ اپنے اردگرد لڑکیوں کو بہت شوخ وشنگ دیکھا تھا۔ خصوصاً حیا کی عمر کی لڑکیوں کو جو اپنے بچپنے سے نکلنے کو تیار ہی نہیں ہوتی تھیں۔ یا پھر بہت ناز وادا و بانکپن کا مظاہرہ کیا کرتی تھیں۔ حیا کی سنجیدگی نے اسے ایک دم متاثر کیا تھا۔ وہ دو نوجوان لڑکوں کو نظر انداز کر کے جس طرح وہاں سے نکلی تھی۔ اس کی یہی ادا طاب رحیم کے دل میں اُتر گئی تھی۔ ورنہ تو اس نے اب تک لڑکیوں کو اپنے اردگرد چکراتے دیکھا تھا۔

○......❖......○

رات کے کھانے سے فارغ ہو کر سبھی لوگ بلا کسی تخصیص کے ہال میں ہلا گلا کرنے میں مصروف تھے۔ ڈھولک کی تھاپ پر گانے گاتے ہوئے لڑکیاں، لڑکے ایک دوسرے پر فقرے بھی اُچھال رہے تھے، بزرگ حضرات ایک طرف بیٹھے اپنی خوش گپیوں میں مصروف تھے اور ہال کے ایک کونے میں کچھ لڑکیوں کے گھیرے میں شرمین کو مہندی لگاتی حیا دوپٹے سے سر ڈھانپے اپنی سادگی کے ساتھ بھی سب میں منفرد نظر آ رہی تھی۔

طالب رحیم کی نگاہیں بار بار اس پر جھنک رہی تھیں۔ وہ دانستہ شرمین کے قریب اس طرح بیٹھا ہوا تھا کہ ڈھولک بجاتے گروپ میں بھی اپنا کردار ادا کر رہا تھا اور کبھی کبھی شرمین اور اس کی دوستوں کی باتوں پر بھی تبصرہ کناں ہو رہا تھا۔ بلکہ ایک دو بار اس نے حیا سے بھی مخاطب ہونے کی کوشش کی تھی اور جواب میں اس کی خاموشی نے اس کا منہ چڑایا تھا۔ جس پر طاب نے ذیشان سے سرگوشی میں پوچھا تھا۔

”یار شانی...... سچ سچ بتا...... یہ لڑکی ردا بھابی کی بہن ہی ہے ناں...... یا پھر......“

”آف کورس یار...... تجھے کیوں شک ہے...... تو کیوں پوچھ رہا ہے۔“ ذیشان نے اسے مشکوک نظروں سے دیکھتے ہوئے مزید کہا۔

”شی اِز ویری انوسینٹ گرل......“

”پلیز طاب کوئی چکر نہیں...... ردا بھابی کی فیملی بہت کنزرویٹو ہے۔ اور پھر یہ ہماری فیملی سے بھی ریلیٹڈ

ہیں۔اس لئے۔'' ذیشان نے اسے خبردار کیا۔

''تُو تو مجھ سے بدگمان ہی رہنا...... میں تو ایسے ہی پوچھ رہا تھا۔ بھئی اب کوئی پرسن آج کل کے دور اور ایسے ماحول میں اس قدر سادگی میں نظر آئے گا تو دھیان تو اس کی طرف جائے گا نا۔''

''جانتا ہوں تجھے...... ویل لیو دِس...... شرمین اور سب کزنز آئس کریم کی فرمائش کر رہی ہیں آؤ آئس کریم لے کر آتے ہیں۔'' ذیشان نے اپنی جگہ چھوڑتے ہوئے اسے بھی اُٹھنے کا اشارہ کیا۔

''ہم گھر پر بیٹھ کر آئس کریم نہیں کھائیں گے۔ہم بھی چل رہے ہیں ساتھ......'' ذیشان کی تایازاد راحمہ ان کی طرف متوجہ تھی۔ان کے اُٹھتے ہی بولی۔

''کیا؟ اتنا بڑا ہجوم......سوری مائی ڈیئر کزن مجھے لڑکیوں کی بٹالین ہینڈل کرنے کا کوئی تجربہ نہیں ہے۔'' ذیشان نے مصنوعی سنجیدگی سے کہتے ہوئے اپنے قدم بڑھائے۔

''کیا آپ نے ہمیں سر پر لاد کر لے جانا ہے۔ہم اپنے پیروں پر چل کر جائیں گی۔ چلو لڑکیو! اُٹھو آج مستقبل کے دو نجرز ہمیں آئس کریم کھلانے لے جا رہے ہیں۔'' وہ راحمہ تھی اپنی منوانے والی، فوراً ہی سب لڑکیوں کو پکارا اور سبھی جیسے تیار بیٹھی تھیں۔ آئس کریم کھانے کا شوق انہیں سب کچھ بھلا گیا۔ ڈھولک وغیرہ اِدھر اُدھر لڑھکا کر سبھی کھڑی ہو گئیں۔حتیٰ کہ شرمین بھی......

''تم بھی ساتھ جاؤ گی؟'' طاب نے اسے حیرت سے گھورا۔

''کیوں؟ کیا میرے پیروں میں مہندی لگی ہے۔'' اس نے برجستہ جواب دیا۔

''پیروں میں نہ سہی ہاتھوں میں تو ضرور لگی ہے۔شرم کرو...... صبح تمہارا نکاح ہے اور شام کو رخصتی۔ایک دن تو دلہنوں کی طرح بی ہیو کر لو......'' طاب نے اسے شرم دلانی چاہی۔

''کر لوں گی جب وقت آئے گا۔فی الحال تو میں آئس کریم کھانے چل رہی ہوں۔آؤ حیا تم بھی چلو۔'' حیا کو وہیں بیٹھا دیکھ کر شرمین نے اسے بھی پکارا۔

''مم...... میں؟......سوری آپی...... مجھے تو اب نیند آ رہی ہے...... میں نہیں جا پاؤں گی۔'' حیا نے سہولت سے معذرت پیش کی۔

''ارے...... تم یہاں سونے آئی ہو کیا......؟ بھا...... بی...... ردا بھابی......'' شرمین نے وہیں کھڑے کھڑے اپنی بھابی کو پکارا۔ردا اس کی آواز پر فوراً لپک کر آئی۔

''کیا بات ہے جانو......'' ردا کا اندازِ جاں نثاری حیا کو ایک بار پھر حیران کر گیا۔

''یہ حیا کو دیکھیں...... یہ ہمارے ساتھ آئس کریم کھانے نہیں چل رہی۔ کہہ رہی ہے اسے نیند آ رہی ہے......کیا یہ یہاں سونے آئی ہے۔'' شرمین کا لاڈ سے بھرا خفگی کا اظہار باقی سب کے لئے تو نہیں حیا کے لئے ضرور چونکانے والا تھا۔

''حیا......! سب جا رہے ہیں تو تم بھی چلی جاؤ۔کوئی بات نہیں ہے۔'' ردا نے دبے لفظوں میں جیسے اسے سمجھانا چاہا۔

''آ...... پی...... وہ...... میں۔'' حیا سے بولنا دشوار ہو رہا تھا۔

''آپ لوگ کیوں مجبور کر رہے ہو؟ وہ ہماری بچت کروانا چاہتی ہیں تو ٹھیک ہے رہنے دیں۔'' طاب نے بلاوجہ شرارت بھری مداخلت کی۔

''آپ تو خاموش ہی رہیں طاب بھائی...... لاکھوں کی آئس کریم کھلا دینی ہے ناں آپ نے ہمیں جو حیا کے نہ جانے سے آپ کے پیسے بچ جائیں گے۔'' شرمین نے پہلے ڈپٹ کر اسے مخاطب کیا اور پھر حیا کو۔

''تم چل رہی ہو یا میں تمہارے ساتھ زبردستی کروں؟ کیا کرو گی گھر میں اکیلی رہ کر...... سبھی جا رہے ہیں۔ ردا بھابی بھی چل رہی ہیں۔ واک کرتے ہوئے تو جانا ہے سب نے۔ دیکھنا کتنا انجوائے کرو گی کم آن۔'' شرمین نے زبردستی اس کا ہاتھ کھینچا۔ وہ ناچار کھنچی کھنچی اس کے ساتھ ہولی۔

واقعی سبھی جا رہے تھے۔ ہنستے بولتے خوش گپیوں میں مصروف اٹکھیلیاں کرتی شرمین کی کزنز اسے کسی اور ہی دنیا کی لگ رہی تھیں۔ اس کی اپنی ردا آپی انہی کی طرح قہقہے لگاتی۔ چھیڑ چھاڑ میں مصروف جیسے اسے فراموش کئے ہوئے تھیں۔ وہ بظاہر ان کے ساتھ ساتھ تھی مگر ذہنی طور پر وہ اپنا اور ان کا مواخذہ کرنے میں مصروف تھی۔

آج تک اماں نے انہیں کزنز لڑکوں کے سامنے زیادہ دیر ٹھہرنے نہ دیا تھا۔ کجا کہ ان کے ساتھ کسی بے تکلفی کا مظاہرہ کرنا۔ جبکہ یہاں تو لڑکے لڑکیاں سبھی چھین جھپٹ کرتے اپنی حدود بھلائے مگن و مست تھے اور ان کے بڑے ان کی حرکتوں پر لطف اندوز ہو رہے تھے۔ ساری لڑکیاں طاب رحیم اور ذیشان کے گرد مکھیوں کی طرح بھنبھنا رہی تھیں۔ کوشش یہی تھی کہ ایک کے بجائے دو دو آئس کریم ہتھیا لی جائیں۔

حیا ایک طرف کھڑی یہ تماشا دیکھ رہی تھی۔ سبھی سے فارغ ہو کر طاب کی نگاہ اس پر پڑی اسے کسی نے آئس کریم نہیں دی تھی۔ اس کے ہاتھ میں ایک ہی آئس کریم کون بچی تھی۔

''شرم آنی چاہئے تمہیں شرمین۔ جسے زبردستی کھینچ کر لائی ہو اس کے حصے کی آئس کریم خود ہی کھا لی۔'' ایک ساتھ دو دو آئس کریم سے انصاف کرتی شرمین کی نگاہ بھی اچانک اس کی طرف اٹھی۔

''تمہیں آئس کریم نہیں ملی؟ اسٹوپڈ آگے بڑھ کر لے لینی تھی ناں...... اور طاب بھائی آپ بانٹ رہے تھے ناں آپ خیال کر لیتے۔ آپ جائیں حیا کے لئے دو آئس کریم لے کر آئیں۔'' شرمین نے جلدی جلدی آئس کریم کھاتے ہوئے اپنے انداز میں کہا۔

''اس سٹور پر سارا اسٹاک ختم ہو گیا ہے۔ ویسے بھی جہاں تم جیسی پیٹو لڑکیاں موجود ہوں وہاں کچھ بچ سکتا ہے۔ ویل ابھی میں نے اپنی آئس کریم صرف چکھی ہے۔ اگر یہ کھانا چاہیں تو آئی ڈونٹ مائنڈ......'' طاب رحیم نے اس کی لرزتی پلکوں پر نگاہ جماتے ہوئے اپنی آئس کریم اس کی طرف بڑھائی۔

''نہ...... نہیں...... مجھے نہیں چاہئے۔'' وہ یکدم گھبرا کر پیچھے ہٹی۔

''ارے میں آپ کو آئس کریم آفر کر رہا ہوں، اپنا دل تو نہیں دے رہا۔ جو آپ اس قدر گھبرا رہی ہیں۔'' طاب کی بے ساختگی نے اسے جیسے پسینے میں شرابور کر دیا۔ شرمین کے لئے جیسے یہ کوئی عام سی بات تھی جبکہ وہ تو جیسے کٹ کر رہ گئی تھی۔ جسم کا سارا لہو چہرے پر سمٹ آیا تھا۔ غصے کی لہر نے اس کے دماغ کو بھی جھنجنا دیا تھا۔

آج تک کسی نے اس طرح بات نہیں کی تھی۔ اپنی بے بسی پر اس کی آنکھوں میں آنسو جھلملانے لگے۔ وہ اسے کوئی منہ توڑ جواب دینا چاہتی تھی مگر اپنی ہمت کی کمی کی وجہ سے بے بس تھی۔ باری باری سبھی اس سے معذرت کر رہے تھے (آئس کریم نہ ملنے پر) اور وہ مزید شرمندگی سے گڑی جا رہی تھی۔ اسے یہاں آنے پر شدید پچھتاوا ہو رہا تھا۔ واپسی پر وہ شرمین کے بجائے ردا آپی کے ساتھ ساتھ تھی۔

فیضان بھائی تو ساتھ نہیں آئے تھے۔ البتہ عمران اور کامران (ردا کے دیور) اپنی بھابی کے ساتھ ساتھ تھے۔ دونوں کامرس کالج میں پڑھ رہے تھے۔ دونوں کی اپنی بھابی سے خوب بنتی تھی۔ اور پھر ردا کا بھی عمران کی طرف رجحان تھا۔ حیا کے لئے۔ وہ چاہتی تھی حیا اور عمران کی تعلیم مکمل ہونے کے بعد وہ اپنا ارادہ ظاہر کرے۔ تبھی تو وہ بہ اصرار کر کے حیا کو ساتھ لائی تھی۔ تا کہ حیا کو بھی ذہنی طور پر تیار کرنے میں آسانی رہے۔

O……❖……O

صبح فجر کے وقت شرمین کا نکاح پڑھوا دیا گیا تھا۔ گھر میں مبارک سلامت کے شور کے ساتھ عجب سی افراتفری پھیلی ہوئی تھی۔ کوئی سویا ہوا تھا۔ تو کوئی ساری رات کے رت جگے کے بعد سونے کے لئے مناسب جگہ کی تلاش میں تھا۔ شرمین نے اسے اپنے کمرے میں ٹھہرایا تھا۔ اس خیال سے کہ وہ اس کے کمرے میں زیادہ آرام سے رہے گی۔ یہ اور بات تھی کہ شادی والے گھر میں آرام کا تصور رکھنا ہی عبث تھا۔ ایک ڈیڑھ گھنٹے کی کچی پکی نیند کے بعد وہ نمازِ فجر ادا کر کے لان میں نکل آئی تھی۔

نکاح کے بعد سبھی اپنے اپنے کمروں میں ستانے کی غرض سے چلے گئے اور یہ بات تو ثابت تھی کہ اگلے چار پانچ گھنٹے تک کوئی بھی جاگنے کا ارادہ نہ رکھتا تھا۔ سو اسے آزادی تھی۔ وہ پھولوں سے بھرے لان کے سرسبز گھاس کے فرش پر چہل قدمی کرنے کے دوران تسبیح کے دانے گراتی کسی اور ہی دنیا کی ہستی معلوم ہو رہی تھی۔

ذیشان کے کمرے کی کھڑکی سے جھانکتے طاب رحیم کے لئے یہ منظر اس قدر دلکش تھا کہ وہ خود پر قابو نہیں رکھ سکا، سونے کا ارادہ ترک کر کے وہ لائٹ گرے اپر کی جیبوں میں ہاتھ ڈالے سیڑھیاں اتر کر سیدھا لان میں چلا آیا۔ صبح کے اُجالوں میں وہ کل سے زیادہ دلکش دکھائی دے رہی تھی۔ اسے دیکھ کر نہ جانے کیوں طاب رحیم کے دل میں کچھ نئے احساسات بیدار ہو رہے تھے۔ ذہن میں نئے خیالات، نئی سوچیں اُبھر رہی تھیں۔ اسے اپنی بے اختیاری پر حیرت ہو رہی تھی کہ کیسے وہ اس کے پیچھے کھنچا چلا آیا تھا۔ کوئی جواز تھا نہ ہی کوئی تعلق۔ وہ اپنے آپ میں مگن سی تھی کسی کی بھی موجودگی سے بے نیاز طاب رحیم نے کھنکار کر اسے متوجہ کیا تو ہاتھ میں پکڑی تسبیح گھاس کے فرش پر گر گئی۔ اس نے ایک دم گھبرا کر اس کی جانب دیکھا۔

اس کی آمد نے اسے ہڑبڑا دیا تھا۔ طاب رحیم نے اس کے جھکنے سے پہلے ہی تسبیح اٹھا کر اس کی طرف بڑھائی۔

”آپ مجھے دیکھ کر گھبرا کیوں جاتی ہیں۔ کیا میری صورت کسی ہارر مووی کے کیریکٹر سے ملتی ہے یا پھر آپ کی عادت ہے اس طرح گھبرائے گھبرائے رہنے کی۔“ طاب نے اس کی احتیاط کو اچھی طرح نوٹ کرتے ہوئے کہا۔ اس نے طاب کی بڑھائی تسبیح ایک چٹکی سے تھامی تھی۔ اس کا دل دوہری کیفیت کا شکار ہوا۔ اس نے

آج تک اپنے اردگرد بہت لڑکیوں کو دیکھا تھا۔ اس سے قریب ہونے کے بہانے ڈھونڈتی لڑکیاں، بے تکلفی سے اپنی حدود پھلانگ کر اپنے لمس سے جادو جگاتی لڑکیاں، اپنی نسوانیت کا خیال کئے بنا اپنے اظہار سے اسیر کرتی لڑکیاں، حیا عمر جیسی لڑکی تو اس نے کہیں نہ دیکھی تھی۔ جو اس سے بچ رہی تھی، کترا رہی تھی۔ وہ اپنے انداز میں اس قدر محتاط تھی کہ اس کی گھنیری جھکی پلکیں اس کی آنکھوں کا رنگ تک ظاہر نہ ہونے دے رہی تھیں۔

کجا کہ وہ اس کی آنکھوں کے رستے دل تک جھانکنے کی خواہش پال رہا تھا۔ وہ اس کی بات کا جواب دیئے بنا اندر کی طرف قدم بڑھا رہی تھی۔

''ایکسکیوزمی...... میں آپ سے کچھ کہنا چاہتا ہوں۔'' اس کا گریز طاب رحیم کو لمحہ بھر کے لئے ناگوار لگا تھا۔ پھر اس نے خود کو سنبھال لیا اور اس کے سامنے جا کھڑا ہوا۔ حیا عمر نے کافی حیرت سے گھنی پلکوں کی جھالر اٹھا کر اس کی جانب دیکھا۔ اس کی غلافی سیاہ بادامی آنکھیں حیرت سے لبریز اسے کچھ دیر کے لئے گنگ کر گئیں۔

''دیکھئے...... میں بلاوجہ ہر ایک سے بات نہیں کرتی۔ آپ مجھے ڈسٹرب مت کیجئے۔'' حیا نے کچھ ہمت کا مظاہرہ کیا۔

''ارے...... ڈسٹرب تو آپ نے مجھے کر دیا ہے۔ کس دنیا سے آئی ہیں آپ...... اس زمین کی تو نہیں لگتیں...... کہاں رہتی ہیں۔'' طاب رحیم کا انداز بے ساختہ اور شریر تھا۔ حیا نے اپنے رستے میں حائل شخص کو قدرے کوفت سے دیکھا۔ پھر کچھ تلخی سے گویا ہوئی۔

''دیکھئے آپ کی فضول باتیں سننے کے لئے آپ کو اپنے اردگرد بہت لڑکیاں مل جائیں گی۔ آئندہ مجھ سے بات کرنے کی کوشش مت کیجئے گا ورنہ...... ورنہ میں آپی سے شکایت کر دوں گی۔''

بظاہر کم گو، دبو قسم کی لڑکی کا بولنا اسے نہ صرف حیران کر گیا بلکہ مسکرانے پر مجبور بھی کر گیا۔ اسے یہ توقع نہیں تھی۔

''ارے آپ تو ناراض ہو گئیں۔ ویل آپ کو کبھی کسی نے بتایا ہے کہ آپ غصے میں اور بھی خوبصورت لگنے لگتی ہیں۔'' طاب کی شریر مسکراہٹ آنکھوں سے بھی جھلکنے لگی۔ حیا عمر کا غصے سے گلابی پڑتا چہرہ لگ ہی بہت دلکش رہا تھا اس پر اس کا انداز بے بسی۔ طاب کو مزا آنے لگا۔

''بائی دی وے بھابی سے میری کیا شکایت لگائیں گی۔ کیا کہیں گی ان سے...... یہی کہ میں نے آپ کی تعریف کی ہے یا پھر یہ بتائیں گی کہ میں نے آپ کو آئس کریم نہیں کھلائی یا پھر یہ بتائیں گی طاب رحیم نام کے اس ہینڈسم آفیسر نے آپ کو ڈسٹرب کر دیا ہے۔'' اس بار وہ براہِ راست اس کی آنکھوں میں دیکھ کر بولا تو وہ خفگی سے رخ پھیر گئی۔

نہ جانے یہ شخص اس کے پیچھے کیوں پڑ گیا تھا۔ یقیناً اسے بے وقوف بنانے کی کوشش کر رہا تھا۔ وہ نہیں جانتا تھا حیا عمر لفظوں سے پگھلنے والے خمیر سے نہیں بنی۔ وہ اس کی باتوں سے پریشان ضرور تھی مگر اس سے متاثر ہرگز نہیں تھی۔

ایسی میٹھی ٹھنڈی دل میں اترتی باتیں اس جیسی لڑکی کے لئے محض لفاظی سے زیادہ اہمیت نہیں رکھتی تھیں۔

سواس بار وہ اسے آگے بڑھنے کا موقع دیئے بغیر تیزی سے اندر بڑھتی چلی گئی اور وہ دل میں مصمم ارادہ باندھ چکی تھی کہ کل صبح ہی واپس روانہ ہو جائے گی۔ خواہ اسے اکیلے جانا پڑے۔ جبکہ طاب رحیم کے دل میں اسے پانے کی تمنا مچلنے لگی تھی۔

○......❖......○

طاب رحیم تین بہنوں کے بعد پیدا ہونے کی وجہ سے اپنے گھر والوں کا نہ صرف لاڈلا دلارا تھا بلکہ خاندان بھر میں اسے بڑی اہمیت حاصل تھی۔ اس کے خاندان کے زیادہ تر افراد آرمی سے منسلک تھے۔ اس کے پاپا رحیم فاروقی کارگل کے محاذ پر شہید ہوئے تھے۔ اس وقت ان کا رینک میجر جنرل کا تھا۔

طاب رحیم نے بھی اپنے پاپا کے نقشِ قدم پر چلنے کے لئے یہ لائن جوائن کی تھی۔ حالانکہ اس کی ماما فائزہ فاروقی بیٹے کو بزنس کی طرف راغب کرنے کی حتیٰ امکان کوشش کر چکی تھیں۔ مگر وہ اس سلسلے میں اپنی منوا کر رہا تھا۔ تینوں بہنوں کی شادیاں ہو چکی تھیں اور تینوں ہی اپنے گھروں میں خوش باش تھیں۔ بڑی بہن کے بچے تو ماشاء اللہ جوان ہو رہے تھے۔ دونوں بہن بھائی اولیول اور اے لیول کر رہے تھے۔ آج کل سبھی لوگ اس کے تایا کے بیٹے کی شادی کے سلسلے میں لاہور آئے ہوئے تھے۔ شرمین کی رخصتی شام کو تھی اور رات کو اس کے کزن کا ولیمہ۔ سو وہ یہاں سے فارغ ہو کر اپنوں کے درمیان چہکتا پھر رہا تھا۔

''کہاں غائب ہو صاجزادے، کل سے اب صورت دکھائی ہے۔'' اس کی ماما نے اس کے قریب بیٹھنے پر مصنوعی خفگی سے پوچھا۔

''معلوم تو ہے آپ کو کہ میں کہاں تھا۔ بلکہ آپ سب سے کہا بھی تھا کہ میرے ساتھ چلیں۔ ذیشان اور اس کے سبھی گھر والے آپ کا پوچھ رہے تھے۔ مگر آپ کو تو اپنے سسرال والے زیادہ عزیز ہیں۔ میرے دوست سے۔'' اس نے بھی قدرے منہ پھلا کر اپنی ناراضگی کا احساس دلایا۔

''یہی شکایت اِدھر بھی ہے۔ تمہیں بھی بس دوست یاد رہا، کزن کو بھول گئے۔ جانتے بھی ہو یہاں سب تمہیں کس قدر چاہتے ہیں اپنے تایا کے ارادے بھی تمہیں معلوم ہیں۔'' اس کی ماما نے بھی اسی کا انداز اپنایا۔

''ماما ان کے ارادے ان کے ساتھ ہی رہنے دیجئے۔ پلیز اپنے فیصلے مت بنا لیجئے گا۔ میں فیملی میں شادی نہیں کرنا چاہتا۔'' طاب نے بنا جھجکے اپنے دل کی بات کہی۔ اسے اردگرد موجود لوگوں کی بھی فکر نہ تھی۔

''بٹ وائے...... اچھی بھلی تو ہے لائبہ، تمہاری سب کزنز میں گڈ لکنگ بھی ہے اور سوشل بھی...... مجھے بھی تمہارے لئے وہی مناسب لگتی ہے۔'' فائزہ فاروقی نے اپنی حیرت کو دھیمے لہجے میں سمویا۔ اس وقت ہوٹل کے ہال میں بچھی ڈائننگ ٹیبلز قطاروں میں سے وہ ایک طرف براجمان تھے۔ اس کی تینوں بہنیں اس سے مل کر اِدھر اُدھر کزنز سے مل رہی تھیں۔ سو وہ ماں بیٹا تنہا تھے۔

''لیکن مجھے وہ اپنے لئے سوٹ ایبل نہیں لگتی۔'' اس نے بیرے سے ڈرنک لے کر ایک دو سپ لینے کے بعد کہا۔ فائزہ فاروقی نے بیٹے کو غور سے دیکھنے کے بعد کہا۔

''ہاں آنے سے پہلے تو تم نے اس طرح بات نہیں کی تھی جانو...... کہیں انٹرسٹڈ ہو......؟''

''یس......'' اس نے بے تکلفی سے ماں کو بتا دیا۔ دل میں ذہن میں نہ جانے کیوں اور کیسے حیا عمر کی تصویر چھپ سی گئی تھی۔

''کون ہے؟ تمہارے کسی سینئر کی فیملی میں......'' انہوں نے قیاس ظاہر کیا۔

''نو...... ماما...... ایکچولی...... ذیشان کی بھابی کی سسٹر نے مجھے بہت امپریس کیا ہے۔'' اس نے ہمیشہ کی طرح اپنے دل کی بات ان سے کہہ دی۔

''ذیشان کی بھابی کی بہن......؟ کہاں ملی......؟ آئی مین آج ہی دیکھا ہوگا تم نے فنکشن میں اور آج ہی اتنا بڑا فیصلہ......''

''یونو ماما ہم آرمی والے اسی طرح ڈسیین لیتے ہیں۔ کل آپ ذیشان کی طرف چل رہی ہیں ناں میرے ساتھ...... پھر آپ کو میرے فیصلے کا علم ہو جائے گا۔'' اپنا فیصلہ سناتے ہوئے وہ سنجیدہ تھا۔ اپنی ماما کی حیرت اسے مزا دے رہی تھی۔

''آر یو سیریس طاب......؟ کہیں تم مجھے ستا تو نہیں رہے۔''

''ماما اب میں اتنا بڑا بھی نہیں ہوں کہ اپنے اور آپ کے دل سے کھیلوں، ویل آپ کل چلئے تو پھر آپ کو یقین آجائے گا۔'' اس نے ان کے کندھے پر بازو پھیلا کر جیسے یقین دلایا۔

''اب تو چلنا پڑے گا۔ دیکھتے ہیں تمہاری پہلی نظر کا انتخاب......''

''آئی بلیو، میرا انتخاب آپ کو ڈس اپائنٹ نہیں کرے گا۔'' اس نے بڑے یقین سے کہا۔ فائزہ فاروقی نے بیٹے کے چہرے پر پھیلی روشنی کو دل میں اتارتے ہوئے ان شاء اللہ کہا۔ اپنے بیٹے کی خوشی سے زیادہ انہیں کچھ بھی عزیز نہیں تھا۔ اس کی خواہش کو مان دینا ان کی ممتا کا تقاضا تھا اور یہ بات طاب رحیم بھی جانتا تھا۔ تبھی تو اتنی آسانی سے اپنے دل کی بات ماں سے فوراً کہہ دی تھی کیونکہ وہ یقین رکھتا تھا کہ ماما اس کی کوئی خواہش کوئی تمنا رد نہیں کر سکتیں۔

○......❖......○

''حیا! اب آج ہی کیسے تمہیں چھوڑنے واپس چلوں...... دیکھ رہی ہو ناں ابھی یہاں مہمانوں کا سلسلہ چل رہا ہے۔ پھر ممی جانی بھی شرمین کی رخصتی کے بعد سے کچھ بے قرار ہیں۔ ظاہر ہے اکلوتی بیٹی کو سات سمندر پار زمین کے آخری حصے میں بھیجا ہے تو انہیں خود کو سنبھالنے میں کچھ وقت تو لگے گا۔ ایسی کنڈیشن میں، مَیں بھی انہیں چھوڑ کر تمہارے ساتھ چل دوں کیا مناسب لگے گا۔ دو تین دن ٹھہر جاؤ پھر میں تمہیں چھوڑ کر آؤں گی، ڈونٹ وری مائی سسٹر......''

شرمین کی رخصتی سے اگلے دن دوپہر کے کھانے کی تیاری کے لئے ردا اور حیا دونوں کچن میں موجود تھیں۔ چند مہمان ابھی بھی گھر میں موجود تھے اور کچھ آجا بھی رہے تھے۔ سو ردا آداب میز بانی نبھانے کے لئے اپنی نگرانی میں کھانا بنوانے کے لئے موجود تھی۔ بلکہ کئی ڈشیز تو وہ اور حیا خود بنا رہی تھیں۔ جن میں چکن بریانی اور سیخ کباب سرفہرست تھے۔ ۔ نے موقع ملتے ہی اپنے جانے کا اظہار و اصرار کیا تھا۔

''آپی اماں کی اجازت بھی نہیں ہے۔ اتنے دن رہنے کی اور سچ پوچھیں تو مجھے بھی اچھا نہیں لگ رہا یہاں رہنا...... میرے لئے تو یہ بالکل الگ دنیا ثابت ہوئی ہے۔ مجھے تو اماں جانی کی یاد ستا رہی ہے رئیلی......'' وہ سیخ کبابوں کے لئے مصالحہ اور قیمہ چاپ کرتے کرتے روہانسی ہوگئی۔

''میرے خدایا...... حیا! اس لئے تو تمہیں سمجھا رہی تھی کہ اپنے خول سے نکلو......'' ردا نے قدرے زچ ہو کر اسے مخاطب کیا۔ بریانی کے لئے چکن فرائی کرتے کرتے وہ کوکنگ رینج سے مڈل کاؤنٹر تک چلی آئی۔ جہاں حیا کھڑی تھی۔ پھر اسے چمکارتے ہوئے بولی۔

''اچھا اب روؤ تو نہیں...... میں اماں جانی سے فون پر اپنی مجبوری بتا دوں گی۔ میں تمہیں کسی اور کے ساتھ بھی تو نہیں بھیج سکتی حالانکہ ذیشان بھی آج رات کو اسلام آباد جا رہا ہے تم جا سکتی ہو اس کے ساتھ۔'' ردا واپس کوکنگ رینج کی طرف آ گئی۔

''نہ...... نہیں...... اماں تو قتل کر دیں گی مجھے......''

''تو پھر ایک آدھ دن انتظار کر لو...... فیضان بھی کہہ رہے تھے کہ ابھی تمہیں اور گھمائیں پھرائیں گے۔ پھر چھوڑ آئیں گے۔ ڈونٹ وری اماں جان کو میں سنبھال لوں گی۔''

''آپی مجھے گھومنے پھرنے کا کوئی شوق نہیں ہے۔''

حیا کو اپنی آپی کے دلاسے کچھ زیادہ پسند نہیں آئے۔

''تمہیں نہ ہو مجھے تو ہے، تمہارے بہانے سہی فیضان کے ساتھ گھومنے کا موقع تو ملے گا۔ ورنہ ان کی تو مصروفیت ہی ختم نہیں ہوتی۔'' ردا نے کھلکھلا کر جیسے اسے چڑایا۔

''بڑی خوشبوئیں آ رہی ہیں آج تو آپ کے کچن سے۔ کچھ خاص بن رہا ہے کیا......'' طاب رحیم اچانک ہی کچن کے دروازے پر نمودار ہوا تو اس کی نگاہیں سیدھی حیا پر پڑ گئی تھیں۔

''تم...... تم کب آئے ہو......'' ردا نے چونک کر اس کی جانب رخ پھیرا...... حیا تو پہلے ہی اس کی آواز پر سر جھکا کر اپنے کام میں مصروف تھی، بظاہر بے نیاز مگر اندر ہی اندر بے چین......

''اس دنیا میں آئے ہوئے تو تیس سال کچھ ماہ ہو چکے ہیں۔ اس گھر میں بھی گزشتہ دس سال سے آمد و رفت ہے میری اور آج کی تاریخ میں یہی کوئی دس منٹ پہلے میری انٹری ہوئی ہے۔ آپ کو میری کس آمد کے بارے میں جاننا تھا سویٹ بھابی......''

''اوہ طاب...... کتنی بار دہراؤ گے یہ سب، جانتی ہوں میں۔''

''ناراض کیوں ہو رہی ہیں۔ خود ہی تو پوچھ رہی تھیں۔ ذیشان کہاں گیا ہے۔'' طاب نے فریج میں جھانکتے ہوئے جواب دیا۔ پھر اپنے لئے سیب نکال کر ڈائننگ چیئر پر آ بیٹھا...... زاویہ ایسا تھا کہ نظروں میں حیا کا چہرا رہے۔

''مارکیٹ تک گیا ہے ابھی آ جاتا ہے تم لیونگ روم میں چل کر بیٹھو۔ ممی پاپا ہیں وہاں......'' ردا نے مصروف انداز میں اسے جانے کا کہا دل میں حیا کا بھی خیال تھا۔ جو پہلے ہی اس بے تکلفانہ ماحول سے اَپ سیٹ ہو رہی

تھی۔

''مل کر آ رہا ہوں انکل آنٹی سے بھی۔ ڈونٹ وری ان کے ساتھ ان کے کمپنین ممبر ہیں۔ بائی دی وے آپ دونوں خواتین کچن میں ہی کیوں پائی جاتی ہیں۔ آپ سے یہیں ملاقات ہوتی ہے ہمیشہ۔'' سیب کترتے ہوئے اس نے اپنے فطری انداز میں استفسار کیا۔ ردا تو اس سے واقف تھی البتہ حیا کو اس کی باتیں ذومعنی لگ رہی تھیں۔

''تمہارے آنے کی ٹائمنگ ہی ایسی ہوتی ہے جب میں یہاں مصروف ہوتی ہوں۔ اچھا بتاؤ چائے کافی کچھ چاہئے تو...... لنچ میں کچھ زیادہ ٹائم ہے۔'' ردا نے پھر مصروف انداز میں پوچھا۔ حیا چاپر آف کر کے ہاتھ دھونے سینک کی طرف چلی گئی تھی۔

''کون بنائے گا چائے...... آپ تو بزی ہیں۔'' اس نے جیسے رکنے کا بہانہ ڈھونڈا تھا۔

''حیا بنا دیتی ہے تم ذیشان کے روم میں چلے جاؤ بے شک میں بلی کے ہاتھ بھجوا دیتی ہوں۔''

''سیدھی طرح کہیں یہاں سے چلا جاؤں...... آئی تھنک آپ دونوں بہنوں میں کچھ مذاکرات چل رہے تھے۔ کچھ شکایات ہو رہی ہوں گی۔ اِدھر اُدھر کے عزیزوں کی...... یا پھر میری......''

''طاب رحیم تمہاری شکایت تو لگانی چاہئے مجھے...... کبھی کبھی بہت تنگ کر دیتے ہو تم۔ آنے دو تمہاری ماما کو پھر بتاؤں گی انہیں بلکہ تمہارے کان کھنچواؤں گی۔'' ردا تو اس کی شرارتوں کی عادی تھی۔ بس حیا کو وہ ایک آنکھ نہیں بھا رہا تھا۔ وہ ناچار اُس کے لئے الیکٹرک کیٹل میں چائے بنا رہی تھی۔

''ردا بھابی...... پلیز اپنی سسٹر کو بتا دیں میں نمکین چائے نہیں پیتا......'' لہجے میں شرارت تھی اور نگاہ میں اس کی بھیگی پلکیں۔

''کیسی باتیں کر رہے ہو۔ نمکین چائے تمہیں کس نے پلا دی یہاں۔''

''پہلے تو نہیں پلائی مگر آج پینی نہ پڑ جائے اس لئے۔''

''ڈونٹ وری حیا بھول کر بھی ایسی غلطی نہیں کر سکتی۔ اس کی کوکنگ بہت پرفیکٹ ہے۔ تم ابھی ٹیسٹ کر لینا۔'' ردا نے اس کے خدشات دور کرنے کے لئے بہن کی تعریف کھلے دل سے کی۔

''آپ کہتی ہیں تو پھر ٹھیک ہی کہتی ہوں گی۔'' اس نے مصنوعی آہ بھری۔ حیا نے چائے بنا کر مگ ٹرے میں رکھا ساتھ ہی بسکٹ اور نمکو کے چھوٹے جار بھی اور ردا کو اشارے سے متوجہ کر کے ٹرے اسے تھمائی اور خود کباب بنانے کے لئے آمیزے کی طرف متوجہ ہو گئی۔

''مجھے صرف چائے چاہئے یہ سب کھلا کر مزیدار کھانے سے محروم رکھنا ہے کیا۔'' اس نے ٹرے سے صرف چائے کا مگ اٹھایا اور پھر منہ بناتے ہوئے گرم گرم چائے کا گھونٹ بھرا۔

تاثرات ایسے تھے جیسے چائے پسند نہ آئی ہو۔ حیا اس کی طرف سے مکمل طور پر رخ موڑ کر اپنے کام میں مصروف ہو چکی تھی۔

''ایک بات بتائیں...... شام کو آپ لوگوں کا کہیں جانے کا پروگرام تو نہیں ہے۔'' وہ کرسی سے اٹھ کھڑا

ہوا۔ مطلب تھا کہ حیا کو اپنی آنکھوں کے سامنے رکھ سکے۔

''کیوں؟ تم کیوں پوچھ رہے ہو......'' ردا نے اردگرد سے چیزیں سمیٹ کر ان کی جگہ پر رکھنا شروع کر دی تھیں۔

''شام کو شاید ماما اور بہنیں آجائیں آپ سب سے ملنے کے لئے......اگر آپ کا کوئی پروگرام ہو تو میں انہیں منع کر دوں۔''

''کیوں منع کر دو...... آنے دو بھئی...... ہم نے کہاں جانا ہے۔ ابھی تو کراچی والے گیسٹ بھی موجود ہیں۔ گھر پر اس لئے ابھی ہم کوئی پروگرام نہیں بنا رہے۔ حیا تم کباب بنا کر رکھ دینا اور پھر جا کر آرام کر لینا۔ یہیں مت بیٹھی رہنا...... آؤ طاب ممی کے پاس بیٹھتے ہیں۔ کھانا بھی آدھ پون گھنٹے میں ریڈی ہو جائے گا۔'' ردا اسے لے کر باہر نکلی۔ وہ چاہتے ہوئے بھی اسے کچھ نہ کہہ سکا۔ کھانے کے وقت حیا ان سب میں موجود ہی نہ تھی۔

○......❖......○

شام کو واقعی وہ اپنی ماما اور بہنوں کے ساتھ چلا آیا۔ حسبِ توقع ردا اور ذیشان کی ممی نے بڑے تپاک سے ان کا استقبال کیا۔ فائزہ فاروقی تو پہلے بھی یہاں آتی جاتی رہی تھیں۔ البتہ اس کی بہنیں پہلی بار آئی تھیں۔ اور ان کے اخلاق سے کافی متاثر بھی تھیں۔ تینوں بہنوں کے بچے البتہ نہیں آئے تھے۔ سوائے بڑی بہن کی بڑی بیٹی امامہ کے۔ وہ بھی اپنے ماموں کی پسند دیکھنے کے شوق میں۔ لیکن کافی دیر بعد بھی انہیں کوئی ہستی ایسی نظر نہیں آئی تھی جو ان کے شوق کی تسکین بنتی۔

''ماموں جان وہ کہاں ہیں جن کے لئے ہم یہاں آئے ہیں۔'' امامہ اٹھ کر اپنے ماموں کے پہلو میں آبیٹھی اور سرگوشی میں پوچھنے لگی۔

''یقیناً کچن میں پائی جائیں گی۔'' طاب نے چائے کا سپ لینے کے بعد کہا۔

''آپ کو کیسے علم ہے کہیں چلی تو نہیں گئیں۔''

''نہیں یہ چائے اسی کی بنائی ہوئی ہے۔ جس سے ثابت ہے وہ ابھی یہیں ہے۔'' اس نے مسکراتے ہوئے دعویٰ کیا۔

''او...... آپ نے تو کمپلیٹ ریسرچ کر لی ہے ماموں...... پھر تو انہیں دیکھنا ہی پڑے گا کہ آخر ان میں ایسا کیا ہے۔'' امامہ کہہ کر فوراً اٹھ کھڑی ہوئی۔

''آنٹی پلیز اِف یو ڈونٹ مائینڈ مجھے ڈرنک میں آئس کیوبز چاہئے۔'' وہ اس وقت اورنج جوس کا گلاس لئے کھڑی تھی۔

''آپ بیٹھو میں منگوا دیتی ہوں۔'' سب کو لوازمات پیش کرتی ردا نے مسکرا کر امامہ کو دیکھا۔ بلیو جینز پر پنک شارٹ شرٹ میں ملبوس امامہ اپنی عمر سے کافی چھوٹی دکھائی دے رہی تھی۔

''نہیں میں خود لے لیتی ہوں۔ بس مجھے کچن کا بتا دیں۔''

''ارے نہیں بیٹھو تم بچی، ببلی لے آتی ہے ناں......'' ذیشان کی ممی نے مداخلت کر کے اس کے ارادوں پر

پانی پھیر دیا اور پھر ببلی کو بلوا کر اس کے لئے آئس کیوبز منگوا دیں۔

''باجی...... وہ حیا باجی پوچھ رہی ہیں اور کچھ چاہئے......'' ببلی نے آکر بلند آواز میں پیغام نشر کیا اور طاب کا بھلا ہو گیا۔ امامہ نے فوراً ہی ردا سے استفسار کیا۔

''یہ کون ہیں...... آئی مین ذیشان انکل کی تو اونلی ون سسٹر ہیں اور وہ تو کل چلی بھی گئی ہیں۔''

''وہ بھابی کی سسٹر ہیں۔ پنڈی سے آئی ہیں۔'' طاب نے فوراً متعارف کرایا۔

''تو کیا وہ ہم سے نہیں ملیں گی۔ آئی مین انہیں آپ بلوائیں گی نہیں۔'' سبھی اپنی باتوں میں مگن تھے اور امامہ اور طاب اپنا مطلب نکالنے کے چکر میں تھے۔

''نہیں...... وہ ایکچولی...... اچھا میں اسے بلواتی ہوں۔''

ردا سے بات بنانی مشکل ہو رہی تھی۔ کیونکہ حیا نے صاف طور پر کہہ دیا تھا کہ وہ مہمانوں کے سامنے نہیں آئے گی۔ اسی لئے وہ کچن میں مصروف تھی۔

''آنٹی میں بھی آؤں آپ کے ساتھ، رئیلی ایک جگہ ٹک کر بیٹھنا میرے لئے مشکل ہو جاتا ہے۔'' وہ مسکراتی ہوئی ردا کے پیچھے ہولی......

امامہ کچن میں اپنی ہم عمر لڑکی دیکھ کر نہ صرف حیران ہوئی بلکہ کچھ دیر کے لئے خاموش بھی رہ گئی۔ اسے بالکل توقع نہیں تھی کہ ماموں کی پسند اس کی ہم عمر لڑکی ہو گی۔ قد بت میں وہ بے شک اس سے نمایاں اور اونچی لمبی تھی۔ مگر چہرے پر پھیلی معصومیت اور حلیے کی سادگی اسے اس کی عمر سے کم ہی ثابت کرتے تھے۔

''یہ میری سسٹر ہے حیا اور حیا یہ طاب رحیم کی بھانجی ہیں امامہ...... تم سے ملنا چاہتی تھی۔'' ردا نے تعارف کرایا۔

''السلام علیکم!'' حیا نے دھیمی مسکراہٹ اور اندرونی الجھن کے ساتھ ہاتھ بڑھایا۔

''ہائے، نائس ٹو میٹ یو...... ایکچولی کافی دیر سے آپ کے بارے میں سن رہی تھی۔ تو سوچا میں خود ہی آپ سے مل لوں۔ آپ تو ملنے ہی نہیں آ رہی تھیں۔'' امامہ اپنی فطری بے ساختگی کا مظاہرہ کرتی بول رہی تھی اور حیا آنکھیں جھپکے بغیر اسے تک رہی تھی۔

''میں کچھ مصروف تھی۔'' حیا نے کچھ توقف سے جواز پیش کیا۔

''اب تو فارغ ہیں ناں تو آئیں میں آپ کو اپنی مما، نانو اور آنی سے ملواتی ہوں۔'' امامہ نے بے تکلفی سے اس کا ہاتھ تھاما تو حیا بہن کو دیکھ کر رہ گئی۔ ردا نے اشارے سے اسے جانے کے لئے کہا۔

ناچار وہ امامہ کے ساتھ کھنچتی ہوئی ڈرائنگ روم میں داخل ہوئی۔

''ماما...... یہ ردا آنٹی کی سسٹر ہیں۔ ہاؤ کیوٹ ناں......'' سب ایک دم امامہ کی آواز پر متوجہ ہوئے اور پھر امامہ کے ساتھ لڑکی کو دیکھ کر سبھی حیران بھی ہوئے۔ طاب رحیم نے دانستہ اس کی طرف دیکھنے سے گریز کیا۔

البتہ وہ اپنی ماما کی طرف ضرور متوجہ تھا۔ فائزہ فاروقی کے چہرے پر پھیلی حیرت وہ واضح طور پر دیکھ رہا تھا۔ یقیناً بیٹے کی پسند نے انہیں چونکایا تھا۔ ڈھیلے سے لباس میں دوپٹے کو چادر کی طرح اوڑھے لڑکی اپنے حلیے سے ہی

بیک ورڈ لگ رہی تھی۔ سوائے اس کی معصوم خوبصورتی کے اس میں ایسا کچھ نہیں تھا کہ طاب رحیم یا اس کی ماما کو متاثر کر جاتے۔ مگر طاب تو متاثر تھا۔ یہی بات اس کی بہنوں کے دل میں تھی۔ طاب کے ساتھ وہ اپنی ہی فیملی سے تعلق رکھنے والی لڑکی دیکھنا چاہتی تھیں۔ اس حیثیت میں لائبہ انہیں پسند تھی۔ اچھی خاصی سوشل ماڈرن لڑکی تھی۔

''السلام علیکم......!'' بہت گھٹی ہوئی آواز کے ساتھ حیا نے سلام کیا تھا۔ اس کے رویے سے ہی اس کی بے اعتمادی جھلک رہی تھی۔

''وسلام......'' سبھی نے اپنے اپنے انداز میں جواب دیا۔

''ادھر آؤ بیٹا......'' ذکیہ درانی (ردا کی ساس) نے اس کے لئے اپنے پہلو میں جگہ بنائی۔

''ہر وقت کچن میں کیوں گھسی رہتی ہو۔ چار دن کے لئے آئی ہو بیٹا انجوائے کرو۔ ردا تم ہی بہن کا کچھ خیال کرلیا کرو۔'' ذکیہ درانی نے بہت پیار و شفقت سے کہا۔

''بہت نائس بچی ہے یہ ہماری...... ہر کام میں ماہر ہے۔ جس دن سے آئی ہے ردا کے ساتھ کچن میں ہی مصروف رہتی ہے۔''

''رئیلی...... آپ کو کچن کے سارے کام آتے ہیں۔ ہماری مما نے تو کبھی ایک کپ چائے نہیں بنوائی۔'' امامہ اس کے ساتھ والے سنگل صوفہ پر آ بیٹھی تھی۔

''آپ کے گھر میں سرونٹ نہیں ہے۔''

''نہ...... ہیں...... ہمیں اپنے کام خود کرنے کی عادت ہے۔'' حیا نے بہت آہستگی سے جواب دیا۔ امامہ کی حیرت ختم ہی نہیں ہو رہی تھی۔

''آپ کالج نہیں جاتیں۔ آئی مین پڑھتی نہیں ہیں۔''

''پڑھتی ہوں...... سیکنڈ ایئر کی کلاسز شروع ہونے والی ہیں۔'' حیا کے لئے اس سے مسلسل بات کرنا مشکل لگ رہا تھا۔ سب کا اس کی طرف یوں متوجہ ہونا اسے کھل رہا تھا۔ خصوصاً طاب رحیم اور ذیشان کی موجودگی میں بات کرنا دشوار ہو رہا تھا۔ ذیشان بھی کچھ دیر پہلے آ کر بیٹھا تھا۔ امامہ اپنے دوستانہ رویے سے اسے باتوں میں لگانے میں کامیاب رہی تھی۔ کچھ ہی منٹوں میں امامہ نے اسے اپنی فیملی کے ساتھ نانو اور آنی، خالہ کی فیملیز کے بارے میں بھی بتا دیا تھا۔ وہ بس سنے جا رہی تھی۔

کچھ دیر بعد ہی وہ لوگ وہاں سے اٹھ گئے تو ان کے جاتے ہی حیا نے سکھ کا سانس لیا تھا۔

○......❖......○

''طاب...... آر یو رئیلی سیریس؟'' وہاں سے روانہ ہونے کے چند منٹ بعد ہی طاب کی بڑی بہن فریحہ نے قدرے حیرت و سنجیدگی کے ملے جلے تاثرات کے ساتھ پوچھا۔

''آپی...... سیریس ہوں تو آپ سب کو وہاں لے کر گیا تھا ورنہ......''

''آئی مین کہ...... دیکھو وہ لڑکی ابھی ایج وائز ہی کافی چھوٹی لگ رہی ہے اور پھر شی از ناٹ سوٹ ایبل

فار آز فیملی۔''

''کس لحاظ سے سوٹ ایبل نہیں ہے۔'' طاب نے ونڈ وسکرین سے نظر ہٹا کر بیک ویومرر میں بہن کے عکس کو دیکھ کر پوچھا۔

''آپی کے کہنے کا مطلب ہے ابھی وہ پڑھ رہی ہے۔ اس کی ایجوکیشن کمپلیٹ ہونے میں کافی سال لگیں گے۔ جبکہ ماما تو تمہاری شادی جلدی کرنے کی پلاننگ کر رہی ہیں۔'' فریحہ سے چھوٹی ملیحہ نے قدرے متانت سے سمجھانے کی کوشش کی۔ اکلوتے بھائی کی ناراضگی کسی کو بھی گوارہ نہ تھی۔

''مجھے کوئی جلدی نہیں ہے۔'' اس نے قطعیت سے کہا۔

''اور کتنی دیر کرو گے طاب، تمہاری پروموشن ہوئے بھی سال ہو رہا ہے۔ اس بار سب کا فنکشن میں آنے کا مقصد بھی یہی تھا کہ لائبہ کو ہم......'' اس کی ماما فائزہ فاروقی نے پہلی بار مداخلت کی۔ حیا کو دیکھ کر حیرت کا جھٹکا انہیں بھی لگا تھا۔

''پلیز ماما...... میں نے آپ سے پہلے ہی کہہ دیا تھا کہ لائبہ کے حوالے سے اپنے ارادے مضبوط نہ بنائیں۔ میرے لئے کیا سوٹ ایبل ہے اور کیا نہیں یہ میں بہتر جانتا ہوں۔'' طاب نے انہیں درمیان میں ہی ٹوک کر معذرت کی۔

''پلیز مام اسے میری گستاخی مت سمجھئے گا۔ میں نے حیا کے بارے میں سوچ سمجھ کر ہی آپ سے ریکوسٹ کی تھی۔'' اس بار اس کے لہجے میں لجاجت اُتر آئی۔

''لائبہ کے علاوہ بھی لڑکیاں ہیں ہماری فیملی میں۔ مجھے تمہاری پسند پر اعتراض نہیں ہے جانو۔ شی از لکنگ ویری پریٹی، انوسینٹ گرل، بٹ میں نے جو محسوس کیا ہے وہ بہت دبی ہوئی سہمی ہوئی سی لڑکی لگی ہے۔ خود اعتمادی کا فقدان صاف نظر آ رہا تھا اس میں جو کہ یقیناً کلاس ڈیفرنس کی وجہ سے نظر آ رہا تھا۔ ایسی صورت میں اس کا ہماری فیملی میں ایڈجسٹ ہونا مشکل نہیں ہو جائے گا؟ تم اس بارے میں اچھی طرح سوچ لو۔ جذباتیت میں کوئی فیصلہ مت کرنا میری جان یہ زندگی بھر کے سودے ہوتے ہیں۔ وقتی طور پر بہت سی باتیں محسوس نہیں ہوا کرتیں۔ مگر پھر بعد میں ان کی شدتیں پچھتاوا بن جاتی ہیں۔''

فائزہ فاروقی نے اسے سمجھانے کے لئے اپنے لہجے میں نرمی کو برقرار رکھا۔

''ڈونٹ وری مام...... حیا کے حوالے سے میں اپنے جذبات کو لے کر فل کانفیڈنٹ ہوں۔ بس اب آپ سب یقین کر لیں۔ رہی بات اس کی ہماری فیملی میں ایڈجسٹ منٹ کی تو یہ ایسا بڑا مسئلہ تو نہیں ہے۔ ہر لڑکی کے لئے سسرال کا ماحول نیا اور اجنبی ہوتا ہے۔ مگر شادی کے بعد ہر لڑکی ہی خود کو نئے ماحول نئے لوگوں میں ایڈجسٹ کر لیتی ہے۔ آپ اب خود کو یہ سمجھانے کی کوشش کریں کہ حیا عمر میری خوشی ہے۔ پھر آپ کو میری پسند بری نہیں لگے گی۔''

اس کے حتمی انداز پر مزید کوئی کیا بولتا۔ یہ بات تو سو فیصد درست تھی کہ سبھی کو طاب کی خوشی عزیز تھی۔ اس کی خوشی کی خاطر انہیں کم سن حیا کو اپنانے کے لئے کوئی اعتراض نہیں تھا۔ فائزہ فاروقی نے بیٹیوں کو بھی بھائی کی

خوشی کا احساس دلا کر ہمنوا بنالیا تھا۔ تبھی واپس اسلام آباد جاتے ہی انہوں نے ذکیہ درانی سے اس سلسلے میں رابطہ کیا تھا۔

○......❖......○

''ممی! کیا واقعی فائزہ آنٹی نے حیا کے لئے کہا ہے......؟'' ردا کو جب ذکیہ درانی کے توسط سے یہ خبر ملی تو وہ بھی نہ صرف بے یقینی میں گھر گئی بلکہ حیرت زدہ بھی رہ گئی۔ ابھی تو ان کے دل میں حیا کے حوالے سے ایسا کوئی خیال بھی نہیں تھا۔

''بیٹا کہا ہے تو میں تم سے بات کر رہی ہوں۔ انہوں نے کہا ہے کہ یہ طاب کی خواہش ہے اور طاب کی خواہش ان کی خوشی ہے۔ وہ تمہاری اماں جانی کا عندیہ جان کر سلسلہ آگے بڑھانا چاہتی ہیں۔ میرا مطلب ہے ان کی رائے جان کر ہی وہ براہِ راست حیا کے لئے دامن کشادہ کریں گی۔'' ذکیہ درانی نے سنجیدگی سے اپنی بات کی وضاحت کی۔

''مگر ممی! اماں جانی تو ابھی ایسا کوئی ارادہ نہیں رکھتیں۔ آپ جانتی ہیں حیا ابھی سیکنڈ ایئر میں ہے۔ وہ ابھی پڑھنا چاہتی ہے۔ اس کی گریجویشن تک تو ہم ایسا کوئی ارادہ نہیں رکھتے اور پھر......''

ردا دل کی بات کہتے کہتے رک گئی کہ وہ اسے یہاں لانے کا ارمان رکھتی ہے۔

''اچھی بات ہے ردا...... بیٹیوں کو تعلیم سے آراستہ کرنا تو اچھے والدین کا شیوہ ہے۔ تم بہنوں کی تربیت تو ماشاء اللہ تمہاری اماں نے خوب کی ہے۔ فائزہ کا اصرار تھا اس لئے میں نے تمہیں آگاہ کرنا مناسب سمجھا۔ ورنہ حیا تو مجھے خود بہت پسند ہے۔ اس کے حوالے سے تو میں نے بھی کچھ سوچ رکھا تھا مگر اب پہل فائزہ نے کر دی ہے تو بیٹا تم اپنی اماں جانی سے ایک بار بات ضرور کر لو۔ طاب اچھا لڑکا ہے۔ سلجھے ہوئے لوگ ہیں انہیں کوئی جلدی بھی نہیں ہے۔ بس حیا کو منسوب کرنے کی خواہش ہے تو یہ بات قابلِ غور ہے۔''

ذکیہ درانی نے بھی پہلی بار دل کی بات عیاں کی تو ردا جیسے کھل اٹھی۔ اپنے دیور اور اپنے گھر سے بڑھ کر تو اسے کچھ بھی عزیز نہیں تھا۔

''ممی اگر آپ کی بھی ایسی خواہش ہے تو پھر پہل ہم کیوں نہ کریں۔ نئے لوگوں کے لئے اماں جانی شاید اتنی جلدی نہ مانیں مگر آپ کو تو کبھی انکار نہیں کریں گی۔'' ردا نے اپنی خوشی میں بھی خود کو سنبھالا ہوا تھا۔

''ردا بیٹا میرے لئے بھی ابھی اتنی جلدی ممکن نہیں ہے۔ ذیشان کا انٹرسٹ تو تمہیں معلوم ہے ناں فیملی میں ہے اور عمران کا اسٹیبلش ہونے میں کافی وقت درکار ہے۔ اور پھر حیا کے لئے طاب نے خود خواہش ظاہر کی ہے تو اس صورت میں ہماری پیش رفت کچھ مناسب نہیں لگتی۔ تم اپنی اماں جانی سے بات تو کرو۔ حیا کو چھوڑنے تو جا رہی ہو۔ انہیں طاب کے حوالے سے بریفنگ دو میں خود بھی فون پر بات کروں گی ان سے کہ پہلا رشتہ لڑکی کے لئے اللہ کی طرف سے تبرک ہوتا ہے۔ گھر بیٹھے طاب جیسے لڑکے کا رشتہ آنا اللہ کی منشا ہے۔ باقی وہ اپنی تسلی کرنا چاہیں تو ضرور کر لیں...... بہر حال مجھے تو خوشی ہو گی اگر وہ طاب اور حیا کو منسوب کر دیں۔''

ذکیہ درانی نے کھلے دل سے طاب کی حمایت میں وکالت کی تھی۔ ردا البتہ کچھ کشمکش کا شکار تھی۔ کیونکہ حیا

ابھی اپنی تعلیم کے علاوہ اور کچھ نہیں چاہتی تھی۔

اماں جانی کے حوالے سے بھی وہ مکمل طور پر بے بس تھی۔ ہر فیصلے کا اختیار بہر حال انہی کو حاصل تھا۔

○......❖......○

حیا کو لگ رہا تھا وہ کئی سالوں بعد اپنے گھر میں آئی ہے۔ اماں جان سے گلے ملتے ہوئے وہ ایک دم ہی رو پڑی تھی۔ ردا اور زینب ''ارے......ارے'' کرتی رہ گئی۔

''اماں جانی کیا بنے گا۔ اس لڑکی کا...... بچی چار دن بہت مشکل سے وہاں رہی ہے۔ اس کا شادی کے بعد کیا حال ہوگا۔'' ردا نے شرارت بھری سنجیدگی سے اسے چھیڑا تو وہ اماں جانی سے الگ ہو کر بولی۔

''وہاں سب کچھ کتنا مختلف تھا میرے لئے میں کیا کرتی۔''

''چلو تمہارا شوق تو پورا ہوا......'' اماں جانی نے اسے اپنے انداز میں بہلایا۔ اماں جانی اب میں آپ کے بنا کہیں نہیں جاؤں گی۔'' اس کا بچپنے سے بھر پور انداز پہلی بار سب کے سامنے تھا۔

''اوں ہوں......اپنے سسرال تو آخر تمہیں اماں جانی کے بنا ہی جانا پڑے گا۔ اس لئے مائی ڈیئر سسٹر خود کو ابھی سے سمجھانا شروع کر دو کہ آخر تمہیں بھی یہاں سے رخصت ہونا ہے۔'' ردا نے اسے پیار سے چپت لگاتے ہوئے جیسے باور کرانے کی کوشش کی تو وہ چڑ گئی۔

''کیا ردا آپی آپ کو ابھی سے میری شادی اور سسرال کی فکر پڑ گئی ہے۔''

''فکر تو کسی اور کو لگی ہے میری گڑیا......'' ردا نے پیار سے اس کی ٹھوڑی چھوئی تو اماں جانی نے ٹھٹک کر دونوں کو دیکھا۔

''کیا مطلب ہے۔'' حیا بھی کچھ پریشان ہو کر بولی۔

''کچھ نہیں......تم جاؤ فریش ہو جاؤ اور پھر اپنے ہاتھ سے اچھی سی چائے بنا کر لاؤ۔'' ردا نے اسے ٹالنا چاہا۔

''میں بنا لاتی ہوں چائے۔ حیا تم آرام سے چینج کرو۔''

''ارے نہیں زینب بھابی آپ بیٹھو حیا چائے بنا لائے گی، آپ تو مجھے شادی کا حال احوال بتائیں۔ کیسا رہا فنکشن۔''

ردا نے بھابی کو اپنائیت سے ہاتھ تھام کر روکا تو حیا اماں جان کے کمرے سے نکل گئی......اس کے جاتے ہی ردا نے بلا توقف اماں جان کو طاب رحیم کے پرپوزل کے بارے میں بتایا۔

''اماں جانی آپ سوچ سمجھ لیں۔ مجھے تو طاب اور اس کی فیملی دونوں ہی پسند ہیں۔ ملنسار اور سلجھے ہوئے لوگ ہیں۔''

ردا نے اماں جانی کو سوچ میں گم دیکھ کر اپنی طرف سے تسلی فراہم کی۔

''بنا سوچے سمجھے تو بیٹیوں کے معاملات طے بھی نہیں ہوتے بچے۔ پھر یہ سب کچھ جلدی نہیں ہو رہا۔ میرا مطلب ہے ابھی حیا پڑھ رہی ہے۔ سولہ سترہ کے درمیان ہے، بچپنا ابھی اس سے رخصت نہیں ہوا ایسے میں اس

پر اتنی بڑی ذمہ داری ڈالنا مناسب تو نہیں ہوگا۔'' اماں جانی نے اپنی رائے کا اظہار فوراً کر دیا۔

''اماں جانی جلدی کے لئے تو وہ لوگ بھی نہیں کہہ رہے۔ بس حیا کو منسوب کرنا چاہتے ہیں۔ اچھی بات ہے ناں اس طرح اپنی حیا کو بھی شادی اور سسرال کے حوالے سے خود کو سمجھانے کا وقت اور موقع مل جائے گا۔ رئیلی اماں جانی ہماری طرف اس نے یہ چار دن جیسے گزارے ہیں، اس سے میں تو فکر مند ہو رہی تھی کہ یہ لڑکی اپنے سسرال والوں کے ساتھ کیسے ایڈجسٹ ہوگی، بالکل گم صم کچن میں گھسی رہی ہے۔ کسی سے بات چیت کرنے کا اس میں بالکل بھی اعتماد اور حوصلہ نہیں ہے۔'' ردا نے اپنے طور پر انہیں منانے کی کوشش کی۔

''جانتی ہوں اس میں یہ ''کمی'' ہے مگر میرے لئے اس کی یہ کمی اس کی خوبی ہے۔ تبھی تو کہتی ہوں ابھی یہ سب مناسب نہیں ہے ایک دو سال بعد اس بارے میں غور کروں گی پھر جو اللہ کی رضا۔'' اماں جانی نے قطعیت سے کہا۔

''اماں جانی ان لوگوں سے ایک بار مل لینے میں کیا حرج ہے۔ بنا ملے صاف جواب دے دینا مناسب تو نہیں لگتا۔''

''ردا ٹھیک کہہ رہی ہے اماں جانی۔ رشتے تو نصیبوں سے طے پاتے ہیں۔ ایک دوسرے کو ملے پرکھے بغیر تو فیصلے نہیں ہوتے ناں...... ہوسکتا ہے ہماری حیا کے لئے یہی مناسب ہو۔ شادی کے معاملات طے پاتے بھی ایک عرصہ لگ جاتا ہے۔ آپ شہریار سے بھی مشورہ کر لیں...... اچھے لوگ ہیں تو پھر بات کرنے میں تو کوئی حرج نہیں ہے۔'' زینب نے بھی اپنی رائے کا اظہار کیا تو اماں جان نے نیم رضا مندی سے کہا۔

''ٹھیک ہے پھر شہریار اور زارا وغیرہ سے بات کر کے اپنی موجودگی میں ہی ان لوگوں کو بلوا لو۔'' ردا بھی فی الحال یہی چاہتی تھی۔

''ابھی حیا کو اس حوالے سے باخبر کرنے کی ضرورت نہیں ہے۔ کسی نتیجے پر پہنچ کر ہی ہم اسے آگاہ کریں گے۔'' حیا کے آنے سے پہلے اماں جان نے بات کو سمیٹ دیا۔

اگلے دن ہی فائزہ فاروقی اپنی بیٹیوں اور دامادوں کے ساتھ ان کے گھر میں موجود تھیں۔ بیٹے کی خوشی و خواہش انہیں اماں جانی کے سامنے اپنے دامن کو پھیلانے پر مجبور کر گئی۔ متوسط طرز کا گھر اور رکھ رکھاؤ گو کہ ان کے اسٹیٹس سے مطابقت نہیں رکھتا تھا۔ مگر بیٹے کی خاطر انہیں یہ سب بھی دل و جان سے قبول تھا اور پھر حیا کے حسن بے مثال سے تو وہ بھی متاثر تھیں۔ اکلوتی بہو کو وہ ایسا ہی دیکھنا چاہتی تھیں۔ بہنوں کو بھی بھائی کی پسند پر اعتراض نہیں تھا۔ اسی لئے سبھی خوشدلی اور چاہت سے موجود تھے۔

اماں جانی کے لئے تو رسمی سا سلسلہ تھا ان کی چاہتوں کے باوجود انہیں ابھی طاب رحیم کو دیکھنا پرکھنا تھا اور پھر اپنا ارادہ بنانا تھا۔ سو انہوں نے فائزہ فاروقی کو بنا آس دلائے صاف کہہ دیا تھا وہ سوچ سمجھ کر انہیں آگاہ کر دیں گی۔

طاب رحیم سے یہ بات ہضم نہیں ہو رہی تھی کہ انہوں نے اس کے لئے ''سوچ سمجھ کر فیصلہ کرنے کا'' عندیہ دیا ہے۔ اس کا تو خیال تھا جیسے ہی اس کے گھر والے پرپوزل لے کر جائیں گے فوراً ہی قبول کر لیا جائے گا اور پھر فوراً ہی حیا عمر کو اس سے منسوب کرنے کا اعلان بھی کر دیا جائے گا مگر یہاں تو اسے گزشتہ چار دن سے انتظار کی

سولی پر لٹکا دیا گیا تھا۔

وہ ہر نئے دن ایک نئی آس کے ساتھ اپنی ماما سے فون کر کے پوچھا کرتا۔

''ماما پھران کا کیا جواب آیا۔ وہ سب لوگ ایگری ہیں ناں......'' فائزہ فاروقی بیٹے کی بے چینی پر دل ہی دل میں مسکراتی پھر سنجیدگی سے سمجھانے لگتیں۔

''میری جان ایسے معاملات جلد بازی میں طے نہیں کئے جاتے۔ وہ بیٹی والے ہیں سوچ بچار ان کا حق ہے۔ تمہیں کیوں بے چینی ہے ڈونٹ وری! اگر وہ تمہارا نصیب ہے تو تمہیں ہی ملے گی ورنہ پھر مقدر کا لکھا سمجھ کر صبر کرنا پڑے گا، اوکے......''

''آئی بلیو، مام وہ میرا ہی نصیب ہوگی۔ مگر وہ لوگ اتنی دیر کیوں لگا رہے ہیں۔'' وہ دوہری کیفیت میں گھر کر بولا تو فائزہ اسے نئے سرے سے سمجھانے لگیں۔

''طابی پلیز بی پریکٹیکل...... ان معاملات میں واقعی کچھ وقت لگتا ہے۔ وہ لوگ مطمئن ہو کر مطلع کر دیں گے۔ ایسی جلدی کیا ہے۔'' اپنی ماما کی بات اسے شرمندہ سی کر گئی۔

''جلدی...... تو نہیں ہے۔ وہ تو بس...... آپ فون کر لیں ناں......''

'اوکے...... اوکے تمہاری خاطر فون کر لیتی ہوں۔'' وہ اس کے لاڈ بھرے انداز پر قدرے زچ ہو کر بولیں۔ اس کے لئے اتنا ہی کافی تھا۔ فائزہ فاروقی نے اس کی خاطر فوراً ہی ذکیہ درانی سے رابطہ کیا۔

علیک سلیک کے بعد فائزہ نے اظہار مدعا کیا۔

''ذکیہ بھابی! طاب کے بارے میں ان لوگوں نے کیا ڈسین لیا ہے...... ابھی تک ہم سے تو ان کا کوئی رابطہ ہی نہیں ہوا۔''

''اچھا......! او شاید فیضان کی وجہ سے ابھی وہ فیصلہ کن نتیجے پر نہیں پہنچے۔'' ذکیہ درانی نے اپنے طور پر توجیہہ پیش کی۔

''فیضان کی وجہ سے؟ کیا فیضان کو کوئی اعتراض ہے۔'' فائزہ فاروقی نے فوراً الجھ کر پوچھا۔

''نہیں ایسی کوئی بات نہیں ہے۔ ایکچو لی ردا کی اماں نے فیضان کو بلوایا تھا۔ مشورے کے لئے مگر وہ ابھی تک جا نہیں سکا اپنے بزنس کی وجہ سے۔ ردا بھی اگلے دن ہی آ گئی تھی۔ بہر حال آپ مطمئن رہیں جو فیصلہ بھی ہوگا بہتر ہی ہوگا۔'' ذکیہ نے انہیں تسلی آمیز انداز میں سمجھایا۔

''بے شک اللہ کی مصلحتوں کے ہم قائل ہیں۔ بس یہ بچے بھی کبھی کبھی ہمیں مجبور کر دیتے ہیں۔ طاب کو کئی بار سمجھایا ہے کہ وہ لوگ تمہیں بھی دیکھ لیں، مل لیں تو ہی کوئی فیصلہ ہوگا۔ مگر صاحبزادے جانے اس معاملے میں صبر کیوں نہیں کر پا رہے۔'' فائزہ نے مسکرا کر بیٹے کا احوال بیان کیا تو ذکیہ درانی بھی ہنس دیں۔

''اس کی عمر کا تقاضا ہے...... میں ردا سے بات کرتی ہوں کہ بھئی ہمارے بچے کو کشمکش سے نکالیں۔'' ذکیہ کے انداز پر فائزہ بھی ہنس دیں۔

○......❖......○

سبھی کے مشوروں اور فیضان کے اصرار پر اماں جانی نے بمشکل خود کو اس عمل کے لئے تیار کیا تھا۔ حالانکہ وہ دلی طور پر ابھی حیا کو ایسی ذمہ داری کا اہل نہیں سمجھتی تھیں کہ وہ سسرال سے وابستہ توقعات پر پوری اترنے کے لئے پختہ شعور نہیں رکھتی تھی۔ حتمی فیصلہ طاب کو دیکھنے اور ملنے کی شرط کے بعد قرار پایا تھا۔

ردا کے لئے یہی غنیمت تھا۔ حیا کے لئے یہ سرگرمیاں نہ صرف حیران کن تھیں بلکہ باعثِ تشویش بھی۔ ردا کے علاوہ وہ کسی سے کچھ کہہ بھی نہیں سکتی تھی۔ سو ایک ہی ہفتے میں اس کی دوسری بار آمد کی وجہ جان کر وہ اسی سے اظہارِ خفگی کرنے لگی۔

''ردا آپی آخر یہ آپ کیا چکر چلا رہی ہیں۔ آپ اچھی طرح جانتی ہیں مجھے ابھی آگے بھی پڑھنا ہے پھر یہ سلسلہ.....'' وہ خفگی سے بولتے بولتے روہانسی ہو گئی۔

''میری جان میں نے کوئی چکر نہیں چلایا یہ سب تو تمہارے نصیب کا چکر ہے یا پھر طاب رحیم کا۔ ایک پل کا چین نہیں ہے اسے تو..... پچھلے ڈیڑھ ہفتے میں سینکڑوں فون کر چکا ہے۔ اپنی سفارش کے لئے۔ اب بتاؤ اس میں میرا کیا قصور ہے۔''

''آپ سب نے کہا تھا میری ایجوکیشن کمپلیٹ ہونے تک ایسی بات بھی نہیں سوچی جائے گی پھر اب..... پلیز آپ اماں جانی سے کہیں مجھے کوئی شادی وادی نہیں کرنی۔ آپ لوگ وہاں مت جائیں۔'' وہ باقاعدہ رونے لگی۔

''اسٹوپڈ..... بے وقوف لڑکی ابھی تمہاری شادی کون کر رہا ہے ابھی تو رسمی سا سلسلہ ہے۔ اماں جانی اور شہریار بھائی طاب کے حوالے سے اطمینان حاصل کر لیں پھر ہی یہ سلسلہ آگے بڑھے گا۔'' ردا نے اسے چپت لگا کر چپ کرانے کی کوشش کی۔

''اللہ کرے اماں جانی اور بھائی جان کو وہ بالکل پسند نہ آئے۔'' حیا نے روتے روتے دل سے دعا کی تو ردا نے اسے گھور کر دیکھا۔

''حیا تم واقعی اسٹوپڈ ہو..... بہت اچھا انسان ہے وہ اور پھر اچھی فیملی سے تعلق رکھتا ہے۔ دیکھ لینا بھائی جان کو تو وہ بہت پسند آئے گا اور پھر اماں جانی بھائی کی پسند کو کیسے ناپسند کریں گی۔ تم بھی بے کار کی سوچوں میں مت پڑو۔ کئی لڑکیوں کی تو بچپن سے ہی منگنیاں طے ہو جاتی ہیں۔ وہ بھی تو پڑھتی ہیں۔''

''مگر مجھے شادی نہیں کرنی، مجھے پڑھنا ہے پلیز آپ لوگ مت جائیں ناں.....'' حیا نے بچوں کی طرح مچل کر کہا تو ردا نے اسے سنجیدگی سے ڈپٹا۔

''فضول باتیں مت کرو۔ تم اچھی طرح جانتی ہو اماں جانی ہر فیصلے کا اختیار رکھتی ہیں۔ انہیں جو مناسب لگے گا وہی کریں گی، میرے تمہارے مشورے یا رائے کی ضرورت نہیں ہے، جو ہو رہا ہے اللہ تعالیٰ کی رضا سمجھ کر قبول کرو۔ انڈرسٹینڈ۔''

''ردا ٹھیک کہہ رہی ہے حیا..... آئندہ تمہارے منہ سے ایسی بات نہ سنوں.....'' اماں جانی بھی ان کی باتیں سن چکی تھیں۔ اندر آتے ہوئے انہوں نے حیا کو اچھی طرح باور کرا دیا۔ حیا کی کیا مجال تھی کہ وہ اماں جانی کو ضد

دکھاتی یا اپنی رائے کا اظہار کرتی۔ بس دل مار کر آنسو چھپاتی وہاں سے اُٹھ کر چل دی۔

''ردا! حیا تو ابھی نا سمجھ ہے نہ جانے کیا سوچ کر وہ ایسی باتیں کر رہی ہے مگر سچ پوچھو تو ابھی میرا دل بھی نہیں مان رہا...... نہ جانے کیسے لوگ ہیں، ان کے ساتھ ہمارا ملاپ کچھ نامناسب سا لگ رہا ہے۔ ان کے رنگ ڈھنگ بھی اور ہی ہیں۔ جبکہ تمہاری سسرال کا زور ہے کہ یہ رشتہ طے پا جائے۔'' حیا کے جاتے ہی اماں جانی نے ردا کے مقابل بیٹھتے ہوئے اظہارِ خیال کیا۔

''افوہ...... اماں جانی آپ بھی ایسے ہی پریشان ہو رہی ہیں، آپ ایک بار مل کر تو دیکھیں بہت اچھے لوگ ہیں۔ اسپیشلی طاب رحیم...... گھر بیٹھے بیٹھائے اچھا رشتہ آیا تو پلیز وہم میں مت پڑیں۔ حیا کی فکر نہ کریں شادی تک اسے دو سے تین سال ملیں گے آہستہ آہستہ سمجھ جائے گی۔ اللہ کا نام لے کر چلنے کی تیاری کریں ان شاء اللہ آپ مایوس نہیں ہوں گی۔''

ردا نے اماں جانی کا ہاتھ تھام کر بھرپور تسلی دی۔ بہر حال انہیں جانا تو تھا۔ پہلا رشتہ تو وہ بھی بنا پرکھے ٹھکرانے کی قائل نہ تھیں۔ اسی شام وہ اپنی بہو بیٹے اور بیٹیوں دامادوں کے ساتھ فاروقی ولاز میں موجود خاصی متاثر نظر آرہی تھیں۔ وسیع وعریض رقبے پر پھیلا فاروقی ولاز موسم کے دلکش پھولوں اور رنگوں سے مزین مکینوں کے ذوق کا آئینہ دار تھا۔

فائزہ اور باقی سب سے تو وہ پہلے ہی متعارف تھیں۔ طاب رحیم کو دیکھ کر ان کا خیال قدرے بدلا تھا۔ ان کا خیال تھا کہ وہ کوئی آج کل کے لڑکوں کی طرح اول جلول سے حلیے اور بگڑی ہوئی شخصیت کا مالک ہوگا۔ طاب رحیم خاصی سنجیدگی اور متانت سے سبھی سے مصروفِ گفتگو رہا تھا۔ یہی بات سب کو متاثر کرنے کے لئے کافی تھی۔ باقی معلومات تو پہلے ہی سب کو حاصل تھیں۔

سر فیضان اور ردا کی پیشگی رضامندی کے بعد باقی سب نے بھی نیم رضامندی کا اظہار کر دیا تھا۔ کیونکہ حتمی اختیار تو اماں جانی کو حاصل تھا اور اماں جانی نے اپنا حق محفوظ رکھا تھا۔

O......❖......O

''طاب تمہیں نہیں لگتا کہ تم نے اپنے لئے کافی ڈفرنٹ اور ڈیفیکلٹ وے چوز کیا ہے۔ ان لوگوں کا لائف سٹائل ہم سے بہت چینج ہے۔ تمہیں ایڈجسٹمنٹ میں بہت پرابلم ہو سکتی ہے۔'' ان لوگوں کے جانے کے بعد سبھی اپنی اپنی رائے کا اظہار کر رہے تھے۔ فریحہ کے شوہر اور زمان نے ایک بار پھر طاب کو سمجھانے بلکہ باور کرانے کی کوشش کی کہ حیا کا خاندانی پس منظر اور رکھ رکھاؤ واقعی ان لوگوں سے مختلف تھا، جو اندر ہی اندر سب کو ہی کھل رہا تھا۔ بس طاب کی خوشی کی خاطر اور فائزہ فاروقی کے کہنے پر بہنیں اور بہنوئی خود کو خوش و مطمئن ظاہر کر رہے تھے۔

''مجھے تو ایسی کوئی مشکل نظر نہیں آرہی آذر بھائی، ویری سمپل پیپل...... اور پھر ان کا لائف اسٹائل ان کے ساتھ ہے۔ ان کی بیٹی کے ساتھ یہاں نہیں چلا آئے گا۔ یوڈونٹ وری......'' طاب نے قدرے سنجیدگی سے بہنوئی کو جواب دیا۔

''طابی...... آذر کے کہنے کا مطلب ہے کہ حیا جس ماحول کی پروردہ ہے۔ اس کے لئے یہاں ایڈجسٹ

منٹ مشکل نہیں ہوگی۔ ابھی تو اس میں بات کرنے کا کانفیڈنس نہیں ہے اور......'' فریحہ نے شوہر کا دفاع کرتے ہوئے کہا تو طاب نے بڑی بہن کو درمیان میں ہی ٹوک دیا۔

''ہم یہ ڈسکشن اب کیوں کر رہے ہیں۔ ان لوگوں کو یہاں بلانے سے پہلے آپ لوگ اپنی اپنی رائے دے دیتے تو بہتر تھا۔ ویل لیس ایوری ون حیا کے علاوہ مجھے اور کسی سے شادی نہیں کرنی۔'' وہ خفگی کا تاثر دیتا وہاں سے اٹھ کر نکل گیا۔

''دیکھ رہی ہیں ماما کیسے ایٹی ٹیوڈ دکھا کر گیا ہے ابھی یہ حال ہے تو......'' فریحہ کو شوہر کے سامنے اس کا ٹوکنا اور اس طرح بات کرنا کھلا تھا۔

''فری منع تو کیا تھا کہ بار بار اسے احساس مت دلاؤ کہ اس نے اپنے لئے کوئی غلط فیصلہ کیا ہے۔ وہ اب بڑا ہو گیا ہے اور سینس ایبل بھی......حیا میں یقیناً اس نے وہ کوالٹیز دیکھ کر ہی اسے پسند کیا ہے جو اسے اپنی لائف پارٹنر میں چاہئیں۔'' فائزہ نے بہت نرمی سے سمجھایا تو وہ سر جھٹک کر رہ گئی۔

''آئی ڈونٹ انڈرسٹینڈ، ایسی کیا کوالٹیز ہیں اس لڑکی میں...... ماما آپ دیکھ لیجئے گا چار دن سے زیادہ نہیں رہے گا یہ خمار، مجھے آپ پر حیرانی ہے کہ آپ اس کی نادانی میں اس کا ساتھ دے رہی ہیں۔ جبکہ آپ بھی اچھی طرح سمجھتی ہیں وہ لڑکی طاب کے لئے کسی بھی طرح سوٹ ایبل نہیں ہے نہ ہی اس کا فیملی بیک گراؤنڈ......'' فریحہ نے اپنے دل کی بھڑاس نکال کر گویا اپنے شوہر کی ہتک کا احساس ماند کرنے کی کوشش کی تھی۔ اپنے شوہر کا دھواں دھواں شرمندہ چہرہ اس سے برداشت نہیں ہو رہا تھا۔

''فری...... تم بات مت بڑھاؤ۔ تمہارا رویہ بھی کچھ بہتر نہیں ہے...... بہتر ہوگا کہ ہم صرف طاب کی خوشی دیکھیں باقی سب کچھ فراموش کر دیں۔'' فائزہ فاروقی نے اپنی ناگواری چھپاتے ہوئے اسے سرزنش کی۔

''ماما صرف ایک طاب کی خوشی کی خاطر ہم سب آزمائش میں پڑنے والے ہیں۔ فری ٹھیک تو کہہ رہی ہے۔ کتنا فرق ہے ان لوگوں کے لائف اسٹائل کا ہمارے لائف اسٹائل سے......'' ملیحہ نے بھی برملا بہن کی طرف داری کی تو فائزہ بےزاری سے اٹھ کھڑی ہوئیں۔

''بس کرو ملی، بہت ہو چکی بحث...... طاب نے جو فیصلہ کیا ہے میں اس کے ساتھ ہوں کسی کو اگر بھائی کی خوشی عزیز نہیں ہے تو بےشک شریک نہ ہو۔'' فائزہ فاروقی کو بیٹے کی طرف سے تشویش لاحق تھی۔ وہ ایک دن کے لئے آیا تھا اور وہ ایک دن بھی بدمزگی کی نذر ہو چکا تھا۔ تینوں بہنیں اسی وقت اپنے اپنے گھر رخصت ہوئیں۔ ان حالات میں ٹھہرنا کسی کے لئے بھی مناسب نہیں تھا۔

○......❖......○

''پھر کیا ارادہ ہے اماں جانی...... میرا مطلب ہے طاب رحیم کے بارے میں آپ کی رائے کیا ہے۔'' وہ سب بھی واپس آ کر ہی اسی مسئلے میں الجھے تھے کیونکہ اماں جانی اب تک خاموش تھیں۔

''کیا کہوں مجھے تو کچھ سمجھ نہیں آ رہی۔ لڑکا بظاہر تو مناسب ہے مگر بات وہی جوڑ کی ہے، ہماری حیثیت اور ان کی حیثیت میں بہت فرق ہے۔'' ردا کی بات پر اماں جانی نے اپنی خاموشی کو زبان دے کر اظہار خیال کیا۔

’’اماں جانی یہ کوئی بڑی بات تو نہیں ہے۔ ان لوگوں کو علم ہے پھر بھی وہ رشتے کے لئے مصر ہیں۔ تو ہمیں بھی کچھ سوچنا چاہئے۔ حیا خوش رہے گی وہاں......‘‘ ردا نے انہیں جیسے کشمکش سے نکالنے کی کوشش کی۔

’’سوچنے کی بات تو ہے ردا...... یہ دو بچوں کے سنجوگ کے ساتھ دو خاندانوں کے ملاپ کا معاملہ ہوتا ہے۔ ہر بات کو دھیان میں رکھ کر ہی فیصلہ کیا جاتا ہے۔ ہمارے طور طریقے اور ان لوگوں کا رکھ رکھاؤ بالکل مختلف ہے اور پھر حیا کا مزاج بھی اور طرح کا ہے۔ لڑکے کی بہنیں کافی آزاد خیال دکھائی دے رہی تھیں۔ تمہیں نہیں لگتا کہ حیا کے لئے وہاں رچنا بسنا مشکل ہو جائے گا۔‘‘ اماں جانی نے کھل کر اپنا عندیہ دیا۔

’’دیکھئے اماں جانی شادی کے بعد تو ہر لڑکی کو ہی سسرال کے رنگ میں رنگنا پڑتا ہے۔ حیا کی شادی جہاں بھی ہو گی وہاں کا ماحول تو یہاں سے الگ ہی ہو گا ناں...... یہ بات تو آپ بھی مانیں گی بہر حال آپ کو یہ سب مناسب نہیں لگ رہا تو کوئی زبردستی والا معاملہ بھی نہیں ہے۔ حیا کے نصیب وہاں ہوں گے تو وقت آنے پر وہاں مل جائیں گے۔ آپ کسی بات پر پریشان مت ہوں۔‘‘ شہریار نے اماں جان کو کشمکش سے نکالنے کے لئے اپنے طور پر تسلی دی۔ کیونکہ اس وقت فیضان اور ردا کو اماں جان کے جواز سے کچھ اختلاف سا تھا اور وہ نہیں چاہتا تھا کہ اماں جان داماد یا بیٹی کی وجہ سے کوئی فیصلہ کریں۔ حالانکہ طاب رحیم حیا کے لئے اسے بھی مناسب ہی لگا تھا۔ حیثیت کا فرق ضرور تھا لیکن یہ فرق تو ردا کے معاملے میں پہلے بھی نظر انداز کیا جا چکا تھا۔

’’میں پریشان نہیں ہوں بچے بس ابھی فیصلہ نہیں کر پا رہی...... بہر حال کچھ دنوں میں، مَیں سوچ بچار کر کے ہی کسی نتیجے کا بتاؤں گی۔ ابھی کسی کو آس دلانے کی ضرورت نہیں ہے۔‘‘ اماں جان نے اپنے مخصوص انداز میں جواب دیا تو ان سب نے بھی خاموشی اختیار کر لی کہ آخر یہ معاملہ صرف اماں جان کو ہی نمٹانا تھا...... ردا اور فیضان بے بسی سے واپس لوٹ گئے تھے کہ لاکھ خواہش کے باوجود وہ زبردستی تو نہیں کر سکتے تھے۔

○......❖......○

’’فائزہ فاروقی کا آج پھر فون آیا تھا۔ تمہاری اماں جانی آخر کیا سوچ رہی ہیں۔ جو بھی فیصلہ ہے بتا دیں وہ لوگ بھی کشمکش سے نکلیں اور ہم بھی۔‘‘

ردا اپنے اور ذکیہ درانی کے لئے چائے لے کر جیسے ہی لاؤنج میں داخل ہوئی انہوں نے شکایتی انداز میں استفسار کیا۔

’’مما آئی ڈونٹ نو اماں جانی کے دل میں کیا ہے۔ میں ابھی گھر میں بات کرتی ہوں بلکہ میں سوچ رہی ہوں شہریار بھائی سے بات کروں...... وہی اماں جان کو قائل کر سکتے ہیں طاب رحیم کے لئے۔‘‘

’’اچھی بات ہے بھائی کو بھی تسلی دلاؤ کہ بچہ ہمارا دیکھا بھالا ہے۔ کسی وہم کسی خدشے کو دل میں جگہ نہ دیں۔ وہ لوگ اتنی چاہت دکھا رہے ہیں تو بہتر ہے حیا کو منسوب کر دیں۔ آخر ایک دو سال بعد بھی تو یہ سلسلہ چلے گا۔‘‘ ذکیہ درانی نے اپنی چائے کا گھونٹ بھرا۔

’’میں بھی اماں جان سے یہی کہہ چکی ہوں، بہر حال اب فائزہ آنٹی کا فون آئے تو آپ میری بات کرا دیجئے گا۔‘‘

”وہ تو میں کرا دوں گی مگر تم پہلے اپنی اماں اور بھائی سے بات کرلو، پھر ہی انہیں کوئی آس دلانا بیٹا۔ تمہیں تو پتا ہے بیٹا ہمارے فیملی ریلیشن ہیں۔ دیکھو جو بھی معاملہ ہو مناسب طریقے سے طے ہونا چاہئے۔“

”آپ فکر نہ کیجئے...... اماں جان اگر تاخیر کر رہی ہیں تو ضرور مثبت فیصلہ ہی کریں گی۔ پھر بھی میں بھائی سے بات کرتی ہوں۔“ ردا اٹھ کر اپنے کمرے میں آ گئی۔

اور پھر سبھی کے قائل کرنے پر اور ذکیہ درانی کے سفارش اور فائزہ فاروقی کے چاہت بھرے اصرار نے اماں جانی کو فیصلہ کرنے پر مجبور کر دیا۔ ہمیشہ کی طرح حیا سے کسی نے رائے لی نہ اس کی مرضی جانی۔ وہ حیران سی سبھی کی خوشی دیکھ رہی تھی۔ ردا تو خوشی سے فوراً ہی چلی آئی تھی۔ کیونکہ فائزہ فاروقی منگنی کی رسم کرنے پر مصر تھیں اور اس پر کسی کو اعتراض نہیں تھا۔ سوائے اس شرط کے کہ یہ منگنی فی زمانہ رواج کے مطابق نہ ہونا تھی۔ صرف طاب رحیم کے گھر والے رسم کی ادائیگی کے لئے آسکتے تھے۔ طاب کے لئے پابندی عائد تھی کہ وہ شادی سے پہلے حیا سے ملنے کی نہ کوشش کرے گا اور نہ ہی فرمائش...... یہ پابندی اسے بڑی کھل رہی تھی۔

○......❖......○

”کس صدی میں جی رہے ہو آپ لوگ...... میری انگیج منٹ ہے اور میں ہی اس تقریب سے آؤٹ ہوں۔ اِٹس فاؤل بھابی......“ ردا اور ذیشان فاروقی ولاز میں موجود اس کی شکایتیں سن رہے تھے۔

اسی ویک اینڈ پر اس کی منگنی کی رسم ادا ہونی تھی۔ ردا کچھ معاملات وغیرہ طے کرنے آئی تھی تاکہ عین موقع پر کسی قسم کی بدمزگی نہ ہو۔

”زمانہ اور وقت بدلنے کا مطلب یہ تو نہیں کہ ہم اپنی اقدار بھلا دیں۔ میرا مطلب ہے میں نے بھی اماں جانی سے یہی کہا تھا تو مجھے یہ جواب ملا تھا۔ جو میں نے تمہیں بتا دیا ہے۔ اب تم خود سوچ لو۔“ ردا نے اسے اچھا خاصا جھٹکا دے کر اپنی مجبوری بتائی تو وہ مزید چڑ گیا۔

”اب میں کیا سوچ لوں۔ ویری فنی سچویشن فارمی...... پہلے تو رشتے کے لئے ہاں نہیں کر رہے تھے آپ لوگ اب مانے ہیں تو عجیب وغریب شرائط کے ساتھ۔ انگیج منٹ میں دولہا ہی شامل نہیں ہوگا اور اپنی ہی منگیتر کو دیکھنے اور ملنے پر پابندی۔“

”میں نے تو تمہیں پہلے ہی سمجھا دیا تھا کہ ایسی کوئی توقع مت رکھنا...... تمہیں نہیں معلوم فیضان بھائی نے بھی ردا بھابی کو شادی کی رات ہی دیکھا تھا۔ ان کی تو کوئی فوٹو بھی نہیں دی گئی تھی ہمیں۔“ ذیشان نے چائے کے لوازمات سے انصاف کرتے ہوئے اس کی معلومات میں اضافہ کر دیا تھا۔

”رئیلی......؟ کیا میرے ساتھ بھی ایسا کرنے والے ہو آپ سب۔“ طاب نے بے یقینی سے پوچھا۔

”ظاہر ہے ایک ہی گھر کی بیٹیوں کے سسرال والوں اور منگیتروں کے لئے اماں جانی اپنے اصول تو نہ بدلیں گی۔ ویسے تمہیں تھوڑی سی رعایت مل رہی ہے۔ منگنی کے فنکشن کی تصویریں تمہیں ضرور مل جائیں گی۔ انہی پر اکتفا کر لینا۔“ ردا نے اٹھتے ہوئے جیسے اس کے زخموں پر نمک چھڑکا تھا۔

”یہ تو میرے ساتھ زیادتی ہو رہی ہے کوئی میری فیور نہیں کرے گا۔“

''اور کتنی فیور کروں، تمہارا پرپوزل منظور کرانے کے لئے میں نے جتنے پھیرے لاہور سے پنڈی تک کے لگائے ہیں۔ شادی کے شروع دنوں میں بھی میں اتنی بار نہیں آئی تھی۔ یاد رکھنا تمہاری شادی پر تم سے سارا حساب کتاب برابر کرنا ہے۔''

''شادی کی تو شادی پر دیکھی جائے گی ابھی انگیج منٹ تو ہو لینے دیں۔''

''تمہاری ایسی انگیج منٹ ہو رہی ہوتی تو میں تم سے پوچھتا۔'' ذیشان کی ہنسی اسے زہر لگ رہی تھی۔

''بھابی کو چھوڑ کر آؤ...... مجھے تم سے کچھ ڈسکس کرنا ہے۔'' وہ ذیشان کو ہدایت دے کر لاؤنج سے اٹھ کھڑا ہوا اور پھر انہیں باہر تک چھوڑنے بھی آیا۔ ردا سے اس کی اتری صورت دیکھی نہیں جا رہی تھی۔ حیا کے حوالے سے وہ اسے بہت پیارا لگنے لگا تھا۔ مگر اس کی اپنی بھی مجبوری تھی، اماں جانی کے اصول توڑنا یا ان سے ٹکرانے کا حوصلہ کسی میں نہیں تھا۔ سو اس کے لئے ہمدردی لئے وہ واپس آ گئی۔ ابھی تو حیا بھی اس سے ناراض تھی حیا کو بھی سمجھانا تھا۔

○......❖......○

''حیا جلدی سے تیار ہو جاؤ تمہارے لئے کچھ شاپنگ کرنی ہے اور پھر تمہیں پارلر بھی لے کر جاتی ہوں۔''

حیا اپنے کمرے میں کتاب کھولے بظاہر پڑھنے میں مصروف تھی مگر ذہن تو اس کا دو دن بعد ہونے والی منگنی پر الجھا ہوا تھا۔ اس طرح اچانک اس کی زندگی بدلنے جا رہی تھی اور وہ کچھ کہنے کی پوزیشن میں بھی نہیں تھی۔

''مجھے کہیں نہیں جانا ہے میں ایسے ہی ٹھیک ہوں۔'' اس کا رویہ اس کی ناراضی کا غماز تھا۔

''پاگل ہو...... بے وقوف، لڑکیاں تو اپنی منگنی پر خوشی سے جھوم رہی ہوتی ہیں اور تمہارے منہ پر بارہ بجے ہوئے ہیں۔ پرسوں اس طرح بی ہیو کرو گی تو مسئلہ ہو جائے گا۔ چلو اٹھو شاباش ورنہ پھر میں اماں جانی سے کہتی ہوں وہی تمہیں راضی کریں گی۔''

ردا نے اسے دھمکی دی تو وہ منہ بسور کر جھنجلا کر اٹھنے لگی۔ ''یہ آپ نے اچھا نہیں کیا ردا آپی۔ آپ جانتی تھیں کہ میرا ایم کیا ہے مجھے ابھی پڑھنا تھا۔'' وہ آنسوؤں کے ساتھ شکوہ کناں ہوئی۔

''اسٹوپڈ تم تو ایسے بی ہیو کر رہی ہو جیسے ہم تمہیں رخصت کر رہے ہیں۔ صرف انگیج منٹ ہی تو ہو رہی ہے تمہاری۔ تمہیں اپنا ایم پورا کرنے کا پورا موقع ملے گا۔ خوش نصیب ہوتی ہیں وہ لڑکیاں جن کا مناسب وقت پر مناسب بندے کے ساتھ جوڑ مل جائے۔ بہت چاہتا ہے وہ تمہیں تبھی تو فوراً تمہیں اپنے ساتھ منسوب کرنے کی کوشش کی ہے اس نے۔

''یہی بات تو مجھے شرمندہ کر رہی ہے آپی...... سب میرے بارے میں کیا سوچ رہے ہوں گے اور ادھر کے لوگ سمجھ رہے ہوں گے کہ میں نے...... میں نے کوئی چکر......'' وہ ایک دم رو پڑی۔

''کیا، کیا سوچ رہی ہو...... اسٹوپڈ گرل، ہم لوگ تمہیں جانتے نہیں؟ اماں نے یا کسی نے تمہیں کچھ کہا۔ کوئی الزام دیا؟ نہیں ناں...... پھر ایسا کیوں سوچ رہی ہو۔''

ردا کو اب اس کا مسئلہ سمجھ میں آیا۔ آج کل سبھی اپنے آپ میں مگن سے تھے۔ ایسا ظاہر ہوتا تھا حالانکہ سبھی

اس کی منگنی کی تیاری کے سلسلے میں بے حد مصروف تھے تبھی حیا کو سب کی لاتعلقی کھل رہی تھی۔

''دیکھوتم بچی تو نہیں ہو جانتی ہو یہ سلسلے ایسے ہی چلتے ہیں۔ تمہیں اگر طاب نے پسند کر کے اپنانے کا فیصلہ کیا ہے تو اس میں کوئی برائی نہیں ہے۔ اس کے گھر والے بھی اچھے اور براڈ مائنڈڈ ہیں کوئی تمہارے بارے میں غلط نہیں سوچے گا۔ اپنے ذہن کو صاف رکھو اور چلو شاباش تیار ہو کر آؤ۔''

''مجھے اچھا نہیں لگ رہا آپی...... '' وہ روتے روتے منمنائی۔

''کوئی فضول بکواس نہیں شرافت سے چلو ورنہ پھر میں اماں جانی کو بلاتی ہوں۔'' ردا کی دھمکی کارگر ثابت ہوئی۔ وہ چند منٹ بعد اس کے ساتھ جا رہی تھی۔ ردا نے اسے شہر کے بہترین بوتیک سے منگنی کے لیے بہت خوبصورت روز پنک کلر کا سوٹ خرید کر دیا۔ جو کہ اس کے لئے بہت بھاری بھرکم سا تھا اور پھر اچھے سے بیوٹی سیلون میں لے جا کر نہ صرف اس کی ضروری ٹریٹمنٹ کروائی بلکہ منگنی کے دن کے لئے میک اپ کی بکنگ بھی کروا ڈالی۔ حیا کے لئے یہ سب بالکل نیا اور عجیب سا تھا۔ مگر بہن کی ''اماں جانی'' کی ناراضگی والی دھمکی اسے چپ کروا گئی تھی۔ ردا اسے شاپنگ مال کے کیفے میں لے آئی تھی۔ جس پر وہ جھنجلا کر بولی۔

''آپی چائے گھر جا کر بھی پی جا سکتی ہے۔ دیر ہو رہی ہے اماں پریشان ہوں گی گھر چلیں ناں......''

''چائے تو گھر جا کر ہی پیئیں گے سوئٹی ابھی یہاں بیٹھ کر کولڈ ڈرنک پی لیتے ہیں۔ آئس کریم کھا لیتے ہیں تم پریشان کیوں ہو حیا...... اماں کو پتہ ہے ہم شاپنگ کے لئے نکلے ہیں۔'' ردا نے قدرے جھنجلا کر جواب دیا۔

وہ تو ٹھیک ہے مگر آپ جانتی ہیں ناں انہیں ریسٹورنٹس میں جانا پسند نہیں ہے۔''

''جانتی ہوں مگر دیکھو سسرال میں اماں کی پسند اور مرضی کے مطابق نہیں رہا جاتا یہ بات میں تمہیں اکثر سمجھانے کی کوشش کرتی ہوں، طاب کی فیملی کا مزاج اور رکھ رکھاؤ اور طرح کا ہے، وہاں پارٹیز اور فنکشن ہوتے رہتے ہیں۔ طاب خود بھی آؤٹنگ کا شوقین ہے۔ موقع ملتے ہی دوستوں کے ساتھ پروگرام بنا لیتا ہے۔ یہ باتیں تمہیں بتانے کا مقصد یہی ہے جانو کہ تم اب خود کو اماں کی مرضی سے زیادہ طاب کی مرضی کے مطابق بنانے کی کوشش کروا دو کے......''

ردا نے اسے باتوں باتوں میں بہت کچھ باور کرایا۔ وہ ناسمجھ نہیں تھی۔ سمجھتی تھی کہ نئے رشتے استوار ہوں تو ان کی پائیداری کے لئے جی جان لگانی پڑتی ہے مگر اس کے ساتھ مسئلہ تو یہی تھا وہ خود کو بدلنے کی قائل نہ تھی۔ کم از کم وقت سے پہلے تو وہ خود کو نہیں بدل سکتی تھی۔

''ردا آپی ابھی میں اپنی اماں کے گھر میں ہوں اور مجھے ان کی خوشی عزیز ہے۔ جب ''کسی'' کے گھر جاؤں گی تو پھر ان کی مرضی دیکھ لوں گی پلیز مجھے وقت سے پہلے ہی کسی مشکل میں نہ ڈالیں۔ آپ جانتی ہیں یہ مجھ سے نہیں ہوگا۔''

ردا نے اس کے سپاٹ لہجے کو شدت سے محسوس کیا۔ وہ ذرا بھی تو خوش اور مطمئن نہیں تھی۔ اس نے کسی خیال کے تحت پوچھا۔

''حیا...... ایک بات صحیح صحیح بتانا تم طاب کے پرپوزل سے ناخوش ہو؟ کیا کوئی اور......''

''لاحول ولاقوۃ...... کیسی باتیں کر رہی ہیں، آئی تھنک آپ نے اس سلسلے میں مجھ سے پہلے بھی بات کی تھی۔ آپ مجھے جانتی ہیں پھر بھی ریئلی میں بہت ہرٹ ہوئی ہوں۔'' وہ روہانسی ہوکر بولی۔

''تمہارا بی ہیوئیر مجھے مجبور کر گیا ہے کہ میں تم سے پھر پوچھ رہی ہوں۔ دیکھو حیا اماں جانی کی تربیت اور اصول اپنی جگہ مگر اپنے دل پر اختیار تو نہیں ہوتا۔ اگر ایسا کوئی مسئلہ ہے تو پلیز تم مجھے بتا دو۔ میں تمہاری مدد کر سکتی ہوں۔'' ردا نے مکمل طور پر اسے اپنی نظروں کے حصار میں لے لیا۔

''فار گاڈ سیک آپی...... ایسی کوئی بات نہیں ہے۔ میں اماں جانی کی تربیت پر حرف نہیں آنے دے سکتی، یہ بات اچھی طرح جانتی ہیں آپ۔'' وہ قدرے بلند آواز سے بولی اور پھر ٹپ ٹپ آنسو میز پر موتی کی طرح بکھرنے لگے۔

''پھر تمہارا رویہ...... تم اس طرح ری ایکٹ کیوں کر رہی ہو...... اماں جانی نے سوچ سمجھ کر ہی تمہارے لئے فیصلہ کیا ہے۔'' ردا بھی زچ ہو کر بول اٹھی۔

''دراصل مجھے اماں جان کا یہ فیصلہ وقت سے بہت پہلے محسوس ہو رہا ہے اور پھر مجھے نہیں لگتا کہ میں ان لوگوں میں ایڈجسٹ ہوسکوں گی۔ بہت ڈیفرنس ہے ناں آپی مجھ میں اور ان کے لیونگ اسٹائل میں۔ کم ازکم آپ تو یہ بات سمجھتی ہیں ناں...... مجھے یہ بات پریشان کرتی ہے کہ میں......''

''پاگل، بے وقوف کیوں سوچ رہی ہو ایسی باتیں...... خود پہ اعتماد نہیں ہے تمہیں...... میں بھی تو ایڈجسٹ ہوئی ہوں، آخر میرے لئے بھی بالکل الگ ماحول تھا لیکن دیکھو میں نے کسی سے شکایت کی ہے اور نہ ہی شکایت کا موقع دیا ہے۔'' ردا نے اسے سمجھانے کی کوشش کی۔

''میں آپ جیسی نہیں ہوں آپی میرا حوصلہ......''

''بس اب اور کچھ مت کہو...... اماں کو پتہ چل گیا ناں تو تمہاری خیر نہیں ہے۔ اللہ کے بھروسے سے ہنسی خوشی اپنی زندگی کے اس فیصلے کو قبول کرو۔ ڈونٹ وری سب ٹھیک ہو جائے گا۔'' ردا نے اسے قدرے ڈپٹ کر سمجھایا تو وہ بے بسی سے سر ہلا کر رہ گئی۔

○......❖......○

''ہیلو لیڈیز...... کیا ہو رہا ہے؟ آئی تھنک کسی ٹیکسی، رکشہ کا انتظار فرمایا جا رہا ہے۔'' طاب رحیم نہ جانے کہاں سے چلا آیا تھا۔ وہ شاپنگ مال کے باہر واقعی کسی ٹرانسپورٹ کے لئے پریشان سی تھیں کیونکہ شہریار بھائی کسی ضروری کام کے سبب انہیں پک کرنے نہیں آرہے تھے۔ انہیں رکشہ ٹیکسی سے آنے کا مشورہ دیا گیا تھا۔ سو وہ اسی مشورے پر عمل درآمد کے لئے سڑک پر چلی آئی تھیں۔

''تم...... یہاں......؟'' ردا کو اسے دیکھ کر حیرت کا جھٹکا لگا جبکہ حیا حیران بھی تھی اور پریشان تھی۔ وہ اپنی گاڑی سے اتر کر ان کے مقابل کھڑا پوچھ رہا تھا۔ حیا کا بس نہیں چل رہا تھا کہ وہ اپنی سیاہ چادر میں ہی کہیں گم ہو جائے۔

''کیا ہوا......؟ اتنی حیران کیوں ہیں مجھے دیکھ کر۔'' طاب نے دلچسپی سے اس کے چہرے پر نگاہ مرکوز کی جو

شرم سے تمتما رہا تھا۔ سیاہ چادر کے ہالے میں گلگوں چہرے کی عجب ہی بہار تھی۔

''تم یہاں کیسے؟ میرا مطلب ہے کہ کس نے بتایا کہ ہم......'' ردا نے اپنی حیرت چھپاتے ہوئے استفسار کیا۔

''آج صبح میرے فرشتوں نے خبر دی تھی کہ شام کے وقت اس مال کے پاس دو خواتین میری مدد کی منتظر ہوں گی سو میں چلا آیا۔ آیئے آپ کو ڈراپ کر دوں۔'' طاب نے اسے چھیڑا۔

''آ......پی......ہم......رکشے سے چلے جائیں گے۔'' ردا کے جواب دینے سے پہلے ہی حیا منمنائی...... اسے ڈر تھا کہ ردا اس کے ہمراہ ہی نہ لے کے چل دے۔

''ہا......ں......ضرور انہیں رکشے میں سوار کر دیجئے اور آپ میرے ساتھ آیئے۔'' طاب نے مصنوعی سنجیدگی سے جواب دیا۔

''میں اکیلی جاؤں گی آپی......اماں جانی کا پتہ ہے ناں آپ کو......'' وہ بوکھلا کر بولی چہرے اور لہجے میں بھولپن سا تھا۔ طاب دل ہی دل میں نثار ہوا۔

''ہائے اس سادگی پہ کون نہ مر جائے۔'' وہ زیر لب بڑبڑایا، ردا کو معاملے کی نزاکت کا احساس تھا۔ تبھی معذرت خواہانہ لہجے میں بولی۔

''سوری طاب ابھی ہم تمہارے ساتھ نہیں جا سکتے۔ سبھی کو برا لگے گا۔ حیا نہ ہوتی تو میں خود تمہیں ڈراپ کرنے کے لیے کہہ دیتی۔ پلیز مائنڈ مت کرنا۔ ابھی تو تمہاری انگیج منٹ بھی نہیں ہوئی ہے تو......'' ردا وضاحت دے رہی تھی۔

''آپ لوگ رکشے ٹیکسی میں بھی تو جا رہے ہیں۔ اگر میں ڈراپ کر دوں گا تو اس میں پرابلم کیا ہے۔''

''اماں جانی کے کچھ اصول ہیں وہ شادی سے پہلے لڑکی، لڑکے کے میل جول کو مناسب نہیں سمجھتیں۔ حیا تو پہلے ہی اس بات سے خائف ہے کہ خاندان کے لوگ تمہاری پسند و خواہش پر بھیجے گئے پرپوزل پر اس کی ذات کو بھی ملوث نہ کر لیں۔ اماں جانی کی طرح یہ بھی خاندان اور زمانے سے ڈرتی رہتی ہے۔ پلیز ٹرائی ٹو انڈرسٹینڈ......شادی سے پہلے تو تمہاری کوئی ایسی آفر ایکسپٹ نہیں ہو سکے گی پلیز مائنڈ مت کرنا۔'' ردا نے اسے وضاحت سے سمجھایا وہ کچھ لمحے سنجیدگی سے کھڑا سوچتا رہا اور پھر سر ہلا دیا۔ گویا وہ ان کی مجبوری سمجھ رہا تھا۔

''کیا کہوں میں آپ سے......دنیا گلوبل ویلیج بن گئی ہے اور آپ کے یہاں انیسویں صدی ہی ختم نہیں ہوئی۔ ویل، کیا ہو سکتا ہے میرا نصیب ہی ایسا ہے کہ محبت بھی ہوئی تو دنیا سے خوفزدہ رہنے والی لڑکی سے......ویل آئی ہوپ مستقبل میں میری کمپنی ان کے سارے خوف دور کر دے گی۔'' وہ مخاطب تو ردا سے تھا مگر دیکھ حیا کو ہی رہا تھا۔ حیا ردا کے پیچھے چھپنے کی ناکام کوشش میں تھی۔ اس کی محسوسات گڈمڈ ہو رہی تھیں۔ دل و ذہن میں طاب کے حوالے سے اچھے تاثرات پیدا ہو رہے تھے۔

مگر اس سے سامنا ابھی اچھا نہیں لگ رہا تھا۔ عجیب سی گھبراہٹ اور شرم نے اس کے حواسوں کو منتشر کر رکھا تھا۔

"ان شاء اللہ ایسا ہی ہوگا۔ حیا بہت کوآپریٹو ہے۔" ردا نے اپنے طور اسے مطمئن کرنے کی کوشش کی۔

"آپی چلیں بھی۔" حیا سے بمشکل آواز نکالی۔ لب سڑک کھڑے ہونا اس کے لئے دشوار ہو رہا تھا اور وہ بھی طاب رحیم اپنے ہونے والے منگیتر کے سامنے۔

"میں ٹیکسی تو ہائر کر کے دے دوں یا یہ بھی مجھے الاوَڈ نہیں ہے۔"

طاب نے پارکنگ سے نکلتی خالی ٹیکسی کو ہاتھ کے اشارے سے بلایا۔

"طاب تمہیں مجبوری بتائی تو ہے پلیز مائنڈ مت کرنا، اوکے، ٹیک کیئر پرسوں فنکشن کے بعد آؤں گی تم سے ملنے۔" ردا نے ٹیکسی میں بیٹھنے سے پہلے اس کے کندھے پر ہاتھ رکھ کر منت سے کہا۔ وہ سر ہلانے لگا۔

حیا پہلے ہی ٹیکسی میں بیٹھ چکی تھی۔ طاب کچھ سوچ کر اس کی طرف کی کھڑکی پر جھکا۔

"آپ کی شرم و حیا اپنی جگہ حیا عمر مگر اخلاق کے بھی کچھ تقاضے ہوتے ہیں۔ سلام نہ سہی خدا حافظ ہی کہہ دیجئے۔" اس کا چہرہ چند انچ کے فاصلے پر اس سے اس قدر قریب تھا اور ردا اندر بیٹھ رہی تھی۔ وہ نہ صرف بوکھلا اٹھی بلکہ لرزنے بھی لگی۔ اس کا لرزنا صاف محسوس ہو رہا تھا۔

طاب فوراً ہی پیچھے ہو کر بولا۔ "بھابی گھر پہنچ کر فون کر دیجئے گا آئی ایم وریڈ اباؤٹ یو...... خدا حافظ۔"

ٹیکسی چلتے ہی حیا کی جان میں جان آئی۔

"کتنا کیئرنگ ہے ناں طاب...... بہت خوش رکھے گا تمہیں خدا کا شکر ادا کر کہ اتنا پیارا بندہ تمہارے مقدر میں لکھ دیا ہے۔" ردا اپنی دھن میں تھی۔

"مگر آپی مجھے نہیں لگتا کہ میں ان کی توقعات پر پوری اتروں گی۔" حیا نے گہری سانس کھینچ کر کہا۔

"تمہاری سُوئی اب تک وہیں اٹکی ہوئی ہے۔ اچھا اچھا سوچو سوئٹی، فضول سوچیں اپنے ذہن سے نکال دو اوکے۔" ردا نے اسے پھر سے ڈپٹ دیا تو وہ خاموش ہوگئی۔

کیا کرتی کوئی بھی اس کی سوچ تک نہیں پہنچ پا رہا تھا۔ اور وہ چاہ کر بھی کسی کو سمجھا نہیں پا رہی تھی کہ طاب رحیم اور اس کی فیملی کو دیکھنے ملنے کے بعد اس کے اندر جو ذرا سی خود اعتمادی تھی کہیں غائب ہو جاتی تھی۔ جبکہ وہ لوگ سب اسے بہت پُراعتماد اور کچھ کچھ خود پسند بھی محسوس ہوئے تھے۔

حیا کبھی تصنع و بناوٹ کا مظاہرہ نہیں کر سکتی تھی۔ یہ بات اسے پریشان رکھے ہوئے تھی کہ وہ جس ماحول اور خاندان کا حصہ بننے جا رہی تھی وہاں اسے اپنی ذات کے ہر پہلو بدلنا ہوگا نہ صرف بدلنا پڑے گا بلکہ سرے سے اپنی شخصیت کو ہی ختم کرنا پڑ جائے گا۔ یہ ڈر یہ خوف اسے خوش نہیں ہونے دے رہا تھا۔ طاب رحیم کا اقرارِ محبت بھی اسے مطمئن نہیں کر پا رہا تھا۔ اسی احساس میں گھرے ہوئے آخر منگنی کا دن بھی آ پہنچا تھا۔ سبھی بے حد خوش تھے اور گم صم اپنے معمولات میں مصروف تھی۔

O......❖......O

"مام آپ فری ہو۔" طاب نے اپنی مام فائزہ فاروقی کے کمرے کے دروازے پر دستک دے کر اندر جھانک کر دیکھا۔

فائزہ اس وقت شام کے لئے جیولری سلیکٹ کرنے میں مصروف تھیں۔ ''بس بچے آ جاؤ تمہارے۔ لئے تو ٹائم ہی ٹائم ہے میرے پاس۔'' انہوں نے مڑ کر اسے اندر آنے کی دعوت دی۔ چہرے پر ممتا کا بھرپور احساس چمک رہا تھا۔

''مجھے آپ سے کچھ بات کرنی ہے۔'' طاب قدرے ہچکچایا۔

''کیا بات کرنی ہے سویٹ ہارٹ!'' وہ جیولری سیٹ لے کر بیڈ پر آ بیٹھیں اور پھر اسے بھی بیٹھنے کا اشارہ کیا۔

''سب تیاری ہو گئی ہے؟'' وہ بیٹھتے ہوئے پھر اسی انداز میں بولا تو فائزہ نے اپنے بیش قیمت ڈائمنڈ سیٹ سے نگاہ ہٹا کر اس کو بغور دیکھا۔

''ہاں جان...... کیوں تمہیں کوئی کمی لگ رہی ہے۔'' وہ فکرمندی سے پوچھنے لگیں۔

''نہ...... نہیں مام ایوری تھنگ پرفیکٹ وہ ایکچولی......'' یہ پہلا موقع تھا کہ ان کا بیٹا ان سے کچھ کہتے ہوئے ہچکچا رہا تھا۔ اس کی کشمکش انہیں بے چین کر گئی۔

''طاب کیا بات ہے...... کوئی چیز پسند نہیں ہے تو بتا دو جان، ابھی ہمارے جانے میں دو اڑھائی گھنٹے ہیں، ارینج ہو جائے گا بیٹا۔''

''مام ایسا کوئی مسئلہ نہیں ہے ایکچولی میں آپ سے کہنے آیا تھا کہ آپ ان لوگوں کو فون کر دیں کہ ہم لوگ انگیج منٹ کے لئے نہیں آ رہے بلکہ......''

''وہاٹ......! کیا کہہ رہے ہو طاب تم، آر یو سیریس؟'' فائزہ فاروقی حیرت سے چیخ ہی تو اٹھیں۔ ''اتنی بڑی بات کیسے کہہ دی تم نے...... ہم کس طرح فیس کریں گے سب کو......'' فائزہ فاروقی کے چہرے پر اچانک کرب بکھر گیا تھا۔

''ما...... م...... میری پوری بات تو سنیں...... میں کہہ رہا تھا کہ......''

''مجھے تم سے ایسی امید نہیں تھی طاب۔''

''پلیز ماما فار گاڈ سیک پہلے میری بات تو سنیں۔'' وہ ایک دم جھنجلا اٹھا۔

''کیا کہوں میں تمہیں طابی...... پہلے تم اس لڑکی کو اپنانے کے لئے اس قدر بے تاب تھے کہ تمہیں بہنوں کی باتیں اور ویوز ناگوار لگ رہے تھے، تمہاری خوشی کے لئے سب کچھ اگنور کیا گیا ہے اور اب تم...... مجھے سب کی نظروں میں تماشا بنوانا چاہتے ہو۔''

فائزہ فاروقی کا لہجہ پہلی بار اس کے لئے ملامت آمیز تھا۔ وہ سر تھام کر بیڈ کے سرے سے اٹھ کھڑا ہوا۔

''مام! آپ غلط سمجھ رہی ہیں۔ میں آپ سے یہ کہنے آیا تھا کہ ادھر فون کر دیں کہ ہم نکاح کے لئے آ رہے ہیں۔ انگیج منٹ کے لئے نہیں۔'' فائزہ فاروقی کا تو جیسے سر ہی چکرا گیا۔

''مطلب تم مجھے پاگل کر دو گے۔ تمہاری طبیعت تو ٹھیک ہے ناں......'' فائزہ تشویش کے ساتھ اس کی طرف بڑھیں۔ ہاتھ بڑھا کر اس کی پیشانی کو چھوا جو بالکل نارمل تھی۔

''مام میں بالکل ٹھیک ہوں اور ہوش و حواس میں آپ سے کہہ رہا تھا۔ جس طرح کہ میری انگیج منٹ ہو رہی تھی وہ مجھے قبول نہیں۔'' وہ اپنے فطری انداز میں گویا ہوا۔

''یہ بات تمہیں پہلے کہنی چاہئے تھی۔ طاب ساری ارینج منٹ ہو چکی ہے۔ اب کچھ نہیں ہو سکتا۔ وہ لوگ ہرٹ ہوں گے اور یہاں بھی میں۔ کس کس کو ایکسپلین کروں گی...... یہ بات یہیں ختم کر دو......'' فائزہ نے تھک کر بیٹھتے ہوئے اسے سمجھایا۔

''مام پلیز......ٹرائی ٹو انڈرسٹینڈ...... میں سیٹسفائیڈ نہیں ہوں۔ اسی طرح کی انگیج منٹ سے۔ آپ لوگوں کی پروا کیوں کر رہی ہیں۔ آپ اُدھر بات تو کیجئے۔''

''اتنا ایزی میٹر نہیں ہے یہ...... مجھ سے بات نہیں ہوگی۔''

''میں پھر خود بات کروں؟'' طاب نے گہری سنجیدگی سے پوچھا۔ فائزہ کے لئے عجب کشمکش کی گھڑی تھی۔ اکلوتے بیٹے کی ضد اور من مانی انہیں زچ کر رہی تھی۔

''ایسی نادانی کی باتیں کیوں کر رہے ہو تم۔''

''مام اس میں نادانی والی کیا بات ہے۔ جب مجھے اسی سے شادی کرنی ہے تو پھر انگیج منٹ کے بجائے نکاح ہونے میں کیا حرج ہے۔ آپ ردا بھابی سے بات کریں بلکہ بتا دیں کہ یہ میرا فیصلہ ہے۔ میری خواہش ہے۔ ہم شام کو نکاح کے لئے آ رہے ہیں۔ آئی تھنک یہ بات ان لوگوں کے لئے بھی ایشو نہیں بنے گی۔'' وہ اپنی کہہ کر ردا کے موبائل پر کال کرنے لگا۔

''یہ کہاں کی شرافت ہے۔ خاندانی لوگوں میں کیا ایسا ہوتا ہے۔ اس کا یہ ارادہ تھا تو وہ ہم سے پہلے ہی کہہ دیتیں۔ اب گھنٹہ بھر پہلے ہمیں اطلاع دی جا رہی ہے کہ وہ لوگ نکاح کے لئے آ رہے ہیں۔ ارے ہم اپنے خاندان برادری میں کیا کہیں گے کہ آناً فاناً فیصلہ کیوں بدلا گیا۔'' اماں جان کا تو سنتے ہی پارہ چڑھ گیا تھا۔ ردا حیا کے ساتھ اس وقت بیوٹی سیلون میں تھی جب اسے طاب کی ماما کا فون موصول ہوا تھا۔ اطلاع سنتے ہی حواس تو اس کے بھی منتشر ہو گئے۔

مگر وہ کچھ کہنے سننے کی پوزیشن میں نہیں تھی۔ فائزہ فاروقی نے اپنی مجبوری بتا کر اس کی زبان بند کر دی تھی۔ حیا کا میک اپ آخری مراحل میں تھا۔ اسے سمجھ نہیں آ رہی تھی کہ وہ کس طرح اماں جان تک یہ اطلاع پہنچائے۔ مجبوراً وہ صبر کر کے حیا کے ساتھ ہی گھر پہنچی اور پھر اماں نے تو سنتے ہی اک ہنگامہ کھڑا کر دیا۔ گھر میں چند قریبی عزیز آ چکے تھے۔

منگنی کا انتظام انہوں نے قریبی میرج ہال میں کروایا تھا۔ سبھی کو وہاں پہنچنا تھا۔

''اماں جانی اب کیا ہو سکتا ہے۔ پلیز آپ خود کو سنبھالیں۔ طاب کی یہی خواہش ہے فائزہ آنٹی بھی شرمندہ ہیں۔''

ردا نے انہیں سنبھالنے کی کوشش کی۔ حیا خود یہ سارا معاملہ سن کر پریشان ہو گئی تھی۔ نہ جانے اس کے ساتھ کیا ہونے جا رہا تھا۔ عجیب سی بے کلی تھی جو دل میں مچل رہی تھی۔

''اچھی شرمندگی ہے جو دوسروں کو ذلیل کرنے کا سامان کئے ہوئے ہے۔ زینب، شہریار کو بلاؤ وہ اِدھر فون کر کے کہہ دے کہ اگر آنا ہے تو صرف منگنی کی رسم کے لئے آئیں ورنہ......'' اماں جان کا غصہ کسی طرح کم نہیں ہو رہا تھا۔

''اماں ...... کیسی باتیں کر رہی ہیں۔ گھر میں مہمان جمع ہیں۔ ہماری بیٹی کا معاملہ ہے...... اس طرح کیسے کہہ دیں کہ وہ لوگ نہ آئیں......'' زینب نے نہایت نرمی وتحمل سے احساس دلانے کی کوشش کی۔ اسی اثناء میں شہریار اور زارا وغیرہ بھی آ گئے۔ انہیں بھی حیا کے سسرال کے ارادوں کا علم ہو چکا تھا۔ سبھی اپنی اپنی جگہ پر حیران و پریشان تھے کہ کریں تو کیا کریں۔ ایسے لوگوں میں بیٹی بیاہنے سے بہتر ہے کہ جواب ہی دے دیا جائے جو نہ قاعدے جانتے ہیں اور نہ ہی اصول۔

اماں کے رشتے کی خالہ زاد نے درمیان میں مداخلت کی جو اس وقت وہیں موجود تھیں۔ ردا اور زارا نے پہلے اپنی خالہ امی کو دیکھا اور پھر بھائی کو جو خود بھی یہ سب سن کر بے چین تھا۔

''خالہ امی ایسے تو جواب نہیں دیا جاتا۔ مہمان عزیز سبھی آنے والے ہیں اور ہم لوگ خود ہی حیا کا تماشا بنوا دیں...... پلیز اماں جان آپ ذرا ٹھنڈے دل سے سوچیں...... اس وقت وہ جو چاہتے ہیں ہونے دیں۔ اچھا ہے منگنی کے بجائے نکاح ہو جائے گا۔ آپ کو بھی تسلی ہو جائے گی کہ حیا کا مستقبل محفوظ ہے۔ پلیز اماں اگر ہم لوگوں کو موقع دیں گے تو وہ باتیں بنائیں گے ورنہ کون ہم سے وضاحت مانگ سکتا ہے۔'' شہریار نے اپنے ٹھنڈے سبھاؤ سے اماں کو رام کرنے کی کوشش کی۔ وہ بے شک حالات کی نزاکت کا احساس رکھتی تھیں مگر ایک دکھ اور غصہ ان کے اندر جیسے بھرتا جا رہا تھا۔ احساس ذلت انہیں چین نہیں لینے دے رہا تھا۔

ان کے خیال میں حیا کے سسرال والوں نے انہیں تماشہ بنانے کی کوشش کی تھی۔

''پھر بھی بچے دیکھو ایسا ہوتا ہے کیا! ارے عین وقت پر بتایا جا رہا ہے کچھ انتظام ہوتا ہے کچھ لین دین کرنا پڑتا ہے ایسے موقعوں پر۔ یہ تو ہمیں کمتر ثابت کرنے والی بات ہوئی ناں......''

''ایسی بات نہیں ہے اماں جانی وہ تو بس طاب کی خواہش پر آنٹی مجبور ہو گئیں ورنہ وہ ایسی نہیں ہیں۔''

''بس کرو...... تمہاری وجہ سے ہی تو یہ دن دیکھنا پڑا ہے۔ ہمیں سوچنے سمجھنے کا موقع ہی نہیں دیا تم نے اور تمہاری سسرال نے۔''

''اماں پلیز......'' شہریار نے آگے بڑھ کر اماں کے کندھوں پر ہاتھ رکھا۔

''آپ ٹینشن مت لیں کوئی کمی نہیں ہو گی اور پھر سوچیں حیا کے مقدر میں ایسے ہی لکھا ہے۔ آپ لوگ ہال میں چلیں مہمان آنا شروع ہو گئے ہیں اور ردا فیضان کا فون آیا تھا وہ لوگ بھی پہنچنے والے ہیں۔ ذرا خیال رکھنا کسی کو شکایت کا موقع نہ ملے۔'' شہریار نے اپنے بڑے ہونے کا فرض بخوبی نبھایا۔ اس کا تحمل، بُردباری اماں کو خاموش کروا گئی تھی۔

مگر پھر ہال میں لڑکے کی آمد پر سبھی نے اماں جان سے پوچھ پوچھ کر زچ کر دیا۔ اماں جان عزیزوں کو وضاحت دے دے کر تھک گئی تھیں۔ سچ جھوٹ بتا بتا کر ان کے اندر عجیب سا احساس بھرتا جا رہا تھا۔ تبھی ان کے

رویے میں بھی سرد مہری بڑھتی جا رہی تھی۔

ذکیہ درانی کو بھی طاب رحیم کا عین وقت پر نکاح کے لئے اصرار پسند نہیں آیا تھا۔ اس لئے وہ بھی ایک طرف خاموشی سے بیٹھی تھیں۔ شہریار نے ان لوگوں کا استقبال ان کے شایان شان کروایا تھا۔ اپنی طرف سے اس نے کوئی کمی نہیں چھوڑی تھی نہ ہی کوئی شکوہ کیا تھا۔ بہن کا معاملہ تھا وہ نہیں چاہتا تھا کہ ان کی کوئی لغزش حیا کی آئندہ زندگی پر اثر انداز ہو اسی لئے اس نے بہنوں اور بیوی کو ہدایت کر دی تھی کہ کسی کو کچھ نہ کہا جائے حتیٰ کہ مذاق میں بھی جتانے کی ضرورت نہیں ہے۔

مگر ردا کو بہت غصہ تھا جو اسٹیج پر بیٹھے طاب رحیم کو دیکھ کر مزید بڑھ رہا تھا۔ اندر کی خوشی جگمگاہٹ بن کر اس کے چہرے پر پھیلی ہوئی تھی۔ محبت کا نور اسے پہلے سے بھی زیادہ جاذب نظر بنائے ہوئے تھا۔ وہ اپنے آپ میں ایسا مگن تھا کہ کسی اور کا تو جیسے اسے احساس ہی نہیں تھا۔ جبکہ گھر بیٹھی حیا نے رو رو کر اپنا حشر بگاڑ رکھا تھا (جب سے اسے خبر ہوئی تھی کہ اس کا نکاح ہو رہا ہے) اماں جان نے اسے اپنے انداز میں سمجھا بجھا کر نکاح نامے پر دستخط کروائے تھے۔ پل بھر میں وہ پرائی ہو گئی تھی۔ اس کے جملہ حقوق کسی اور کے نام منتقل ہو گئے تھے۔

نکاح کے بعد کھانے سے فارغ ہو کر فریحہ اور ملیحہ حیا کو اسٹیج پر بلوانے کے تقاضے کے ساتھ ردا اور اماں جان کے پاس چلی آئیں۔

''آنٹی پلیز حیا کو اب بلوا لیں اس کے ساتھ فوٹو سیشن ہو جائے تو پھر ہم لوگ چلتے ہیں۔''

''ہا...... ں...... ہاں کیوں نہیں اب تو وہ آپ لوگوں کی ہی امانت ہے۔ ردا، زارا جاؤ بہن کو لے آؤ اور سب سامان بھی......'' اماں کے سنجیدہ متین لہجے پر ردا نے انہیں چونک کر دیکھا۔ اسے کچھ غیر معمولی سا احساس ہوا تھا۔ اس کی چھٹی حس نے اندر گھنٹی سی بجائی تھی۔

''ایسے کیا دیکھ رہی ہو۔ اچھا چلو میں بھی تم لوگوں کے ساتھ چلتی ہوں۔ اپنی بیٹی کو اپنے گھر سے ہی رخصت کروالاؤں۔'' زارا کو ماں کی حالت پر شبہ سا ہوا...... دبے دبے لہجے میں انہیں مخاطب کیا۔

''اماں جان یہ آپ کیا کہہ رہی ہیں۔''

''پاگل نہیں ہوئی ہوں میں جانتی ہوں کیا کہہ رہی ہوں چلو۔'' وہ بیٹی کو ڈپٹ کر چل دیں۔ ان کا گھر شادی ہال کے قریب ہی تھا۔ تین چار منٹ میں وہ گھر پر تھیں۔ بیٹیاں ماں کے رویے پر حیران پریشان تھیں۔ ان کے آتے ہی رشتے کی کزن نے شکایت کی۔

''تائی امی آپ نے حیا کے لئے جو کھانا بھجوایا تھا۔ اس نے نہیں کھایا۔ کہتی ہے بھوک نہیں ہے......''

''ارے چندا تھوڑا بہت تو کھا لیتیں صبح سے بھوکی ہو۔ کیا ماں کے گھر سے بھوکی جاؤ گی۔'' انہوں نے حیا کے قریب بیٹھ کر چمکارا۔ ردا کے ساتھ زارا اور حیا بھی چونکی ہو گئیں۔

یہ اماں کیا کہہ رہی تھیں سمجھ کے بھی کچھ سمجھ نہیں آ رہا تھا۔

''اماں...... آپ حیا کو رخ...... ص...... ت (رخصت) کرنے لگی ہیں۔'' ردا نے اپنی حیرت میں پوچھا۔

''ہاں...... تم ٹھیک سمجھی ہو...... بیٹا ذرا پلیٹ میں کھانا ڈال کر دو میں اپنی بچی کو آج اپنے ہاتھ سے کھلاتی

ہوں۔"

"مگر......اماں اس طرح اچانک اتنا بڑا فیصلہ......" زارا نے بھی لب کھولے۔

"میں نے سوچ سمجھ کر کیا ہے یہ فیصلہ......" انہوں نے بھتیجی سے کھانے کی پلیٹ تھام کر قدرے تحمل سے جواب دیا۔

"اماں جانی ہم حیا کو اس طرح رخصت کریں گے؟"

"تو پھر اور کس طرح کریں، کیا چاہتی ہو تم اسے یہاں رکھ کر مزید ذلت کا سامان پیدا کرلوں۔ ایسے لوگوں کا کوئی بھروسہ ہے کیا اعتبار ہے، ان لوگوں کا جس طرح آج بنا بتائے نکاح کا شوشہ اٹھایا ہے۔ چند دن بعد رخصتی کا شور مچادیں...... جو ہونا ہے آج ہی ہو جائے میں روز روز کی ذلت نہیں سہہ سکتی۔" ان کا دبنگ انداز انہیں خاموش کروا گیا۔

"اماں...... جان...... پلیز اس طرح مت کریں...... میں کہیں نہیں جاؤں گی۔" حیا روہانسی ہو کر بمشکل بول پائی۔

"تمہیں میری تذلیل پسند ہے تو بیٹھی رہو۔ بلکہ پھر ساری زندگی یہیں بیٹھی رہنا......" اماں جان کی سرد مہری اس سے برداشت نہیں ہو رہی تھی۔ وہ فوراً ان سے لپٹ کر رونے لگی۔

"اماں......خدا کے لئے مجھے اس طرح تو جدا نہ کریں۔ میرا کیا قصور ہے۔ میں نے ہمیشہ آپ کی بات مانی ہے اور اب بھی مجھے آپ کی خوشی عزیز ہے۔ مگر اس طرح تو......"

"حیا! اگر واقعی میری خوشی چاہتی ہو تو میری تربیت کی لاج رکھ لو۔ جیسا میں کہتی ہوں ویسا کرو۔" وہ اس کے قریب سے اٹھ گئیں۔ حیا کے آنسو ایک لمحے کے لئے اس کی آنکھوں میں ٹھہر کر پھر جاری و ساری ہو گئے۔ اماں کے لہجے میں بے بسی و شائستگی نے اسے اندر تک ہلا دیا تھا۔ اپنی بات پر ڈٹ جانے والی اماں جانی آج اس سے اپنی لاج نبھانے کا تقاضا کس مجبوری سے کر رہی تھیں۔ اس نے بڑی دقت سے اپنے وجود کی طاقت کو کھڑے ہونے کے لئے مجتمع کیا تھا۔

○......❖......○

"یار یہ کیسے لوگ ہیں۔ نکاح کے بعد بھی کیا میری منکوحہ کا دیدار نہیں کرائیں گے مجھے۔" طاب نے سخت جھنجلاہٹ کے عالم میں قریب بیٹھے ذیشان سے سرگوشی کی۔ اس وقت وہی واحد دوست اس کی خوشی میں شریک تھا۔ باقی سب کو تو اس نے مدعو نہیں کیا تھا۔ بلکہ اطلاع یا خبر تک نہ دی تھی۔

"تو تو نے کیا سوچا تھا کہ نکاح کی صورت میں وہ لوگ حیا کو تیرے برابر لا بٹھائیں گے...... بیٹا تُو نے غلط سوچا تھا۔ یہ لوگ تو رخصتی کے وقت دولہا دلہن کو ساتھ ساتھ نہیں بٹھاتے تمہارا صرف نکاح ہوا ہے تو کیسے تُو دیدار کر سکتا ہے۔" ذیشان نے اس کی جھنجلاہٹ سے حظ اٹھایا۔

"سارا پلان غارت ہو گیا ہے تمہارا...... اب اٹھ اور چلنے کی تیاری کرو۔ تمہیں معلوم ہے ناں مجھے مَیس پہنچنا ہے حیا کا دیدار تصویروں میں کر لینا اوکے۔"

''شٹ اَپ...... حدِ ادب یار اب وہ تمہاری بھابی ہے۔'' طاب نے اسے گھور کر کہا۔

''مجھے اپنی حدود معلوم ہیں...... ردا بھابی کے حوالے سے وہ پہلے ہی میرے لئے محترم ہیں البتہ تم نے اپنی حدود کا خیال نہیں رکھا۔ یو نو تمہارے اس ''کارنامے'' سے کوئی بھی خوش نہیں ہے۔ مجھے تو سبھی ٹینس میں نظر آرہے ہیں۔ اسپیشلی آنٹی فائزہ۔ یار اگر تمہیں حیا سے ملنے کا ایسا ہی شوق چڑھا تھا تو اس کے لئے کوئی دوسرا راستہ بھی نکال سکتے تھے۔ وہ کالج بھی جاتی ہے تم وہاں جا کر مل سکتے تھے۔'' ذیشان نے بھی دبے دبے لہجے میں اظہار کیا۔

''ضرور! کالج میں تو وہ مجھ سے ضرور مل لیتی۔ مجھے دیکھتے ہی محترمہ کی جان نکلنے لگتی ہے۔ مجھے خود بھی اس سے پبلک پلیس پر ملنا اچھا نہیں لگتا۔'' طاب نے اِدھر اُدھر دیکھتے ہوئے کوفت سے جواب دیا۔ سبھی لوگ اپنے آپ میں مگن تھے۔ جو اس کی طرف متوجہ تھے۔ وہ اسٹیج سے کافی دور تھے۔ اپنے خاص سسرال والے اسے حال میں نظر نہیں آرہے تھے۔

''پلیز یار ردا بھابی کو ہی بلوالو۔ میں انہی سے پوچھ لوں کہ ان لوگوں کے کیا ارادے ہیں......''

''اب تم انہیں مزید پریشان کرو گے؟ تمہیں بتا تو دیا ہے کہ ایسا ہونا ممکن نہیں ہے۔ ردا بھابی کی والدہ ایسے معاملات میں بہت اسٹریک ہیں۔ جہاں تک مجھے علم ہے اپنے اصولوں پر وہ کبھی کمپرومائز نہیں کرتیں۔ نہ جانے کیسے تمہاری ''فرمائش'' پوری کی گئی ہے۔'' ذیشان نے قدرے جھنجلا کر جواب دیا۔

''دلگن سچی ہو تو منزل خود بخود قریب آجاتی ہے وہ دیکھو میری خواہش مکمل و مجسم میرے سامنے ہے۔'' خوشی کے بھرپور احساس سے لبریز آواز کی کھنک پر ذیشان نے بھی چونک کر سامنے دیکھا۔

مووی لائٹس اور کیمروں کی آنکھوں کا مرکز بنی ردا بھابی اور زینب بھابی کے مضبوط حصار میں بندھی وہ قدرت کا حسین شاہکار بنی سہج سہج چلی آرہی تھی۔ ذیشان حیران تھا جبکہ طاب کی تو جیسے خوشی کا ٹھکانہ ہی نہ تھا۔ وہ جیسا چاہ رہا تھا ویسے ہی ہو رہا تھا۔ اپنی خوش نصیبی پر اسے خود ہی رشک آرہا تھا۔ اس کی نگاہیں صرف اور صرف حیا پر مرکوز تھیں۔ جھکی جھکی لرزیدہ پلکیں اور دہکتے ہوئے پنکھڑی لب اس کے دل کی دنیا میں تہلکہ مچا رہے تھے۔ وہ بے خودی میں تھا۔ جبکہ ذیشان کی نگاہ تو حقیقت کو دیکھ اور سمجھ رہی تھی۔ صرف حیا ہی نہیں ردا اور زینب کے چہرے بھی ضبط گریہ سے تمتما رہے تھے اور ان کے پیچھے آنے والے افرادِ خانہ کے تاثرات بھی کچھ مختلف نہ تھے۔ اس کا اپنا بھائی کافی سنجیدہ دکھائی دے رہا تھا۔ وہ فوراً ہی اسٹیج سے اتر کر اپنے بھائی فیضان درانی کی طرف بڑھا۔

فیضان نے کافی افسوس کے ساتھ اسے صورتِ حال سے آگاہ کیا۔ ذیشان کے لئے بھی یہ صورتِ حال افسوس کا باعث تھی۔

''فیض بھائی یہ تو کچھ ٹھیک نہیں ہو رہا۔ میں مانتا ہوں طاب نے اپنی جائز خواہش کو بے موقع اور غلط طریقے سے منوایا ہے۔ مگر اس کا یہ مطلب تو نہیں ہے کہ ادھر سے بھی اسی طرح ری ایکٹ کیا جائے۔ آپ سمجھائیں تو سہی...... اس طرح تو دونوں طرف کے تعلقات تناؤ کا شکار ہو جائیں گے۔''

''کوشش تو کی تھی مگر میری مدر ان لا بھی اپنے ارادوں کی اٹل ہیں۔ ان کی اپنی منطق ہے۔ مجھے تو حیا پر

ترس آرہا ہے۔ ابھی بچی ہے وہ۔ اسے خود کو ذہنی طور پر تیار کرنے کا ٹائم دیا گیا ہے نہ موقع۔ اللہ ہی حافظ ہے اس کا۔ نہ جانے کیوں اماں جان کو اس کا خیال نہیں آرہا۔" دونوں بھائی اس موضوع پر الجھے ہوئے تھے۔ اسٹیج پر الگ ہی سماں تھا۔ مووی بن رہی تھی۔ تصویریں اتر رہی تھیں۔ طاب اپنے پہلو میں بیٹھی نوخیز کلی کی نرماہٹ نہ صرف محسوس کر رہا تھا بلکہ اس کے وجود کی لرزاہٹ اس کے جذبات میں ہیجان بھی پیدا کر رہی تھی۔

ایک نئی خواہش نے اس کے دل میں سر اٹھایا تھا۔ مگر اب وہ اپنی کسی خواہش کو منوانے کی جسارت نہیں کر سکتا تھا۔ سو جو میسر تھا اسی سے دل کو خوش کر رہا تھا۔

کچھ دیر بعد ہی فائزہ نے جانے کی اجازت مانگی تو اماں جان نے ان کا ہاتھ تھام کر کافی سنجیدگی مگر متانت سے کہنا شروع کیا۔

"اس اہم موقع پر اگر ہماری طرف سے کوئی کمی رہ گئی ہو تو ہم معذرت چاہتے ہیں۔ دراصل ہم تو اپنی بیٹی کی رخصتی آپ کی حیثیت کے مطابق کرتے مگر آپ نے ہمیں مہلت ہی نہیں دی ورنہ......" اماں کا مبہم سا انداز فائزہ فاروقی کو بھی چونکا گیا۔

"معذرت تو ہمیں بھی آپ سے کرنی تھی۔ اولاد ہمیں مجبور کر دیتی ہے تبھی ہم والدین خصوصاً ماؤں کو شرمندگی اٹھانی پڑتی ہے۔ مجھے اندازہ ہے اس طرح نکاح کی رسم کا انعقاد فیملی کے ممبرز کے لئے سوال بن جاتا ہے۔ بہرحال آپ فکر نہ کریں ان شاءاللہ رخصتی پر ہم باقاعدہ مشورے کے ساتھ فیصلہ کریں گے۔"

"آپ شاید میری بات سمجھ نہیں رہیں۔ ہم حیا کو آج ہی رخصت کر رہے ہیں اور......"

"کک...... کیا......؟ یہ کیسے ممکن ہے۔" اس بار تو انہیں واقعی جھٹکا لگا تھا۔ انہوں نے پریشانی سے اردگرد دیکھا۔ فریحہ، ملیحہ بھی اس اچانک فیصلے پر حیران تھیں۔

"اس طرح رخصتی......؟ ہم نے اس بارے میں تو سوچا ہی نہیں اور نہ ہی ہم میں ایسا کوئی مشورہ ہوا تھا۔" فائزہ کو سمجھ نہیں آرہی تھی کہ کس طرح بات کریں۔

"سوچا تو ہم نے بھی نہیں تھا کہ بیٹی اس طرح رخصت کریں گے مگر یہ اب ہماری مجبوری ہے۔ نکاح کے بعد بیٹیوں کو گھر میں رکھنے کی رسم ہمارے ہاں نہیں ہے۔ اب یہ آپ کی امانت ہے۔ آپ کی ذمہ داری ہے۔ آج سے یہ آپ ہی کے حوالے ہے۔" اماں جان کے قطعیت بھرے انداز نے انہیں مزید پریشان کر دیا۔

"بے شک یہ اب ہماری ذمہ داری ہے۔ ہمارے گھر ہماری فیملی کا حصہ ہے مگر آپ ہمیں ہمارے ارمان پورے کرنے کی مہلت تو دیں۔ اکلوتے بیٹے کی شادی میں اس طرح تو نہیں کرنا چاہتی تھی۔ کتنے عزیز تو اس تقریب میں مدعو بھی نہیں ہیں۔ سبھی ناراض ہو جائیں گے۔" فائزہ فاروقی کی الجھن صاف عیاں تھی۔ اسٹیج پر مگن سے بیٹھے طاب کو (بہن) مدیحہ نے جا کر مختصراً صورتِ حال سے آگاہ کیا۔ لمحہ بھر کو تو وہ بھی حیران رہ گیا اور پھر اپنی حیرت میں وہ اسٹیج سے اتر کر پہلی رو میں بیٹھی اپنی ماما اور اماں جان کے قریب آ کھڑا ہوا۔

"معاملہ تو ادھر بھی ایسا ہی ہوگا۔ ناراضگیاں ہمیں بھی جھیلنی پڑیں گی۔ آناً فاناً بیٹی کے نکاح اور رخصتی کے جواز پیش کرنا ہمارے لئے بھی مشکل ہوگا مگر اب کیا کیا جائے یہ سب تو اب سہنا ہی پڑے گا۔ لیکن اس سے زیادہ

نہیں۔ میں اپنی بیٹی کو نکاح کے بعد گھر میں رکھ کر مزید آزمائش میں پڑنا نہیں چاہتی۔ حیا آج ہی آپ کے ساتھ رخصت ہوگی۔"

اماں جان کا وہی قطعیت بھرا سنجیدہ لب ولہجہ تھا۔ کسی کو بولنے کی جرأت نہیں تھی۔ ذکیہ درانی بھی موجود تھیں اور اماں کے داماد و بہو بیٹا بھی۔ اسٹیج پر بیٹھی حیا بھی اس وقت ناخوشگوار سی تھی۔ اسے خود پر غصہ بھی آرہا تھا۔ اور رونا بھی۔

اماں جان اس کی ماں اسے رخصت کرنے پر مصر تھیں اور اس کے سسرال والے اسے رخصت کروانے پر جز بز تھے۔ عجیب سی بے بس شرمندگی اس کے وجود میں سرایت کر کے اسے برف بنائے جارہی تھی۔ (کاش میں پیدا ہی نہ ہوئی ہوتی تو اماں کو میری وجہ سے یہ دکھ یہ شرمندگی نہ اٹھانی پڑتی)۔

"طاب یہ لوگ رخصتی کے لئے کہہ رہے ہیں۔ تمہارے ماموں اور تایا جان شامل نہیں ہیں اس فنکشن میں۔ میں ان لوگوں کو کیسے فیس کروں گی۔ کیا بتاؤں کہ......" فائزہ فاروقی شدید جذباتی دباؤ میں تھیں۔ ایسی صورتِ حال کا اندازہ ہوتا تو وہ پہلے سے خود کو تیار کر لیتیں لیکن یہ اچانک افتاد انہیں بھی پریشان کر رہی تھی۔ بیٹے کو دیکھتے ہی وہ بے بسی سے گویا ہوئیں۔

"ڈونٹ وری مام...... میں سنبھال لوں گا جو ہو رہا ہے ہونے دیں۔" طاب اماں جان کی بات سن چکا تھا۔ سنجیدگی اس کے چہرے پر بھی آٹھہری تھی۔ اسے اندازہ نہیں تھا کہ اس کی ایک خواہش کی تکمیل کے مراحل اس قدر کٹھن اور دوسروں کے لئے صبر آزما ہوں گے۔ وہ سبھی کے چہرے پڑھ رہا تھا۔ اس کی بہنیں ضبطِ توہین سے لال چہرے لئے خاموش کھڑی تھیں۔ اس کی ماما بے بسی کی انتہا پر تھیں۔ جبکہ دوسری طرف بھی کچھ چہروں پر کشمکش تھی اور کچھ پر ملال۔ کچھ آنکھوں میں ملامت بھی تھی۔ جبکہ اماں جان کے تاثرات سب سے مختلف سرد اور بیگانہ سے محسوس ہو رہے تھے۔

"آنٹی آپ ہمیں کم از کم...... ایک دو ہفتے ہی کی مہلت دے دیں ہم اس طرح تو اپنے بھائی کی شادی نہیں کرنا چاہتے تھے۔ ہمارے کئی بزرگ شامل نہیں ہیں۔ ماما کے بھائی نہیں ہیں، ہمارے تایا جان نہیں ہیں۔"

ملیحہ نے قدرے زچ ہو کر زبان کھولی۔ وہ تو پہلے ہی طاب کے ساتھ الجھ چکی تھی۔

"میں نے آپ کی والدہ کو اپنی مجبوری بتا دی ہے۔ مجھے بھی خاندان برادری کو منہ دکھانا ہے۔ مجھے بھی جوابدہ ہونا ہے۔ نکاح کا اصرار آپ لوگوں کی طرف سے تھا۔ میں خود بھی اس طرح بیٹی رخصت نہ کرتی مگر آپ لوگوں نے بھی مجھے مہلت نہ دی۔ میرے ارمان بھی دل میں ہی رہ گئے۔ اب میری مجبوری ہے۔ ہمارے ہاں نکاح کے بعد بیٹی کو گھر میں نہیں رکھا جاتا۔ وہ شوہر کی ذمہ داری بن جاتی ہے۔ بس اتنی سی بات ہے جو آپ لوگ سمجھ نہیں رہے۔"

اماں کا اندازِ بیان بے شک نرم تھا۔ مگر اس کا تاثر مقابل پر اچھا نہیں پڑ رہا تھا۔

"سمجھ رہے ہیں ہم مگر یہ کسی کتاب میں تو نہیں لکھا کہ نکاح کے فوراً بعد رخصتی لازم ہے۔ کتنی شادیاں اس طرح ہوتی ہیں۔ سات سات سال تک نکاح ہونے کے بعد لڑکیاں رخصت ہو کر میکہ چھوڑتی ہیں۔ ہم تو صرف

سات دن مانگ رہے ہیں آپ سے ......" فریحہ باقاعدہ بحث پر اتر آئی تھی۔ ماما بے بس تھیں اور بھائی خاموش ایسے میں اس سے ضبط کرنا مشکل ہو رہا تھا۔

"دنیا میں کیا ہو رہا ہے اس سے ہمیں کوئی لینا دینا نہیں ہمارے بزرگوں نے ہمیں جو تعلیم دی ہے۔ ہم تو اسی پر عمل کرتے ہیں۔" اس بار اماں جان اپنے لہجے کی ناگواری چھپا نہ سکیں۔

"عجیب تعلیم ہے یہ کہ......"

"فری......" فائزہ نے فوراً بیٹی کو ٹوکا...... بات بدمزگی کی حد سے بھی گزر گئی تھی۔ "اب گلے میں ڈھول ڈالا ہے تو اٹھیں اور چلیں...... اب کیا رہ گیا ہے ماما......" فریحہ کا لہجہ ہی نہیں انداز بھی ہتک آمیز تھا جو سبھی نے محسوس کیا اور طاب نے نہ صرف محسوس کیا بلکہ بہن کو ٹوکا بھی۔

"فار گاڈ سیک آپی...... بی ہیو یور سیلف......"

سبھی مہمان (دونوں طرف کے) قریب آ چکے تھے۔ منگنی کے دعوت نامے پر نکاح کی رسم کے بعد رخصتی کا اعلان سبھی کو حیران کر گیا تھا۔ کوئی بھی کچھ نہیں کہہ پا رہا تھا۔

اماں جان کا چہرہ ضبط سے سرخ ہو رہا تھا۔ فائزہ فاروقی مصلحت آمیزی کا دامن پکڑے معذرت کر رہی تھیں۔

"بچے جذباتی ہوتے ہیں۔ پلیز معاف کر دینا۔ جیسا آپ چاہتی ہیں ویسا ہی ہوگا۔ چلو طاب، ملیحہ دلہن کو لے کر چلو۔" انہوں نے اس بار نہایت تحمل کا مظاہرہ کیا۔

ردا، زارا، زینب حتیٰ کہ شہریار بھی اشکبار تھے۔ حیا کی رخصتی جس طرح ہو رہی تھی۔ سبھی کے لئے تکلیف دہ تھی۔

حیا نے سوچا بھی نہیں تھا کہ اس کی زندگی میں اچانک ایسی تبدیلی رُونما ہو گی جو اسے ہی نہیں اس کے گھر والوں کو بھی اس سے پل بھر میں دور لے جائے گی۔ اس کی سسکیاں سبھی کو سنائی دے رہی تھیں۔ مگر کوئی بھی بڑھ کر روکنے کی کوشش نہیں کر رہا تھا۔ اس کے ساتھ آئندہ نہ جانے کیا ہونے والا تھا۔ سبھی کے رویے سرد و بیگانہ سے تھے۔ وہ خود بھی کسی ربوٹ کی طرح قدم بڑھا رہی تھی نہ کوئی سہارا تھا نہ آسرا...... وہ اپنوں کے ہجوم میں بھی خود کو تنہا محسوس کر رہی تھی۔ اس کا شریک سفر ساتھ تو تھا مگر جیسے ساتھ محسوس نہیں ہو رہا تھا......

واقعی طاب رحیم ذہنی طور پر کہیں اور تھا...... بہنوں کے "رویے" اور ماما کی خاموشی اسے بھی بے کل کئے ہوئے تھے۔ خود سے وابستہ اس کی خوشی باقی سب کے لئے آزار بن گئی تھی۔ اس کے اندر مچلتے ہلچل مچاتے جذبات سرد ہوتے جا رہے تھے۔

احساسات پر رویوں کی ناگواری بوجھ بڑھا رہی۔ اسے بھی دل پسند ہمسفر کا ہم قدم ہونا محسوس نہیں ہو رہا تھا۔

○......❖......○

"اماں آپ نے حیا کے ساتھ اچھا نہیں کیا...... اس طرح اچانک اس پر اتنی بڑی ذمہ داری ڈال دی ہے۔

وہ کیسے اٹھا پائے گی یہ بوجھ۔'' گھر آتے ہی ردا نے روتے روتے شکوہ کیا تو انہوں نے پہلے اسے خشمگیں نگاہوں سے گھورا اور پھر...... گویا ہوئیں۔

''میں نے جو کیا بالکل ٹھیک کیا ہے۔ کیا چاہتے تھے تم لوگ! یہاں آئے دن اک نیا تماشہ ہوتا۔ جولڑ کا عین وقت پہ نکاح کی ضد باندھ کر ہمیں مشکل میں ڈال گیا تھا اس سے کیا بعید تھا کہ وہ کل کو آ کر حیا کا ہاتھ پکڑتا اور حق جتاتا چلتا بنتا۔''

''ایسے کیسے ہوسکتا تھا اماں...... ہم ایسا ہونے دیتے۔'' شہریار نے بھی لب کھولے۔ کیونکہ ملال تو اسے بھی تھا۔ چھوٹی بہن کی رخصتی کا عجیب انداز اسے مسلسل کچوکے لگا رہا تھا۔

''ہو جاتا بچے...... ہم کچھ نہیں کر سکتے تھے۔ اسی لئے میں نے یہ قصہ ہی ختم کیا۔ بار بار رسوا ہونا مجھ سے برداشت نہ ہوتا۔''

''پھر بھی اماں جانی......'' زینب نے کچھ کہنا چاہا تو انہوں نے اس کی جانب سنجیدگی سے دیکھا......

''کیا؟ پھر بھی......؟ ایک غلطی جو مجھ سے ہوگئی تھی۔ بنا پرکھے سمجھے حیا کے لئے رشتہ قبول کرنے کی اور پھر فوراً ہی منگنی کے انتظامات کرنے کی تو اس کے بعد یہی کچھ تو ہونا تھا۔'' اک ملال سا ان کے لہجے میں بھی اتر آیا۔ کوئی مزید کیا کہتا۔ سبھی سمجھ رہے تھے کہ اماں جان نے ردِعمل کے طور پر یہ قدم اٹھایا تھا۔ مصلحتوں سے زیادہ اس فیصلے میں جذباتیت کا عمل دخل تھا۔ یہ اور بات تھی کہ نہ وہ مان رہی تھیں اور نہ ہی ان سے منوایا جا سکتا تھا۔

O......❖......O

''تم نے دیکھا اپنی ضد اور جلد بازی کا انجام...... سن رہے ہو ناں کیا کیا باتیں ہو رہی ہیں۔ کس قدر شرمندگی اٹھانی پڑ رہی ہے۔ سبھی کہہ رہے ہیں کہ ''کیسے'' لوگوں سے رشتہ داری قائم کی ہے۔'' فائزہ فاروقی گھر آتے ہی اپنے کمرے میں بند ہوگئی تھیں۔ مہمان جا چکے تھے۔ بس بیٹیاں موجود تھیں اور وہ بھی انہی کے کمرے میں طاب کے سامنے اپنی اپنی بھڑاس نکال رہی تھیں۔

''مام ریئلی آئی ڈونٹ نو کہ وہ اس طرح ری ایکٹ کریں گے...... مجھے اندازہ نہیں تھا کہ میری ایک خواہش کی تکمیل آپ کے لئے شرمندگی کا باعث بنے گی...... اکثر سنا گیا ہے کہ پہلے نکاح ہو جاتے ہیں۔ پہلے ایسا ہوا ہے ناں ماما...... میں نے کوئی انوکھی بات تو نہیں کی تھی۔''

''میری جان تمہاری خواہش غلط نہیں تھی مگر تقاضا کرنے کا وقت غلط تھا۔ میں سارا الزام حیا کی اماں کو نہیں دے رہی آدھا قصور ہمارا بھی ہے۔ مگر ہماری غلطی کے جواب میں انہوں نے بھی غلطی ہی کی ہے۔ کس قدر سبکی ہوئی ہے ہماری...... معاذ بھائی نے کس قدر گلہ کیا ہے۔ ابھی لاہور والے فون کھڑکانے شروع کر دیں گے۔ تمہارے تایا کا ری ایکشن بھی دیکھنے لائق ہوگا۔ وہ لوگ تو پہلے ہی تمہارا رشتہ لائبہ سے طے نہ کرنے پر خفا تھے۔ اب تو انہیں مزید موقع مل جائے گا۔ میں تو اسی بات سے پریشان ہوں کہ کس کس کو فیس کروں گی اور کس طرح۔'' وہ نہایت بے بسی سے بول رہی تھیں۔

''یہی بات تو پہلے دن سے میں سمجھا رہی تھی مام...... مگر کوئی سمجھنے کو تیار ہی نہیں تھا۔ دو الگ الگ فیملی بیک گراؤنڈ، ویلیوز اور کلچر رکھنے والے لوگوں کا ملنا اسی قسم کے مسائل پیدا کرتا ہی ہے۔ آپ نے دیکھا تھا ناں وہ خاتون نہ کسی کی سن رہی تھیں اور نہ کوئی بات سمجھ رہی تھیں۔ بس اپنا فیصلہ مسلط کر دیا۔'' فریحہ ایک بار پھر غبار نکال رہی تھی۔ اسے بحیثیت بڑی بیٹی و بہن کے غصہ ہی بہت تھا۔

''انہوں نے تو اپنی بیٹی کو اس طرح اتار پھینکا جیسے وہ کوئی بوجھ تھی۔ ذرا سی بات کو ایشو بنا کر ہماری ساری خوشی غارت کر دی۔''

''اب اس طرح جلنے کڑھنے سے کیا حاصل ہوگا جو ہونا تھا ہو گیا ہے اپیا...... نصیب میں ایسے ہی لکھا تھا۔'' طاب نے رسانیت سے سمجھانے کی کوشش کی۔ تو وہ مزید بھڑک اٹھی۔

''تم تو یہی کہو گے۔ تمہیں ہماری انسلٹ فیل نہیں ہو رہی اور ابھی جو ہمیں اپنے اپنے سسرال والوں کے سامنے شرمندہ ہونا پڑے گا وہ الگ ذلت ہوگی۔ سبھی پوچھیں گے نہیں کہ اس ایمرجنسی کی وجہ کیا تھی۔ اکلوتے بھائی کی شادی ایسے کیوں ہوئی۔''

''کہہ دیجئے گا کہ بھائی خود نکاح کر کے لے آیا تھا۔ کوئی کچھ کہے گا تو صرف مجھے کہے گا آپ میں سے کسی کو نہیں۔'' وہ آخر زچ ہو کر بول اٹھا۔ لہجہ اس کا بھی کچھ تلخ ہو گیا۔

''تمہاری یہی بات تو غلط ہے طابی تم کسی کا احساس نہیں کرتے تبھی......'' ملیحہ نے اپنے بڑے ہونے کا فائدہ اٹھایا۔

''میرا احساس کون کر رہا ہے...... یہ سچویشن میرے لئے بھی ان بلیوایبل ہے۔ اس طرح زندگی میں چینج آنے سے میری فیلنگز بھی ڈسٹرب ہوئی ہیں۔ لیکن میں کیا کر سکتا تھا۔ ان کی ضد کے جواب میں میں بھی ضد دکھا سکتا تھا۔ کہہ سکتا تھا کہ میں ان کی بیٹی کو رخصت کروا کر نہیں لے جانا چاہتا۔ پھر کیا ہوتا یو نو ویری ویل اپیا......''

''او کے اسٹاپ دس اسٹوپڈ سیکشن...... ملیحہ...... فری...... تم لوگ اپنے اپنے رومز میں جا کر آرام کرو۔ اپنے بچوں کو دیکھو...... انہیں کچھ چاہئے تو شیر گل (ملازم) سے کہو بلکہ مدیحہ تم جاؤ اور دیکھو حیا اب کمپوز ہے یا نہیں اسے سمجھاؤ...... اپنے گھر میں ہے وہ اب......'' فائزہ اب قدرے مطمئن تھیں۔ اندر کے غبار کو باہر نکال کر ان کی طبیعت میں خود بخود ٹھہراؤ آ گیا تھا۔ بیٹے کی شادی کی پہلی رات تھی انہیں خود کو سنبھالنا ہی تھا تا کہ وہ اپنی نئی زندگی بہتر انداز میں شروع کرتا۔

''طابی تمہیں صبح ڈیوٹی جوائن کرنی ہے ناں تم اب آرام کرو بیٹا...... آئی انڈرسٹینڈ یور فیلنگز، کچھ ٹائم لگے گا جان۔ پھر سبھی کچھ معمول پر آ جائے گا۔ جاؤ ریسٹ کرو۔'' انہوں نے قریب آ کر اپنی ممتا کا لمس اس میں منتقل کیا اس کی پیشانی پر ان کے لبوں کی مہر اس بات کی غماز تھی کہ ان کے دل میں بیٹے کے لئے کوئی ناراضگی نہیں ہے۔

''شکریہ مام......'' اپنی شکر گزاری ماں کے ہاتھ پر عقیدت بھرے بوسے کی صورت چھوڑ کر وہ اپنی جگہ سے کھڑا ہو گیا۔

''آئی ایم سوری...... پلیز ٹرائے ٹو انڈرسٹینڈ...... آئی پرامس مائی ڈیئر سسٹرز آپ سب کی خوشیاں اور

ارمان ضرور پورے ہوں گے۔ آپ سب جب کہیں گے دعوت ولیمہ تبھی ہوگی۔'' وہ ماں کے اعتماد لانے پر ہلکا پھلکا ہو گیا تھا۔

''بالکل...... ہم تو سارے فنکشن ارینج کریں گے۔ مایوں، مہندی وغیرہ......'' مدیحہ نے بھی گرم جوشی کا مظاہرہ کیا۔

''اچھا بس کرو...... طاب تم اپنے روم میں جاؤ......'' فائزہ نے گھڑی پر نگاہ ڈالی۔ طاب نے کشمکش سے قدم بڑھائے۔ اس کے اٹھتے قدموں میں وہ تیزی یا جوش نہ تھا جو اس موقع پر ہونا چاہیے تھا۔

فائزہ فاروقی نے دلی افسوس کے ساتھ اسے جاتے ہوئے دیکھا۔ سبھی نے کیا سوچا اور کیا ہو گیا تھا۔ خصوصاً طاب رحیم کا جوش وخروش دیکھنے سے تعلق رکھتا تھا۔ اب اپنی خوشی کا حصول ملال بن کر اس کے رویے سے ہویدا تھا۔

اپنے کمرے میں جانے کی بجائے اس کے قدم گھر سے باہر کی جانب اٹھ رہے تھے۔ فائزہ جو اسے سمجھانے اس کے پیچھے آئی تھیں اسے باہر جاتا دیکھ کر مزید بے سکون ہو گئیں......

○......❖......○

حیا رو رو کر بے حال ہونے کے بعد پھر سے خود کو سنبھالنے کی کوشش میں تھی۔ ابھی چند لمحے پہلے ہی امامہ اور مدیحہ اس کے پاس سے اٹھ کر گئی تھیں۔ مدیحہ نے بہت تحمل اور پیار سے اسے سمجھانے کی کوشش کی تھی۔ امامہ نے زبردستی اسے فریش جوس پلا کر اس کے چہرے پر میک اپ اور آنسوؤں سے بنے عجیب سے نقش ونگار کو بڑی مہارت سے صاف کر کے ایک نیا رنگ دیا تھا۔ متورم آنکھیں مزید قاتل لگ رہی تھیں۔ گلابی چہرے پر نیا نکھار اسے اور بھی جاذب بنا گیا تھا۔ آئینے میں اپنا عکس دیکھ کر اپنے لئے روپ کا احساس اسے حیران کر رہا تھا اور ساتھ ہی اپنی زندگی کا نیا رخ اسے پھر سے بے چین کر گیا۔ اسے نیا روپ دینے والا خود نہ جانے کہاں غائب تھا۔

وہ کمرے میں ٹہل ٹہل کر تھکنے لگی تھی۔ مدیحہ کی نصیحت اور امامہ کی پیار بھری دھمکی کے باوجود آنسو بار بار اس کی پلکوں سے گرنے لگتے تھے۔ وہ خود کو سنبھال نہیں پا رہی تھی۔

طاب اپنے مکدر خیالات وکیفیات کے ساتھ نکل تو آیا تھا مگر پھر اپنی بے سمت مسافت نے اسے پریشان بھی کر دیا تھا۔ چلتے چلتے وہ گھر سے خاصا دور چلا آیا تھا۔ اسے احساس تھا کہ اس سارے معاملے میں حیا بالکل بے قصور ہے مگر سبھی کے رویے سہنے کی وہی سزاوار بنائی جا رہی ہے۔ بلکہ وہ تو خود اسے بے اعتنائی کی سزا دے رہا تھا۔ وہ اس کی پہلی چاہت پہلی محبت تھی۔ اپنی محبت اسے ذرا سی تڑپ پر ہی مل گئی تھی۔ اپنی خوش قسمتی پر بجائے شکر ادا کرنے کے وہ ناشکری کا مظاہرہ کرتا اپنی محبت سے ہی رخ پھیر کر آ گیا تھا۔ اپنی ریسٹ واچ پر اس نے نگاہ ڈالی تو ایک بجنے والا تھا۔ اپنے آپ کو ملامت کرتے ہوئے اس نے واپسی کے لئے قدم بڑھائے۔

وہ واپس لوٹا تو دو بج رہے تھے۔ سوائے چوکیدار کے سبھی سو چکے تھے۔ دھول اور مٹی سے اٹے اپنے جوتے گھر سے باہر سیڑھیوں پر اتار کر وہ اپنے کمرے میں چلا آیا۔ پورے گھر میں صرف اس کا کمرہ روشن تھا۔ حیا ٹہل ٹہل کر تھکنے کے بعد اور کچھ جذباتی کشمکش میں رہتے ہوئے صوفے پر ہی نیم دراز تھی۔ اس کا جہاں سوز حسن

سوتے ہوئے مزید قیامت ڈھا رہا تھا۔

طاب نے گہری سانس کھینچتے ہوئے پہلے خود کو سنبھالا۔ پھر ذرا جھک کر اس کا ہاتھ پکڑ کر اٹھانے کی کوشش کی۔ وہ ذرا سے لمس پر ہی ہڑبڑا کر اٹھ بیٹھی۔ بوکھلا کر اس نے اپنے ملبوس میں خود کو سمیٹ کر حیرانی سے اس کی جانب دیکھا۔

اس کی بوکھلاہٹ طاب کے لبوں پر مدھم سی مسکراہٹ بکھیر گئی۔

"السلام علیکم! شادی مبارک ہو۔" اس کے قریب بیٹھتے ہوئے طاب نے قدرے شرارت سے کہا۔ وہ مزید سمٹ گئی تھی۔

وہ جیسے بے یقین تھی۔ یا پھر اس سارے معاملے کو کوئی خواب سمجھ رہی تھی۔

"میں نے تو سنا تھا آپ خاصی دیندار سی خاتون ہیں...... سلام کا جواب دینا فرض ہوتا ہے یا محض اخلاقیات نبھائی جاتی ہیں؟" پہلی بار عجیب سا سوال...... وہ مزید گھبرا گئی۔

"و...... علیکم السلام......" گھبراہٹ کا یہ عالم کہ فوراً ہی کھڑی بھی ہو گئی۔

"ارے میں نے تو آپ سے پوچھا تھا ضروری نہیں کہ آپ مجھ پر سلامتی بھیجیں...... آپ بیٹھیں......"

"نہ...... نہیں...... وہ...... میں...... ٹھیک ہوں۔" سرک جانے والے دوپٹے کو زبردستی گھونگھٹ بنانے کی کوشش میں نہ صرف بال بری طرح کھنچ گئے بلکہ پنوں سے سیٹ ہوئے دوپٹے میں بڑے سوراخ ہونے کا احتمال بھی بڑھ گیا تھا۔

"ارے یہ کیا کر رہی ہیں؟ کیا دوپٹہ پھاڑیں گی...... اور یہ آپ ادھوری بات کرنے کی عادی ہیں یا مجھے ہی پریشان کرنا آپ کی عادت ہے۔" طاب نے کھڑے ہو کر اس کے سر پر جمے ہاتھ تھامنا چاہے تو وہ ایک دم بدک کر پیچھے ہٹی۔

طاب نے اس کا ردِعمل ناسمجھی سے دیکھا۔ بے شک ان کا نکاح اور پھر رخصتی اچانک ہوئی تھی۔ مگر پھر بھی اس نئے تعلق کو قبول کرنے کے لیے اسے کافی وقت مل گیا تھا اور پھر وہ کوئی ایسی ناسمجھ بھی نہیں تھی کہ نئے رشتے کی نزاکتوں کو نہ سمجھتی ہو۔

"حیا...... گھبراؤ مت آرام سے بیٹھو۔ مجھے تم سے کچھ باتیں کرنی ہیں۔" طاب نے سنجیدگی سے بیٹھنے کا اشارہ کیا تو وہ بمشکل چند قدم اٹھا کر دوبارہ صوفے پر ہی ٹک گئی۔

"ایزی ہو کر بیٹھو ناں......" اس بار وہ زچ ہوا تھا۔

"آئی نو...... تمہارے لئے یہ سب کچھ بالکل نیا اور اچانک ہے...... یہی سچویشن میرے ساتھ بھی ہے۔ بلکہ سبھی اس اچانک ہونے والی شادی سے زیادہ خوش نہیں ہیں...... سبھی بہنیں اور کزنز میری شادی دھوم دھام سے کرنا چاہتے تھے مگر تمہاری اماں جان نے ایسی جلدی کی کہ......"

طاب نے اپنے مخصوص عام سے انداز میں بات شروع کی تھی۔

"جلدی......؟ جلدی تو آپ کی طرف...... سے ہوئی تھی۔ پہلے منگنی اور پھر اچانک نکاح کی فرمائش نے

اماں جان کو مشکل میں ڈال دیا تھا۔ آپ ایسی فرمائش نہ کرتے تو اماں جان کبھی مجھے اس طرح رخصت نہ کرتیں۔" سیدھی سادی حیا میں ایک نئی حیا نہ جانے کیسے جاگ اٹھی تھی۔ طاب کی بات اس نے جس تیزی سے کاٹی تھی وہ عمل طاب کو حیران کرنے کے لئے کافی تھا۔ ابھی وہ اٹک اٹک کر بول رہی تھی چند لمحے بعد وہ روانی سے اپنی اماں کا دفاع کر رہی تھی۔

"تمہارا مطلب ہے کہ ساری غلطی صرف ہماری ہے۔ میں نے صرف نکاح کی خواہش کی تھی۔ رخصتی کے لئے نہیں کہا تھا۔ رخصتی کا اختیار تمہاری اماں کے پاس تھا۔ ہم نے تو کچھ وقت مانگا تھا مگر وہ اپنی ضد پر قائم تھیں۔" طاب بھی کچھ تلخ و ترش ہو گیا تھا۔ گزشتہ شام کا سارا واقعہ اور پھر بہنوں کا رویہ اپنی مام کی شرمندگی سب مل کر اس کی آنکھوں کے سامنے آ کھڑے ہوئے تھے۔ نہ چاہتے ہوئے بھی وہ حیا سے ایسا رویہ برت گیا تھا۔ حیا کا رویہ بھی تو نا سمجھ میں آنے وا؟ لا ہو رہا تھا، وہ اسے الزام دے رہی تھی یا شکوہ کر رہی تھی۔ کچھ پتہ نہیں چل رہا تھا۔

"ضد نہیں...... اماں جان کی مجبوری تھی...... ہمارے خاندان میں نکاح اور رخصتی ایک ساتھ ایک ہی دن میں کئے جاتے ہیں۔ سبھی نے اپنی اپنی مرضی کی ہے اور نشانہ بھی میری ذات بنی ہے، کسی نے مجھ سے نہیں پوچھا کہ میری کیا خواہش ہے۔ میں کیا چاہتی ہوں......بس مجھے مجرموں کی طرح سزا سنا دی گئی۔" وہ روہانسی ہو کر بولتے بولتے رونے لگی تھی۔ اس کے مجروح احساسات پھر سے چیخنے لگے تھے۔

"یو مین ٹو سے۔ مجھ سے شادی تمہارے لئے سزا ہے۔" وہ یکدم بدگمان ہو کر بولا۔

"سبھی اس شادی سے ناخوش ہیں۔ سبھی ناراض ہیں۔ وہاں اماں...... یہاں آپ سب، یہ سزا نہیں تو اور کیا ہے...... میری ایجوکیشن بھی اِن کمپلیٹ رہ گئی۔ ایف اے تک نہیں کر سکی میں اور شادی ہو گئی میری......" وہ بالکل بچوں کی طرح رونے لگی تھی۔ گھٹ گھٹ کے اکیلے رونے سے دل کا غبار ہلکا نہیں ہوا تھا۔ اب کسی کے سامنے رونے سے بوجھ کم ہو رہا تھا۔ طاب اس کی کیفیت سمجھ کر بھی سمجھ نہیں پا رہا تھا یا سمجھنا نہیں چاہتا تھا۔ اپنے اسی سنجیدہ و تلخ انداز میں مخاطب کیا۔

"محترمہ آپ کی جب خواہش ہو گی یہ سزا ختم کر دی جائے گی۔ فی الحال رونا بند کیجئے......سارا گھر جاگ جائے گا۔"

روتے روتے وہ ایک دم چونک کر اسے دیکھنے لگی۔ وہ کیا کہہ گیا تھا۔ وہ نا سمجھ تو نہیں تھی کہ اس کی بات کا مطلب اور لہجے کی تلخی کو نہ سمجھ پاتی۔ اس کے آنسو جہاں تھے وہیں تھم گئے۔ وہ تو سمجھ رہی تھی کہ اس کی محبت تسلی و دلاسہ بن کر اس کے آنسو ہی نہیں پونچھے گی بلکہ اس کا درد بھی بانٹ لے گا۔ مگر وہ تو بالکل کٹھور بن کر وہاں سے اٹھ کر اپنی الماری میں جا گھسا تھا۔

"آپ کو سونا ہے تو چینج کر کے سو جائیں۔"

"وہ...... میرا مطلب وہ نہیں تھا...... جو آپ سمجھ رہے ہیں۔ میں تو......" آنسوؤں کے پھندے نے بات مکمل نہیں کرنے دی نہ ہی ڈریسنگ روم میں جاتے ہوئے طاب نے سننے کی کوشش کی چند ایک منٹ بعد وہ

نائٹ سوٹ میں برآمد ہوا۔

''آپ ایزی ہو کر سو جائیں۔ میں ساتھ والے روم میں سو رہا ہوں۔ صبح مجھے ڈیوٹی جوائن کرنی ہے۔ میں مام سے کہہ جاؤں گا۔ آپ جب چاہیں گی وہ آپ کو آپ کے گھر بھجوا دیں گی۔'' اس کے کمرے میں ایک اور دروازہ کھلتا تھا۔ طاب اسی دروازے سے (اپنا یونیفارم وغیرہ لے کر) دوسرے کمرے میں چلا گیا۔ وہ ہکا بکا سی کھڑی رہ گئی تھی۔ کیسی شادی ہوئی تھی...... عجیب سی صورتِ حال سے دوچار تھی وہ۔ اُدھر اماں جان ناراض تھیں اور اِدھر سارا سسرال خفا خفا تھا۔ حتیٰ کہ اس کا مجازی خدا بھی روٹھ کر اسے تنہا چھوڑ گیا تھا۔ یہ رات اس کے لئے بڑی کٹھن تھی اور نئی صبح نہ جانے کیا قیامت ڈھانے والی تھی۔

اس نے اماں جان کے علاوہ خاندان کی بڑی عورتوں سے بھی بہت سی باتیں سن رکھی تھیں۔ جو خاندان کی دوسری لڑکیوں کو ان کی شادی کے موقع پر نصیحت کے طور پر کہی جاتی تھیں۔ جن میں اولین نصیحت پہلی شب شوہر کا دل جیتنے کی تھی کہ ''جو عورت اپنے شوہر کے دل پر نہ چڑھ سکی وہ ساری عمر اس کی جوتیاں کھاتی ہے۔''

ایسی کئی مثالیں اس کے خاندان میں تھیں۔ اچھی شکل وصورت کے باوجود کئی لڑکیاں معمولی رنجشوں کی بھینٹ چڑھ چکی تھیں۔ ہر وقت شوہر اور سسرال والوں کے طعنے سن سن کر ان کی زندگی اجیرن ہو چکی تھی۔ اب اسے اپنا بھی ویسا ہی حشر نظر آ رہا تھا۔ اسے سمجھ نہیں آ رہی تھی کہ معاملہ سنبھالے تو کس طرح۔ نہ آگے بڑھنے کی ہمت تھی اور نہ ہی اسے روٹھے ہوئے شوہر کو منانے کا گُر آتا تھا۔

آنسو ایک بار پھر اس کی پلکوں سے ٹوٹ کر برسنے لگے۔ اسے اماں بری طرح یاد آ رہی تھیں۔ آئینے کے سامنے کھڑے ہو کر زیورات اتارتے ہوئے وہ سسک ہی اٹھی۔ بڑی مشکل سے اور بہت دیر میں اس نے خود کو سنبھالا اور پھر ملیحہ کے نکالے ہوئے نائٹ سوٹ کے بجائے اپنے کپڑوں کے اٹیچی کیس سے ہلکا آسمانی رنگ کا سادہ سا سوٹ نکال کر پہن لیا۔ نیا ماحول اجنبی جگہ اسے ہراساں کئے ہوئے تھے۔ وہ اپنے کمرے کے بجائے اکثر اماں جان کے کمرے میں سویا کرتی تھی۔

اس کا جواز تھا کہ اسے ڈر لگتا ہے۔ اماں جان بھی اکثر اسے رعایت دے دیتی تھیں۔ اسے یہاں نیند نہیں آ رہی تھی۔ ٹہل ٹہل کر تھکنے لگی تو وضو کر کے جائے نماز بچھا لی۔ آخر کسی طرح تو وقت اور رات کاٹنی تھی۔ اللہ سے رجوع کرتے ہی اسے سرور واطمینان حاصل ہونے لگا۔ فجر کی اذان کے بعد نماز ادا کر کے وہ جائے نماز پر ہی لیٹ کر تسبیح کرنے لگی اور پھر خبر ہی نہیں ہوئی کب اس کی آنکھ لگ گئی......

طاب کا دوسرے کمرے میں کروٹیں بدل بدل کر برا حال تھا۔ دل وذہن دونوں کا آپس میں تصادم اسے چین نہیں لینے دے رہا تھا۔ کشمکش میں تو وہ پہلے ہی تھا مزید حیا کے رویے نے سونے پہ سہاگہ کا کام کیا تھا۔ سارے نرم گرم جذبات اس کی نادانی سے سرد پڑ گئے تھے۔ محبت کی چاندنی پھیکی لگنے لگی تھی۔ وہ جیسے اپنے ہی فیصلے پر پچھتا رہا تھا۔ اپنی جلد بازی سے اس نے نہ صرف دوسروں کو بلکہ اپنی ماما اور بہنوں کو بھی اذیت وشرمندگی بخشی تھی۔

سبھی اس سے ناراض تھے۔ جھنجلاہٹ وکوفت نے جیسے اس کی سوچنے سمجھنے کی صلاحیت ہی چھین لی تھی۔

غصہ تو ویسے بھی عقل ماؤف کر دیتا ہے۔ اسے خود پر اختیار نہ ہوتا تو نہ جانے آج اس کی اَنا اس سے کیا کچھ کروا جاتی۔ وہ تربیت یافتہ فوجی تھا۔ ہر قسم کے حالات میں اپنے آپ کو مکمل قابو رکھنا اسے سکھایا گیا تھا۔ اس نے اٹھ کر اپنے لئے گلاس میں پانی انڈیلا اور پھر تین سانس میں پانی ختم کر کے سونے کے لئے لیٹ گیا۔

بستر پر لیٹ کر وہ پھر سے حیا کے بارے میں سوچنے لگا تھا۔ قصور اس کا بھی نہیں تھا۔ زندگی میں اچانک آئی تبدیلی نے یقیناً اسے بھی بوکھلا دیا تھا۔ ہر طرف سے وہی موردِ الزام ٹھہرائی جا رہی تھی۔ اس بھی کا دباؤ اسی پر تھا۔ اس کی برداشت کو آزمایا جا رہا تھا۔ کہیں تو اس کا حوصلہ ٹوٹنا ہی تھا۔ وہ اس کے سامنے اگر اپنی بھڑاس نکال رہی تھی تو وہی اسے سن لیتا یا پھر ایسا ردِ عمل نہ دکھاتا۔ اپنی طرف سے بہت چھوٹا عمل کر کے اب وہ پچھتا رہا تھا۔

دوسری طرف سے دبی دبی سسکیاں سنائی دے رہی تھیں۔ پلٹ جانے کا حوصلہ اس میں پیدا نہیں ہو رہا تھا۔ گمان تھا کہ شاید وہ اسے پکار لے، کسی آہٹ اور دستک کو محسوس کرنے کے لئے وہ دم سادھے لیٹا رہا۔ رفتہ رفتہ سسکیاں بھی معدوم ہوتی گئیں اور پھر وہ خود بھی نہ جانے کب نیند کی آغوش میں سما گیا۔ تھکن جذبات پر غالب آ کر اسے لوری سنا کر تھپک تھپک کر سلا گئی۔

صبح معمول کے مطابق سات بجے اس کی آنکھ کھلی ساڑھے آٹھ بجے اسے رپورٹ دینا تھی۔ غصے میں اپنا یونیفارم تو اٹھا لایا تھا۔ باقی ساز و سامان تو بیڈ روم میں ہی تھا۔ یہ روم وہ سٹڈی کے طور پر استعمال کرتا تھا۔ یہاں اس کا کمپیوٹر بھی تھا کتابیں بھی اور میوزک سسٹم بھی۔ اس نے یہاں کی سیٹنگ میں ایک سنگل بیڈ بھی سیٹ کروا رکھا تھا۔ اکثر سٹڈی کرتے کرتے وہ یہاں بھی سو جاتا تھا۔

باتھ روم تو بیڈ روم سے ملحق تھا۔ اسے ناچار اُدھر جانا تھا۔ خاموشی سے اس نے کمرے کا درمیانی دروازہ کھولا اور بنا آہٹ کے اپنے بیڈ روم میں آ گیا۔ پہلی نگاہ بیڈ پر ڈالی جہاں کوئی نہیں تھا۔ چند قدم بے تابی سے اٹھا کر اس نے بیڈ پر اپنا یونیفارم پٹخنے کے سے انداز میں رکھتے ہوئے اِدھر اُدھر نگاہ دوڑائی۔ وہ لان کی طرف کھلنے والی کھڑکی کے پاس جائے نماز پر سکڑی سمٹی لیٹی تھی۔ اس کا بازو تکیہ بنا ہوا تھا اور دوپٹہ وجود پر پھیلا چادر کا کام دے رہا تھا۔ طاب نے اسے اس طرح سوتے دیکھا تو پھر سے جھنجلاہٹ کا شکار ہو گیا۔

جھک کر اس کا بازو پکڑ کر جگانے کی کوشش کی۔ کچی پکی نیند نے اس کے شعور کو بیدار کرنے میں ذرا دیر لگائی۔ وہ ہڑبڑا کر اٹھ تو بیٹھی تھی مگر سمجھ نہیں پا رہی تھی کہ کہاں ہے۔ اس کی متوحش آنکھوں میں اجنبیت کا احساس نمایاں تھا۔

''یہ کیا حماقت ہے سونا تھا تو بیڈ پر سو جاتیں...... یہ تماشہ دکھا کر مجھے مزید ذلیل کرنا چاہتی ہو......'' طاب کی آواز اس کے حواس نہ صرف بیدار کر گئی بلکہ ایک لمحے کے ہزارویں حصے میں اسے ادراک ہو گیا کہ وہ کہاں ہے۔

''وہ...... میں...... نماز...... السلام علیکم۔'' بوکھلاہٹ کے مارے وہ صحیح طرح بات ہی نہ کر پائی۔

''معلوم ہے مجھے محترمہ آپ کی، دینداری...... مگر یاد رہے آپ یہاں جب تک رہیں گی۔ یہاں کے ڈسپلن اور مینرز کو فالو کریں گی اوکے......'' وہ اس پر رعب جما کر باتھ روم میں جا گھسا۔ حیا حیران نظروں سے اسی جانب دیکھتی رہ گئی۔ جہاں وہ کھڑا تھا۔

سر اٹھا کر دیکھنے کی ہمت اس میں کب تھی کچھ توقف کے بعد وہ اپنی جگہ سے اٹھی۔ سر بوجھل ہو رہا تھا۔ آنکھیں متورم تھیں۔ کل سے کچھ کھایا پیا نہیں تھا۔ دل کی دھڑکن بھی معمول سے کم ہو رہی تھی۔ ہاتھ پاؤں ٹھنڈے برف بن رہے تھے۔ اپنے آپ کو سنبھالتی وہ صوفے پر آ بیٹھی۔ کہے تو کس سے کہے اور کیسے اپنی طلب بیان کرے۔

چائے کی ضرورت اشد تھی۔ اسے پھر سے اپنا گھر اور اماں جان یاد آنے لگے۔ یہاں سب کچھ اجنبی محسوس ہو رہا تھا۔ وہ اماں کی یاد میں گم تھی۔ تبھی اسے طاب کے باتھ روم سے باہر آنے کی خبر نہ ہوئی۔ وہ نہا کر باہر نکلا تھا۔ تولیے سے بال رگڑتے رگڑتے اس نے گم صم بیٹھی حیا پر نگاہ ڈالی۔ اس کا دوپٹہ سر سے ڈھلکا ہوا تھا۔ اس کے بالوں کی آبشار دوپٹے سے جھلک دکھا رہی تھی۔ اس کا معصوم متورم حسن اپنی جانب کھینچنے کی پوری صلاحیت رکھتا تھا۔ مگر طاب رحیم اس وقت جس کوفت وجھنجلاہٹ میں مبتلا تھا وہ کیفیت اسے پوری طرح حیا کی طرف متوجہ نہ کر پا رہی تھی۔ اس کی طرف سے رخ پھیر کر اس نے بیڈ سے اپنا یونیفارم اٹھایا اور ڈریسنگ روم کا رخ کیا۔ وہ تیار ہو کر باہر نکلا تو اسی دم دروازے پر دستک ہوئی۔ حیا بھی ایک دم چونک کر دروازے کی طرف دیکھنے لگی۔

''یس کم آن......'' دروازہ لاک نہیں تھا۔ شیر گل (ملازم) اجازت پاتے ہی ناشتے کی ٹرالی لئے اندر بڑھ آیا۔ حیا نے بے ساختہ اپنا سر ڈھانپا۔ حالانکہ وہ اس کی طرف متوجہ نہیں تھا۔

''مام اٹھ گئی ہیں......؟'' طاب نے صوفے پر آ کر بیٹھتے ہوئے شیر گل کو مخاطب کیا۔

''جی سر......'' شیر گل نے چائے بنانے سے پہلے اجازت مانگی۔

''سر چائے بنا دوں......؟''

''یہ بنا لیں گی تم جاؤ......'' شیر گل فوراً ہی نکل گیا۔ طاب نے خود ہی اپنے لئے ٹوسٹ پر مکھن اور شہد لگایا اور پھر آرام سے کھانے لگا۔ حیا نے لرزتے ہاتھوں سے اس کے لئے چائے بنائی اور بہت احتیاط سے اس کے سامنے رکھی اور پھر آرام سے بیٹھ گئی۔

''اپنے لئے بھی چائے بناؤ اور آرام سے ناشتہ کرو۔ ٹینس ہونے کی ضرورت نہیں ہے۔ میں مام سے کہہ جاؤں گا۔ وہ تمہیں تمہاری اماں کے گھر بھجوا دیں گی۔ او کے ٹیک اٹ......'' اس بار وہ قدرے نرمی سے بات کر رہا تھا۔ حیا کی آنکھیں برسنے لگیں۔

''مجھے کہیں نہیں جانا...... آپ سبھی مجھے سزا کیوں دے رہے ہیں۔ میرا کیا جرم ہے۔ جو کچھ کیا اماں نے کیا یا پھر......'' وہ بولتے بولتے چہرا چھپا کر رونے لگی۔

''یا پھر......؟ یا پھر میری غلطی ہے...... ہے نا یہی کہنا چاہتی ہو تم...... تم سے شادی کی یہی میری غلطی ہے۔ میں مانتا ہوں۔ میں اپنی غلطی کی تلافی کر دوں گا۔'' وہ ناشتہ ادھورا چھوڑ کر کھڑا ہو گیا۔ اسی لمحے فائزہ فاروقی ہلکی سی دستک دے کر اندر چلی آئیں۔

''گڈ مارننگ سویٹ ہارٹس...... نئی زندگی مبارک ہو۔'' وہ خوش دلی سے مسکراتی سامنے آ گئیں۔ حیا نے جلدی سے آنسو صاف کئے اور فوراً اٹھ کر ان کی طرف بڑھی۔

''السلام علیکم......''

''وعلیکم السلام......خوش رہو......کیسی ہو بیٹا۔'' فائزہ نے اسے فراخ دلی سے گلے لگایا۔ پھر اس کا ماتھا چوما۔

''ارے......رو رہی تھیں تم......کیوں؟......طاب تم نے کچھ کہا اسے۔'' ممتا بھرا میٹھا لہجہ حیا کے لئے نامانوس ضرور تھا مگر بھلا لگ رہا تھا۔ ان کے آنے سے اسے کچھ تقویت ملی۔

''میں نے کیا کہنا تھا۔ محترمہ کو رونے کی عادت ہے۔ شاید انہیں اپنی ''ماں'' کی یاد ستا رہی ہے۔ آپ بھجوا دیجئے گا۔ جب تک دل چاہے وہاں رہیں۔ نو اوبجیکشن'' طاب اپنی ماما کو دیکھ کر کچھ سنبھل گیا تھا۔ چائے کا کپ بھی پینے کے لئے اٹھا لیا تھا۔

''بیٹھ کر اپنا ناشتہ مکمل کرو اور فضول باتیں نہیں کرو۔ حیا بیٹا تم کچھ نہیں لے رہیں۔ چائے کے ساتھ کچھ لے لو۔ فریحہ اور سب بچے اٹھتے ہیں تو پھر ہم مل کر ناشتہ کرتے ہیں۔'' فائزہ فاروقی نے بہت محبت سے اسے اپنے ساتھ بٹھایا اور پھر خود ہی اس کے لئے چائے بھی بنانے لگیں۔

''تم اب نیکسٹ ویک اینڈ پر آؤ گے؟'' فائزہ نے اسے مکمل تیار دیکھ کر پوچھا۔

''ڈونٹ شیور......''

''کیوں بھئی......تمہاری دعوت ولیمہ پھر کب ارینج کریں گے۔''

''ابھی اس کی ضرورت نہیں ہے......'' وہ کپ خالی کر کے رکھتے ہوئے بڑبڑایا۔

''وہاٹ ڈو یو مین......''

''کچھ نہیں مام......جب مجھے فرصت ہوگی میں بتا دوں گا۔ آپ پہلے فریحہ آپی کا موڈ تو درست ہونے دیں۔ حالات بہتر ہوں گے تو ہو جائے گا ولیمہ بھی......ویل......آئی ایم گیٹنگ لیٹ......'' وہ اپنی کیپ سر پر جماتا اپنی ماما کے قریب آیا اور پھر انہیں سیلوٹ کر کے وہاں سے نکل گیا۔ اس نے نہ حیا کی طرف دیکھا اور نہ ہی اسے خدا حافظ کہا۔ فائزہ کو اس کا رویہ محسوس ہوا۔

''حیا بیٹا......وہ کل کے واقعے سے اَپ سیٹ ہے۔ پلیز مائنڈ نہیں کرنا۔'' وہ جواب میں کیا کہتی۔ خاموشی سے لب کاٹتی رہی۔ فائزہ فاروقی بہت دیر اسے سمجھاتی رہیں بہلاتی رہیں......اس کے لئے اپنی ساس کا دم غنیمت تھا۔ ورنہ اس کا یہاں رہنا دشوار ہو جاتا۔

تقریباً دس بجے حسبِ روایت ردا حیا کے لئے ناشتہ لے آئی۔ شہریار اس کے ہمراہ آیا تھا مگر پھر جلد ہی وہ معذرت کر کے واپس چلا گیا البتہ ردا فائزہ فاروقی کے ساتھ اندر بڑھ آئی۔

''ردا اس تکلف کی ضرورت نہیں تھی۔ اتنا سب یہاں کون کھائے گا۔ طاب تو صبح ہی آفس چلا گیا ہے اور مجھے نہیں لگتا حیا یہ سب کھاتی ہوگی......صبح سے بس چائے پی ہے اس نے۔'' فائزہ فاروقی کا لہجہ بالکل نارمل تھا۔ مگر ردا کو پھر بھی شرمندگی ہو رہی تھی۔

''آنٹی یہ تو رسم ہے۔ اماں کا بس چلتا تو نہ جانے کیا کیا بھجوا دیتیں۔ آپ کو اندازہ ہوگا شادی کے بعد بیٹی

زیادہ پیاری ہو جاتی ہے اور حیا تو ویسے بھی اماں جان کی لاڈلی رہی ہے۔ پلیز آنٹی میری ایک ریکوئسٹ ہے آپ سے۔ آپ اماں کی کسی بات کا برا نہ مانیے گا۔ کل جو بھی ہوا اتنا اچانک ہوا کہ ہم اماں کو روک سکے نہ سمجھا سکے۔ اگر ہمیں پہلے اندازہ ہو جاتا تو ایسی نوبت نہ آتی، ہم سبھی......"

"ردا کل کی باتیں چھوڑ دو...... جو ہونا تھا ہو چکا ہے۔ تقدیر میں ایسے ہی لکھا تھا۔ میرے بیٹے کی شادی ایسے ہی ہونا تھی۔ اس میں کسی کا کوئی قصور نہیں۔ ہمیں اللہ کی مصلحتوں کا اندازہ نہیں ہوتا۔ تم سناؤ، ذکیہ بھابی اور فیضان ابھی ہیں یا چلے گئے۔" فائزہ نے فراخدلی کا مظاہرہ کرتے ہوئے بات پلٹ دی۔

"مما اور فیضان دوپہر میں چلے جائیں گے۔ میں ابھی دو تین دن رکوں گی...... دراصل اماں کی طبیعت بھی ٹھیک نہیں ہے اور پھر وہ چاہ رہی ہیں کہ میں حیا کے جہیز کی خریداری میں ان کی مدد کروں۔ میں تو طاب سے پوچھنے آئی تھی کہ اس کے بیڈ روم کے لئے کس قسم اور کلر میں فرنیچر لیں...... اب وہ ہے نہیں تو پلیز آپ ہی کچھ ہماری مدد کر دیں۔" ردا نے بالآخر اپنے آنے کا مقصد واضح کیا۔

"ردا مائنڈ مت کرنا...... ان چیزوں کی نہ ضرورت ہے اور نہ ہی گنجائش...... پچھلے سال ہی تو طاب نے پورے گھر کی سیٹنگ چینج کروائی تھی...... اور پھر طاب تو جہیز لینے کے بارے میں پہلے ہی منع کر چکا تھا۔" انہوں نے رسانیت سے بات کی۔

"بے شک آپ کے گھر میں کسی چیز کی کمی نہیں ہے مگر یہ بھی تو والدین کا ارمان ہوتا ہے کہ اپنی بیٹی کو نعمت دے دیں۔ حیا کے لئے کافی کچھ تو اماں نے پہلے ہی جمع کر رکھا ہے۔ بس یہ فرنیچر وغیرہ ہی لینا باقی ہے اور یہ تو زمانے کی رسم بھی ہے ناں......"

"زمانے کی رسموں نے ہی تو ہم لوگوں کو مشکل میں ڈال رکھا ہے۔ بہر حال تم اپنی اماں سے کہہ دینا کہ ان شاء اللہ حیا کو یہاں کسی چیز کی کمی نہیں ہوگی۔ اس کی ضرورتیں پوری کرنا اب طاب کا فرض ہے۔ میرا مشورہ مانیں تو انہوں نے حیا کے لئے جو کچھ بھی جمع کر رکھا ہے وہ اپنے قریب وجوار میں کسی مستحق بچی کو دے دیں۔" فائزہ نے نہایت تحمل و نرمی سے بات کی۔ ردا کو ان کے رویے پر رشک آیا۔ ان کی قوتِ برداشت قابلِ احترام تھی۔

"آپ کا مشورہ تو صائب ہے۔ میں اماں سے کہہ دوں گی۔ حیا...... کہاں ہے اسے بلوا دیں۔"

"وہ اپنے کمرے میں ہی ہوگی۔ میں نے اسے ڈریس چینج کرنے کے لئے کہا تھا۔ تم وہیں چلی جاؤ...... ثمینہ! بی بی کو صاحب کے کمرے میں لے جاؤ......" ردا کو بتا کر انہوں نے ملازمہ کو آواز دے کر ہدایت دی۔

ردا خود بھی حیا سے تنہائی میں ملنا چاہتی تھی۔ ردا ملازمہ کے ساتھ طاب کے کمرے میں آئی تھی۔ وہ طاب کا ذوق سراہے بنا نہ رہ سکی۔ اس کے کمرے کی ترتیب وسجاوٹ واقعی بہترین تھی۔ آبنوسی فرنیچر اور گہرے گولڈن براؤن کلر اسکیم نے اس کے کمرے کی فضا کو خوابناک بنا رکھا تھا۔ اس وقت حیا بھی براؤن کلر کے ہلکے کام والے جدید طرز کے سوٹ میں ملبوس صوفے پر بیٹھی ماحول کا حصہ معلوم ہو رہی تھی۔ ردا کو دیکھتے ہی بے تابی سے اس کی جانب لپکی۔

"آ...... پی...... آپ کب آئیں...... سب کیسے ہیں؟ کون کون آیا ہے۔ اماں تو ٹھیک ہیں ناں......"

سوال کرتے کرتے وہ آنسو بھی بہانے لگی تو ردا نے حیا کی طرف دیکھا۔

''آرام سے حیا...... رو کیوں رہی ہو......؟ سب ٹھیک ہیں، اماں بھی ٹھیک ہیں بلکہ مطمئن ہیں تمہیں رخصت کر کے......'' ردا نے دانستہ لاپروائی سے بات کی۔

''اماں مطمئن ہیں......؟ مجھے اس طرح رخصت کر کے......؟ آپی انہوں نے میرے ساتھ اچھا نہیں کیا...... میکہ تو بیٹیوں کا مان ہوتا ہے جبکہ اماں نے تو میرا مان ہی توڑ دیا۔'' وہ بہن کے گلے لگ کر بری طرح سسک اٹھی۔ ردا کی لاپروائی تشویش میں بدل گئی۔

''ارے کیا ہوا...... گڑیا...... کیا بات ہے...... کسی نے کچھ کہا ہے...... طاب نے کچھ کہا......؟'' ردا نے اس کی لبریز آنکھوں میں جھانکا۔ جہاں کوئی رنگ تھا نہ روپہلا خواب...... اندیشہ، وسوسے، خوف اس کی آنکھوں میں آنسوؤں کی صورت ڈیرہ جمائے بیٹھے تھے۔

''سب...... ناراض ہیں مجھ سے...... وہ طاب بھی انہوں نے میری بات ہی نہیں سنی اور چلے گئے۔'' سسکیوں کے دوران حیا نے اپنی بات مکمل کی ایسا تو ہونا ہی تھا۔ ردا نے گہری سانس لے کر اسے دیکھا۔ پھر اسے چپ کرانے کی خاطر بلکہ سمجھانے کے لئے بولی۔

''حیا! تم نادان نہیں ہو۔ خود کو سنبھالو۔ رو رو کر ہلکا ہونے کا کیا فائدہ...... دیکھو ایسا تو ہونا ہی تھا۔ طاب نے کچھ ناراضگی تو دکھانی تھی۔ اماں نے بھی تو کسی کی نہیں سنی تھی۔ اپنی کر کے رہیں۔ اب ساری ذمہ داری تم پر ہے حیا...... تمہیں سب کا دل جیتنا ہوگا۔ اس طرح رو رو کر نہ خود پریشان ہو اور نہ دوسروں کو پریشان کرنا...... تمہیں اب ساری زندگی یہاں گزارنی ہے۔ ان کے رنگ میں رنگ جاؤ۔ اگر یہ اماں سے ملنے نہیں دیں تو بھی ضد نہیں کرنا۔ کچھ عرصہ بعد سب کا غصہ زائل ہو جائے گا۔ پھر دیکھنا طاب کے دل سے بھی ساری رنجشیں ختم ہو جائیں گی۔ ابھی تم صرف طاب کو خوش کرنے کی کوشش کرو۔ جیسا وہ چاہے ویسا کرو...... اسی کی مانو۔''

''مگر آپی...... وہ تو مجھے اماں کے پاس واپس جانے کے لئے کہہ رہے ہیں اور کہہ رہے تھے کہ اپنی غلطی کی تلافی کر دیں گے۔'' حیا نے معصومیت سے بات دہرائی تو ردا نے قطعیت سے سر ہلا کر بات کی۔

''خبردار! یہاں سے قدم باہر نہیں نکالنا۔ وہ تمہیں آزما رہا ہوگا۔ اماں کے گھر میں اب تمہارے لئے کچھ نہیں پڑا۔ جلد یا بدیر وہ تمہاری طرف پلٹ آئے گا۔ اس کی آزمائش پر پورا اترنے کی کوشش کرنا۔ گھر سے نکلنے کی حماقت کبھی نہ کرنا۔ مردوں کی فطرت ہوتی ہے آزمانا...... تم آہستہ آہستہ سمجھ جاؤ گی۔ اماں سے ملنے جاؤ گی تو طاب کے ساتھ ورنہ نہیں...... میری بات سمجھ رہی ہو ناں......''

''جی!''

''شاباش...... جاؤ فریش ہو جاؤ۔ کوئی آ نہ جائے۔'' ردا نے اپنے قریب سے اٹھا کر اسے منہ دھونے بھیجا۔

وہ باہر آئی تو کافی بہتر محسوس ہو رہی تھی۔ فریحہ، ملیحہ ناشتے کی میز پر قدرے بہتر رویے کے ساتھ پیش آئیں۔ ردا اور حیا کو اندازہ نہیں ہو رہا تھا کہ یہ بناوٹ ہے یا پھر واقعی وہ کل کے واقعے کو فراموش کر چکی تھیں۔ ملیحہ البتہ کافی گرم جوش اور پُرخلوص نظر آ رہی تھی۔ حیا کے ساتھ بیٹھی وقفے وقفے سے اسے ساری چیزیں دے رہی

تھی۔ یہ اور بات تھی کہ حیا سے کچھ بھی کھایا نہیں جا رہا تھا۔

بارہ بجے شہریار ردا کو لینے آیا تو حیا کی آنکھیں چمک اٹھیں۔ اس وقت ضبط کرنا بہت مشکل لیکن ضروری تھا۔

''حیا اگر اپنی اماں سے ملنے جانا چاہو تو چلی جاؤ...... طاب بھی کہہ کر گیا تھا۔'' فائزہ فاروقی نے ایک بار پھر اعلیٰ ظرفی کا ثبوت دیا۔

''نہیں...... ماما...... میں پھر چلی جاؤں گی۔'' حیا نے بمشکل بات کی۔

''تم چلی جاؤ...... میں شام کو بلوالوں گی۔ ڈونٹ وری۔''

انہوں نے پاس آ کر اس کی مشکل حل کرنا چاہی۔ دل تو مچل رہا تھا مگر اب دل کو مارنا تھا۔ یہی مصلحت کا تقاضا تھا۔

''میں پھر چلی جاؤں گی۔ ابھی میں یہاں کسی سے ٹھیک طرح ملی بھی نہیں ہوں۔ امامہ کے علاوہ۔'' فائزہ نے دل میں اس کے عمل کو سراہا جانتی تھیں اگر وہ ابھی چلی جاتی تو کشیدگی مزید بڑھ جاتی۔ حیا ان کے بیٹے کی چاہت تھی۔ اب ان کی خواہش تھی سبھی اسے چاہیں۔ شہریار اور ردا کو رخصت کر کے وہ اسے اپنے ساتھ لئے سیٹنگ روم میں چلی آئیں۔ جہاں تینوں بہنیں اور ان کے بچے بھی موجود تھے۔ سوائے فریحہ کے دونوں بیٹوں کے۔ وہ رات ہی واپس چلے گئے تھے۔ امامہ اس کے ساتھ شاپنگ اور آؤٹنگ کا پروگرام بنا رہی تھی۔ مدیحہ کی بیٹیاں اور ملیحہ کے بیٹے بھی ساتھ جانے کے لئے پُرجوش تھے۔ طے پایا تھا کہ سبھی شام کو نکلیں گے۔ حیا کو تو فی الحال انہی کی ماننی تھی۔

O...... ❖ ...... O

طاب کی شادی کی خبر اس سے پہلے دوستوں تک پہنچ چکی تھی اور سبھی اس کی اچھی طرح ''خبر'' لے رہے تھے۔ ذیشان بھی انہی کے ساتھ ملا ہوا تھا۔ سبھی کا مطالبہ ایک شاندار ڈنر کا تھا۔

''یار دے دوں گا تم لوگوں کو ڈنر بھی۔ پہلے مجھے تو یقین آ لینے دو کہ میری شادی ہو گئی ہے۔'' اس نے انہیں ٹالا۔

''واہ بھئی واہ شہزادہ ابھی تک خواب میں ہے۔ آئی تھنک بھابی بہت خوبصورت ہوں گی۔ تبھی بے یقین ہے۔'' کیپٹن آفاق نے شرارت سے چھیڑا تو اسے دھپ رسید کی۔

''یار بتا ناں کیسی ہیں بھابی...... ضرور کوئی پری وش ہوں گی۔ تبھی تو تو اسیر ہو گیا اور ہم یاروں کو بھلا دیا۔ ہمیں کب ملوا رہے ہو۔'' لیفٹیننٹ اظہر جمیل نے مصنوعی آہ بھر کر سرگوشی میں پوچھا۔

''جب دعوتِ ولیمہ ارینج ہو گی تب ملوا دوں گا۔ کیوں مرے جا رہے ہو سب...... میرے حال پہ رحم کھاؤ بہت تھکا ہوا ہوں۔ کچھ آرام کرنے دو......''

''رات بھر سوئے نہیں...... یا سونے نہیں دیا گیا......'' اسد کی بے باکی سے سب ہی خائف تھے۔ طاب نے اسے غصے سے گھور کر کہا۔

''بکواس نہیں کرو اور جاؤ...... رات کو ڈنر لے لینا۔'' طاب نے ان کے آگے ہاتھ جوڑے۔

''ذیشان تُو اب یہاں تنہا کیا کرے گا۔ یہ تو اب چلا جائے گا۔ ہمارا یار اب بیوی کو پیارا ہو گیا ہے۔ اس کا یہاں بیچلر میں کیا کام۔ آجا ذرا کلب چلتے ہیں۔ اسے سونے دے بھابی کے خیالوں میں...... ادھورے ملن کی کسک کم کرنے دے یار کو۔''

اسد نے ذیشان کو ساتھ کھینچا۔ وہ حالات جاننے کو بے تاب تھا۔ مگر وہ تینوں اسے کہاں چھوڑتے۔ طاب نے ان کے جاتے ہی بستر سنبھال لیا۔

واقعی اسے تھکن محسوس ہو رہی تھی۔ چھ بج رہے تھے۔ دو گھنٹے کی نیند اس کے لئے ناکافی تھی۔ آٹھ بجے تک کچھ آرام تو وہ کر ہی سکتا تھا۔ سارے خیال جھٹک کر اس نے آنکھیں موندھ لیں۔ آنکھیں بند کرتے ہی حیا چھم سے ذہن کے پردے پر اجاگر ہو گئی۔ دلہن بنی حیا...... نیم خوابیدہ حسن اس کے دل کے تار چھیڑتا اس کا بانکپن سبھی مل کر اس کے جذبات جگانے لگے۔

واقعی ادھورے ملن کی کسک اسے بے چین کر رہی تھی۔ جسے اپنا بنانے کے لئے وہ سبھی کو ناراض کر چکا تھا۔ اب اسے اپنا بنا کر بے وقعت کر کے چھوڑ آیا تھا۔ تھکن تو کیا اترتی وہ مزید بے قرار ہو گیا۔ پھر وہ اٹھ کر اِدھر اُدھر ٹہلنے لگا۔ آج گھر بھی فون نہیں کیا تھا۔ ورنہ ڈیوٹی کے بعد مَیس آتے ہی وہ پہلا کام اپنا ماما کو فون کرنے کا کرتا تھا۔ مَیس، گھر سے پچاس منٹ کی مسافت پر تھا۔ سبھی اسے کہتے تھے کہ گھر قریب ہونے کا فائدہ اٹھائے۔

مگر وہ اپنے دوستوں کی وجہ سے مَیس میں رہنے کو ترجیح دیا کرتا تھا۔ اب گھر جانے کو جی چاہ رہا تھا مگر مجبور تھا۔ سوچ رہا تھا کہ اپنی ماما کو فون کر کے خیریت معلوم کرلے تبھی اس کا موبائل بج اٹھا۔

''السلام علیکم مام...... میں بس ابھی فون کرنے ہی والا تھا۔''

''وعلیکم السلام...... میں نے سوچا آج بیٹا ماما کو بھول گیا ہے تو ماما ہی اسے اپنی یاد دلا دے۔'' فائزہ فاروقی نے محبت سے شکوہ کیا۔

''مام ایسا ہو سکتا ہے کہ میں آپ کو بھول جاؤں۔ رئیلی کچھ دوست بیٹھے ہوئے تھے۔ وہ ابھی گئے ہیں۔ اپیا لوگ ہیں یا چلی گئیں...... ناراض تو نہیں ہیں ناں وہ......''

''نہیں بھئی...... بہنیں زیادہ دیر ناراض کہاں رہ سکتی ہیں۔ حیا کو شاپنگ کے لئے لے جا رہی ہیں۔ بچے بھی ایکسائیٹڈ ہیں۔ باہر ڈنر کا پروگرام بنا رہے ہیں۔ تم بھی آجاؤ تو اچھا ہے۔''

''سوری مام میرا آنا مشکل ہے۔ صبح ہی تو آیا ہوں۔''

''دس بجے تک واپس چلے جانا۔ ممکن ہے تو کل ہی گھر شفٹ ہو جاؤ۔ اپنی شادی ڈکلیئر کرو۔ جو بھی فارمیلٹی ہے جلد از جلد پوری کرو۔ مجھے بہو کا اس طرح اکیلے رہنا اچھا نہیں لگ رہا۔ سن رہے ہو ناں......'' فائزہ فاروقی نے سنجیدگی سے تنبیہ کی۔

''مام ابھی اتنی جلدی نہیں ہو گا یہ سب...... اور اپنی بہو بیگم کو اتنا بھی سر نہ چڑھا لینا کہ بعد میں پچھتائیں۔''

''طابی...... آر یو آل رائٹ...... کیسی باتیں کر رہے ہو...... ایک دن ہوا ہے تمہاری شادی کو...... بیوی ہے وہ تمہاری...... اچھا تم ڈنر پر آؤ...... پھر تم سے بات کرتی ہوں۔''

''کہا ہے ناں مام پاسیبل نہیں ہے۔ یہاں دوستوں نے تنگ کر رکھا ہے ڈنر کے لئے۔ میں ان کے ساتھ جا رہا ہوں۔ ممکن ہوا تو ویک اینڈ پر آ جاؤں گا۔''

''تم اسے ''سزا'' دے رہے ہو؟ یہ ٹھیک نہیں ہے طاب وہ اب تمہاری ذمہ داری ہے۔'' فائزہ نے جیسے بیٹے کے دل میں جھانک لیا تھا اسی لئے افسوس و ملامت کا اظہار کر رہی تھیں۔

''جانتا ہوں۔ تبھی وہ ہمارے گھر میں ہے ورنہ وہ اپنی اماں کے گھر میں بیٹھی ہوتی۔ آپ اسے روکیے گا مت...... وہ جب جانا چاہے جا سکتی ہے۔''

''فضول باتیں مت کرو۔ وہ اپنے گھر سے کہیں نہیں جا رہی اور اگر اپنی اماں کے گھر ملنے جائے گی تو یہ اس کا حق ہے۔ میں اسے پابند نہیں کروں گی اور نہ ہی تمہیں اس کی اجازت ہے۔ کل تمہیں ڈنر گھر پر کرنا ہے اوکے......'' انہوں نے سنجیدگی سے کہہ کر فون بند کر دیا۔ نہ جانے اسے کیا ہو جاتا تھا۔ حیا کا ذکر سنتے ہی اپنے آپ سے بلکہ سبھی سے الجھنے لگا تھا۔ بار بار اس کی نظروں میں اماں جانی کا رویہ آ جاتا تھا۔ انہوں نے کس قدر سنجیدگی اور ضد کے ساتھ اپنی منوا کر اس کی ماما اور بہنوں کو زچ کر دیا تھا۔ چند دن کی مہلت تک نہ دی تھی۔ اگر وہ اس وقت اپنی ضد دکھا دیتا تو آج ان کی بیٹی ان کے گھر بیٹھی ہوتی۔ وہ خود سے ایک بار پھر الجھ رہا تھا۔ ذیشان کی آمد نے اسے موجودہ کیفیت سے نکالا۔

○......❖......○

''دیکھا تم نے ردا! دو دن ہو گئے اس لڑکی نے پلٹ کر خیر خبر تک نہیں دی۔ دو گھڑی کے لئے ماں کے پاس نہیں آ سکتی تھی کیا......؟''

''اماں جانی...... مصروف ہو گی وہ...... اس کا گھر مہمانوں سے بھرا ہوا تھا۔ اس کی نندیں، ان کے بچے سبھی وہاں موجود تھے اور وہ کس کے ساتھ آتی، طاب تو پرسوں صبح ہی میس چلا گیا تھا اپنی ڈیوٹی پر...... آپ پریشان نہ ہوں آ جائے گی وہ کسی دن......'' ردا نے اپنے کپڑے بیگ میں رکھتے ہوئے انہیں جواب دیا۔ آج اس کی واپسی تھی۔

''کس دن......؟ ارے ماں یہاں فکر میں ہلکان ہے۔ ایک فون تو کر سکتی تھی مجھے کہ اس پر کیا گزری۔ میری تو عقل پر پتھر پڑ گئے تھے۔ اسے نہ سمجھایا نہ بتایا۔ میری معصوم بچی وہاں کیسے خود کو سنبھالتی ہو گی۔ سب کچھ نیا اور اجنبی ہو گا اس کے لئے تو۔'' اماں جانی مسلسل حیا کی فکر میں مبتلا خود کو پریشان کئے ہوئے تھیں۔ بیٹی کو اس طرح رخصت کرنے کا پچھتاوا دل سے نکل نہیں رہا تھا۔

''اماں جانی آپ پریشان کیوں ہوتی ہیں۔ حیا اپنے گھر میں ہے اور وہاں سبھی اس کے اپنے ہیں۔ کوئی اجنبی نہیں ہے۔ آپ اپنے دل سے یہ بدگمانی نکال دیں۔

''آ......ہ...... کیا کروں...... وسوسے ڈراتے ہیں۔ جن حالات میں وہ رخصت ہوئی ہے۔ سوچتی ہوں کہیں وہ اسے سزا نہ دیں۔ میں بھی کیا کرتی میں بھی بے اختیار تھی۔ بس جو مناسب لگا وہ کر دیا۔''

''بس اماں جانی...... چھوڑ دیں پچھتاوا...... جو ہوا اللہ کی رضا سے ہوا۔ ایسا کریں آپ میرے ساتھ حیا

سے ملنے چلیں۔ اسے دیکھ کر ہی آپ کو سکون ہوگا۔ فائزہ آنٹی بہت اچھی ہیں۔ مل بیٹھ کر بات چیت کریں آپ کا دل خود ہی ہلکا ہو جائے گا۔ چلیں اٹھیں تیار ہوں ہم چلتے ہیں۔ پھر شام کو مجھے واپس بھی جانا ہے۔'' ردا نے اپنا سامان پیک کر کے ایک طرف رکھتے ہوئے انہیں مصلحت آمیزی سے سمجھایا۔

''مم...... میں چلوں؟ کیسے...... وہ لوگ میری آمد کو اچھا سمجھیں یا......'' اماں جانی (جہاں آرا) کشمکش میں تھیں۔

''بیٹی ہے وہاں آپ کی...... پہل تو آپ کو ہی کرنا پڑے گی۔ کچھ مت سوچیں۔ یا پھر آپ نے حیا سے تعلق نہیں رکھنا۔'' ردا نے ان کی کشمکش دیکھ کر مزید اکسایا۔ فاصلے تو کسی ایک کو ہی سمیٹنے تھے۔

''اماں جانی حیا کو یہاں آنے سے میں نے منع کیا تھا تا کہ وہ اپنے سسرال والوں کا مان بڑھا سکے۔ آپ بھی اس کا مان بڑھایئے...... طاب کہے گا تو وہ یہاں آئے گی۔ ابھی آپ کو ہی آگے بڑھنا ہے۔'' ردا نے انہیں کچھ کہنے کی مہلت ہی نہیں دی۔ وہ سمجھ رہی تھیں۔ جانتی تھیں بحیثیت بیٹی کی ماں پہلا قدم انہی کا بڑھے گا تو بیٹی سسرال میں عزت سے جی سکے گی۔

سو وہ خاموشی سے اٹھ کر تیاری میں مصروف ہوگئی۔

○......❖......○

حسبِ معمول ذیشان اور طاب شام کے بعد جم خانہ چلے آئے تھے۔ دونوں کی دلچسپیاں ایک جیسی تھیں۔ سوئمنگ، گھڑسواری، شوٹنگ، اسکواش ٹینس کے دونوں ہی کھلاڑی تھے۔ صرف ایک معاملے میں ہمیشہ دونوں کا اختلاف رہا تھا اور وہ بھی لڑکیوں سے دوستی، ذیشان ریزرو رہتا تھا جبکہ طاب کا خیال تھا کہ ''زندگی میں زندگی کا لطف نہ اٹھانا کفرانِ نعمت ہے۔'' اب بھی دونوں میں یہی بحث چھڑی ہوئی تھی۔ کیونکہ طاب پوری تیاری کے ساتھ سامیہ قدوس کی دی ہوئی پارٹی میں آیا تھا۔

سامیہ قدوس بریگیڈیئر قدوس سلام کی اکلوتی بیٹی تھی اور خاصی آزاد خیال اور کچھ بے باک بھی واقع ہوئی تھی۔ طاب اس کی نظروں میں ہمیشہ سے تھا۔ کئی بار وہ اسے شادی کی پیشکش بھی کر چکی تھی۔ جسے طاب نے بڑی خوبصورتی سے ٹال دیا تھا۔ آج بھی اس کی پارٹی میں جانا ذیشان کو اچھا نہیں لگ رہا تھا مگر طاب کو روکنا آسان کہاں تھا۔

''یار اب تو تیری شادی ہوگئی ہے۔ تُو اسے بتا دے کہ وہ تیری آس پہ نہ رہے۔''

''تو میں چھپا کس سے رہا ہوں کہ میری شادی نہیں ہوئی۔'' طاب نے سمجھتے ہوئے بھی ناسمجھی کا مظاہرہ کیا۔ اور اپنے لئے مناسب جگہ دیکھ کر اُدھر قدم بڑھائے۔ لان کے مرکز میں میز کرسیاں لگی ہوئی تھیں۔ دونوں ایک طرف جا کر بیٹھ گئے۔

''تمہاری حرکتیں تو ثابت کر رہی ہیں۔ سامیہ قدوس کے لئے تم وائٹ گولڈ کی بریسلٹ لائے ہو جبکہ حیا بھابی کے لئے تمہارے پاس رُونمائی میں دینے کے لئے دو میٹھے بول بھی نہیں تھے۔'' ذیشان نے خاصی سنجیدگی سے اسے موقع پر احساس دلایا۔

''تمہیں حالِ دل اس لئے تو نہیں بتایا تھا کہ تم مجھے طعنے دینے لگو۔ میرا ابھی کچھ اسی کے لئے تھا وہ لینے والی تو بنتی۔ شادی کی پہلی رات وہ مجھے میری غلطی کا احساس دلا رہی تھی۔ اور میں اسے تحفے میں اپنی چاہت پیش کر دیتا؟ خیر چھوڑو، تم جانتے ہو سامیہ میری دوست ہے اور دوستوں کی خوشیاں مجھے عزیز رہتی ہیں۔ معمولی سے تحفے دوستوں سے بڑھ کر تو نہیں ہوتے۔'' طاب نے دور کھڑی سامیہ قدوس کو ہاتھ لہرا کر اپنی موجودگی کا اشارہ دیا۔ وہ اسی کی طرف بڑھی آ رہی تھی۔

''ہو سکتا ہے تم نے ان کی بات کا غلط مطلب لیا ہو۔ وہ تمہیں اپنی فیلنگز ایکسپریس کرنا چاہتی ہوگی۔ یہ بات تو تم مانو ناں کہ اس دن سب کا پریشر انہی پر تھا۔ ایک صحیح کام کی غلط وقت پر ڈیمانڈ تمہاری طرف سے ہوئی اور تمہاری ڈیمانڈ کو غلط انداز وغلط ٹائم پر ردا بھابی کی اماں نے پورا کیا۔ اس سارے عمل میں حیا بھابی کے بارے میں نہ کسی نے سوچا نہ ہی ان سے پوچھا گیا۔'' ذیشان نے اسے گھیر کر قائل کرنے کی کوشش کی۔

سامیہ ابھی دور ہی تھی کسی اور سے ملاقات میں مصروف وہ چاہتا تھا کہ اس کے آنے سے پہلے وہ طاب کا ذہن بدل دے۔

''خیریت ہے آج حیا کے وکیل بنے ہوئے ہو...... ردا بھابی نے تم سے کچھ کہا ہے۔'' طاب نے ویٹر سے لئے ہوئے سوفٹ ڈرنک کا سپ لیتے ہوئے قدرے چبھتے ہوئے لہجے میں کہا۔

''آئی سویئر مجھے کسی نے کچھ نہیں کہا۔ مجھے خود تمہارا بی ہیو اچھا نہیں لگ رہا۔ یہ وقت تمہیں حیا بھابی کے ساتھ گزارنا چاہئے...... ابھی تمہارے پاس وقت ہے۔ کہیں اور پوسٹنگ ہو گئی تو مہینوں کی دوری آجائے گی درمیان میں۔ تمہاری نیچر جانتا ہوں تم انہیں ساتھ تو رکھو گے نہیں پھر یہ وقت کیوں گنوا رہے ہو...... انہیں سزا کیوں دے رہے ہو۔''

''میں سزا دے رہا ہوں؟ سزا تو میں خود جھیل رہا ہوں۔ تمہارے سامنے ہی تو سارا تماشہ ہوا تھا۔ فری آپی اور ماما مجھ سے ناراض ہو گئی تھیں۔ آپی نے تو اب تک مجھ سے بات نہیں کی۔ ورنہ ہر روز فون کرتی تھیں۔'' وہ زچ ہوا تھا۔

''تو اس میں حیا کا قصور کہاں نکلتا ہے۔'' ذیشان نے پھر طرف داری کی تو وہ تنگ آ کر بولا۔

''قصور ہو نہ ہو۔ ابھی میرا ذہن اس کی طرف مائل نہیں ہو رہا......''

''اور دل......؟'' ذیشان زیر لب ہنسا۔

''دل نے ہی تو ذلیل کروایا تھا۔ نہ میں نکاح کی ڈیمانڈ کرتا اور نہ ہی یہ کلیش ہوتا۔ کیا کیا سوچا تھا اپنی شادی کے لئے ابھی مجھے بھی ٹائم چاہئے تھا...... ویل پلیز یہ ٹاپک نہ چھیڑا کرو...... مجھے آخر اسی کی طرف جانا ہے۔ چلا جاؤں گا۔ جب مناسب لگے گا۔'' طاب نے بیزاری سے کہا۔ ذیشان اسے مزید کچھ کہنا چاہتا تھا کہ سامیہ قدوس نے آ کر اس کی زبان روک دی۔

''ہائے ڈیئر بوائے ادھر کیوں بیٹھے ہو۔ فرنٹ پر آؤ...... میری کچھ نئی فرینڈ ملنا چاہتی ہیں تم سے......''

سوری میم میرا موڈ نہیں ہے کسی سے ملنے کا۔''

''وائے......؟اینی پرابلم......؟'' وہ اک ادا سے پوچھ رہی تھی۔

''کوئی پرابلم نہیں ہے......بس دل نہیں چاہ رہا......اینی وے...... یہ گفٹ تمہارے لئے ہے۔'' طاب نے میز پر پڑا گفٹ پیک اس کی طرف بڑھایا۔ جسے اس نے مسکراتے ہوئے فوراً تھام لیا۔

''تھینکس اے لاٹ طاب......میں تو سمجھ رہی تھی کہ شادی کے بعد تم مجھے بھول جاؤ گے مگر تم نے تو میرے اندازے غلط کر دیئے۔ پلیز ٹیل می تمہاری شادی واقعی ہوگئی ہے یا کسی نے ایسے ہی افواہ اڑائی تھی۔'' سامیہ اس کے سامنے بیٹھ چکی تھی اور بات کرتے کرتے گفٹ پیک کو کھول بھی رہی تھی۔''

''مس سامیہ طاب کی شادی کی خبر بالکل سچی ہے۔ میں خود اس کی شادی میں نہ صرف شریک تھا بلکہ اس کے نکاح کا گواہ بھی ہوں۔ ایک نیوز اور بھی ہے طاب کے بارے میں......اگر آپ سننا چاہیں تو......''

''یس آف کورس......طاب اتنی ایمرجنسی میں شادی کا ڈسیژن کیوں لے لیا......فیملی پریشر تھا؟'' سامیہ نے اپنے کندھے تک کٹے بالوں کو جھٹکے سے پیچھے ہٹاتے ہوئے بظاہر خود کو سنبھالتے ہوئے پوچھا۔ وہ طاب کو پسند ضرور کرتی تھی مگر مکمل اظہار دوسروں کے سامنے نہیں کرتی تھی۔ دوستی کا دعویٰ البتہ برملا کیا کرتی تھی۔

''فیملی کا تو نہیں اس کے دل کا پریشر اس پر بہت تھا۔'' اس بار بھی ذیشان نے جواب دیا تو وہ کچھ الجھن سے طاب کو دیکھنے لگی۔ ایک خوبصورت بریسلیٹ پیکنگ سے باہر آچکا تھا۔ مگر اس وقت سامیہ کے لئے یہ تحفہ اہم نہیں رہ گیا تھا۔ اہم تھیں تو طاب کی شادی سے متعلق معلومات۔

''واہٹ ڈو یو مین ذیشان......''

''کچھ مطلب نہیں ہے اس ڈفر کا۔ تمہیں اپنا گفٹ پسند نہیں آیا۔'' طاب نے اس کا دھیان بٹانے کے لئے بات کا رخ موڑا۔

''ہاؤ بیوٹی فل...... ویری نائس گفٹ......تمہاری چوائس نمبرون ہوتی ہے۔'' وہ اظہار میں پہلے والی گرم جوشی پیدا نہیں کر سکی تھی۔

''واقعی! حیا بھابی کو دیکھ کر بھی آپ طاب سے یہی کہیں گی۔'' ذیشان اس کی ساری امیدیں توڑنے پر تُلا ہوا تھا۔ طاب سپاٹ چہرے کے ساتھ بیٹھا ہوا بس اسے دیکھے جا رہا تھا۔

''حیا......نائس نیم......طاب ذیشان ٹھیک کہہ رہا ہے؟ تمہاری خاموشی تو کچھ اور کہہ رہی ہے۔ تم اس شادی سے خوش ہو؟ تمہاری مرضی سے شادی ہوئی ہے۔'' وہ اب اس کا دیا ہوا بریسلٹ کلائی میں پہن رہی تھی اور نہ جانے اس سے کیا اگلوانا چاہتی تھی۔

''یس آف کورس اس شادی میں میری مرضی ہی نہیں پسند بھی شامل ہے۔ حیا سے میری لوّ میرج ہوئی ہے۔'' آخر طاب نے اعتراف کر کے اسے حیران ہی کر دیا۔

''لوّمیرج......؟ تم نے کبھی ذکر بھی نہیں کیا......''

''ارے اس نے ہمیں نہیں بتایا تو تمہیں کیا بتاتا......یاروں کے بغیر سہرا باندھ لیا......ویل چھوڑیں گے تو ہم بھی نہیں، سے ڈونٹ وری سم......اس کا ابھی ولیمہ نہیں ہوا۔ مل کے جشن منائیں گے۔ سارے ارمان نکالیں

گے۔ کیوں کپتان......'' میجر اسد بھی نہ جانے کہاں سے آنکلا تھا۔ وہ سامیہ کو دل سے پسند کرتا تھا مگر وہ اسے گھاس بھی نہیں ڈالتی تھی۔ اسے دیکھتے ہی اٹھ کھڑی ہوئی۔

''او کے فرینڈز انجوائے یور سیلف میں باقی مہمان بھی دیکھ لوں......اور طاب اپنے ولیمے کے ڈنر پر مجھے ضرور یاد رکھنا او کے...... تھینکس فار یور گفٹ......''

اسد کو دیکھ کر وہ وہاں رکی نہیں۔ ذیشان اور طاب بے ساختہ ہی قہقہہ لگا اٹھے۔ اسد کی کیفیت انہیں محظوظ کر گئی تھی......

O......❖......O

''جہاں آرا بہن...... جو ہوا بار بار مت دہرائیں۔ ہمارے بچوں کا ملنا اسی طرح لکھا ہوا تھا۔ یہ آپ کی بیٹی کا گھر ہے۔ آپ پورے مان سے یہاں جب چاہیں آئیں۔ دیکھئے حیا پر بھی کوئی پابندی نہیں ہے۔ یہ خود طاب کے بنا آپ کی طرف نہیں جا رہی۔ طاب آئے گا تو میں خود انہیں آپ کی طرف بھیجوں گی۔'' فائزہ فاروقی کا ظرف اور حوصلہ واقعی بہت بڑا تھا۔ جہاں آرا (اماں جانی) ان کے حسنِ سلوک پر نہ صرف شرمندہ ہو رہی تھیں بلکہ دل میں انہیں سراہ بھی رہی تھیں۔ ردا کے ساتھ وہ آ کر معذرتیں کر چکی تھیں۔ حیا بھی ان سے لپٹ کر دل ہلکا کر چکی تھی۔

''فائزہ بہن آپ کو بھی آنا ہوگا بچوں کے ساتھ۔ کچھ تلافی مجھے بھی کرنے دیں۔ بہت ارمان رہتے ہیں۔ بہت سی حسرتیں باقی ہیں بچوں کے حوالے سے۔''

''جی ضرور ابھی ولیمہ ہم نے کرنا ہے۔ آپ اپنے ارمان ضرور پورے کیجئے گا۔'' فائزہ نے ان کا مان بڑھایا۔ حیا جو اس دوران چپ چاپ بیٹھی تھی۔ اس کے چہرے پر بھی مسکراہٹ در آئی تھی۔ اک خلش ختم ہو گئی تھی بس کسک باقی تھی جو طاب کے حوالے سے تھی۔ وہ ناراضگی ختم کرتا تو پھر اس کے لئے سب اچھا اور پُر بہار تھا۔ وہ اس سے نہ رابطہ کر رہا تھا نہ بات کر رہا تھا۔

اماں کے جانے کے بعد وہ ڈرائنگ روم سے اٹھ کر ٹی وی لاؤنج میں چلی آئی تھی۔ یہاں اس کے پاس کرنے کو کچھ نہیں تھا۔ سارے کام ملازمین کرتے تھے۔ فائزہ اسے کچھ کرنے ہی نہیں دیتی تھیں۔ وہ سوچ رہی تھی کہ اپنی پڑھائی مکمل کر لے۔ کچھ ماہ بعد انٹر کے امتحان ہونے والے تھے۔

لیکن مسئلہ تو بات طاب تک پہنچانے کا اور اس کی اجازت کا تھا۔ وہ اسی سوچ میں غلطاں تھیں کہ فائزہ وہیں چلی آئیں۔ بہو کی وجہ سے انہوں نے اپنی مصروفیات ختم کی ہوئی تھیں۔

''کیا سوچ رہی ہو حیا...... اماں کے ساتھ جانا چاہتی تھیں تو چلی جاتیں بیٹا......'' فائزہ اس کے سامنے آ بیٹھی تھیں۔

''نہ......نہیں ماما......ایسی بات نہیں ہے۔''

''پھر اداس کیوں ہو......''

''نہیں میں اداس تو نہیں ہوں...... بس فارغ رہ کر اکتا سی گئی ہوں۔ گھر میں سب کام میں کرتی تھی

ناں...... اماں جانی کالج سے آنے کے بعد بھی مجھے کچن میں بھیج دیتی تھیں۔ رات کے لئے کھانا میں ہی بناتی تھی۔ آپ کو اگر برا نہ لگے تو میں کچن کا کام تو کر سکتی ہوں ناں...... اچھا...... کھانا بنا لیتی ہوں میں......'' بہت جھجکتے ہوئے نظریں جھکا کر حیا نے اپنی بات مکمل کی۔

فائزہ کو بے اختیار اس پر پیار آیا۔ تو اسے اشارے سے قریب بلایا۔

''ادھر آؤ...... میرے پاس آ کر بیٹھو......'' وہ فوراً چلی آئی۔

''میری جان تمہارا گھر ہے پوچھنے کی کیا ضرورت ہے۔ جو دل چاہے کیا کرو...... میں تو بس اس لئے منع کرتی ہوں کہ ابھی تو شادی ہوئی ہے تمہاری، ساری زندگی کاموں کے لئے پڑی ہے۔ طاب کو بھی شیر گل کے ہاتھ کا کھانا کچھ خاص پسند نہیں ہے۔ وہ جس دن آئے گا اس دن بنا لینا...... او کے اور یاد آیا تمہارے ایگزیم بھی تو ہونے والے ہیں۔ اپنی سٹڈی کرو...... ایگزیم دینے ہیں یا نہیں۔''

فائزہ نے بالکل بیٹی کی طرح اسے ٹریٹ کیا تھا۔

''وہ...... پتہ نہیں پسند کریں یا نہیں۔'' وہ بھی آہستہ آہستہ کھلنے لگی تھی۔ محبت اپنی جگہ خود بخود بنا لیتی ہے۔

''کون؟ طاب؟ وہ کیوں اعتراض کرے گا؟ ایسا کرو تم اپنی بکس وغیرہ منگوا لو اور کالج جانا شروع کر دو۔ وہ کچھ نہیں کہے گا۔''

''پھر بھی ان کی اجازت......'' وہ اپنی بات کہہ نہیں پا رہی تھی۔

''تو فون کر کے پوچھ لو...... آئی نو وہ کچھ نہیں کہے گا۔ تم اپنی بکس منگوا کر کالج جانا شروع کرو...... میں بھی اس سے پوچھ لیتی ہوں۔ تم بھی فون کر لینا...... کم از کم انٹر تو کر لو۔''

''تھینک یو ماما...... میں تو آگے بھی پڑھنا چاہتی تھی مگر......''

''مگر کیا......؟ پڑھنا چاہو تو...... یہاں تمہیں کوئی نہیں روکے گا۔ بی اے کرو، ایم اے کرو...... جتنا چاہے پڑھو......'' وہ فراخدلی سے اجازت دے رہی تھیں۔ حیا حیران ہو رہی تھی۔ اپنے خاندان میں اس نے ایسا کب دیکھا تھا۔ شادی کے بعد پڑھائی کے بارے میں سوچنا بھی گناہ سمجھا جاتا تھا۔

شادی کے بعد لڑکی کا صرف ایک ہی مقصدِ حیات سمجھا جاتا تھا اور وہ تھا شوہر کی خوشنودی اور اس کے گھر والوں کی خدمت گزاری...... تشکر سے اس کی آنکھیں بھر آئی تھیں۔ جسے اس نے بڑی خوبصورتی سے سر جھکا کر اپنے دامن میں خالی کیا تھا۔ آج اسے دوہری خوشی ملی تھی۔ ایک اس کی اماں جانی اس سے ملنے چلی آئی تھیں۔ فائزہ فاروقی کا حسنِ سلوک اسے بے مول خرید گیا تھا۔ دوسری خوشی اپنی تعلیم کے حوالے سے اسے میسر آئی تھی۔ فائزہ فاروقی نے بنا کہے اس کے دل کی بات سمجھ لی تھی۔

اس کا دل چاہا تھا کہ بے اختیار ان سے لپٹ جائے مگر جھجک مانع تھی۔ اماں جانی کی تربیت کا اثر اتنی جلدی زائل کہاں ہو سکتا تھا۔ پھر بھی اس نے ان کا ہاتھ تھام کر بے اختیار کہا۔

''تھینک یو ماما...... آپ واقعی بہت اچھی ہیں۔ میری وجہ سے آپ نے اتنا کچھ سہا...... لوگوں کی باتیں اپنوں کی ناراضگیاں...... پھر بھی آپ میرا اتنا خیال رکھتی ہیں۔ میں تو ڈرتی تھی کہ اماں جانی کی زیادتی کے بعد

یہاں میری حیثیت کچھ بھی نہیں ہوگی۔ مگر آپ...... نے تو سبھی کچھ معاف کر کے مجھے اس احساس سے باہر نکال لیا ہے جو مجھے سکون سے جینے نہیں دے رہا تھا۔'' اظہار تشکر سے وہ رونے لگی تھی۔

''ارے...... رو کیوں رہی ہو...... دیکھو جان...... میں پہلے بھی کہہ چکی ہوں کہ تم اب اس احساس سے باہر نکل آؤ۔ جو ہوا اچھے کے لئے ہی ہوا۔ تمہارے آنے سے میرے گھر کی رونق لوٹ آئی ہے۔ ورنہ میری تو ہر شام یہاں تنہا گزرتی تھی۔ اچھا اب اٹھو فریش ہو کر آؤ۔ پھر چائے پیتے ہیں۔''

چائے میں بنالاؤں......؟'' وہ خود کو سنبھالتے ہوئے اٹھ کھڑی ہوئی۔

''ٹھیک ہے تم ہی بنالاؤ...... مگر خوش رہا کرو۔ طاب مجھے بے حد عزیز ہے اور اسی حوالے سے تم بھی...... او کے۔'' انہوں نے محبت سے اسے تنبیہہ کی تو وہ روتی آنکھوں سے مسکرا دی۔

نیند تو پہلے ہی اس سے روٹھی ہوئی تھی اور آج تو خوشی کے احساس سے ویسے ہی اس کا سفر کرنے کو دل نہیں چاہ رہا تھا۔ نہ جانے ماما نے کب اور کیسے طاب سے بات کی تھی اور پھر ڈرائیور کو بھیج کر اس کے گھر سے اس کی کتابیں وغیرہ منگوالی تھیں۔

اس کا نیا یونیفارم اور بیگز وغیرہ اگلے دن لینے کا پروگرام بنا تھا۔ نئے رشتوں کی محبت رفتہ رفتہ اس کے اندر سرایت کر رہی تھی۔

طاب کی محبت تو نکاح کے وقت سے ہی رگوں میں دوڑتے لہو کے ساتھ بہہ رہی تھی۔ مزید روانی اب اس کی اجازت سے آ گئی تھی۔ بے شک وہ اس سے ناراض تھا مگر اسے پابند نہیں کر رہا تھا۔ جینے کا حق دے کر اس کی لگن بڑھا رہا تھا۔

وہ اس کا شکریہ ادا کرنا چاہتی تھی مگر کس طرح...... ابھی تک تو وہ اس کا فون نمبر بھی معلوم نہیں کر سکی تھی۔ ماما سے مانگنا اچھا نہیں لگ رہا تھا۔ اور کوئی گھر میں تھا نہیں جس سے کہہ کر بات کر لیتی۔ سوائے امامہ اور مدیحہ آپی کے اس کے کوئی قریب نہ تھا۔

امامہ اور مدیحہ اسے روز فون کر لیتی تھیں۔ مگر آج ان دونوں کا بھی فون نہیں آیا تھا۔ ورنہ ہمت کر کے انہی سے مانگ لیتی۔ دل میں خیال آیا کہ امامہ کو فون کر کے نمبر لے لے، ابھی وہ سوچ ہی رہی تھی کہ امامہ کا فون آ گیا۔ امامہ کا رویہ خاصا دوستانہ تھا۔ وہ اس کا نام تو نہیں لیتی تھی البتہ اسے ''می می'' کہنے لگی تھی اور سبھی کے بچے بھی اسے می می ہی پکارنے لگے تھے۔

''مبارک ہو می می...... سنا ہے آپ کالج جوائن کر رہی ہیں۔ ونڈرفل ڈسیین...... رئیلی میں بھی آپ کو آج یہی مشورہ دینے والی تھی۔ ویل آپ نے بالکل رائٹ اسٹیپ لیا ہے۔ گھر میں رہ کر بور ہونے سے اچھا ہے اپنی ایجوکیشن مکمل کر لیں۔ ماموں تو ویک اینڈ کے علاوہ گھر پر ہوتے نہیں۔ آپ سکون سے پڑھ سکتی ہیں۔ ویل ماموں کا کیا ری ایکشن ہے۔ خوش ہوئے ہوں گے ناں......'' امامہ فوراً شروع تھی۔

''پتہ نہیں......'' حیا نے بھی فوراً ہی گھبرا کر جواب دیا۔

''وہاٹ ڈیو مین؟ آپ نے انہیں بتایا نہیں اپنے فیصلے کا......؟ کچھ تو کہا ہوگا ماموں نے......؟ آئی تھنک

انہوں نے ضرور حوصلہ افزائی کی ہوگی۔'' امامہ نے قدرے چونک کر پوچھا۔

''نہ...... نہیں...... ایکچولی...... میری تو ان ...... سے بات نہیں ہوئی۔ ماما نے پوچھا تھا۔ مجھے تم سے ایک بات کہنی ہے تم کسی سے کہوگی تو نہیں......'' حیا کا ڈر اور جھجک اس کے لہجے سے واضح تھی۔ امامہ کچھ کچھ معاملہ سمجھ رہی تھی۔ اس کے ماموں کی شادی جن حالات میں ہوئی تھی۔ سبھی کچھ اس کے بھی سامنے تھا اور پھر سبھی کا رویہ......اور اپنے طاب ماموں کا ردِعمل بھی اس کے علم میں تھا۔

''کیا بات ہے می می؟ آپ کہو...... رئیلی! میں کسی سے کچھ نہیں کہوں گی۔ لیکن آپ پہلے مجھے بتاؤ کہ آپ نے ماموں کو کیوں نہیں بتایا کہ آپ کالج جوائن کر رہی ہیں۔''

''وہ...... میں نے بتایا ناں...... کہ میری بات نہیں ہوئی ان سے میرے پاس ان کا نمبر نہیں ہے...... اور......''

''وہاٹ......؟'' امامہ ایسے چونکی جیسے واقعی اسے کرنٹ لگا ہو۔

''آپ کا مطلب ہے ماموں اور آپ میں رابطہ ہی نہیں ہوا۔ ماموں آپ کو فون نہیں کرتے......؟ بہت حیرت کی بات ہے میں ماموں سے بات کرتی ہوں۔'' امامہ اپنی عمر کے حساب سے فوراً ہی جذباتی ہوگئی۔

''امامہ پلیز تم کسی سے کچھ نہیں کہوگی۔ وہ مزید ناراض ہوں گے مجھ سے......'' حیا اپنی سادگی سے بات سنبھالنا چاہتی تھی۔

''ماموں ناراض ہیں آپ سے......؟ تو آپ کو پہلے بتانا چاہیے تھا۔ ہم کچھ کرتے...... ویل آپ پریشان مت ہونا میں آپ کے ساتھ ہوں...... کل میں اور دیا آنی (مدیحہ) آپ کو شاپنگ پر لے جائیں گے۔ پھر آپ کی مشکل کا کوئی حل نکالیں گے۔ نانو کے علم میں ہے آپ دونوں کی ناراضگی۔'' امامہ اپنی ہی دُھن میں تھی۔ حیا اسے بتا کر پچھتا رہی تھی کہ جانے اب اس کے ساتھ کیا ہوگا۔

''خدا کے لئے امامہ اب سب کو تو خبر مت دو ناں...... تمہیں دوست سمجھ کر دل کی بات کہہ دی ہے تو کیا تم مجھے سب کے سامنے شرمندہ کرواؤ گی۔ تم نہیں جانتی ہو۔ ہسبنڈ وائف کی کوئی بھی بات کمرے سے باہر نکل جائے تو بہت انسلٹنگ فیلنگز ہوتی ہیں۔ پلیز اگر تم میری دوست ہو تو مجھے کسی کی نظروں میں نہیں گراؤ گی۔ انڈرسٹینڈ......'' حیا نے اسے سختی سے منع کیا۔

''اوہ ہو آپ تو صحیح ممانی بن رہی ہیں۔ ویل ڈونٹ وری میں کسی سے کچھ نہیں کہوں گی۔ آپ مجھ پر اعتبار رکھیں۔ ماموں کا نمبر لکھواؤں؟'' امامہ ہنستے ہوئے اسے چھیڑ رہی تھی۔

حیا نے بیڈ سائیڈ کی دراز سے قلم نکال کر ہاتھ پر ہی اس کا نمبر لکھا۔ کاغذ یا کاپی سامنے نہیں تھی۔ امامہ کے فون بند کرتے ہی اس نے اٹھ کر اسٹڈی روم سے اپنی ڈائری لا کر اس پر طاب کا نمبر نوٹ کر لیا۔ اب وہ پھر سے پریشان تھی کہ طاب کو فون کرے تو کیا کہے۔ رات کے ساڑھے گیارہ کا وقت تھا۔ وہ نہ جانے سو رہا ہوگا یا جاگ رہا ہوگا۔ ابھی وہ اس کے معمولات سے آگاہ ہی نہیں تھی۔ ان میں ابھی بات ہی کہاں ہوئی تھی جو ایک دوسرے کے معمولات سے آگاہ ہوتے۔

دو تین بار اس نے نمبر ڈائل کئے اور پھر فوراً ہی سلسلہ منقطع کر دیا۔ دل کی عجب حالت تھی۔ دھڑکنیں بے اختیار ہو رہی تھیں۔ وہ سوچ رہی تھی کہ اگر طاب اس کے فون کرنے پر مزید ناراض ہو گیا تو کیا کرے گی۔ اسے بالکل سمجھ نہیں آ رہی تھی کہ ایسا کیا کرے جو اس کی ناراضگی دور کر دے۔

○......❖......○

''طاب تمہارا فون کب سے بج رہا ہے۔'' طاب کے واش روم سے برآمد ہوتے ہی ذیشان نے اسے اطلاع دی۔ دونوں کچھ دیر پہلے ہی اپنے کمرے میں آئے تھے۔ دونوں روم میٹ تھے۔ طاب نے اپنے سنگل بیڈ پر بیٹھتے ہوئے تکیے کے پاس سے اپنا موبائل اٹھا کر کال چیک کی، گھر کے نمبر سے چار مسڈ کالز تھیں۔

''گھر سے فون؟ اس وقت؟ ماما سے تو آٹھ بجے ہی بات ہوئی ہے......'' وہ جیسے خود سے مخاطب تھا مگر ذیشان بھی سن رہا تھا۔

''مے بی کوئی ایمرجنسی ہو...... یا پھر حیا بھابی کال کر رہی ہوں؟'' ذیشان نے کہا۔

''وہ مجھے کیوں فون کرے گی اور پھر اس کے پاس میرا نمبر بھی نہیں ہے۔'' طاب کا موڈ پھر سے بگڑ گیا۔

''یو مین تمہارے اور حیا کے درمیان یہ سلسلہ بھی نہیں ہے؟ ویری ویل ڈن طاب رحیم۔'' ذیشان سنتے ہی بستر پر اٹھ بیٹھا۔ اسے طاب کی بات نے زبردست جھٹکا دیا تھا۔

''شان میں پہلے ہی اپ سیٹ ہوں مجھے اب پریشان نہ کرو۔'' طاب نے قدرے جھنجلا کر اسے دیکھا۔

''کیوں؟ تم کیوں پریشان ہو۔ یہ تو بڑی اچھی خبر دی ہے تم نے کہ تمہاری سینکڑوں گرل فرینڈز کے پاس تو تمہارا نمبر ہے مگر تمہاری وائف کے پاس نہیں اور وائف بھی وہ جو تیری چاہت بن کر تیری لائف میں آئی ہے۔''

''تم کہنا کیا چاہتے ہو......؟'' طاب اسی موڈ میں تھا۔

''سمجھ تو میں بھی نہیں رہا کہ آخر تم حیا بھابی کے ساتھ کرنا کیا چاہتے ہو......؟'' ذیشان نے سنجیدگی سے کہا۔

''کیا کر رہا ہوں میں اس کے ساتھ؟ پورے مان اور عزت کے ساتھ وہ میرے گھر میں موجود ہے ورنہ...... اس کی اماں نے جو کیا تھا۔'' وہ لب بھینچ کر اٹھ کر ٹہلنے لگا۔ سیل فون اب تک ہاتھ میں تھا۔

''یار...... تُو اس بات کو بھلا کیوں نہیں دیتا۔ ماں کے عمل کی سزا بیٹی کو دینا ٹھیک تو نہیں ہے اور پھر جب آنٹی اور بہنیں اسے ایشو نہیں بنا رہیں تو پھر تُو کیوں لکیر پیٹ رہا ہے۔ اپنی لائف انجوائے کر یہ موقع پھر نہیں ملے گا۔'' ذیشان نے اسے کندھوں سے تھام کر بہت محبت سے سمجھایا۔

''میں بھلانا چاہتا ہوں مگر وہ منظر وہ باتیں ذہن سے نہیں نکلتیں۔ فری آپی کا موڈ اور بی ہیو میں نے سہا ہے۔ وہ تو پہلے ہی حیا کے لئے اچھا تاثر نہیں رکھتیں۔ اب انہیں مزید موقع مل گیا ہے مجھے اور میری چوائس کو غلط ثابت کرنے کا۔'' وہ بے بسی سے گویا ہوا۔

اپنی کشمکش کا جواز دے کر وہ کچھ سنبھل گیا تھا۔

''کک...... کیا مطلب...... صرف فری آپی تمہاری پسند کے خلاف تھیں یا سبھی......'' ذیشان مزید حیران ہوا۔

''یار تُو جانتا تو ہے۔ ویل ڈونٹ وری میں سب سیٹ کرلوں گا...... تُو آرام کر...... طاب نے جیسے اس کے ساتھ خود کو بھی تسلی دی۔

''یہ صورتِ حال ہے تو میری مان گھر شفٹ ہو جا...... دیکھ نا تُو ہی حیا بھابی کو وہاں ایڈجسٹ ہونے میں مدد دے سکتا ہے۔ تُو جب جانتا ہے کہ وہ الگ ماحول سے آئی ہیں تو اپنے ماحول کے مطابق ڈھالنے میں تجھے ہی محنت کرنا پڑے گی۔ ورنہ پھر تُو حیا بھابی کو تماشہ بنوانے کا موقع خود دے رہا ہے۔''

''سوچتا ہوں کچھ......'' دوبارہ بستر پر بیٹھتے ہوئے اس نے سیل فون تکیے کے نیچے رکھا۔

''زیادہ مت سوچ...... صبح درخواست دے ورنہ میں خود دے دوں گا اور بھابی کو فون تو کرلے۔''

دونوں زیادہ بے تکلفی میں تُو تکار پر آجاتے تھے۔ طاب نے پہلے نفی میں گردن ہلائی پھر گویا ہوا۔

''آج موڈ نہیں ہے کل بات کرلوں گا۔ ویسے بھی تیرے سامنے تو بات نہیں کروں گا۔ تُو تو اشتہار لگوادے گا میرے۔'' طاب کی مسکراہٹ اسے جلانے کے لئے کافی تھی۔

''اچھا بچو! دیکھ لوں گا تمہیں۔'' ذیشان نے مصنوعی دھمکی دی۔ پھر دونوں ہی مسکرادیئے۔ نیند دونوں ہی کی جیسے اڑ گئی تھی۔

○......❖......○

رات دیر سے سونے کے باوجود فائزہ فاروقی کی آنکھ معمول سے پہلے کھل گئی تھی۔ سب عزیزوں کی ناراضگیوں کے ساتھ ساتھ طاب کے رویے نے بھی انہیں پریشان کررکھا تھا۔ وہ ابھی اپنے ولیمے کے فنکشن کے لئے تیار ہی نہیں تھا۔ ان کے حلقۂ احباب میں سبھی ان کی بہو دیکھنے کا شوق رکھتے تھے۔ عزیز رشتہ دار بھی ناراضگیوں کے باوجود طاب کی پسند دیکھنے بلکہ پرکھنے کا ارمان لئے ہوئے تھے۔ ظاہر ہے جس طرح آناً فاناً طاب کی منگنی کا غلغلہ اٹھا تھا اور اسی موقع پر دلہن بھی رخصت ہو کر آگئی تھی۔ تو سبھی جاننا چاہتے تھے کہ طاب کی پسند میں ایسی کیا خاص بات ہے جس نے انہیں ''اتنی جلدی'' پر مجبور کیا۔ کچھ لوگوں کا تو اس حوالے سے خیال ہی ناقابل بیان تھا۔ اس جلدی کی شادی کو کئی لوگ طاب کی جذباتی لغزش کا نام دے رہے تھے۔ یہ ساری باتیں فائزہ فاروقی تک بھی پہنچ رہی تھیں۔ وہ جانتی تھیں کہ ان کے بیٹے نے ایسا کوئی گناہ نہیں کیا پھر بھی ان پر عزیزوں کی باتیں اثر انداز ہورہی تھیں۔ اور طاب تھا کہ اپنی سرد مہری اور بیگانگی سے حالات و معاملات بگاڑنے پر تُلا ہوا تھا۔ اپنی ذمہ داری سمجھ ہی نہیں رہا تھا۔ حیا اب اس کی ذمہ داری تھی۔ خاموش طبع معصوم فطرت حیا انہیں اچھی لگنے لگی تھی۔ رات اتفاق سے وہ امامہ اور حیا کی باتیں فون پر سن چکی تھی۔ حیا نے جب امامہ کا فون ریسو کیا تھا تو اپنے کمرے میں موجود فائزہ فاروقی نے بھی اسی دم اپنے کمرے میں فون کا ریسیور اٹھالیا۔ حیا کی باتیں اس کی سمجھداری انہیں بہت کچھ سمجھا گئی۔ یقیناً طاب رحیم کو بھی اس لڑکی کی میچورٹی نے اپیل کیا تھا۔ وہ اپنی عمر سے کہیں زیادہ سمجھدار اور مخلص تھی۔

چند دن میں اس نے بہت زیادہ اپنائیت کا حساس دے کر ان کے دل سے سارے ملال نکال دیئے تھے، اپنے کمرے کی کھڑکی کے پردے ہٹا کر انہوں نے لان میں نگاہ ڈالی۔

حیا حسبِ معمول وہاں چہل قدمی کر رہی تھی۔ ہاتھوں میں سفید مرمر کی تسبیح تھی۔ نماز سے فارغ ہو کر اسی طرح مصروف ہونا یقیناً اس کا معمول تھا۔ انہیں امامہ نے اس حوالے سے آگاہ کیا تھا۔ ان کا ارتکاز حیا کو متوجہ کر گیا تھا۔ وہ مسکرا کر انہیں دور سے سلام کر رہی تھی اور پھر اس کے قدم اندر کی طرف بڑھ رہے تھے۔ چند ایک منٹ کے بعد وہ ان کے کمرے میں دستک دے کر داخل ہو رہی تھی۔

''السلام علیکم ماما...... آپ جلدی اٹھ گئیں؟ آپ کی طبیعت تو ٹھیک ہے۔'' معصوم چہرہ گلابی دوپٹے کے ہالے میں دلکش و پُر نور لگ رہا تھا۔ اس کی گھنی پلکوں والی بادامی آنکھوں میں محبت کا جو احساس ہلکورے لے رہا تھا وہ فائزہ کو اپنی کشش میں باندھ رہا تھا۔ میں ٹھیک ہوں بس ایسے ہی آنکھ کھل گئی۔''

''تم کیوں اٹھ گئیں؟ کالج جاؤ گی آج......؟'' انہوں نے کھڑکی سے ہٹ کر بستر کی طرف قدم بڑھائے۔

''میرا تو معمول ہے ماما...... میں صبح جلدی اٹھتی ہوں۔ وہ میرا یونیفارم نہیں آیا اماں جان کی طرف سے۔ آج منگوالوں تو کل سے کالج جانا شروع کرتی ہوں'' اس نے دھیمے لہجے میں ٹھہر ٹھہر کر بات مکمل کی۔

''کل بھی کیا کرو گی؟ کل تو ویک اینڈ ہے بیٹا۔ منڈے سے جانا شروع کرنا اور سنو۔ آج اپنی ضرورت کی سب چیزیں لے لینا۔ مدیحہ آئے گی شام کو...... اس کے ساتھ چلی جانا اوکے۔''

''آپ...... نہیں چلیں گی ساتھ؟ وہ میرا مطلب ہے کہ اماں جان میرے لئے ساری چیزیں لا دیتی تھیں۔ مجھے خود سے کچھ بھی خریدنا نہیں آتا۔ پلیز آپ بھی ساتھ چلئے گا ماما......'' گھبراہٹ کے مارے وہ صحیح بات کہہ نہیں پائی۔

''میرا جانا اتنا ضروری نہیں ہے۔ امامہ بھی آجائے گی۔ وہ تمہاری ہیلپ کر دے گی۔ تم اپنی پسند سے ڈریسز جیولری، شوز، بیگز وغیرہ لے لینا۔ آخر تمہیں ہی استعمال کرنے ہیں تو بہتر ہے اپنی چوائس سے خریدو......'' انہوں نے اس کا حوصلہ بڑھایا۔

''وہ ماما میری تو بہت سمپل چوائس ہے۔ بلکہ بہت آرڈنری ابھی مجھے معلوم نہیں ہے سب کی پسند کے بارے میں۔'' اس نے سادگی سے اعتراف کیا۔

''میری جان تم کچھ بھی پسند کرو گی وہ اسپیشل بن جائے گی۔ ڈونٹ وری...... میں چلوں گی تمہارے ساتھ۔'' فائزہ کو اس کی سادگی پر پیار آیا۔ ذرا بھی تو بناوٹ نہیں تھی اس میں۔

طاب نے اپنے لئے بالکل صحیح انتخاب کیا تھا۔ بے ریا شفاف شخصیت، دنیا کی ہوا جسے ابھی چھو بھی نہیں سکی تھی۔ ''میں آپ کے لئے چائے بنالاؤں ماما؟'' اس کی آواز نے انہیں خیالوں سے چونکایا۔

''ٹھیک ہے بنالاؤ مگر اپنے لئے بھی! میں تب تک فریش ہوتی ہوں۔'' انہوں نے محبت سے اسے دیکھا تو وہ سر ہلا کر چلی گئی۔

○......❖......○

''می...... می...... یہ کیا؟'' وہ تیار ہو کر باہر آئی تو امامہ اسے دیکھتے ہی چیخ پڑی۔ وہ بہت سادے سے سوٹ میں ملبوس تھی۔ اس پر اس نے شیشوں کے کام اور کڑھائی والی سیاہ چادر اچھی طرح پھیلا کر اوڑھ رکھی تھی۔

''اس طرح جائیں گی آپ ہمارے ساتھ شاپنگ کے لئے؟'' قریب آنے پر امامہ نے اسے تنقیدی نظروں سے پریشان کر دیا۔

''ہاں......تو......؟ کیا ہوا'' امامہ کو اس کی معصومیت اس لمحہ ذرا نہ بھائی۔ ''می می حلیہ دیکھا ہے اپنا...... آپ شاپنگ کے لئے جا رہی ہیں یا کسی کی تعزیت کے لئے......اب تو وہاں بھی خواتین کی ڈریسنگ دیکھنے والی ہوتی ہے،......اور آپ؟ آپ سے میں نے کہا تھا ناں کہ اپنا وہ سکائے بلیو سوٹ پہنئے گا۔'' وہ زچ ہو کر بول رہی تھی۔

''سکائے بلیو ہی تو پہنا ہے۔'' حیا نے اپنی چادر کا پلو ہٹا کر اسے دکھایا تو امامہ کا دل چاہا اپنا سر پیٹ لے۔

''یہ نہیں می می......وہ پرل کے کام والا سکائے بلیو کیپری اور لانگ شرٹ والے سوٹ کا کہا تھا۔ جو ادھر سے آپ کے لئے نانو لے کر گئی تھیں۔ جائیں جلدی چینج کر کے آئیں۔''

''وہ......؟ اس طرح کے ڈریس پہن کر بازار تو نہیں جایا جاتا ناں ہزاروں لوگوں کی نظر پڑتی ہے۔ میں نہیں پہن سکوں گی......آئی ایم سوری۔''

''کیا ہو گیا ہے می می......سبھی پہنتے ہیں۔ آپ کی طرح ''ماسی'' بن کر تو کوئی بھی نہیں جاتا۔'' امامہ نے برا سامنہ بنا کر کھلا تبصرہ کیا۔ حیا کے چہرے پر سایہ سا لہرا گیا۔ اسی لمحے فائزہ فاروقی اور مدیحہ بھی اندر داخل ہوئیں۔

''نانو آپ نے می می کا حلیہ دیکھا ہے......؟ کہہ رہی ہیں ایسے ہی بازار جائیں گی۔'' امامہ نے ان سے بھی شکایت کی۔ مدیحہ کی تنقیدی نگاہ اس پر اٹھی۔ امامہ ٹھیک تو کہہ رہی تھی۔ وہ جس کلاس سے تعلق رکھتے تھے۔ وہاں کی ''ماسیوں'' کا ہی ایسا حلیہ ہوتا تھا۔ بڑی بڑی چادریں سادھے کپڑے۔ اب تو وہ بھی اپنا بہت خیال رکھنے لگی تھیں۔ میڈیا نے انہیں بھی آگہی دے دی تھی۔

''سنو حیا! امامہ کہہ رہی ہے تو تم دوسرا ڈریس چینج کر لو۔ پھر تم چادر وغیرہ نہ بھی لو تو یہاں کوئی مائنڈ نہیں کرے گا۔ ایزی رہو۔ اتنی بڑی تم خود نہیں ہو جتنی بڑی تم نے چادر سنبھال رکھی ہے۔'' مدیحہ نے گھما پھرا کر بات سمجھائی۔ حیا نے پلکیں جھپک کر نمی کو اندر ہی اتار لیا اور پھر ذرا اعتماد پیدا کر کے بولی۔

''اپیا......وہ چادر میں، میں سکور فیل کرتی ہوں......بازار میں نکلو تو کتنے مرد گھور گھور کر دیکھتے ہیں...... پروٹیکشن ہم لڑکیوں کو خود ہی کر کے نکلنا چاہئے ورنہ......مردوں پر الزام رکھنا فضول ہے کہ......''

''تمہارا مطلب ہے ہم دعوتِ نظارہ بن کے نکلتے ہیں......'' مدیحہ کو اس کی بات ناگوار گزری تھی۔

''اپیا میرا یہ مطلب نہیں تھا......میں تو......'' وہ ایک دم روہانسی ہو گئی۔

''اچھا! حیا جاؤ! دوپٹہ لے آؤ......'' فائزہ نے معاملہ سمیٹنا چاہا۔

حیا کے پاس کچھ کہنے کی گنجائش اب کہاں تھی۔ وہ فوراً اندر چلی گئی۔ واقعی کتنا دشوار ہوتا ہے نئے ماحول کا حصہ بننا نہ جانے کہاں کہاں اسے اپنا آپ مارنا تھا۔

''سنو مدیحہ اس طرح ناراض ہونے کا کیا فائدہ۔ اتنی جلدی وہ نہیں بدل سکتی۔ جس ماحول سے وہ آئی ہے وہاں کا اثر آہستہ آہستہ ہی جائے گا اور پھر طاب چاہے گا تو خود ہی اپنے مطابق ڈھال لے گا۔ تم لوگ کیوں

پریشان ہوتے ہو۔" فائزہ فاروقی نے اس کے جاتے ہی انہیں سمجھایا تو امامہ بول اٹھی۔

"نانو پریشانی کی بات تو ہے۔ وہ ہم سے بھی تو ریلیٹڈ ہیں، وہ اس طرح ہمارے ساتھ باہر جائیں گی تو لوگ باتیں نہیں بنائیں گے۔" امامہ بالکل مدیحہ کے سے انداز میں بول رہی تھی۔

"اگر حیا کے ساتھ جانا تم لوگوں کو توہین لگتا ہے تو نیور مائنڈ...... میں خود اسے لے جاتی ہوں۔ کیونکہ میرے لئے اس کی سادگی پین فل نہیں ہے۔" فائزہ فاروقی کی سنجیدگی دونوں کا موڈ خراب کر گئی۔

"ماما آپ......" مدیحہ کچھ کہتے کہتے رک گئی۔ کیونکہ حیا سکائے بلیو ربن لگے دوپٹے میں خود کو اچھی طرح ڈھانپے چلی آ رہی تھی۔ اس کی جھکی پلکیں لرز رہی تھیں اور لپ اسٹک سے مبرا گلابی ہونٹ آپس میں بھینچے ہوئے تھے۔ مدیحہ نے نظر بھر کر اسے دیکھا۔ وہ اپنے ملفوف حلیے میں بھی متوجہ کرنے کی پوری صلاحیت رکھتی تھی۔ مدیحہ اپنی گاڑی لائی تھی سو چاروں اسی میں روانہ ہوئیں۔ ساری شاپنگ میں سوائے فائزہ فاروقی کے کسی نے بھی گرم جوشی نہیں دکھائی۔ امامہ کا موڈ کافی دیر بعد صحیح ہوا۔

"میں نے تو سوچا تھا آج ماموں کو یہاں کسی بہانے سے بلواؤں گی مگر آپ کا تو حلیہ ہی ایسا نہیں تھا کہ انہیں بلوایا جاتا۔ ان کا کوئی فرینڈ بھی ان کے ساتھ ہو سکتا تھا۔" امامہ نے آخر تک اسے نہیں چھوڑا تھا۔ حیا کیا کہتی بس خاموشی سے سننے پر مجبور تھی۔ اسے اندازہ ہو رہا تھا کہ وہ ان کے معیار اور توقعات کے مطابق نہیں ہے۔ ابھی تو اسے طاب رحیم کے بھی مزاج کا صحیح علم نہیں تھا۔

○......❖......○

اس سے پہلے کہ طاب رحیم کی گھر شفٹ ہونے کی درخواست منظور ہوتی اسے اپنا ٹرانسفر لیٹر مل گیا تھا۔ اس کی پوسٹنگ ایبٹ آباد کر دی گئی تھی۔ ٹرانسفر معمول کے مطابق تھی۔ ایک سال سے وہ اسلام آباد میں تعینات تھا۔ ذیشان اس سے ناراض تھا۔

"یار تُو کیوں منہ پھلا رہا ہے، جا رہا ہوں ناں گھر۔"

"اب کیا فائدہ...... دو دن کا احسان چڑھاؤ گے سب پر......"

"مجھے معلوم تو نہیں تھا کہ میرا ٹرانسفر ہو جائے گا۔ ویل یہ اچھا ہوا ہے۔ حیا کو ایڈجسٹ ہونے کے لئے ٹائم مل جائے گا۔ وہ اپنی اسٹڈی بھی کمپلیٹ کر لے گی۔" طاب نے اپنی لاپروائی سے اسے مزید چڑایا۔

"یو مین تمہارا پلٹ کر آنے کا کوئی پروام نہیں...... حیا بھابی تمہاری غیر موجودگی میں کیسے ایڈجسٹ ہو سکتی ہے۔ سنو طاب اب تم بیچلر نہیں ہو۔ تمہیں فیملی کے لئے وہاں رہائش ضرور ملے گی۔ ایسا کرو تم حیا بھابی کو بھی ساتھ لے جاؤ۔"

"تم جانتے ہو یہ میرے لئے پاسبل نہیں ہے۔ میں مہینے دو مہینے بعد چکر لگا لیا کروں گا۔ حیا ماما کے ساتھ ہی رہے گی اور پلیز تم بھی ماما سے اس حوالے سے کوئی بات نہیں کرو گے۔ انڈرسٹینڈ۔"

"ٹھیک ہے تمہاری لائف ہے جو چاہے کرو میں تو بس دوستی نبھا رہا تھا۔" ذیشان نے پلٹ کر اپنا سامان باندھنا شروع کیا۔ وہ بھی لاہور جا رہا تھا۔ دو دن بعد اسے بھی ایبٹ آباد پہنچنا تھا۔ اس کا بھی ٹرانسفر ہوا تھا۔

طاب نے اس کے پیچھے جا کر اسے کندھوں سے تھام لیا۔

”دوستی نبھانے سے زیادہ تم رشتہ داری نبھا رہے ہو ڈیئر۔ اپنی بھابی کی بہن کی خوب فیور لیتے رہے ہو۔ اپنے دوست کی مجبوری کا تمہیں احساس تک نہیں۔ میرے احساسات و جذبات کس قدر متاثر ہوئے ہیں کوئی نہیں جان سکتا۔ حیا کو زندگی میں لانے کے بعد مجھے بہت سی باتوں کا احساس ہوا ہے۔ واقعی وہ الگ ماحول کی پروردہ ہے۔ میری بہنوں اور ماما کا لائف سٹائل کیسا ہے تم جانتے ہو۔ ان میں حیا واقعی مِس فٹ ہے۔ میں چاہتا ہوں حیا میری مداخلت کے بغیر خود کو ماحول کے مطابق بنائے۔ میری انسٹرکشن اسے شاید زیادہ فِیل ہو۔ اس لئے اسے اور خود کو ٹائم دینا بہت ضروری ہے۔“ طاب نے بڑی سنجیدگی سے اظہار خیال کیا۔

”یہ سب کچھ تمہیں شادی سے پہلے معلوم تھا طاب؟ اپنے ماحول اور حیا بھابی کی تربیت کا تمہیں تمہارے گھر والوں نے بھی بتایا تھا۔ اب اسے تم ہی ایشو بناؤ گے تو باقی سب کا تو اللہ ہی حافظ ہے۔“ ذیشان کو اس کی باتیں غصہ دلا رہی تھیں۔

”جانتا تھا مگر یہ علم نہیں تھا کہ یہ سب کچھ اتنا اچانک ہوگا۔ میرا خیال تھا کہ دو تین سال میں ہماری فیملی سے ملتے ملاتے حیا اور اس کے فیملی کے لوگ خود کو ایڈجسٹ کر ہی لیں گے۔ کم از کم حیا تو سمجھ ہی جاتی۔ ویل اب اسے آہستہ آہستہ سب کچھ علم ہو جائے گا کہ کیسے سوسائٹی میں مووو کرنا ہے۔“

”آئی ڈونٹ انڈرسٹینڈ کہ تم حیا بھابی سے کیا ڈیمانڈ رکھتے ہو۔ ردا بھابی کے حوالے سے دیکھا جائے تو وہ ایک پازیٹو پرسنیلٹی کی مالک ہے۔ ان کی شرم و حیا، خود کو سنبھال کر بچا کر رکھنا ان کے پلس پوائنٹ ہیں اور یقیناً ان کی یہی خصوصیات تمہیں ان کی طرف مائل کر گئی تھیں۔ پھر اب یہ تضاد...... ماڈرن، بے باک، لڑکیاں تمہارے اردگرد بہت ہیں۔“

”میں کیا کروں شان۔ فیملی کا پریشر ایسا ہی ہے۔ کل دیا آپی کا فون آیا تھا۔ کہہ رہی تھیں کہ اسے وہاں رہنے کا سلیقہ سکھاؤ۔ فری آپی کے بعد اب دیا آپی بھی ان کے خلاف ہیں۔ مجھے سمجھ نہیں آ رہی کیا کروں۔“ وہ ان کی تلخی کے جواب میں بے بسی سے گویا ہوا۔

”اگر فیملی پریشر میں رہو گے تو اپنی زندگی خراب کرو گے۔ اسی دن کے لئے سمجھا رہا تھا کہ گھر جا کر حیا بھابی کو اپنی ذات کا اعتماد دو۔ ایک دم تو کوئی بھی نہیں بدلتا۔ آہستہ آہستہ وہ خود کو بدل ہی لیں گی سب کی مرضی کے مطابق۔ ردا بھابی بھی ایسی تھیں۔ فیضان بھائی کی کوششوں سے آج وہ ہم سب کے دل میں اہم مقام رکھتی ہیں۔ شوہر کی ذمہ داری ہے کہ وہ بیوی کو سب کی نظروں میں عزت دلائے۔ تمہاری بے رخی اور بے اعتنائی یہ بات سب پر واضح کر دے گی کہ تم اپنے فیصلے پر پچھتا رہے ہو۔ پچھتاوا ہے تو بے شک راہ بدل لو مگر اس طرح ان سے کترا ؤمت...... کہیں تمہارا ابی ہیوا نہیں توڑ پھوڑ نہ دے۔“

ذیشان واقعی بہت سمجھدار تھا۔ جو باتیں اس کے سوچنے کی تھیں۔ آج وہ اسے سمجھا رہا تھا۔ جذباتیت میں وہ سب کچھ فراموش کر رہا تھا۔ اپنی محبت کا پہلا احساس تک نہ جانے کیوں اسے یاد نہیں رہا تھا۔ طاب نے سر ہلاتے ہوئے تشکر بھری نظروں سے اسے دیکھا۔ پھر مسکرا کر اسے گلے لگا لیا۔

''بڑے ٹھیک ہی کہہ گئے ہیں کہ دوست کا اخلاص بڑی نعمت ہے۔ تھینک یو ویری مچ۔''

''دوستی میں نو شکریہ، نو تھینکس ...... بس دعا کیا کرو میری راہ میں ایسی کوئی سچویشن نہ آئے ...... اس بار میں مما سے اپنے اور راحمہ کے بارے میں بات کر کے رہوں گا۔ ویسے تو بھابی جان کو علم ہے پھر بھی دل ڈرتا ہے کہ کہیں مما کی نظر میں کوئی ''اور'' نہ ہو۔'' ذیشان کی گھبراہٹ میں جو نرمی تھی وہ قابلِ دید تھی۔ طاب نے اسے دل سے دعا دی اور پھر دونوں ہی اپنے اپنے گھر روانہ ہو گئے۔

○......❖......○

کل شام سے حیا بجھی بجھی سی تھی۔ اس کی دراز پلکوں پر نمی سی محسوس ہو رہی تھی۔ فائزہ فاروقی خاموشی سے اس کا جائزہ لے رہی تھیں۔ بظاہر وہ اپنے معمولات میں مصروف نظر آ رہی تھی مگر جیسے کہیں گم سی تھی۔ مدیحہ اور امامہ کی باتیں یقیناً اسے ناگوار گزری تھیں۔ پھر بھی اس نے حرف شکایت بھی نہیں کیا تھا۔ بلکہ آج اس نے لباس بھی ہلکے پھلکے کام والا پہن رکھا تھا۔ البتہ دوپٹہ اس نے اپنے انداز میں ہی لیا تھا۔ آج ملیحہ کو آنا تھا اس لئے وہ پہلے سے ہی تیار تھی تاکہ کسی کو کچھ کہنے کا موقع نہ ملے۔ فائزہ اپنے خیالوں میں گم سی تھیں تبھی انہیں طاب رحیم کی آمد کا احساس نہیں ہوا تھا۔ وہ آیا بھی دبے پاؤں تھا۔ چپکے سے ان کی آنکھیں موندھ کر اس نے اپنے بچپن کی یاد تازہ کی تھی۔

''طاب...... تم؟ اس وقت؟'' فائزہ فاروقی نے بے اختیار اس کے ہاتھ تھام کر کہا۔ جن سے وہ ان کی آنکھیں بند کئے ہوئے تھا۔ وہ فوراً ہی اپنی جگہ سے اٹھی تھیں۔

''مام...... یس آئی ایم...... کیا یقین نہیں آ رہا؟'' طاب نے بھی ان کی بے یقینی پر مسکرا کر پوچھا۔

''کب آئے ہو...... میرا مطلب ہے۔ تم تو ویک اینڈ پر ہی آتے ہو...... پھر...... اب......'' وہ تفکر و خوشی کے ملے جلے تاثرات سے پوچھ رہی تھیں اور وہ بس مسکرائے جا رہا تھا۔

''بتاتا ہوں...... آپ بیٹھیں تو......'' اس کی بات مکمل ہونے سے پہلے ہی ملازم اس کا سامان اٹھائے اندر آیا اور پھر اس کے کمرے کی طرف بڑھنے لگا۔

''تم گھر شفٹ ہو گئے ہو......؟ تھینکس میری جان...... میں آج تم سے یہی کہنے آنے والی تھی۔ اچھا ہوا تم نے میری بات مان لی...... حیا کو معلوم ہے تم آ رہے ہو؟''

''مام جب آپ کو نہیں معلوم تھا کہ میں آ رہا ہوں تو اسے کیسے علم ہو سکتا ہے۔ آپ بیٹھیں میں بتاتا ہوں...... بائی دی وے ہے کہاں آپ کی بہو بیگم حسبِ معمول رونے دھونے میں مصروف ہو گی۔'' وہ ٹی وی لاؤنج کے صوفے پر بیٹھتے ہوئے اطمینان سے بولا۔ تو فائزہ بھی اسے دیکھتے ہوئے اپنی جگہ پر بیٹھ گئیں۔

''طاب تم حیا کے بارے میں اس طرح بات کیوں کرتے ہو۔ وہ معصوم ہے تو اس کا یہ مطلب نہیں کہ تم اس کی معصومیت کا فائدہ اٹھاؤ تمہاری وجہ سے سبھی کے......'' ان کی بات بھی ادھوری رہ گئی تھی۔ حیا کچن کے دروازے سے لاؤنج میں داخل ہوتے ہوئے ان سے پوچھ رہی تھی۔

''ماما کھانا آپ یہیں کھائیں گی یا ڈائننگ......'' اور پھر اس کی زبان کو ہی بریک نہیں لگی تھی اس کے قدم

بھی وہیں ساکت ہو گئے تھے۔ سامنے ہی وہ ہستی جاں موجود تھی جو ہر گزرتے لمحے کے ساتھ اس کے دل سے قریب تر ہوئی جا رہی تھی۔ عجب سا رشتہ بن رہا تھا۔ کسک دیتا ہوا احساس نئی لذتوں سے روشناس کرواتا ہوا بندھن...... وہ اسے سامنے پا کر گنگ ہو گئی تھی۔

''حیا! وہاں کیوں کھڑی ہو ادھر آؤ......''

''مام آپ کو معلوم نہیں محترمہ کو جاگتے میں سونے کی عادت ہے۔'' طاب کی سنجیدہ آواز اس کے حواس جگا گئی۔

''وہ...... السلام علیکم......'' اس کی بوکھلاہٹ واضح تھی۔

''وعلیکم السلام......'' طاب نے مختصر جواب دیا۔ فائزہ بیٹے کو گھور کر دیکھنے لگیں پھر حیا کو مخاطب کیا۔

''حیا ادھر آؤ ابھی یہاں بیٹھو پھر مل کے کھانا کھاتے ہیں۔'' وہ جھجکتی ہوئی دھیرے دھیرے چلتی ہوئی فائزہ فاروقی کے برابر میں جا بیٹھی۔ ہاتھ آپس میں پیوست اس کی اندرونی کیفیت کو عیاں کر رہے تھے۔ اس وقت ریڈش براؤن سوٹ میں اس کی گلابی رنگت شہابی لگ رہی تھی۔ جھکی پلکیں، لرزتے لب طاب کے لئے نیا نظارہ تھا۔ مگر ماما کی موجودگی میں وہ اسے نظر بھر کر دیکھنے کی جسارت بھی نہیں کر سکتا تھا۔ سو فوراً ہی کھڑا ہوا۔

''میں فریش ہوتا ہوں آپ کھانا لگوائیں۔ آج کا مینیو کیا ہے۔'' وہ اپنی ماما سے مخاطب تھا۔

''آج سے کچن حیا نے سنبھال لیا ہے۔ آج اس نے ہی لنچ بنایا ہے۔ شام کو مدیحہ اور بچے آ رہے ہیں۔ ڈنر بھی حیا کہہ رہی ہے کہ وہ خود بنائے گی۔''

''کسی غریب کے پیٹ کا خیال کریں کیوں شیر گل کی بددعائیں لینے کا ارادہ ہے۔ اس کا کام اسے کرنے دیں۔'' اندازہ نہیں ہو رہا تھا کہ وہ سنجیدہ ہے یا غیر سنجیدہ۔

''اُفوہ طاب اس کا گھر ہے اس کا جو دل چاہے کرے گی اور پھر شیر گل کو ہم خدانخواستہ نکال تھوڑی رہے ہیں...... اچھا تم جاؤ فریش ہو کر آؤ۔ حیا بیٹا تم کھانا لگاؤ ہم آ رہے ہیں۔'' انہوں نے حیا کی حمایت کرتے ہوئے اسے پیار سے سہلایا۔ حیا فوراً ہی اٹھ کر کچن کی طرف بڑھ گئی۔

حیا کو توقع نہیں تھی کہ طاب اس طرح اچانک آ جائے گا۔ ڈنر کے لئے تو اس نے کافی کچھ بنانے کا سوچا ہوا تھا۔ چکن کو مسالہ لگا کر رکھ دیا تھا۔ کباب بھی بنا لئے تھے۔ پلاؤ شام کو ہی تیار کرنا تھا۔ مگر لنچ میں اس نے گوشت کا سالن اور بھنی ہوئی ماش کی دال ہی بنائی تھی۔ اسے اب یہ سب ناکافی لگ رہا تھا۔ نہ جانے طاب کو یہ پسند بھی تھا یا نہیں۔

شیر گل اس کے سر پر آ کھڑا ہوا تھا۔ اسے ہدایات دینے کی عادت نہیں تھی۔ اسے سمجھ نہیں آ رہی تھی کہ کیا کرے۔

''بی بی سب ٹھیک ہے۔ پریشان نہ ہوں آپ یہاں آ کر بیٹھو...... میں میز پر کھانا سرو کر دیتا ہوں۔'' وہ مطمئن ہو کر ڈائننگ روم میں آ گئی۔ جو ٹی وی لاؤنج سے ہی ملحق تھا۔ برتن سب ہی موجود تھے۔ پانی کا جگ اور گلاس وہ پہلے ہی میز پر رکھ چکی تھی۔

سلاد، چٹنی، دہی وغیرہ بھی میز پر موجود تھی۔ کباب اس نے فریج سے نکال کر شیر گل کو دیئے۔

''شیر گل بھائی یہ بھی فرائی کرنے ہیں اور وہ سوجی کی کھیر بھی بعد میں سرو کرنا۔ رات کے لئے سویٹ ڈش میں اور بنا دوں گی۔'' شیر گل بھی اس کی کیفیت سے محظوظ ہو کر زیر لب مسکرا رہا تھا۔ وہ شرمندہ سی ہو کر کچن سے نکل آئی۔

فائزہ اور طاب لاؤنج میں بیٹھے تھے وہ انہیں یقیناً اپنے ٹرانسفر کا بتا چکا تھا۔ تبھی فائزہ کچھ چپ چپ سی تھیں۔ وہ چند لمحے کھڑی سوچتی رہی کہ کیسے انہیں متوجہ کر کے کھانے کے لئے بتائے، طاب نے ذرا توقف سے اس کی جانب دیکھا۔

''یس؟ اینی پرابلم؟'' یقیناً فائزہ فاروقی نے کچھ کہا تھا جو اس کا لہجہ ترش سا تھا۔

''و...... وہ...... کھانا...... تیار ہے آجائیں۔'' دوپٹہ سر پر ٹکاتے ہوئے وہ ہچکچا کر بولی تو نہ جانے وہ کیوں چڑ گیا۔

''صاف کہو کہ کھانے کے لئے آجائیں ''یہ'' ''وہ'' کیا ہوتا ہے۔ آئی تھنک تمہیں اسپیچ تھراپی کی ضرورت ہے۔ پلیز چینج یور بی ہیو......'' اس کے لہجے میں اچھی خاصی اہانت تھی۔ حیا کی پلکیں لرز کر بھیگنے لگی تھیں۔ نہ جانے یہ کیسی محبت تھی جو اس طرح آزما رہی تھی۔

''طاب؟ بی ہیو یور سیلف وہ تمہیں کیا کہہ رہی ہے؟ تمہارے رویے سے وہ پزل ہے۔ اس کے اس طرح بولنے کے تم ذمہ دار ہو۔ مائنڈ اٹ......'' فائزہ فاروقی کو بھی طاب کا رویہ ناگوار لگا تھا۔

''آؤ کھانا تیار ہے۔'' وہ اپنی جگہ سے اٹھ کر ڈائننگ ٹیبل کی طرف بڑھیں۔ طاب نے ان کی تقلید کی۔ وہ دونوں بیٹھ چکے تھے۔ مگر حیا کھڑی لب چبا رہی تھی۔ پلکوں تک آئے آنسوؤں کے موتی واپس دل کے اندر چھلکانے میں کچھ دیر تو لگتی تھی۔ خود پر ضبط کے پرے بٹھاتے ہوئے حیا نے شیر گل سے روٹیوں کا ہاٹ پاٹ پکڑا اور پھر میز کے درمیان میں خالی جگہ پر رکھ دیا۔

''بیٹھو حیا، مزید کچھ چاہئے ہوگا تو شیر گل لے آئے گا۔'' فائزہ نے اسے بہت نرمی سے کہا۔ وہ ان کے بائیں طرف والی کرسی پر جا کر بیٹھ گئی۔ دائیں طرف طاب بیٹھا ہوا تھا۔

ان کے گھر میں فرش پر دستر خوان لگا کرتا تھا یہاں تین افراد کے لئے ایک لمبی سی میز سجتی تھی۔ اسے پھر سے گھر کی یاد ستانے لگی۔ اماں جانی کبھی کبھی اسے اپنے پہلو میں بٹھا کر ایک آدھ نوالہ بھی کھلا دیتی تھیں۔ ان کی اتنی محبت پر ہی حیا پہروں بلکہ دنوں خوش رہا کرتی تھی۔

فائزہ بھی طاب کو پہلا نوالہ اپنے ہاتھ سے کھلا رہی تھیں تبھی اسے اماں کی یاد ستائی تھی۔

''حیا تم کچھ نہیں لے رہیں۔'' فائزہ نے اسے متوجہ کیا تو اس بار وہ بولنے کے بجائے سر ہلا کر رہ گئی۔ اپنی پلیٹ میں تھوڑا سا سالن نکال کر اس نے چند لقمے بمشکل نگلے۔ فائزہ اور طاب آپس میں گفتگو کرتے ہوئے مصروف تھے۔ فائزہ پہلے ہی اس کے کھانے کی تعریف کر چکی تھیں اور طاب آرام سے کھا رہا تھا یہی غنیمت تھا۔

''تم کچھ نہیں کہو گے؟ بہت مزے کا کھانا بنایا ہے ناں......'' فائزہ فاروقی نے طاب کو اٹھتے دیکھ کر پوچھا۔

''مام میں آل ریڈی جانتا ہوں یہ بہترین کک ہیں۔ تبھی یہاں موجود ہیں۔ بائی دی وے آپ کے کالج جانے کے ارادے کیا ہوئے؟...... ککنگ ایکسپرٹ بننے کا پروگرام ہے تو کسی ٹی وی چینل پر بات کر لیتے ہیں۔''
وہ ابھی بھی سمجھ نہیں پا رہی تھی کہ وہ مذاق کر رہا ہے یا طنز اس کے اٹھنے پر وہ بھی اٹھ چکی تھی۔

''سویٹ ڈش بھی ہے۔''

''میں کیا پوچھ رہا ہوں؟ جواب کیا مل رہا ہے۔'' فائزہ فاروقی نے بڑھ کر اسے چپت لگائی۔

''دو دن کے لئے آئے ہو۔ ڈھنگ سے بات کرو اس کے ساتھ، بیٹھو آج اپنے بچپن کی یاد تازہ کرو، حیا نے تمہاری ننا کی طرح تمہارے لئے بادام اور سوجی کی کھیر بنائی ہے۔''

''رئیلی؟...... بائی دی وے اسے کس نے بتایا کہ مجھے یہ کھیر پسند ہے۔''

''ظاہر ہے میں نے بتایا تھا مگر بنائی اسی نے ہے۔''

''پہلے بتانا چاہئے تھا۔ اب میں نے اتنا کھا لیا ہے کہ مزید گنجائش نہیں ہے سوائے ایک کپ چائے کے، کھیر کچھ دیر بعد میرے روم میں بھجوا دیجئے گا۔ مگر پہلے چائے...... اور ہاں مام، ملیحہ اپیا کے ساتھ دیا آپی اور فری آپی کو بھی بلوا لیں۔ ورنہ وہ دونوں ناراض ہو جائیں گی۔ اگر میں انہیں ملے بنا ایبٹ آباد چلا گیا۔'' جاتے جاتے اس نے روک کر کہا۔ اس بار حیا بھی چونک اٹھی۔ صحیح معلومات نہ تھیں اور نہ ہی پوچھنے کا حوصلہ۔

''میں تو ملیحہ کو منع کرنے کا سوچ رہی تھی۔ کل سبھی آ جائیں آج تم دونوں کہیں ہو آؤ۔ حیا اب تک اپنی اماں کے گھر نہیں گئی۔ وہاں چلے جاؤ...... مل آؤ ان سے...... کل یہیں گھر میں گیٹ ٹوگیدر رکھ لیتے ہیں۔ سبھی تم سے مل لیں گے ٹھیک ہے ناں......''

''پلیز مام...... میں یہ دو دن صرف اپنی فیملی کے ساتھ گزارنا چاہتا ہوں۔ آپ فری آپی کو فون کر دیں۔ بلکہ میں خود کر دیتا ہوں۔ کہیں جانا ہوگا تو کل دیکھا جائے گا۔ آج آپ سب کے ساتھ ٹائم گزارنا ہے مجھے...... اوکے۔ شیر گل چائے میرے روم میں لے آنا۔'' لاؤنج سے نکلتے ہوئے اس نے اپنا پروگرام بنایا تو فائزہ آہ بھر کر رہ گئیں۔ نہ جانے کیوں وہ ایسا کر رہا تھا۔ حیا کے ساتھ اس کا دوہرا رویہ عجیب محسوس ہو رہا تھا۔

''حیا ڈونٹ فیل اِٹ...... ایکچولی اس کا ٹرانسفر ایبٹ آباد ہو گیا ہے۔ اس لئے کچھ اپ سیٹ ہے۔'' فائزہ فاروقی نے گم صم کھڑی حیا کو نرمی سے سمجھایا۔ ٹرانسفر کی بات پر وہ حیران سی ہوئی۔ اسے نہ تو علم تھا اور نہ ہی اندازہ ویسے بھی ابھی ان میں ایسا ربط و تعلق ہی کب پیدا ہوا تھا۔

''جاؤ تم خود چائے اس کے لئے لے جاؤ اور خود بھی اس کے ساتھ بات کرنے کی کوشش کرو، کسی کو تو پہل کرنا پڑے گی کب تک اجنبیوں کی طرح رہو گے۔'' فائزہ فاروقی بالکل ماؤں کی طرح اسے سمجھا رہی تھیں۔ وہ بالکل ٹھیک کہہ رہی تھیں کسی ایک کو تو آگے بڑھنا ہی تھا۔

○......❖......○

حیا کمرے میں پہنچی تو طاب ٹی وی آن کیے بیڈ پر نیم دراز تھا۔ اسکرین پر کرنٹ افیئر کا کوئی پروگرام چل رہا تھا۔ حیا نے چائے کی ٹرے میز پر لے جا کر رکھ دی۔ پھر چائے بنا کر کپ اس کے قریب لے آئی۔

''شیر گل لے آتا چائے آپ نے زحمت کیوں کی۔'' بے رخی سے بولا۔

''وہ کچن میں مصروف ہے۔'' حیا نے کچھ توقف سے جواب دیا۔ اپنے لئے چائے کا کپ لے کر وہ صوفے پر ہی بیٹھ گئی۔

''زندگی بہت تیزی سے گزر جاتی ہے۔ یہ کھڑے ہو کر آپ کا انتظار نہیں کرتی۔ آپ جس سُست روی سے ہم کلام ہوتی ہیں تو بات شروع ہونے سے پہلے ہی مقابل اپنی کہہ کر چل دے گا۔ بائی دی وے تمہیں روم کا ''وہ ایریا'' کچھ زیادہ ہی پسند ہے۔'' طاب اس پر تنقید کر رہا تھا یا سمجھا رہا تھا وہ سمجھ نہیں پا رہی تھی۔ اس کی بات میں چھپا شکوہ البتہ وہ سمجھ رہی تھی اس لئے فوراً اٹھ کر بیڈ کے سرے پر آبیٹھی۔

''مام نے بتا دیا ہوگا میرا ٹرانسفر ہو گیا ہے۔ منڈے کو مجھے یہاں سے چلے جانا ہے۔ تمہارے کیا ارادے ہیں۔'' چائے کا سپ لے کر اس نے حیا کو نظروں کے حصار میں لیتے ہوئے پوچھا۔

''جی ...... کیسے ارادے؟'' اس کی معصومیت قابلِ دید تھی۔

''یہاں سزا کاٹنی ہے یا پھر رہائی چاہئے۔'' حیا کے کپ سے چائے پرچ میں چھلک گئی۔ اس نے لبریز آنکھوں سے اس کی جانب دیکھا۔

''دیکھو تم پر کوئی پریشر نہیں ہے۔ اپنی مرضی سے اپنے لئے فیصلہ کر سکتی ہو۔'' طاب نے اس کے چہرے سے نظر ہٹا کر ٹی وی ریموٹ سے آواز کم کی۔

''اس روز میری بات کا وہ مطلب نہیں تھا۔ میں پریشان تھی اور نادانی میں پتہ نہیں کیا کہہ گئی۔ میں تو مر کر بھی ایسا نہیں سوچ سکتی طاب ...... یہ میرا بھی گھر ہے۔ میں یہاں سے کہاں جاؤں گی ...... اماں جانی تو مجھے ہی قتل کر دیں گی۔ اگر میں پلٹ کر گئی تو ...... آپ مجھے ......'' وہ بات کرتے کرتے پھوٹ پھوٹ کر رونے لگی۔ اپنی بات کہنا سمجھانا اور پھر دوسروں کو سمجھنا کس قدر دشوار ہو رہا تھا۔ اس کی حالت کیا تھی کوئی نہیں سمجھ رہا تھا اور نہ جان رہا تھا۔ حتیٰ کہ اس سے محبت کا دعویٰ کرنے والا بھی اسے ہی آزما رہا تھا۔ خود اپنی محبت تو کیا ذرا سی اپنائیت تک نچھاور نہ کر سکا تھا۔

''یو مین اِٹ تمہیں یہیں رہنا ہے؟ ہر حال میں ...... میں یہاں نہیں ہوں گا۔ تب بھی یہیں رہو گی؟'' اس کے پوچھنے کا انداز مبہم تھا۔ حیا روتے روتے اثبات میں سر ہلانے لگی۔

''میرے ساتھ رہنے کی خواہش میرے ساتھ جانے کا ارمان بھی نہیں ہے؟'' اس کے سوال پر وہ سر اٹھا کر اسے دیکھنے لگی۔ طاب کے لب بھنچے ہوئے اور آنکھیں مسکرا رہی تھیں۔

''آپ کی تو جاب ہے ...... میں آپ کو تنگ نہیں کروں گی میں یہاں خوش ہوں۔'' اسے جو سمجھ آ رہا تھا بول رہی تھی۔

''اِٹس کلیئر تمہیں یہیں رہنا ہے؟ یہ بات تمہیں ماما کو بھی سمجھانی پڑے گی۔ وہ چاہ رہی ہیں میں تمہیں وہاں اپنے پاس بلا لوں۔ بٹ آئی ایم سوری میں ایسا نہیں کر سکتا۔ تمہیں مام کے ساتھ ہی رہنا ہوگا۔ میں نہیں چاہتا کہ وہ اب تنہا رہیں۔ بابا جانی کے بعد انہوں نے بہت مشکل وقت گزارا ہے۔ میں انہیں اپنے ساتھ ہر جگہ لے جا

سکتا ہوں مگر یہ گھران کا خواب ہے۔ بہت محنت سے انہوں نے اسے سنوارا ہے اور میں چاہتا ہوں کہ وہ اپنے ہی گھر میں سکون سے رہیں۔ تمہیں یہ سب بتانے کا مقصد یہ ہے کہ کل کو تمہارے میکے میں سے کوئی اٹھ کر تمہارے یہاں رہنے کو ایشو بنا کر تمہیں اکسا بھی سکتا ہے کہ تم میرے ساتھ رہنے کی ڈیمانڈ کرنے لگو۔ اگر ایسا ہونا ہے تو مجھے ابھی بتا دو۔'' طاب کی سنجیدگی اس کی روح فنا کر رہی تھی۔

''کوئی مجھے کیوں اکسائے گا؟ آپ کو غلط فہمی ہے۔ میرے میکے میں بیٹیوں کو غلط ترغیب نہیں دی جاتی۔ شادی کے بعد بیٹی کا مرنا جینا سسرال میں ہی ہوتا ہے۔ آپ جیسا چاہتے ہیں ویسا ہی ہوگا...... میں آپ سے کبھی کوئی ڈیمانڈ نہیں کروں گی۔''

نہ جانے کیوں میکے کی بات آتے ہی وہ کچھ جذباتی ہو جاتی تھی۔

''ویری امیزنگ! اپنے میکے کی فیور کرتے ہوئے تمہاری زبان میں روانی آ جاتی ہے۔ میرے ساتھ بات کرتے ہوئے کیا ہو جاتا ہے۔'' طاب اس کی کیفیت سے محظوظ ہوا تھا۔ اس کا اس طرح بولنا اچھا لگا تھا۔ وہ اسے ایسے ہی اعتماد کے ساتھ بولتے دیکھنا اور سننا چاہتا تھا۔

''آپ نے بھی تو مجھ سے بات کرنے کی کوشش نہیں کی۔ اجنبیوں کی طرح مخاطب کرتے ہیں مجھے...... جیسے میں زبردستی آپ پر مسلط ہو گئی ہوں۔'' اس نے وہاں سے اٹھتے ہوئے شکایت کی۔ ٹشو پیپر کا ڈبہ بیڈ سائیڈ پر پڑا تھا حیا کو ناچار اس کے قریب جا کر ٹشو پیپر کی کھینچنا پڑی۔

طاب نے اس کی کلائی تھام لی اس کے آنسو وہیں تھم گئے اور دل کی دھڑکن ٹھہرنے لگی۔

''تم نے مجھے سنبھلنے کا موقع ہی کب دیا تھا۔ اپنے حسن کا ایسا جادو چلایا کہ مجھے کچھ اور دکھائی ہی نہیں دیا سوائے تمہارے۔ تمہاری وجہ سے ہی تو سبھی میرے دشمن بن گئے۔''

''میری وجہ سے......؟'' اس نے کپکپاتے لبوں سے حیرت کا اظہار کیا۔ آتشی چہرہ ذرا سا گھما کر دیکھا طاب رحیم کی نظروں میں نہ جانے کیا تھا۔ اس کے وجود میں ایک نئی کیفیت اتر رہی تھی۔ طاب کی گرفت میں اس کی کلائی تھی جسے چھڑانے کی کشمکش بھی ساتھ ہی جاری تھی وہ اس کی نظروں کی حدت سے کہیں چھپ جانا چاہتی تھی۔

''تمہاری محبت کی وجہ سے ورنہ آئندہ دو سال تک مری پلاننگ میں شادی نہیں تھی۔ میری کزنز مجھ سے ناراض ہیں۔ میری فرینڈز سمجھتی تھیں میں ان میں سے کسی سے شادی کروں گا۔ شاید ایسا ہو جاتا اگر میں تمہیں نہ دیکھ لیتا۔'' وہ اس کا ہاتھ تھامے تھامے اٹھ کر اس کے قریب کھڑا ہوا تو وہ مزید خود میں سمٹنے لگی۔

''تو آپ ابھی یہی سمجھیں آپ کی شادی نہیں ہوئی۔'' حیا نے جھٹکے سے ہاتھ چھڑانا چاہا۔ نہ جانے کیسے شرارت اس کے لہجے میں شامل ہوئی۔ طاب کا اظہارِ محبت شاید اس کا اعتماد بحال کر رہا تھا۔

''کیسے نہ سمجھوں؟ ہر وقت تصور میں تم ہی رہتی ہو اور پھر میرے اتنے قریب ہو کیسے بھلا دوں کہ......''

ساری خفگی ناراضگی نہ جانے کہاں غائب ہو گئی تھی۔ تنہائی اور ذرا سی قربت نے دونوں کو ایک دوسرے سے باندھ دیا تھا۔ طاب اسے اپنے حصار میں لئے زندگی کے نئے رخ سے آشنا کر رہا تھا۔ حیا شرم سے سمٹی ہوئی تھی۔ محبت کا

سرور اسے بھی بھا رہا تھا۔ اس کی قربت میں کیف تو تھا مگر وہ ڈر بھی رہی تھی۔ نہ جانے کب طاب رحیم کا رویہ بدل جائے۔

''ڈرو نہیں......'' نہ جانے کیسے وہ اس کے دل کی بات سمجھ گیا تھا۔ حیا نے چونک کر چہرہ گھمایا۔ اس کی سانسیں اس کے بالوں کو چھو رہی تھیں۔

''محبت کرتا ہوں تم سے، جانتا ہوں تمہارا خوف......'' طاب نے اس کی گہری آنکھوں میں جھانکتے ہوئے وضاحت دی۔

''سنو میں نے اپنی بہنوں سے ایک وعدہ کیا تھا کہ جب تک وہ میری شادی کے حوالے سے اپنے سارے ارمان اور خواہشیں پوری نہ کر لیتیں تب تک میں اپنی زندگی کی ''نئی ابتدا'' نہیں کروں گا۔ اس وعدہ کو پورا کرنے کے لئے مجھے تمہارا کمپرومائز چاہئے پلیز سوری فار می۔'' طاب نے اسے اب کندھوں سے تھام لیا تھا اور اپنی محبت کا اعتماد اسے منتقل کر رہا تھا۔ یہ باتیں اگر وہ اسے پہلی رات بتا دیتا تو شاید وہ آج کچھ اور قریب ہوتے۔

''میں تمہیں پہلے بتانا چاہتا تھا مگر میں اپ سیٹ تھا اور پھر تمہارا بی ہیو...... مجھے غصہ دلا رہا تھا۔'' وہ جیسے اس کے ذہن و دل کو بھی پڑھ رہا تھا۔

''آئی ایم سوری......'' حیا نے بھی ہاتھ جوڑ دیئے۔

''سوری فار وٹ؟'' طاب بے اختیار ہنسا۔ اس کے ہاتھ دوبارہ اس کی گرفت میں تھے۔

''آپ کو میری وجہ سے پریشانی ہوئی۔''

''ہاں! ہوئی تو ہے پھر کیا کیا جائے۔ چاہ کر بھی تمہیں سزا نہیں دے سکا...... سوچا تھا تم سے کچھ کہے بغیر چلا جاؤں گا! مگر یہ میرا دل اور اس کی خواہش......

بہت معصوم حسرت ہے بتاؤ کیا کیا جائے
مجھے تم سے محبت ہے بتاؤ کیا کیا جائے
جو سورج ڈوبتا ہے دل بھی اپنا ڈوب جاتا ہے
عجیب سی اپنی حالت ہے بتاؤ کیا کیا جائے؟''

بہت جذب کے ساتھ دلنشین لہجے میں اس کی آنکھوں میں جھانکتے ہوئے طاب نے اشعار پڑھے تھے۔

حیا کی پلکیں بوجھل ہو کر جھک گئی تھیں۔ اس سے پہلے کہ وہ مزید کچھ کہتا اس کا موبائل بج اٹھا۔

''ہائے میرے دل نادان کی حسرتوں کا کون قاتل ہے۔'' اس نے ہاتھ چھوڑ کر اپنا فون اٹھایا۔ اسکرین پر نمبر دیکھ کر اس کا چہرے کا رنگ بدل گیا۔ حیا کے بھائی شہریار عمر کی کال آ رہی تھی۔ ان کی طرف سے ابھی اس کا دل صاف نہیں ہوا تھا۔

''تمہارے بھائی جان کا فون ہے بات کرو گی؟'' محبت بھرے لہجے میں یکدم سرد مہری در آئی تھی۔ حیا نے چونک کر اسے دیکھا۔

''آپ کر لیجئے۔'' حیا نے دھیمے لہجے میں التجا سی کی۔ طاب نے بٹن دبا کر فون کان سے قریب کیا۔

''وعلیکم السلام......جی؟ ٹرانسفر ہوگئی ہے میری منڈے کو جا رہا ہوں۔ مجھے اندازہ ہے ذیشان کے تھرو ہی آپ کو یہ نیوز ملی ہوگی۔ آئی ایم سوری آج تو میری سسٹرز آ رہی ہیں گھر، ہم نہیں آسکیں گے۔ کل بھی دیکھیں ابھی کچھ شیور نہیں ہے۔ پلیز ڈونٹ مائنڈ آنے سے پہلے ہم انفارم کر دیں گے۔ نہیں نہیں ناراضگی کیسی......میرے پاس ٹائم نہیں ہے ایکچولی موسٹ ویلکم آپ لوگ ضرور آئیے خدا حافظ۔'' بات کرتے ہوئے اس کا لہجہ ضرور بدلا ہوا تھا مگر تاثرات کچھ بہتر نہ تھے۔ اس کے فارغ ہوتے ہی حیا نے فوراً خود کو سنبھالا اور چائے کے برتن سمیٹ کر ٹرے میں رکھنے لگی۔

''سنو تمہارے بھائی جان ملنے آنا چاہ رہے ہیں۔ لیکن میں نہیں چاہتا کہ وہ ایپا لوگوں کی موجودگی میں آئیں۔ تم اچھی طرح جانتی ہو کہ میں ایسا کیوں نہیں چاہتا۔'' طاب کی سنجیدگی اسے کھل رہی تھی۔

''آپ پریشان نہ ہوں میں کچھ دیر میں انہیں فون کروں گی......وہ نہیں آئیں گے۔'' حیا نے بھی سنجیدگی سے جواب دیا۔

''کیا کہو گی کہ میں نے منع کیا ہے۔'' وہ بستر پر بیٹھ کر ٹی وی کا چینل بدل رہا تھا۔

''میں اتنی نادان نہیں ہوں کہ آپ کی پوزیشن خراب کروں۔ جانتی ہوں دلوں کے فرق اتنی جلدی نہیں مٹتے۔ میں کوئی بہانہ کر دوں گی آپ فکر نہ کریں۔'' بھری آواز کے ساتھ کہتی وہ ٹرے اٹھا کر باہر نکل گئی۔ محبت کا خمار اک لمحے میں اتر گیا تھا۔ طاب بھی بس اسے دیکھے گیا، اپنا رویہ خود اس کی سمجھ سے باہر ہو رہا تھا۔ اپنی سسرال کا ذکر آتے ہی اس کا رویہ بدلنے لگتا تھا۔

O......❖......O

ڈنر کے بعد سبھی ڈرائنگ روم میں بیٹھے خوش گپیوں میں مصروف تھے۔ تینوں بہنوئی، ان کے بچے، بہنیں طاب کو گھیر کے بیٹھے ہوئے تھے۔

''انکل فضول سی ضد ہے یہ تمہاری۔ شادی ہوگئی تھی تو ولیمہ بھی تو ضروری تھا۔ ایک ہی بار ساروں کے گِلے شکوے دور ہو جاتے۔ تم آؤ گے پھر فنکشن ہوگا؟ تب تک سب کی ناراضگیاں مام سہتی رہیں۔ اٹس ناٹ فیئر۔'' ملیحہ نے پھر سے یہ موضوع چھیڑا تھا۔

''ایک دن میں آپ لوگ کیا کر سکتے ہیں؟'' طاب بے بسی سے گویا ہوا۔

''ایک دن میں تمہاری شادی بھی تو ہوئی تھی۔ ہم ایک دن میں تمہارا ولیمہ ارینج نہیں کر سکتے؟ ایک فون کال پر سارا انتظام ہو جاتا ہے۔ دو گھنٹے میں ساری شاپنگ کمپلیٹ ہو جاتی ہے۔''

''معلوم ہے مجھے مگر آپ سب تو پورے اہتمام سے یہ فنکشن ارینج کرنا چاہتی تھیں۔ اب مجھے ہی الزام دیا جا رہا ہے۔''

''اب کیسا اہتمام...... ہر کام اپنے وقت پر ہی اچھا لگتا ہے۔ اب تمہاری دلہن تو رخصت ہو کر آگئی ہے اور تم نے تو اس سے خدمتیں بھی لینی شروع کر دی ہیں۔ اب مایوں، مہندی کی رسمیں تو ہونے سے رہیں۔ ولیمہ بھی تم لیٹ کرتے جاؤ، اس فنکشن کا چارم بھی ختم ہو جائے گا۔'' فریحہ نے پہلی بار مداخلت کی۔ ورنہ وہ روٹھی روٹھی سی

تھی۔ آج اسے ڈنر کا اہتمام اچھا لگا تھا۔ اسے علم ہو گیا تھا کہ زیادہ تر ڈشز حیا نے بنائی تھیں۔ خصوصاً سوجی کی کھیر اور بروسٹ سبھی کو پسند آیا تھا۔ اس وقت بھی وہ کچن میں کافی بنانے میں مصروف تھی۔

''پلیز ابھی تو مجھے معاف کر دیں، نیکسٹ وزٹ پر اپنا یہ پروگرام رکھ لیں۔ آپ تب تک اپنی اپنی تیاری کر لیں۔ اپنی اپنی جیولری، ڈریسز وغیرہ جو بھی بنوانا ہے۔ وہ بنوالیں۔ پھر ان شاء اللہ......'' اس نے سب کے آگے ہاتھ جوڑے۔

بلیو جینز لائٹ اسکن شیڈ کی ٹی شرٹ میں وہ ہمیشہ سے زیادہ دلکش اور خوش نظر آ رہا تھا۔

''ہم بنوالیں......؟ کائنڈ یور انفارمیشن ڈیئر برادر ہمارے لئے ڈریسز اور جیولری تم نے بنوانی ہے۔ اتنے سستے میں نہیں ہم تمہیں چھوڑنے والے...... اپنا حق تو ہم تم سے لے کے رہیں گے، کیوں ماما......'' مدیحہ نے اسے متوجہ کر کے فائزہ فاروقی سے تائید مانگی۔

''بالکل! بہنوں کو تو نیگ دینا پڑتا ہے۔ بلکہ سالیوں کو بھی......''

''سالیوں کو کیوں نانو؟ ماموں کی شادی کا دن تو گزر گیا۔ انہوں نے کوئی ڈیمانڈ تو کی نہیں تھی۔ نہ ہی کوئی رسم کی تھی۔'' امامہ نے بڑھ کر مداخلت کی فائزہ فاروقی کو اچھا تو نہیں لگا پھر بھی اپنی کیفیت چھپا کر اسے پیار سے سمجھانے کی خاطر بولیں۔

''اس طرح تو بہنوں کو بھی کچھ نہیں ملنا چاہئے کیونکہ بہنیں بھی بارات جانے سے پہلے ہی اپنا نیگ وصول کر لیتی ہیں۔ ویل یہ بحث چھوڑو۔ سب کو سب کا حق مل جائے گا۔ ابھی یہ بتاؤ کہ حیا کو رُونمائی میں سب نے کیا دیا۔'' فائزہ فاروقی کا استفسار صرف بیٹیوں کو ہی نہیں طاب رحیم کو بھی خجل کر گیا۔ کسی نے بھی تو اسے تحفتاً کچھ نہ دیا تھا۔ اور طاب نے تو اس کے لئے ایک گلدستہ تک نہیں خریدا تھا۔ دوستوں کو مہنگے مہنگے تحائف دینے والا طاب رحیم اپنی ہی بیوی کی رُونمائی کے لئے کچھ نہیں خرید سکا تھا، ایک ہفتے کے وقت کے باوجود وہ اس کے لئے کچھ نہیں لایا تھا۔

''ماما ہم تو ولیمے کے فنکشن کا انتظار کر رہے ہیں۔ شادی والے دن تو آپ کو معلوم ہی ہے کیا ہنگامہ تھا۔'' ملیحہ نے سب کی طرف سے توجیہہ پیش کی۔ باقی دونوں نے بھی تائیداً سر ہلایا۔

''فنکشن ارینج ہو گا تو ہم پیچھے تھوڑی رہیں گے اپنے بھائی پر تو ہماری جان نچھاور ہے۔'' مدیحہ طاب کے ساتھ ہی بیٹھی ہوئی تھی۔

اس کے کندھے سے لگ کر بہت دلار سے بولی۔ اسی دم شیر گل کے ساتھ حیا کافی لئے آ گئی۔ ایک دوسرے سے سر جوڑے بھائی بہنیں کس قدر خوش نظر آ رہے تھے اور اس کے بھائی اور بہنوں کو آنے سے روک دیا گیا تھا۔ اِک کسک سی اس کے دل میں اُٹھنے لگی تھی۔ جسے اس نے بہت ضبط سے دبایا تھا۔

اس نے پہلی بار جھوٹ بولا تھا کہ اس کی نند انہیں ڈنر پر باہر لے جا رہی ہے۔ شوہر کی خوشنودی کے لئے آگے نہ جانے اسے کتنے جھوٹ بولنے تھے۔ شیر گل کافی سرو کر رہا تھا وہ خاموشی سے جا کر فائزہ فاروقی کے پہلو میں بیٹھ گئی۔ وہ فوراً اس کی طرف متوجہ ہوئیں۔

''تھک گئی ہو......'' اسے پیار سے سہلاتے ہوئے استفسار کیا۔

''نہیں تو......'' ہلکی مسکراہٹ کے ساتھ اس نے نفی میں گردن ہلائی۔ سونے کی بڑی بالیاں گردن ہلانے سے گال چھو رہی تھی۔ یہ بالیاں اماں نے اس کے سامان (کپڑے وغیرہ) کے ساتھ بھجوائی تھیں۔ کچھ زیورات اور بھی تھے۔ جنہیں اس نے ابھی غور سے نہیں دیکھا تھا۔ طاب نے سب سے نظر بچا کر اسے دیکھا۔ وہ اپنے دوپہر والے ڈریس میں ہی تھی۔ بس بالیاں نیا اضافہ تھا جو اس کی دلکشی بڑھا رہی تھیں۔ دوپٹے کے ہالے کے باوجود بالیاں نمایاں تھیں۔

''حیا تم نے اپنے لئے کافی نہیں بنائی......'' فائزہ نے دوبارہ اس کی طرف توجہ کی۔

''ماما مجھے عادت نہیں ہے۔''

''چائے بنا لیتیں۔''

''نہیں کچھ بھی لینے کی عادت نہیں ہے......''

''نانو! می می رات کو دودھ پیتی ہیں۔ انہوں نے مجھے بتایا تھا...... می می ریئلی نائس کافی! پلیز ایک کپ اور بنا دیں۔'' امامہ فائزہ کے دوسری طرف بیٹھی ہوئی تھی۔ اس کی فرمائش پر فریحہ نے بیٹی کو ٹوکا۔

''امامہ اب اسے بھی آرام سے بیٹھنے دو اور چاہئے تو شیر گل سے بنوالو۔''

''مما...... مجھے می می کی بنائی کافی اچھی لگی ہے۔ ماموں آپ بھی اور لیں گے ناں...... عامر انکل آپ کو تو ضرور چاہئے ہوگی......'' اس نے پہلے طاب اور پھر مدیحہ کے شوہر کو بھی ہمنوا بنانا چاہا۔

''تمہاری خاطر ایک کپ اور سہی۔ مگر اس بار ذرا نمک کم ہونا چاہئے۔'' طاب کی شرارت وہ سمجھ سکتی تھی۔ اس کی بھیگی پلکیں زد میں تھیں۔

''ماموں...... نمک آپ کی کافی نمکین تھی......؟ نہیں......؟ اتنی میٹھی اور ٹیسٹی تھی می می...... ماموں کے لئے شیر گل سے بنوایئے گا۔ انہیں وہی سوٹ کرتا ہے۔ میں آپ کے ساتھ چلتی ہوں۔'' امامہ خالی کپ ساتھ لئے کھڑی ہوگئی۔ وہ بھی ناچار اٹھی۔

''حیا انہیں اتنا فری مت کرو ورنہ تمہاری شامت آئی رہے گی۔ یہ سارے نہایت چٹورے واقع ہوئے ہیں۔ دو دن میں ہی تم تو خرچ ہو جاؤ گی۔'' مدیحہ کو بھی اس کا خیال آ ہی گیا۔

''آنی میں کون سا می می سے روز روز فرمائشیں کرنے والی ہوں۔'' وہ برا منا کر بولی۔ حیا کی ہم عمر ہونے کے باوجود اس میں بچپنا بہت زیادہ تھا۔

''میں بنا لاتی ہوں...... تم بیٹھو......'' حیا دوبارہ منظر سے غائب ہوگئی۔ رات کے ڈیڑھ بجے سبھی نے واپسی کا قصد کیا۔ اور جاتے جاتے فریحہ سبھی کو اپنے گھر انوائٹ کر گئی۔ گویا کل بھی اس کا اپنے میکے جانے کا ارمان ادھورا رہنے والا تھا۔

وہ کمرے میں آئی تو سگریٹ کے دھویں کے سبب اسے اچھو لگ گیا۔ پورا کمرہ دھویں سے بھرا ہوا تھا۔

''آئی ایم سوری یار...... ایکچولی ڈنر کے بعد موقع ہی نہیں ملا تھا۔ سب بڑے تھے ان کے سامنے نہیں پی

سکتا تھا۔ آفٹر بریک فاسٹ، آفٹر لنچ اور آفٹر ڈنر پینا عادت سی ہوگئی ہے۔ کب سے طلب ہو رہی تھی۔" طاب نے کھڑکی کھولتے ہوئے وجہ بیان کی۔"

"مچھر آجائیں گے اندر۔" حیا نے کھانسی پر قابو پاتے ہوئے کہا تو وہ فوراً کھڑکی بند کرنے لگا۔

"اوکیس تم پانی پی لو......" اس نے بڑے آرام سے مشورہ دیا۔ وہ بڑھ کر خود ہی پانی لینے لگی۔ اس کی پلکیں پھر سے بھیگنے لگیں۔ دو گھونٹ پانی کے ساتھ آنکھوں کی نمی کو بھی پیا۔ طاب کا رویہ نہ جانے کیوں اس کا دل دُکھا رہا تھا۔

"تم تھک گئی ہوگی چینج کر کے سو جاؤ۔ ماما بتا رہی تھیں تم صبح جلدی اٹھ جاتی ہو۔"

"جی......" وہ سر ہلا کر لباس بدلنے چل دی۔ وہ فریش ہو کر کاٹن کے سکائے بلو سوٹ میں واپس آئی تو طاب کمرے میں نہیں تھا۔ بیڈ پر ایک تکیہ اور چادر بھی نہیں تھی۔

اس کا دل تیزی سے دھڑکنے لگا۔ پہلی رات کا حال یاد آ رہا تھا۔ وہ فوراً ہی اس دروازے کی طرف بڑھی جو سٹڈی سے ملحق تھا۔ طاب کے اقدام نے اسے عجب سی پریشانی میں مبتلا کر دیا تھا۔ نہ جانے وہ اس کے ساتھ کیا کرنا چاہتا تھا۔ قدم بڑھاتے ہوئے اس نے کچھ سوچا اور پھر دستک دے ڈالی۔ چند لمحے بعد وہ سامنے کھڑا تھا۔

"لیس......اینی پرابلم......؟" عام سے لہجے میں استفسار کیا گیا۔

"وہ...... میں کہنا چاہتی تھی کہ آپ اپنے بیڈ پر سو جائیں۔ میں یہاں سو جاتی ہوں...... آپ کو پریشانی ہوگی۔"

"نہیں مجھے کوئی پرابلم نہیں ہوگی۔ تم وہیں سو جاؤ۔ ویسے بھی میں دو دن کا مہمان ہوں اور......" وہ آنسو بھری آنکھوں سے اسے دیکھ رہی تھی۔

"اور دیکھو ہم نے جو طے کیا ہے اس کے لئے تھوڑی دوری ضروری ہے پلیز ٹرائی ٹو انڈرسٹینڈ...... میں نہیں چاہتا کہ......" اسی لمحے بیڈروم کے دروازے پر دستک کے ساتھ فائزہ فاروقی کی آواز آئی۔

"طاب ابھی سوئے تو نہیں......" دونوں ہی ایک دم چونک اٹھے تھے۔ حیا بیڈروم میں اور طاب اسٹڈی میں کھڑا تھا۔ ماں کی آواز پر وہ فوراً ہی ادھر چلا آیا۔

"لیس مام......ہم جاگ رہے ہیں آپ آجائیں۔" وہ فوراً ہی دروازے کی طرف بڑھا اور پھر دروازہ کھول دیا۔ حیا اب تک حیران سی وہیں کھڑی تھی۔

"سوری جانو! تمہیں گڈ نائٹ نہیں کہا تھا تو نیند نہیں آ رہی تھی اور پھر مجھے تو معلوم ہی نہیں تھا کہ حیا کو رات کو دودھ پینے کی عادت ہے۔ بے وقوف لڑکی اتنے دن شرم میں رہی۔ آج کھانا بھی ٹھیک طرح نہیں کھایا تھا تو میں تم دونوں کے لئے دودھ لائی ہوں۔ سونے سے پہلے پی لینا اوکے۔" وہ اندر چلی آئی تھیں۔ دودھ کے دو مگ ٹرے میں تھے۔ جنہیں انہوں نے سائیڈ ٹیبل پر رکھ کر حیا کو دیکھا وہ فوراً قریب آگئیں۔

"ماما...... امامہ نے مذاق کیا تھا۔ میں نے اس سے ایسی کوئی بات نہیں کہی تھی۔ میں تو سونے سے پہلے کچھ بھی نہیں پیتی۔"

''اب میں لے آئی ہوں تو پینا پڑے گا بلکہ اب اسے اپنی عادت بنالو کیونکہ طاب کو بھی رات میں دودھ پینے کی عادت ہے۔'' فائزہ فاروقی نے اس کے گال کو ہولے سے تھپتھپایا۔

''میں آئندہ خیال رکھوں گی۔''

''اِٹس اوکے...... طاب دھیان رکھنا یہ دودھ پی لے۔'' اس نے سر ہلا دیا...... ان کے جاتے ہی طاب نے لمبی سانس کھینچی۔

''تھینکس گاڈ...... میں سو نہیں گیا تھا ورنہ ماما تو میری شامت لے آتیں۔''

''میں اسی لئے کہہ رہی تھی کہ آپ ادھر سو جائیں میں کسی کو وضاحت نہیں دے سکوں گی۔'' (اور نہ ہی آپ مجھ سے کوئی خطرہ محسوس کریں) آخری جملہ اس نے دل میں کہا کم عمری کے باوجود اس کا شعور پختہ تھا۔ اس کے ماحول اور تربیت نے اسے کافی آگہی دے رکھی تھی۔ ازدواجی تعلقات و معاملات کی نزاکت کا کچھ نہ کچھ علم تو آخر اسے تھا ہی اس کی بات پر طاب نے بھی اسے قدرے حیرت سے دیکھا تھا۔

''کہ...... کیسی وضاحت...... اور کون مانگے گا۔''

''یہ...... یہی...... آپ کے دوسرے روم میں سونے کی وضاحت...... ماما کو علم ہوسکتا ہے نا کہ...... آپ نے اپنی سوچ اور ارادے، ہر کسی پر تو عیاں نہیں کئے ہوں گے کہ کیوں؟'' وہ بولتے بولتے رک گئی۔ اس کی سانسیں تک الجھنے لگی تھیں۔ شرم مار رہی تھی۔ طاب نہ جانے اس کے بارے میں کیا سوچتا مگر وہ بن کہے بھی تو نہ رہ پائی تھی۔ اس کا رویہ اس کا گریز اس کی نسوانی اَنا کو مجروح کر رہے تھے۔ وہ جذبوں سے گندھی ایک مکمل لڑکی تھی۔ شادی کے مطلب سے آشنا...... رفاقتوں، چاہتوں کی تمنائی لڑکی اور پھر چاہے جانے کا احساس تو اسے خود ہی دلایا گیا تھا اور وہ بھی رفتہ رفتہ اس احساس میں ڈوبنے لگی تھی۔

''سنو! اس روم میں ہم دونوں کے درمیان جو بات بھی ہے وہ کسی اور تک تبھی پہنچے گی جب ہم میں سے کوئی ایک چاہے گا۔ آئی بلیو کہ تم ایسا کبھی نہیں کرو گی اور مجھے تو ویسے بھی چلے ہی جانا ہے۔ ڈونٹ وری۔ آرام سے سو جاؤ اور ہاں دودھ ضرور پی لو ورنہ ماما ناراض ہوں گی۔'' وہ فاصلے پر ہی کھڑا اسے سمجھا رہا تھا۔ جانتا تو وہ بھی تھا کہ قریب آنے پر وہ لمحے میں پگھل جاتا۔ سو بہت محتاط تھا۔

''اوکے گڈ نائٹ اینڈ لسن صبح میں دیر تک سوؤں گا مجھے جگانے کی کوشش نہ کی جائے۔'' وہ بنا اس کی طرف دیکھے اسٹڈی روم میں چلا گیا۔

اگلے ہی پل وہ الٹے قدموں واپس آیا تو حیا نے حیران نظروں سے دیکھا۔ اپنا دودھ کا مگ لے کر وہ دوبارہ کمرے میں گم ہو گیا۔

حیا نے گہری سانس لیتے ہوئے بہت سے خیالات جھٹک دیئے۔

○......❖......○

''حیا تم جا کر اٹھاؤ اسے بارہ بج گئے ہیں تم کب تک انتظار کرو گی اس کا...... یا پھر تم بریک فاسٹ کرلو، میں شیر گل سے کہتی ہوں وہ تمہارے لئے کچھ بنا دیتا ہے۔'' فائزہ اور وہ اکٹھے لان میں بیٹھی تھیں۔ بدلتے موسم کی

خنک سی ہوا اچھی لگ رہی تھی۔

''جی مام میرے لئے بھی کچھ بنوا دیں۔'' طاب کی آواز نے دونوں کو چونکا دیا۔

''تمہارے لئے کیا بنواؤں...... تمہیں تو سزا میں کچھ نہیں دینا چاہیے۔ آدھا دن سو کر آ رہے ہو...... تم ہمارے ساتھ ٹائم گزارنے آئے ہو یا سونے......'' فائزہ نے مصنوعی خفگی سے اسے گھورا۔

''سوری مام...... بہت گہری نیند آئی آنکھ ہی نہیں کھلی۔'' وہ ان کے مقابل بیٹھ کر بولا۔

''تمہاری گہری نیند کی وجہ سے حیا اب تک بھوکی ہے۔ میرے لاکھ کہنے پر بھی ناشتہ نہیں کیا۔ تمہارے اٹھنے کا انتظار کر رہی تھی۔''

''افوہ...... یہ کیا بچپنا ہے تم ناشتہ کر لیتیں۔ ہر روز میں تمہارے ساتھ تو نہیں ہوتا۔''

''یہ بچپنا نہیں اس کی چاہت ہے۔ ابھی تمہاری شادی کو دن ہی کتنے ہوئے ہیں طاب۔'' فائزہ نے اسے دھیمے لہجے میں سمجھایا۔

''مام یہ کوئی لاجک ہے کہ چاہت کا اظہار بھوکے رہ کر کیا جائے...... ویل اب شیر گل سے کہیں ناشتہ لے آئے کہیں آپ کی بہو صاحبہ بے ہوش نہ ہو جائیں۔'' مصنوعی سنجیدگی کے ساتھ اسے دیکھ کر چھیڑا...... وہ بالکل خاموش بیٹھی تھی فوراً کھڑی ہوئی۔

''میں بنا لاتی ہوں۔''

''اِدھر لانے کی ضرورت نہیں ہے میں کچن میں ہی آ رہا ہوں۔ ماما آپ نے بھی بریک فاسٹ کیا ہے یا اپنی بہو کی طرح مجھے مزید شرمندہ کرنے کا ارادہ ہے۔''

''نہیں میرے حوالے سے تم شرمندہ مت ہو جان کیونکہ میں تو اپنی روٹین اور ٹائم سے سب کام کر جاتی ہوں۔ آج کل تمہاری شادی کے ہنگامے کی وجہ سے میری ایکٹیوٹیز ختم ہیں۔ ان شاءاللہ منڈے سے پھر اسٹارٹ لینے لگی ہوں۔''

فائزہ فاروقی ایک سوشل ویلفیئر کی آرگنائزر ہونے کے ساتھ ساتھ اپنا چھوٹا سا بزنس بھی سنبھالے ہوئے تھیں۔

''آپ ٹھیک کریں گی مگر یہ آپ کی بہو کا کالج جوائن کرنے کا ڈیسیشن صحیح ہے؟ آئی مین محترمہ کا انٹرسٹ تو سارا کوکنگ میں ہے ایگزیم کلیئر کر لیں گی؟''

''یہ بات تو تمہیں اس سے پوچھنی چاہیے تھی۔ اس نے مجھے بتایا تھا کہ تھرو آؤٹ اے گریڈ رہا ہے اس کا مجھے بھی ذہین لگتی ہے۔ تم کیا چاہتے ہو وہ کالج نہ جائے؟'' فائزہ نے قدرے حیرت سے پوچھا۔

''نہیں اس کا انٹرسٹ ہے تو ضرور پڑھے۔''

''لیکن میں چاہ رہی تھی کچھ عرصہ تو تم اسے اپنے ساتھ رکھتے۔ تم دونوں ایک ساتھ رہو گے تو ایک دوسرے کو انڈرسٹینڈ کر سکو گے۔''

''آئی نو مام...... ویل میں وہاں جا کر سیٹل تو ہو جاؤں پھر بلا لوں گا ڈونٹ وری۔'' اس نے سامنے پڑی

میز سے اخبار اٹھاتے ہوئے انہیں مطمئن کرنے کی کوشش کی۔

''آج کا تمہارا کیا پروگرام ہے۔'' فائزہ نے دوبارہ متوجہ کیا۔

''میں ابھی کچھ دیر میں چند دوستوں سے ملنے جا رہا ہوں۔ شام تک آ جاؤں گا۔ فری آپی کی طرف رات کو ہی جانا ہے۔'' اس نے سہولت سے اپنا پروگرام بنایا۔

''تم حیا کو لے کر اپنی سسرال نہیں لے جا رہے؟''

''وہاں جانا ضروری ہے؟'' اس کا لہجہ خود بخود سرد ہو گیا۔

''ضروری بھی ہے اور فرض بھی۔ حیا صرف تمہاری خاطر ایک بار بھی وہاں نہیں گئی۔''

''میں نے اسے نہیں روکا، مگر یہ فرض ادا کرنا میرے لئے ذرا مشکل ہے۔'' وہ ایک دم کھڑا ہو گیا۔

''اس طرح رنجشیں ختم نہیں ہوتیں، گزرے وقت کے لئے اپنا آج خراب کرنا عقل مندی نہیں ہوتی۔ حیا سب کچھ سہہ کر بھی ایڈجسٹ ہو گئی ہے۔ تم اپنی بہنوں کی باتیں ابھی نہیں بھولے ہو گے۔ سنا حیا نے بھی سب کچھ ہو گا پھر بھی وہ سبھی کا احترام کرتی ہے۔ اس کی والدہ اور بہنوں، بھائی کا احترام تم پر واجب ہے۔ آج اسے وہاں لے کر جاؤ، خواہ چند منٹ کے لئے سہی۔ بلکہ آج حیا کو اپنی جیب سے شاپنگ بھی کراؤ...... اس بے چاری کو تم نے ایک فنگر رِنگ تک نہیں دی۔ شرم کرو کچھ۔''

''مام ٹائم کہاں تھا میرے پاس۔''

''آج تو ہے ناں......؟ دوستوں سے ملتے رہتے ہو...... آج سارا وقت حیا کے ساتھ گزارو انڈرسٹینڈ......''

''اچھا دیکھتا ہوں...... پہلے کچھ انرجی تو اسٹاک کر لوں۔'' بے دلی سے اس نے اندر کی طرف قدم بڑھائے۔

فائزہ فاروقی نے طاب کو جاتے ہوئے دیکھا۔ چاہتوں کی گرم جوشی میں حالات کی سرد مہری اور رویوں کی سنگینی نے مل کر عجب بے دلی سی پیدا کر دی تھی۔ وہ چاہ کر بھی اسے واضح الفاظ میں سمجھا نہیں پا رہی تھیں۔

حیا کو یقین نہیں آ رہا تھا کہ وہ اسے اپنے ہمراہ لے جا رہا ہے۔ اماں جانی سے ملے ہوئے کتنے دن ہو گئے تھے میکے کی ہڑک تو ہر لمحہ اس کے دل میں اٹھتی رہتی تھی۔ مصلحتوں کے تحت اس نے اپنا دل مار رکھا تھا۔ اب طاب نے خود اسے چلنے کے لئے کہا تھا تو جیسے اس کے پاؤں زمین پر ہی نہیں ٹک رہے تھے۔ وہ بہت دل سے جانے کے لئے تیار ہوئی تھی۔ امامہ کا پسندیدہ سوٹ آج زیب تن کرنے میں اسے کوئی اعتراض نہیں تھا۔ سکائی بلو جدید طرز کے کیپری اور لانگ شرٹ پر آف وائٹ پرل اور وائٹ سٹونز کا کام واقعی باکمال تھا۔ اسے دیکھ کر طاب کی آنکھوں میں بھی تو محبت سمٹ آئی تھی۔

''ماشاء اللہ بہت پیاری لگ رہی ہو...... اپنی ماں جانی سے میرا سلام کہنا۔'' اسے اپنے ساتھ لپٹا کر پیار کرتے ہوئے انہوں نے اس کا صدقہ اتارا...... حیا کا گلابی چہرہ اس محبت سے مزید گلابی ہو گیا۔ وہ دوپٹہ پھیلا کر اوڑھنے کے باوجود بہت دلکش لگ رہی تھی۔

''سنو میں وہاں زیادہ ٹائم نہیں رکوں گا۔ یہ سچویشن تمہیں ہینڈل کرنا ہو گی۔ ایسا نہ ہو کہ تم وہاں جا کر یہ بات

بھول جاؤ کہ آج ہمیں فری آپی کی طرف بھی جانا ہے۔'' طاب نے کافی دیر کی خاموشی کو توڑا بھی تو کس طرح...... وہ شاید کچھ اور سننے کی خواہش رکھتی تھی۔ وہ بس سر ہلا کر رہ گئی۔ حیا نے اپنے آنے کی اطلاع پہلے ہی دے دی تھی۔ اس لئے ان کے استقبال کے لئے اس کی دونوں بہنیں بھی موجود تھیں اور بھائی بھی...... اماں جانی تو پھولی نہیں سما رہی تھیں۔ داماد اور بیٹی پہلی بار (شادی کے بعد) آئے تھے...... اماں جانی نے چائے کے ساتھ لوازمات کا ڈھیر لگا دیا تھا۔ کیونکہ طاب کھانے کے لئے منع کر چکا تھا۔ اتنا کچھ دیکھ کر بھی اسے کوفت ہو رہی تھی۔ اس نے صرف چائے کے کپ کے ساتھ صرف ایک بسکٹ لیا تھا وہ بھی شہریار کے بار بار کہنے پر...... حیا دوسرے کمرے میں بہنوں اور بھابی کے نرغے میں کچھ بوکھلائی سی تھی۔

ان کے کسی سوال کا جواب اس کے پاس نہیں تھا۔ پہلی رات کی باتیں، رُونمائی کے تحفے...... گھر والوں کے رویے...... ہر سوال کا جواب اس نے بہت سوچ کر دیا تھا تاکہ وہ سبھی مطمئن ہو جائیں۔ اسے اندازہ نہیں تھا کہ وہ اسے اس لئے بلا رہی ہیں۔

ادھر اماں جانی نے داماد کو وضاحتیں دے دے کر پریشان کیا ہوا تھا۔ وہ بڑی مشکل سے سب کچھ فراموش کر کے آیا تھا۔ اور یہاں پھر وہی کچھ دہرا کر اس کی خود فراموشی کو آزمائش میں ڈالا جا رہا تھا۔ اس کا موڈ پھر سے خراب ہو گیا۔ وہ لوگ آدھا گھنٹہ ہی وہاں ٹھہرے تھے اور پھر لاکھ روکنے پر بھی طاب نے ارادہ نہیں بدلا تھا۔

اماں جانی نے ان کے ساتھ فروٹ، مٹھائی اور دونوں کے سوٹ کر دیئے تھے۔ طاب کو یہ سب لے جانے پر بھی اعتراض تھا۔

''میں نے جب کچھ بھی لینے سے منع کر دیا تھا تو پھر ان چیزوں کی کیا ضرورت تھی۔''

''وہ دراصل یہ سب تو رسم کا حصہ ہے۔ شادی کے بعد بیٹیوں کو خالی ہاتھ نہیں بھیجا جاتا۔'' حیا نے قدرے ہچکچاتے ہوئے جواب دیا۔

''ہر معاملے میں تم لوگ اپنے رسم و رواج سامنے رکھ دیتے ہو۔ دوسروں کی مرضی بھی جان لینی چاہئے کبھی کہ مقابل کیا چاہتا ہے۔'' طاب نے گاڑی اسٹارٹ کرتے ہوئے دروازہ زوردار آواز کے ساتھ بند کیا۔ حیا نے نمی پیتے ہوئے کھڑکی سے باہر دیکھا۔ شکر تھا کہ اس کے گھر کا کوئی فرد دروازے سے باہر تک چھوڑنے نہیں آیا تھا ورنہ یقیناً طاب کا رویہ ان کے سامنے آجاتا۔ حیا کو طاب کا رویہ بالکل سمجھ نہیں آ رہا تھا اگر وہ اس کی چاہت تھی تو چاہت کو پل پل آزمائش میں ڈالنا کیا معنی رکھتا تھا۔

معافی تلافیوں کے بعد غصہ اور بیگانگی دکھانے کا آخر مقصد کیا تھا۔ ہر لمحہ اسے اس کے ناکردہ جرم کا احساس دلاتے رہنا۔ محبت کرنے والوں کا ظرف تو نہیں تھا۔ یہ زبردستی کا نبھاہ اس کی روح کا بوجھ بڑھا رہا تھا...... مگر یہ بوجھ اٹھانا اس کی مجبوری تھی۔ دل تو چاہتا کہ بہت کچھ کہے مگر مصلحت کہتی تھی خاموشی سب سے بہتر ہے۔

فائزہ فاروقی ان کی اتنی جلدی واپسی پر نہ صرف حیران تھیں بلکہ پریشان بھی

''اتنی جلدی واپس آ گئے ہو......؟ شاپنگ کے لئے نہیں لے گئے تم اسے۔''

''سب کچھ تو اس کی اماں جانی نے اس کے ساتھ روانہ کر دیا ہے۔ آئی تھنک اسے اور کچھ نہیں چاہئے

ہوگا۔'' ملازم گاڑی سے سامان نکال کرلا رہا تھا۔ لاؤنج میں فائزہ کے سامنے تمام اشیاء اوران کے سوٹ اور حیا کا سونے کے سیٹ کا ڈبہ بھی رکھ دیا گیا تھا۔

''ماما مجھے نہیں معلوم تھا کہ اماں جانی یہ سب دے رہی ہیں اور...... مجھے نہیں معلوم تھا کہ انہیں اچھا نہیں لگے گا...... ورنہ میں اماں جانی کو کسی طرح منع کر دیتی...... میں آئندہ کچھ نہیں لوں گی ان سے......'' حیا ایک دم گھبرا کر وضاحت دینے لگی تھی۔

''طاب! وہاٹس پرابلم ودیو...... کیا چاہتے ہو تم......'' فائزہ نے معاملہ سمجھتے ہوئے طاب کو سنجیدگی سے ٹوکا۔

''دنیا کے رسم ورواج تم اکیلے ختم نہیں کر سکتے۔ اور پھر والدین بیٹیوں سے محبت کا اظہار اسی طرح کرتے ہیں۔ تم کسی کو پابند نہیں کر سکتے۔''

''میں کسی کو پابند نہیں کر سکتا مگر خود کو پابند کر سکتا ہوں۔ آل رائٹ وہ لوگ اپنی بیٹی پر اپنی محبت لٹائیں مجھے اپنی محبتوں میں شامل نہ کریں تو بہتر ہوگا۔'' اس کی سنجیدگی بڑھ گئی تھی۔

''کیسی باتیں کر رہے ہو طاب۔ تم ان کی بیٹی سے وابستہ ہو۔ وہ تمہیں الگ کیسے کر سکتے ہیں۔ میں نے تمہیں سمجھایا تھا ناں کہ جو ہو گیا ہے درگزر کر دو......''

''کر دیا تھا...... اسی لئے وہاں گیا تھا مگر ان کی باتیں......'' وہ کچھ کہتے کہتے خاموش ہو گیا۔

حیا ضبط سے لب بھینچے خاموش و بے بس کھڑی تھی۔ عجیب صورتِ حال تھی۔ چاہ کر بھی کچھ کہنے سننے کی پوزیشن میں نہیں تھی۔

''چھوڑ دو طاب ایسی باتیں...... تم سب کو کیوں موقع دے رہے ہو کہ تمہارا فیصلہ غلط تھا۔ سب یہی کہیں یہی چاہتے ہو تم...... جب تمہیں سب روک رہے تھے تب تم کسی کی نہیں مان رہے تھے۔ اب تم انہی کا کہا سچ ثابت کر رہے ہو۔ آٹھ دن ہو گئے ہیں تمہاری شادی کو ایک دن بھی نہ تم خود خوش رہے ہو نہ ہی تم نے اسے خوش رکھنے کی کوشش کی ہے۔ اس طرح جلنے کڑھنے سے بہتر تھا کہ تم اسی دن اس بچی کو رخصت نہ کروا کر لاتے۔ اگر لائے ہو تو اپنی ذمہ داری سمجھو ورنہ پھر مجھے کوئی قدم اٹھانا پڑے گا۔''

فائزہ فاروقی کا پیمانہ لبریز ہو کر چھلک گیا تھا۔ وہ ماں تھیں صحیح معنوں میں اپنی ممتا کے فرائض سے آگاہی رکھتیں تھیں۔ طاب کی چڑچڑاہٹ سمجھتی تھیں۔ بہنوں کی باتیں اور لوگوں کے تبصرے اس کے ذہن و دل میں پھانس بن کر اٹکے ہوئے تھے۔ تبھی وہ دل سے خوش نہیں ہو پا رہا تھا۔ اپنی چاہت سے چشم پوشی برت کر خود پر جبر کرتے ہوئے خود سے ہی لڑ رہا تھا۔ وہ کچھ کہنا چاہتا تھا مگر پھر الفاظ لبوں کے پیچھے ہی دبا کر وہاں سے چلا گیا۔

''آئی ڈونٹ نو اس لڑکے کو کیا ہو گیا ہے۔ اب ذرا ذرا سی بات پر الجھنے لگا ہے۔'' فائزہ فاروقی اسے جاتا دیکھ کر تبصرہ کناں تھیں۔ حیا مزید شرمندہ ہو رہی تھی۔ یقیناً سبھی کچھ اس کی ذات کی وجہ سے تھا۔ مجرم تو بالآخر وہی تھی۔

''آپ پریشان نہ ہو ماما...... میں ان سے معافی مانگ لوں گی...... انہیں اگر اماں جانی کے گھر جانے پر اعتراض ہے تو میں وہاں نہیں جاؤں گی۔'' خود کو سنبھالتے ہوئے اس نے انہیں تسلی دینے کی کوشش کی۔ فائزہ نے

اس کم عمر لڑکی کو اپنا حوصلہ آزماتے ہوئے دیکھا۔

''ماما یہ مٹھائی اور فروٹ ملازمین میں بانٹ دیں اور یہ کپڑے وغیرہ میں سٹور میں رکھ دوں؟''

''کوئی ضرورت نہیں ہے۔ اپنی چیزیں اپنے روم میں لے کر جاؤ البتہ یہ فروٹس اور مٹھائی تقسیم کر دیتے ہیں۔ تم بھی پریشان نہ ہو بیٹا...... وہ خود ہی ٹھیک ہو جائے گا۔'' ساس کی حوصلہ افزائی نے کچھ درد کم کیا تھا۔ شکوے تو اسے بھی بہت تھے مگر وہ کہتی تو کس سے؟ کوئی سننے والا بھی تو نہ تھا۔ وہ چیزیں لے کر اپنے کمرے میں آئی تو طاب وہاں نہیں تھا اسے بعد میں معلوم ہوا تھا کہ وہ گاڑی لے کر پھر کہیں چلا گیا تھا۔ رات آٹھ بجے اس کی واپسی ہوئی تھی فریحہ کی طرف جانے کے لئے۔

حیا دوبارہ وہی ڈریس پہن کر نئے سرے سے تیار ہوئی تھی۔ دونوں کے درمیان خاموشی پھر سے حائل تھی۔ فریحہ کے گھر اچھی خاصی رونق لگی ہوئی تھی۔ اس نے اپنی دونوں نندوں کی فیملی کے علاوہ جیٹھ اور دیور کی فیملیز کو بھی بلا رکھا تھا۔ ملیحہ مدیحہ بھی مدعو تھیں۔ حیا کا اتنے لوگوں کی موجودگی میں پزل ہونا لازمی امر تھا۔ سبھی کی نگاہیں اسی پر تھیں۔ فائزہ اور طاب کو بھی اندازہ نہیں تھا کہ فریحہ نے اپنے سسرالی عزیز بھی مدعو کر رکھے ہوں گے۔

''تھینکس گاڈ آج تم نے بہتر ڈریس پہنا ہے۔ میں تو ڈر رہی تھی کہیں یہاں بھی تم چادر لپیٹ کر نہ آ جاؤ۔'' فریحہ نے اسے رسمی انداز میں گلے لگاتے ہوئے تبصرہ کیا تھا۔ جسے فائزہ کے ساتھ طاب نے بھی سنا تھا بلکہ اس نے حیا کے رنگ بدلتے چہرے کو بھی دیکھا تھا۔

''دوپٹے کو ذرا اسٹائل سے لوگی تو اور پیاری لگو گی۔'' اس کے سر پر دوپٹہ لینے پر فریحہ نے مزید تبصرہ کیا۔

''آپی مجھے اس کا دوپٹہ سر پر لینا پسند ہے۔'' طاب کی حمایت پر حیا نے چونک کر اسے دیکھا تھا۔ مگر وہ فریحہ کی طرف متوجہ تھا۔

''تمہیں تو دنیا کی ساری انوکھی باتیں اور چیزیں پسند ہیں۔'' فریحہ نے جواباً خفگی سے کہا مگر وہ بھی مسکراتا رہا۔

''یس...... ایسا تو ہے۔''

''ماما آپ حیا کو آج بیوٹی پارلر سے تیار کروا لیتیں، آذر نے فوٹو گرافر بلوا رکھے ہیں۔ میک اپ سے اور اچھی لک آ جاتی۔'' فریحہ نے نیا نکتہ اٹھایا۔

''ہمیں علم نہیں تھا کہ تم نے اپنے سسرال والوں کو بھی انوائٹ کیا ہے۔ ویل حیا ماشاء اللہ میک اپ کے کم استعمال کے باوجود بھی خوبصورت لگ رہی ہے۔ امامہ کہاں ہے نظر نہیں آ رہی۔'' فائزہ نے بیٹی کا دھیان حیا کی جانب سے ہٹایا۔

''وہ تیار ہو رہی ہے۔ میں دیکھتی ہوں طاب تم بیٹھو۔'' فریحہ انہیں بٹھا کر خود دوسرے مہمانوں کی جانب بڑھ گئی۔ تعارف تو سبھی سے ہو چکا تھا۔ طاب تو سبھی کو جانتا تھا۔ البتہ حیا کو سبھی کے بارے میں معلومات فائزہ پہنچا رہی تھیں کہ فریحہ سے کیا رشتہ ہے۔ حیا دیکھ رہی تھی یہاں موجود سبھی خواتین نہ صرف خود جدید طرز کے ملبوسات میں تھیں بلکہ ان کی بیٹیاں بھی عجیب وغریب ملبوسات زیب تن کئے ہوئے تھے۔

جینز، شرٹ، فلیپر، بلاؤز یا پھر کیپری کے ساتھ اوپن شرٹ بغیر آستین اور بنا دوپٹے کے اِدھر اُدھر گھومتی خاصی بے باک اور معیوب لگ رہی تھیں۔

امامہ آئی تو اس کا حلیہ بھی ان جیسا ہی تھا۔ شارٹ کیپری پر سلیولیس لانگ شرٹ پہنے بے شک وہ متوجہ کر رہی تھی۔ آتے ہی ماموں سے لپٹ گئی...... ماموں یو آر لکنگ ویری ہینڈسم۔ تھینکس می می آپ نے یہ ڈریس پہن لیا۔ بہت شوٹ کر رہا ہے آپ کو...... نانو آپ کیوں خاموش ہیں۔''

''تم جو بول رہی ہو......'' فائزہ نے مصنوعی سنجیدگی سے چھیڑا۔ پہلی بار انہیں امامہ کے حلیے کا احساس ہوا تھا۔ وہ حیا کی ہم عمر تھی مگر لاپروا بے حد تھی۔ ننگی پنڈلیاں، ننگے بازو بنا دوپٹے کے وہ کچھ اچھا تاثر نہیں دے رہی تھی۔ یہ سب کچھ نیا نہیں تھا۔ شاید حیا کے ساتھ ایک ہفتہ گزارنے کے بعد انہیں احساس ہو رہا تھا کہ لڑکیاں اپنے حلیے سے اپنا تقدس برقرار رکھتی ہیں۔ حیا کا خود کو سمیٹ کر سنبھال کر رکھنا انہیں اچھا لگ رہا تھا۔ بڑھتی ہوئی فیشن کی وبا انہیں بھی پسند نہ تھی۔

''ماموں اگر آپ کو اعتراض نہ ہو تو میں می می کو اپنی فرینڈز اور کزنز میں لے جاؤں؟''

''شیور......'' طاب نے فوراً اجازت دے دی...... حیا جانا نہیں چاہتی تھی۔ اس نے جز بز ہو کر کہا۔

''میں یہیں ٹھیک ہوں امامہ۔''

''کم آن می می۔ آپ یہاں جم کر بیٹھنے آئی ہیں۔''

امامہ نے اس کی ایک نہیں سنی اس کا ہاتھ کھینچ کر لے گئی۔ فائزہ بھی چاہتی تھی کہ وہ نہ جائے۔

''طاب تم بھی جاؤ اس کے ساتھ۔''

''بٹ وائے......'' فائزہ کے کہنے پر وہ بے زاری سے بولا۔

''شی اِز نروس ہیئر...... تم جانتے ہو حیا بات نہیں کر پائے گی۔ فضول میں باتیں بنیں گی۔ تم ساتھ ساتھ رہو گے تو سچویشن ہینڈل کر لو گے۔''

''مام آپ بھی حیا کو جاہل اور گنوار کیوں سمجھتے ہیں۔ وہ موڈیسٹ ہے تو اس کا یہ مطلب نہیں کہ وہ اپنی ہم عمر لڑکیوں سے بات کرنے کے بھی قائل نہیں ہے۔''

''میں نے یہ کب کہا ہے...... تم خود اسے احساس دلا رہے ہو کہ وہ کسی قابل نہیں ہے۔ تم اس سے مخاطب بھی نہیں ہو رہے ہے۔ تمہارا رویہ اسے ہرٹ کر رہا ہے۔ اسی وجہ سے وہ نروس ہے۔'' فائزہ فاروقی نے دبے دبے لفظوں میں پھر اسے احساس دلایا۔

''افوہ مام آپ حیا کی نہیں مجھے اپنی ساس لگنے لگی ہیں۔''

''میں تمہاری ماں ہوں۔ نہیں چاہتی کہ تم نادانی میں اپنی زندگی سے کھیلو...... محبت کرتے ہو اس سے تو اسے اپنی محبت کا مان بھی دو...... تاکہ وہ اعتماد کے ساتھ سبھی کو فیس کر سکے۔ وہ اب ہمارے گھر کا حصہ ہے۔ جس طرح تم کسی سے بھی اس کے بارے میں کوئی غلط بات یا ریمارکس نہیں سن سکتے اسی طرح میں بھی نہیں چاہتی کہ میری بہو پر تنقید ہو۔ خواہ وہ تنقید میری بیٹی کی جانب سے ہی کیوں نہ ہو...... میں دوسروں کے مسائل حل کرتی ہوں تو

اپنے ہی گھر میں اپنے بچوں کو مشکل میں کیسے دیکھ سکتی ہوں؟''

فائزہ فاروقی کا انداز ناصحانہ تھا۔ طاب نے انہیں عقیدت سے دیکھتے ہوئے محبت سے ان کا ہاتھ تھاما۔

''آئی ڈونٹ نو مام مجھے ایک دم کیا ہو جاتا ہے۔ میں نہ چاہتے ہوئے بھی حیا کے ساتھ مس بی ہیو کر جاتا ہوں۔ مجھے بھی اندر کچھ باتیں ہرٹ کرتی ہیں۔ تبھی میں خود پر کنٹرول نہیں رکھ پاتا۔''

''مسئلہ صرف تمہاری انا کا ہے۔ اسے مار دو تو سب کچھ آسان ہو جائے گا۔ ویل یہاں یہ باتیں کرنے کی ضرورت نہیں ہے۔ تم انجوائے کرو حیا کے ساتھ باتیں کرو وقت گزارو سبھی کچھ ٹھیک ہو جائے گا۔'' فائزہ فاروقی نے بیٹے کو محبت سے سمجھاتے ہوئے تلقین کی۔ وہ جانتا تھا کہ وقت کے ساتھ ساتھ سب کچھ ٹھیک ہو جائے گا۔ سارا بگاڑ اس کی ذہنی کشمکش کا تھا جو اسے چین ہی نہیں لینے دیتی تھی۔ اس کی انا بار بار اسے کچوکے لگاتی تھی، وہ بے قابو ہو جاتا تھا۔ اسے لگتا تھا کہ اس نے اس کو بھی وقت سے پہلے آزمائش میں ڈال دیا ہے۔ حیا کچھ دیر بعد ہی دوبارہ ادھر چلی آئی تھی اور پھر گھر جانے تک فائزہ کے پاس سے ہلی تک نہیں تھی۔

O......❖......O

''اچھا جان گڈ نائٹ...... شیر گل سے کہو کہ میرے لئے دودھ روم میں پہنچا دے گا۔'' فائزہ فاروقی نے اپنے کمرے میں جاتے ہوئے دونوں کو ساتھ لگا کر بتایا۔

''پہلے مجھے کافی چاہئے۔'' طاب نے بھی جاتے ہوئے ہدایت دی۔ تو حیا اسی وقت اس کے لئے کافی بنانے کچن میں مڑ گئی۔ اس کی بے رخی کے باوجود اس کے لئے کام کرنا باعثِ راحت تھا۔ حیا اپنی تسکین کا یہ لمحہ گنوانا نہیں چاہتی تھی۔ وہ کمرے میں آئی تو طاب ٹی شرٹ پہنے ٹی وی آن کئے بیڈ پر نیم دراز، سگریٹ پینے میں مشغول تھا۔ حیا نے کافی کا مگ سائیڈ ٹیبل پر رکھ دیا۔

''شکریہ...... تم نہیں پیو گی......'' اس کی طرف دیکھے بغیر اسے مخاطب کیا تھا۔

''نہیں...... اتنی رات کو چائے کافی پینے کے بعد نیند نہیں آتی......'' حیا نے دل میں خوش ہوتے ہوئے جواب دیا۔

''کبھی کبھی جاگ لینے میں بھی کوئی حرج نہیں ہے۔'' طاب نے زیر لب بات کی جسے وہ صحیح طرح سن نہیں سکی۔ چینج کر کے وہ وضو کے باہر آئی تو پانی کے چھینٹے اس کے چہرے سے پھسل کر موتیوں کی مانند گر رہے تھے۔ طاب کی نظریں اسی پر جیسے ٹھہر گئی تھیں۔ دوپٹے سے خود کو چھپائے وہ پاکیزگی کا مجسمہ نظر آ رہی تھی۔ اسے حیا کی معصوم صورت پر نور سی لگ رہی تھی۔

وہ منہ میں آیت الکرسی کا ورد کر رہی تھی۔ پڑھنے کے بعد اسے طاب کی توجہ کا احساس ہوا۔ ''آپ کو'' اور کچھ چاہئے۔''

''تم نماز پڑھنے لگی ہو......؟''

''جی......''

''او کے پھر تم نماز پڑھو......'' وہ فوراً بستر چھوڑ کر کھڑا ہو گیا۔ ریموٹ سے ٹی وی بھی آف کر دیا۔

''نہ......نہیں پلیز آپ بیٹھیں......میں لاؤنج میں جا کر پڑھ لیتی ہوں......آپ آرام کریں۔'' حیا جاء نماز لے کر فوراً ہی کمرے سے باہر چلی گئی۔

اس کے جانے کے بعد بچی ہوئی کافی کو اس نے دو گھونٹ میں ختم کیا۔ احساسات میں پھر سے تغیر پیدا ہو رہا تھا۔ دل مائل بھی تھا اور بے کل بھی۔ حیا سے حال دل کہنے کی طلب بے چین کر رہی تھی۔

رات کے چند گھنٹے بچے تھے اور وہ ابھی تک حیا اور اپنے درمیان فاصلے مٹا نہیں پایا تھا۔ انا حائل تھی یا حالات وہ سمجھ نہیں پا رہا تھا۔ اس کے سارے ارمان سلگتی گیلی لکڑی کی مانند اس کے اندر دھواں بن کر پھیلے اس کی اذیت کو بڑھا رہے تھے۔ مگر کھلی فضا کی مشک سے تازگی پانے کی جدوجہد نہیں کر رہے تھے۔ وہ نہ جانے کتنی دیر تک اپنے احساسات میں ڈوبا رہتا۔ ذیشان کے فون نے اسے جلد ہی اپنے احساسات سے باہر نکال لیا۔

حیا نماز سے فارغ ہو کر کمرے میں آئی تو طاب فون پر مصروف تھا۔ رات کے ایک بجے وہ پھر سے کافی کی فرمائش کر رہا تھا۔

''پلیز ون کپ کافی مور......'' اس کے فرمائشی لہجے میں اک اپنائیت بھی تھی۔ حیا دل میں حیران ہوتی سر ہلا کر واپس مڑ گئی۔ سوچ رہی تھی یہ اپنائیت وقتی ہے۔ گزشتہ دو دن میں کئی بار وہ ایسے مظاہرے دیکھ چکی تھی۔ پل پل بدلتا طاب رحیم اس کی سمجھ سے باہر تھا۔ کبھی اپنائیت کبھی بے رخی، کبھی خاموشی کبھی ناراضگی۔

کریم اور کافی کو پھینٹنے میں وہ اس قدر گم تھی کہ اپنے پیچھے طاب کی آمد کا اسے پتہ ہی نہیں چلا۔

''اپنے لئے بھی کافی بنانا۔'' طاب کی آواز غیر متوقع تھی اسی لئے وہ یک دم بوکھلا کر مڑی۔ کپ پر گرفت مضبوط تھی ورنہ کپ گرنے کا احتمال تھا۔ البتہ جس کانٹے سے وہ کافی پھینٹ رہی تھی وہ اچھل کر دور اگرا تھا۔

''کیا ہوا......ڈر گئی ہو......؟'' طاب نے جھک کر فرش سے کانٹا اٹھایا اور سینک میں پھینک دیا پھر کیبنٹ سے نیا کانٹا نکال کر اس کی طرف بڑھایا۔ خوف اس کی آنکھوں میں واضح نظر آ رہا تھا۔

''ابھی تک میری آہٹ نہیں پہچانتی ہو؟'' سوال تھا یا شکوہ وہ سمجھ نہیں پائی تھی۔ ایک دوسرے کو بنا دیکھے محسوس کرنے کے مراحل سے کم از کم وہ تو ابھی نہیں گزری تھی اور پھر وہ سوچ بھی نہیں سکتی تھی کہ دن بھر کی بے رخی کے بعد اب وہ اس کے پیچھے چلا آئے گا۔

''بس میں کافی لا ہی رہی تھی......اور کچھ چاہئے آپ کو......'' خود کو سنبھال کر رخ موڑ کر وہ پھر مصروف کار تھی۔

''ہاں کچھ سینڈوچز بھی لے لینا......'' طاب کچن کاؤنٹر سے ٹیک لگا کر اسے کام کرتے ہوئے دیکھ رہا تھا۔ بہت کم وقت میں جس طرح وہ ایڈجسٹ ہوئی تھی وہ بات قابلِ تعریف تھی۔ چیزوں کو رکھنے برتنے کا انداز خاصا ماہرانہ تھا۔ طاب کی موجودگی کے باوجود وہ بلا جھجکے ٹرے میں کپ پلیٹیں وغیرہ رکھ رہی تھی۔ آخر میں اس نے فریج سے کلب سینڈوچز کا باکس نکال کر پیکنگ سے سینڈوچز پلیٹ میں منتقل کئے۔ اور پھر ٹرے اٹھا کر کچن سے نکلتے ہوئے کہا۔

''پلیز آپ کچن کی لائٹ اور ڈور بند کر دیں گے؟''

''شیور......'' طاب اس کے پیچھے لائٹ اور دروازہ بند کر کے آ گیا اور جا کر بیڈ پر آرام دہ حالت میں بیٹھ گیا تھا۔ حیا نے میز پر رکھی ٹرے دوبارہ اٹھائی اور پھر اس کے پاس رکھ دی۔

''سٹ ڈاؤن......'' طاب نے اپنے سامنے بیٹھنے کا اشارہ کیا۔ وہ قدرے جھجکتے ہوئے اس کے سامنے بیٹھ تو گئی تھی مگر پُرسکون نہیں تھی۔ دوزانو بیٹھتے ہوئے اس کا دوپٹہ بھی پاؤں کی ایڑھی میں الجھ کر سر سے اتر گیا تھا جسے اس نے سرعت سے سر پر جمایا۔

''میں نے دوسروں کے سامنے تمہاری فیور لی تھی اس کا یہ مطلب نہیں تھا کہ تم یہاں بند کمرے میں بھی خود کو کور رکھو...... یہاں میرے علاوہ کوئی اور نہیں ہے جو تمہارے حسن سے متاثر ہو سکتا ہو۔''

طاب نے ذرا آگے ہو کر ہاتھ بڑھا کر اس کے سر سے دوپٹہ اتار دیا۔ وہ حیران ہو کر اسے دیکھنے لگی۔ دل میں عجب سی ہلچل مچی تھی۔

''وہ...... اچھا نہیں لگتا سر ننگا ہو۔ بچپن سے عادت بھی ہے اور اسلام بھی تو خواتین کو باپردہ رہنے کی تلقین کرتا ہے۔'' حیا نے بے ساختہ کہتے ہوئے پھر سے سر ڈھانپا۔

''اسلام شوہر کے لئے پورے سنگھار کا بھی تو حکم دیتا ہے۔''

''دوپٹہ نہ لینا سنگھار میں شامل ہے؟'' حیا نے اسی معصومیت کے ساتھ پوچھا۔

''نہیں...... پردہ تو عورت کی زینت ہوتی ہے۔'' طاب نے اسے بلا توقف جواب دیا۔ نگاہ اس کے چہرے پر ٹکی تھی۔ طاب کا جواب اس کے چہرے کی دلکشی بڑھا گیا تھا۔

''پھر یہاں سبھی میرے دوپٹے پر تنقید کیوں کرتے ہیں۔'' حیا کو اس کی مسکراہٹ نے حوصلہ دیا تھا۔

''کون؟ ماما؟'' حیا نے پہلے نفی میں سر ہلایا۔ کچھ سوچ کر بات بدل گئی۔

''کافی ٹھنڈی ہو رہی ہے آپ پئیں ناں......''

''تم نے میری بات کا جواب نہیں دیا...... فری آپی کے ریمارکس کی وجہ سے کہہ رہی ہو؟ میں نے انہیں جواب تو دے دیا تھا۔''

''نہ...... نہیں...... میں نے ایسے ہی کہہ دیا تھا...... فنکشن میں کچھ اور لوگ بھی مجھ سے کہہ رہے تھے۔ شاید امامہ کے کزنز ہوں گے۔ میں جیسی ہوں ویسی ہی رہنا چاہتی ہوں...... فیشن کی دوڑ میں شامل ہونا مجھے کبھی پسند نہیں رہا...... خوش لباسی اچھی بات ہے مگر عریانیت پھیلاتی خوش لباسی مسلمان خواتین کے لئے تو جائز نہیں ہے ناں......''

''تم نے اس روز دیا آپی سے بھی اسی طرح بات کی تھی'' طاب نے اسے سنجیدگی سے سنتے ہوئے پوچھا۔

''جی......؟ وہ تو بازار جانے کی بات تھی...... امامہ کو میرا چادر لے کر باہر جانا اچھا نہیں لگ رہا تھا۔ میں تو اسے سمجھا رہی تھی کہ......''

''تم جس طرح نہیں چاہتی ہو کہ تمہیں تمہارے لائف اسٹائل کے لئے کوئی نہ ٹوکے اسی طرح باقی سب کو بھی حق حاصل ہے کہ وہ اپنی مرضی اور پسند سے رہیں...... تم جیسے رہنا چاہتی ہو رہو مگر آئندہ امامہ یا میری بہنوں

کے سامنے اپنی دانشمندی دکھانے کی ضرورت نہیں ہے انڈرسٹینڈ......'' طاب کا موڈ پھر سے بگڑ گیا تھا۔ مدیحہ کی ون پر کی ہوئی باتیں اس کے اندر پھر سے گونج اٹھی تھیں۔ حیا اپنی جگہ ٹھیک تھی پھر بھی وہ اسے ٹوک گیا تھا۔ حیا نے کچھ کہنے کے بجائے بس سر ہلا دیا۔ دونوں کے درمیان کھنچاؤ تھا جو کم ہونے کا نام نہیں لے رہا تھا۔ ذرا سی آس بندھتی تھی اور پھر ٹوٹ جاتی تھی۔ طاب نے اس سے نظر پھیرتے ہوئے کافی کا مگ اٹھا کر لبوں سے لگا لیا۔ وتین سپ لے کر پھر سے اسے مخاطب کیا۔

''ایزی ہو کر بیٹھو اور کافی پیو۔'' اس کے تحکم بھرے لہجے پر حیا کی آنکھیں ڈبڈبا گئیں۔ سر جھکائے ں اس نے اپنے بیٹھنے کی پوزیشن بدلی اور پھر ہاتھ بڑھا کر اپنے لئے بنایا ہوا چھوٹا کپ کافی کا اٹھا لیا...... جی نہیں پاہ رہا تھا۔ مگر وہ پینے پر مجبور تھی۔

''سنو حیا! جس طرح تمہارے لئے یہاں کے طور طریقے نئے اور نا قابلِ عمل ہیں اسی طرح تمہاری باتیں ورایٹی ٹیوڈ یہاں کے لوگوں کے لئے نیا ہے۔ تم اتنا تو سمجھتی ہو کہ شادی کے بعد ہر لڑکی کو اپنا آپ بدلنا پڑتا ہے۔ نہیں بھی کچھ نہ کچھ تو تبدیلی خود میں لانا پڑے گی۔''

''مطلب میں بنا دوپٹے کے بازار میں نکلوں سلیولیس شرٹ پہنوں......اور......''

''شٹ اَپ...... منہ کھولنے سے پہلے میری بات کو سمجھو...... کہ میں کیا کہہ رہا ہوں......'' وہ ایک دم ہی ڑک کر کھڑا ہو گیا۔

''میں تو تمہیں بہت سمجھدار خیال کرتا تھا مگر تم بے حد نا سمجھ ہو......سو جاؤ......'' وہ کافی کا خالی مگ ٹرے میں خ کر رکھنے کے بعد اسٹڈی روم کی طرف بڑھا جہاں آج کل اس کا قیام تھا...... حیا ہونق بنی اس کی پشت دیکھ ہی تھی۔ خود ہی مسئلہ اٹھایا تھا اور پھر مسئلے کو حل کئے بنا جھگڑا بھی بڑھا لیا تھا...... وہ اس سے کیا چاہتا تھا وہ سمجھ نہیں رہی تھی۔

اچانک ایک نئے ماحول اور نئی دنیا میں آنے کے بعد جس تیزی سے اس نے خود کو بدلا تھا شاید ہی کوئی اور کتا۔ شادی کے بعد کی حسین زندگی کا تصور تو بالکل بدل ہی گیا تھا۔ شوہر سے متعلق احساسات اور توقعات بھی کل الٹ ثابت ہو رہی تھیں۔ وہ اپنے شوہر کی چاہت بن کر ضرور آئی تھی مگر اسے ابھی تک چاہت کا ادراک یں دیا گیا تھا۔

رسمی طور پر بھی رشتے وتعلق کی استواری کا کوئی عہد کیا گیا تھا اور نہ کوئی تحفہ عنایت ہوا تھا۔ وہ کسی سے کیا کہتی یکے میں کوئی ایسا نہ تھا جس سے وہ مدد مانگتی۔ اماں جانی تو کسی بھی بیٹی کے مسائل سننے کی روادار نہ ہوتی تھیں۔ نوں میں سوائے ردا کے وہ کسی سے اتنی قریب نہ تھی فی الحال تو وہ اس سے بھی کچھ نہیں کہہ سکتی تھی۔ سو صبر کے وہ اس کے پاس کوئی چارہ نہیں تھا۔

''سنو! یہ کچھ چیزیں میں کل تمہارے لئے لایا تھا اور......'' جانے سے کچھ دیر پہلے طاب نے اسے مخاطب یا تھا۔ وہ کمرے میں اس کی چیزیں سمیٹنے آئی تھی۔ طاب نے الماری سے اک شاپنگ بیگ نکال کر بیڈ پر رکھ دیا ر پھر وہ اپنے والٹ سے ہزار ہزار کے پندرہ اٹھارہ نوٹ بھی نکال کر اس کی طرف بڑھا رہا تھا۔

''اور یہ بھی رکھ لو۔ کالج آؤ جاؤ گی تو ضرورت پڑ سکتی ہے۔'' انداز ذمہ دارانہ اور رویہ سنجیدہ تھا۔

''ماما نے ضرورت کی چیزیں وغیرہ لے دی تھیں اور کچھ پیسے بھی ہیں میرے پاس...... اتنے روپے میں کیسے سنبھالوں گی۔'' حیا نے بنا اس کی طرف دیکھے وضاحت دی۔ لہجہ بھیگا بھیگا تھا۔

''کچھ پیسوں میں لمبا عرصہ گزار لوگی؟ میری واپسی کا کچھ پتہ نہیں ہے پھر...... ماما سے مانگو گی......؟''
طاب کو اس کا لہجہ محسوس ہوا تھا۔

''ضرورت نہیں پڑے گی آپ فکر نہ کریں۔''

''میں فکر نہ کروں تو پھر کون کرے گا...... ناراضگی چھوڑو۔ پکڑو انہیں اور مجھے فون کر کے بتانا کہ اپنا گفٹ کیسا لگا۔'' طاب نے زبردستی اس کی مٹھی میں پیسے تھمائے۔ اس نے لبریز آنکھوں سے اس کی جانب دیکھا۔

''اب جاتے ہوئے مجھے اس طرح نہیں دیکھو...... میں رات ہی تمہیں یہ سب دینا چاہتا تھا۔ ویل ٹیک کیئر...... پرابلم ہو تو فون کر لینا اوکے......''

''آپ تو نہیں کریں گے ناں......''

شکوہ نہ جانے کیسے اس کے لبوں سے پھسل پڑا۔ دل کی حالت اس کے اختیار میں نہیں تھی۔ طاب بے اختیار مسکرا دیا۔ گزشتہ ہفتے کا تجربہ شکوہ بن گیا تھا۔

''میرے فون کرنے کی ضرورت ہے؟'' طاب نے اسے شرارت سے چھیڑا۔ رات کا غصہ ناراضگی کہیں غائب ہو گئی تھی۔ اس لمحے وہ بہت بشاش دکھائی دے رہا تھا۔ جدائی کا کرب تو جیسے صرف حیا کی روح سے ہی آلپٹا تھا۔ نکاح کے بندھن کا اعجاز تھا کہ وہ اس کے جانے سے عجب خوف میں مبتلا ہو گئی تھی۔ کچھ کھو جانے یا دور جانے کا شدید احساس اسے بے کل کر رہا تھا۔ اپنے اندر اِک ''کمی'' رہ جانے کی شدت اس پل زور پکڑ رہی تھی۔ اس کے دل میں خواہش مچلنے لگی تھی کہ یہ وقت یہیں تھم جائے اور وہ اس کے قریب اور قریب رگ و پے میں سماتا چلا جائے۔ وہ سمجھ نہیں پا رہی کہ یہ جذبہ محبت ہے یا پھر کوئی دیوانگی۔ طاب رحیم کی دوری کا احساس اسے یکدم بدل گیا تھا۔ شاید یہی محبت تھی جو اسے محبوب سے جدائی کا کرب دے رہی تھی۔

''آف کورس میں تو کروں گا ہی ماما کو ڈیلی فون کرنے کی عادت ہے تو تم سے بھی بات ہو جایا کرے گی۔''
وہ اسے جواب دے رہا تھا مگر وہ سن کہاں رہی تھی۔ اس کے قرب کو محسوس کر رہی تھی۔ ایک قدم کی دوری تو تھی بس...... اچانک طاب نے وہ دوری سمیٹ لی اور پھر اگلے ہی پل وہ اس کے کندھے پر سر رکھے ٹوٹ کے بکھری تھی۔ اس کے آنسو اس کے ترجمان تھے یا پھر دل کی دھک دھک حال دل کہہ سن رہی تھی۔

طاب رحیم کی بے تاب محبت البتہ اپنے فرض کے حصار میں تھی۔ اسے ان حسین لمحوں کے گزرنے کے ساتھ ساتھ اپنے جانے کا احساس بھی تھا۔ دونوں بالکل خاموش تھے مگر محبت محبت سے ہم کلام تھی۔

دونوں کے درمیان بہتی خاموشی کو طاب کے سیل فون کی گھنٹی نے متوجہ کیا تھا۔

''ہائے میری محبت کا پھر کوئی دشمن ہمارے بیچ چلا آیا......'' اس کے کان کے پاس سرگوشی کرتے ہوئے طاب نے اپنی پینٹ کی جیب سے فون نکالا۔ حیا کے گھر سے فون تھا اِک آہ بھرتے ہوئے طاب نے فون اس کی

طرف بڑھا کر کہا۔

''تمہارے گھر سے فون ہے۔ تمہاری اپنے گھر والوں سے کوئی ٹیلی پیتھی چلتی ہے جو......'' طاب نے اسے فون پکڑا کر اپنا سفری بیگ، بیڈ سے اٹھایا۔ حیا اپنی اماں جانی سے سلام دعا کر رہی تھی۔ ایک منٹ کے بعد اس نے طاب کی طرف اس کا فون بڑھا دیا۔

''اماں جانی بات کرنا چاہتی ہیں آپ سے۔'' طاب نے بنا تاثر دیئے فون پکڑ کر کان سے لگالیا۔

''السلام علیکم...... جی میں بس نکل رہا ہوں...... مرضی ہے آپ کی...... جتنے دن چاہے آپ رکھیں۔ مجھے کیا اعتراض ہو سکتا ہے۔ ماما کو بھی نہیں ہوگا آپ لے جائیں...... یا پھر ماما بھجوا دیتی ہیں اللہ حافظ۔'' طاب کے لہجے اور باتوں سے حیا کو اندازہ ہو رہا تھا کہ کیا بات ہوئی ہوگی۔

''مجھے نہیں جانا ہے...... آپ نے اماں جانی سے کیوں کہا...... کہ......'' حیا نے اس کے کچھ کہنے سے پہلے ہی بات سنبھالنا چاہی۔

''تو کیا کہتا کہ میں نہیں اجازت دیتا......؟ اور کیوں......؟ رئیلی مجھے کوئی اعتراض نہیں ہے اور تم کیوں نہیں جانا چاہتی...... تمہارے ہاں کی یہ بھی کوئی رسم ہی ہے نا کہ شادی کے بعد بیٹی جا کر رہتی ہے......'' طاب نے جتاتے لہجے میں کہا۔

''اور پھر بعد میں اسے شوہر کے ساتھ ہی واپس سسرال بھیجا جاتا ہے۔ یہ رسم تو ولیمے کے بعد ہوتی ہے جبکہ......'' وہ بولتے بولتے ایک دم خاموش ہوگئی۔

''ہاں...... بولو جبکہ ہماری تو رسم ولیمہ بھی ادا نہیں ہو سکی۔ تم سب کو یہی بتانا چاہتی ہو؟ دیکھو اپنے گھر والوں کو آرام سے سمجھا دو میرے ساتھ یہ رسموں وغیرہ کی بات نہ کیا کریں ورنہ۔'' طاب کا موڈ پھر سے بگڑ گیا تھا۔ محبت کے ذرا سے اظہار کا اِک اور موقع بدمزگی کا شکار ہو گیا تھا۔

حیا جیسے چکی میں پس گئی تھی۔ ایک طرف میکہ اور اس سے وابستہ محبتوں کی تڑپ تھی اور دوسری طرف نئے بنتے رشتوں کی نزاکتوں کو بچانا ہی نہیں سنبھالنا بھی تھا۔ اتنی آگہی تو اسے تھی کہ اب یہی رشتے اس کی زندگی کا حاصل ہیں۔

''آپ پریشان نہ ہوں...... آئندہ ایسا کچھ نہیں ہوگا۔ میں اب شادی شدہ ہوں وہاں رہنے جانا نہ جانا میری مرضی پر منحصر ہے۔ اماں جانی یا کوئی بھی مجھے مجبور نہیں کر سکتے۔ میں کسی دن ملنے ضرور چلی جاؤں گی مگر لوٹ کر واپس یہیں آؤں گی۔'' حیا کا دھیما، ٹھہرا لہجہ طاب کے لئے نیا نہیں تھا البتہ اس کی باتیں اور ان میں چھپی حکمت بالکل نئی تھی۔ اپنے رویے پر شرمندگی ہوئی تو وہ دل میں محسوس کرنے لگا۔

''دیکھو...... میں تمہیں ان سے دور نہیں کرنا چاہتا۔ مگر نہ جانے کیا وجہ ہے میں جب بھی تمہارے قریب آتا ہوں تو مزید فاصلے پیدا ہو جاتے ہیں۔ شادی کے دن والی ساری یادیں مل کر مجھے کھینچ لیتی ہیں۔ بتاؤ پھر میں کیا کروں۔'' طاب نے بڑھ کر اس کے ہاتھ تھام لئے۔

''میں کیا کہوں...... سوائے اس کے کہ بھول سکتے ہیں تو بھلا دیں یہ سوچ کر کہ کاتب تقدیر نے یہ سب اسی

طرح لکھا تھا...... ورنہ پھر مجھے سزا دے لیں...... شاید آپ کو سکون مل جائے۔'' ڈبڈباتی آنکھوں، کپکپاتے ہونٹوں، بھیگے لہجے میں اس نے بمشکل اپنی بات پوری کی۔

''بھول ہی تو نہیں پا رہا ہوں میں...... اور نہ ہی تمہیں سزا دے سکتا ہوں...... جانتی ہو ناں کیوں؟ محبت کرتا ہوں تم سے۔ بہت ارمان تھے میرے دل میں کہ تم سے ملنے پر موسم کے ساتھ ساتھ مجھ سے وابستہ ہر دل میں بہار پھیل جائے مگر......''

''طاب...... آجاؤ دیر ہو رہی ہے۔'' فائزہ فاروقی کی آواز نے اسے بات مکمل نہیں کرنے دی۔ البتہ اس نے بڑھ کر حیا کو اپنے حصار میں لے کر اپنی محبت کی پہلی مہر لگا دی تھی۔

نئے لمس سے آشنائی حیا کو حیا بار کر گئی۔ جذبوں کی صداقت کو حالات پرکھ رہے تھے۔ دونوں کو آزمائش سے گزرنا تھا۔

○......❖......○

وہ چلا گیا تھا مگر اپنی یادیں چھوڑ گیا تھا۔ گیلا تولیہ، ہیئر برش میں چند ایک بال، خوشبو کا احساس دیتا اس کا رومال، اس کے جذبوں کی مانند ادھ جلے بجھے، ایش ٹرے میں پڑے سگریٹ کے ٹکڑے اور کمرے کی فضا میں رچی اس کے پرفیوم کی بھینی بھینی سی مہک...... اور اپنے وجود سے لپٹا وہ پر کیف لمس جس نے اسے بے کل کر دیا تھا۔

وہ اس کے جانے کے بعد بھی جیسے اسے یہیں محسوس کر رہی تھی۔ فائزہ فاروقی نے طاب کے جانے کے بعد اسے کمرے میں بھیج دیا تھا۔ یقیناً انہیں اس کے جذبات کا احساس تھا۔ اور کمرے میں آ کر وہ دیوانی بنی اِدھر اُدھر سے اس کی بکھری چیزوں کو سمیٹ کر سنبھال رہی تھی۔ آخر میں وہ بستر تک آئی تھی۔ جہاں اس کے لئے طاب کی دی ہوئی سوغاتیں پڑی تھیں۔ اشک پیتے ہوئے اس نے بے دلی سے شاپنگ بیگ کھولا تھا۔ جس میں سے ایک موبائل سیٹ Use Me کی چٹ کے ساتھ برآمد ہوا تھا۔ ایک پرفیوم بھی تھا اور ایک خوبصورت پیکنگ میں ڈائمنڈ رِنگ بھی تھی۔ اک نئی کسک نے سر ابھارا تھا۔ کاش یہ سب چیزیں وہ اسے اپنے ہاتھ سے دیتا......

اس ڈائمنڈ رِنگ کو وہ رُونمائی کا تحفہ ہی بنا دیتا۔ مگر نہ جانے کیوں محبت کے اظہار کے باوجود وہ اسے ''یہ مان'' نہیں دے سکا تھا۔ اس نے اپنے خاندان کی لڑکیوں کو شوہروں کی ذرا سی توجہ پر ہی اتراتے ہوئے دیکھا تھا۔ معمولی تحفوں پر اس کی مداح سرائی کرتے دیکھا تھا۔ یہاں اسے سب کچھ قیمتی ملا تھا۔ مگر وہ احساس نہیں ملا تھا جو اس کے اندر اتراہٹ بھرتا یا پھر بے ساختہ مداح سرائی پر مجبور کرتا۔ وہ بہت دیر تک اس کے دیئے تحفوں کو ہاتھ میں لئے بیٹھی رہی اور پھر کچھ سوچ کر اس نے پرفیوم کو ڈریسنگ ٹیبل پر سجایا۔

فون کو ڈبے سے نکال کر بیڈ کی سائیڈ پر رکھ دیا۔ اس کا فون ایکٹیویٹ تھا۔ حیا نے چیک کیا تھا۔ طاب نے اپنا نمبر فیڈ کیا ہوا تھا اور اس کے گھر والوں کے نمبر بھی۔ اس کے دل میں آئی بدگمانی چھٹنے لگی تھی۔ وہ اس کی مجبوری سمجھنے لگی تھی۔

اچانک بدل جانے والی زندگی کو اپنے حساب سے موڑنے میں وقت تو آخر لگتا ہی تھا۔ رِنگ کیس سے انگوٹھی نکال کر پہننے کی کشمکش ابھی جاری تھی کہ اس کا موبائل فون خوبصورت رِنگ ٹون سے متوجہ کر گیا۔ فون اسکرین پر طاب رحیم کے نام کے ساتھ اس کا نمبر بھی جگمگا رہا تھا۔ حیا نے ذرا توقف سے فون ریسیو کیا۔

''یار...... کہاں گم ہو...... کتنی دیر سے ٹرائی کر رہا ہوں، ماما بتا رہی تھیں میرے جانے کے بعد سے کمرے میں بند ہو آر یو آل رائٹ؟ اینی پرابلم......'' طاب نے بے تکلفی سے اپنی بات کا آغاز کر کے روانی سے پوچھا تھا۔

وہ ایک دم چونک کر دیوار گیر گھڑی دیکھنے لگی۔ دو بج رہے تھے۔ صبح دس بجے سے وہ یہاں بند بے خبر سی تھی۔ وقت گزرنے کا اسے احساس ہی نہیں ہوا تھا۔ اسے یک دم شرمندگی نے گھیر لیا۔ فائزہ فاروقی نے کسی طرح بھی اسے ڈسٹرب نہیں کیا تھا۔ ان کی جگہ پر اگر اس کی اماں جانی ہوتیں تو اب تک اس کی شامت آجاتی۔

''آئی ایم سوری...... مجھے احساس ہی نہیں ہوا کہ...... آپ خیریت سے پہنچ گئے......؟'' انداز میں شرمندگی صاف ظاہر ہو رہی تھی۔

''اٹس اوکے...... اب جاؤ مام کو اپنی صورت دکھاؤ وہ پریشان ہیں تمہارے لئے...... اور سنو گفٹس پسند آئے......؟''

''جی......''

''بس جی؟ کوئی ریمارکس نہیں دو گی۔''

''بہت اچھے ہیں...... تھینکیو...... دوسروں کے سامنے مجھے معتبر کرنے کا سامان مہیا کر کے آپ نے مجھ پر بہت بڑا احسان کر دیا ورنہ......'' وہ ابھی تک اسی احساس میں تھی۔ بھیگی آواز کے ساتھ تیغ صف شکوہ طاب رحیم کی سماعتوں تک پہنچا تھا۔

''وہاٹ ربش حیا! احسان کیسا...... اٹس مائی ڈیوٹی...... تمہاری ضرورتوں کا خیال رکھنا مجھ پر فرض ہے...... اور یہ میں نے دوسروں کی خاطر نہیں اپنی خوشی کے لئے دیا ہے، فضول باتیں مت سوچو اور وہ فنگر رِنگ بھی پہن لو......اوکے......'' طاب نے اسے سنجیدگی سے ٹوک کر سمجھانے والے انداز میں کہا۔

''تحفے اس طرح تو نہیں دیئے جاتے اور فرض ایسے ادا کئے جاتے ہیں۔'' وہ چاہ کر بھی کہہ نہیں پائی۔

''سنو حیا حالات تمہارے سامنے تھے۔ کوشش کے باوجود ہمارے درمیان اَن دیکھی دیوار حائل رہی ہے۔ کیوں اور کیسے...... ان باتوں کو چھوڑ دو...... آئی ہوپ تم میرے ساتھ کمپرومائز کرو گی۔ جاؤ جا کر فریش ہو جاؤ اور پھر جا کر ماما کے پاس بیٹھو......اوکے اللہ حافظ۔'' کیا انداز دلبری تھا، حیا نے ٹھنڈی آہ بھرتے ہوئے ''اللہ حافظ'' کہہ کر فون بند کر دیا اور پھر ڈبڈباتی آنکھوں سے انگوٹھی کو دیکھتے ہوئے اپنے دائیں ہاتھ کی انگلی میں پہن لی۔

○......❖......○

وہ پندرہ دن کی غیر حاضری کے بعد کالج پہنچی تو اس کی دوستوں نے ہی نہیں بلکہ کلاس فیلوز اور ٹیچرز نے بھی تشویش کا اظہار کیا تھا۔ وجہ جان کر سبھی حیران رہ گئے۔ وہ چاہ کر بھی اپنی شادی کے بارے میں بتائے بغیر نہ رہ

سکی تھی۔ مزید حیرت انہیں یہ تھی کہ شادی کے بعد وہ کالج کیسے چلی آئی تھی۔ ورنہ تو اکثر دیکھا گیا تھا کہ شادی کے بعد لڑکیوں کو پڑھنے کی اجازت ہی نہیں دی جاتی تھی۔

چند ایک ہی پرائیویٹ طور پر اپنی پڑھائی کا سال بچا پاتی تھیں۔ فری پیریڈ میں اس کی دونوں دوستوں افراح اور فضیلہ نے اپنی ناراضگی کے ساتھ اسے گھیر لیا تھا۔

''تم سے ہمیں یہ امید نہیں تھی۔ تم نے ویسے ہی کچھ اپنے گھر آنے کی دعوت نہیں دی کم از کم اپنی شادی پہ تو بلا لیتیں۔ ہم بھی تمہیں دلہن بنی دیکھ لیتے۔'' افراح نے منہ پھلاتے ہوئے شکوہ کیا۔

''تمہیں اپنی مجبوری بتائی تو تھی۔ اماں جانی کی طبیعت کا بھی بتا دیا تھا کہ وہ کہیں آنا جانا پسند نہیں کرتی ہیں اور شادی تو بس اچانک ہو گئی۔ پتہ ہی نہیں چلا۔ اماں جانی نے پہلے انگیج منٹ ارینج کی اور پھر نکاح...... رخصتی......'' حیا پھر اسی احساس میں ڈوب گئی اور سارا احوال اپنی دوستوں کو کہہ سنایا۔

''واؤ...... یہ تو بالکل فلمی سچویشن ہو گئی...... تُو تو لکی ہے یار...... اچانک محبت بھی مل گئی اور محبت کی منزل بھی۔ ہائے کاش کوئی شہزادہ ہمیں بھی اپنے دیس کھینچ لے جائے۔'' فضیلہ نے سارا قصہ سنتے ہی رشک کرتے ہوئے کہا۔

''ہمارے جیجو ہیں کیسے...... اپنی شادی کی فوٹوز لائی ہے ناں......'' افراح نے فوراً ہی اس کا بیگ کھینچا۔ اسے بھی ایک دم یاد آیا۔ تصویریں بن تو رہی تھیں۔ کئی مووی کیمرے بھی اس کے اردگرد تھے۔ مگر کسی نے اس حوالے سے کچھ کہا ہی نہیں تھا۔ نہ ہی طاب نے ذکر کیا تھا۔

''نہیں...... لائی...... وہ تو گھر پر ہی ہیں۔'' حیا نے قدرے سنبھلتے ہوئے کہا۔

''مطلب ہمیں تمہاری شادی کی فوٹوز بھی دیکھنا نصیب نہیں ہوں گی۔'' افراح نے خفگی سے اس کا بیگ واپس دیا۔

''دکھادوں گی...... بلکہ تم کسی دن میرے ساتھ میرے سسرال چلنا......'' حیا نے ان کی ناراضگی دور کرنا چاہی۔ فضیلہ کو اس کی بات کا یقین نہ آیا۔

''رئیلی......؟ تم ہمیں اپنے گھر لے جاؤ گی؟ تمہاری ساس کو بھی تمہاری اماں جان کی طرح دوستوں کو گھر بلانے پر اعتراض ہوا تو؟'' حیا کا چہرہ شرمندگی سے مزید گلابی ہو گیا۔

''وہاں ایسا نہیں ہے میرا مطلب ہے وہاں کے اصول اماں جانی کے اصولوں سے مختلف ہیں۔ تم چلنا......'' اس نے اپنا اعتماد بحال کیا۔

''دولہا بھائی سے بھی ملواؤ گی یا نہیں۔'' افراح نے اسے ٹہوکا دیا۔

''وہ تو یہاں نہیں ہیں...... ان کی پوسٹنگ ایبٹ آباد میں ہوئی ہے۔ آرمی میں ہیں ناں وہ کیپٹن کے رینک پر ہیں۔'' حیا نے انہیں مزید تفصیل فراہم کی۔

''یار تم تو بازی لے گئی ہو۔ آرمی آفیسر تو آئیڈیل لائف پارٹنر ہوتے ہیں۔ خوب گھومنے پھرنے کا موقع ملتا ہے تم کب جا رہی ہو ہنی مون پر۔'' فضیلہ کی بات پر وہ چونک گئی۔

”ابھی تو مجھے پڑھنا ہے۔ اس لئے آئندہ مجھ سے فضول باتیں نہیں کرنا۔ اٹھو مسز جعفر کی کلاس کا ٹائم ہو رہا ہے۔“ وہ ڈی گراؤنڈ کی سیڑھیوں سے اٹھ کر کھڑی ہوگئی۔

”عجیب لڑکی ہو شادی کے بعد بھی تمہارا پڑھنے کو دل چاہتا ہے۔ یہاں تو انگیج منٹ کے بعد سے دل ایسا اچاٹ ہوا ہے کہ کیا بتاؤں۔“

”کچھ مت بتاؤ چلو ورنہ میں جا رہی ہوں۔“ حیا افراح کو خفگی سے کہتی قدم بڑھا گئی۔ تینوں کی دوستی نائنتھ سے قائم تھی۔ فضیلہ اور افراح کا ایک دوسرے کے گھر آنا جانا تھا صرف حیا کی دوستی سکول سے کالج تک ہی تھی۔ اماں جانی کو پسند نہیں تھا کہ وہ کہیں آئے جائے یا سہیلیوں کو گھر پر بلائے۔ اس نے انہی کی خواہش کے مطابق خود کو محدود کر رکھا تھا۔

”طاب بھائی کا نام تو یونیک سا ہے۔ تو انہیں کیا کہتی ہے۔“

”اے جی، وہ جی...... یا پھر جان، جانم......“ دونوں اس کے ساتھ دائیں بائیں چلتے ہوئے چھیڑ خانی کر رہی تھیں۔

”وہ تمہیں کیا کہتے ہیں......سویٹ ہارٹ......سوئٹی...... یا پھر......“

”بکواس نہیں کرو......“ وہ انہیں جھڑک کر رہ گئی یہ سب باتیں پہلے کب ان کے درمیان ہوئی تھیں۔ اس کی شادی کی خبر نے انہیں بھی موقع دے دیا تھا۔

”نہ بتاؤ......ہم بھی پتہ کر کے رہیں گے۔ فون تو گھنٹوں بلکہ رات بھر کرتے ہوں گے۔ کیا کیا باتیں ہوتی ہیں۔“

”فضیلہ اب تم مجھ سے پٹ جاؤ گی۔“ وہ ان سے جان چھڑا کر کلاس میں گھس گئی۔

○......❖......○

”شکر ہے تمہیں بھی ہماری یاد آئی کتنے دن سے انتظار کر رہے ہیں تمہارا......تم تو چار دن میں سسرال کی ہو کے رہ گئی ہو۔“

زینب بھابی نے اسے دیکھتے ہی شکوہ کیا۔ وہ طاب کے ساتھ آنے کے بعد۔ ایک ہفتے بعد آئی تھی چھٹی کا دن تھا اس لئے وہ ناشتے کے بعد فائزہ فاروقی کی اجازت سے اماں جانی کی طرف آگئی تھی۔

”یہ آپ سبھی کی تو نصیحت تھی کہ سسرال کی ہو کے رہنا۔“ وہ جواباً مسکرا کر بولی۔

”اچھی بات ہے تم نے ہماری نصیحتوں کو پلے سے باندھ کر رکھا ہے۔ اسی میں تمہارا سکھ ہے۔“ اماں جانی نے اسے پہلو میں بیٹھا کر ساتھ لگایا۔

”تمہاری ساس اب تو تم سے خوش ہے ناں......تو ان کی اجازت سے آئی ہے ناں......“ اماں جانی نے دل میں موجود خدشے کے تحت پوچھا۔

”جی اماں جانی وہ مجھ سے پہلے بھی ناراض نہیں تھیں اور نہ ہی اب ہیں۔ وہ تو میں خود نہیں آئی تھی کیونکہ مجھے اکیلے آنا اچھا نہیں لگ رہا تھا اور مجھے پتہ تھا آپ کو بھی اچھا نہ لگتا۔“ وہ بہت بھولپن سے وضاحت دے رہی

تھی۔ زینب بھابی اور اماں جانی کی نظریں اس کے چہرے پر ہی تھیں۔ شادی کے بعد کے نکھار نے اس کی دلکشی بڑھا دی تھی۔ اماں جانی نے دل ہی دل میں اس کی بلائیں لیں۔

''بہت اچھا کیا...... اب کتنے دن رکے گی اور سامان کہاں ہے تمہارا۔''

''سامان......؟ اماں میں رہنے نہیں آئی...... شام کو چلی جاؤں گی۔'' حیا نے ان کی بات کا جواب مخصوص دھیمے لہجے میں دیا۔

''کیا مطلب صرف ایک دن کے لئے آئی ہو؟'' زینب نے چونکتے ہوئے استفسار کیا۔

''اِدھر سے اجازت نہیں ہے کیا۔''

''بھابی جان ایسی کوئی بات نہیں ہے۔''

''اس دن طاب کا رویہ بھی سرد سا تھا۔ صاف لگ رہا تھا زبردستی آیا ہے اس کی ناراضگی ختم نہیں ہوئی کیا۔'' زینب نے سنجیدگی سے مزید کریدا۔

''آپ کو غلط فہمی ہوئی ہے بھابی جان ''وہ'' مجھے خوشی سے لے کر آئے تھے۔ انہوں نے مجھے اگلے دن ہی یہاں آنے کے لئے کہا تھا۔ وہ تو میں نے ہی کالج جوائن کر لیا ہے اس لئے فرصت نہیں نکال پائی۔ بھائی جان اور سمیر (بھتیجا) ابھی تک سو رہے ہیں؟'' حیا نے خوبصورتی سے بات کا رخ بدلا۔

''نہیں بھئی دونوں باپ بیٹا آج ناشتے کے بعد سیر سپاٹے کو نکلے ہیں...... سمیر صاحب کافی دن سے اپنا فرمائشی پروگرام چلا رہے تھے۔ آج اس کی سنوائی ہوئی ہے...... میں فون کر کے بتاتی ہوں کہ تم آئی ہو۔ ابھی آ جاتے ہیں۔'' زینب فوراً ہی سامنے سے اٹھ گئی۔

''کچھ کھاؤ پیو گی؟''

''نہیں بھابی ناشتہ کر کے آئی ہوں۔''

''کچھ تو لے لو...... جوس لے آؤں۔''

''ابھی دل نہیں چاہ رہا۔ بھائی جان آتے ہیں تو پھر پلیز۔''

''دیکھ لیں اماں جانی اپنی حیا کے بھی نخرے ہو گئے ہیں۔'' زینب نے شرارت سے چھیڑا۔

''نہیں بھابی جان میں تو نخرے نہیں کر رہی...... آپ ہی بھول رہی ہیں کہ میں ناشتے کے بعد دوپہر تک کچھ کھانے پینے کی عادی نہیں ہوں۔''

''ابھی تک اپنی عادتوں پہ چل رہی ہو......؟'' زینب نے ٹھٹک کر پوچھا۔

''تو......؟'' وہ حیرت سے استفسار کر رہی تھی۔

''سسرال میں اپنی عادتیں لے کر کب رہا جاتا ہے۔ وہاں کے اصول قاعدے اور ہوں گے ناں......'' زینب نے وضاحت دی۔

''بھابی جان ہر گھر کا نظام الگ انداز میں ضرور ہوتا ہے مگر پابندی والی یا زبردستی والی بات کوئی نہیں ہے۔ آپ فکر نہ کریں اور پھر وہاں میرے اور ماما کے علاوہ کوئی بھی نہیں ہوتا۔ میرا جیسا دل چاہتا ہے میں ویسا ہی کرتی

ہوں۔''

''اور تمہاری نندیں؟ وہ تو نکتہ چینی نہیں کرتیں۔'' اس بار اماں جانی بھی شامل گفتگو ہوئیں۔

''سچ پوچھو تو مجھے انہی سے ڈر لگتا ہے کہ تمہیں خوب سناتی ہوں گی۔ اڑیل مزاج والی لگتی ہیں۔''

''وہ ایسی نہیں ہیں سبھی بہت اچھی ہیں۔ آپ فکر نہ کیا کریں۔'' حیا نے اپنی مسکراہٹ سے انہیں مطمئن کیا۔

پھر سارا دن وہ بھائی اور بھتیجے کے ساتھ باتوں میں لگی رہی۔ زینب نے اس کی پسند پوچھ کر دوپہر کو دال چاول بنائے، اچار اور چٹنی کے ساتھ۔ رات کا کھانا اسے فائزہ فاروقی کے ساتھ کھانا تھا۔ سارا دن گزار کر شام کو اس نے فون کر کے ڈرائیور کو بلوالیا۔

اماں جانی نے پھر سے اسے تحفے تحائف دینے کی کوشش کی تو اس نے خوبصورتی سے ٹال دیا۔

''اماں جانی پلیز کسی عید بقرعید پر یہ سب کیا کریں، آئے دن اتنا سب کچھ لے جانا مناسب نہیں لگتا اور پھر طاب بھی یہاں نہیں ہیں۔ ان کے ساتھ آؤں گی تو پھر لے جاؤں گی ابھی آپ یہ سنبھال کر رکھیں۔'' اماں جانی بھی اس کا مفہوم سمجھ رہی تھیں۔ سو مزید اصرار نہیں کیا۔ حیا بہت حساس اور احساس کرنے والی تھی۔ وہ جانتی تھی حیا کے سسرال والوں کی نظر میں یہ معمولی و کم قیمت کپڑے کوئی وقعت نہیں رکھتے ہوں گے تبھی وہ حیلے بہانوں سے کام لے رہی تھی۔

○……❖……○

آرمی کی مخصوص ٹریننگ کی وجہ سے طاب رحیم اور ذیشان درانی کو نئے پوسٹنگ پوائنٹ پر آ کر کوئی مشکل تو نہیں آئی البتہ طاب اس بار گھر کو مس کر رہا تھا اور یہ بات ذیشان محسوس کر رہا تھا۔ اپنی ڈیوٹیز کے بعد اس کی ریگولر ایکٹیوٹیز میں کچھ کمی آ گئی تھی۔ وہ جم خانہ جاتا ضرور تھا مگر پارٹیز وغیرہ مین جانا ذرا کم کر دیا تھا۔ آج بھی میجر شبیر سرور کی شادی کی پانچویں سالگرہ کا فنکشن تھا جس میں یونٹ کے سبھی جوان مدعو تھے۔

ذیشان اسے زبردستی یہاں کھینچ لایا تھا۔ یہاں آ کر بھی اس کی بوریت کم نہیں ہوئی تھی۔ حالانکہ سبھی اس کے آگے پیچھے تھے۔ کچھ دیر پہلے ہی میجر شبیر کی بیگم اپنی بہن کا تعارف خاص طور پر کرا کر گئی تھیں۔

ہانیہ مرزا خوش شکل اور جامہ زیب متاثر کن شخصیت کی مالک تھی۔ میڈیکل کے چوتھے سال میں تھی اور مستقبل میں آرمی لائن جوائن کرنے کا ارادہ رکھتی تھی۔ وہ طاب میں خاصی دلچسپی دکھا رہی تھی۔ مگر طاب اسے نظر انداز کر کے اپنے سیل فون پر کسی سے رابطہ کی کوشش میں تھا۔ مگر دوسری طرف رابطہ نہیں ہو رہا تھا۔

دراصل وہ صبح سے حیا کو کال کر رہا تھا مگر اُدھر سے ریسو ہی نہیں کر رہی تھی۔ ماما نے بتا تو دیا تھا کہ وہ آج میکے گئی ہے۔ شاید تبھی اسے بے چینی کے ساتھ کوفت بھی ہو رہی تھی اور غصہ بھی آ رہا تھا۔ ہانیہ کے جاتے ہی طاب نے بے ساختہ اظہار کیا۔

''ویری اسٹوپڈ اور ریسپونسبل گرل......''

''نہیں یار مجھے تو اچھی بھلی ذہین لڑکی لگی ہے۔''

''ذہین ہے تبھی فون کا سوئچ آف کر رکھا ہے۔''

طاب نے سیل فون میز پر پٹخنے کے سے انداز میں رکھا۔

"فون نمبر وہ تجھے کس وقت دے گئی؟ اور تم اسے فون کیوں کر رہے ہو جبکہ اسے دیکھ کر تو تم نے کوئی رسپانس نہیں دیا تھا۔"

"تم کس کی بات کر رہے ہو؟" طاب کو اس کی بات نے چونکایا یقیناً وہ ذیشان کی بات صحیح طرح سمجھ نہیں پایا تھا۔"

"ہانیہ مرزا! وہ تو تم سے امپریس دکھائی دے رہی تھی مگر تم اسے لفٹ نہیں کرا رہے تھے۔ اب اس کا فون ٹرائی کیوں کر رہے ہو۔ وہ یہیں موجود ہے ابھی جا کر مل لو۔" ذیشان نے اسے چھیڑا۔

"آر یو میڈ؟ میں ہانیہ مرزا کو کال کیوں کروں گا؟ اسٹوپڈ میں حیا کی بات کر رہا ہوں۔ صبح سے اپنے میکے میں ہے اور میرا فون پک نہیں کر رہی۔"

"او آئی سی...... تبھی کاٹ کھانے کو دوڑ رہے ہو۔ حیا بھابی میکے میں ہیں اور تمہیں ٹیپکل شوہروں والی جلن ہو رہی ہوگی، ہے ناں......" ذیشان نے مسکراتے ہوئے اس کی دکھتی رگ کو چھیڑا۔

"بکواس نہیں کرو۔ مجھے اس کے وہاں جانے سے کیا فرق پڑتا ہے۔ بس اس کی غیر ذمہ داری پر غصہ آرہا ہے۔"

"مے بی ان کے سیل فون کی بیٹری ری چارج نہ ہوئی ہو یا پھر وہ فون گھر پر ہی نہ چھوڑ گئی ہوں...... تم گھر پر ٹرائی کر لو پی ٹی سی ایل پر تو وہ مل ہی جائیں گی۔"

"نہیں اب مجھے اس سے بات نہیں کرنی۔" طاب نے سنجیدگی سے اس کا مشورہ رد کیا۔

"طاب تم ٹین ایجرز کی طرح کیوں ری ایکٹ کرتے ہو۔ تم نے اس روز بھی آنٹی سے بات کرنے کے بعد حیا بھابی سے رسمی باتیں کر کے فون بند کر دیا تھا۔ تم خود انہیں اپنائیت نہیں دے رہے تو وہ کیسے تمہیں سمجھ پائیں گی۔"

"تم کیوں ہر وقت اس کے حمایتی بنے رہتے ہو؟ کیا کسی نے تمہیں اس کا وکیل مقرر کیا ہے۔" طاب نے مزید برانگیختہ ہوتے ہوئے بدگمانی سے پوچھا۔

"کسی کو کیا ضرورت ہے۔ میں خود تمہیں واچ کرتا ہوں۔ کبھی کبھی تو مجھے لگتا ہے تم حیا بھابی سے کوئی انتقام لے رہے ہو۔ ان کی اماں جانی کے یہ رخصتی والے فیصلے کا یا پھر تمہیں حیا بھابی نے لاہور میں ہمارے گھر پر لفٹ نہیں دی تھی۔ اس بات کو تم نے انا کا مسئلہ بنا کر شادی تو نہیں کی۔" ذیشان نے دل میں آئے دونوں وہم فوراً کہہ دیئے۔ جس پر وہ بے ساختہ مسکرا دیا۔

"بہت پہنچے ہوئے ہو تم...... صبح ایک ایڈ نہ لگوا دوں نیوز پیپر میں کہ "اپنے دلوں کا حال جانئے ذیشان درانی سے......"

"شٹ اَپ...... بھاڑ میں جاؤ تم...... میں کھانا لینے جا رہا ہوں۔ اپنی پلیٹ تم خود آ کر بھرو...... او کے۔" ذیشان خفگی دکھاتا وہاں سے اٹھ کر کھانے سے بھری میزوں کی طرف چلا گیا۔

طاب بھی فون کوٹ کی جیب میں ڈالتا اس کے پیچھے لپکا۔

''یار تم کیوں مجھ سے الجھتے رہتے ہو...... یونو ویری ویل میں اس سے محبت کرتا ہوں۔ ضروری نہیں کہ میں ہر لمحہ، ہر پل یہ راگ الاپتا رہوں اور یہ بھی ضروری نہیں ہے کہ تمہارے سامنے میں اس سے اظہارِ محبت کیا کروں، یار کچھ میری لائف میں سیکرٹ بھی رہنے دو۔''

''آئی ڈونٹ کیئر سب کچھ سیکرٹ رکھو...... اپنی تمام گرل فرینڈز کے افسانے بھی مجھے مت سنایا کرو، او کے......''

''اب کہاں کے قصے افسانے سبھی کو تو معلوم ہو چکا ہے کہ میں شادی شدہ ہوں......'' طاب نے پلیٹ اٹھا کر اپنی بے بسی ظاہر کی۔

''مایوس کیوں ہوتے ہو یہاں تو کسی کو معلوم نہیں ہے چند ایک کے علاوہ تم اپنی حسرتیں پوری کرو۔'' ذیشان اسی رویے کے ساتھ واپس مڑا۔ دونوں کی تکرار نئی بات نہیں تھی۔ یہ نوک جھوک دونوں میں رہتی تھی۔ طاب کے قریب ہانیہ چلی آئی تھی۔

''آپ کچھ نہیں لے رہے۔'' ذیشان الٹے قدموں واپس آیا۔

''اسے ابھی تک خود لینے کی عادت نہیں ہے ابھی تک ماما بوائز ہے۔'' ہانیہ کو اندازہ تھا یہ بات مذاق کا حصہ ہے پھر بھی اس نے طاب کے لئے خود پلیٹ بھر دی۔

''پھر تو آپ کو پرابلم ہوتی ہوگی۔ آپ اپنی ماما کو ساتھ ساتھ رکھتے ہوں گے۔ یہاں کیوں نہیں لائے۔''

''مس ہانیہ یہاں آپ جیسی ہیلپ ہینڈ موجود ہیں تو پھر ماما کی کیا ضرورت ہے۔'' طاب نے اپنے طور پر بدلہ لیا۔ وہ کچھ خجل سی ہو کر وہاں سے آگے بڑھ گئی۔ طاب بے ساختہ مسکرایا۔

○......❖......○

واپس میس جاتے ہوئے طاب کا فون مسلسل بجتا رہا۔ مگر وہ بھی بار بار ڈسکنیکٹ کر رہا تھا۔ ذیشان کو اندازہ تھا کہ فون حیا کا ہوگا۔ اسی لئے وہ ریسیو نہیں کر رہا تھا۔ دس بارہ دفعہ کی کوشش کے بعد یہ سلسلہ بند ہو گیا تھا۔ ذیشان کو علم تھا اس کی مداخلت طاب کو مزید غصہ دلائے گی۔ سو خاموشی سے بیٹھا رہا۔

حیا کے لئے فون کا بار بار کاٹنا جان لیوا تھا۔ غلطی بے شک اس کی تھی اور وہ اپنی غلطی کی معافی ہی مانگنا چاہتی تھی۔ اس کا سیل فون سارا دن بیگ میں رہا تھا۔ اسے نکالنے کا خیال آیا تھا اور نہ ہی سائیلنٹ سے رنگ ٹون پر لانے کا۔ ڈرائیور کو بھی اس نے پی ٹی سی ایل سے فون کر کے بلا لیا تھا۔ کمرے میں آنے کے بعد بیگ میں کالج کے لئے پین وغیرہ رکھتے ہوئے اس کے ہاتھ میں اپنا سیل فون بھی آ گیا۔

طاب کی لاتعداد مس کال آئی ہوئی تھیں۔ یہ دیکھ کر نہ صرف اسے بے چینی لگ گئی بلکہ پچھتاوا بھی ہونے لگا کہ آخر وہ اس قدر لاپروا کیسے ہو گئی۔ اب بار بار اسے کال کر رہی تھی مگر وہ ہر بار لائن کاٹ رہا تھا۔ جس سے صاف ظاہر تھا کہ وہ ناراض ہے۔ اس کی ناراضگی سہنا ایسا سہل نہیں تھا۔ سمجھ نہیں آ رہی تھی کرے تو کیا کرے۔ نیند بھی آنکھوں سے روٹھ گئی تھی۔ اس کے سونے کے خیال سے وہ مزید کوشش بھی نہیں کر رہی تھی کہ مبادا اس کا یہ عمل

بھی اسے ناگوار گزرے۔ خود پہ جھیلتے اس نے ساری رات آنکھوں میں کاٹ دی۔

صبح نمازِ فجر ادا کر کے اس نے ایک ناکام کوشش اور کی تھی جو کامیاب ہوگئی تھی۔ تیسری بیل پر فون ریسیو کر لیا گیا تھا۔ طاب رحیم کی نیند سے بوجھل آواز اس کی سماعتوں میں اتر کر دل کی دھڑکن بڑھا گئی۔

''کیا بات ہے نہ خود سوؤ گی نہ مجھے سونے دو گی۔'' صبح کے ساڑھے پانچ بج رہے تھے۔ بہار کی آمد تھی روشن دن ظاہر ہو رہا تھا۔

اس وقت تو وہ بھی اٹھ جایا کرتا تھا۔ اسی لئے حیا نے اس وقت فون کیا تھا۔

''السلام علیکم! آپ سو رہے تھے؟ میں...... پھر فون کرلوں گی۔'' ڈرتے اس نے بات کی تھی کہ جواباً وہ نہ جانے کیا کہے۔

''آل رائٹ......'' حیا سے پہلے ہی سلسلہ اِدھر سے منقطع ہوگیا۔ طاب کی بے رخی اس کے دل کا بوجھ بڑھا گئی۔ آنسو سیلِ رواں کی طرح بہہ نکلے۔ کیا تھا اگر وہ اس کی بات سن لیتا۔ اس کی معذرت قبول کر کے اسے احساسِ ندامت سے نکال لیتا۔ نہ چاہتے ہوئے بھی غلطیاں اس سے سرزد ہو جاتی تھیں اور پھر طاب رحیم کو مزید اس سے دور لے جاتی تھیں۔ وہ جتنا اسے اپنے دل سے قریب محسوس کر رہی تھی۔ طاب اسے اتنا ہی دل سے دور ہوتا لگتا تھا۔

یہ اس کی زندگی کا شاید پہلا موقع تھا کہ وہ اس وقت دوبارہ بستر مین گھس گئی تھی۔ آج کالج جانے کا ارادہ بھی نہیں تھا۔ طبیعت مضمحل ہو رہی تھی۔ سر تک چادر تان کر اس نے خود کو اپنی بے بسی کے ساتھ لپٹ کر رونے کے لئے چھوڑ دیا۔

نہ جانے کتنا وقت بیت گیا تھا۔ روتے روتے آخر اس کی آنکھ لگ گئی۔ صبح کے نو بجے تک حیا کا کمرے سے باہر نہ آنا فائزہ کے لئے باعث تشویش تھا، آخر دستک دے کر وہ خود ہی اس کے کمرے میں چلی آئی تھیں۔ دستک پر حیا ہڑبڑا کر اٹھ بیٹھی اور پھر فائزہ کو اپنے کمرے میں دیکھ کر شرمندہ ہوگئی۔

''السلام علیکم! ماما وہ ایکچولی میری طبیعت بہتر نہ تھی اس لئے میں......''

''وعلیکم السلام...... مجھے بھی یہی فکر تھی۔ ٹمپریچر وغیرہ تو نہیں ہے۔'' انہوں نے بڑھ کر اس کی پیشانی چھوئی جو واقعی گرم تھی۔

''تمہیں تو ٹمپریچر ہے...... اٹھو بریک فاسٹ کرو۔ پھر ڈاکٹر کے پاس چلتے ہیں۔''

''ڈاکٹر کی ضرورت نہیں ہے۔ میں خود ہی ٹھیک ہو جاؤں گی۔''

''ایسے کیسے ٹھیک ہو جاؤ گی۔ کم آن اٹھو...... رات ہی بتا دیتیں تو اب بہتر ہوتیں۔'' فائزہ فاروقی نے بازو پکڑ کر اسے اٹھایا۔ اور پھر ناشتے کے بعد خود اسے ڈاکٹر کے پاس لے کر گئیں۔

ڈاکٹر نے بتا دیا تھا کہ کسی دباؤ کے تحت اس کا فشارِ خون بھی معمول پر نہیں تھا۔ واپسی پر وہ فکرمندی سے پوچھ رہی تھیں۔

''حیا تمہاری عمر میں بلڈ پریشر کا اس طرح بڑھنا اچھا سائن نہیں ہے۔ ایسی پرابلم پہلے بھی کبھی ایسا ہوا

ہے۔"

"نہیں ماما...... آپ پریشان نہ ہوں۔ رات ٹھیک طرح سو نہیں سکی۔ شاید اسی لئے یہ کنڈیشن ہوئی ہوگی۔"

"تمہاری عمر کی بچیاں تو اکثر راتوں کو جاگ کر پڑھائی کرتی ہیں۔ تمہارے گھر میں تو سب خیریت ہے۔ تمہاری اماں جانی کی طبیعت۔ بھابی بھائی سب ٹھیک ہیں۔" فائزہ کو تشویش ہو رہی تھی۔

"سب ٹھیک ہیں ماما...... میں نے بتایا تو ہے۔ مجھے جاگنے کی عادت نہیں ہے تو......"

"تو کیوں جاگتی رہیں...... طاب...... طاب نے کچھ کہا تم سے......" فائزہ کی بات اسے ایک دم خاموش کر گئی۔

کیا بتاتی اصل وجہ تو وہی تھا۔ اس کی بے رخی و سرد مہری اس کی جان لینے کے درپے تھی اور وہ تھا کہ پلٹ کر دو حرف محبت کے تسلی بنا کر اس کے دامن میں نہیں ڈالتا تھا۔

"کیا کہا ہے......؟ کیا وہ تمہیں اماں کے گھر جانے سے روکتا ہے؟" وہ اپنے اندازوں سے تہہ تک پہنچنا چاہ رہی تھیں۔

"انہوں نے خود کہا تھا کہ بے شک میں وہاں رہنے کے لئے بھی چلی جاؤں۔ مگر اب وہ مجھ سے بات ہی نہیں کر رہے۔ میرا فون بار بار کاٹ رہے ہیں۔"

"اچھا...... تمہیں لگتا ہے وہ تم سے اس لئے ناراض ہے یا پہلے سے کوئی ناراضگی تھی۔"

نہیں ماما...... ناراضگی تو کوئی نہیں تھی، وہ...... ایکچو لی کل میرا سیل فون بیگ میں ہی پڑا رہا۔ مجھے دھیان بھی نہیں رہا اور "وہ" فون کرتے رہے۔ فون سائیلنٹ پہ تھا ناں...... میں رات سے ٹرائی کر رہی ہوں تاکہ ان سے سوری کر سکوں مگر وہ......" وہ پھر سے روہانسی ہوگئی، فائزہ نے ہولے سے اسے تھپتھپایا۔

"ڈونٹ وری جان...... چھوٹی چھوٹی باتوں کا اتنا اثر مت لیا کرو۔ اس کا غصہ دیرپا نہیں ہوتا پریشان نہیں ہو۔ وہ خود ہی تمہیں فون کرلے گا۔ گھر جا کر اب تم نے بس آرام کرنا ہے اوکے......" انہوں نے کچھ سوچتے ہوئے اسے کہا۔

شام تک اس کی نندوں کو اس کی طبیعت کی خرابی کی اطلاع مل گئی تھی۔ مدیحہ اور ملیحہ اکٹھی آئی تھیں اور پھر جلد ہی چلی گئی تھیں۔ شام کے بعد فریحہ اور امامہ چلی آئی تھیں۔ تب تک اس کی طبیعت کافی بہتر ہو چکی تھی۔

"یہ کیا ممی! اتنے اچھے موسم میں بھی کوئی بیمار پڑتا ہے۔ میں تو آپ کو اپنے کالج فنکشن میں انوائٹ کرنے والی تھی۔" امامہ نے اس کے ستے ستے چہرے کو دیکھتے ہی کہا۔

"کل تک ٹھیک ہو جائیں۔ کل شام کو میں لینے آجاؤں گی۔ رئیلی آپ بہت انجوائے کریں گی۔ میوزیکل ہنگامہ ہوگا بون فائر کے ساتھ۔" امامہ نے جوش میں پروگرام بتایا۔

"سوری امامہ شاید نہ جا پاؤں۔ میری طبیعت بھی بہتر نہیں ہے۔ میری وجہ سے پریشان رہوگی۔"

"ممی کل تک ٹھیک ہو جائیں ناں...... بس مجھے نہیں پتہ کل آپ کو چلنا ہوگا۔ میرے سارے فرینڈز آپ سے ملنا چاہتے ہیں۔ یو نو؟ میری کتنی فرینڈز تو ماموں سے امپریس بھی تھیں۔ ماموں کی شادی کا سن کر ایک دو تو

مایوس بھی ہوئی ہیں۔'' امامہ کا اپنا انداز تھا بات منوانے کا۔

''تم انہیں مزید مایوس کرو گی......'' حیا نے سنجیدگی سے کہا تھا مگر وہ مذاق سمجھ رہی تھی۔

''او کم آن می می......آپ لائف انجوائے کرنے کی کوشش کیوں نہیں کرتیں۔ ماموں کو آپ دیکھئے گا۔ وہ لائف کو فل انجوائے کرتے ہیں۔ پلیز آپ اب اپنی لائف میں چینج لائیں۔ اتنی بوڑھی یا اوور ایج تو نہیں ہیں آپ جو اس طرح بی ہیو کرتی ہیں۔ گھر میں پھریں شاپنگ کریں۔ نانو بتا رہی تھیں گھر کے کاموں میں لگی رہتی ہیں ہر وقت۔ ملازم ہیں تو آپ کیوں اپنی انرجی اور ٹائم ویسٹ کرتی ہیں۔''

''مجھے تو گھر کے کام کرنا اچھا لگتا ہے۔ کل ہی سارا دن فارغ رہی ہوں اور آج دیکھو بیمار پڑ گئی ہوں۔ اچھا چھوڑو یہ سب باتیں۔ میں تمہارے لئے کافی بنا کر لاتی ہوں۔ تم ماما اور آپی کے پاس بیٹھو۔'' حیا نے بستر سے اٹھتے ہوئے بات بدل دی۔

''وہ دونوں چائے پی رہی ہیں۔ میں نے بھی جوس پی لیا ہے۔ ابھی کچھ نہیں چاہئے۔ آپ بیٹھیں باتیں کرتے ہیں۔''

حیا کے بڑھتے قدم اس کے موبائل کی رنگ ٹون نے روک لئے۔ اس سے پہلے ہی امامہ نے بڑھ کر اس کا سیل فون اٹھا لیا۔

''واؤ......تو یہ سلسلہ ہے، بڑی ٹائمنگ سے ماموں کا فون آیا ہے۔ پہلے میں بات کرلوں؟'' بٹن دبانے سے پہلے امامہ نے اجازت طلب کی حیا نے سر ہلا دیا اور واپس آ کر بیٹھ گئی۔

''ہیلو السلام علیکم ماموں کچھ بھی کہنے سے پہلے جان لیں کہ میں آپ کی سویٹ ہارٹ نہیں آپ کی ہارٹ پیس ہوں۔'' امامہ کی بھرپور شرارت بھری بے تکلفی نے حیا کے چہرے کا رنگ بدل دیا۔

''تم......وہاں کیا کر رہی ہو۔ آئی مین اِٹ تم نے فون کیوں ریسیو کیا......''

''آپ کی بیگم کی طبیعت کچھ اچھی نہیں ہے ناں تو ہم سبھی ثواب حاصل کرنے آئے ہیں۔ ویسے آپ کا فون آتے ہی ان کے چہرے پر رونق آگئی ہے۔ آپ نے تو روٹین سے فون کیا ہوگا ہے ناں......''

''کیا ہوا ہے طبیعت کو......اینی سیریس کنڈیشن۔'' طاب نے عام سے لہجے میں استفسار کیا۔

''یہ تو آپ می می سے خود ہی پوچھ لیں۔ میں آپ کے روم سے باہر جا رہی ہوں۔ تاکہ آپ اچھی طرح مزاج پُرسی کر سکیں۔ او کے میری طرف سے خدا حافظ۔'' حیا کو فون پکڑا کر وہ واقعی کمرے سے نکل گئی۔

''السلام علیکم......!'' کچھ توقف کے بعد حیا کے حلق سے بمشکل آواز نکلی۔ اسے عجیب سا خوف گھیرنے لگا تھا۔ نہ جانے طاب اسے کیا کیا سنانے والا تھا۔

''وعلیکم السلام......سنا ہے دشمنوں کا بی پی لیول بڑھ گیا ہے......؟ بٹ وائے......'' دھیمے لہجے میں پوچھا گیا۔

''آئی ڈونٹ نو......آئی ایم رئیلی ویری سوری......میں نے جان بوجھ کر ایسا نہیں کیا تھا۔ فون بیگ میں پڑا رہا اور سائیلنٹ پر تھا......اگین ویری سوری آئندہ ایسا نہیں ہوگا۔''

''ہونا بھی نہیں چاہئے...... میرے دو تین بار فون ڈس کنیکٹ کرنے پر تم نے اپنا بی پی لیول بڑھا لیا ہے۔ میرا سوچو کل رات تک کتنی مسڈ کالز ہیں میری کاؤنٹ کی ہیں یا نہیں......'' طاب سنجیدگی سے جتا رہا تھا۔ حیا کیا کہتی پھر سے معذرت کرنے لگی۔

''میں شرمندہ ہوں۔''

''اِٹس اوکے...... بائی دی وے کیا سوچتی رہی تھیں، ساری رات جو طبیعت خراب کر لی۔'' طاب اسے بولنے پر اکسا رہا تھا۔

''کچھ نہیں کچھ بھی تو نہیں۔''

''نہیں کچھ تو سوچا ہوگا یو نو ماما نے مجھے کیا کہا ہے......'' کچھ توقف دے کر وہ اس کے بولنے کا انتظار کرتا رہا۔ مگر اس سے تو بات ہی نہیں کی جا رہی تھی۔ طاب کا مبہم رویہ اسے اکثر سہما دیتا تھا۔

''کہہ رہی تھیں کہ میں نے تمہیں خوفزدہ کر رکھا ہے۔ تبھی تمہاری یہ کنڈیشن ہوئی ہے۔ تمہارے لئے وہ مجھے کوئی ظالم جابر شوہر ٹائپ بندہ سمجھنے لگی ہیں۔ فار گاڈ سیک خود پر کنٹرول رکھا کرو۔ میری ماما اور بہنوں کی نظروں میں تو میرا امیج خراب نہ کرو۔ شادی سے پہلے وہ سمجھتی تھیں کہ میں بیوی کے اشاروں پر چلا کروں گا اور اب وہ مجھے کینہ پرور سمجھ رہی ہیں۔'' حیا کو اندازہ نہیں تھا کہ ماما اس سے اس طرح بات کریں گی۔

''میں نے تو ماما سے کچھ نہیں کہا تھا۔ وہ میری معمولی سی بیماری سے ایسے ہی پریشان ہیں۔ میں اب ٹھیک ہوں۔''

''آئندہ بھی ٹھیک ہی رہنا...... اور سنو نیکسٹ ٹائم اپنے میکے جاؤ تو مجھے پہلے ہی بتا دینا تاکہ میں اس دن فون ہی نہ کروں اور نہ ہی تمہاری صحت پر اثر پڑے۔''

''آپ ابھی تک ناراض ہیں مجھ سے؟ پلیز مجھے معاف کر دیں۔ میں آپ کی ناراضگی نہیں سہہ سکتی۔''

حیا اس کی باتوں پر ایک دم رونے لگی تھی۔ جانے کیوں اس کی باتیں چبھتی تھیں۔

''اندازہ ہو رہا ہے مجھے...... او کے اب روؤ تو نہیں...... اور طبیعت خراب کرو گی...... ڈونٹ کرائنگ حیا۔ اتنی دور بیٹھ کر میں تمہارے آنسو نہیں پونچھ سکتا۔ پلیز خود ہی چپ ہو جاؤ۔ آئی پرامس آئندہ تم سے ناراض نہیں ہوں گا اور نہ ہی اس طرح بات کروں گا۔ اچھا مجھے بتاؤ کالج پروگریس کیسی ہے۔'' ایک دم ہی حیا کو اس کے لہجے میں محبت کی چاشنی محسوس ہونے لگی، وہ اس کی محبت کا ادراک تو رکھتی تھی۔ بس کبھی کبھی حالات اور اس سے دوری بے یقینی پیدا کر دیتی تھی۔

''اچھی ہے......'' حیا نے اس کے کہنے پر آنسو پونچھ کر سنبھل کر بتایا۔

''کوئی پرابلم تو نہیں۔ آئی مین ٹیوشن تو نہیں چاہئے کسی سبجیکٹ کے لئے۔''

''نہیں میں اپنی پوزیشن کیری کر لوں گی۔'' حیا نے اس بار خاصے اعتماد سے بات کی۔

''رئیلی؟ دیکھ لو بعد میں نہ کہنا...... یو نو سسرال میں بیٹھ کر رزلٹ اچھا نہ آیا تو بہت کچھ سننا پڑے گا۔'' طاب نے اسے ڈرایا۔

''مجھے اپنی محنت پر یقین ہے۔ ان شاء اللہ میرا رزلٹ مجھے شرمندہ نہیں ہونے دے گا۔''

''اللہ کرے...... میں بھی شرمندگی سے بچ جاؤں...... اوکے...... پلیز ٹیل می کچھ چاہئے تو بتا دو...... میں یہاں سے بھجوا دیتا ہوں۔''

''نہیں سبھی کچھ ہے میرے پاس۔ مجھے آپ سے ایک بات پوچھنی تھی۔''

''ہاں پوچھو سویٹ ہارٹ!'' طاب کی بے رخی کے بعد یہ محبت و چاہت بھرا لہجہ اسے توانائی دے رہا تھا۔

''وہ امامہ...... کے کالج میں کل کوئی فنکشن ہے اور وہ مجھے اپنے ساتھ لے جانے پر بضد ہے۔''

''ٹھیک ہے تم چلی جانا۔ تمہیں بھی کچھ چینج مل جائے گا۔''

''مگر وہ کو ایجوکیشن میں پڑھتی ہے ناں...... وہاں لڑکے بھی ہوں گے اور میں...... وہاں ایزی فیل نہیں کروں گی۔ آپ اسے سمجھا دیں کہ مجھے وہاں نہ لے جائے۔'' حیا نے جھجکتے ہوئے بات کی۔

''تمہیں لڑکوں سے کیا پرابلم ہے۔ ناؤ یو میرڈ حیا۔ بی کانفیڈنٹ خود کو اس احساس سے نکالو...... دنیا کو فیس کرو...... باہر نکلو دیکھو کہ دنیا کیسے چل رہی ہے۔'' طاب نے اسے قائل کرنا چاہا۔

''مجھے معلوم ہے دنیا کیسے چل رہی ہے۔ اسی لئے مجھے ڈر لگتا ہے۔'' وہ ہولے سے بولی۔

''خاک پتہ ہے تمہیں ابھی اپنی اماں جانی کی گود سے نکل کر میری محبت کے حصار میں آئی ہو۔ ابھی دنیا تم نے دیکھی کہاں ہے۔ اچھا اس بحث کو چھوڑو دل چاہے تو چلی جانا مگر امامہ سے اپنا پوائنٹ آف ویو ڈسکس مت کرنا......اوکے۔''

کچھ اور باتوں کے بعد سلسلہ منقطع ہو گیا حیا کشمکش میں تھی کہ جائے یا نہ جائے۔

○......❖......○

وہ دونوں ابھی یونٹ سے واپس آئے ہی تھے کہ انہیں مسز شبیر سرور کا پیغام ملا۔ مسز شبیر نے انہیں شام کی چائے پر مدعو کیا تھا۔ دونوں نے اس پیغام پر ایک دوسرے کو معنی خیز نظروں سے دیکھا پھر ملازم کے جاتے ہی ذیشان نے تبصرہ کیا۔

''یار...... یہ مسز شبیر کچھ زیادہ ہی مہربان نہیں ہو رہی ہم پر...... گزشتہ چند دنوں میں یہ چوتھا بلاوا ہے خدا خیر کرے ان دعوتوں کا نتیجہ جانے کیا نکلے گا۔''

''نتیجہ تو صفر ہی نکلے گا، خاتون مرغے پھنسانا چاہ رہی ہے۔ یقیناً انہیں خبر نہیں ہے کہ یہ مرغے پہلے ہی کہیں پھنس چکے ہیں۔'' طاب نے یونیفارم شرٹ کو ہنگ کرتے ہوئے شرارت سے کہا۔

''یار کیوں مجھ غریب کو بدنام کرتے ہو۔ ان کا سارا التفات تیرے لئے ہے مجھے تو مروتاً جھیلتی ہیں۔''

''فکر نہ کر انہیں میرے شادی شدہ اور تیرے غیر شادی شدہ ہونے کا علم ہو جائے گا تو وہ تجھے محبتاً جھیلیں گی۔''

''لاحول ولا قوۃ...... میں باز آیا ایسی محبت سے...... راحمہ کو جانتے ہو ناں...... پوری آفت ہے۔ ایک منٹ میں میرا حشر بگاڑ دے گی اگر اسے علم بھی ہو گیا کہ میں مذاق میں بھی کسی اور طرف متوجہ ہوں۔''

''ابھی سے اتنا ڈرتے ہو تم تو، ابھی تو منگنی تک نہیں ہوئی تمہاری بعد میں تو سانس بھی اجازت لے کر لیا کرو گے۔''

''ڈرنا پڑتا ہے یار...... میری اس کے ساتھ کمٹمنٹ بہت پرانی ہے اور پھر واقعی بڑی ظالم ہے وہ...... مجھے تو چھوڑ دے گی مگر میرا خیال رکھنے والی کو ہرگز نہیں چھوڑے گی۔''

''اس کا مطلب ہے تم میری ساتھ نہیں چل رہے۔''

''تم جا رہے ہو؟'' ذیشان کو حیرت ہوئی۔

''آف کورس...... بڑے دن ہو گئے گھر کی چائے پیے ہوئے اور مجھے تو بائی نیچر بہت اچھی لگی ہیں وہ خاتون......''

''ہاں! تجھے تو وہ اچھی لگیں گی۔ مہربان جو بہت ہیں تجھ پر...... سنا ہے مسز شبیر نے اسی طرح اپنی دو بہنوں کی شادی کروائی ہے۔ اب تیرے نام کی فال نکلی ہوگی جا بیٹا۔'' ذیشان نے قدرے چڑ کر کہا۔

''مجھے کیا خطرہ ہے...... میں تو جاؤں گا...... تم نے چلنا ہے تو بتاؤ؟''

''سنا ہے کوئی عمل وغیرہ کروا کر بندہ قابو کر لیتی ہیں۔ اپنا نہیں تو حیا بھابی کا ہی خیال کر لو۔ بے چاری تمہاری آس میں بیٹھی ہیں۔'' ذیشان نے اسے روکنے کے لئے مذاق کیا۔

''تُو پریشان نہ ہو میری جان۔ تُو اپنی بتا چلنا ہے یا نہیں۔''

''چلتا ہوں...... آج تیرا بھانڈا پھوڑ دوں گا کہ موصوف پہلے سے ریزرو ہے۔ ان لوگوں کی ساری خوش فہمی نکل جائے گی۔''

''کر لینا اپنی حسرت پوری۔ فی الحال چل تو سہی۔ مسز شبیر انتظار کر رہی ہوگی۔'' طاب نے ہنستے ہوئے اسے باتھ روم کی طرف دھکیلا۔

○......❖......○

حیا نے کوشش تو بہت کی تھی کہ امامہ کے ساتھ نہ آئے مگر وہ زبردستی اسے اپنے ساتھ لے آئی تھی۔ کالج میں عجب طوفان برپا تھا۔

لڑکے لڑکیاں بلاتخصیص ایک دوسرے کے ہاتھ میں ہاتھ ڈالے۔ کئی ایک دوسرے سے لپٹے، جڑے اِدھر سے اُدھر گھومتے پھر رہے تھے۔ حیا کے لئے یہ نظارہ بھی نیا تھا۔ تعلیمی درسگاہ کا ایسا ماحول اس کے تصور میں بھی نہیں آ سکتا تھا۔ موسیقی کا بے ہنگم شور، آوازوں کا بے ربط سلسلہ، قہقہوں کا سیلاب سا امڈا ہوا تھا۔ فیشن کے نام پر عجیب وغریب سے ملبوسات اور حلیے دیکھنے میں آ رہے تھے۔ عریانیت کی حدوں کو چھوتے لڑکیوں کے لباس حیا کو نظریں چرانے پر مجبور کر رہے تھے۔ اس پر ان کی قربتیں جو حد سے بڑھی ہوئی تھیں۔ حیا کو شرمسار کر رہی تھیں۔ اس کے لہو کی حدت بڑھ کر اس کے وجود کو سلگانے لگی تھی۔ اپنے قرب وجوار میں اس نے میاں بیوی کو اس قدر قریب نہیں دیکھا تھا۔ ابھی تو وہ خود اپنے شوہر طاب رحیم سے اس قدر بے تکلفی سے قریب نہ ہو پائی تھی۔ جتنی یہاں لڑکیاں اپنے کلاس فیلوز یا بوائے فرینڈ کے ساتھ بے تکلفی سے پیش آ رہی تھیں۔

سننے کی حد تک اسے موجودہ دور میں پھیلی آزادی مساوی حقوق کی آواز کا جو شعور تھا۔ اس سے برعکس وہ مفہوم پورے معنی سے آج اسے نظر آ رہا تھا۔ نہ صرف نظر آ رہا تھا بلکہ شرمندہ بھی کر رہا تھا۔ لڑکوں کے ساتھ بے ہودہ کھیل کھیلتیں اسموکنگ کرتی لہراتی لڑکیاں اپنی نسوانیت کو خود ہی رسوا کر رہی تھیں۔

امامہ بھی اسی رنگ میں رنگی ہوئی محسوس ہو رہی تھی۔

لڑکیوں سے زیادہ اس کے دوست لڑکے تھے اور وہ حیران تھی کہ گھر والے بھی باخبر تھے۔ وہ ایک طرف بیٹھی انہی باتوں پر جل کڑھ رہی تھی۔ امامہ اسے یہاں بٹھا کر خود کھانے پینے کے لئے کچھ لینے گئی تھی۔ ساتھ ہی اس کے دوست بھی چلے گئے تھے۔

اس کی سہیلی فاریہ چند ایک منٹ بعد ہی حیا کو چھوڑ کر غائب ہو گئی تھی۔ حیا پریشان تھی کہ اتنے بڑے جم غفیر میں امامہ کو کہاں ڈھونڈے۔ اجنبی ماحول اجنبی جگہ ناشناسا چہرے۔ اس کا دل چاہ رہا تھا کہ اٹھے اور گھر بھاگ جائے یا پھر طاب کہیں سے آئے اور وہ اس کی پناہوں میں چھپ جائے۔ مگر اس کی دونوں خواہشیں پوری نہیں ہو سکی تھیں۔ اسے واپس تو امامہ کے ساتھ ہی جانا تھا۔ حالانکہ فائزہ نے کہا تھا کہ اگر طبیعت بہتر نہ ہو تو ڈرائیور کو بلوا لینا۔

مگر اس میں اعتماد کا فقدان تھا اس لئے واپسی کا فیصلہ کرنے کے بجائے وہ امامہ کی منتظر تھی۔ جو آدھے گھنٹے بعد کسی نئی شخصیت کے ساتھ آتی دکھائی دی۔

''او سوری می می...... آپ بور تو نہیں ہوئیں...... ایکچولی شارب کو واچ کرنے میں ٹائم لگ گیا۔ بڑی مشکل سے کھینچ کر لائی ہوں۔'' امامہ نے آتے ہی صفائی پیش کی اس کی حالت اس کے چہرے سے واضح تھی۔ وہ اپنے تاثرات چھپا ہی نہیں سکتی تھی۔ آنے والا لڑکا خاصی دلچسپی سے اس کی جانب دیکھ رہا تھا۔

''انٹروڈیوس نہیں کرواؤ گی ہو از شی؟''

کولڈ ڈرنک اور اسنیکس کی پلیٹ حیا کی طرف بڑھاتی امامہ نے معذرتانہ لہجے میں صفائی دی۔ ''سوری میں بھول گئی۔ شی از حیا طاب...... ماموں کی مسز ہیں۔''

''وہاٹ مجھ سے مذاق نہیں کرو۔'' شارب کا بے یقین ہونا لازمی تھا۔

''میں مذاق نہیں کر رہی۔ رئیلی مین اِٹ......''

''لاسٹ منتھ ہی تو ماموں کی شادی ہوئی ہے۔ یو نو ماموں تو آرمی میں پوسٹیڈ ہیں اور آج کل ایبٹ آباد میں ہوتے ہیں۔ می می اپنے کالج کی وجہ سے ان کے ساتھ نہیں گئیں۔'' امامہ نے کولڈ ڈرنک کا گھونٹ بھرتے ہوئے سرسری لہجے میں اطلاع دی۔

''مجھے پھر بھی یقین نہیں آ رہا...... تم نے مجھے بھی شادی میں انوائٹ نہیں کیا۔'' شارب کا لہجہ شکایتی تھی۔

''ایمرجنسی میں ہوئی ناں ماموں کی شادی۔ انگیج منٹ کرنے گئے تھے اور ماموں رخصت کروا لائے ویل ابھی ماموں کا ولیمہ سیلیبریشن تو ہونا ہے پھر سبھی کو انوائٹ کروں گی۔ تم بتاؤ ماموں کی چوائس کیسی ہے۔'' امامہ کا انداز بیان حیا کو کھل رہا تھا۔

''یومین ابھی آدھی شادی ہوئی ہے، تبھی یہ اتنی پزل سی لگ رہی ہیں۔'' شارب کا رویہ بھی اسے پسند نہیں آ رہا تھا۔

''ہیلو نائس ٹو میٹ یو...... امامہ نے بتایا ہوگا وی آر بیسٹ فرینڈ۔'' شارٹ کا بڑھا ہوا ہاتھ اسے شدید بوکھلائے دے رہا تھا۔ اس نے ایک نظر امامہ کو دیکھا مگر اپنا ہاتھ نہیں بڑھایا۔

''شاری پلیز ڈونٹ مائنڈ۔ شی از ویری شائے پرسن...... ایکچولی یہ کہیں آتی جاتی نہیں ہیں اس لئے...... میں اسی لئے تو انہیں گھر سے نکال کر لائی ہوں۔ تاکہ یہ کچھ انجوائے کر سکیں۔'' امامہ جیسے شرمندگی مٹانا چاہ رہی تھی۔ حیا نے شارب کے ساتھ ہاتھ نہیں ملایا تھا۔

''تمہاری فیملی میں بھی ایسی شائے لڑکیاں ہوتی ہیں؟''

''اب شامل ہوگئی ہیں ناں...... میری تو می می سے دوستی بھی ہے۔''

''ویری امیزنگ...... پھر تو تم بھی اسکارف لینا شروع کر دو گی۔ تم نے سنا تو ہوگا انسان اپنی صحبت کا اثر لیتا ہے۔'' شارب نے امامہ کو شریر لہجے میں کہا تھا مگر محسوس حیا کو ہو رہا تھا۔

''جی نہیں...... ایسا نہیں ہوسکتا۔ میں تو دوپٹہ پتہ نہیں کیسے سنبھال لیتی ہوں...... می می کی طرح اسکارف بالکل نہیں یہ تو بس می می پر ہی سوٹ کرتا ہے۔ می می لکنگ ویری کیوٹ ہے ناں......'' امامہ کی کوشش تھی کہ پچھلی بار کی طرف حیا ہرٹ نہ ہو جائے۔

''یس اِٹ اِز ٹرو...... تمہارے ماموں ان کی بیوٹی پر ہی پھسلے ہوں گے۔ تم اگر نہ بتاتیں تو آج میں ان پر مر مٹنے والا تھا۔'' حیا کا خون ایک بار پھر چہرے پر سمٹ آیا تھا۔ آف وائٹ کیولائٹ پر ڈبل پریس شرٹ کیوٹی، ٹی پنک کڑھائی کے کلر کا لانگ اسکارف اس کی سادگی کے ساتھ اسے جدت بھی دے رہا تھا۔ امامہ نے خود اس کے لئے یہ ڈریس منتخب کیا تھا۔ حیا نے البتہ اسکارف گلے میں ڈالنے کے بجائے سر پر لیا ہوا تھا۔

''شارب...... آئی تھنک تمہارا ماموں سے پٹنے کا ارادہ ہے۔'' امامہ اس کی بات پر بے ساختہ ہنسی تھی۔

''ہی از ویری لَچّی ٹو می می انڈرسٹینڈ......'' حیا کو سمجھ نہیں آ رہی تھی کہ کہے تو کیا کہے۔

''تم انہیں می می کیوں کہہ رہی ہو۔ ان کا نام تو تم نے حیا بتایا ہے ناں......'' شارب کی نگاہیں اسی پر تھیں۔

''میں حیا کو آنٹی یا ممانی تو نہیں کہہ سکتی اسی لئے میں نے انہیں می می کہنا شروع کر دیا ہے۔'' امامہ نے پھر سے وضاحت دی۔

''یہ بولتی بھی ہیں یا نہیں......''

''کیوں نہیں بولتیں...... می می پلیز کچھ تو بات کریں ورنہ یہ آپ کو اسی طرح پریشان کرتا رہے گا۔''

''امامہ ہم واپس کتنے بجے چلیں گے۔'' وہ بولی بھی تو کیا۔

''ابھی......؟ ابھی تو آئے ہیں۔ کیا ہوا آپ بور ہو رہی ہیں۔'' امامہ کو اس کی بدلتی کیفیت نظر آ رہی تھی۔

''نہیں...... وہ میری طبیعت کچھ بہتر نہیں ہے۔''

''تو پھر آپ ہم سے بات کریں طبیعت سنبھل جائے گی۔ اس زبردست ایونٹ پر آپ اپنے شوہر کو مس کر

رہی ہوں گی۔ ڈونٹ وری آیئے ادھر چلتے ہیں۔ کم آن ڈانس ودمی......'' شارب نے بے تکلفی سے اس کا بازو تھاما۔ ایک لمحے میں حیا کا ردِعمل ظاہر ہوا تھا۔ اس نے نہ صرف جھٹکے سے اپنا بازو چھڑایا تھا بلکہ غضب ناکی سے بول بھی پڑی تھی۔

''آپ کی جرأت کیسے ہوئی میرا بازو پکڑنے کی...... آپ کیا سمجھ رہے ہیں مجھے...... امامہ کی وجہ سے میں آپ کو برداشت کر رہی ہوں تو اس کا یہ مطلب نہیں کہ آپ کی ناجائز حرکتیں بھی برداشت کرلوں گی۔'' امامہ اور شارب کو اندازہ نہیں تھا کہ وہ اس طرح ردِعمل دکھائے گی۔ وہ تو سبھی اپنے آپ میں گم تھے ورنہ یہاں اک تماشہ کھڑا ہو جاتا۔

''می...... می...... یہ آپ کیا کہہ رہی ہیں۔ شارب تو آپ کو......''

''بس امامہ...... مجھے کچھ نہیں سننا...... غلطی میری ہے مجھے یہاں نہیں آنا چاہئے تھا...... تم لوگوں کو اس بات سے کوئی فرق نہیں پڑتا ہوگا۔ کیونکہ تم لوگ عادی ہو۔ مگر میرے لئے کسی نامحرم کا چھونا کسی گناہ سے کم نہیں۔'' امامہ کو تو خاک سمجھ نہیں آ رہی تھی۔ البتہ اسے شارب کے سامنے شرمندگی ہو رہی تھی۔ حیا وہاں ٹھہری نہیں تھی۔ کالج کے صدر دروازے کی طرف بڑھتے ہوئے اس نے بڑی سرعت سے گھر فون کر کے ڈرائیور کو بلایا تھا۔ وہ گھر پہنچی تو فائزہ کہیں گئی ہوئی تھیں۔ اس کے لئے یہی بہتر تھا۔ وہ اپنے کمرے میں آ کر پھوٹ پھوٹ کر رونے لگی تھی۔

O......❖......O

''کیا سمجھتی ہے وہ خود کو...... بہت پارسا اور اعلیٰ نسبی ہے۔ پہلے اس کی اماں نے ہماری اس قدر انسلٹ کی تھی اور آج بیٹی نے امامہ کی اس قدر انسلٹ کی ہے۔ اس کے کالج فیلوز کے سامنے...... روتی آئی ہے وہ گھر پر۔'' فریحہ رات کو ہی فائزہ کے پاس چلی آئی تھی۔ فائزہ حیرانی سے فریحہ کو سن رہی تھیں۔ معاملہ ان کی سمجھ میں نہیں آ رہا تھا۔

''کیا ہوا ہے فری...... آرام سے بات کرو۔''

''کیا ہوا ہے؟ اپنی بہو کو بلا کر پوچھیں ایسی ہی پردہ دار ہے تو باہر ہی کیوں نکلتی ہے۔ پہلے تعریفیں سن لیتی ہے بعد میں دوسروں کو بے عزت کر دیتی ہے۔ یہ اچھی شرافت ہے۔'' فریحہ کا پارہ بہت چڑھا ہوا تھا۔ فائزہ خود کچھ دیر پہلے لوٹی تھیں۔ حیا سے ابھی سامنا بھی نہیں ہوا تھا۔ اب معاملہ کچھ کچھ ان کی سمجھ میں آ رہا تھا۔

''فریحہ تم بیٹھ تو جاؤ...... میں حیا کو بلواتی ہوں۔ مجھے بتاؤ مسئلہ کیا ہے......'' فائزہ فاروقی نے تحمل سے کام لیا۔

''مسئلہ تو وہی ہے مام...... طاب نے مسلسل ہمیں آزمائش میں مبتلا کر دیا ہے۔ میں نے امامہ کو منع بھی کیا تھا کہ مت لے کر جاؤ مگر وہ ماموں کی محبت میں دیوانی اس کی ال مینرڈ وائف کو اپنی سوسائٹی میں اِن کرنے کے لئے مواقع فراہم کر رہی ہے اور وہ اسی کو بے عزت کر کے چلی آئی ہے۔'' فریحہ کا ہتک آمیز رویہ فائزہ کو اچھا تو نہیں لگ رہا تھا وہ مجبور تھیں۔ ملازمہ کو بھیج کر حیا کو بلوایا۔

حیا فریحہ کو دیکھ کر یک دم ٹھٹک گئی تھی۔ قدم من من بھر کے ہو گئے تھے۔ اسے اپنی شامت نظر آ رہی تھی۔ اس

کی متورم سرخ آنکھیں کپکپاتے لب اور دہکتا گلابی چہرہ بے شک اس کے حسن میں اضافہ کر رہا تھا۔ فریحہ نے بڑی بے رخی سے چہرہ موڑا تھا۔

''السلام علیکم......'' اس کے سلام کا جواب بھی نہیں دیا گیا تھا۔

''حیا......تم نے امامہ سے کیا کہا ہے جو فریحہ کو ناگوار لگا ہے۔'' فائزہ نے سنجیدگی سے استفسار کیا۔ حیا کو لگا وہ کسی کٹہرے میں کھڑی ہے۔

''امامہ کو؟ میں نے تو اسے کچھ نہیں کہا......'' کپکپاتے لبوں سے بمشکل لفظ ادا ہوئے تھے۔

''جھوٹ مت بولو تم نے اس کے دوست شارب کے سامنے اسے کیریکٹرلیس اور نہ جانے کیا کیا کہا ہے۔ شارب گواہ ہے۔'' فریحہ نے اسے ڈانٹتے ہوئے قہر بھری نظروں سے دیکھا۔

''آپی...... ماما بلیومی...... میں نے امامہ سے کچھ نہیں کہا۔ وہ تو میں نے اس کے دوست سے کہا تھا۔ اس نے میرا بازو پکڑ لیا تھا اور مجھے کھینچ کر ڈانسنگ فلور پر لے جانا چاہ رہا تھا۔ میں کیسے...... برداشت......'' آنسو ٹپ ٹپ آنکھوں سے گرنے لگے تھے۔

''ہاں ایک تم ہی تو مس ورلڈ ہو جس پر شارب نثار ہو رہا تھا۔ جانتی ہو ہزاروں لڑکیاں اس کے آگے پیچھے پھرتی ہیں۔ مل اونر ہے وہ...... تمہیں وہ امامہ کی وجہ سے امپورٹنس دے رہا تھا اور تم......'' فائزہ نے بیٹی کو درمیان میں ٹوک دیا۔

''فریحہ بی ہیو یور سیلف...... کس قسم کی باتیں کر رہی ہو تم یہ تمہارے بھائی کی بیوی ہے اور تم اسے......''

''بھائی کی بیوی کو بھی تو چاہئے کہ ہمارے لئے شرمندگی کا سامان نہ بنے...... پہلے سسرال اور ریلیٹو میں باتیں بنتی ہیں۔ اب بچوں کے دوستوں کے سامنے بھی شرمندگی اٹھانا پڑتی ہے۔ آپ نے اسے ہمارے درمیان رکھنا ہے تو اسے مینرز سکھائیں ورنہ اسے گھر بٹھا کر رکھیں۔ کوئی ضرورت نہیں ہے ہمارے سامنے آکر ہماری آزمائش بننے کی۔'' فریحہ اپنی بھڑاس نکال کر باہر قدم بڑھاتی چلی گئی۔ فائزہ نے اسے افسوس سے جاتے ہوئے دیکھا۔ حیا نے مزید صفائی پیش کرنا چاہی۔ فائزہ فاروقی نے اسے سنے بغیر کمرے میں جانے کو کہہ دیا۔

''کیوں کرتی ہو تم ایسا؟ میں نے تمہیں منع کیا تھا ناں کہ امامہ یا کسی کے بھی سامنے اپنا پوائنٹ آف ویو کہنے کی ضرورت نہیں ہے پھر بھی تم......'' رات کے بارہ بجے طاب رحیم اپنا غصہ فون کے ذریعے اس پر نکال رہا تھا۔ یقیناً اسے فریحہ نے مطلع کیا تھا۔

''میں نے کچھ نہیں کہا ہے۔'' حیا روہانسی ہو کر بول رہی تھی۔ اسے توقع نہیں تھی کہ بات طاب تک پہنچ جائے گی۔

''تمہارے کہنے کا مطلب ہے آپی جھوٹ بول رہی ہیں یا پھر امامہ......'' طاب کی دبی دبی آواز ایک دم بلند ہوگئی۔ طاب یقیناً کمرے میں موجود ذیشان کی وجہ سے محتاط تھا۔ آخر دروازہ کھول کر باہر نکل آیا۔ کوریڈور کے آخری سرے پر پہنچ کر اس نے اپنے قدم روک لئے۔

''آپ نہیں جانتے وہ شخص میرا بازو تھام رہا تھا اور پھر...... میں نے امامہ سے کچھ نہیں کہا۔ میں نے تو اپنی

غلطی کو مانا تھا کہ...... مجھے جانا ہی نہیں چاہئے تھا۔''

''لیس اِٹ بیٹر فار یو......اور تم نے امامہ کو کیریکٹرلیس کس بیس پر کہا......تمہاری جرأت کیسے ہوئی۔''

''آپ مجھ سے قسم لے لیں میں نے ایسا کچھ نہیں کہا۔ میں ایسی بات کیوں کروں گی۔ میں نے تو ردِ عمل کے طور پر صرف یہ کہا تھا کہ کسی نامحرم کا چھونا میں برداشت نہیں کر سکتی......اور......'' وہ رو رو کر صفائی دے رہی تھی۔ دل سہم کر دھیرے دھیرے دھڑک رہا تھا۔

''شٹ اپ اینڈ لسن می......صبح اپنا سامان پیک کرو اور اپنی اماں جانی کے گھر جا کر کچھ تمیز سیکھو کہ سسرال میں کیسے رہا جاتا ہے۔ آج تم میری بہنوں بھانجیوں کے کردار پر کیچڑ اچھال رہی ہو کل کو مام کو نہ جانے کیا کہہ دو گی......میں یہ سب برداشت نہیں کر سکتا۔ میں آؤں گا تو اس بات کا فیصلہ ہو جائے گا۔ انڈرسٹینڈ......''

''یہ......آپ کیا کہہ رہے ہیں......میں واپس اماں کے گھر نہیں جا سکتی......میں اماں سے آپی سے سبھی سے معافی مانگ لیتی ہوں پلیز طاب......میں......'' وہ گڑبڑا رہی تھی۔

''اب اس کی ضرورت نہیں ہے......میں تمہیں بہت معصوم سمجھتا تھا مگر تم تو پوری ٹریننگ کے ساتھ آئی ہو۔ چھوٹی عمر میں ہی تمہاری اماں نے تمہیں بہت کچھ سکھا کر بھیجا ہے۔ بچوں کی معصومیت تمہیں گناہ لگتی ہے۔''

''میری بات سنیں......میں اماں کے گھر نہیں جاؤں گی اور میرا قصور کیا ہے۔ میں اوروں کی طرح اس شخص کے ساتھ ڈانسنگ فلور پر چلی جاتی۔ پھر ٹھیک تھا۔ آپ گوارا کر لیتے کہ میں......'' حیا نے بہت جرأت کا مظاہرہ کیا تھا۔ اپنا دفاع اسے خود ہی کرنا تھا۔ غلط کو غلط کہنا اسے سکھایا گیا تھا۔ خصوصاً اپنی نسوانیت کی بقا و حفاظت کا درس تو اسے بچپن سے ملنا شروع ہو گیا تھا۔ لڑکی کی ناموس کے حوالے سے اماں جانی نے جس قدر سخت الفاظ میں وضاحت دی تھی آج وہی وضاحت اس کے رویے میں شامل ہو چکی تھی۔ شوہر کے علاوہ کسی اور کا خیال کرنا بھی گناہ کبیرہ تھا اور وہ خود کو گناہ گار بنانے کا عمل کیسے کر لیتی۔

''میں تمہیں شارب کے حوالے سے کچھ نہیں کہہ رہا۔ مجھے صرف امامہ کے ساتھ تمہاری باتوں پر اعتراض ہے۔'' طاب کی آواز میں غصہ قدرے کم ہوا تھا۔

''میں نے امامہ کو کچھ نہیں کہا تھا میں نے اپنے حوالے سے بات کی تھی۔ وہ نہ جانے کیوں ہرٹ ہوئی۔ اس کا تو کوئی قصور نہیں تھا۔ وہ تو ویسی ہے جیسا اسے ماحول ملا ہے۔ اسے صحیح اور غلط کا فرق نہیں بتایا گیا تو یہ بڑوں کا قصور ہے اس کا تو نہیں۔''

''تم میرا دماغ خراب کر دو گی......فار گاڈ سیک صبح تم یہاں سے چلی جاؤ......ورنہ......'' طاب کو حیا کی جرأت مزید سیخ پا کر گئی۔

''میں آپ کا یہ حکم نہیں مان سکتی۔ البتہ میں سبھی سے معافی ضرور مانگ لوں گی۔ حالانکہ میری کوئی غلطی نہیں ہے پھر بھی میں معافی مانگ لوں گی۔'' حیا نے روتے ہوئے فون کا سلسلہ کاٹ دیا۔ طاب نے لب بھینچ کر فون کو دیکھا اور پھر ری ڈائل کا بٹن دبا دیا۔

''حیا تم میرے لئے پرابلمز کری ایٹ کر رہی ہو......کیا چاہتی ہو میں تمہاری خاطر اپنی بہنوں کی انسلٹ

برداشت کرتا رہوں۔ تم میری محبت کا ناجائز فائدہ اٹھا رہی ہو۔'' طاب نے بے حد سنجیدگی سے مخاطب کیا۔

''میں نے کسی کی انسلٹ نہیں کی...... پتہ نہیں سب مجھ سے کیا چاہتے ہیں۔ میں ایسا کیا کروں جو سبھی کو خوش کر دے۔'' وہ بچوں کی طرح رو رہی تھی۔ عجیب صورتِ حال تھی۔ اپنے لئے اک ذرا سا احتجاج دوسروں کے لئے مسئلہ بن گیا تھا۔

''فی الحال تم وہاں سے چلی جاؤ۔ میں آؤں گا تو بات ہوگی۔'' اس بار طاب نے سلسلہ منقطع کر دیا۔ حیا مزید پھوٹ پھوٹ کر رونے لگی۔ ادھر طاب بے چینی سے ساری رات کروٹیں بدلتا رہا۔ بار بار فریحہ آپی کی آواز اور حیا کے ریمارکس کانوں میں گونج رہے تھے۔ طاب کو بھی اس نے بے نطق سنائی تھیں۔ تبھی اس نے حیا کو واپسی کا حکم دیا تھا۔ حیا نے رات جیسے تیسے گزاری تھی۔ وہ صبح ہونے کا شدت سے انتظار کر رہی تھی تا کہ فائزہ فاروقی کو صورتِ حال سے آگاہ کر سکے۔

نماز پڑھ کر وہ حسبِ معمول لان میں ٹہل ٹہل کر مزید خود کو تھکا رہی تھی۔ بے چین تو فائزہ بھی رہی تھیں۔ طاب نے انہیں بھی فون کر کے حیا کو واپس بھجوانے کا فیصلہ سنوا دیا تھا۔ وہ ان کی بھی نہیں سن رہا تھا۔ کھڑکی سے حیا کو ٹہلتے دیکھ کر وہ بھی آہستگی سے لان میں چلی آئیں۔ حیا انہیں دیکھ کر چونک کر کھڑی ہو گئی تھی۔ پھر آنسو ٹپ ٹپ قطار کی صورت میں اس کی آنکھوں سے برسنے لگے۔ ساون کی جھڑی کا گمان ہو رہا تھا۔

''یہ کیا حالت بنالی ہے تم نے رات بھر میں...... اس طرح جاؤ گی اپنے گھر......'' فائزہ کا پوچھنا تھا وہ یک دم ان کے قدموں میں بیٹھ گئی۔

''پلیز مجھے معاف کر دیں ماما...... میں امامہ سے بھی معافی مانگ لوں گی۔ میں نے اپنے لئے بات کی تھی۔ میرا مقصد اسے ہرٹ کرنا نہیں تھا...... پلیز مجھے گھر نہ بھجوائیں۔ میری اماں یہ صدمہ برداشت نہیں کر پائیں گی۔ خدا کے لئے مجھے معاف کر دیں۔'' وہ ہاتھ جوڑے سسک رہی تھی۔ فائزہ فاروقی کو بے تحاشہ اس پر ترس آیا۔ قصور اس کا نہیں تھا۔ وہ اپنی جگہ بالکل درست تھی۔ بس ماحول و تربیت کے فرق نے یہ اختلاف بڑھا دیا تھا۔ فریحہ کے لئے حیا کا رویہ اور احتجاج ناقابلِ یقین و برداشت تھا۔ کیونکہ اس کے اردگرد ایسا کوئی تھا ہی نہیں۔ اس نے خود سے پسند کی شادی کی تھی۔ اس لئے بیٹی کے لئے بھی اس کی سوچ یہی تھی۔ تبھی وہ آزادانہ لڑکوں کے ساتھ گھومتی پھرتی تھی۔ ان کے ساتھ پڑھتی تھی جب کہ اس کی نظر میں بیٹی کا کوئی عمل قابلِ گرفت نہیں تھا تو کسی کی بھی تنقید پہلے اسے ہی ناگوار لگتی تھی۔

''حیا اٹھو یہاں سے چلو اندر چل کر بات کرتے ہیں۔'' فائزہ نے بازو پکڑ کر اسے اٹھایا اور پھر وہ اس کے ساتھ اپنے کمرے میں آ گئیں۔ وہ اسے بار بار آنسو پونچھتے دیکھ رہی تھیں۔ طاب نے جذبات میں جو فیصلہ کیا تھا آج رزلٹ اس کے سامنے تھا۔ ماحول کے فرق کے ساتھ ذہنی مطابقت نہ ہونا بھی اس کی اصل وجہ تھی۔ طاب کی ایک اور غلطی بھی تھی شریکِ سفر کو ہم سفر کرنے میں تاخیر سے کام لے رہا تھا۔ اگر وہ چاہتا تو یقیناً حیا نئے سانچے میں ڈھل جاتی یا کم از کم اتنا تو ہوتا کہ وہ سب کے لئے قابلِ قبول ہو جاتی۔ مگر وہ خود پہلے قدم پر ہی گرنے لگا تھا۔

فائزہ فاروقی کسی گہری سوچ میں گم تھیں کچھ دیر بعد خود ہی اس سوچ سے نکل کر بولیں۔

’’حیا جاؤ فریش ہو جاؤ پھر ڈرائیور تمہیں چھوڑ آتا ہے۔‘‘

’’کہاں......نہیں ...... پلیز ماما ایسا نہیں کریں مجھے جو چاہے سزا دے لیں مگر مجھے اماں کے گھر نہیں بھجوائیں۔‘‘ اس کا گڑگڑانا ان کا دل دہلا رہا تھا۔ سمجھ نہیں آرہی تھی کہ یہ مسئلہ کیسے سلجھائیں۔ طاب اپنا فیصلہ بدلنے کو تیار نہیں تھا۔

’’دیکھو جان اس وقت طاب کچھ بھی سننے کو تیار نہیں ہے تم ......تمہارے حوالے سے جو مس انڈرسٹینڈنگ کری ایٹ ہوگئی ہیں انہیں ختم ہونے کے لئے کچھ ٹائم لگے گا۔ میں تمہیں اس سب کا ذمہ دار نہیں ٹھہرا رہی سب سے زیادہ غلطی طاب کی ہے۔ اس نے جب تمہارے لئے اپنی پسندیدگی کا اظہار کیا تھا اور تم سے ہی شادی پر اصرار کیا تھا تو ویری اونیسٹلی بہنوں کو تو جو اختلاف تھا سو تھا میں خود بھی اس بے جوڑ شادی پر دل سے راضی نہیں تھی۔‘‘ فائزہ فاروقی نے بولتے بولتے کچھ توقف کیا۔ انہیں حیا کے جذبات مجروح ہونے کا افسوس بھی تھا۔ حیا کے چہرے پر عجب سا تاثر آیا تھا۔ حیا کے چہرے سے نظر ہٹاتے ہوئے انہوں نے اپنی بات کا سلسلہ بڑھایا۔

’’وجہ وہی دو ڈفرنٹ کلاسز کے ملنے کے بعد پیدا ہونے والی پرابلمز تھیں۔ جواب بالکل واضح ہیں۔ آئی ڈونٹ نو طاب تمہاری کس خصوصیت سے انسپائر ہوا یا پھر وہ صرف تمہاری خوبصورتی سے متاثر ہو کر سب کچھ فراموش کر گیا۔ عام نوجوانوں کی طرح شاید اس نے بھی یہ سوچا تھا کہ تمہیں اپنی زندگی میں شامل کرنے کے بعد تمہیں اپنے ماحول کے مطابق چلالے گا۔ مگر اس معاملے میں تم میں کوئی لچک نہیں ہے۔ تم خود کو بالکل درست اور دوسروں کو غلط سمجھتی ہو۔ دنیا کے ساتھ چلنے کے لئے اپنا آپ بدلنا پڑتا ہے۔ تبھی انسان ترقی کر پاتا ہے۔ اسے سہولت سے جینے کے مواقع ملتے ہیں۔ ہم بھی مسلمان ہیں ہمیں بھی اپنی حدود کا علم ہے۔ نماز، روزے، زکوٰۃ حج سبھی واجبات کا خیال رکھتے ہیں۔ ہاں یہ اور بات ہے، ہم مصلے بچھائے نہیں رکھتے۔ چادریں لپیٹے نہیں رکھتے۔‘‘ حیا کو لگا کوئی اس کے منہ پر کس کر طمانچے مار رہا ہے۔ اس کے پاس کہنے کو بہت کچھ تھا مگر وہ محسوس کر رہی تھی کہ کچھ کہنا فضول تھا۔ بولی تو فقط اتنا۔

’’اگر آپ اسے میری گستاخی نہ سمجھیں تو میں ایک بات کہوں۔‘‘ فائزہ اسے بغور دیکھ رہی تھیں۔ اس لمحے اس نے خود کو سنبھال لیا تھا۔ انہوں نے سر ہلا کر اسے بولنے کی اجازت دی۔

’’طاب سے کہیں کہ اماں کے گھر بھجوانے سے پہلے ایک بار میری بات سن لیں۔ کم از کم مجھے یہ معلوم تو ہونا چاہئے کہ وہ مجھ سے کیا چاہتے ہیں۔ وہ مجھے اپنے ماحول کے مطابق بدلنا چاہتے ہیں یا پھر مجھے سزا کے طور پر وہاں بھجوا رہے ہیں۔‘‘ فائزہ کو بھی اس کی بات پر اتفاق تھا۔ طاب جذباتی فیصلے کر رہا تھا۔ دونوں کو اس کشمکش سے تو نکلنا ہی چاہئے تھا۔ یہ صحیح تھا طاب اپنی مرضی تو بتاتا کہ وہ حیا سے کیا چاہتا ہے۔

کچھ دیر سوچنے کے بعد انہوں نے مخاطب کیا۔

’’تم جاؤ فریش ہو جاؤ ناشتہ کرو پھر بات کرتے ہیں۔‘‘ حیا کو بھی اندازہ تھا کہ وہ اس کی موجودگی میں طاب سے بات نہیں کریں گی۔ بہت آہستگی سے وہ ان کے کمرے سے نکل آئی تھی۔ فائزہ اسے جاتے ہوئے دیکھ رہی تھیں۔ سترہ اٹھارہ کے درمیان یہ چھوٹی سی لڑکی۔ عجیب جذباتی کشمکش کا شکار تھی۔ زندگی نے بہت

جلدی اسے دنیا کی بھٹی میں پھینک دیا تھا۔ جہاں وہ گیلی لکڑی کی طرح سلگ رہی تھی۔ جو راکھ ہو رہی تھی اور نہ کوئلہ بن پا رہی تھی۔

O......❖......O

"کیا بات ہے طاب آج اٹھنے کا ارادہ نہیں ہے۔ صرف آدھا گھنٹہ رہ گیا ہے اور تم ابھی تک بستر میں پڑے ہو۔" خلافِ توقع طاب کو بستر میں پڑے دیکھ کر ذیشان نے پھر سے پکارا۔ جو جاگ تو رہا تھا مگر کسمسلندی سے پڑا تھا۔

"میری طبیعت ٹھیک نہیں ہے تم میری لیو کے لئے درخواست دے دینا اور پلیز جاتے ہوئے لاک کر جانا۔ مجھے کوئی ڈسٹرب نہ کرے۔" بیزاری سے بھرپور بوجھل آواز اس کی کیفیت کی ترجمان تھی۔ ذیشان شرٹ کے بٹن بند کرتا اس کے قریب آیا اس کی پیشانی چھوئی۔ جو گرم تو نہ تھی۔

ذیشان نے اسے مشکوک نظروں سے دیکھا۔

"یار بخار شخار تو نہیں ہے پھر کیا ہوا تیری طبیعت کو۔ شام تک تو ٹھیک تھی۔ سچ بتا کہیں مسز شبیر کے ساتھ تو کوئی میٹنگ تو نہیں ہے۔ میرا مطلب ہے ان کی بہن ابھی یہیں موجود ہے ناں......"

"تو میں کیا کروں اگر وہ یہاں موجود ہے۔ کہہ رہا ہوں ناں طبیعت ٹھیک نہیں ہے۔" وہ پہلے سے بھی زیادہ بے زاری سے بولا۔

"یاروں سے پردہ داری؟ سب دیکھتا رہا ہوں۔ رات اندر باہر کتنے چکر لگا تا رہا ہے تُو۔" طاب نے چونک کر اسے دیکھا وہ تو اسے سویا ہوا سمجھ رہا تھا۔

"بہر حال میں آکر تجھ سے بات کروں گا۔ ناشتہ روم میں بھجوا دوں باہر سے منگوا کر؟"

"نہیں کچھ نہیں چاہئے میں آرام کرنا چاہتا ہوں۔ ضرورت پڑی تو جوس بسکٹ دودھ ہے ناں...... میں لے لوں گا۔ ڈونٹ وری۔"

"میں بھی ہاف لیو لے کر آ رہا ہوں...... تمہاری تیمار داری کی سعادت کیسے چھوڑ دوں۔" ذیشان کو اس کی طبیعت کی خرابی بہانہ لگ رہی تھی۔

"مت چھوڑو ہم دونوں کا کورٹ مارشل بھی اکٹھے ہی ہوگا...... کرنل صاحب دونوں کی غیر حاضری پر فوراً سمجھ جائیں گے کہ تفریحاً چھٹی لی گئی ہے۔" طاب نے اٹھ کر بیٹھتے ہوئے اسے سنائیں۔ چھٹی کا ارادہ ملتوی کر کے وہ جانے کے لئے تیار ہونے باتھ روم میں جا گھسا۔ ذیشان سے بچنے کے لئے وہ یونٹ میں نہیں جا رہا تھا۔ لیکن اس کے ارادے جان کر اپنے لئے آفس جانا ہی بہتر نظر آ رہا تھا۔

O......❖......O

ناشتے کی میز پر فائزہ فاروقی نے بہت سنجیدگی سے اسے مخاطب کیا۔

"سنو حیا اچھی طرح ناشتہ کرو پھر اپنی میڈیسن لے لو اس کے بعد تیار ہو جاؤ پھر تمہیں میرے ساتھ چلنا ہے۔"

''کک...... کہاں......؟ وہ نہیں مانے......؟'' حیا کے لہجے کی کپکپاہٹ اس کے ہاتھوں میں بھی اتر آئی تھی۔اس کے ہاتھ میں پانی کا گلاس لرز رہا تھا۔

''میں نے اس سے بات نہیں کی۔'' فائزہ کا جواب اس کے وجود سے جان کھینچ رہا تھا۔

''ما...... ما...... پلیز مجھے ایک موقع تو دیں۔ میں بے شک ایک چھوٹے گھر اور گلی محلے سے تعلق رکھنے والی لڑکی ہوں۔مگر میری تربیت نے میرے شعور و آگہی کو جلا دی ہے۔ مجھے معلوم ہے کہ میری کون سی غلطی میرے گھر اور زندگی کو متاثر کرے گی۔اس لئے پلیز طاب سے کہیں مجھ سے بات کریں...... وہ میرا فون ریسیو نہیں کر رہے ورنہ...... میں خود......'' وہ بولتے بولتے پھر رونے لگی تھی...... ہاتھوں سے گلاس اس نے واپس رکھ دیا تھا۔

''میں اپنی واپسی کا ٹھوس جواز لئے بنا واپس کیسے جاؤں...... مجھے اماں جانی کو اپنی خطا تو بتانی ہوگی۔انہیں یہ احساس میں ہی تو دلاؤں گی کہ ان کی تربیت غلط تھی۔ یا پھر میرا نصیب ہی خراب ہے۔'' اس کی طبیعت ٹھیک نہیں لگ رہی تھی۔ تبھی وہ اس طرح بول رہی تھی۔اس کی آنکھوں میں لالی پھیلی ہوئی تھی۔ جیسے خون اترا ہوا ہو۔ وہ یقیناً سوچوں میں مبتلا رہی تھی۔ فائزہ کو تشویش ہو رہی تھی اور اس پر رحم بھی آ رہا تھا مگر وہ بھی بے بس تھیں۔ حالات ان کے ہاتھ میں نہیں تھے۔طاب کی جلد بازیاں سبھی کے لئے پریشان کن تھیں۔

''حیا بچے اس طرح پریشان نہیں ہو۔ میں تمہیں ڈاکٹر کے پاس لے کر جا رہی ہوں اور کہیں نہیں۔تمہاری طبیعت بہتر ہوتی ہے تو میں طاب سے بھی کہتی ہوں کہ تم سے بات کرے۔ میں اس طرح تمہیں ہرگز واپس نہیں بھیج رہی۔شاباش ناشتہ کرو۔شیر گل...... چھوٹی بی بی کے لئے سیب کا جوس نکال کر لاؤ۔'' حیا کو تسلی دے کر انہوں نے شیر گل کو آواز دے کر ہدایت دی۔حیا نے لب بھینچ کر انہیں ممنونیت سے دیکھا۔ فائزہ کا دم غنیمت تھا ورنہ وہ تو کبھی کا حوصلہ ہار جاتی۔

''ماما آپ بھی ناشتہ کیجئے۔ میری وجہ سے آج آپ کی روٹین بھی ڈسٹرب ہو گئی ہے۔ پلیز مجھے معاف کریں۔'' حیا نے ان کے سامنے ہاتھ جوڑے۔

''ایسا نہیں کرو، بچوں کے لئے پیرنٹس کی لائف میں روٹین اور ان کی اپنی ذات کوئی معنی نہیں رکھتی۔تم لوگ خوش رہو میرے لئے یہ زیادہ اہمیت رکھتا ہے۔اچھا اب جلدی سے کچھ لے لو پھر تیار ہو جاؤ، اوکے۔'' فائزہ نے بڑی اپنائیت سے اسے سمجھایا۔ اچھی بھلی پیاری معصوم سی لڑکی سے نہ جانے سبھی کو کیا اختلاف ہو گیا تھا۔وہ اپنے سادہ انداز سمیت بھی نمایاں تھی تو آخر اس پر نکتہ چینی کرنے کی ضرورت کیا تھی۔اب انہیں فریحہ پر غصہ آ رہا تھا وہی مسلسل اس پر تنقید کرتی آ رہی تھی۔

طاب کو بھی مسلسل وہی احساس دلاتی آ رہی تھی کہ اس کا فیصلہ غلط ہے۔ان کے ارادے اپنے عمل کے لئے مزید مضبوط ہو گئے۔

O......❖......O

''زینب حیا کو آئے ہوئے کتنے دن ہو گئے...... تم ہی خیر خبر لے لیا کرو...... پتہ نہیں میری بچی شوہر کے بغیر سسرال میں کس طرح گزارہ کرتی ہے۔'' اماں جانی نے بہو کو ناشتے کے خالی برتن تھماتے ہوئے کافی افسردگی

سے بات کی۔ زینب ان کے اس لاڈ پر زیرلب مسکرائیں۔ اپنے دل کی بات کو اس طرح کبھی نہیں کہتی تھیں۔ حیا کے معاملے میں وہ کچھ پسیج گئی تھیں۔ شاید اس کی شادی کی جلد بازی انہیں کسک دیتی رہتی تھی۔

''اماں! چند دن پہلے ہی تو ہو کر گئی ہے اور پھر اس کے سسرال میں ہے کون؟ ایک ساس کے علاوہ، وہ بھی اپنے کاموں میں مصروف۔ حیا بتا تو رہی تھی کوئی روک ٹوک نہیں ہے اس پر آپ خوامخواہ پریشان ہو جاتی ہیں۔''

''پریشانی تو پتہ نہیں کیوں رہتی ہے۔ اس کی طرف سے مجھے۔ انجان لوگوں میں اچانک اسے دھکیل کر دل بے چین رہتا ہے۔ سیدھی سادی معصوم سی میری بچی جانے کیسے وہاں کے طور طریقے لے کر چلتی ہوگی۔'' اماں جانی نے آہ بھرتے ہوئے دل کی بات کہی۔

''اماں جانی! حیا سمجھدار لڑکی ہے...... سب سنبھال لیتی ہوگی۔ اور پھر طاب کی محبت بھی تو اس کے ساتھ ہوتی ہے...... اچھا! میں ابھی فارغ ہو کر اسے فون کرتی ہوں۔'' زینب نے انہیں سمجھاتے ہوئے برتن لے کر کچن کی طرف قدم بڑھائے۔

''ابھی تو وہ کالج میں ہوگی ناں......شام کو کرنا......'' اماں جانی نے اسے یاد دلایا۔ وہ بھی سر ہلا کر کچن میں گھس گئی۔

○......❖......○

گاڑی کسی انجان رستے پر رواں دواں تھی۔ فائزہ گہری سوچ میں ڈوبی تھیں۔ حیا خاموشی سے اپنے اور طاب کے رشتے کی پائیداری و ناپائیداری کے حوالے سے سوچ رہی تھی۔ ڈاکٹر نے اسے تنبیہ کی تھی کہ وہ خود کو لایعنی سوچوں سے آزاد رکھے۔ کیونکہ اس کشمکش سے اس کا بی پی لیول کافی حد تک بڑھا ہوا تھا۔ اس کی عمر کی لڑکیوں میں فشارِ خون کا بڑھنا اچھا تو نہیں تھا۔ ڈاکٹر نے بتا دیا تھا کہ اگر اسی طرح ہوتا رہا تو خدانخواستہ اس کی دماغی شریان پھٹنے کا اندیشہ تھا۔

فائزہ فاروقی کے لئے یہ صورتِ حال پریشان کن تھی۔ حیا کی حساسیت نے انہیں خوفزدہ کر دیا تھا۔ گھر کے حالات جس قسم کے تھے وہ بار بار اس کے احساس جھنجھوڑ رہے تھے۔ تبھی وہ آج اس حال میں تھی۔ گاڑی شہر کی حدود سے نکل چکی تھی۔ ایک موڑ مڑتے ہوئے ڈرائیور نے پیچھے دیکھتے فائزہ فاروقی کو مخاطب کیا۔

''بیگم صاحبہ! چھوٹی بی بی کی طبیعت کچھ بہتر نہیں لگ رہی۔ آپ ان سے کہیے اڑھائی گھنٹے کا سفر ہے کچھ دیر آرام کر لیں۔'' ڈرائیور نے اپنی ایمانداری و خلوص کا ثبوت دیا۔ گزشتہ پندرہ سالوں سے ڈرائیور شفیق ان کے پاس تھا۔ حیا بھی ایک دم چونک اٹھی تھی۔ فائزہ نے بھی اس کا متغیر چہرہ دیکھا۔

''ہم کہاں جا رہے ہیں ماما۔'' اسے جیسے اب ہوش آیا تھا۔

''کسی سے ملنے...... مجھے کسی سے ضروری کام تھا۔ تمہاری طبیعت ٹھیک نہیں تھی۔ اس لئے میں تمہیں گھر پہ اکیلے نہیں چھوڑنا چاہتی تھی۔ تم ایزی ہو کر بیٹھو۔ آرام کرو دیکھو کچھ بھی الٹا سیدھا نہیں سوچنا اوکے۔'' فائزہ نے اسے مطمئن کرنے کے لئے پیار سے تھپتھپایا، آٹومیٹکلی سیٹس کشادہ ہو گئی تھی۔ (ڈرائیور کے کسی بٹن دبانے سے)

''مگر ماما......وہ......''

''وہ ساری باتیں فی الحال چھوڑ دو۔ بھلا دو کچھ دیر کے لئے سمجھو کہ کوئی فکر کوئی پریشانی نہیں ہے اور میں نے تم سے وعدہ کیا ہے ناں کہ اس طرح کوئی غلط فیصلہ نہیں ہونے دوں گی۔ بی ریلیکس جان......'' حیا نے آنسو بھری آنکھوں میں محویت کا احساس لئے انہیں تشکر سے دیکھا۔ یہی بات تو اسے بے کل کر رہی تھی کہ اماں کے گھر اس طرح واپس کیسے جائے گی۔ فائزہ کی تسلی نے اسے سکون دیا تھا۔ وہ اس کی ہدایت پر اپنے پیروں کو سینڈلز سے آزاد کر کے سیٹ کے اوپر ٹانگیں قدرے پھیلا کر بیٹھ گئی۔ اس کے دل میں فائزہ فاروقی کے لئے مزید عقیدت بڑھنے لگی تھی۔

انہوں نے ایک دن بھی اس کے ساتھ روایتی ساسوں والا سلوک نہیں کیا تھا۔ تبھی تو آج وہ اپنے حق کے لئے آواز اٹھا رہی تھی۔ ان کے مزاج کو سمجھ کر اس نے بھی یہ حوصلہ پایا تھا۔ راستے بھر وہ اس کا خیال رکھتی رہی تھیں۔ دو تین بار اسے جوس بسکٹ وغیرہ زبردستی کھلائے پلائے تھے۔ اسے اندازہ بھی نہیں تھا کہ کب انہوں نے فروٹ، جوس اور پانی وغیرہ گاڑی میں رکھوائے تھے۔ باتیں کرتے کرتے نہ جانے کب حیا کی آنکھ لگی تھی اور سفر تمام ہو گیا تھا۔

دو پہر کے دو بجے وہ آرمی سٹاف کے گیسٹ روم میں پہنچ گئے تھے۔ حیا کو علم نہیں تھا کہ وہ کہاں اور کس جگہ پر آئے ہیں کچھ طبیعت کی خرابی کی وجہ سے بھی وہ اطراف سے بے خبر رہی تھی۔ فائزہ حیا کو کمرے میں چھوڑ کر خود کمرے سے باہر آ گئی تھیں۔

○......❖......○

طاب میٹنگ روم سے باہر آیا تو اسے اطلاع ملی کہ اس کے گیسٹ آئے ہیں اور گیسٹ روم میں ہیں۔ طاب کے ساتھ ذیشان بھی چونک اٹھا کہ اسے یہاں کون ملنے آسکتا تھا۔ مگر ان دونوں کے حوالے سے کبھی کوئی نہیں آیا تھا۔ اس لئے دونوں حیران تھے۔ دونوں نے ایک ساتھ ایک دوسرے سے پوچھا۔

''کون آیا ہو گا......؟''

''مجھ سے کیا پوچھتے ہو تمہارے گیسٹ ہیں تم نے جنہیں بلایا ہو گا وہی آئے ہوں گے۔ آئی سی، اسی لئے صبح تو لیو لینا چاہ رہا تھا۔'' ذیشان ساتھ چلتے چلتے بدگمانی سے کہہ رہا تھا۔

''آئی سو یئر یار! صبح میری طبیعت واقعی خراب تھی۔ ریئلی آئی ڈونٹ نو کہ کون آیا ہے......'' وہ لمبے کوریڈور سے گزرتے آگے بڑھ رہے تھے۔ ظاہر ہے طاب کو اپنے مہمانوں تک پہنچنے کے لئے کچھ فارمیلیٹیز نبھانی تھیں۔ کیونکہ وہ آن ڈیوٹی تھا اور ڈیوٹی ٹائم آف ہونے میں چند گھنٹے باقی تھے۔

رسمی کارروائی پوری کر کے وہ تیزی سے باہر کی طرف قدم بڑھا رہا تھا۔ مَیس کے پاس گیسٹ روم تھے۔ آفس ایریا سے مَیس کا فاصلہ دس منٹ کے فاصلے پر تھا۔

''یار مجھے کیسے علم ہو گا کہ تجھے ملنے کون آیا ہے۔'' ذیشان نے اسے جیپ میں بیٹھتے دیکھ کر کہا۔

''تو آجاؤ تم بھی آ کر اپنی حسرت پوری کر لو......'' طاب نے اپنی الجھن اس پر الٹا دی۔

''آتا ہوں میں بھی پہلے تو، تو دیکھ کہ تجھ سے ملنے کی چاہت کس کو یہاں تک لائی ہے۔'' ذیشان نے بھی جوابی کارروائی کی۔

''آئی تھنک میجر اسد اور وہ لیفٹیننٹ بلال آئے ہوں گے۔ وہی کچھ دن پہلے کہہ رہے تھے کہ کوئی سرپرائز دینے والے ہیں۔'' طاب نے جیپ اسٹارٹ کی۔ اس وقت کسی کو ہمراہ لے جانا وہ بھی نہیں چاہ رہا تھا۔ کہنے کو تو کہہ دیا گیا۔ مگر دل نہیں مان رہا تھا کہ وہ دونوں آئے ہوں گے مگر یہ بات بھی سمجھ نہیں آ رہی تھی کہ کون آیا ہوگا۔ بہر حال ابھی سوچوں میں وہ گیسٹ رومز کی طرف آیا تھا۔ مخصوص طرز کے گیسٹ رومز تھے۔ جنہیں ریسٹ ہاؤس بھی کہا جاتا تھا۔ جیپ کھڑی کر کے جب وہ مطلوبہ گیسٹ روم کی طرف بڑھا تو فاصلے پر ہی اسے ٹی پنک بارڈر والی لائٹ پنک ساڑھی میں ملبوس فائزہ فاروقی کھڑی دکھائی دے گئیں۔ اس کے قدم چند لمحے کے لئے تو جم ہی گئے تھے۔ ذہن نے فوراً ہی ریڈ سگنل دیا تھا۔ اپنی ماما کو اس طرح موجود دیکھ کر اس کا ٹھٹکنا لازمی امر تھا۔

کیونکہ وہ کبھی اس کے پیچھے اس طرح نہیں آئی تھیں۔ اس کے تو گمان میں بھی نہیں تھا کہ وہ کبھی یہاں آ سکتی ہیں۔ فائزہ نے بھی اسے دیکھ لیا تھا۔ ہاتھ ہلا کر اسے متوجہ کیا تھا اور پھر آنے کا اشارہ کیا۔ وہ قدم اٹھاتا تیزی سے ان کے قریب گیا۔

''السلام علیکم! وہاٹ اے سرپرائز مام...... خیریت تو ہے ناں......'' وہ جاتے ہی بے اختیار ان سے لپٹ گیا تھا۔ فائزہ نے ممتا بھری مسکراہٹ سے ''وعلیکم السلام'' کہہ کر اس کی پیشانی چومی۔ اپنے یونیفارم میں وہ کہیں زیادہ وجیہہ دکھائی دے رہا تھا۔

''خیریت ہے بھی اور نہیں بھی......'' فائزہ نے بیٹے کو بلائیں لیتی نظروں سے دیکھا۔

''کیا مطلب......اینی پرابلم مام......''

''کئی ہفتے ہو گئے تم نے اپنی صورت نہیں دکھائی۔ ایسا پہلی بار ہی ہوا ہے ناں کہ تم اتنے دن تک گھر نہیں آئے۔ تمہاری اس لمبی غیر حاضری سے پرابلمز تو کری ایٹ ہونا ہی تھیں۔''

''پرابلمز؟ حیا کی وجہ سے ہیں۔'' طاب نے فوری طور پر جواب دیا۔

''صرف حیا کی وجہ سے تو پرابلمز کری ایٹ نہیں ہو رہیں......تم خود بھی برابر کے شریک ہو طاب۔ صرف اسے ہی بلیم مت دو......تمہیں معلوم تھا کہ یہ سب ہونا ہی ہے۔ لیکن حیا نہیں جانتی تھی کہ اسے کیا کچھ فیس کرنا پڑے گا۔ کیونکہ اسے اس کے گھر والوں کے ساتھ ہم لوگوں نے بھی موقع دیا تھا اور نہ وقت، اب صرف اسے سزا دینا یا الزام دینا انصاف نہیں ہے۔'' فائزہ نے بلا تمہید بات شروع کی۔

''آپ مجھ سے یہاں یہ باتیں کرنے آئی ہیں۔'' طاب نے قدرے الجھ کر پوچھا۔

''صرف میں ہی نہیں حیا بھی میرے ساتھ آئی ہے۔''

''وہاٹ؟ وہ گئی نہیں......میں نے اس سے کہا تھا کہ......''

''کیوں جائے وہ......تم اس کی خوبیوں خامیوں سمیت اسے لے کر آئے تھے......اسے اس طرح واپس بھجوانے کا تمہارے پاس جواز کیا ہے؟ وہ تم سے وہ جواز پوچھنے آئی ہے۔'' فائزہ نے بیٹے کو اس کی غلطی جتائی۔

''جواز میں نے اسے بتا دیا تھا۔ اس کی جرأت آپ نے سنی نہیں اس نے فری آپی اور امامہ کو کیا کہا ہے؟ کل کو اس کا حوصلہ اس سے بھی بڑھ جائے گا پھر آپ مجھے ہی کہیں گے کہ وہ میرا انتخاب تھی اور میری شہ پر آپ سب کی انسلٹ کرتی ہے۔'' طاب کی بدگمانی برقرار تھی۔

''یو نو ویری ویل جانو میں ایک طرف کی بات سن کر جذباتی فیصلے کرنے والوں میں سے نہیں ہوں۔ میں یہ نہیں کہتی کہ امامہ کو حیا نے کچھ نہیں کہا ہوگا۔ مگر یہ ضرور سوچ رہی ہوں کہ اگر حیا نے کچھ کہا ہوگا تو کیوں کہا ہوگا۔ ایک لڑکی کی تربیت جس انداز میں کی گئی ہے۔ اس ویو سے دیکھا جائے تو حیا کو کسی غیر لڑکے کی تعریف کرنا ناگوار لگنا ہی تھا۔ کجا کہ اس کا بازو پکڑ کر اپنے ساتھ ڈانس کی آفر دینا۔ آئی تھنک ایسا تو تم بھی بحیثیت شوہر برداشت نہیں کرتے۔ میں تمہیں جانتی ہوں طاب۔ تم نے حیا کو صرف اس لئے چوز کیا تھا کیونکہ تم اسے صرف اور صرف اپنے لئے دیکھنا چاہتے تھے ورنہ تم لائبہ یا کسی اور لڑکی سے شادی کے لئے راضی ہو جاتے۔''

فائزہ بیٹے کو آئینہ دکھاتے ہوئے اسے احساس دلا رہی تھیں۔ وہ بالکل ٹھیک کہہ رہی تھیں۔ طاب بظاہر جیسا بھی نظر آتا تھا اندر سے وہی روایتی مرد تھا۔ جس طرح وہ اپنا وطن اپنی سرزمین کے لئے غیروں کی نگاہ بھی برداشت نہ کرنے کا جذبہ رکھتا تھا اسی طرح اپنی شریک حیات اپنی بیوی کے لئے بھی کسی اور کی نگاہ کی تپش نہیں سہہ سکتا تھا۔

''آؤ اندر چلو...... حیا اندر اکیلی پریشان ہو رہی ہوگی۔ اور میری ایک بات سنو! اس کے ساتھ آرام سے بات کرنا اس کا بی پی پھر شوٹ کر گیا ہے۔ بہت حساس لڑکی ہے۔'' طاب نے قدم بڑھاتے ہوئے چہرہ موڑ کر انہیں بے یقینی سے دیکھا۔

''ان سکیور فیل کر رہی ہے وہ خود کو...... ماں کے گھر جانا اس کے لئے زندگی موت کا معاملہ بنا ہوا ہے۔ تبھی وہ تم سے اپنا قصور جاننے آئی ہے۔ میں نہیں جانتی کہ تم اپنی زندگی کے بارے میں کیا فیصلہ کرنے کا سوچ ہوئے ہو...... میں صرف تم سے یہ کہوں گی کہ دوسروں کے لئے اپنی زندگی میں مشکلات پیدا نہ کرو...... ہاں اگر اس کا اس قسم کا احتجاج تمہارے لئے بھی ناقابلِ برداشت ہے تو پھر اور بات ہے۔'' فائزہ نے کہہ کر قدم اندر کی طرف بڑھا دیئے۔

چھوٹا سا برآمدہ عبور کر کے انہوں نے کمرے میں قدم رکھا۔ حیا گھبرائی سی ان کی طرف لپکی۔

''ماما آپ کہاں چلی گئی تھیں...... میں ڈر......'' باقی بات اس کی بہ زبان پر ہی رہ گئی۔ اپنے اونچے لمبے وجیہہ سراپے کے ساتھ ان کے پیچھے داخل ہوتا طاب نہ صرف اسے چونکا گیا بلکہ اس کی زبان بھی گنگ کر گیا۔ اسے یقین نہیں آ رہا تھا کہ طاب اس کے سامنے ہے۔ وہ سوچ بھی نہیں سکتی تھی کہ ماما اسے طاب کے پاس لے آئیں گی۔

''میں باہر طاب کو اطلاع بھجوانے گئی تھی...... تمہاری طبیعت اب ٹھیک ہے ناں......'' فائزہ کی بات پر وہ اپنے گم احساسات کے ساتھ بس سر ہلا کر رہ گئی۔

طاب نے نگاہیں اٹھا کر اس کی جانب دیکھا۔ چہرے کی چمک ماند اور رنگ سفیدی مائل ہو رہا تھا۔ سیاہ

چادر نے اس کے سارے وجود کو ڈھانپا ہوا تھا۔ اس پر سے نظریں ہٹا کر وہ ماما سے مخاطب ہوا۔

''آپ نے لنچ تو نہیں کیا ہوگا؟ آیئے یہاں کافی اچھے ریسٹورنٹس ہیں۔''

''یس ابھی لنچ تو کرنا ہے۔ حیا تو کافی دن سے پراپر لی کھانا نہیں کھا رہی۔ مے بی یہاں آکر اسے بھوک لگنے لگے۔''

''آپ مجھے اپنے آنے کا پہلے ہی بتا دیتیں۔ میں پہلے ہی ارینج منٹ رکھتا...... ویل نو پرابلم......'' وہ واپسی کے لئے مڑا حیا نے کچھ کہتی نظروں سے ماما کو دیکھا۔

''ڈونٹ وری جانو...... میں نے اس سے بات کی ہے۔ موقع دیکھ کر تم بھی بات کر لینا...... ابھی آؤ کھانا کھانے چلتے ہیں پھر تمہیں میڈیسن بھی لینی ہے۔'' وہ حیا کو اپنے ساتھ لے کر باہر نکلیں۔ طاب نے اپنی جیپ وہیں چھوڑ دی تھی۔ ڈرائیور کے ہمراہ وہ شہر کے بہترین ریسٹورنٹ میں آ گئے تھے۔ حیا کے لئے یہ پہلا موقع تھا اور بڑا کٹھن بھی...... طاب کے ساتھ کسی ریسٹورنٹ میں بیٹھ کر کچھ کھانا مشکل ہو رہا تھا۔ طاب نے اسے اب تک مخاطب نہیں کیا تھا۔ یہ اور بھی جان لیوا معاملہ تھا۔ وہ کن اکھیوں سے کبھی کبھی اسے دیکھ لیتی مگر وہ اپنے آپ میں مگن کھانے میں مصروف تھا۔

حیا نے جلد ہی ہاتھ کھینچ لیا تھا۔ دل ہی دل میں اس کی بے رخی پر جل رہی تھی۔ محبت کے دعوے سے اپنی زندگی میں لانے والا شخص ایک نظر چاہت بھری بھی نہیں ڈال رہا تھا۔ کچھ کہنا یا اس کا حال پوچھنا تو دور کی بات تھی۔

''طاب تم حیا کے ساتھ یہیں رہو گے یا ریسٹ ہاؤس جاؤ گے۔'' کھانے کے اختتام پر فائزہ نے درمیان میں حائل خاموشی کا پردہ چاک کرتے ہوئے بیٹے کو مخاطب کیا۔

حیا کے ساتھ طاب کی بھی استفہامیہ نظریں ان کی جانب اٹھی تھیں۔ طاب نے اپنی حیرت کا اظہار بھی کر دیا۔

''اور آپ......؟ آپ کہاں جا رہی ہیں۔''

''مجھے یہاں کچھ لوگوں سے ملنا ہے۔ اپنی این جی او کے کچھ کام ہیں...... مسز سلطانہ سہگل آج کل یہیں ہیں۔ دو تین گھنٹے کا وزٹ ہوگا میرا تب تک تم حیا کو کمپنی دے سکتے ہو ناں......'' انہوں نے وضاحت سے جواب دیا۔

''میں بھی آپ کے ساتھ چلتی ہوں ماما......'' حیا نے فوری طور پر اپنا ارادہ ظاہر کیا۔ اس کی گھبراہٹ اس کے رویے سے عیاں تھی۔ طاب کے ساتھ تنہا وقت گزارنا مشکل لگ رہا تھا۔ اس کی خاموشی اس کی بیگانگی اسے اس کی ناراضگی کا احساس دلا رہی تھی۔

''سوری بیٹا میں تمہیں نہیں لے جا سکتی۔ تمہاری طبیعت بہتر ہوتی تو ضرور لے چلتی...... تم طاب کے ساتھ رہو۔ یہ تمہارے لئے ضروری ہے۔'' حیا کا ہاتھ تھام کر انہوں نے اس کی طرف جھکتے ہوئے آدھی بات سرگوشی میں کی...... طاب دیکھ اور سمجھ رہا تھا۔ وہ بس سر ہلا کر رہ گئی...... بل ادا کر کے وہ تینوں ریسٹورنٹ کی عمارت سے

نیچے پارکنگ کی طرف اتر آئے۔ ڈرائیور نے پہلے انہیں ریسٹ ہاؤس ڈراپ کیا اور پھر فائزہ کو لے کر کہیں چلا گیا۔

موسم بہار کی سہ پہر خاصی خوشگوار تھی۔ موسم کی خنکی بہت بھلی لگ رہی تھی۔ ہر طرف سبزہ اور پھولوں کی دلکشی پھیلی ہوئی تھی۔ مگر وہ دونوں خاموشی سے ایک دوسرے سے بیگانہ قدم بڑھا رہے تھے۔ وہ دونوں ساتھ ساتھ تھے مگر فاصلہ اس قدر تھا کہ دونوں ہی اجنبی دکھائی دے رہے تھے۔ حیا زمین پر نظریں گاڑھے اندر بڑھ رہی تھی۔ ریسٹ ہاؤس کے کمرے میں پہنچ کر حیا نے اپنے وجود کو سیاہ چادر سے آزاد کیا۔

گہرے سبز رنگ کے جدید طرز کے شلوار سوٹ پر ایمبرائیڈری ہوئی تھی۔ گلابی و سفید رنگوں کے امتزاج سے دوپٹہ و قمیص پر ہوا کام اس کی دلکشی بڑھا رہا تھا۔ اس پر حیا کے لمبے بال آج چوٹی کے بجائے کلپ میں قید اس کا حسن بڑھا رہے تھے۔

طاب نے اپنے دل کو اس کی طرف کھنچتے پایا تو وہ رخ پھیر گیا۔

''تم نے مام کو یہاں لانے کے لئے کہا تھا؟'' پہلی بات پہلا سوال شک سے بھرا ہوا لہجہ حیا کو مزید سہما گیا۔

حیا نے نفی میں گردن ہلاتے ہوئے فوراً کہا۔

''میں نے تو نہیں کہا تھا مجھے تو معلوم بھی نہیں تھا کہ ماما یہاں آپ...... کے...... پاس آ رہی ہیں...... میں نے صرف فون پر بات کرنے......'' طاب نے اس کی بات کاٹ دی۔

''جانتا ہوں تم کتنی معصوم ہو......اور کیا بات کرنی ہے تم نے مجھ سے؟'' ناراضگی اس کے چہرے و لہجے سے صاف جھلک رہی تھی۔ حیا نے افسوس و غم کے ملے جلے تاثرات کے ساتھ لب چبائے۔ وہ چلتا ہوا کمرے میں موجود سنگل بیڈ پر جا کر بیٹھ گیا۔ کمرے میں ایک بیڈ...... دو کرسیاں اور میز کے علاوہ کچھ نہ تھا۔ حیا ہاتھ میں چادر پکڑے ہنوز کھڑی تھی۔

''اب جواب کیوں نہیں دے رہی ہو...... اپنی تربیت پر بہت زعم ہے تمہیں...... شوہر کی بات ماننے کے بارے میں کیا سکھایا گیا ہے تمہیں کہ وہ جو کہے اس کے الٹ کرو......'' طاب سے اس کی خاموشی برداشت نہیں ہو رہی تھی۔

''میں آپ کی بات نہ ماننے کی گستاخی کیسے کر سکتی ہوں۔ آپ کی بات میرے لئے حکم کا درجہ رکھتی ہے۔'' حیا نے جیسے تڑپ کر صفائی دی۔

''میرے حکم کی تعمیل میں ہی تو تم یہاں تک چلی آئی ہو۔''

''میں آپ کا حکم مانوں گی...... ضرور مانوں گی مگر مجھے معلوم بھی تو ہو کہ آپ مجھ سے کیا چاہتے ہیں...... اماں جان کے گھر بھجوا کر آپ مجھے سزا دینا چاہتے ہیں یا پھر یہ چاہتے ہیں کہ میں خود کو بدل کر نئے سانچے میں ڈھل جاؤں، اس طرح رہوں جس طرح موجودہ دور کی ماڈرن فیملیز کی لڑکیاں اور خواتین رہتی ہیں۔ ابھی تک مجھ پر دوسروں نے تنقید کی ہے۔ آپ کے خیالات میرے بارے میں کیا ہیں اس کا اظہار آپ نے ابھی تک مجھ سے نہیں کیا۔'' اس بار وہ اعتماد کے ساتھ بول رہی تھی اور طاب اسے حیرت سے سن رہا تھا۔

’’فار اگزامپل اگر میں کہوں کہ ہاں میں بھی تمہیں اپنی بہنوں اور بھانجیوں کی طرح ماڈرن اسٹائل میں دیکھنا چاہتا ہوں مجھے تمہارا چار گز کا دوپٹہ لپیٹے رکھنا پسند نہیں ہے تو پھر تم عمل کرو گی؟‘‘ طاب نے اسے گہری نظروں سے دیکھا۔اس کے چہرے کا رنگ متغیر ہو رہا تھا۔

’’جی کروں گی مگر اس کی بھی کچھ حدود مجھ پر لاگو ہوتی ہیں۔صرف گھر کی حدود میں اور صرف شوہر کے سامنے اس کی پسند کے مطابق آرائش وزیبائش کا بیوی کو حکم ملتا ہے مگر کسی نامحرم کے لئے اور گھر سے باہر جاتے ہوئے اپنے پردے کی حد پار کرنا جائز نہیں، غیروں کے کلچر کی تقلید میں ہم سبھی نے اپنے مذہب کے اہم امور کی پیروی نہ کرنے کے سبب جو نقصان اٹھایا ہے اور جو اٹھا رہے ہیں وہ سبھی کے سامنے ہے۔آج ہم بحیثیت مسلمان شرمندہ ہو رہے ہیں تو کیوں صرف اپنی شناخت کھونے کی وجہ سے۔ہم نماز، روزے، زکوٰۃ اور حج جیسے فرائض کی ادائیگی تو کرتے ہیں مگر اس راستے پر نہیں چلتے جسے ہمارے لئے صراط مستقیم بتایا گیا ہے۔غیر مذاہب کے اصول اپنا کر ان کی پیروی کرتے ہوئے اپنے مذہب اسلام کے چند فرائض ادا کر کے مسلمان ہونے کا دعویٰ صحیح ہے؟‘‘ وہ اپنے دھیمے لہجے میں بول رہی تھی اور طاب اسے سن رہا تھا۔

’’آئی ایم سوری...... مجھے افسوس ہے بے حد افسوس ہے میں آپ کی خواہش و مرضی کے مطابق نہیں چل سکتی۔آپ نے میرا انتخاب کر کے بہت بڑی غلطی کی تھی۔آپ کو چاہیئے تھا کہ اپنے ماحول کے مطابق کسی لڑکی کا انتخاب کرتے۔آپ کو لڑکیوں کی کمی نہیں تھی۔بہتر تھا آپ پہلے خود سے مشورہ لے لیتے۔جذبات میں اپنے ساتھ اپنے گھر والوں کو آزمائش میں نہ ڈالتے اور نہ ہی میرا امتحان لیتے...... میں بتا دیتی کہ میں آپ کے ساتھ چلنے کے قابل نہیں ہوں...... آپ......‘‘ وہ بے ربط سا بول رہی تھی۔بولتے بولتے اس کا تنفس تیز ہو رہا تھا۔

طاب اور اس کے درمیان فاصلہ اتنا تھا کہ وہ اس کی بگڑتی حالت نہ بھانپ سکا۔اپنی طبیعت کی گھبراہٹ کے زیر اثر ایک دم اٹھی چند قدم اٹھا کر چکرا کر گر پڑی...... واپسی کے خوف نے واقعی اسے ادھ موا کر رکھا تھا۔ رہی سہی کسر طاب کے رویے نے پوری کر دی تھی۔ڈاکٹر نے پہلے ہی کہا تھا کہ اگر وہ اسی طرح ٹینس رہی تو اس کا نروس بریک ڈاؤن ہونے کا خطرہ ہے۔طاب کو اندازہ نہیں تھا کہ وہ اس قدر کمزور اعصاب کی مالک ہے۔اس کی ذراسی ناراضگی برداشت کرنا سوہانِ روح ہوگا۔وہ فوراً لپک کر اس کے قریب آیا تھا۔

وہ بے ہوش ہو کر گر پڑی تھی۔طاب کے لئے صورتِ حال سنبھالنا مشکل ہو رہا تھا۔سمجھ نہیں آ رہی تھی کہ کرے تو کیا کرے۔ماما نہ جانے کہاں تھیں۔قسمت سے ذیشان چلا آیا تھا۔حیا کو موجود پا کر وہ حیران بھی تھا اور اس کی حالت پر پریشان بھی۔دونوں ہی اسے لے کر ہسپتال پہنچے۔جہاں اس کی ٹریٹمنٹ فوری طور پر کر دی گئی۔

طاب نے فائزہ کو بھی فون کر دیا تھا۔وہ بھی سیدھی وہیں چلی آئیں۔

’’میں نے تم سے کہا تھا طاب اس کے ساتھ آرام سے بات کرنا...... اس کی کنڈیشن بھی بتائی تھی تمہیں...... تم اس کے ساتھ کیا کرنا چاہتے ہو آخر...... اس کی اماں اپنے رویوں کی معافی مانگ چکی ہیں۔سبھی معذرت کر چکے ہیں تم سے پھر بھی تم...... مجھے شرم آ رہی ہے تمہارے رویے پر...... کسی جاہل مرد کی طرح صرف اپنی انا کی تسکین کے لئے تم ایک بے گناہ لڑکی کو اس طرح اذیت دو گے میں سوچ بھی نہیں سکتی تھی۔‘‘ فائزہ نے آتے ہی

اس پر چڑھائی شروع کردی۔ ایمر جنسی کے باہر کھڑے ہوکر دبے دبے لہجے میں وہ اپنا غصہ نکال رہی تھیں۔

طاب دیوار سے ٹیک لگائے کھڑا تھا اور ذیشان سارا معاملہ سمجھ کر مزید حیرت میں مبتلا ہوگیا تھا۔ وہ تو سمجھ رہا تھا کہ دونوں کے درمیان معاملات بہتری کی طرف گامزن ہیں مگر یہاں تو معاملہ وہی تھا۔

”مامابلیومی میں نے اس کے ساتھ برائی کوئی بات نہیں کی تھی۔ نیوایشوتو آپ جانتی ہیں، فری آپی اورامامہ اس کے بی ہیوئر سے ہرٹ ہوئی ہیں۔ میں ایکشن نہیں لیتا تو بھی سبھی کوشکوہ مجھی سے ہونا تھا۔“

”تمہارے ایکشن کاری ایکشن دیکھ لیا ہے ناں کیا ہوا ہے؟ طاب تم جانتے تھے کہ وہ لڑکی بائی نیچر بھی ہمارے ساتھ ایڈجسٹ نہیں ہوسکتی تھی۔ تم نے پھر بھی ضد دکھائی۔ اب اپنی ضد کا بھرم تو رکھو...... لاجکلی وہ سٹرونگ ہے۔ ہم کیوں اسے بدلنا چاہتے ہیں۔ بدلنا تو ہمیں خود کو چاہئے۔ ہم خود کو مسلمان کہتے ہیں لیکن صرف کہتے ہیں۔ اپنے کسی عمل سے ثابت نہیں کرتے۔ وہ ثابت کرتی ہے تو ہمیں برا کیوں لگتا ہے۔ تمہیں اندازہ نہیں ہے۔ پچھلے چند دنوں سے میں کس قدر گلٹی فیل کررہی ہوں۔ میری تربیت میں ہی کہیں کمی رہ گئی ہے جو تم سب کو صحیح معنوں میں اسلام اور مذہب کی پیروی کے اصول نہیں سمجھا سکی۔“ فائزہ فاروقی حقیقت نادم تھیں۔ ان کی آواز کی نمی طاب کو چونکا گئی۔ ذیشان خاموشی سے سارا معاملہ دیکھ اور سن رہا تھا۔

”مام...... میں نے تو اسے دل سے اپنایا تھا...... صرف آپ سبھی کے رویے مجھے پریشان کردیتے تھے۔ فری آپی، دیا آپی اور ملی آپیا بار بار مجھے میری غلطی کا احساس دلا رہی تھیں۔ میں کیا کرتا...... نہ چاہتے ہوئے بھی اوور ری ایکٹ کر جاتا تھا...... ویل پلیز ڈونٹ وری...... وہ ٹھیک ہو جاتی ہے تو میں اسے مطمئن کردوں گا...... پلیز مام دعا کریں وہ ٹھیک ہو جائے......“ طاب نے بڑھ کر انہیں کندھوں سے تھام کر جیسے یقین دلانے کی کوشش کی...... فائزہ نے اس کا ہاتھ تھام کر اسے بھی حوصلہ دیا۔ حیا کا نروس بریک ڈاؤن ہوگیا تھا۔ چھ گھنٹے بعد وہ خطرے سے باہر آئی تھی۔

ہوش میں آتے ہی اس نے خود کو ہسپتال کے ماحول میں دیکھا۔ پہلے تو وہ سمجھ ہی نہیں پائی اور پھر رفتہ رفتہ اس کی ساری حسیات بیدار ہونے لگی تھیں۔ اس کے احساسات اسے بتا رہے تھے کہ اس کے ساتھ کیا ہوا تھا۔ سارے واقعے کو اس کا ذہن پھر دہرا رہا تھا۔ وہ نئے سرے سے اذیت محسوس کررہی تھی۔

نرس نے اس کی کیفیت بھانپ کر اس کی ڈرپ میں ایک اور انجکشن لگا دیا تھا۔ اسے آرام کی ضرورت تھی۔ اسے ساری رات بے ہوش رکھا جانا تھا اور اسی رات میں فائزہ فاروقی نے اسے واپس لے جانے کا فیصلہ بھی کرلیا تھا۔ اپنے شہر میں وہ بہتر انداز میں اس کی دیکھ بھال کر اور کرواسکتی تھیں۔ طاب ایسا چاہتا تو نہیں تھا مگر اپنی ماما کے سامنے مجبور تھا۔ پھر بھی اس نے کوشش کی تھی۔

”مام حیا کی کنڈیشن بہتر ہو جاتی تو آپ چلی جاتیں۔ یہاں میں بھی ہوں وہاں آپ تنہا پریشان رہیں گی۔“

”نہیں میں نے ڈاکٹر سے بات کرلی ہے۔ صبح تک ان شاء اللہ حیا بہتر ہوگی۔ ڈاکٹر نے اسلام آباد CMH میں حیا کو ریفر کردیا ہے۔ وہاں اس کی بہنیں بھائی بھی ملنے آسکتے ہیں۔ پاسبل ہو تو تم لیو لے کر آجاؤ......

اور سنو اس بار ساری فارملیٹیز پوری کر کے آنا..... حیا ٹھیک ہو جائے تو وہ یہاں تمہارے ساتھ رہے گی انڈرسٹینڈ.....'' فائزہ نے دوٹوک اپنا فیصلہ صادر کر دیا۔ طاب بس خاموش رہ گیا۔

○.....❖.....○

''اب کیا ارادے ہیں تمہارے.....'' ذیشان اور طاب فائزہ فاروقی اور حیا کے جانے کے بعد میس چلے آئے تھے۔ طاب مسلسل خاموش تھا۔ طاب کی خاموشی کو ذیشان نے توڑنے کی کوشش کی تھی۔ وہ ایک دم چونک کر ذیشان سے پوچھنے لگا تھا۔

''تم نے مجھ سے کچھ کہا.....؟''

''کہاں گم ہو یار..... پچھتا رہے ہو.....'' ذیشان نے پھر استفسار کیا۔

''ہاں..... غلطی تو ہوئی ہے مجھ سے..... نہ جانے کیسے میں..... میں حقیقتوں کو فراموش کر گیا۔ سب کچھ میرے سامنے تھا۔ اپنا ماحول، اپنے گھر کے لوگ..... اپنی سوسائٹی..... حیا کو بس دیکھا اور جیسے میں کسی ٹرانس میں چلا گیا۔ مجھے اپنے لئے صرف وہی نظر آئی..... اپنے سوا میں نے کسی اور کے بارے میں سوچا ہی نہیں..... حیا کے بارے میں بھی نہیں کہ یہاں آ کر میری زندگی میں شامل ہو کر اسے ایک نئی دنیا نئے ماحول میں جینا پڑے گا۔ اس ماحول و دنیا میں جس کا اس نے تصور بھی نہیں کیا تھا۔ وہاں رہنا اور ایڈجسٹ ہونا اس کے لئے مشکل ہی نہیں کٹھن ترین بن جائے گا۔ سب مجھے سمجھا رہے تھے مگر میں..... میں جذبات میں سمجھ ہی نہیں پایا کہ اپنے اصولوں پر قائم رہنے والوں کے لئے اپنا آپ بدلنا ممکن نہیں ہوتا..... خصوصاً ان لوگوں کے لئے جو اپنے اصولوں کی سچائی ثابت کرنے کی اہلیت رکھتے ہوں۔'' ذیشان اسے بولتے ہوئے حیرت سے سن رہا تھا۔ سرسراتے لہجے میں پوچھا۔

''کیا کرنا چاہتے ہو اب تم.....''

''آئی ڈونٹ نو..... شان میں بہت اپ سیٹ ہوں۔ حیا کی سادگی اس کی شرم و حیا میرے لئے تو اعزاز ہے ایک مشرقی مرد اور مسلمان مرد اپنی بیوی کو اسی طرح باحیا دیکھنا چاہتا ہے مگر ہمارا ماحول اور زمانے کی تقلید کا خمار ہمیں اپنے ہی رستے پر لا کھڑا دیتا ہے۔ حیا کے خلاف میری بہنوں کی جو مخالفت شروع ہو گئی ہے۔ مجھے نہیں لگتا وہ کبھی ختم ہو پائے گی۔'' وہ الجھا الجھا بول رہا تھا۔

''تمہاری کمزوری نے ہی تو تمہیں آج یہ دن دکھایا ہے۔ جب تمہیں حیا بھابی کے کسی عمل اور طریقے پر اعتراض نہیں ہے تو باقی سب کی مخالفت کوئی معنی نہیں رکھتی۔ صرف اپنے دل سے پوچھو کہ تم کیا چاہتے ہو..... دوسروں کے کندھوں پر رکھ کر بندوق چلانے والے اکثر نقصان اٹھاتے ہیں۔ وہ بالکل بھی دقیانوس نہیں ہیں۔ ایک نارمل روٹین لائف ہے ان کا جو کہ ہر مسلمان لڑکی کا ہونا چاہئے۔ انہیں زمانے کی خبر ہے۔ رشتوں کو نبھانا جانتی ہیں۔ سلیقہ و ہنر بھی رکھتی ہیں۔ صرف فیشن کی اندھا دھند تقلید نہیں کرتیں۔ پردے کے ساتھ گھر سے نکلتی ہیں تو اس میں برائی کیا ہے۔ نامحرموں سے میل جول پسند نہیں کرتیں تو اس میں شور مچانے کی ضرورت کیا ہے۔ وہ اپنے فرائض سے آگاہ ہیں۔ انہیں اس طرح الزام دے کر اپنے اعمال کی پردہ پوشی کرنا ٹھیک ہے کیا؟ اصل بات یہ ہے کہ حیا بھابی کی روش دیکھ کر تم اندر ہی اندر خوفزدہ ہو گئے ہو۔ تم سب کا ''اچھا مسلمان'' نہ ہونے کا احساس ندامت

ان کے خلاف کر رہا ہے اور کوئی بات نہیں ہے بہر حال میں آخری بار تمہیں سمجھاؤں گا کہ جوش جذبات میں کوئی بھی غلط قدم مت اٹھا لینا۔'' ذیشان نے بہت رسانیت سے اسے سمجھانے کی کوشش کی تھی۔ طاب نے جیسے سمجھنے کا اشارہ دے کر سر ہلایا۔

''تم ٹھیک کہہ رہے ہو...... ہم لوگ اکثر دوسروں کی خاطر سچ کو سچ کہنے سے کترا جاتے ہیں حالانکہ ہمارا ضمیر اندر ہی اندر ہمیں ملامت کر رہا ہوتا ہے۔ ہماری غلطیوں کا احساس دلاتا رہتا ہے۔ ہم اپنے ہی ضمیر کی آواز دبا جاتے ہیں تو مقابل کا سچ کیسے ایکسیپٹ کر سکتے ہیں۔ حیا عام لوگوں سے بالکل مختلف ہے تبھی اسے کسی کا خوف نہیں ہے۔ جانتے ہو وہ یہاں مجھ سے کیا کہنے آئی تھی؟'' طاب نے اعتراضیہ لہجہ اپنایا۔ ذیشان نے متعجب ہو کر اسے دیکھا تھا۔ بولا نہیں......

''یہی کہ وہ دنیا کے لئے خود کو نہیں بدل سکتی۔ میری چاہت پر بھی نہیں ہاں مگر میرے لئے خود کو بدل سکتی ہے صرف میرے لئے...... اور میں پھر بھی اسے آزمائش میں ڈال رہا تھا۔ مجھے اور کیا چاہئے تھا...... میں حیران ہوں وہ اتنی سی عمر میں بھی ایسی پختہ سوچ رکھتی ہے۔ اپنے ہی عمل پر مجھے اب شرمندگی ہو رہی ہے۔ میں اسے کیسے فیس کروں گا۔ میری وجہ سے وہ کس قدر اذیت میں ہے میں اسے سمجھ ہی نہیں سکا۔ چھوٹی چھوٹی باتوں کو ایشو بنا کر میں نے کتنے خوبصورت لمحے ضائع کر دیئے۔ صرف اس لئے کہ میرے اپنے مجھ سے خفا تھے۔ میں نے اس کا خیال ہی نہیں کیا کہ وہ بھی تو اچانک سب کچھ چھوڑ کر میرے ساتھ چلی آئی تھی۔ اسے اپنے ساتھ ہم سفر رکھنے کی کوشش ہی نہیں کی...... اگر میں اسے اپنی ذات کا اعتماد دیتا تو آج اس کی حالت اور حالات ایسے نہ ہوتے۔''

طاب آج جیسے اپنا محاسبہ کر رہا تھا۔ ذیشان بھی اسے سنے جا رہا تھا۔ وہ خاموش ہوا تو ذیشان اٹھ کر اس کے قریب آ بیٹھا۔ اس کے گرد بازو پھیلا کر دوستی کا مضبوط حصار بنایا۔

''ڈونٹ وری یار...... وقت ابھی بھی تیری مٹھی میں ہے۔ حیا بھابی سنبھلیں گی تو تیری مجبوری بھی سمجھ جائیں گی۔ تم صبح لیو کے لئے اپلائی کر دو۔ پرسوں سے تو ویسے بھی ویک اینڈ شروع ہو رہا ہے۔ میرا مشورہ ہے تم اب یہ چند دن ان کے ساتھ گزارو۔ انہیں اس پریشانی سے نکالو۔ تمہاری پروٹیکشن انہیں مطمئن کر دے گی۔'' طاب نے سر ہلا کر رضامندی دی۔

فائزہ نے اگلی صبح حیا کی اماں جانی کو اطلاع دے دی تھی کہ حیا ہسپتال میں ہے۔ خبر ملتے ہی اس کی بہنیں، بہنوئی، بھائی بھاوج، اماں جانی سمیت چلے آئے تھے۔ حیا کا ہسپتال میں ہونا سبھی کے لئے پریشان کن تھا۔ ردا بھی لاہور سے دوپہر تک آ گئی تھی۔ حیا کو گیارہ بجے صبح ہوش آیا تھا۔ وہ بھی اپنے ارد گرد سبھی کو دیکھ کر حیران ہو رہی تھی۔ دل میں ہزاروں خدشے اٹھ رہے تھے۔ گرنے کے بعد تو اسے ہوش ہی نہیں رہا تھا کہ اس کے ساتھ کیا ہوا اور وہ کیسے یہاں تک پہنچی۔

طاب کا ردِعمل کیا رہا۔ فائزہ نے اس کے گھر والوں کو کیا کہہ کر بلایا۔ وہ کچھ نہیں جانتی تھی۔ الجھن سے اس کا سر پھر سے بوجھل ہو رہا تھا۔ اماں جانی اس کے سرہانے بیٹھی تھیں۔ زینب بھابی اور بہنیں ارد گرد کھڑی تھیں۔ حالانکہ نرس کئی بار انہیں وہاں سے جانے کے لئے کہہ چکی تھیں۔ پھر بھی وہ لوگ اس کے روم میں موجود تھے۔

فائزہ فاروقی نے شہریار سے باہر آ کر رسانیت سے بات کی۔

''بیٹا...... اِف یو ڈونٹ مائنڈ...... رول اینڈ ڈسپلن کے تھرو اتنے وزیٹر والاوڈ نہیں ہیں۔ ان شاءاللہ شام تک حیا گھر چلی جائے گی۔ پھر آپ سبھی گھر پر آ جانا...... یہاں کوئی ایک ہی سٹے کر سکتا ہے۔''

''جی آنٹی آپ ٹھیک کہہ رہی ہیں۔ میں ابھی اماں جانی سے بات کرتا ہوں۔ ایکچولی حیا کا ہسپتال میں ہونے کا سن کر سبھی پریشان ہو گئے تھے اور پھر سبھی چلے آئے۔'' شہریار نے قدرے رسانیت سے بات کی۔ حالانکہ اماں جانی نے اسے کافی زیادہ پمپ کیا تھا کہ حیا کے بارے میں ضرور پوچھے کہ اس کی اس حالت کا ذمہ دار کون ہے۔ اماں جانی بھی اس کے پیچھے ہی چلی آئی تھیں۔

''میں تو اپنی بچی کے پاس ہی رہوں گی۔ تم سب بے شک چلے جاؤ...... نہ جانے میری بیٹی کو کیا دکھ ہے جو یہ حال ہوا ہے۔'' اماں جانی کا لہجہ تو ممتا بھرا تھا مگر فائزہ کو کافی محسوس ہوا تھا۔ لیکن اس وقت وہ کچھ کہنا نہیں چاہتی تھیں۔ کہا تو بس اتنا......

''جی...... جی آپ ضرور رہیے......''

''ٹھیک ہے اماں جانی ہم چلتے ہیں۔ ردا بھی آنے والی ہے۔ اسے ایئر پورٹ پر پک کرنے جانا ہے۔''

''ہاں...... ہاں جاؤ...... اور سنو اسے ادھر ہی چھوڑ جانا...... وہی بہن سے پوچھے گی کہ......''

''اماں آپ بھی آ جایئے...... ردا کے ساتھ ہی آ جانا ابھی ڈاکٹر راؤنڈ پر آنے والے ہیں۔ یہاں کسی کو ٹھہرنے کی اجازت بھی نہیں ہے۔ آپ تنہا یہاں کیا کریں گی۔'' شہریار نے ایک دم مداخلت کر کے انہیں مزید کچھ کہنے سے روکا تھا۔ اسے فائزہ فاروقی کی ناراضگی کا اندیشہ تھا۔

اماں جانی نے بیٹے کو کچھ خفگی سے دیکھا ضرور مگر کہا کچھ نہیں۔

''اچھا ٹھیک ہے میں بھی جا کر اس کے لئے یخنی، دلیہ وغیرہ بنا لیتی ہوں۔ پھر ردا کے ساتھ ہی آ جاؤں گی۔'' وہ بادلِ نخواستہ بیٹے کے ساتھ جانے پر راضی ہوئیں۔ دل تو یہیں رہنے پر مچل رہا تھا۔ مگر کیا کرتیں یہاں ٹھہرنا واقعی ممکن نظر نہیں آ رہا تھا۔ وہ دیکھ رہی تھیں کہ سمدھن بار بار ہسپتال کے عملے سے معذرت کر رہی تھیں۔

''نہیں...... نہیں پلیز آپ بالکل بھی تکلف مت کیجئے گا۔ حیا کے لئے کھانا گھر سے وقت پر آ جائے گا۔ ابھی اسے نمک تو الاوڈ بھی نہیں ہے نہ ہی سوپ وغیرہ۔'' فائزہ فاروقی نے فوراً ہی انہیں منع کیا۔ وہ حیرانگی سے دیکھے گئیں۔

''ہوا کیا ہے میری بچی کو...... پتہ بھی تو چلے...... اسے تو کبھی چھینک بھی نہیں آئی تھی۔ اب اچانک نمک مرچ بند ہو گیا۔ خدا خیر کرے ایسی کیا بیماری ہو گئی اسے۔''

''آپ پریشان نہ ہوں۔ اب وہ بہتر ہے کل ہم شہر سے باہر طاب کے پاس گئے تھے۔ راستے کی تھکن سے حیا کا بی پی بڑھ گیا تھا۔'' فائزہ نے ان کی تسلی کرانی چاہی مگر ان کی تشویش بڑھ گئی۔

''ہمارے ہاں تو بڑھاپے میں کہیں جا کر بی پی وغیرہ کا مرض ہوا کرتا ہے وہ بھی سو بکھیڑوں، پریشانیوں کی وجہ سے...... حیا کی عمر میں تو کوئی فکر پریشانی ہی نہیں ہوتی...... ہائے نہ جانے کیا فکر لگ گئی ہے میری بچی کو......

سچ بتایئے ہماری بیٹی اور داماد تو آپس میں سلوک سے ہیں کہ نہیں......'' فائزہ ایک دم ہی انہیں دیکھنے لگیں۔ کہیں تو کیا کہیں...... وہ ہاتھ تھامے کافی عاجزی سے فکر سے پوچھ رہی تھی۔

''میں نے کہا ہے ناں آپ پریشان نہ ہوں...... سب ٹھیک ہے۔ آپ کو تو معلوم ہے آج کل بچیاں کھانے پینے سے لاپروائی برت جاتی ہیں۔ نتیجہ بھی ایسا ہی نکلتا ہے۔ طاب آج آجائے گا۔ آپ خود تسلی کر لیجئے گا۔'' فائزہ فاروقی نے جیسے اپنی جان چھڑائی شہریار بھی بمشکل اماں جانی کو لے کر گیا تھا۔

پھر ردا تو آئی مگر اماں جانی کو شہریار نے بڑی مشکل سے گھر پر ٹھہرنے کے لئے آمادہ کیا تھا۔ اماں جانی بھی شام کو دوبارہ جانے کے بہلاوے کے ساتھ ٹھہر گئی تھیں۔

ردا کے آنے کے بعد فائزہ کو حیا نے بڑی منت سے گھر آرام کے لئے بھجوایا تھا۔ اسے احساس تھا کہ وہ گزشتہ دن اور رات کے بعد اب دوپہر تک مسلسل اس کے لئے جاگ رہی تھیں۔ نہ صرف جاگ رہی تھیں بلکہ سخت بے آرام بھی تھیں۔ ردا نے بھی اپنی موجودگی کا بتا کر انہیں اطمینان دلایا تھا۔ تب وہ گھر جانے پر آمادہ ہوئی تھیں۔ اپنی کسی بیٹی کو انہوں نے اطلاع نہیں دی تھی کہ مبادا ان کی آمد کے بعد کوئی ایسی بات ہو جائے جو حیا کے لئے ناقابلِ برداشت ہو۔

طاب کے آنے تک اس سے مشورہ کئے بنا وہ کسی کو کچھ نہیں بتانا چاہتی تھیں۔

○......❖......○

''کیا مسئلہ ہے حیا! بی پی کیوں بڑھالیا۔ سب خیریت تو ہے ناں۔'' حیا کی طبیعت اب بالکل ٹھیک تھی۔ بلڈ پریشر بھی نارمل تھا۔ ردا کو بھی اب موقع ملا تھا۔ اس لئے وہ بڑی اپنائیت سے پوچھ رہی تھی۔

''آپی کوئی مسئلہ نہیں ہے اور بیماری اپنے اختیار میں تھوڑی ہوتی ہے۔'' حیا کا انداز ٹالنے والا تھا۔

''وہ تو ٹھیک ہے کہ بیماری اپنے اختیار میں نہیں ہوتی مگر یہ بی پی بڑھنا وہ بھی تمہاری عمر میں کوئی اچھی علامت نہیں ہے بعد میں بہت مصیبت پیدا ہو جاتی ہیں۔ سچ بتاؤ کوئی چکر و کر تو نہیں ہے۔'' ردا نے ذو معنی لفظوں سے اسے چھیڑا۔ حیا ناسمجھی سے دیکھتے ہوئے بولی۔

''کیسا چکر......؟ میں نے کہا ہے نا سب ٹھیک ہے۔ آپ پریشان نہ ہوں۔'' اس کی ناسمجھی پر ردا کھل کر مسکرائی۔

''اسٹوپڈ میں کسی ننھے مہمان کی آمد کے چکر کا پوچھ رہی ہوں۔'' ردا کی بات حیا کے چہرے پر لالی بکھیر گئی۔ قدرے خفگی سے بولی۔

''آپ ایسی باتیں نہ کریں میرے ساتھ......''

''ارے کیوں نہ کروں اڑھائی تین ماہ تو ہو رہے ہیں تمہاری شادی کو ایک دو ماہ اور گزریں گے تو ساس، نندیں بھی پوچھیں گی...... ہے کوئی ایسا معاملہ؟''

''پلیز آپی...... آپ کی شادی کو بھی تین سال ہو گئے ہیں آپ سے کس نے پوچھا؟''

''سبھی پوچھتے تھے......اب جان چھٹی ہے میری بھی تمہاری شادی کے دنوں میں ہی خوش خبری ملی ہے مجھے

بھی سب بہت خوش ہیں۔'' ردا کے چہرے پر بالکل نئی چمک لہرا رہی تھی۔ حیا کو بھی جیسے اب سمجھ آئی تھی وہ بے ساختہ بولی۔

''واقعی؟ آپ مجھے اب بتا رہی ہیں۔''

''تم سے ملتی تو بتاتی اور فون پر تمہیں جلدی رہتی تھی۔ خیریت پوچھتی اور کھٹاک سے فون رکھ دیتی ہو۔ ادھر سے کوئی پابندی تھی۔'' ردا نے پھر اپنے انداز میں کریدا۔

''پابندی؟ نہیں تو...... وہ تو آپ جانتی ہیں مجھے لمبی بات کرنے کی عادت نہیں۔''

''میاں صاحب سے تو رات رات بھر گفتگو رہتی ہوگی۔ ہم سے بات نہیں ہوتی۔'' ردا نے پھر سے چھیڑا۔

''نہیں......ان سے بھی لمبی بات نہیں ہوتی۔''

''اچھا......؟ کیوں...... ابھی تک تم دونوں میں انڈرسٹینڈنگ ڈویلپ نہیں ہوئی۔ نئی نئی شادی میں اس طرح دوریاں ہوں تو زیادہ بے چینیاں بڑھتی ہیں۔ فیضان تو ابھی تک میرے ادھر آنے پر چڑتے ہیں۔ صاف کہہ دیتے ہیں انہیں میری دوری برداشت نہیں۔ طاب تم سے نہیں کہتا کہ......'' ردا کا انداز حیا کو الجھا رہا تھا وہ ایک دم بے چینی سے بات کاٹ گئی۔

''آپ مجھ سے آج کس قسم کی باتیں کر رہی ہیں۔ طاب مجھے کیا کہتے ہیں میں آپ کو کیوں بتاؤں۔'' ردا نے اس کے چڑنے اور چمک کر بولنے پر پہلے اسے حیرت سے دیکھا۔ پھر اسے اسی انداز میں مخاطب کیا۔

''واہ چھٹکی تم تو بڑی تیز ہوگئی ہو...... سچ بتاؤ طاب نے منع کیا ہے ناں ہمیں کچھ بتانے سے...... بڑی تیز چیز ہے۔ وہ بھی...... پہلے تو مہینے میں دو تین بار فون پر بات کر لیتا تھا۔ اب جب سے بہنوئی بنا ہے ایک بار بھی کال نہیں کی۔ ملنے دو مجھے میں اسی سے سب کچھ اُگلوالوں گی۔''

''پلیز آپی...... آپ ان سے کچھ نہیں پوچھیں گی۔ کچھ نہیں کہیں گی۔ وہ پہلے ہی خفا ہیں مزید ناراض ہو جائیں گے۔'' حیا روانی میں جیسے اس پر انکشاف کر گئی۔ وہ جس طرح گھبرا کر بولی تھی وہ عمل ردا کو ٹھٹکنے پر مجبور کر گیا۔

''وہ کیوں ناراض ہے کیا بات ہے۔ کوئی مسئلہ ہے تو ہمیں بتاؤ۔ ہم حل کر دیں گے۔'' ردا نے اسے پھر اکسایا۔

''کوئی مسئلہ نہیں ہے۔'' وہ روٹھے روٹھے انداز میں گویا ہوئی۔

''کیا وہ ابھی تک اماں جانی کے رخصتی والے عمل پر ناراض ہے؟ اسے اپنی غلطی کا احساس نہیں ہے کہ اس نے بھی تو منگنی کے بجائے نکاح کا الٹی میٹم دے دیا تھا۔ اسے اس طرح شادی پر اعتراض تھا تو اسی وقت بتا دیتا اب تم سے کسریں نکال رہا ہے تو کیوں...... ہم سے صاف بات کرتا۔'' ردا کو بھی غصہ آ گیا۔ حیا کی حالت کا اصل محرک کیا تھا اسے اب سمجھ آ رہی تھی۔

''آپی آپ غلط سمجھ رہی ہیں۔ وہ بات تبھی ختم ہوگئی تھی۔'' حیا نے دھیمے لہجے میں کہا۔

''نئی بات کیا ہے جس سے تم اس قدر ٹینس ہو کر ہسپتال میں آ پڑی ہو۔ شکل دیکھو اپنی سارا نکھار غائب

ہے۔ بلاوجہ تو نروس بریک ڈاؤن نہیں ہوتا ناں......'' ردا نے اس بار بھی خفگی سے پوچھا۔

''آپی آپ فضول میں پریشان ہو رہی ہیں۔ میری طبیعت پہلے سے خراب تھی اس دن ماما مجھے سرپرائز دینے بنا بتائے طاب کے پاس لے گئی تھیں۔ وہاں ہوٹل کا کھانا کھاتے ہی میری طبیعت خراب ہونے لگی تھی...... پھر مجھے نہیں پتہ چلا میرے ساتھ کیا ہوا۔''

''حیا...... تمہیں جھوٹ بولنا نہیں آتا...... مت جھوٹ بولو...... دیکھو طاب کا رویہ اگر ویسا ہی ہے تو مجھے بتاؤ۔ میں اس سے بات کروں گی۔ اور اس میں تمہارا نام بھی نہیں آئے گا۔ مجھے معلوم ہے مجھے اس کے ساتھ کس طرح بات کرنی ہے۔'' ردا نے اسے نرمی سے سمجھانے کی کوشش کی۔

''آپی آپ میرے لئے اور مشکلات بڑھا دیں گی۔ پہلے ہی سب کے لئے میری ذات مسئلہ بنی ہوئی ہے اب آپ مجھے......'' حیا کا ضبط جواب دے گیا تھا۔ وہ ایک دم پھوٹ کر رونے لگی تھی۔ اور پھر آنسوؤں کے ساتھ ہی اس نے سارا قصہ کہہ سنایا۔

''مجھے یہ بات سمجھ نہیں آئی کہ آپ لوگوں نے کیا سوچ کر مجھے ایک نئے اور مختلف ماحول اور لوگوں میں بھیجنے کا سوچ لیا۔ جس طرح میرے لئے ان کا ماحول اپنانا مشکل ترین عمل ہے اسی طرح میری ذات ان کے لئے مسائل بڑھا رہی ہے۔ بتائیں میں کیا کروں...... کس طرح سب کو مطمئن کروں۔'' آخر میں حیا بے بسی سے شکوہ کناں ہوئی۔ ردا اسے پوری سنجیدگی سے سن رہی تھی وہ اس کے خاموش ہوتے ہی بولی۔

''حیا......! میری بہن سسرال میں اسی طرح خود کو بدل کر جینا پڑتا ہے۔ اپنی جگہ بنانے کے لئے اسی ماحول میں رچنا بسنا پڑتا ہے۔ میں نے تمہیں پہلے ہی سمجھایا تھا کہ ماں کے اصولوں کو لے کر وہاں مت جانا بلکہ ان کے قاعدے اور طریقوں کو اپنانا۔ انہی کے اصولوں پر چلنا۔ مگر تم نے تو بے وقوفی کی حد کر دی۔ جاتے ہی سب کو صحیح غلط بتانے لگیں...... کیا وہ لاعلم ہیں۔ نہیں سب کو علم ہوتا ہے بس عمل نہیں کرتے یا پھر اپنے عمل کو درست سمجھتے ہیں...... میں تمہیں پھر سمجھاؤں گی کہ اپنی ضد چھوڑ دو۔ جیسا طاب اور اس کے گھر والے چاہتے ہیں ویسی زندگی گزارو۔ اسی طرح رہو آخر تمہیں ساری زندگی وہیں گزارنی ہے۔''

''ضد......؟ آپی میں نے کیا ضد کی ہے، ایک اصول کی بات کی تھی۔ شرع کے حساب سے اپنی ''حد'' کا بتایا تھا۔ میں نے کوئی غلطی نہیں کی۔ یا پھر اماں کو چاہئے تھا ہماری تربیت ایسے نہ کرتیں۔ ہمیں صحیح غلط نہ بتاتیں۔ ہمیں زمانے کے حساب سے چلنے دیتیں۔ ہم بھی بے مہار ہو کر جیسے چاہتے جیتے۔ دنیا جدھر لے جاتی چل پڑتے...... آپی میں ان لوگوں کو تو بدلنے کے لئے نہیں کہہ رہی۔ وہ جیسے ہیں ویسے رہیں مگر مجھے تو کوئی مجبور نہ کرے کہ میں بھی اسی انداز سے چلوں جس سے، میرا ضمیر مطمئن نہ ہو...... میں اپنا تقدس خود ہی کیسے پامال کروں۔ قرآن پاک کی دو سورتوں میں سورہ نساء اور سورہ نور میں جب خواتین کے تمام حقوق و فرائض کا تعین کر دیا گیا، ان کے رہن سہن کے بارے میں ہدایات دے دی گئیں تو پھر ان سے انحراف کا مطلب کیا ہوا...... ہم اپنے دین کے بتائے اصولوں اور قاعدوں کو نہیں مانتے؟ یا پھر یہ کہ ہمارا مفاد جن احکام کو ماننے میں ہے ہم صرف انہی پر عمل پیرا ہوں گے۔ باقی سب فراموش کر دیں گے۔'' حیا نے بہت سنجیدگی اور گہرائی سے بات کی، ردا کے

چہرے پر شرمندگی لہرا گئی اور کمرے میں داخل ہوتے طاب رحیم فاروقی کے قدم کمرے سے باہر ہی ساکت رہ گئے۔

اس نے حیا کی ساری باتیں سن لی تھیں۔ وہ سیدھا ہسپتال ہی آیا تھا۔ حیا کی حالت کی ذمہ داری پہلے ہی اس پر آرہی تھی اب اس کی باتیں اسے مزید احساسِ ندامت بخش رہی تھیں...... اپنے عمل وسوچ پر آج گرفت کرنا مشکل نظر آرہا تھا۔ حیا کو مطمئن کرنا آسان نہیں لگ رہا تھا۔ البتہ حیا کی باتیں، اس کی سوچ اسے نئی راہ دکھا رہی تھیں۔ حیا کا شریکِ حیات ہونا اسے نئی خوشی دے رہا تھا۔ اب سے پہلے اس نے نہیں سوچا تھا کہ حیا کی کس ادا نے اسے اسیر کیا تھا۔

آج یہ بات بڑی واضح اس کے ذہن میں اُبھری تھی کہ یقیناً اس نے حیا کی سادگی کے علاوہ اس کی انفرادیت سے متاثر ہو کر اسے اپنانے کا فیصلہ کیا تھا اور یہ فیصلہ اس سے قدرت نے کروایا تھا۔ ورنہ وہ کبھی بھی اپنی محبت نہ پاسکتا۔

''حیا تم اتنی سی عمر میں کس قدر گہری اور مثبت سوچ رکھتی ہو...... دیکھو میں تمہیں اپنی سوچ، رویہ اور عمل بدلنے کے لئے نہیں کہہ رہی۔ بس میری جان تم کچھ وقت خاموشی سے گزار لو...... بے شک یہ کٹھن عمل ہے مگر سنو تمہارا احتجاج تمہیں اور اماں جانی کے ساتھ، ہم سب کو کوئی ایسا دکھ نہ دے دے جس کا مداوا نہ ہو سکے۔

تم کسی سے کچھ مت کہو بس طاب سے بات کرو، وہ یقیناً تمہارا نظریہ سمجھ جائے گا۔ آہستہ آہستہ سبھی تمہیں سمجھنے لگیں گے۔ ایسا کرو کچھ دن اماں جانی کے گھر رہنے آجاؤ۔ تم مطمئن ہو کر سوچنا کہ تمہیں کیا کرنا چاہئے۔ مجھے یقین ہے تم اپنی سمجھداری سے اپنے حالات بدل لوگی اور ایک بات یاد رکھنا اماں جانی سے کچھ مت کہنا جب تک کہ تم کسی نتیجے پر نہ پہنچ جاؤ...... اب بالکل ٹینشن نہیں لینی۔ میں تمہارے لئے سیب کاٹتی ہوں تم وہ کھاؤ...... شاباش ہمت نہیں ہارنی۔

ردا، بہن کو اپنے انداز میں تسلی دے رہی تھی۔ طاب باہر کھڑا سوچ رہا تھا کہ اندر جائے یا پلٹ جائے۔ کچھ دیر سوچنے کے بعد اس نے ہلکی سی دستک دی۔ سیب کاٹتی ردا نے چونک کر دروازے کی طرف دیکھا۔ طاب دستک دے کر اندر آرہا تھا۔

''السلام علیکم......!'' مہذب ومختصر لہجہ۔ ردا اور حیا اسے دیکھ کر حیران ہوئیں۔

''تم......؟ تمہیں دستک دے کر آنے کی ضرورت تھی......؟'' ردا کا انداز خبر گیری والا تھا۔

''مجھے کنفرم نہیں تھا کہ روم میں کون کون ہوگا۔''

''ایبٹ آباد سے ادھر ہی آرہے ہو......؟'' ردا نے اسی انداز میں پوچھا۔

''لیس......اب کیسی طبیعت ہے۔'' وہ بیڈ کے قریب پڑی چیئر پر بیٹھتے ہوئے پوچھ رہا تھا۔

''مجھ سے پوچھ رہے ہو؟ یا......'' ردا نے سیب کی قاشوں بھری پلیٹ اس کی طرف بڑھائی۔ طاب نے ہاتھ کے اشارے سے منع کرتے ہوئے جواب دیا

''آف کورس جس کی طبیعت خراب ہے اسی سے پوچھوں گا۔ آپ تو خیریت سے ہیں ناں...... آپ کی

ہیلتھ تو کافی اچھی نظر آ رہی ہے۔"

"الحمدللہ...... تم ویک اینڈ گزارنے آئے ہو گے۔"

"نہیں حیا کی خیریت معلوم کرنے آیا تھا۔ تم نے بتایا نہیں تمہاری طبیعت کیسی ہے۔" اس بار طاب نے براہِ راست پوچھا۔

"اچھی ہے......" وہ کہتے ہوئے کچھ اٹھ کر بیٹھ گئی۔ ردا نے زبردستی پلیٹ اسے تھمائی۔

حیا تم نے جوس بھی نہیں پیا تھا کم از کم یہ تو ختم کرو۔"

"آپی...... دل نہیں چاہ رہا اور......"

"حیا دل چاہے نہ چاہے یہ ختم کرو۔"

بھابی آپ گھر جانا چاہیں تو میں نے ڈرائیور بلوایا ہے۔ آپ کو چھوڑ آئے گا۔" طاب نے حیا کو نرمی سے کہتے ردا کو بھی مخاطب کیا۔

"ہاں جانا تو ہے...... مگر شیری بھائی لینے آ جائیں گے۔ فائزہ آنٹی کو معلوم ہے کہ تم آ گئے ہو۔" ردا نے بھی اسی طرح بات کی۔

"جی...... مام سے فون پر بات ہو گئی ہے۔ ہم بھی ایک دو گھنٹے میں یہاں سے چلے جائیں گے۔ آئی مین میں نے ڈاکٹر سے گھر جانے کی بات کر لی ہے۔ پیپر فارمیلٹیز پوری ہوتے ہی ہم چلے جائیں گے۔ اسی لئے میں آپ سے کہہ رہا تھا کہ آپ کو ڈرائیور ڈراپ کر آتا ہے۔" طاب نے سارا پروگرام بتایا۔

"ہاں...... آنٹی بتا رہی تھیں۔ حیا شام تک ڈسچارج ہو جائے گی۔ اگر تم برا نہ مانو تو میں سوچ رہی تھی کہ حیا چند دن اماں جانی کے ساتھ گزارے۔ آئی تھنک اس کی طبیعت پر اچھا اثر پڑے گا۔" ردا نے اپنے طور پر بات بڑھائی۔

"حیا کا دل چاہے تو بے شک وہاں رہ لے۔ مجھے کوئی اعتراض نہیں ہے۔" طاب اپنی جگہ سے اٹھ کر صوفے پر جا بیٹھا۔

"نہیں ابھی نہیں...... جب میری طبیعت بالکل اچھی ہو گی تو پھر میں اماں جانی کے پاس رہنے جاؤں گی۔ ابھی نہیں۔" حیا نے فوراً قطعیت سے کہا۔ طاب بھی نہیں چاہتا تھا کہ وہ جائے۔ بہت کچھ کہنے سننے کو دل مچل رہا تھا اور اب وہ کوئی موقع گنوانا نہیں چاہتا تھا۔

"حیا......! اماں جانی تمہاری وجہ سے کافی پریشان ہیں۔ ان کے پاس رہو گی تو ان کی فکر بھی ختم ہو جائے گی۔"

"آپی مجھے اس طرح دیکھ کر اماں اور پریشان ہوں گی۔ مجھے جانا تو ہے مگر کچھ دن بعد...... بس طبیعت سنبھل جائے تو......" طاب نے گردن موڑ کر اس کا چہرہ دیکھنا چاہا...... جو بالکل سپاٹ تھا اس کے لہجے کی طرح...... اور پھر ردا چاہ کر بھی اسے ہمراہ نہ لے جا سکی۔ جبکہ حیا طاب کی موجودگی سے مزید گم صم ہو گئی۔ گھر آ کر بھی اس کی خاموشی نہیں ٹوٹی، ملیحہ و مدیحہ اس کے ہاسپٹلائز ہونے کی اطلاع پر کئی شکوے لے کر اس کی خبر

گیری کو آئی تھیں۔ فریحہ تو اطلاع پا کر بھی نہیں آئی۔ فائزہ نے بیٹیوں کو پہلے ہی منع کر دیا تھا کہ وہ طاب اور حیا سے کسی قسم کی بات نہ کریں۔ کیونکہ اب وہ بھی اپنی مام سے کہہ چکا تھا کہ فی الحال وہ حیا کے متعلق کسی سے کچھ کہنا سننا نہیں چاہتا......

رات کو حیا کو کمرے کا منظر بدلا ہوا نظر آ رہا تھا۔ طاب اسٹڈی سے اپنی کئی چیزیں اٹھا کر کمرے میں رکھ رہا تھا۔ اس کا تکیہ بھی بیڈ پر آ گیا تھا۔ کئی کتابیں بیڈ سائیڈ پر ڈھیر ہو رہی تھیں۔ وہ خاموشی سے بس دیکھے جا رہی تھی۔

''یار...... تم اس طرح کیوں دیکھ رہی ہو۔ دو تین دن یہاں رہوں گا تو ان سب کی ضرورت تو رہے گی۔ ویل ڈونٹ وری میں تمہیں ڈسٹرب نہیں کروں گا۔ تم اپنی میڈیسن لو اور ریلکس ہو کر سو جاؤ۔'' طاب اس کے قریب بیٹھ کر نرمی سے بات کرتا بالکل نیا طاب محسوس ہو رہا تھا۔ حیا کی آنکھوں میں حیرتیں سمٹ آئی تھیں۔

''وہ...... اس دن...... کچھ باتیں رہ گئی تھیں۔ مجھے کچھ باتیں کلیئر کرنا ہیں۔'' حیا نے بالآخر اپنی خاموشی توڑی۔

''کچھ بھی کلیئر کرنے کی ضرورت نہیں ہے اور نہ ہی کسی قسم کی ٹینشن لینے کی...... جو ہوا اسے بھلا دو۔ سمجھو کہ کوئی مس انڈرسٹینڈنگ تھی۔ آئی ایم سوری آل آف میٹر......'' طاب نے اس کا ہاتھ تھام کر اسے اعتماد بخشنا چاہا۔ حیا کی آنکھیں ڈبڈبانے لگیں۔

''اب کچھ مت سوچو...... آرام کرو۔ میں تمہیں دو دن میں فٹ دیکھنا چاہتا ہوں۔ تاکہ تم میرے ساتھ ایبٹ آباد جا کر اپنا گھر سیٹ کر سکو۔'' طاب نے ہولے ہولے اس کا ہاتھ تھپتھپایا اس کی آنکھیں مزید حیرت سے پھیل گئیں۔

''ایبٹ آباد...... اور ماما......؟''

''یہ انہی کا آرڈر ہے کہ میں تمہیں اپنے ساتھ رکھوں۔ تمہاری اسٹڈی والا معاملہ ذرا ڈیلے ہو جائے گا۔ یا پھر تم پرائیویٹ طور پر ایگزیم دے لینا۔'' طاب کے اپنائیت بھرے رویے سے بالکل نہیں لگ رہا تھا کہ کچھ دن پہلے وہ زبردست ناراضگی کا اظہار کر چکا ہے۔ حیا تو ابھی تک اسی کے اثر میں تھی۔ لڑکھڑاتے لہجے میں بولی۔

''آپ نے تو...... اماں جانی کے گھر جانے کے لئے کہا تھا۔ اور پھر میں نے بھی سوچا ہے کہ میرے لئے یہی بہتر ہے۔ سبھی کی پریشانیاں بھی ختم ہو جائیں گی اور آپ کی شرمندگی بھی۔''

''وہاٹ...... کیسی شرمندگی......؟ حیا...... دیکھو میں تم سے کہہ رہا ہوں ناں کہ پچھلی باتیں بھلا دو...... مجھے کسی قسم کی کوئی شرمندگی نہیں ہے۔ تم یہ بات اپنے دل سے نکال دو کہ تمہاری ذات میرے لئے باعث شرمندگی ہے۔ تم میرے لئے کیا ہو تمہیں اس کا اندازہ بھی نہیں ہے۔ مگر تم اس بات کا علم تو رکھتی ہو کہ تمہاری محبت میں، میں نے کسی کی پروا نہیں کی تھی۔ تو تم کیوں لوگوں کی باتوں کی پروا کرتی ہو...... دنیا جو بھی کہے کہنے دو تم اپنے حساب سے رہو۔ تمہارا دل تمہارا ضمیر جس عمل سے مطمئن ہو ویسا کرو...... لوگوں کو چھوڑ دو...... زمانہ کب کس کا بنتا ہے۔ دنیا کو عادت ہوتی ہے آپ کو آپ کی راہ سے بھٹکانے کی۔ اگر دنیا سے ڈرنا ہے تو جینا مشکل ہو جائے گا۔

تمہیں بالکل بھی ضرورت نہیں ہے۔ دنیا سے ڈرنے کی کم از کم میرے ہوتے ہوئے تو بالکل نہیں۔'' طاب کا اندازِ بیاں آج نہ صرف مختلف تھا بلکہ اس کا حوصلہ بھی بڑھا رہا تھا۔

حیا حیرت سے اسے دیکھے گئی اس کے لب کچھ کہنے کو لرز رہے تھے، اس کی دھڑکن اس کے کانوں میں بجنے لگی تھی۔

''کچھ کہنا چاہتی ہو؟ کہو جو بات بھی ہے کہہ دو۔ دل میں کچھ بھی مت رکھو۔ سارے گلے شکوے آج کہہ دو...... میں بھی اپنی کوتاہیوں کا اعتراف کرتا ہوں۔ مجھے بھی تم سے آج بہت کچھ کہنا ہے۔ وہ سب باتیں جو شادی کی پہلی رات کرنا چاہتا تھا اور اس کے بعد آنے والی ہر شب کی باتیں میرے اندر بھی جمع ہیں...... مگر پہلے تم کہو...... اپنے اندر کا سارا غبار نکال دو۔'' طاب اسے بولنے پر اکسا رہا تھا۔ حیا کچھ لمحے خاموشی سے سوچتی رہی۔ کچھ توقف سے بولنا شروع کیا۔

''آپ میری طبیعت کی وجہ سے اس طرح کر رہے ہیں ناں...... مجھے کچھ نہیں ہوگا۔ آپ میری وجہ سے اپنا فیصلہ نہ بدلیں۔ میں واقعی سب کو خوش رکھنے کی اہل نہیں ہوں...... میرا انداز و رویہ بار بار آپ کو پریشانی دے گا۔'' طاب نے درمیان میں اس کی بات کاٹ دی۔

''حیا کہہ رہا ہوں ناں وہ سب باتیں بھلا دو نہ تو میں دنیا سے یا کسی رشتے سے کٹ رہا ہوں اور نہ ہی تمہیں اپنا طرزِ عمل بدلنے کی ضرورت ہے۔ دنیا میں ہر انسان کی فطرت دوسرے انسان سے مختلف ہوتی ہے۔ پھر بھی دیکھ لو سبھی ایک دوسرے کے ساتھ جڑے رہتے ہیں۔ اگر تمہاری سادگی اور حلیے سے کسی کو کوئی پریشانی ہے تو بے شک وہ ہم سے رابطہ نہ رکھے لیکن تم مجھے اپنی اسی سادگی اور اپنے انداز واطوار کے ساتھ دل سے قبول ہو۔ میں تمہیں اپنے ساتھ ساری زندگی دیکھنا چاہتا ہوں۔ تم میرے لئے کیا ہو تمہیں آئندہ زندگی میں خبر ہو جائے گی۔ میں نے تمہیں ہرٹ کیا ہے مجھے اس پر شرمندگی بھی ہے اور اس کی تلافی میں ساری عمر کرتا رہوں گا۔'' طاب نے اس کا ہاتھ پہلے ہی تھام رکھا تھا۔ حیا اس کی محبت کی گرمی سے قطرہ قطرہ پگھلنے لگی تھی۔ اس کے اندر پھیلے دکھ کے سارے لمحے کرب کے سارے پل رفتہ رفتہ تحلیل ہو رہے تھے۔

طاب کے کندھے پر سر رکھ کر اس کے بازوؤں میں سمٹ کر آج جو سکون مہیا ہوا تھا وہ اب سے پہلے نہیں تھا۔ تحفظ کا بالکل نیا احساس آج اس کے اندر سرایت کر رہا تھا۔ مان بڑھاتا طاب کا رویہ نئی حیا کو جنم دے رہا تھا۔ سارے ملال مٹنے لگے تھے۔ وہ یہی تو چاہتی تھی کوئی اور اس کا ساتھ دے نہ دے اس کا شریکِ سفر تو اس کے ساتھ اس کا ہم سفر ہو اور آج وہ اسے اپنی ہم سفری کا یقین بخش رہا تھا۔ اس کی محبت بھری سرگوشیاں اس کے من آنگن میں نئی فصل کی آبیاری کر رہی تھیں۔ اب کچھ بھی تو مشکل نہیں لگ رہا تھا۔ دنیا سے سامنا کرنے کا خوف زائل ہو گیا تھا۔ طاب دھیمے بوجھل لہجے میں اس سے کچھ کہہ رہا تھا۔ وہ سر اٹھا کر اس کے محبت سے چمکتے چہرے پر نگاہ ٹکائے محوِ سخن تھی۔

''تمہیں یاد ہے تم نے ایک رات مجھے ایک نظم سینڈ کی تھی۔ اس دن وہ نظم مجھے اچھی تو لگی تھی مگر میں اس میں چھپا تمہارا اظہار سمجھ نہیں پایا تھا...... بس ایک عام سی بات روٹین کی طرح نظروں سے گزر گئی تھی۔ آج

آتے ہوئے اپنے موبائل کا اِن باکس چیک کرتے ہوئے وہی نظم پھر سے پڑھنے کے بعد مجھ پر نہ صرف تمہارا اظہار واضح ہوا بلکہ اپنی کیفیت کا احساس بھی ہوا۔ میرے لئے تم سے جدا ہونا ایسا آسان عمل نہیں ہے اور پھر میرے خاص جذبوں کی تم طلب بن کر میری زندگی میں آئی تھیں۔ میں تمہیں اپنی زندگی سے جانے دیتا......؟ ایسا کبھی نہیں ہوسکتا۔

تم کبھی آئندہ سوچنا بھی مت کہ میں...... تمہیں اس طرح جانے دوں گا......تم سارے خدشے اپنے دل سے نکال دو۔ ساری باتیں بھلادو...... ہم نئے سفرِ زندگی کا آغاز اس دعا کے ساتھ کریں گے کہ آئندہ کوئی بدگمانی ہمارے درمیان نہ آئے اور تم بھی وعدہ کرو کہ تم کبھی گھبرا کر بھی کوئی حماقت کرنے کی کوشش نہیں کروگی۔ تم اپنی انفرادیت کے ساتھ مجھے اچھی لگتی ہو۔ میں تمہیں دنیا کے رنگ میں رنگا ہوا نہیں دیکھنا چاہتا۔ بس چاہتا ہوں کہ تم صرف میری رہو......صرف میری......"

طاب کا تجدید پیمان حیا کو انمول خوشی دے رہا تھا۔ وہ جانتی تھی کہ یہ خوشیاں اب ہمیشہ اس کے ساتھ رہیں گی۔ تبھی وہ آسودگی سے اس کے کندھے پر دوبارہ سر رکھے اس کے بازوؤں میں سمٹ آئی تھی اور اس کا ذہن وہی نظم دہرا رہا تھا۔

بہت ہی مان ہے تم پر
سنو پاسِ وفا رکھنا!
سبھی سے تم ملو لیکن
ذرا سا فاصلہ رکھنا!
بچھڑ جانا بھی پڑتا ہے
ذرا سا حوصلہ رکھنا!
وہ سارے وصل کے لمحے
تم آنکھوں میں سجا رکھنا!
ابھی امکان باقی ہے!
ابھی لب پہ دعا رکھنا
بہت نایاب ہیں دیکھو
ہمیں سب سے جدا رکھنا

○......❖......○

اسیر وفا

گھر میں گھستے ہی بکھری چیزوں نے اس کا استقبال کیا تھا۔ صبح آفس جاتے وقت بھی گھر کی حالت کچھ ایسی ہی تھی مگر اب مزید ابتر دکھائی دے رہی تھی۔ سنی، گولڈی کے کھلونے پورچ تک آوارہ گردی کرتے پھر رہے تھے، ڈائننگ ٹیبل اور کچن کی کتنی چیزیں اور برتن ٹی وی لاؤنج میں پڑے منہ چڑا رہے تھے، غصے کی ایک لہر اس کے تن بدن میں پھیل گئی۔ دن بھر آپس میں دماغ خرچ کرنے کے بعد گھر آ کر اس کی بے ترتیبی دیکھنے کے بعد اس کا بے ساختہ غصے میں آنا بنتا تھا۔ وہ دندناتا ہوا بریف کیس ایک طرف پٹخ کر نانو جان کے کمرے میں گھستا چلا گیا۔ نانو جان بھی اپنی وہیل چیئر کے پہیے گھماتے ہوئے باہر آ رہی تھیں۔

"عصمٰی...... عصمٰی۔" وہ ایک دم رُک کر چھوٹی بہن کو زور زور سے پکارنے لگا۔

"کیوں چلا رہے ہو؟ کیا ہو گیا ہے آخر؟" نانو جان نے اپنی سنہری فریم والی عینک کو درست کرتے ہوئے انجان بن کر پوچھا۔

"کہاں ہیں سب؟ یہ...... یہ دیکھ رہی ہیں آپ...... عصمٰی...... سنی۔" وہ انہی چیزوں اور پھیلاوے کی طرف اشارے سے بتانے کے بعد پھر سے بہن کو پکارنے لگا تو عصمٰی، سنی، گولڈی بھی آگے پیچھے سہمے ہوئے سے سامنے آ گئے۔ چار سالہ سنی اور تین سالہ گولڈی کو اپنے چاچو کا چلانا حیران کر رہا تھا۔

"یہ...... یہ سب کیا ہے؟ گھر ہے یا کباڑ خانہ، کوئی چیز بھی اپنی جگہ پر نہیں، ہر روز یہی منظر دیکھنے کو ملتا ہے۔ تم کیا کرتی رہتی ہو سارا دن، یہ چیزیں سمیٹ کر نہیں رکھ سکتیں۔" آج جیسے اس کے صبر کا پیمانہ لبریز ہو گیا تھا۔ اس کا رُخ عصمٰی کی طرف تھا۔ بچے اسے دیکھے جا رہے تھے۔ نانو نے محسوس کر کے جواباً اسے ڈپٹا۔

"ثعلب...... بچی کو کیوں ڈانٹ رہے ہو، کیسے سنبھال سکتی ہے اکیلی وہ گھر کا نظام اور تم بھول رہے ہو، آج عصمٰی کا کالج میں پہلا دن تھا۔"

"اوہ آئی سی......" وہ ایک دم شرمندہ سا ہو گیا۔

"کالج سے آتے ہی بچوں کے ساتھ جان ہلکان کر رہی ہے میری بچی...... یہ تمہاری سر چڑھائی آفت کی پرکالہ کی کارستانی ہے ساری...... میرے قابو میں آتے ہیں بھلا بچے......" نانو نے مزید وضاحت دی تو وہ بالکل ہی ٹھنڈا ہو گیا۔

"نانو ملازم تو ہیں ناں گھر پر، آپ ان سے یہ کام کیوں نہیں کرواتیں۔ آخر انہیں کس لیے رکھا ہوا ہے، دیکھیں ناں کتنا بُرا لگ رہا ہے گھر کا حال۔" اس کی نگاہ میں اِدھر اُدھر بکھرے کشن تھے۔

"مجھ میں اتنا دم خم کہاں کہ ان سے کام لے سکوں اور پھر میری سنتا کون ہے، تم سے کتنی بار کہہ چکی ہوں کہ شادی کرلو۔ آخر کب تک......؟"

"پلیز نانو جان، میں ابھی بے حد تھکا ہوا ہوں، آپ کی بات فریش ہو کر سنوں گا۔" وہ بیزاری دکھاتا انہیں ٹالتا وہاں سے نکل گیا۔

"نہیں سنتا ہماری بات، روگ لگا لیا ہے خود کو۔" نانو جان بھی وہیل چیئر کے پہیے گھماتی لاؤنج میں آ گئیں۔

○......❖......○

فریش ہو کر وہ خود چائے کی طلب میں کچن میں چلا آیا تھا۔ شہنی بوا، عصمٰی کے کہنے پر پہلے ہی چائے تیار کر چکی تھیں۔ اسے چائے کا مگ تھماتے ہوئے بولیں۔

"بیٹا! بڑی بی بی ٹھیک ہی تو کہتی ہیں، اس گھر کو گھر والی کی ضرورت ہے۔" بوا نے جھجکتے ہوئے مشورہ دیا تو وہ خلافِ توقع مسکرا دیا۔

"اچھا...... سبھی کو لگتا ہے، میری شادی ہر مسئلے کا حل ہے۔ ایک اور عورت یہاں آ کر کیا تیر مار لے گی جبکہ آپ اور نانو کچھ نہیں کر سکتیں۔ مجھے مت پھنسائیں۔" وہ چائے کا مگ لے کر لاؤنج میں آ گیا۔ جہاں نانو کے ساتھ بچے بھی بیٹھے ہوئے تھے۔ اسے دیکھتے ہی دونوں اس کی طرف لپکے۔

"چاچو، آپ کو اپنا پرامس یاد ہے ناں...... آپ نے کہا تھا آج ہمیں آئس کریم کھلانے لے جائیں گے۔" سنی نے اس کے ساتھ جڑ کر بیٹھتے ہوئے یاد دلایا۔

"یاد ہے، یاد ہے میری جان...... بس ریڈی ہو جاؤ، ابھی چلتے ہیں، بعد میں مجھے کچھ کام ہے۔" وہ چائے کا گھونٹ بھرتے بھرتے سر ہلا کر بولا۔ سنی اور گولڈی جانے کا سنتے ہی کمرے کی طرف بھاگے اور عصمٰی کو آوازیں دینے لگے۔ عصمٰی، نانو کے لیے چائے لے کر آئی تھی۔ ثعلب نے اسے دیکھتے ہی چلنے کے لیے کہا۔

"عصمٰی تم بھی جلدی سے آ جاؤ، پلیز آئس کریم کے علاوہ کوئی فرمائش مت کرنا اور ان دونوں شیطانوں کو بھی سنبھال لینا، اوکے......" وہ جلدی جلدی چائے پینے لگا۔

"اس کا مطلب ہے اب تم فریش ہو۔ پھر تو مجھے میری بات کا جواب ملنا چاہیے، کیا سوچا ہے؟" نانو نے اسے سنجیدگی سے گھورا تو وہ چونک کر بولا۔

"ابھی...... میں کوئی تسلی بخش جواب نہیں دے سکوں گا نانو...... پھر سہی پلیز...... چلو چلو بچو! آ جاؤ ورنہ نانو پھر اپنا مشن شروع کر دیں گی۔" وہ مگ سائیڈ ٹیبل پر رکھتا ایک دم اُٹھا اور بچوں کو پکارتا وہاں سے نکل گیا۔ بچے اور عصمٰی اس کے پیچھے پیچھے لپکے...... نانو نے چشمہ درست کرتے ہوئے انہیں جاتے دیکھا...... ان کے چہرے پر...... بڑی گہری سنجیدگی تھی۔

آئس کریم پارلر میں بیٹھے وہ چاروں اپنے اپنے پسندیدہ فلیور کھاتے ایک دوسرے سے چھین جھپٹ

کرتے مستیاں بھی کر رہے تھے۔ آخر ثعلب نے اپنا آئس کریم کپ گولڈی اور سنی کے حوالے کر کے اپنی جان چھڑائی۔

''بھائی! ایک بات کہوں؟'' عصمیٰ نے کچھ توقف سے بھائی کو مخاطب کیا۔

''کیا بات...... کالج میں تو کوئی پرابلم نہیں ہے؟'' بہن کی جھجک محسوس کر کے ثعلب نے ٹشو پیپر سے ہاتھ صاف کر کے ایک طرف رکھتے ہوئے پوری توجہ اس کی طرف مبذول کی۔

''نہیں...... وہاں کوئی پرابلم نہیں ہے۔ میں کہہ رہی تھی آپ نانو جان اور آپی کی بات مان کیوں نہیں لیتے۔ بڑی بھابی تھیں تو ہمارے گھر میں کتنی رونق ہوتی تھی، ہر ایک خوش رہتا تھا مگر اب......'' وہ بولتے بولتے اُداس ہو گئی۔

''مگر اب کیا...... ڈونٹ وری میری بہن آہستہ آہستہ سب نارمل ہو جائے گا۔''

''خود سے کیسے نارمل ہو گا بھائی! کوشش کرنی پڑے گی آپ کو، کوئی تبدیلی ضروری ہے ہمارے گھر کے لیے ورنہ ہماری اُداسیاں مستقل ہونے والی ہیں۔'' وہ آزردگی سے بولے گئی۔ ثعلب نے اسے اس احساس سے نکالنے کے لیے چٹکی بجا کر مذاق سے چھیڑا۔

''واؤ...... مجھے یقین نہیں آ رہا کہ یہ میری چھوٹی سی بہن عصمیٰ ہے، کالج میں جاتے ہی اتنی بڑی بڑی باتیں...... ایک دن میں اتنی ترقی...... خدا خیر کرے......'' عصمیٰ ذرا سا جھینپ کر مسکرائی تو سنی نے بھی آئس کریم سے توجہ ہٹائے بغیر بڑے پن سے مشورہ دیا۔

''چاچو...... آپ شادی کر لیں ناں...... میں آپ کا شہ بالا بنوں گا۔'' چار سالہ سنی کی بات اسے حیران بھی کر گئی اور محظوظ بھی...... اس نے بڑھ کر اسے چپت لگائی۔

''بڑے میاں تو بڑے میاں، چھوٹے میاں سبحان اللہ...... کس نے سکھائی یہ بات؟''

''مجھے کیا ضرورت ہے انہیں سکھانے کی، سارا دن تو گھر میں نانو یہی تذکرہ کرتی ہیں سو۔'' عصمیٰ نے فوراً پیش بندی کی۔

''باز آ جاؤ عصمیٰ، تم لوگوں کو اپنے عیش پیارے نہیں ہیں کیا؟ آنے والی نے سب سے پہلے تمہیں تڑی پار کرنا ہے پھر روتی رہ جاؤ گی۔'' ثعلب نے اسے ڈرانا چاہا۔

''یہ صرف آپ کے وہم ہیں۔ میں اپنی بھابی کو اپنا دوست بنا لوں گی، بڑی بھابی نے بھی تو ہمیں کبھی کچھ نہیں کہا تھا۔ ہمیں اچھی امید رکھنی چاہیے بھائی۔'' عصمیٰ یک دم سنجیدگی سے بولی تو ثعلب بھی فوراً سنجیدہ ہو کر کھڑا ہو گیا۔

''تمکین بھابی جیسا نہ تو کوئی ہو سکتا ہے اور نہ ہی کوئی ان کی جگہ لے سکتا ہے۔ کسی اور سے ایسی امید مت رکھنا...... چلو بھئی۔'' اس نے گولڈی سے کپ لے کر میز پر رکھا اور اسے زبردستی گود میں لے کر بل ادا کرتا پارلر سے باہر نکل گیا۔

○......❖......○

''شمی بھائی! آپ کو ایک اطلاع دینی ہے...... اگر آپ سننا چاہیں تو۔'' عصمیٰ پیچھے بیٹھی ہوئی تھی، گولڈی اور سنی فرنٹ سیٹ پر، وہ عصمیٰ کو کالج اور سنی کو سکول چھوڑنے جا رہا تھا کیونکہ آج دونوں کی وین نہیں آئی تھی۔

''اب صبح صبح کوئی ایسی خبر مت سنا دینا جو میرا موڈ خراب کر دے...... ویسے ہی کچھ دنوں سے ایک بات سن سن کر میرے کان پک گئے ہیں۔'' ثعلب نے خاصی بیزاری سے کہا۔

''ٹھیک ہے، آپ نہیں سننا چاہتے تو آپ کی مرضی...... بعد میں مت کہیے گا کہ ہم نے آپ کو بے خبر رکھا۔'' اس نے مصنوعی خفگی سے سسپنس پیدا کیا تو ثعلب ایک دم چونک کر پوچھنے لگا۔

''کیا...... مطلب......؟ کیا خبر ہے، کیا بات ہے؟''

''ویک اینڈ پر آپی آ رہی ہیں۔'' وہ اس کے اصرار پر بتانے لگی۔

''اُف...... آخر تم لوگ مجھ پر ترس کیوں نہیں کھاتے...... کیوں، مجھے قربانی کا بکرا بنانے پر تلے ہو۔'' وہ اِک ٹھنڈی سانس بھر کر رہ گیا۔

''یہ تو آپ آپی سے ہی پوچھیں۔ سنا ہے، اس بار وہ اپنے اٹل ارادوں سمیت آ رہی ہیں۔'' وہ بھائی کی حالتِ زار سے محظوظ ہوئی۔ ''بس آپ اپنی خیر منائیں۔''

''تم مذاق...... تو نہیں کر رہیں؟'' بیک ویو مرر میں دیکھتے ہوئے اس نے جیسے خود کو تسلی دی۔

''میں نے آپ سے پہلے کبھی مذاق کیا ہے، نہیں یقین تو نانو سے پوچھ لیجیے گا۔ اس بار آپ کی جان چھوٹنی مشکل ہے، ہماری نہیں تو آپی کی بات تو مانیں گے ناں آپ۔'' عصمیٰ واقعی سنجیدہ تھی۔

''ماننے والی بات ہو تو دل مانے بھی۔ خیر آنے دو انہیں۔'' وہ جیسے خود کو سمجھانے، بہلانے کی کوشش کر رہا تھا۔ انہیں چھوڑ کر وہ گولڈی کے ہمراہ واپس آ کر آفس جانے کی تیاری کرنے لگا۔ گولڈی ابھی سکول نہیں جاتی تھی۔ تتلا کر باتیں کرتی تھی، ہر وقت اپنے چاچو کے گلے کا ہار بنی رہتی تھی۔ اس کا بس نہیں چلتا تھا کہ چاچو کے ساتھ آفس بھی چلی جائے۔

○......❖......○

وہ تیار ہو کر ناشتہ کرنے بیٹھا تو نانو کچھ دیر کی خاموشی کے بعد اسے سنانے کو تذکرتاً بولنے لگیں۔

''کل فون آیا تھا صبحیٰ کا...... گھر کی حالت جان کر پریشان ہو گئی...... آ رہی ہے پرسوں۔''

''مل گئی ہے خبر مجھے۔ آپس کی بات ہے نانو...... ان کی سسرال والوں کو ہر دوسرے ہفتے ان کے یہاں آنے پر اعتراض نہیں ہوتا؟'' وہ غیر سنجیدگی سے پوچھ رہا تھا۔

''اچھا...... انہیں کیوں اعتراض ہو گا، وہ ان سے اجازت لے کر آتی ہے اور اب وہ اس گھر کے مسئلے نہیں سمجھیں گے تو کون سمجھے گا؟'' نانو نے اسے گھور کر کہا۔

''افوہ...... آپ سبھی نے گھر کے مسائل کو ہوّا بنا دیا ہے۔ میں اب خود ہینڈل کر لوں گا۔'' وہ کچھ جھنجھلا کر بولا اور پھر چائے پیتے، پیتے اُٹھ کھڑا ہوا۔

''اب تک تو تم ہمارا تماشہ دیکھ رہے تھے۔ اب ہینڈل کر لو گے؟ سب کچھ تو مجھ بوڑھی جان کو سہنا پڑتا

ہے۔'' وہ خفگی و بے چارگی سے بولتی ہوئی ڈہیل چیئر موڑ کر کمرے کی طرف جانے لگیں تو وہ کپ میز پر رکھ کر انہیں منانے بڑھا۔

''نانو...... پلیز...... آپ تو میرے جذبات سمجھیں۔ میرے لیے زندگی کا یہ فیصلہ ماننا اتنا آسان نہیں ہے۔''

''انسان اگر چاہے تو کچھ بھی مشکل نہیں ہے۔ اپنے دل کو سمجھاؤ اور حقیقتوں کا سامنا کرو۔ پوری زندگی اس طرح نہیں گزرے گی۔'' نانو مزید سنجیدہ ہو گئیں۔

''نانو، آپ نے کیا فلسفۂ زندگی پر پی ایچ ڈی کر رکھی ہے۔ قسم سے بڑی مشکل باتیں کرتی ہیں آپ، سارا دن سوچتا رہوں گا۔'' اب بھی اس نے مذاق میں انہیں ٹالنے کی کوشش کی۔

''ہاں سوچو ضرور سوچو...... سوچنے سے راہیں نکلتی ہیں۔'' نانو نے اس کا ہاتھ تھپکا جو کہ ان کے کندھے پر دھرا تھا۔

''چاچو...... میں ریدی (ریڈی) اوں آپ تے سات جاؤں دی......'' (آپ کے ساتھ جاؤں گی) گولڈی رنگ برنگے حلیے میں پکارتی ہوئی ڈائننگ روم میں آئی تو ثعلب نے بے بسی سے پہلے نانو کو اور پھر اسے دیکھا۔

''My sweet heart آج تو میں آفس نہیں جا رہا...... دیکھو ہم کل چلیں گے۔'' ثعلب نے بڑھ کر اسے گود میں لے کر بہلانے کی کوشش کی...... مگر اس کی سوئی ساتھ جانے پر ہی اٹکی ہوئی تھی۔ ثعلب مجبوراً اسے ساتھ لے کر نکلا...... کچھ دیر اِدھر اُدھر لے کر گھومتا رہا...... وہ اپنی پسند کی چاکلیٹ، آئس کریم وغیرہ لے کر گھر جانے پر راضی ہوئی۔ ثعلب کے لیے یہ روز کا مسئلہ تھا۔ سنی تو سکول جانے سے بہل گیا تھا پر گولڈی کو منانا مشکل ہوتا تھا۔ زندگی نے اچانک اسے غیر متوقع حالات میں لا پھینکا تھا۔

وہ بڑے بھائی عاقب اور ان کی بیوی تمکین کی اچانک حادثاتی موت کے بعد سے اپنا آپ بھلائے گھر کو بھی سنبھال رہا تھا اور رشتوں کو بھی...... بظاہر سبھی کچھ معمول پر تھا سوائے اس کے دل کے...... جو کسی طرح بھی زندگی کے سفر میں اپنے لیے نئے ہم سفر کو چننے پر آمادہ نہیں ہو رہا تھا۔ ایک کسک اسے روکتی تھی۔

○......❖......○

''امی جی! میں دوپہر کی فلائٹ سے لاہور جا رہی ہوں۔ نانو کی طبیعت کچھ ٹھیک نہیں ہے، پرسوں واپس آ جاؤں گی۔'' صبحی لاؤنج میں بیٹھی اپنی ساس کے لیے چائے لے کر آئی تو پاس بیٹھ کر انہیں اطلاع دی۔

''اچھا...... شہود نے اجازت دے دی؟'' سعیدہ خانم نے کچھ تردد سے پوچھا تو اس کے چہرے پر اُلجھن نظر آنے لگی۔

''جہ...... ی...... وہ مگر آپ...... کوئی بات ہے امی جی؟'' ساس کی بات پر وہ ٹھٹک گئی تھی۔

''بات تو صاف ہے بیٹا! بُرا نہ ماننا، عورت کی غیر موجودگی مرد کو بھی پریشان کرتی ہے اور بچوں کو بھی۔ پچھلی بار تم گئی تھیں تو بچوں نے بہت تنگ کیا تھا۔'' سعیدہ خانم نے بلا جھجک اپنے رویے کا جواز دیا تو صبحی کی اُلجھن

بھی رفع ہوگئی پھر وہ اپنی مجبوری کے احساس میں بولی۔

''مجھے احساس ہے امی جان...... مگر کیا کروں؟ میرے میکے پر غم کا پہاڑ ٹوٹا ہوا ہے، ایسے میں صرف میں ہی ان کا بوجھ کم کر سکتی ہوں۔''

''تمہارا احساس اپنی جگہ پر...... مگر بیٹا یہ بوجھ جس کے کندھوں کا ہے اسے ہی اُٹھانا چاہیے ناں۔'' سعیدہ خانم نے اپنے مخصوص مدبرانہ انداز میں کہا تو صہبیٰ سمجھ کر بھی ناسمجھی سے پوچھنے لگی۔

''میں سمجھی نہیں امی جان؟''

''صہبیٰ اس میں نہ سمجھ میں آنے والی کیا بات ہے، اللہ بخشے تمہارے بڑے بھائی اور بھاوج کو...... انہوں نے ماں، باپ کی طرح تم سبھی کو سنبھال رکھا تھا۔ اب ثعلب اس کی جگہ پر ہے، اسے سمجھداری سے کام لے کر اپنی شادی کا فیصلہ کر لینا چاہیے، آخر تم بہنیں کب تک اپنا اپنا گھر چھوڑ کر میکے کے مسائل حل کرتی رہو گی۔''

''امی جان...... آپ درست فرما رہی ہیں۔ میں بھی ثعلب کو سمجھا رہی ہوں مگر وہ مان ہی نہیں رہا۔ اس بار تو میں اسے منا کر ہی آؤں گی۔''

''ہاں...... اسے سمجھاؤ جو ہونا تھا ہو گیا...... اب زندگی میں آگے بڑھنے کے لیے ماضی کو تو بھولنا پڑتا ہے۔''

''ہم سبھی اسے یہی سمجھاتے ہیں، خیر اس بار تو میرا ارادہ اٹل ہے، اسے منا کر دم لوں گی۔'' صہبیٰ نے بھی رسانیت سے تائید کی۔ ''امی...... آپ بھی دعا کیجیے گا۔ وہ مان جائے۔''

''مان جائے گا بھئی...... پہلے تم اس کے لیے کوئی لڑکی تو دیکھو۔'' سعیدہ خانم نے خالی کپ سامنے رکھ دیا۔ صہبیٰ کچھ کہنا چاہتی تھی اسی لمحے سعیدہ خانم کی بھتیجی وانیہ بھی وہاں چلی آئی۔

''پھپھو جان...... بابا کا فون آیا ہے، وہ آج نہیں آئیں گے۔'' دونوں نے چونک کر اسے دیکھا۔ اس کی پلکیں بھیگی ہوئی تھیں۔

''طاہرہ (بھابی) سے اجازت نہیں ملی ہو گی، کریم سے مجھے یہ توقع نہیں تھی۔'' وہ افسوس سے بولتی بولتی ایک دم خاموش ہوگئیں۔ ''صہبیٰ تم پھر جانے کی تیاری کرو۔ ابھی تو وانیہ ہے میرے پاس۔''

''ہاں...... ہاں بھابی، آپ بے فکر ہو کر جائیں۔'' وانیہ نے بھی اسے تسلی دی تو صہبیٰ پُرسوچ انداز میں وہاں سے اُٹھی۔

O......❖......O

صہبیٰ اِدھر لاہور جانے کے لیے گھر سے نکلی، سعیدہ خانم نے اُدھر اپنے چھوٹے بھائی کریم احمد کو فون کر کے خوب سنائیں۔ ''حد ہے کریم تمہاری بزدلی کی، تمہیں طاہرہ کا پہلے خوف نہیں تھا۔ جب دوسری شادی چوری چھپے کر لی تھی۔''

''آپا...... بس ایک غلطی ہو گئی تھی، حالات سے تنگ آیا ہوا تھا۔ طاہرہ کے رویوں نے عاجز کر دیا تھا تبھی......'' دوسری طرف سے اپنے فعل پر نہایت ندامت کے ساتھ کہا گیا تو سعیدہ خانم حیرت سے چیخ ہی اُٹھیں۔

''غلطی......؟ کریم تم جانتے ہو کیا کہہ رہے ہو؟ اس کا مطلب ہے، وانیہ بیچاری صحیح سہمی ہوئی ہے، اس کا باپ اسے اپنی غلطی سمجھ کر بوجھ کی طرح یہاں ڈال گیا ہے۔''

''ایسی بات نہیں ہے آپا...... میں کوشش کر رہا ہوں کہ طاہرہ کا غصہ ٹھنڈا ہو تو میں اسے مناؤں اور......''

کریم احمد کی جھجک بتا رہی تھی کہ وہ اپنی کوشش میں ناکام ہو گیا ہے۔

''بس رہنے دو بھائی......تم اور تمہاری کوششیں...... بن ماں کی بچی کو تم نے تماشا بنا دیا ہے۔ باپ کے گھر میں اس کے لیے جگہ نہیں ہے۔ بتاؤ بھلا وہ کب تک تیرے میرے آسرے پر رہے گی۔''

''بس کچھ دن آپا......اور پھر آپ غیر تو نہیں ہیں، ہماری بڑی ہیں...... آپ میری مجبوری نہیں سمجھیں گی تو کون سمجھے گا۔'' سعیدہ کی خفگی کے جواب میں بڑی منت سے کہا گیا تو وہ بھی کچھ ٹھنڈی ہو کر بولیں۔

''بے شک تم سبھی کے لیے میرے دل میں بڑی محبت ہے کریم...... پھر بھی حالات اور اپنی صحت سے گھبرا جاتی ہوں...... ایک بیٹی کی ذمے داری بہت بڑی ہوتی ہے۔ تم بس طاہرہ کو کسی طرح راضی کرو...... لڑکیاں اپنے باپ کے گھر میں ہی سجتی ہیں یا پھر شوہر کے...... یہاں وہ اپنا جی مار کے رہ رہی ہے، ڈرتی ہے، جھجکتی ہے، حق سے نہ رہتی ہے نہ کچھ مانگتی ہے، بس اسی لیے میں کڑھتی ہوں۔''

''میں...... میں بات کروں گا طاہرہ سے۔'' کریم احمد نے کمزور سے لہجے میں یقین دہانی کرائی تو سعیدہ خانم سر جھٹک کر رہ گئیں۔

O......❖......O

سعیدہ خانم نماز ظہر پڑھ کر کھانے کے لیے بیٹھیں تو وانیہ نے ڈرتے جھجکتے انہیں مخاطب کیا۔

''پھپھو......ایک بات کہوں......'' نظریں میز کی سطح پر جمائے وہ جیسے کسی فیصلے پر پہنچی ہوئی تھی۔ سعیدہ خانم نے چونک کر اسے دیکھا۔ اکیس سالہ وانیہ اپنی ہم عمر لڑکیوں کے مقابلے میں بے حد سنجیدہ اور سمجھدار تھی۔

''آپ بابا کو میرے حوالے سے مجبور مت کریں، میں زبردستی ان کے گھر میں اپنے لیے جگہ نہیں چاہتی۔''

''زبردستی کیوں......؟ تم ان کی بیٹی ہو، حق ہے تمہارا......اور پھر طاہرہ کے خوف سے تو وہ تمہیں بالکل ہی نظرانداز کرتا چلا جائے گا۔'' سعیدہ خانم نے اسے سمجھانے کی کوشش کی تو اس کی پلکیں پھر بھیگ گئیں۔ اپنے بھرم کو قائم رکھنا کس قدر دشوار ہو جاتا ہے۔

''پھپھو......میرا یقین کریں، مجھے یہاں کوئی تکلیف نہیں ہے، آپ مجھے یہیں رہنے دیں، میں کہیں جاب کرلوں گی۔ آپ بس بابا کو بار بار مت کہیں کہ مجھے اپنے گھر لے جائیں۔''

''کیسی باتیں کر رہی ہو، وانیہ بچے، تم ہم پر بوجھ نہیں ہو...... میں تو کریم کو اس کی ذمے داری کا احساس دلانے کے لیے ایسا کہتی ہوں...... تم نے آج تو جاب کرنے کی بات کر لی آئندہ مت کہنا...... ورنہ۔'' سعیدہ خانم نے ایک دم تڑپ کر اسے دیکھا۔

''پھپھو......میں تو......'' پھپھو کی خفگی پر وانیہ کی شرمندگی بڑھ گئی۔

''بس...... اب اور کچھ نہیں، آرام سے کھانا کھاؤ، تم یہاں بیٹی بن کر آئی ہو، بیٹی بن کر رہو۔ فضول کی سوچیں دماغ سے نکال دو...... رہا کریم اور میرا معاملہ...... وہ میں جانوں اور وہ......'' انہوں نے دوٹوک انداز میں اسے سرزنش کر کے خاموش کروادیا۔ بظاہر تو وہ خاموش تھی مگر اس کے اندر عجیب سا طوفان اُٹھ رہا تھا۔

○......❖......○

''شام کو جلدی گھر آجانا...... صہبیٰ دوپہر تک آجائے گی۔'' ثعلب صبح گھر سے نکلنے لگا تو نانو نے اسے یاد دلایا۔

''اوہ...... واقعی آپی آرہی ہیں؟'' ثعلب نے مصنوعی بے یقینی سے کہا تو نانو نے فہمائشی نظروں سے اسے دیکھا۔

''تو کیا ہم تمہارے ساتھ مذاق کر رہے ہیں؟''

''میرے ساتھ تو مذاق ہی ہو رہا ہے شاید۔'' وہ ہولے سے بڑبڑا کر پلٹا۔ ''آج میری اہم میٹنگ ہے، کوشش کروں گا کہ آجاؤں جلدی، پلیز بار بار مجھے کال مت کروایئے گا۔'' وہ جیسے مزید سوالات سے بچ کر نکل بھاگا۔ نانو اس کے رویوں سے آج کل پریشان سی رہنے لگی تھیں۔ اس کی گہری سنجیدگی سبھی کے لیے تشویش ناک تھی۔ چھ ماہ پہلے تو وہ بہت ہنس مکھ اور ہلا گلا کرنے والا تھا۔ ایک حادثے نے اسے اچانک بدل کر رکھ دیا تھا۔

صہبیٰ، نانو اور عصمیٰ بے چینی سے اس کے انتظار میں بیٹھی ہوئی تھیں انہوں نے ثعلب کے انتظار میں کھانا بھی دیر سے کھایا تھا۔ صہبیٰ کو انتظار کی کوفت نے جھنجھلانے پر مجبور کر دیا تھا۔

''نانو کیا یہ روز ہی دیر سے آتا ہے؟''

''نہیں...... کبھی کبھی دیر سے آتا ہے، بتا کر گیا تھا کہ دیر سے آئے گا۔'' نانو نے قدرے نرمی سے طرفداری کی۔

''آج تو میری وجہ سے دیر سے ہی آئے گا؟''

''السلام علیکم......'' جبھی ثعلب اچانک ہی لاؤنج میں داخل ہوا تو صہبیٰ مزید بولتے بولتے چپ کر گئی۔

''کیا ہوا؟ چپ کیوں ہیں آپ تینوں؟ یقیناً میری بُرائیاں ہو رہی ہوں گی۔'' وہ سامنے آکر پوچھنے لگا۔

''ہاں...... اس کے علاوہ ہمیں اور کوئی کام ہی نہیں ہے۔'' صہبیٰ نے اسے خفگی سے گھورا۔

''آپ تو خاصی ناراض ہیں مجھ سے...... واقعی میں مَیں مصروف تھا۔'' وہ وضاحت دیتا سامنے بیٹھ کر مزید پوچھنے لگا۔ ''شہود بھائی اور بچے آئے نہیں آپ کے ساتھ؟''

''میرے علاوہ کوئی اتنا فارغ نہیں ہے۔'' صہبیٰ نے ایک بار پھر خفگی سے جواب دیا۔

''اسی لیے آپ ہر دوسرے ہفتے اِدھر نظر آتی ہیں۔'' وہ بے ساختہ بولا۔

''شی......'' نانو نے فوراً اسے ٹوکا۔

''کہنے دیں نانو اسے...... میں اچھی طرح جانتی ہوں، یہ چاہتا ہے میں اس کی باتیں سن کر آنا چھوڑ دوں تو ایسا ہرگز نہیں ہوگا۔'' وہ اپنی جگہ سے اُٹھ کر نانو کی طرف بڑھی تو ثعلب معذرت کرنے لگا۔

''سوری آپی، میرے کہنے کا یہ مطلب نہیں تھا۔''

''میں تمہارے سارے مطلب سمجھتی ہوں، تم ذرا جلدی سے فریش ہو کر نانو کے کمرے میں آؤ۔'' صبحیٰ نانو کی وہیل چیئر دھکیلتے ہوئے رعب سے کہہ کر چلی گئی تو وہ منہ بنا کر کھڑا رہ گیا۔

''بھائی کھانا؟'' عصمیٰ نے اسے متوجہ کر کے پوچھا تو نفی میں سر ہلانے کے بعد بولا۔

''نہیں...... بھوک نہیں ہے، شام کو کچھ کھالیا تھا۔ تم آرام کرو۔'' عصمیٰ جانے لگی تو اسے ایک دم بچوں کا خیال آیا۔

''سنی، گولڈی تو سو گئے تھے آرام سے؟''

''کہاں بھائی! بڑی مشکل سے سلایا ہے۔ آپ نے انہیں اپنا عادی بنا کر اچھا نہیں کیا، گولڈی تو بہت تنگ کرتی ہے۔''

''آئندہ کوشش کروں گا کہ جلدی آجاؤں...... اوکے تم جاؤ۔'' وہ بھی کچھ سوچتا ہوا پہلے بچوں کے کمرے میں چلا آیا جو اس کے کمرے سے ملحق تھا۔ دونوں بچے گہری نیند میں تھے۔ ثعلب نے جھک کر باری باری دونوں کو چوما...... اس لمحے اس کے دل میں صرف ان کے لیے محبت موجزن تھی۔ اس کا بس نہیں چلتا تھا کہ اپنا آپ ان پر نثار کر دے...... وہ فریش ہو کر نانو کے کمرے میں آیا تو وہ دونوں اسے جانچتی ہوئی نظروں سے دیکھنے لگیں۔ نانو اپنے بستر پر تکیوں کے سہارے بیٹھی تھیں جبکہ صبحیٰ انہی کے پاس تھی...... وہ آکر ہاتھ باندھ کر اس طرح کھڑا ہو گیا جیسے کوئی طالب علم اپنی سزا سننے کا منتظر ہو۔

''بیٹھ جاؤ...... کیا کھڑے ہو کر میری بات سنو گے؟''

''صبح بات نہیں ہو سکتی۔ سچ میں بہت تھکا ہوا ہوں، بہت زور سے نیند آرہی ہے۔'' اس نے اداکاری کرتے ہوئے انگلیوں سے آنکھیں مسلیں...... تو وہ اسے پھر گھور کر رہ گئیں۔

''شمی آخر ایسا کب تک چلے گا؟'' نانو اس کی اداکاری پر مسکرائے بنا نہ رہ سکیں۔

''ک...... کیا مطلب...... ؟ میں سمجھا نہیں؟''

''اس گھر کا نظام......'' وہ زچ ہو اُٹھی۔ ''تم نے نانو جان کی صحت دیکھی ہے، یہ ان کے آرام کے دن ہیں اور یہ ہمارے لیے ہلکان ہتی پھر رہی ہیں بلکہ تمہارے گھر کے لیے۔''

''جی...... ؟'' وہ اب بھی غیر سنجیدہ ہو کر بولا تو صبحیٰ جھنجھلا کر بولے گئی۔

''پلیز ثعلب...... ڈرامے بازی چھوڑ دو، اتنے ننھے نہیں ہو کہ میری بات کا مطلب نہ سمجھ سکو، بھابی یا عاقب بھائی زندہ ہوتے تو کیا گھر کا یہ حشر ہوتا؟ اور نانو اس طرح نوکروں کے پیچھے خوار ہوتیں؟''

''آپی...... کل ڈانٹا تو تھا سب کو...... آئی ہوپ وہ آئندہ کوتاہی نہیں کریں گے۔'' وہ اس بار کچھ سنجیدہ ہوا تو وہ نہ ماننے والے انداز میں کہنے لگی۔

''کوئی گارنٹی نہیں ہے، ایک دن ڈانٹ کھا کر وہ ایک دن صحیح کام کریں گے پھر وہی روٹین...... آخر تم نے سوچا کیا ہے۔'' آخر میں وہ اس سے پھر سوال کر رہی تھی۔ جس کا اس کے پاس کوئی جواب نہیں تھا۔

''میں...... میں کیا سوچوں؟ میرا مطلب ہے ابھی ایک دم...... آہستہ آہستہ ہی سب کچھ سیٹل ہوگا ناں۔''
وہ گڑبڑا کر وضاحت دینے لگا۔

''تم کچھ مت سوچو...... لیکن جواب ہم سوچ رہے ہیں تمہیں اس پر عمل کرنا ہوگا۔'' صبحیٰ کا رعب دیکھ کر وہ اپنے لیے خطرہ محسوس کرنے لگا۔

''لیکن آپی...... وہ......'' اسے کوئی بات نہیں سوجھ رہی تھی۔

''تمہاری کوئی لیکن ویکن نہیں چلے گی، بہت موقع دیا ہے تمہیں مگر تم سمجھتے ہی نہیں ہو۔''

''پلیز نانو...... ہیلپ می......'' صبحیٰ کے حتمی انداز پر اس نے نانو کو بچوں کی طرح مدد کے لیے پکارا تو وہ بھی صبحیٰ کی تائید میں بولیں۔

''بیٹا...... صبحیٰ ٹھیک کہہ رہی ہے۔''

''آپ بھی نانو...... آپ بھی؟'' وہ غیر یقینی تاثر کے ساتھ دہائی دیتا صبحیٰ کو مزید زچ کر گیا۔

''بی سیریس...... ثعلب! تم اب پریکٹیکل لائف میں قدم رکھ چکے ہو، کالج ٹائم کے کامیڈین نہیں کہ ہر بات مذاق میں اُڑاؤ گے، تمہیں اب سنجیدگی سے شادی کے بارے میں فیصلہ کرنا ہوگا۔'' صبحیٰ آپی کے حتمی انداز اور سنجیدہ رویے پر وہ بھی ایک دم سنجیدہ ہو کر بولا۔

''میرے لیے یہ اتنا آسان نہیں ہے، سب کچھ بھلانا بہت مشکل ہے آپی۔''

''کچھ بھی مشکل نہیں ہوتا، خود کو سمجھانا ہو تو چند لمحے بھی کافی ہوتے ہیں، تم چھ مہینے میں خود کو نہیں سمجھا سکے۔'' صبحیٰ آپی نے نہ مانتے ہوئے تردید کی تو وہ انہیں دُکھ بھرے تاثرات کے ساتھ دیکھنے لگا۔

''آپ کو یہ عرصہ بہت زیادہ لگتا ہے جبکہ مجھے تو آج بھی ایسا ہی محسوس ہوتا ہے کہ ابھی چھ لمحے پہلے میں اس کرب، اس آزار سے گزرا ہوں...... میری وجہ سے......'' وہ بات مکمل نہ کر سکا، اس کے لہجے میں نمی اُتر آئی تھی۔
صبحیٰ آپی نے اسے افسوس سے دیکھا اور ایک دم اُٹھ کر اس کی جانب بڑھنے کے بعد حوصلہ دیتے ہوئے بچوں کی طرح اسے ساتھ لگایا۔

''قسمت کو یہی منظور تھا میرے بھائی! تمہارا کیا قصور...... آخر کب تک تم خود کو سزا دو گے؟''

''میری...... وجہ سے ہی اس گھر کی خوشیاں روٹھی ہیں۔ میں نہیں چاہتا کہ آئندہ بھی میرے حوالے سے مسائل پیدا ہوں، پلیز آپی مجھے مجبور مت کریں۔'' وہ بہت کرب و دُکھ سے کہہ رہا تھا۔

''اس طرح سوچنے سے بھی تو مسئلے بڑھ رہے ہیں۔ اچھا...... تم جاؤ آرام کرو...... کل باتیں ہوں گی۔''
صبحیٰ نے اسے تھپتھپاتے ہوئے ایک دم جیسے سنبھلنے کا موقع دیا۔ آپی کے لچکدار رویے سے اس کے تنے ہوئے اعصاب بھی کچھ ڈھیلے پڑ گئے تھے۔ وہ کرسی سے اُٹھ کر جانے لگا تو آپی نے پکار کر محبت بھری تاکید کی۔

''صبح میں کوئی بہانہ نہیں سنوں گی...... اچھی طرح خود کو سمجھا لو...... غور و فکر کر لو...... مجھے تمہارا مثبت جواب چاہیے۔'' اس نے بہت بے بسی سے باری باری دونوں کو دیکھا۔ دونوں ہی اس سے نظریں چرا گئیں۔

○......❖......○

وہ پھپھو سعیدہ کو بتا کر سونے کے لیے کمرے میں چلی آئی تھی۔ ابھی اس نے نمازِ عشا کے لیے جانماز بچھائی تھی کہ اس کے سیل فون پر اس کے بابا کریم احمد کی کال آ گئی۔

''کیسی ہو بیٹا......؟'' اس کے سلام کے جواب میں انہوں نے شفقت سے پوچھا تو نہ چاہتے ہوئے بھی اس کی پلکیں بھیگ گئیں۔

''ٹھیک ہوں، بابا آپ کیسے ہیں؟'' اس نے بہ مشکل لہجے کو نم ہونے سے بچایا۔

''کیا بتاؤں بیٹا...... تم سے شرمندہ ہوں، پلٹ کر آ نہیں سکا۔ آپا تمہارا خیال تو رکھتی ہوں گی۔'' کریم احمد کا سرگوشیانہ لہجہ صاف ظاہر کر رہا تھا کہ وہ چھپ کر ڈرتے ہوئے اسے فون کر رہے ہیں۔

''بہت زیادہ بابا...... آپ میرے لیے پریشان نہ ہوں، یہاں سبھی میرا خیال رکھتے ہیں۔ صہبیٰ بھابی تو بالکل چھوٹی بہنوں کی طرح مجھ سے پیار کرتی ہیں۔ آپ میری خاطر اپنا سکون خراب مت کریں۔'' اس نے ایک بار پھر کوشش سے خود کو سنبھال کر اپنے بابا کو تسلی دی۔

''بیٹا! تم میری مجبوری سے سمجھوتا کر رہی ہو، میں طاہرہ کو بالآخر منا لوں گا، بس کچھ عرصہ صبر کر لو، مجھے اس بات کا حوصلہ ہے کہ تمہاری تربیت خدیجہ (وانیہ کی ماں) نے کی ہے، تم ہر حال میں گزارہ کر سکتی ہو، آپا کو بھی تمہارا دُکھ ہے، طاہرہ سے ان کا شکوہ بجا ہے، بس حالات کی بہتری کا انتظار کرنا ہوگا۔'' کریم احمد کی آواز دُکھ میں ڈوبی ہوئی تھی۔ وانیہ کا دل مزید دُکھ سے بھر گیا۔

''بابا...... پلیز آپ میری وجہ سے پریشان نہ ہوں، آپ مجھے جہاں بھی رکھیں گے، میں رہ لوں گی، کبھی شکایت نہیں کروں گی...... بس آپ کبھی مجھے تنہا نہیں چھوڑیئے گا بابا!'' وہ ایک دم سسک اُٹھی اور پھر اس نے رابطہ منقطع کر دیا۔ ماں کے مرتے ہی زندگی اس کے لیے آزمائش بن گئی تھی۔ بابا نے اس کی امی سے جن حالات میں بھی شادی کی تھی ان کا ادراک اسے پہلے نہیں تھا یہ تو خدیجہ کی بیماری کے دنوں میں اس پر بہت سی حقیقتیں آشکار ہوئی تھیں۔ بابا کی پہلی شادی، ان کا ایک بڑا خاندان، ایک ہی شہر میں ان کے دو گھر، وہ تو بچپن سے جوانی تک یہی سمجھتی رہی کہ بابا دوسرے شہر میں کام کرتے ہیں اس لیے ان کے ساتھ ہفتے میں ایک دن ہی گزارتے ہیں۔ اسے خدیجہ نے بھی بے خبر رکھا تھا۔ اور پھر حالات کی کروٹ نے سارے بھرم کھول دیئے تھے۔ بابا کی مجبوریاں اور امی کا خاموش صبر ان کے اندر غم کی بیل کی آبیاری کرتا چلا گیا تھا۔ محبت کی دھوپ اور قرب کی چھاؤں کی کمی کے باعث وقت اور موسموں کے بدلتے بدلتے اس بیل نے پھلتے پھولتے وجود اور روح سے لپٹ کر آخر انہیں ایسا جکڑا تھا کہ وہ ٹوٹ کر بکھر گئی تھیں۔ مرنے سے دو ماہ پہلے ہی ان کے مرض کی تشخیص ہوئی تھی۔ انہیں بلڈ کینسر تھا۔ پھر تو جیسے زندگی مٹھی میں بند ریت کی طرح پھسلتی چلی گئی۔ امی کے دنیا سے رُخصت ہوتے ہی اسے احساس ہوا تھا کہ وہ گھنی چھاؤں سے نکل کر تپتی دھوپ میں آ گئی ہے۔ بابا نے امی کی تدفین کے تیسرے دن ہی اسے پھپھو سعیدہ کے گھر لا چھوڑا تھا...... اس وعدے کے ساتھ کہ وہ جلد ہی اپنی پہلی بیوی طاہرہ کو منا کر اسے اپنے ساتھ لے جائیں گے مگر امی کے چہلم کی مدت بھی گزر گئی تھی۔ بابا اب تک طاہرہ کو منا نہیں سکے تھے۔ اور اسے آئندہ بھی کوئی امید نظر نہیں آ رہی تھی۔ بڑی امی کی ہنگامہ آرائیاں اسے بھی پتا چلتی رہی تھیں۔ اسی لیے

اس نے سوچ لیا تھا کہ وہ بابا کے گھر میں ناپسندیدہ ہستی بن کر نہیں جائے گی۔ کچھ سوچ کر وہ اپنے بہتے اشک صاف کرتی دوپٹا صحیح طرح لپیٹتی جانماز پر کھڑی ہوگئی۔

○......❖......○

ثعلب کمرے میں آ کر عالم اضطراب میں ٹہلنے لگا تھا۔ ذہن اُلجھنوں میں اُلجھ گیا تھا۔ ماضی کے کئی لمحے اسے کرب میں مبتلا کر گئے تھے۔ اس اذیت کو کم کرنے کے لیے اس نے سگریٹ سلگا کر کمرے کی لائٹ بجھا دی اور خود بستر پر نیم دراز ہوتے ہوئے گہرے گہرے کش لینے لگا۔

''آپی آپ کہتی ہیں وہ سب بھلا کر زندگی کو نیا آغاز دوں...... مگر کیسے بھول جاؤں؟ وہ اذیت آمیز لمحے جن کی جلن سے میری روح تک فگار ہوگئی ہے، جن کا کرب آج بھی میرے دل میں اسی شدت سے کروٹیں لیتا ہے، جس طرح پہلے لیتا تھا۔'' سوچتے سوچتے اس نے جلدی جلدی سگریٹ کے کش لگا کر اس کا کثیف دھواں بھی اندر پھیپھڑوں میں اُتارا جیسے یہ دھواں اس کے درد کو کم کر دے گا۔

''نہیں بھول سکتا آپی...... میں کچھ بھی نہیں بھول سکتا۔'' اس نے سگریٹ کو راکھ دان میں بُری طرح مسل کر نیا سگریٹ سلگا لیا۔ وہ خود بھی سرتاپا سلگ رہا تھا۔ ماضی کی ریل اس کے ذہن میں چلنے لگی تھی۔

یہ گھر فاران وِلا شروع سے تو ایسا نہیں تھا، یہاں تو خوشیاں مجسم صورت میں قائم تھیں۔ بہار کے سارے رنگ اس گھر کے آنگن میں کھلتے تھے...... ان خوشیوں اور رنگوں کو برقرار رکھنے والی ایک ہستی تھی۔

تمکین نیازی جو اس گھر میں عاقب بھائی کی نسبت سے آئی اور پھر پورے گھر کو جنت کا گہوارا بنا دیا...... جس نے اس گھر کے روتے، بلکتے افراد کو اپنی مسکراہٹیں دے کر جینا سکھا دیا تھا۔ عاقب بھائی نے بھی اس گھر اور اپنی بہنوں اور بھائی کے لیے اپنی محبت سے آزمائش مانگی تھی۔ ان کی محبت آزمائش میں پوری اُتری تھی۔ تمکین بھابی نے ان کی تعمیر و تربیت کے لیے اپنے دن رات وار دیئے تھے۔ ماں کی جدائی سے ڈرے سہمے صہبیٰ، ثعلب اور عصمیٰ ان کے محبت بھرے رویے سے جلدی سنبھل کر زندگی کو نعمت سمجھ کر جینے لگے تھے۔

تمکین بھابی نے اپنی شادی کے کچھ عرصے بعد ہی صہبیٰ آپی کی شادی جس ذمے داری سے کروائی تھی، وہ قابل رشک تھا۔ سبھی ان کے حسن سلوک سے متاثر تھے۔ ثعلب جو چھوٹا ہونے کی وجہ سے سبھی کا لاڈلا تھا اور لاڈ میں بگڑ چلا تھا۔ تمکین بھابی کی توجہ اور پیار نے اسے تراش خراش کر ہیرا بنا دیا تھا۔ انہوں نے تو جیسے اپنی زندگی ان ہی بہن، بھائیوں کے لیے وقف کر دی تھی۔ ان کی خوشیاں، ان کی ضروریات ان کے لیے مقدم تھیں۔ بنا کہے وہ ان کے دل کی بات سمجھ جاتی تھیں۔ اسے یاد تھا۔ اس کے دل کی چوری بھی انہوں نے ہی پکڑی تھی۔ نہ صرف پکڑی تھی بلکہ اس کی تائید و حمایت بھی کی تھی۔ جلتے سگریٹ سے اس کی انگلیاں جلنے لگی تھیں۔ وہ ایک دم چونک کر سگریٹ راکھ دان میں مسل کر بیڈ سے اُٹھا اور کھڑکی میں آ کھڑا ہوا۔ کھلی کھڑکی کے باہر تاریکی پھیلی ہوئی تھی۔ ہر طرف سناٹا گونج رہا تھا مگر اس کے اندر تو شور ہی شور تھا۔ ماضی اسے پھر اپنی طرف کھینچ رہا تھا۔ اس کی سوچیں متحرک تھیں اور وہ ساکت تھا۔

اسے ایک ایک لمحہ یاد تھا۔ خصوصاً اپنی زندگی سے وابستہ وہ دلکش جذبہ اور اس کی بازیابی کے لیے کوشش......

یہ ان دنوں کی بات ہے جب اس کے دل میں صنفِ مخالف کی کشش نے الوہی جذبے کو جنم دیا تھا۔ شیریں پھپھو کے مادی برتری سے چُور رویے کے باوجود اس کے دل میں ان کی اکلوتی بیٹی رومانہ کے لیے محبت پنپنے لگی تھی۔ اور ایسا رومانہ کی پیش قدمی پر ہی ہوا تھا۔ یونیورسٹی میں وہ اس سے جونیئر تھی۔ پھپھو نے خصوصی طور پر اس کا خیال رکھنے کی تاکید کی تھی۔ وہ اتنی سی اہمیت پر ہی نازاں سارومی پر نگاہ رکھتے رکھتے اسے دل میں بسا گیا تھا۔ اس روز بھی یونیورسٹی سے آکر دوبارہ تیاری کے ساتھ گھر سے نکلنے لگا تو لاؤنج میں بیٹھی تمکین بھابی نے اسے خاص نظروں سے دیکھ کر پوچھا۔

''خیریت ہے، آج کل تم شیریں پھپھو کی طرف زیادہ ہی جانے لگے ہو؟''

''آپ سے کس نے کہا؟ میں تو کئی دن پہلے آپ ہی کے ساتھ گیا تھا۔'' اس کی غلط بیانی پر انہوں نے اسے سنجیدگی سے گھور کر ٹوکا۔

''جھوٹ مت بولو، اس طرح روز روز جانا اچھی بات ہے کیا؟ تمہارے فائنل سر پر ہیں، میں دیکھ رہی ہوں، تمہاری توجہ پڑھائی پر نہیں ہے۔''

''رات کو پڑھتا ہوں ناں...... اب آپ نیند میں تو مجھے پڑھتے نہیں دیکھ سکتیں۔'' وہ تقریباً مکرتے ہوئے ان کے پاس بیٹھ گیا تھا۔

''اس کا مطلب ہے شیریں پھپھو کے گھر تم نہیں تمہارا بھوت جاتا ہے۔''

''ہوسکتا ہے۔'' اس نے نہ مانتے ہوئے ڈھٹائی سے تردید کی تھی۔

''بکواس نہیں کرو، تم کہیں رومانہ کے پیچھے...... اس نے بھی تمہاری ہی یونیورسٹی میں ایڈمیشن لیا ہے ناں؟'' وہ جیسے اس سے اُگلوانا چاہتی تھیں۔

''تو...... کیا وہ پہلی لڑکی ہے جس نے وہاں ایڈمیشن لیا ہے؟ آپ خواہ مخواہ مجھ پر شک کر رہی ہیں۔ سچ کہہ رہا ہوں، ایسی کوئی بات نہیں ہے۔'' اس نے انہیں ٹالنا چاہا۔

''تم مجھے سبق پڑھانے کی کوشش نہ کرو، مت بھولو، میں تمہیں پڑھا چکی ہوں۔'' تمکین بھابی نے اس کا کان پکڑ کر ہنستے ہوئے مروڑا تو وہ کراہ اُٹھا۔

''اور...... گزشتہ آٹھ سالوں سے میرے ہی کان کھینچ رہی ہیں۔ میں اب آٹھویں کلاس کا بچہ نہیں ہوں، یونیورسٹی جاتا ہوں، پلیز اپنا attitude بدلیں۔'' اس نے زبردستی کان چھڑاتے ہوئے دہائی دی تھی۔ تمکین بھابی اس کی حالتِ زار پر ایک دم ہنس دی تھی۔ پھر دوستانہ انداز میں پوچھنے لگیں۔

''اچھا...... پھر سچ، سچ بتاؤ...... شیریں پھپھو کے گھر روز روز جانے کا معاملہ کیا ہے؟ ویسے میں تمہاری مدد کر سکتی ہوں، اس سلسلے میں۔''

''اوہ یں اتنی دیر سے رعب جھاڑ رہی تھیں، آرام سے پوچھتیں تو میں بتا دیتا، کم از کم میرے کانوں کی لمبائی میں مزید اضافہ نہ ہوا ہوتا۔''

''اچھا...... اب بات گھماؤ نہیں، میرا اندازہ درست ہے ناں کہ تم رومانہ میں انٹرسٹڈ ہو؟''

''بات اس طرح بھی ہوسکتی ہے کہ رومانہ مجھ میں انٹرسٹڈ ہے۔'' وہ شوخی سے چہکا۔

''اچھا...... تو نوبت یہاں تک آ پہنچی ہے۔ پھر کیا ارادے ہیں...... جایا جائے پھپھو کے پاس، کوئی ہلاّ گلاّ کیا جائے؟'' انہوں نے بھی خاصی دلچسپی سے پوچھا تھا۔ ثعلب کو یقین تھا اس کی خوشی سبھی کو عزیز ہوگی۔ وہ جب...... جس سے بھی شادی کرنا چاہے گا کوئی بھی اعتراض نہیں اُٹھائے گا۔

''اتنی جلدی کیا ہے بھابی...... ابھی مجھے ذرا اپنی ویلیو بڑھانے دیں۔'' ذرا بے نیازی دکھاتا وہ اس وقت وہاں سے چلا گیا تھا۔

''بے وقوف......'' بھابی کی ہنسی اسے اپنی پشت پر سنائی دی تھی۔

○......❖......○

''سنو رومی...... بھابی جان کو ہمارے بارے میں معلوم ہوگیا ہے۔'' ثعلب نے فوراً ہی جا کر رومانہ کو اطلاع دی۔

''تم نے خود بتایا انہیں...... تمہارے دل میں کوئی بات رہ سکتی ہے......؟'' رومانہ بوکھلا کر پوچھنے لگی۔ وہ اس کی بوکھلاہٹ و جھنجھلاہٹ سے محظوظ ہوا تھا۔ بولڈ سی رومانہ اس وقت اچھی لگ رہی تھی۔

''دل میں تو تم رہتی ہو۔ اس لیے وہاں کوئی اور کیسے ٹک سکتی ہے۔'' وہ بے ساختہ ہنسا۔

''اس کا مطلب ہے تم نے انہیں یہ بھی بتا دیا ہوگا کہ میں...... میں نے تم سے خود...... اظہار کیا......''

''ظاہر ہے، میں ان سے کچھ نہیں چھپا سکتا۔''

''انتہائی بے شرم انسان ہو تم...... کیا سوچا ہوگا انہوں نے میرے بارے میں......'' رومانہ نے اپنی ہائی پونی کا کیچر اُتارا اور اس پر غصے میں اُچھال دیا...... جسے اس نے خوبصورتی سے کیچ کرلیا۔

''یہی سوچا ہے جو تم نے سوچا ہے۔''

''کیا مطلب......؟'' ثعلب کا بڑھایا ہوا کیچر اس نے جھپٹ کر پکڑا۔

''وہ بھی تمہیں اپنی دیورانی بنانے کا سوچ رہی ہیں۔'' جواباً پہلے تو وہ اسے گھورے گئی۔

''رئیلی...... تم سچ کہہ رہے ہو؟'' ایک دم ہنس کر شرمساری سے بولی۔

''ہنڈرڈ پرسنٹ۔''

''سنو تھی...... میں نے بھی مما کو بتا دیا ہے کہ تمہارا پروپوزل آئے تو وہ فوراً accept کرلیں۔'' کچھ دن بعد رومانہ نے بھی اسے اپنی طرف سے یقین دلا کر اس کے خدشے دور کر دیئے۔

''تو پھپھو نے کیا کہا...... وہ راضی ہیں؟''

''ظاہر ہے وہ میری خوشی کے لیے اپنے ارادوں کو بھی بدل سکتی ہیں۔''

''پھپھو کے ارادے کیا ہیں؟'' برگر کھاتے ہوئے ثعلب نے کچھ اُلجھن سے پوچھا۔

''کہ...... کچھ نہیں...... بس پاپا کو راضی کرنا ہے ناں...... تم تمکین بھابی کو بھی تیار رکھنا۔ میں جب کہوں تم پروپوزل لے کر آجانا...... اوکے۔''

''ہم تو صبح آنے کے لیے تیار ہیں۔'' ثعلب نے شریر نظروں سے دیکھ کر چھیڑا۔

''ابھی نہیں...... پہلے پاپا سے تو بات کرنے دو۔'' رومانہ نے کولڈ ڈرنک کا گھونٹ بھرا۔

''ذرا جلدی بات کر لینا۔ ایسا نہ ہو کہ مجھے کوئی اور لے اُڑے اور تم دیکھتی رہ جاؤ۔'' ثعلب نے مذاق سے چھیڑا تو اس نے بے اختیار ہی کولڈ ڈرنک کا گلاس اس پر اُچھال دیا۔ ثعلب اس افتاد پر حیران پریشان سا دیکھتا رہ گیا۔

''خبردار جو تم نے کبھی ایسا سوچا بھی...... میں اس کے ساتھ ساتھ تمہیں بھی مار دوں گی اور خود بھی مر جاؤں گی، یاد رکھنا......'' وہ غصے سے اُٹھی اور کیفے ٹیریا سے باہر چلی گئی۔ ثعلب ٹشو پیپر سے منہ صاف کرتا فوراً اس کے پیچھے لپکا تھا۔

○......❖......○

کئی دن تک رومانہ اس سے ناراض رہی تھی۔ ثعلب کو لگا تھا کہ اس سے ساری دنیا ناراض ہو گئی ہے۔ تمکین بھابی سے بھی اس کی بے چینی چھپی نہیں رہ سکی تھی۔ اسے گھر میں ٹکے دیکھ کر حیرت سے پوچھنے لگیں۔

''کیا بات ہے۔ آج کل گھر پر نظر آ رہے ہو...... رومی سے لڑائی چل رہی ہے؟'' بھابی کا انداز ایسا تھا کہ وہ نہ چاہتے ہوئے بھی ہنس دیا۔

''آپ کو تو پامسٹ بن جانا چاہیے۔ آج کل ہر چینل پر بڑی ویلیو ہے ان لوگوں کی۔''

''بس تم تو شروع ہو جایا کرو...... مجھے سچ سچ بتاؤ کیا بات ہے...... رومی بھی کئی دن سے نہیں آئی۔''

''مصروف ہو گئی ہے، آپ کو یاد آ رہی ہے تو بلا لیں۔'' ثعلب نے فوراً ہی سیل فون اُن کی طرف بڑھا دیا۔ سبزی بناتے ہوئے انہوں نے اسے جانچتی نظروں سے دیکھا۔

''مجھے یاد آ رہی ہے یا...... تمہیں؟ کوئی جھگڑا ہے تو بتا دو...... ہم صلح صفائی کروا دیتے ہیں۔ بلکہ میں تو سوچ رہی ہوں کہ تمہارے دل کی مراد مانگنے پھپھو کے پاس چلی ہی جاؤں۔''

''آپ کو یقین ہے کہ وہ آپ کے دیور کو اپنی بیٹی دینے پر تیار ہو جائیں گی؟'' وہ قدرے سنجیدگی سے پوچھنے لگا تھا جس پر بھابی نے فرطِ محبت سے جوش میں کہا۔

''سو بار...... میرا اتنا پیارا لائق، فائق ایک ہی تو بیٹا ہے یہ تو ان کی خوش نصیبی ہو گی کہ ان کی بیٹی کو ہم تمہارے لیے مانگیں گے۔''

''او سوئٹ بھابی! اب مجھے اتنا بھی نہ چڑھائیں، کہیں میری لائقی، فائقی ہی آڑے نہ آ جائے۔'' ثعلب نے ہنسی میں بات اُڑائی تو وہ سنجیدہ ہو گئیں۔

''کیا مطلب...... تمہیں خود پر اعتماد نہیں ہے؟''

''اعتماد ہے...... لیکن ابھی رومانہ کے فائنل تک ایسا کوئی سلسلہ نہیں چلے گا۔ وہ ڈسٹرب ہو جائے گی۔ ابھی آپ چین کی بانسری بجائیں یا پھر اپنے پیارے، پیارے بچوں کو ٹائم دیں...... سنی کل مجھ سے شکایت کر رہا تھا کہ اس کی ماما اس کے ساتھ نہیں کھیلتیں۔''

''تم بات گھمانے میں بہت ماہر ہو...... میں تمہاری شادی تو ابھی نہیں کر رہی...... صرف چاہتی ہوں کہ کوئی رسم ہو جائے...... ایسا نہ ہو کہ ہماری خاموشی ہمارے لیے ہی نقصان دہ بن جائے۔ اور پھر میرے بجائے تم چین کی بانسری بجاتے پھرو......'' بھابی نے رسانیت سے سمجھایا۔

''واقعی...... یہ تو میں نے سوچا ہی نہیں ہے۔'' وہ بے ساختہ بولا بات اس کی سمجھ میں آ گئی تھی۔

''اب کیا ارادہ ہے؟'' انہوں نے اسے چھیڑا تو وہ مصنوعی سنجیدگی سے سر جھکا کر بولا۔

''جو آپ کی مرضی...... میں تو آپ کا تابع وفرمانبردار ہوں۔''

''واہ واہ جانتی ہوں تمہاری تابعداری......'' اس کی اداکاری پر سبزی سمیٹتے ہوئے وہ ڈائننگ ٹیبل سے اُٹھتے ہوئے بے ساختہ ہنستے ہوئے بولیں۔

''تو کیا آپ کو شک ہے کوئی...... آپ کہیں تو میں ابھی رومانہ کو بھلا دوں۔''

''بکواس نہیں کرو، میں کیوں کہوں گی تمہیں۔ اللہ تمہیں سارے جہان کی خوشیاں دے۔ جاؤ تم اسے فون کرو اور پوچھو کہ ہم کس دن آئیں......'' تمکین بھابی نے بڑھ کر اسے ایک چپت لگائی تو وہ ہنستا چلا گیا۔ اسے اپنی قسمت پر ناز تھا۔ وہ جو چاہتا تھا پا لیتا تھا۔

○......❖......○

ثعلب اگلے دن ہی یونیورسٹی اسے منانے پہنچ گیا تھا۔ اس نے رومانہ کو کوئی کلاس نہیں لینے دی تھی۔

''تم خود تو فارغ ہو چکے ہو، مجھے تو چین سے اپنا فائنل کمپلیٹ کرنے دو۔'' وہ ناراضی ظاہر کرتی بے دلی سے اس کے سامنے کیفے ٹیریا میں بیٹھی کہہ رہی تھی۔

''تمہارا فائنل کمپلیٹ ہونے سے پہلے میں اپنا مشن پورا کرنے جا رہا ہوں۔''

''کیہ...... سا...... مشن......؟'' وہ اس کی سنجیدگی پر حیرانی ظاہر کیے بنا نہ رہ سکی۔ ثمی نے کچھ عرصہ پہلے اس سے باہر جانے کا ذکر کیا تھا۔ وہ اپنے بزنس سے متعلق کوئی کورس کرنے باہر جانا چاہتا تھا۔

''میری لائف کا تو اب ایک ہی مشن ہے۔'' ثعلب نے اس کا تجسس بڑھایا تھا۔

''ہاں...... جاؤ اپنے مشن پورے کرو، یہاں چاہے میں کسی اور کے پلے بندھ کر مر کھپ جاؤں۔'' رومانہ ایک دم چڑ کر اُٹھنے لگی تھی تو ثمی نے ہنستے ہوئے اس کا ہاتھ تھام کر دوبارہ بٹھا لیا۔

''اسٹوپڈ...... اتنی بدگمان کیوں ہو رہی ہو مجھ سے...... میں ایسا کبھی ہونے نہیں دوں گا...... اور پھر کیا تم اتنی کمزور ہو جو آسانی سے کسی اور کے ساتھ بندھ جاؤ گی۔''

''تم کچھ نہیں کرو گے تو میں تو کمزور ہی پڑ جاؤں گی ناں......'' وہ کچھ آزردگی سے بولی۔

''تم نے خود ہی تو مجھے روکا ہوا تھا لیکن اب میں تمہاری نہیں مان رہا۔ بھابی جان اور آپی کچھ دنوں میں پھپھو کے پاس جا رہی ہیں۔ اپنے گھر میں سارا معاملہ تمہیں سیٹل کرنا ہے، اوکے......'' رومانہ تو سنتے ہی کھل اُٹھی تھی۔ دونوں سارا دن ساتھ رہے...... اور مستقبل کی منصوبہ بندی کرتے رہے تھے۔

○......❖......○

سارا خاندان جانتا تھا کہ ثعلب اور رومانہ ایک دوسرے میں دلچسپی رکھتے ہیں۔ ان کی محبت شیریں پھپھو اور ایاز پھوپا سے بھی پوشیدہ نہیں تھی پر ایاز اکرم دل سے اس رشتے پر راضی نہیں تھے۔ وہ بیٹی کو اپنے سے بھی اونچے خاندان میں بیاہنے کے متمنی تھے مگر پھر بیٹی کی خواہش وضد کے آگے مجبور ہو کر انہوں نے ہتھیار ڈال دیئے تھے۔ اس طرح تمکین بھابی کی کوششوں سے ایک سادہ سی تقریب میں انہوں نے ثعلب کے نام کی انگوٹھی رومانہ کو پہنا کر جیسے ان کے رشتے کو ایک نام دے دیا تھا...... پھر تو جیسے دونوں کو ہی زندگی کی انمول خوشی مل گئی تھی۔ ثعلب نے عاقب بھائی کے ساتھ آفس جانا شروع کر دیا تھا۔ رومانہ کے بھی فائنل سیمسٹر ہو رہے تھے، بھابی جان اندر ہی اندر اس کی شادی کی تیاریوں میں مصروف تھیں، رومانہ کے فائنل سیمسٹر ہوئے ہی تھے کہ اس کی پھپھو پندرہ سال بعد اپنے بیٹے روحیل کے ساتھ کینیڈا سے چلی آئیں۔ ایاز اکرم تو بہن کو دیکھتے ہی نہال ہو گئے۔ شیریں پھپھو بھی ان کے ٹھاٹھ باٹ سے متاثر ومرعوب ان کے آگے پیچھے بچھ گئیں۔ رومانہ کو پھپھو کی وارفتگی اور روحیل کی بے تکلفی ٹھٹکی تو اس نے ماں سے شکایت کر ڈالی۔

''مما...... مجھے روحیل بھائی کی بے تکلفی اچھی نہیں لگتی، آپ نے پھپھو کو بتا دیا ہے ناں کہ میں انگیجڈ ہوں ثمی کے ساتھ۔''

''نہیں......اور تمہیں بھی کوئی ضرورت نہیں ہے......'' انہوں نے خاصی سنجیدگی سے ٹوکا تو وہ حیران رہ گئی۔

''کیا......مطلب؟ آپ ایسا کیوں کر رہی ہیں؟''

''تمہارے بابا کا خیال ہے کہ ہم نے تمہاری انگیجمنٹ کر کے جلد بازی سے کام لیا ہے۔'' ان کے تیور بدلے ہوئے تھے۔

''کیا......؟'' رومانہ کو دھچکا سا لگا تھا۔

''میں غلط نہیں کہہ رہی ثمی کے پاس تمہارے لیے کیا ہے سوائے ذمے داریوں کے، تم نے ساری زندگی اپنی مرضی سے گزاری ہے۔ وہاں جا کر تمکین کی جی حضوری کر سکو گی؟ اچھی طرح جانتی ہو وہاں اس کا ہولڈ ہے......'' مما نے اسے مزید حیران کر دیا تھا۔

''مما...... آپ نے پہلے تو یہ باتیں نہیں کی تھیں۔ ثمی کا پروپوزل accept کرتے وقت آپ کو ان باتوں کا خیال کیوں نہیں آیا......اب یوں اچانک......؟'' رومانہ سے بات کرنا مشکل ہو رہی تھی۔

''اس وقت ہمارے پاس کوئی آپشن نہیں تھا۔ اب زبیدہ آپا نے آ کر روحیل کے لیے خود کہا ہے۔ تمہارے پاپا اپنی بہن کو مایوس نہیں کریں گے۔ بہتر ہے تم ثعلب کے بجائے روحیل میں دلچسپی لو...... یہی تمہارے حق میں بہتر ہو گا۔'' شیریں دوٹوک انداز میں فیصلہ سنا کر اسے لاؤنج میں تنہا چھوڑ گئیں۔ وہ حیران پریشان ہو کر رونے لگی تھی۔ وہ سوچ بھی نہیں سکتی تھی کہ اس کے مما، پاپا ہی اس کے ارمانوں کا خون کرنے کے درپے ہو جائیں گے۔ انہوں نے ثمی کے ساتھ اپنا رویہ بالکل بدل لیا تھا۔ وہ آتا تو اسے رومانہ سے ملنے نہ دیا جاتا تھا یا پھر بتایا جاتا کہ وہ اپنے کزن کے ساتھ گھومنے پھرنے گئی ہوئی ہے...... ثعلب کا رومانہ کے ساتھ رابطہ ہوتا تو وہ چند باتیں کر کے معذرت کرتی فون بند کر دیتی۔ ثعلب کی بے چینیاں بڑھنے لگی تھیں۔ اُڑتی اُڑتی کئی باتیں اس کے بھی کانوں

میں پڑ رہی تھیں کہ شیریں پھپھو اپنی طرف سے یہ رشتہ ختم کر چکی ہیں۔ ثعلب نے ایک دن رومانہ کو باہر ملنے پر زبردستی راضی کیا تو وہ ریسٹورنٹ میں اس کے سامنے بیٹھ کر رو پڑی تھی۔

''شمی ...... میں تمہارے علاوہ کسی اور کا نہیں سوچ سکتی۔ مجھے نہیں معلوم مما، پاپا اچانک کیوں بدل گئے۔ انہیں میرا میری خوشیوں کا کوئی خیال نہیں ہے۔ میں نے اپنی پھپھو کو اپنے اور تمہارے بارے میں بتا بھی دیا ہے۔ پھر بھی کسی کو کوئی فرق نہیں پڑ رہا۔''

''کیوں فرق نہیں پڑ رہا...... ہماری انگیجمنٹ ہو چکی ہے۔ تم فکر نہ کرو رومی...... میں پھپھو سے جا کر خود بات کرتا ہوں۔'' ثعلب نے اسے حوصلہ دیتے ہوئے جیسے خود کو بھی ہمت دلائی تھی اور پھر وہ رومی کو گھر چھوڑنے آیا تو پھپھو گھر پر تنہا تھیں اسے موقع مل گیا تھا۔

''پھپھو آپ لوگ ہمارے ساتھ کیا کرنے جا رہے ہیں کچھ احساس ہے آپ کو؟'' وہ ان کے گھر کے ڈرائنگ روم میں ان کے سامنے بیٹھا سنجیدگی سے پوچھ رہا تھا۔ اسے دیکھتے ہی شیریں پھپھو کے ماتھے پر بل پڑ گئے تھے۔

''ہمیں احساس دلانے والے تم کون ہوتے ہو؟'' انہوں نے خاصی بدلحاظی سے اُلٹا اسی سے پوچھا تھا۔

''آپ اچھی طرح جانتی ہیں کہ میں کون ہوں؟ آپ رومی اور میرے ساتھ جو کھیل کھیلنے کی کوشش کر رہی ہیں۔ میں آپ کو اس میں کامیاب نہیں ہونے دوں گا۔'' شمی نے انہی کے انداز میں بات کی تو وہ مارے غصے کے چلا اُٹھیں۔

''ثعلب...... بہتر ہوگا...... تم یہاں سے فوراً چلے جاؤ ورنہ تمہارے لیے اچھا نہیں ہوگا۔''

''کوئی حتمی فیصلہ کیے سنے بغیر تو میں یہاں سے نہیں جاؤں گا۔ آپ اچانک بلاوجہ اس طرح کا کوئی اسٹیپ کیسے لے سکتی ہیں۔'' اس بار وہ قدرے تحمل سے بولا تھا۔

''ہم نے بلاوجہ کوئی فیصلہ نہیں بدلا...... ایاز تو پہلے ہی بڑی مشکل سے اس بے جوڑ رشتے کے لیے مانے تھے۔ صرف رومی کی ضد پر...... اب روحیل تم سے لاکھ درجے بہتر اس کے لیے خود خواہش مند ہے تو ہم اپنی بیٹی کے ساتھ دشمنی کیوں کریں؟ تمہاری حیثیت ہی کیا ہے۔ بھائی کے دست نگر ہو...... اور گھر پر بھاوج کا سکہ چلتا ہے۔ رومانہ تو تمہارے ساتھ اپنی چھوٹی چھوٹی خوشیوں کو بھی ترس جائے گی۔ اس کے پوری دنیا گھومنے کے خواب کون پورے کرے گا۔ تمہاری اتنی چادر ہے کہ تم شاید اسے اسلام آباد تک ہی لے جاؤ۔''

شیریں پھپھو تاک تاک کر اس کی عزتِ نفس پر وار کر کے اس کی خودداری کی دھجیاں بکھیر رہی تھیں۔ انہیں ان کی حیثیت سے بھی کم تر ثابت کرنے کے لیے وہ کیسے کیسے جواز دے رہی تھیں۔ وہ حیران ہو رہا تھا۔ یہ اس کی سگی پھپھو تھیں۔

''یہ ساری خامیاں اور باتیں آپ کو اس وقت یاد کیوں نہیں آئی تھیں؟'' ثعلب نے بھی وہی بات وہی سوال کیا جو رومانہ نے بھی کیا تھا۔ انداز میں البتہ فرق تھا۔ ثعلب افسوس و دُکھ سے پوچھ رہا تھا۔

''سب کچھ یاد تھا۔ مگر رومانہ کی ضد نے ہمیں مجبور کر دیا تھا۔ مگر اب ہم اس کی ضد پر اس کی زندگی برباد نہیں

کریں گے۔ روحیل کے ساتھ اس کی زندگی آئیڈیل ہوگی۔ بس اب میرا دماغ مت چاٹو......اور یہاں سے چلے جاؤ۔"

"پھپھو......آپ اچھا نہیں کر رہی ہیں۔ میں آپ کو صاف بتا رہا ہوں کہ اگر آپ نے اپنا فیصلہ نہ بدلا تو میں رومی کو زبردستی یہاں سے لے جاؤں گا۔" ثعلب جوش سے بولتا اُٹھ کھڑا ہوا تو شیریں پھپھو بھی اس کے مقابل آ کر کافی غصے سے بپھر کر بولیں۔

"تم مجھے دھمکی دے رہے ہو، تمہاری اتنی......جرأت......" بولتے بولتے انہوں نے اس کے گال پر طمانچہ بھی مار دیا۔ وہ ہکا بکا پہلے تو انہیں دیکھے گیا اور پھر پلٹ کر وہاں سے نکلتا چلا گیا۔ رومانہ سہمی سی دروازے میں کھڑی رہ گئی۔ اس کی ہمت ہی نہیں پڑ رہی تھی کہ وہ ثعلب کو روکتی یا پھر اپنی مما سے جا لڑتی......وہ جہاں کھڑی تھی وہیں بیٹھتی چلی گئی۔

○......❖......○

ثعلب کو سمجھ نہیں آ رہی تھی کہ کیا کرے اور کیسے اس معاملے کو سلجھائے۔ پھپھو کے ارادے اٹل اور حتمی محسوس ہو رہے تھے۔ وہ اپنی پریشانی میں آفس جانے کے بجائے سیدھا گھر چلا آیا تھا۔ اسے بے وقت گھر آتے دیکھ کر تمکین بھابی کو تشویش ہونا لازمی تھی۔ وہ اپنے کمرے میں آ کر آنکھوں پر بازو رکھے نیم دراز ہوا تھا کہ تمکین بھابی اس کے پیچھے چلی آئیں۔

"کیا ہوا؟ خیریت ہے، طبیعت تو ٹھیک ہے؟ اس وقت گھر چلے آئے ہو۔" ان کی آواز سن کر اس نے فوراً آنکھوں سے بازو ہٹایا اور پھر سیدھا ہو کر بولا۔

"ڈونٹ وری......میں ٹھیک ہوں، آج آفس میں بیٹھنے کا دل نہیں تھا......سو جلدی آ گیا۔" پھیکی مسکراہٹ کے ساتھ اس نے انہیں مطمئن کرنے کی کوشش کی۔

"اچھا......کیا کہنے تمہارے دل کے......مجھ سے جھوٹ بولنے سے پہلے پریکٹس تو کر لیتے......سچی، سچی بتاؤ......کیا پریشانی ہے، رومی کے ساتھ کوئی جھگڑا ہو گیا ہے؟ وہ بھی کافی دنوں سے اِدھر نہیں آئی۔" تمکین بھابی نے اس کی چوری پکڑتے ہوئے اُگلوانے کی کوشش کی تھی۔ جس پر وہ پھر مصنوعی طور پر مسکراتے ہوئے بہانہ بنا گیا۔

"آپ کو معلوم تو ہے کہ اس کی پھپھو وغیرہ ان کے گھر آئے ہوئے ہیں۔ اس لیے اسے اِدھر آنے کا موقع نہیں مل رہا، میں تو روز ہی اس سے مل لیتا ہوں۔" اس کے مصنوعی پن پر تمکین بھابی کے چہرے کا رنگ یک دم اُڑ گیا تھا۔

"شمی......تم کیا چھپا رہے ہو مجھ سے......مہمان تو اس گھر میں آتے ہی رہتے ہیں مگر رومی کی غیر حاضری پہلی بار ہوئی ہے......اور پھر کچھ باتیں میرے کانوں میں بھی پڑ رہی ہیں......کیا ہے وہ سب......" اس کے چہرے پر پھیلتا دھواں انہیں بہت کچھ سمجھا گیا۔

"ہاں......وہ سب سچ ہے، پھپھو کی نیت بدل گئی ہے اور ارادہ بھی۔"

''کیا مطلب؟ کون سا ارادہ......؟'' وہ اُلجھ کر پوچھ رہی تھیں۔

''رومی اور میری شادی کا......''

''کیا......؟'' غیر متوقع بات سن کر وہ جیسے چیخ ہی اُٹھیں۔ اس وقت عصمیٰ اور بچے اپنے اپنے مشاغل میں مگن تھے۔ ورنہ بھابی کے اس ردِعمل پر وہ بھی سہم جاتے۔

''میں ٹھیک کہہ رہا ہوں...... میں خود اپنے کانوں سے یہ سب سن کر آرہا ہوں۔'' اس نے بھی اسی اذیت کو محسوس کر کے بات دُہرائی تو وہ اب بھی بے یقینی سے بولیں۔

''وہ ایسا نہیں کر سکتیں۔ تم دونوں کی باقاعدہ انگیجمنٹ ہوئی ہے، سارا خاندان جانتا ہے میں خود جاؤں گی عاقب کے ساتھ...... وہ ایسا ہرگز نہیں کر سکتیں...... تم فکر نہیں کرو...... ہم ایسا نہیں ہونے دیں گے۔ یہ کوئی کھیل تو نہیں ہے کہ جس کے اصول وہ اپنی مرضی سے بدل لیں گی...... تم ریلیکس کرو...... پریشان ہونے کی ضرورت نہیں ہے، میں نانو کو بھی بلواتی ہوں...... اوکے......'' تمکین بھابی نے اس کا سر سہلاتے ہوئے اسے مکمل طور پر مایوسی سے نکالنے کی کوشش کی تھی مگر ایک خوف رومی کو کھو دینے کا...... اس کے اندر کنڈلی مار کے بیٹھ گیا تھا۔

○......❖......○

''مما...... مما...... پلیز ایسا ظلم مت کریں...... آپ اچھی طرح جانتی ہیں...... میں ثمی سے محبت کرتی ہوں اگر...... وہ مجھے نہ ملا تو مر جاؤں گی۔'' رومی ذرا سنبھلی تو روتے روتے ماں کے قدموں میں آ بیٹھی تھی۔

''فضول کی باتیں مت کرو...... زندگی خالی خولی محبت کے سہارے نہیں گزاری جاتی۔ کل کو ایک بھی ضرورت نہ پوری ہوئی تو تم ہمیں ہی الزام دو گی کہ ہم نے کیا سوچا تھا۔'' شیریں پھپھو نے بیٹی کو کافی غصے سے ڈپٹا۔

''مما...... مما...... میں آپ سے کبھی شکایت نہیں کروں گی، آپ پاپا کو سمجھائیں کہ میں صرف اور صرف ثمی کے ساتھ خوش رہ سکتی ہوں۔''

''ہم تمہارے دشمن نہیں ہیں۔ جاؤ اپنے کمرے میں، نوکروں کو تماشا مت دکھاؤ۔'' انہوں نے جس انداز میں اسے گھورا تھا اس پر رومانہ بھی حیران تھی، یہ اس کی وہی مما تھیں جو اس کی آنکھوں میں آنسو نہیں دیکھ سکتی تھیں۔ وہ دلبرداشتہ سی ہو کر اُٹھی تبھی شیریں نے اسے تنبیہ کی۔

''خبردار جو تم نے زوبی آپا اور روحیل کے سامنے اپنا رونا رویا، ورنہ مجھ سے بُرا کوئی نہیں ہوگا۔''

''ٹھیک ہے پھر میں کسی سے کچھ نہیں کہوں گی مگر یاد رکھیں میں زہر کھا لوں گی مگر ثمی کے علاوہ کسی سے بھی شادی نہیں کروں گی۔'' وہ انہیں دھمکاتی وہاں سے نکل کر اپنے کمرے میں آ گئی تھی۔ شیریں پھپھو کے ماتھے کے بل اور غصہ بڑھ گیا تھا۔

○......❖......○

رومی نے رونے دھونے سے فارغ ہو کر کچھ سوچتے ہوئے ثعلب کو فون کیا تو وہ بھی کافی حد تک خود کو سنبھال چکا تھا۔

''شمی...... آئی ایم سوری...... میں سوچ بھی نہیں سکتی تھی مما تمہاری اس قدر انسلٹ کریں گی۔'' رومی کی معذرت شمی کے دل کا ملال قدرے کم کر گئی تھی۔

''کوئی بات نہیں...... میں ان کے رویے کا جواز جانتا ہوں...... انہیں صرف ڈالرز کی...... کڑکڑاہٹ لبھا رہی ہے، وہ بھول رہی ہیں پیسے سے خوشیاں حاصل نہیں ہوتیں۔''

''اور میری خوشیاں صرف تم سے وابستہ ہیں شمی...... تم بس میرا یقین رکھنا تمہارے سوا میں کسی اور کا تصور بھی نہیں کر سکتی۔'' رومی پھر سے رونے لگی تو ثعلب اس کی دلجوئی کرنے لگا تھا۔

''بے وقوف...... مجھے یقین ہے اور تم بے فکر رہو تمکین بھابی نے نانو کو بلایا ہے۔ وہ سب ہی پھپھو کے پاس آ کر ہماری شادی کی بات کریں گے...... پھر ہمیں کوئی جدا نہیں کر سکتا۔''

''مما کے ارادے بہت خطرناک ہیں شمی...... مجھے بہت ڈر لگ رہا ہے۔''

''ڈرنے کی ضرورت نہیں ہے...... ہمارے ساتھ سارا خاندان ہے...... پھر بھی اگر وہ نہ مانیں تو ہم بھاگ کر شادی کر لیں گے۔'' آخری بات شمی نے اسے چھیڑنے کے لیے کہی تھی مگر وہ سنجیدگی سے متفق ہو گئی تھی۔

''ہاں...... ہم بھاگ کر شادی کر لیں گے، اسی طرح مما، پاپا کو احساس ہو گا کہ انہوں نے...... بلاوجہ......' اچانک ہی رومی کے ہاتھ سے کسی نے سیل فون جھپٹا تھا۔ اسے خبر ہی نہیں ہوئی تھی کہ وہ دونوں کب کمرے میں داخل ہوئے اس نے چونک کر سر اُٹھایا تو مما اور پاپا اس کے سر پر کھڑے تھے۔

''تو تم اس خبیث کے ساتھ مل کر ہمارے منہ پر کالک ملنے کا منصوبہ بنا رہی ہو؟'' ایاز اکرم ایک دم آگ بگولا ہو گئے۔ ''شیریں دیکھی تم نے اپنے بھتیجے کی جرأت وہ ہماری بیٹی کو ہمارے خلاف ورغلا رہا ہے۔'' غصے میں وہ بیوی سے بھی کرختگی سے مخاطب تھے۔ رومانہ پہلے تو سہم گئی تھی پھر نہ جانے کہاں سے اتنی ہمت آ گئی تھی کہ و باپ کے سامنے تن کر کھڑی ہو گئی۔

''مجھے کوئی نہیں ورغلا رہا پاپا...... یہ جرأت آپ لوگوں نے مجھے دی ہے، میری زندگی کوئی کھیل ہے، جس کی بازی آپ اپنی مرضی سے کھیلیں گے؟'' شیریں بھی ششدر سی کھڑی تھیں۔

''روما...... نہ......'' وہ ایک دم آگے بڑھیں اور رومانہ کے منہ پر کس کے تھپڑ جڑ دیا۔ ''تمہیں ساری تمیز بھول گئی ہے...... ہم نے اس دن کے لیے تمہیں پروان چڑھایا تھا؟'' رومی کو جیسے اس ردِعمل کی توقع نہیں تھی۔ وہ آنسو بھری آنکھوں سے دیکھ رہی تھی۔

''کان کھول کر سن لو شیریں...... آج کے بعد یہ اس لڑکے سے نہیں ملے گی۔ اس کا سیل فون لے لو... میں زوبی آپی سے کہتا ہوں کہ وہ جلد از جلد نکاح کی تیاری کریں۔'' رومانہ کو اس اچانک فیصلے نے مزید دھچکا لگایا۔

''پاپا...... آپ ایسا نہیں کر سکتے...... میں شمی کے بغیر مر جاؤں گی...... خود کو شوٹ کر لوں گی۔'' وہ پھر سے گڑگڑانے لگی۔ منت کرنے لگی جیسے اسے یقین ہو کہ اس کے مما، پاپا ہمیشہ کی طرح اس کی یہ خواہش مان لیں گے۔

''اگر تم نے ایسی ویسی کوئی حرکت کی تو یاد رکھنا رومی...... تم سے پہلے میں خود کو شوٹ کر لوں گا۔ میں اپنی بڑی بہن کے سامنے شرمندہ نہیں ہونا چاہتا۔ سمجھاؤ، شیریں اپنی بیٹی کو۔'' وہ دھمکی دے کر وہاں سے نکلتے چلے گئے۔ ماں نے بیٹی کو ملامتی نظروں سے دیکھا۔

''سن لیا ہے ناں تم نے...... ثعلب تک جانے کے لیے تمہیں صرف اپنے باپ کی نہیں میری بھی لاش پر سے گزرنا ہوگا...... فیصلہ اب تمہارے ہاتھ میں ہے۔'' شیریں بیگم رومی کا سیل فون لیے کمرے سے چلی گئیں۔ وہ پہلے تو وحشت بھری نظروں سے انہیں جاتا دیکھتی رہی پھر بیڈ پر گر کر پھوٹ پھوٹ کر رونے لگی۔

ثعلب کی بے قراری مزید بڑھ گئی تھی۔ اس کا وجدان کہہ رہا تھا۔ رومانہ مشکل میں ہے، جس طرح کال منقطع ہوئی تھی اور پھر رابطہ بحال نہیں ہو پا رہا تھا صاف لگتا تھا۔ کسی نے اس سے سیل فون لے لیا ہے، وہ جوشِ جذبات میں رومی کی مدد کے لیے کمرے سے نکل کر لاؤنج سے باہر جانے والے دروازے کی طرف بڑھا تو کچن سے آتے ہوئے تمکین بھابی نے اسے پکار لیا۔

''ثمی...... کہاں جا رہے ہو اس وقت؟''

''وہ...... بس...... ابھی آتا ہوں، ابھی مجھے مت روکیں پلیز......'' ثمی نے عجلت دکھائی تھی۔ تمکین بھابی نے جیسے اس کا چہرہ پڑھا۔

''خیریت...... رومی کی طرف جا رہے ہو؟ کیا بات ہے؟'' وہ اس کی پریشانی بھانپ گئی تھیں۔ ثمی نے نچلا لب بھینچا۔ ''ثمی...... اب کیا ہوا ہے...... کچھ بتاؤ گے مجھے؟'' تمکین کو تشویش ہوئی تھی۔

''انہوں نے رومی پر پابندی لگا دی ہے۔ وہ مجھ سے بات کر رہی تھی مگر درمیان میں کال کسی نے کاٹ دی...... اور میں بتا رہا ہوں بھابی کہ وہ لوگ اچھا نہیں کر رہے...... میں اب رومی کو وہاں پر ایک منٹ نہیں رہنے دوں گا۔'' وہ جذباتی ہو رہا تھا۔

''ثمی...... تمہارا اس وقت وہاں جانا مناسب نہیں ہے۔'' تمکین بھابی نے پہلے اسے فکرمندی سے دیکھا پھر رسانیت سے سمجھانے لگیں۔

''کیوں مناسب نہیں ہے؟ ہماری منگنی ہوئی ہے، انہوں نے خود یہ رشتہ قبول کیا تھا پھر اب یہ نیا شوشا......؟'' وہ جیسے زچ ہوا تھا۔

''دیکھو...... ہم کل جا رہے ہیں، میں نے عاقب سے بات کی ہے، نانو کی آمد پر ہم تاریخ طے کر آئیں گے ابھی ہم پھپھو سے ان کا عندیہ تو لے لیں کہ آخر ان کے ارادے کیا ہیں؟ وہ کیوں تم بچوں کو پریشان کر رہی ہیں۔'' تمکین بھابی نے اسے پھر سے سمجھایا۔

''ان کے ارادے بدل چکے ہیں، میں آپ کو بتا تو چکا ہوں۔''

''مگر ابھی انہوں نے ہمیں تو کچھ نہیں کہا ناں...... ہمیں جانے دو...... ان شاء اللہ وہ رومی کی رخصتی کے لیے مان جائیں گے۔ میں چاہتی ہوں اگلے ماہ ہی تمہاری شادی کر دیں۔''

''آپ سمجھ نہیں رہیں بھابی...... کیا میں آپ سے مذاق کر رہا ہوں؟ پھپھو نے خود مجھ سے کہا ہے کہ رومی کی

شادی روحیل سے کر رہی ہیں اور......"

"وہ کچھ بھی نہیں کر سکتیں...... سارا خاندان جانتا ہے کہ رومی ہماری ہے، بس تم کوئی وہم مت پالو...... اور جا کر آرام کرو میں سب سنبھال لوں گی...... شاباش جاؤ۔" تمکین بھابی کا مشفق رویہ اس کے قدم بڑھنے سے روک گیا تھا۔ دل دُہری کیفیت میں مبتلا تھا۔ کسی انہونی کا خوف بھی تھا اور اُمید کی حوصلہ افزائی بھی اسے سنبھالے ہوئے تھی۔ شیریں پھپھو کا رویہ اسے کچھ کر گزرنے پر مجبور کر رہا تھا جس کا اس نے کبھی نہیں سوچا تھا۔ اگر بھابی اسے روک نہ لیتیں تو واقعی وہ کوئی انتہائی قدم اُٹھالیتا۔

○......❖......○

اگلے دن وہ کمرے سے ہی نہیں نکلا۔ بچے، عصمٰی حتیٰ کہ تمکین بھابی نے بھی کئی بار آ کر ناشتے اور کھانے کے لیے بلایا مگر وہ طبیعت کی خرابی کا بہانہ کر کے کسلمندی سے لیٹا رہا۔ تنگ آ کر تمکین بھابی نے بوا کے ہاتھ اس کا ناشتہ کمرے میں ہی پہنچا دیا۔ مگر اس نے صرف چائے پینے کے علاوہ کسی چیز کو چکھا تک نہیں۔ اس کا دل ایک نئی کشمکش اور اُلجھن میں تھا۔ وہم، اندیشے، خوف سبھی نے اس کے اندر بے کلی بھر دی تھی۔ سہ پہر کے بعد تمکین بھابی تیار ہو کر کمرے میں آئیں تو اسے دیکھ کر افسوس کرنے لگیں۔

"شمی...... ایک دن میں ہی کیا حالت کر لی ہے۔ مجھے تم سے ایسی کم ہمتی کی امید نہیں تھی۔ اُٹھو...... اور میری بات سنو۔" ناشتے اور پھر کھانے کی ٹرے جوں کی توں دیکھ کر ان کے تاثرات مزید آزردہ ہوئے۔ وہ بے دلی سے بستر پر اُٹھ بیٹھا۔ "شکل دیکھو ذرا، ایک دن میں مجنوں کے گرو نظر آنے لگے ہو...... بے فکر رہو، وہ لیلیٰ تمہاری ہی ہے، عاقب بھی تیار ہیں، ہم ابھی جا رہے ہیں۔ اُٹھو فریش ہو کر کمرے سے نکلو اور بچوں کے پاس جا کر بیٹھو۔ میں کھانا گرم کرتی ہوں۔ ہم تھوڑی دیر میں آ جائیں گے۔" تمکین بھابی نے دونوں ٹرے کی چیزیں ایک ہی جگہ سنبھالیں اور انہیں اُٹھا کر دروازے کی طرف بڑھتے بڑھتے اسے تاکید کر کے نکل گئیں۔ بھابی کا مثبت طرزِ عمل اس کے اندر پھر سے آس جگا گیا تھا۔ وہ اُٹھا اور آہستہ آہستہ سے کمرے سے باہر آ گیا۔ بچے فوراً اس کی طرف لپکے تھے۔

○......❖......○

شیریں بیگم اور زوبی آپا رومانہ کے کمرے میں اسے سمجھانے آئی تھیں۔ گزشتہ رات سے اس نے بھی کچھ کھایا پیا نہیں تھا۔ زوبی آپا بھی سارے معاملے سے آگاہ تھیں۔ پھر بھی انہیں رومانہ کو اپنی بہو بنانے پر کوئی اعتراض نہیں تھا بلکہ وہ تو اپنی ذہنی کشادگی کا ثبوت دیتے ہوئے اسے سمجھا رہی تھیں۔

"سوئٹ ہارٹ مرد بھی تو اپنی لائف کو انجوائے کرنے کے لیے کئی لڑکیوں سے افیئرز چلاتا ہے، تم بھی اپنے کزن کے ساتھ ٹائم پاس کر لیتی تھیں تو چلو کوئی بات نہیں۔" رومانہ نے روتے روتے بہت چونک کر اپنی پھپھو کو دیکھا پھر کچھ تکلیف سے بولی۔

"پھپھو...... ہمارا ریلیشن ایسا نہیں ہے۔ میں دل کی گہرائیوں سے اسے چاہتی ہوں...... میں شمی کے علاوہ کسی کے ساتھ خوش نہیں رہ سکتی۔ کوئی میری بات سمجھ کیوں نہیں رہا۔"

''ناسمجھ تو تم ہو رومی...... تمہیں کسی بات کا ہوش نہیں ہے۔'' شیریں بیگم نے فوراً ہی گھور کر اسے تنبیہی نظروں سے دیکھا۔

''بولنے دو...... شیریں...... بچی ہے دل کا غبار ہمارے سامنے ہی تو نکالے گی...... میری جان، اس عمر کی محبت، پیار ویار سب بکواس ہوتا ہے، تمہیں معلوم ہے شادی سے پہلے میں نے بھی روحیل کے فادر کو ریجیکٹ کر دیا تھا۔ کیونکہ میں بھی تمہاری طرح اپنے ایک کزن کو پسند کرتی تھی۔ لیکن ابا یعنی تمہارے دادا کو وہ ناپسند تھا اور پھر انہوں نے آخر اپنی منوا کر میری شادی روحیل کے فادر سے کر دی اور پھر میری لائف بہت اچھی گزری۔ مجھے اپنا وہ کزن یاد ہی نہیں رہا...... بائی گاڈ......'' زوبی پھپھو بول رہی تھیں اور وہ حیرت سے سن رہی تھی۔ اس کا دل و ذہن نفی کی تکرار کر رہا تھا۔ ایسا ہو ہی نہیں سکتا تھا۔ وہ اور ثمی کو بھول جائے، ایسا مرنے کے بعد ہو سکتا تھا مرنے سے پہلے نہیں......

''پھپھو...... آپ کو اپنے کزن سے سچی محبت نہیں ہو گی مگر......'' وہ خاصی تلخی سے بول رہی تھی۔ شیریں نے اسے ٹوکا۔

''رومی...... تمہارے پاپا فیصلہ کر چکے ہیں اور تم جانتی ہو کہ تمہارا کوئی قدم کیا تباہی لائے گا، ہم تمہارے دشمن نہیں ہیں۔ ہم تمہیں آنے والی مشکلات سے بچا رہے ہیں۔'' شیریں نے نند کی موجودگی کا احساس کر کے اپنا لہجہ قدرے نرم رکھا...... رومانہ نے لبریز آنکھوں سے انہیں دیکھ کر کچھ کہنا چاہا۔

''مما...... مشکل میں تو آپ لوگ مجھے......'' اس کی بات ادھوری رہ گئی تھی۔ ملازمہ دستک دے کر اندر آ کر اطلاع دینے لگی۔

''بیگم صاحبہ...... عاقب صاحب اور ان کی بیوی آئی ہیں۔ ڈرائنگ روم میں بیٹھے ہیں۔'' شیریں بیگم کے ماتھے کے ساتھ لہجے میں بھی بل آ گیا۔

''اُف...... اب یہ پھر وہی رونا رونے آئے ہوں گے۔'' دروازے کی طرف بڑھتے بڑھتے رومی کو تنبیہی انداز میں ڈپٹا...... ''خبردار جو تم کمرے سے باہر آئیں...... آج ان سے دو ٹوک بات ہو ہی جائے گی...... آپا آپ یہیں رہیے اور ہاں......'' وہ ایک دم پلٹ کر آئیں۔

''یہ رِنگ اُتار کر مجھے دو......'' ماں کے کرخت سپاٹ لہجے پر رومی نے پہلے انہیں دیکھا پھر اپنے ہاتھ کو...... ثعلب کی پہنائی انگوٹھی اس کی انگلی میں پھنسی تھی۔ رومانہ کا دم گھٹنے لگا۔ شیریں نے بیٹی کے احساسات کا کوئی خیال کیے بغیر زبردستی اس کی اُنگلی سے انگوٹھی کھینچی اور باہر نکل گئیں۔ ان کے جاتے ہی وہ پھوٹ پھوٹ کر رونے لگی۔ زوبی آپا اسے چمکار رہی تھیں۔ ان کی محبت اسے زہر لگ رہی تھی۔ دل چاہ رہا تھا ساری دنیا کو تہس نہس کر دے۔ اس کے اپنے ماں، باپ اس کی خوشیوں کے دشمن بنے ہوئے تھے۔ اس کے اندر بغاوت سر اُبھارنے لگی تھی۔

○......❖......○

انہیں بیٹھے کافی دیر ہو گئی تھی۔ ملازمہ انہیں جو بٹھا کر گئی تو پھر کسی نے پلٹ کر خبر تک نہیں لی تھی۔ تمکین بھابی آخر جز بز ہو کر بولیں۔

''شمی ٹھیک ہی پریشان ہے، یہاں تو آثار کچھ اچھے نہیں ہیں۔''

''اب تم بھی وہم میں پڑ جاؤ، پھپھو کسی کام میں مصروف ہوں گی، آجاتی ہیں، ذرا صبر سے بیٹھو۔'' عاقب نے بیوی کو سنجیدگی سے ٹوکا۔ کچھ دیر بعد شیریں بیگم کافی سنجیدہ تاثرات کے ساتھ ان کے سامنے آکر بیٹھ گئی تھیں۔ دونوں کے سلام کا جواب بھی بڑے نروٹھے پن سے دیا تھا۔ تمکین نے جتاتی نظروں سے شوہر کو دیکھا۔ عاقب نے فوراً نظریں چرالیں۔ ملازمہ مشروب سرو کر کے گئی تو شیریں بیگم نے اسی درشت لہجے کے ساتھ استفسار کیا تھا۔

''بنا بتائے آئے ہو...... کوئی مسئلہ تھا؟'' اس بار عاقب کے چہرے پر بھی خجالت سی نظر آئی تھی۔

''مسئلہ...... مسئلہ کیا ہوگا پھپھو، ہم دراصل چاہ رہے ہیں کہ شمی کی اب شادی کر دیں۔ وہ ماشاءاللہ اب آفس جارہا ہے اب اور کیا انتظار کرنا کون سا کسی اور دفتر میں نوکری ڈھونڈنی ہے۔'' تمکین نے فوراً ہی مدعا بیان کیا۔

''خیر...... کرتو وہ نوکری ہی رہا ہے عاقب کی...... عاقب نے یونیورسٹی سے نکلتے ہی اسے سب کچھ تو نہیں سونپ دیا ہوگا۔'' ان کا چبھتا لہجہ عیاں بھی تھا اور مبہم بھی۔

''پھپھو...... آپ کہنا کیا چاہتی ہیں......؟ سب کچھ دونوں بھائیوں کا ہی تو ہے۔'' تمکین کو ان کی بات کا انداز کھٹک گیا تھا۔

''میں نے کیا کہنا ہے...... یہ تم لوگوں کا ذاتی معاملہ ہے، اسے نوکر بنا کر رکھو یا......؟''

''پھپھو...... وہ بھائی ہے میرا...... بیٹوں کی طرح میں نے اسے پالا ہے، آپ آج کیسی باتیں کر رہی ہیں۔'' عاقب کے تاثرات بھی یک دم بدل گئے تھے؟ تمکین کی باتیں ذہن میں گڈمڈ ہو رہی تھیں۔

''باتیں تو میری سدا سے تمہاری سمجھ میں نہیں آئیں۔ اس وقت بھی تم خاندان کے چند بڑے لے کر آگئے تھے تو مجھے اور ایاز کو مجبوراً ثعلب اور رومی کی منگنی کی ہامی بھرنی پڑی تھی۔ حالانکہ میری بیٹی سے اس کا کوئی جوڑ نہیں بنتا تھا۔ اس لیے......'' تمکین نے ششدر ہو کر انہیں ٹوکا تھا۔

''پھپھو...... آپ کے کہنے کا مطلب کیا ہے آخر......؟''

''مطلب تو صاف ہے، ثعلب کی جو پوزیشن ہے اسے دیکھتے ہوئے ایاز نے فیصلہ کرلیا ہے، ہم اپنی بیٹی کو ساری زندگی ترستے، سسکتے نہیں دیکھ سکتے۔ آج سے یہ رشتہ ختم سمجھو......'' شیریں بیگم نے جیسے ہر رشتہ ساری مروت بالائے طاق رکھ چھوڑی تھی۔

''پھپھو...... پھپھو......'' دونوں کو ہی شدید دھچکا لگا تھا۔ بولنا دشوار ہو رہا تھا تمکین نے ہی فوراً خود کو سنبھال کر انہیں احساس دلانے کی کوشش کی تھی۔

''پھپھو...... یہ رشتہ اتنی آسانی سے کیسے ختم سمجھیں۔ دونوں بچے ایک دوسرے کو پسند کرتے ہیں اور کسی نے کوئی زبردستی تو نہیں کی تھی۔ آپ لوگوں کی رضامندی سے طے ہوا تھا یہ رشتہ...... آپ کیسے......؟''

''دیکھو تمکین...... میں کسی بحث اور جھگڑے میں نہیں پڑنا چاہتی، عزت اسی میں ہے کہ یہ انگوٹھی لو اور

خاموشی سے چلے جاؤ۔ ہم لوگ فیصلہ بدل چکے ہیں...... کل ایاز کے بھانجے سے رومی کا نکاح ہے، تم لوگوں کو مٹھائی پہنچ جائے گی۔'' شیریں بیگم نے اُٹھ کر ہاتھ میں پکڑی انگوٹھی عاقب اور تمکین کے سامنے تقریباً پٹخ کر رکھی۔ ''اور ہاں اپنے لاڈلے کو سمجھا دینا...... رومی کو ورغلانے یا اس سے رابطہ کرنے کی کوشش نہ کرے ورنہ...... میں ہی اسے سمجھا لوں گی۔ ویسے تو وہ تمہاری بات بہت اچھی طرح سمجھتا ہے۔''

شیریں بیگم کا طنزیہ لہجہ دونوں کے جگر کے آر پار ہو رہا تھا۔ انہوں نے سوچا بھی نہیں تھا کہ پھپھو اس طرح بدل جائیں گی۔

''پھپھو...... پھپھو! آپ ایسا نہیں کرسکتیں۔ کچھ تو بچوں کی خوشیوں کا خیال کریں...... وہ دونوں......'' تمکین بھابی منت سماجت کرنے لگیں۔

''اپنی بیٹی کی خوشیوں کا تو خیال ہے ہمیں...... تمہارے گھر میں تمہاری باندی بنا کر نہیں بھیج سکتی، میں اسے...... اپنے دیور کے لیے اپنے معیار کے مطابق لڑکی ڈھونڈو...... میں نے فیصلہ سنا دیا ہے۔'' وہ ان کے دل پر آگ برسا کر جس نخوت سے اندر آئی تھیں اسی نخوت سے چلی گئیں۔ عاقب کتنی دیر سر جھکائے بیٹھا رہا۔ تمکین کی نگاہ انگوٹھی پر گڑی تھی...... بہ دقت اس نے میز سے انگوٹھی اُٹھائی اور مٹھی میں جکڑ لی پھر دلبرداشتہ ہو کر بولی۔

''چلیں عاقب......'' عاقب بھی کسی معمول کی طرح اُٹھا اور وہاں سے چلا آیا۔

O......❖......O

''مما...... آپ نے یہ اچھا نہیں کیا...... میں مر جاؤں گی...... مگر......'' شیریں بیگم ڈرائنگ روم سے لاؤنج میں آئیں تو رومانہ روتی گڑگڑاتی ان کے قدموں میں آ بیٹھی تھی۔ شیریں بیگم کا زناٹے دار تھپڑ رومانہ کو یک دم خاموش کر گیا تھا۔

''بس بہت کر لیا تم نے تماشا...... کان کھول کر سن لو رومی...... تمہاری وجہ سے اگر تمہارے پاپا کو کچھ ہو گیا تو...... میں ہی تمہارا گلا گھونٹ دوں گی۔'' شیریں بیگم کا یہ روپ بالکل نیا تھا۔ رومی پھٹی، پھٹی آنکھوں سے دیکھتی جاتی تھی۔ وہ پورے جلال سے بول رہی تھیں۔ ''تم جیسی لڑکیوں کے سر سے چار دن میں عشق کا بخار اُتر جاتا ہے، ساری زندگی اپنی مرضی کی ہے تم نے...... کر سکتی ہو جیٹھانی کی جی حضوری......؟ مجھے پتا ہے دو دن میں روتی ہوئی واپس آؤ گی، جب دیکھو گی کہ اس گھر پر اور تمہارے شوہر پر تمہاری جیٹھانی کا قبضہ ہے اور تمہیں سانس بھی اسی کی اجازت سے لینی ہے۔ شکر ادا کرو اللہ نے بروقت تمہاری پھپھو کو بھیج دیا، روحیل کے ذریعے تمہاری ساری خواہشات پوری ہوں گی۔ دیکھنا وہ تمہیں کتنا خوش رکھے گا...... اپنی جائیداد اور کاروبار کا وہ اکلوتا وارث ہے...... عیش کرو گی تم عیش......'' وہ بول رہی تھیں اور رومی کا دل دہائیاں دے رہا تھا۔ وہاں سے بھاگ جانے کی ترغیب دے رہا تھا۔ مگر ثعلب سے رابطہ بھی تو نہیں ہو پا رہا تھا۔

O......❖......O

سنی اور گولڈی کب سے اسے اپنے ساتھ کرکٹ کھیلنے کے لیے کہہ رہے تھے مگر وہ انہیں ٹال رہا تھا۔ وہ کمرے سے نکل کر آ تو گیا تھا مگر اس کی غیر دماغی اور بے دلی واضح تھی۔ عصمیٰ بھی کافی بار اسے متوجہ کر چکی تھی۔

مگر وہ آنکھوں پر ہاتھ رکھے لاؤنج کے کاؤچ پر نیم دراز خود کو سوتا ظاہر کر رہا تھا۔ حالانکہ وہ خود بھی اپنے موجودہ رویے پر پشیمان تھا لیکن وہ اپنے دل کا کیا کرتا جو انجانے خوف میں مبتلا اسے کسی انہونی سے ہراساں کیے دے رہا تھا۔ انتظار تھا کہ ختم ہی نہیں ہونے میں آرہا تھا۔ عصمٰی ایک بار پھر دہائی دیتی اندر آئی تھی۔

''بھائی! وہ دونوں مجھ سے نہیں سنبھل رہے، سنی نے گولڈی سے بیٹ چھین لیا ہے، وہ رو رہی ہے، آپ بس آجائیں یا پھر بھابی کو فون کریں...... وہ لوگ ابھی تک آئے کیوں نہیں...... کتنی دیر ہوگئی ہے؟'' عصمٰی جیسے خود بھی رو دینے کو تھی۔ شمی کو ایک دم احساس ہوا کہ وہ اپنی پریشانی میں یہ بھول گیا تھا کہ عصمٰی تو خود کافی ڈرپوک سی ہے، بے وقت بجی بیل اسے ہراساں کر دیتی ہے، تنہا بچوں کو سنبھالنا اس کے بس کا کام نہیں تھا۔

''ابھی آجائیں گے بھائی اور بھابی...... تم دونوں کو بلا کر لاؤ۔'' شمی نے جیسے خود کو بھی بہلایا۔ عصمٰی کے جانے کے بعد اس نے وقت کا تعین کیا، شام ڈھل چکی تھی۔ واقعی انہیں گئے ہوئے کافی گھنٹے گزر چکے تھے۔ شمی اُٹھا اور کمرے سے اپنا سیل فون لینے چل دیا۔

○......❖......○

عاقب کے ذہن میں ہلچل مچی ہوئی تھی۔ پھپھو کی باتیں گونج بن کر دل و جان کو دہکا رہی تھیں۔ تمکین تو گم صم سی مٹھی میں انگوٹھی جکڑے بیٹھی تھی۔

''مجھے ابھی تک یقین نہیں آرہا کہ پھپھو اس طرح بدل جائیں گی انہیں رومی کی خوشی کا خیال ہے نہ شمی کا احساس...... ارے کیا کمی ہوگئی ہے اب شمی میں...... جو انہیں پہلے نظر نہیں آئی۔'' عاقب شدتِ غم سے چیخ ہی اُٹھا تھا۔ جس پر تمکین بھی چونک اُٹھی تھی۔ آج سے پہلے عاقب کو اتنے غصے میں دیکھا جو نہیں تھا۔

''سنی تو ہیں آپ نے ان کی باتیں...... ان کا خیال ہے، رومی ہمارے گھر میں اپنی چھوٹی چھوٹی خوشیوں کو بھی ترسے گی یا خدانخواستہ ہم شمی کا حق غصب کر لیں گے۔''

''استغفر اللہ...... ہم اپنے بھائی کا حق غصب کریں گے...... لعنت ہے ان کی سوچ اور خیال پر...... میں تو اپنا آپ قربان کر دوں اپنے بھائی بہنوں پر...... شمی کو سمجھانا...... اس کے لیے لڑکیوں کی کمی نہیں ہے، پھپھو کیا سمجھتی ہیں، شمی کو ریجیکٹ کر کے وہ خوش رہیں گی؟ میرے بھائی جیسا انہیں بھلا کہیں ملے گا؟ ہرگز نہیں۔''

عاقب کا غصہ اور لہجہ دونوں ہی اونچے ہو رہے تھے اور ساتھ ہی گاڑی کی رفتار بھی درجہ بدرجہ بڑھ رہی تھی۔ عاقب کا فشارِ خون بلند ہو رہا تھا۔ وہ بھائی کی محبت اور اس کے دُکھ میں بولتا جا رہا تھا۔ اسی لیے اسے سامنے آکر مڑنے والے ٹرک کا اندازہ ہی نہیں ہوا۔ گاڑی کسی کھلونے کی طرح ٹکرا کر اُلٹ گئی تھی کچھ لوگوں کی نظروں نے یہ حادثہ دیکھ کر نظریں چرالی تھیں کچھ نے فوراً مدد کے لیے دوڑ لگائی تھی۔ ٹرک ڈرائیور لوگوں سے پہلے ہی چھلانگ لگا کر کہیں روپوش ہو گیا تھا۔ عجب دل دہلانے والا منظر تھا۔ دونوں نفوش موقع پر ہی چل بسے تھے۔ ونڈ اسکرین کا کانچ ٹوٹ کر دونوں کے چہرے، گلے اور سینے میں پیوست ہو گیا تھا۔ عاقب کے الفاظ...... ''میں اپنے بھائی، بہنوں پر اپنی جان قربان کر دوں۔'' فضاؤں میں گردش کرتے بارگاہِ الٰہی میں جلد ہی مقبول ہو گئے تھے۔

○......❖......○

ثعلب کے دل کے ساتھ ہاتھ بھی لرز رہے تھے۔ وہ عاقب بھائی کا نمبر بار بار ملا رہا تھا مگر دوسری طرف سے رابطہ ہی قائم نہیں ہو رہا تھا۔ اس کے اندر کسی انہونی کے ہونے کا خوف مزید پختہ ہو گیا تھا۔ شیریں پھپھو کے گھر میں بھی کئی دنوں سے اس کی کال ریسیو نہیں کی جا رہی تھی۔ بچے بھی عصمیٰ کے ساتھ اس کے اردگرد آ بیٹھے تھے اور اس کے چہرے پر پھیلی پریشانی پر کچھ ہراساں دکھائی دے رہے تھے۔

''چاچو...... مما، بابا ابھی تک کیوں نہیں آئے، کتنی دیر ہو گئی ہے، انہیں فون کریں...... مجھے کچھ اچھا نہیں لگ رہا......'' سنی اس کا بازو ہلاتا متوجہ کر کے اپنے احساسات بتا رہا تھا۔ تبھی شمی کو گھر کے فون کی گھنٹی بجنے کا احساس ہوا۔ سبھی اس طرح چونکے تھے جیسے انہیں اسی گھنٹی کا انتظار ہو۔ شمی فوراً اُٹھ کر فون کی طرف لپکا...... ریسیور اُٹھاتے ہی اس نے جو سنا وہ اس کے اوسان خطا کرنے کے لیے کافی تھا۔

''اس نمبر کی کار کا ایکسیڈنٹ ہو گیا تھا۔ دونوں کی ڈیڈ باڈیز ہسپتال میں پڑی ہیں، ضروری کارروائی کے لیے آ جائیں اور ڈیڈ باڈیز لے جائیں۔'' ہسپتال کے عملے کی جانب سے فون تھا۔ یہ خبر کسی بڑے دھماکے سے کم نہیں تھی۔ ثعلب دُہرے صدمے سے دوچار تھا۔ عاقب بھائی جیسے ماہر و محتاط ڈرائیور کا ایکسیڈنٹ ہونا اس کی دانست میں شیریں پھپھو کا دیا کوئی ایسا ذہنی و جذباتی جھٹکا تھا جس نے انہیں اپنی ہی جان پر کھیلنے پر مجبور کر دیا ہو گا۔ ان کے گھر میں کہرام مچ گیا تھا۔ ثعلب بڑی مشکل سے ہسپتال سے اپنے ان دو پیاروں کی میتیں اُٹھا کر لایا تھا جن کے بغیر وہ جینے کا تصور بھی نہیں کر سکتا تھا۔ صبحی آپی بھی اطلاع ملتے ہی آ گئی تھیں۔ تمکین بھابی کی میت کو غسل دیتے وقت ان کی بند مٹھی سے برآمد ہونے والی منگنی کی انگوٹھی نے تو سب کچھ عیاں کر دیا تھا۔ گویا اسی صدمے نے انہیں بے قابو کیا تھا۔ کہنے سننے کو کچھ بچا ہی نہیں تھا۔ شیریں پھپھو اطلاع کے باوجود تدفین کے اگلے دن رسمی انداز میں آئیں اور ان پر نئی قیامت ڈھا گئیں۔

''اطلاع تو مجھے مل گئی تھی مگر کل میری بیٹی رومی کا نکاح تھا۔ میں کیسے آتی......'' نانو کے آبدیدہ شکوے پر انہوں نے جواباً پتھر مارا تھا وہ سیدھا ثعلب کے دل کو لہولہان کرتا اس کے جسم سے روح کھینچ کر لے گیا تھا۔ اس کی محبت اس طرح اس کے عظیم دُکھ کی آڑ میں قربان ہو جائے گی وہ سوچتا رہ گیا۔ کیا وہ اس کی سگی پھپھو تھیں جو اپنے سگے بھتیجے کی تدفین پر نہ آ سکیں۔ وہ دُہرے غم سے نڈھال چُور چُور دل کی کسک لیے بالکل خاموش ہو کر رہ گیا تھا۔ بچے اپنے ماں، باپ کے بعد اسی سے مانوس تھے۔ اس کی توجہ نہ پا کر وہ بھی بلک بلک کر رو پڑے تھے۔ اپنے مما، بابا کو پکارتے...... ایسے میں صبحی آپی اسے سمجھاتیں کہ وہ اپنے ساتھ بچوں کو بھی سنبھالے...... مگر وہ خود کو سمجھانے کی کوشش میں مزید بکھر جاتا۔

شیریں پھپھو موقع سے اس طرح فائدہ اُٹھائیں گی، وہ سوچ بھی نہیں سکتا تھا۔ انہیں اطلاع ملی تھی کہ شیریں پھپھو بھی رومانہ اور اپنی نند کے ساتھ کینیڈا جانے کا پروگرام بنا رہی ہیں۔ کئی بار رابطے کی کوشش کے باوجود رومی سے بات نہیں ہو سکی تھی۔ اسے دُکھ تو رومی کے بدل جانے کا بھی تھا۔ جس نے کبھی ساتھ جینے مرنے کی قسمیں کھائی تھیں۔ وہ دو لفظی معذرت بھی نہیں کر کے گئی تھی۔ اس نے بھی خاموشی سے سارے وعدے بھلا دیئے تھے۔ پلٹ کر یہ بھی نہیں دیکھا تھا کہ وہ کس حال میں ہے۔ وہ جو اس سے بات کیے بنا گھر سے نہیں نکلتا

تھا۔ وہ اسے بتائے بغیر ملک ہی چھوڑ گئی تھی۔ اپنے غم کی شدتوں کے باوجود وہ رومی کی محبت کی کسک کو کسی صورت بھلا نہیں پا رہا تھا۔ ادھر صبٰحی آپی اسے گھر اور بچوں کا احساس دلا کر اپنے گھر رخصت ہو چکی تھیں۔ آخر زندگی کا سفر تو رواں دواں رہتا ہے، سبھی اپنے دُکھوں، خوشیوں اور سکھوں کا حصہ لے کر جینے پر مجبور ہوتے ہیں۔ وہ بھی بالآخر اپنوں کی خاطر آہستہ آہستہ سنبھل گیا تھا۔ نانو مستقل ان کے گھر میں مقیم تھیں اور گاہے بگاہے وہ اپنی محبتوں اور نصیحتوں سے اسے سمجھاتی رہتی تھیں۔ سنی، گولڈی کی محبتیں، ان کی ذمے داری کا احساس بظاہر اسے زندگی کی طرف لے آیا تھا مگر وہ کچھ بھی بھولا نہیں تھا۔

بھائی، بھابی کی بے وقت موت، نہ شیریں پھپھو کا رویہ...... اور نہ ہی رومی کی بے وفائی...... جو اس کے دل کو گھائل کر کے جسم و جان کو فگار رکھے ہوئے تھی۔ اسے آپی کی بات ماننے پر اسی لیے تو اعتراض تھا کہ وہ ابھی تک رومی اور اس کی محبت کو بھلا نہیں پایا تھا۔ اسے خود پر اعتبار تھا نہ اپنی زندگی میں شامل ہونے والی نئی ہستی پر...... اسے لگتا تھا کہ وہ اس کے حقوق دینے کے معاملے میں انصاف نہیں کر پائے گا۔ اس گھر کی بے ترتیبی، بے سکونی میں مزید اضافے کے خدشے اسے کسی قسم کا قدم اُٹھانے سے روک دیتے تھے اب بھی وہ متزلزل تھا۔ سوچوں کے بھنور میں ڈوبتے اُبھرتے، اپنی ماضی کی تلخیوں کو بیتے، سہتے کافی رات بیت گئی تھی۔ آخر اس نے سب کچھ وقت پر چھوڑ کر تھکے ہوئے ذہن کے ساتھ بستر میں پناہ لی۔ وہ اس قدر نڈھال تھا کہ پھر اسے خبر ہی نہیں ہوئی کہ کہاں ہے۔

○......❖......○

صبح وہ اپنے معمول سے نہیں اُٹھا تو سبھی کو تشویش ہوئی۔ آپی نے آج خود سب کے لیے سب کی پسند کا ناشتہ بنایا تھا۔ بچوں کی فرمائش حلوا پوری تھی۔ ثعلب کے انتظار میں پوریاں تلنا باقی تھیں۔ صبٰحی آپی نے دونوں بچوں کو اسے جگانے بھیجا تو وہ کچھ دیر بعد دونوں کو گود میں لیے کچن میں چلا آیا۔ فریش ہونے کے باوجود اس کی آنکھوں کی لالی ختم نہیں ہوئی تھی۔

''آپی...... آپ نے میری نیند کے دشمنوں کو کیوں بھیج دیا تھا۔ ابھی مجھے مزید سونا تھا۔'' آپی نے اس کی بوجھل آواز پر اسے چونک کر دیکھا۔

''کیوں...... رات کو سوئے نہیں تھے؟''

''آپ نے پرانی یادیں چھیڑ دی تھیں، مجھے نیند کیسے آتی، میں سوچتا ہی رہا کہ یہ مسئلہ کیسے حل کروں۔'' دونوں کو گود سے اُتار کر وہ خود کچن اسٹول پر ٹک گیا۔

''پھر......؟ مسئلہ تو حل کرنا ضروری ہے بھائی۔''

''آپی...... میں فیصلہ ہی نہیں کر پا رہا...... پلیز آپ ابھی کچھ ٹائم دیں......'' اس نے بوجھل لہجے میں کرب سے کہا۔

''اور کتنا ٹائم......؟'' صبٰحی نے بھنویں چڑھائیں پھر سر جھٹک کر بولی۔

''او کے ابھی پہلے ناشتہ کرو...... صبح سے بچے بھی بھوکے پھر رہے ہیں...... ہم بعد میں بات کرتے ہیں۔

بچو! چلو ڈائننگ روم میں ناشتہ ریڈی ہے، عصمٰی آؤ ناشتے کی چیزیں لے جاؤ۔'' بچے بھی اپنی پسند کے ناشتے پر ایکسائیٹڈ ہو رہے تھے۔

''چلیں چاچو...... پھپھو نے مزے کا ناشتہ بنایا ہے۔'' دونوں نے اسے بازو سے پکڑ کر کھینچا۔ وہ نہ چاہتے ہوئے بھی کھنچتا چلا گیا۔

○......❖......○

اس نے صبٰحی آپی سے بچنے کی لاکھ کوشش کی تھی۔ سارا دن بچوں کے ساتھ ہلا گلا کرتے ان کی فرمائشیں پوری کرنے میں گزار دیا تھا۔ وہ بھی جیسے اسے آزما رہی تھیں۔ بچوں کے تھک کر سونے پر وہ ان کے کمرے سے ثعلب کو کان سے پکڑ کر نانو کے کمرے میں لے آئیں۔

''ارے...... رے...... آپی...... چھوڑیں ناں...... میں کہیں بھاگا تو نہیں جا رہا۔'' وہ مصنوعی طور پر کراہا۔

''تم صبح سے تو بھاگے ہی پھر رہے ہو...... اب یہاں آرام سے بیٹھو۔ اب تمہارا کوئی بہانہ نہیں چلے گا۔'' انہوں نے اسے نانو کے بیڈ کے سامنے رکھی کرسی پر تقریباً دھکیل کر بٹھایا۔ نانو اس کی درگت بنتی دیکھ کر مسکرا رہی تھیں اور وہ مصنوعی لاچاری ظاہر کرتا منہ بنا رہا تھا۔

''ثمی ...... صبٰحی اب تمہیں چھوڑنے والی نہیں...... مان جاؤ اب اس کی بات۔''

''کون سی بات......؟'' وہ انجان بنا تو آپی نے اسے گھورا۔

''پھر وہی انداز...... اتنے ننھے نہیں ہو تم۔''

''واقعی مجھے نہیں پتا آپ کس بات کو ماننے کے لیے کہہ رہی ہیں۔ آپ کی نہ ماننے والی باتوں کی تو ایک لمبی لسٹ ہے۔'' وہ اپنی بات پر ڈٹا انہیں زچ کر گیا۔

''دیکھ رہی ہیں نانو اسے......'' انہوں نے جیسے دہائی دی۔

''نانو تو مجھے صبح شام ہی دیکھتی ہیں۔'' اس کی سنجیدگی میں بھی شوخی تھی۔

''دیکھو تم اس گھر کے اب سربراہ ہو...... مگر بچوں کی طرح ہر بات ہنسی مذاق میں اُڑا دیتے ہو۔''

''کبھی آپ کو میری سنجیدگی پر شکوہ ہے، کبھی ہنسی مذاق پر...... کیا کروں میں غریب......'' اس نے پھر سے مصنوعی آہ بھری تو صبٰحی آپی جیسے ہار کر نانو کے پہلو میں بیٹھ گئیں۔

''میں ہی پاگل ہوں جو تمہیں سمجھانے یہاں چلی آئی ہوں۔''

''آپ کے پاگل پن کا یہاں آنے سے کیا تعلق ہے؟'' آج وہ عرصے بعد اپنی جون میں لوٹا تھا۔ نانو جان حیرت انگیز خوشی سے اسے دیکھ رہی تھیں۔

''تعلق...... تعلق یہ ہے کہ تم میرے بھائی ہو ثمی...... تمہاری حالت اور اس گھر کی ویرانی مجھے...... بے چین رکھتی ہے، اس گھر سے خوشیاں روٹھ گئی ہیں...... تمہیں اور سب کو اس ہستی کی ضرورت ہے جو ہم سب کو اس سانحے کے اثر سے نکال لائے۔ تمہارے ان زخموں پر مرہم رکھ سکے جنہیں تم ناسور بنانے پر تلے ہو۔'' صبٰحی نے پُر زور انداز میں اسے احساس دلانے کی کوشش کی تو وہ یک دم سنجیدہ ہو کر بولا۔

''پلیز آپی...... مجھے اپنے زخموں کے لیے کسی مسیحا کی ضرورت نہیں ہے۔اور جلد یا بدیر ہم بالآخر خود ہی نکل آئیں گے اپنے دُکھوں کے اثر سے۔''

''نہیں نکل سکتے......بچوں اور عصمٰی کو اس عمر میں ایک نگران کی ضرورت ہے، خصوصاً عصمٰی کے لیے رہنما کی ضرورت ہے۔ وہ ابھی بچپنے سے نہیں نکلی ہے، اسے اچھے برے کی تمیز سکھانے والا ہونا چاہیے۔تم آخر کب تک بزنس کر چھوڑ کران سب کا دل بہلاؤ گے......آخر تم حالات کا تقاضا سمجھ کیوں نہیں رہے ہو شمی......عاقب بھائی کے عمل کو بھول گئے ہو، انہوں نے تمکین بھابی کے ساتھ مل کر ہم سب کی تربیت کس طرح کی تھی، تمہیں بھی اچھی ہم سفر مل سکتی ہے، آخر تم خود کو رومی کے اثر سے نکال کیوں نہیں پا رہے ہے۔کب تک اس کا قبضہ رہے گا تمہاری ذات پر، فیصلے کا اختیار کیوں نہیں ہے تمہیں؟'' صبٰحی آپی جذباتی ہو کر بولتے بولتے رونے لگیں تو وہ بے بسی سے پہلے انہیں دیکھے گیا پھر اُٹھ کران کے قریب جا کر انہیں کندھوں سے تھام کر بولا۔

''آپ غلط سمجھ رہی ہیں آپی...... رومی میری زندگی میں ایک تلخ یاد کے سوا کوئی اہمیت نہیں رکھتی۔ میں تو بس یہی سوچ رہا ہوں کہ میری وجہ سے گھر کا سکون مزید خراب نہ ہو جائے۔'' وہ انہیں مطمئن کرنے کے لیے خود کو سنبھال کر بولا تو نانو نے فوراً اس کا حوصلہ بڑھایا۔

''ایسا کیوں سوچتے ہو بچے......؟ ہمارے نصیب میں ایسا ہی لکھا تھا۔''

''مگر نانو آئندہ نصیب میں کیا ہے، یہ بھی کسے معلوم ہے اگر مجھ سے شادی کر کے آنے والی لڑکی ہماری توقعات پر پوری نہ اُتری تو یہ رسک ہی ہے ناں۔''

''اللہ سے اچھی اُمید رکھو میری جان! گھر، محبت، وفا اور خلوص سے سنورتے اور بنتے ہیں، عورت کی تربیت اگر اچھی ہوئی ہے تو مرد کی مہیا کی گئی محبت، خلوص اور وفا وہ اپنے گھر میں سمیٹ کر پھیلانے میں تامل نہیں کرتی......لیکن شرط ہے وفا اور محبت......تم آنے والی کو اپنے دل میں جگہ دو گے تو وہ اس گھر کے ہر مکین کو دل میں بٹھائے گی۔عورت کے ہنر و محبت کا کمال تو تم نے تمکین کے روپ میں دیکھا ہی ہے ناں میرے بچے......'' نانو اپنے انداز میں اسے رسانیت سے سمجھا رہی تھیں۔اس کے لبوں پر تلخ سی مسکان آکر معدوم ہو گئی۔

''نانو......آپ پچھلی صدی کی عورت کا تجربہ رکھتی ہیں جبکہ زمانہ بدل گیا ہے، اب تو شیریں پھپھو اور رومی جیسی عورتیں کامیاب ہیں جو ایک پل میں ہنستے بستے گھر......دھڑکتے دل تک تباہ کر دیتی ہیں۔'' اس کے دل کا درد زبان پر آ گیا تھا۔نانو اور آپی نے بیک وقت خفگی سے گھورا۔

''بھاڑ میں ڈالو انہیں، ہم تو اپنے تجربے پر کھتے ہیں اور ان شاءاللہ صبٰحی تمہارے لیے جسے بھی پسند کرے گی وہ بے مثال لڑکی ہی ہو گی۔بس اب تم ذہنی طور پر خود کو تیار کر لو بیٹا۔''

''بالکل صحیح کہہ رہی ہیں نانو......اگلی بار آؤں گی تو میں کسی خوشخبری کے ساتھ ہی آؤں گی۔'' صبٰحی نے بھی تائید کی۔

''آپ لوگ مجھے پھنسانے کا فیصلہ کر ہی چکے ہیں تو میں کیا کروں......لیکن یاد رکھیں بعد میں مجھے کوئی کچھ نہ کہے......'' اس نے بہت بے دلی سے رضامندی دے دی۔صبٰحی کے لیے یہی کافی تھا۔

O......❖......O

صبحٰی کافی پُرسکون ہو کر گھر واپس آئی تھی۔ ناشتے کے بعد لاؤنج میں اپنی ساس کے ساتھ چائے پیتے ہوئے انہیں بھی خوشخبری سنائی تھی۔

''شکر ہے امی جان! ثمی مان گیا ہے، میرے تو سر سے بہت بڑا بوجھ اُترا ہے۔''

''یہ تو اچھی خبر سنائی ہے تم نے...... بس اب دیر نہ کرنا۔ کوئی اچھی لڑکی دیکھو اور اپنا میکا آباد کرلو۔''

''سوچا تو ایسا ہی امی جان، اللہ بہتر کرے۔''

''ہے کوئی لڑکی نظر میں...... یا کسی کو کہا ہے؟ خاندان میں بھی کافی لڑکیاں ہوں گی؟'' سعیدہ خانم نے رسان سے پوچھا۔

''خاندان کی کسی لڑکی سے تو وہ اب کبھی نہیں مانے گا۔ البتہ میری نظر میں ایک لڑکی ہے، میں سوچ رہی تھی کہ آپ سے پہلے مشورہ کرلوں...... پھر بات منہ سے نکالوں۔'' صبحٰی نے جھجکتے جھجکتے بات مکمل کی۔

''مجھ سے......؟'' سعیدہ خانم ایک دم چونک اُٹھیں۔ ہاتھ میں پکڑا کپ میز پر رکھ دیا۔ ''کس کے لیے؟''

''امی جان آپ سارے حالات جانتی ہیں، ثمی سے بھی واقف ہیں الحمدللہ وہ ذمے دار اور ہونہار ہے، میں چاہ رہی تھی کہ اگر آپ مناسب سمجھیں تو ماموں جان سے وانیہ کے لیے بات کریں۔'' صبحٰی نے گویا انہیں حیران کر دیا۔ وہ خود بھی آج کل اسی نہج پر سوچ رہی تھیں۔ اللہ نے کیسی ان کی مشکل آسان کی تھی۔

''کریم سے کیا بات کروں...... جو کرنا ہے اب مجھ ہی کو کرنا ہے، وہ تو طاہرہ کے قبضے میں ہے، بہر حال چاہتی تو میں بھی یہی ہوں کہ بچی کو اپنے گھر کا سکون نصیب ہو۔''

''پھر کیا خیال ہے امی جان؟'' صبحٰی نے پُرامید ہو کر پوچھا۔

''میرا خیال تو مثبت ہی ہے، پھر بھی پہلے وانیہ سے بات کرنا اور مشورہ کرنا ضروری ہے، بچی کہیں یہ نہ سمجھے کہ میں تنگ آ کر اسے گلے سے اُتار رہی ہوں۔''

''امی جان آپ ضرور بات کریں۔ اگر وانیہ کی مرضی نہ ہوئی تو کوئی بات نہیں...... اللہ تعالیٰ نے جوڑ لکھا ہو گا تو میل ہو جائے گا۔'' صبحٰی نے مروت و محبت سے کہا تو وہ بھی سر ہلا کر تائید کرنے لگیں۔

''بالکل...... اللہ بہتر کرے گا۔'' چائے ختم کر کے صبحٰی دوپہر کے لیے کھانا بنانے کے لیے اُٹھ کھڑی ہوئی تھی۔

O......❖......O

وانیہ کو سعیدہ خانم نے اپنے کمرے میں بلایا تھا۔ دوپہر کے کھانے سے فارغ ہو کر صبحٰی اور بچے اپنے اپنے کمروں میں آرام کرنے چلے گئے۔ یہ ان کا معمول تھا، عصر کی نماز سے پہلے سبھی اُٹھ کر اپنے اپنے کاموں میں لگ جاتے۔ وانیہ جھجکتی ہوئی ان کے کمرے میں داخل ہوئی۔

''جی پھپھو! آپ نے مجھے بلایا ہے؟'' اسے دیکھتے ہی وہ لیٹے سے اُٹھ بیٹھیں۔

''ہاں...... ہاں...... آؤ بیٹا! اِدھر بیٹھو'' انہوں نے وانیہ کو اپنے سامنے بٹھایا۔ ''کیا کر رہی تھیں؟''

''کچھ نہیں......بس ایسے ہی فارغ بیٹھی تھی۔ بھابی کچھ کرنے ہی نہیں دیتیں۔'' گھنی پلکوں کو اُٹھا کر اس نے انہیں دیکھا تو وہ دل ہی دل میں اس کی بلائیں لینے لگیں۔ گندمی رنگت میں بھی اس کا حُسن کھلا، کھلا سا لگتا تھا۔ سیاہ بادامی آنکھیں، گھنے لمبے بال، تیکھے نقوش، کھڑی ناک، پنکھڑیوں سے ہونٹ......وہ جاذبِ نظر شخصیت کی مالک تھی۔ یقیناً اپنی ماں کا پرتو......

''ایسے کیوں دیکھ رہی ہیں پھپھو؟'' وانیہ ان کی توجہ خود پر مرکوز پاکر سٹپٹا سی گئی۔

''اللہ کی قدرت دیکھ رہی ہوں بیٹا......اس نے مجھے کتنی پیاری بیٹی عطا کی ہے، اللہ نظرِ بد سے بچائے۔''

''پھپھو آپ تو مجھے غلط فہمی میں ڈال دیں گی۔ پتا ہے امی تو مجھے آئینہ بھی نہیں دیکھنے دیتی تھیں۔ کہتی تھیں لڑکیاں زیادہ آئینہ دیکھیں تو انہیں شیطان ورغلانے لگتا ہے کہ تم بہت حسین ہو......لڑکیاں بہکاوے میں آ جاتی ہیں۔''

''وہ بھی ٹھیک ہی کہتی تھی......'' سعیدہ پھپھو نے اس کی یاد کے سلسلے کو درمیان میں توڑ دیا......کیونکہ ابھی وہ اس سے اس کے مستقبل کے بارے میں بات کرنا چاہ رہی تھیں۔

''بچیوں کی تربیت اسی طرح کی جاتی ہے......بہرحال میں نے تمہیں ایک خاص بات کے لیے بلایا تھا۔''

''ج......ج......ی......کہیے پھپھو!'' وہ ان کی سنجیدگی پر کچھ پریشان سی ہوگئی تھی۔ بابا اور بڑی امی کے حوالے سے اسے بہت خدشات رہتے تھے۔

''تمہاری ماں زندہ ہوتی تو وہی تم سے اس سلسلے میں بات کرتی۔ تم مجھے بھی اپنی ماں ہی سمجھنا اور اپنے دل کی بات صاف صاف کہنا۔'' پھپھو کی تمہید اسے اُلجھن میں ڈال رہی تھی۔

''پھپھو آپ میرے لیے امی کی جگہ پر ہی ہیں۔ آپ کہیے کیا بات ہے؟''

''بات دراصل یہ ہے بیٹا کہ صبحی نے اپنے بھائی کے لیے تمہارا ہاتھ مانگا ہے، بہت نیک اور سلجھا ہوا بچہ ہے۔ ان کے ساتھ جو ہوا اس سے تم آگاہ تو ہو ہی چکی ہو۔ تمہاری رضامندی اور مرضی کے بغیر میں صبحی کو کوئی جواب نہیں دے پائی۔'' انہوں نے بالآخر اس کی اُلجھن ختم کی۔

''پھپھو......میری شادی......یہ تو بابا کو فیصلہ کرنا ہے، میں خود کیسے......'' وہ شرم اور جھجک کے مارے بول نہیں پا رہی تھی۔

''نہیں......یہ فیصلہ صرف تمہیں کرنا ہے بیٹا......کوئی زبردستی نہیں ہے اگر تمہاری امی کی یا تمہاری کہیں اور مرضی تھی تو بھی تم مجھے بتا دو اور بے فکر ہو جاؤ۔ میں ماں بن کر ہی تمہیں رخصت کروں گی۔'' انہوں نے حوصلہ بڑھاتے انداز میں اسے تھپتھپایا تو اس کی آنکھیں چھلک پڑیں۔

''پھپھو......ایسی کوئی بات نہیں ہے، امی اور بابا میرے لیے جو فیصلہ کرتے میرے لیے وہی بہتر ہوتا۔ آپ جو کہیں گی میں مانوں گی۔''

''پھر بھی بیٹا تم اچھی طرح سوچ سمجھ لو......اس گھر کو اور شمی کو سنبھالنے اور سمیٹنے والی ہستی چاہیے۔ وہ بہت اچھا ہے مگر یہ بھی سچ ہے کہ بکھرا ہوا ہے۔''

''ٹھیک ہے پھپھو...... آپ بابا سے بات کر لیں۔'' وہ نیم رضامندی دے کر وہاں سے اُٹھ آئی۔

O......❖......O

''آپا ان حالات میں وانیہ کی شادی کر دینا ہی بہتر ہے۔ مجھے آپ پر بھروسہ ہے، آپ نے اس کے لیے بہت اچھا فیصلہ کیا ہوگا۔'' دو دن بعد کریم احمد بہت عجلت میں شام کے وقت آئے تھے۔ ان کے لیے چائے لاتی وانیہ نے دروازے کے باہر کھڑے ہو کر یہ الفاظ سنے اور دل میں کسک سی جاگ گئی۔

''مجھے بھی یہی مناسب لگتا تھا۔ اللہ نے میری مدد کی اور میری بہو نے خود چاہت کی ہے۔ تمہارے گھر میں اس کے لیے گنجائش نہیں بن رہی تھی اور یہاں وہ خود کو میرے اوپر بار محسوس کرتی ہے حالانکہ ایسا نہیں ہے، چلو ایک نہ ایک دن تو اس کی شادی ہونی ہی ہے۔ اچھا ہے اپنے گھر بار کی ہو جائے گی۔ اپنے مان کے ساتھ جیئے گی۔ آج نہیں تو کل آخر اسے رخصت کرنا ہی تھا۔'' سعیدہ خانم نے خفگی بھرے انداز میں بھائی کو دیکھ کر کہا۔

''آپا...... شادی کے سارے معاملات اور اخراجات کے لیے میں حاضر ہوں۔ آپ جب کہیں گی میں آ جاؤں گا۔''

''ہاں...... تمہاری موجودگی تو ضروری ہے البتہ معاملات واخراجات کی فکر مت کرو، وہ یہاں سے میری بیٹی بن کر رخصت ہوگی۔ اتوار کو لڑکا آ رہا ہے، آ کر مل لینا۔'' سعیدہ خانم، بھائی سے مکمل طور پر خفا نہیں تو راضی بھی نہیں تھیں۔ کریم احمد نے مجبوری سے انہیں دیکھا اور کچھ کہنے ہی والے تھے کہ وانیہ چائے لے کر آ گئی۔ سلام کرتی کپ تھما کر پلٹ گئی۔ کریم احمد نے پُر ملال نظروں سے بیٹی کو جاتے ہوئے دیکھا۔

O......❖......O

ثمی کو اُمید نہیں تھی کہ آپی جاتے ہی اپنی مہم پر نکل کھڑی ہوں گی۔ ان کے یہاں سے جانے کے دو دن بعد ہی نانو نے دھماکا کر دیا تھا۔ اس کے تئیں تو یہ دھماکا ہی تھا۔ بچوں کو حسبِ معمول سلانے کے بعد وہ ان کے پاس آ کر بیٹھا ہی تھا کہ انہوں نے اس کی سماعتوں میں گویا بم پھوڑ دیا۔

''صبحی نے تمہارے لیے لڑکی پسند کر لی ہے۔''

''کیا......؟ اتنی جلدی......؟ ابھی تو وہ گئی تھیں۔'' وہ کرسی پر اس طرح اُچھلا جیسے واقعی اسے کرنٹ لگا ہو۔

''اس کی نظر میں لڑکی تو پہلے سے ہی تھی۔ بس تمہاری رضامندی لینے کے بعد وہ سلسلہ آگے بڑھانا چاہتی تھی۔'' نانو نے رسانیت سے سمجھایا۔

''میں نے ابھی مکمل رضامندی تو نہیں دی تھی۔ انہیں ہر کام کی جلدی کیوں رہتی ہے۔'' وہ جھنجھلا کر بولتا نانو کو بے بسی سے دیکھ رہا تھا۔

''جھوٹ مت بولو بچے...... رضامندی تو تم نے دی تھی اور میرے سامنے ہی دی تھی۔'' نانو نے سرزنش کی تو وہ مزید جھنجھلایا۔

''مگر...... میں نے اتنی بھی جلدی کے لیے نہیں کہا تھا۔ میں بات کرتا ہوں ان سے ابھی۔'' وہ اسی طرح پلٹا۔

''ہاں...... وہ بھی فون کرنے کے لیے کہہ رہی تھی۔'' کمرے سے نکلتے نکلتے اس نے نانو کے الفاظ سنے...... وہ جھنجھلاتا ہوا کمرے میں آ گیا۔ نانو اس کے اُلجھنے پر مسکراتی رہیں۔ کمرے میں آکر بھی وہ اپنی جھنجھلاہٹ پر قابو نہ پا سکا تو سیل فون اُٹھا کر آپی کے بجائے شہود بھائی کا نمبر ملایا۔ دوسری طرف مسلسل بیل بجتی رہی۔ اسے ایک دم خیال آیا کہ آپی اس وقت اپنے شوہر کے ساتھ ہوں گی۔ خیال آتے ہی اس نے سلسلہ منقطع کر دیا۔ شہود بھائی بے حد سنجیدہ مگر ٹھنڈے مزاج کے انسان تھے۔ ان سے رسمی بات کے سوا کبھی بات نہیں ہوئی تھی۔ انہی کے سیل فون سے کال بیک آ رہی تھی۔ اس کی ساری جھنجھلاہٹ ہوا ہوگئی۔ فوراً ہی کال ریسیو کرتے ہی بولا۔

''سوری...... شہود بھائی، میں غلطی سے اس وقت کال کر بیٹھا۔ مجھے دراصل آپی سے......''

''یار...... غلطی سے کبھی ہم سے بھی بات کر لیا کرو...... میں بھی تمہارا کچھ لگتا ہوں۔'' شہود بھائی کی خوشگواری اسے ہضم نہیں ہو رہی تھی۔

''شہود بھائی اب آپ ہی تو بڑے ہیں ہمارے...... میں تو ہمیشہ آپ کی رہنمائی چاہتا ہوں۔''

''جیتے رہو، خوش رہو...... تمہاری آپی بچوں کو دیکھنے ان کے روم تک گئی ہیں۔ آتی ہیں تو بات کرواتا ہوں۔'' سلسلہ منقطع کر کے اس کی جھنجھلاہٹ پھر عود کر آئی۔ اس کی نیند اُڑ گئی تھی۔ وہ انتظار میں اِدھر اُدھر اُٹھ کر ٹہلنے لگا۔

○......❖......○

وانیہ کے لیے بھی اب کوئی معاملہ غیر متوقع نہیں رہا تھا۔ امی کی اچانک موت کے ساتھ کھلنے والے کئی رازوں کو جان کر اب وہ کسی بات پر بھی چونکتی نہیں تھی۔

صبحی بھابی نے شمی کے حوالے سے اور اپنے گھر پر گزرے سانحے کا احوال سنا کر اسے حالات کے مطابق چلنے اور ڈھلنے کا موقع فراہم کر کے گویا اسے آئندہ کسی امتحان سے بچانے کی کوشش کی تھی اور وہ دل سے ان کے خلوص پر ممنون تھی۔ ورنہ تو بابا کی عدم توجہی نے اسے تو واقعی توڑ پھوڑ دیا تھا۔ امی کے بعد انہیں صرف بڑی امی اور اپنے اس گھر کی فکر تھی۔ اس کا خیال تو صرف فون پر خیریت معلوم کرنے تک رہ گیا تھا۔ وہ کسی سے کہتی نہیں تھی مگر اسے بابا کے بدل جانے کا بے حد ملال تھا۔ یہ ملال کوئی روگ بن جاتا، اس سے پہلے ہی اللہ نے اس کی زندگی کو نیا موڑ دے دیا تھا۔

اپنے گھر کی چاہت کسے نہیں ہوتی، بے شک وہ خواب سجانے والی لڑکی نہیں تھی مگر وہ خواب دیکھتی تو ضرور تھی۔ ایک اپنے گھر کا خواب اب اس کی آنکھوں میں بھی آ ٹھہرا تھا۔ جہاں وہ مکمل مان اور اعتماد کے ساتھ رہنے کی تمنا رکھتی اور یہ تمنا کسی بھی طرح پوری ہونے جا رہی تھی اس کے لیے یہی کافی تھا۔

○......❖......○

وہ ٹہلتے ٹہلتے تھک کر بیٹھا تو صبحی آپی کی کال آ گئی۔

''کہاں گم ہیں آپ......؟ یہاں پھلجڑی چھوڑ کر......'' شمی کا موڈ بیزار تھا۔ دوسری طرف صبحی آپی کھلکھلائی۔

''بے فکر رہو...... ہم پوری آتش بازی کریں گے، تمہاری بارات پر۔''

''آپی میں ابھی مذاق کے موڈ میں نہیں ہوں اگر آپ اس وقت اپنے بیڈ روم میں ہیں تو باہر نکل کر بات کریں پھر نہ کہیے گا کہ......''

''تم کہو جو کہنا ہے، میں لاؤنج میں ہوں۔''صبحٰی کو اس کے موڈ کا اندازہ تھا۔

''دو دن میں آپ کو لڑکی کہاں سے مل گئی۔ اتنے بیزار ہیں اس سے اس کے گھر والے۔'' نادانستگی میں وہ، وہ بات کہہ گیا جو کچھ کچھ سچ تھی۔

''بکواس نہیں کرو...... بھلا کوئی اپنی بیٹیوں سے بیزار ہوتا ہے؟ اور تم بھول رہے ہو، تمہاری شادی کی جلدی ہمیں ہے۔''

''اتنی جلدی بھی مت کریں، ایسا نہ ہو کہ میں عین وقت پر مکر جاؤں۔''شمی نے گویا دھمکی دی۔

''ایسا غضب کیا تو سمجھ لو تمہاری بہن دو بچوں سمیت تمہارے دروازے پر آ کر بیٹھی ہو گی۔''صبحٰی نے جواباً اسے دھمکایا۔

''یہ کیا بات ہوئی...... یہ تو زبردستی ہوئی۔'' وہ موبائل فون کو دوسرے کان سے لگا کر چلایا۔

''یہ زبردستی نہیں ہے بھائی میری سسرال کی عزت کی بات ہے، تم میری نند سے عین وقت پر شادی سے مکر جاؤ گے تو کیا وہ تمہاری بہن کو اپنے گھر بٹھائے رکھیں گے؟''

''آپ کی نند......؟ یہ کہاں سے ٹپک پڑی...... وہ بھی اتنی اچانک......''شمی کی حیرت دیدنی تھی۔ آپی نے بنا دیکھے حظ اُٹھایا۔''جہاں تک مجھے یاد پڑتا ہے آپ کے صرف دو عدد دیور ہیں اور وہ بھی باہر سیٹلڈ ہیں۔ کہیں ان میں سے کسی ایک کی جنس تو نہیں بدل گئی۔ جسے آپ میرے سر تھوپنے کے چکر میں ہیں۔'' وہ اپنی حیرت میں فضول بول گیا۔

''شٹ اَپ...... کتنا فضول سوچتے ہو تم، پہلے پوری بات تو سن لو۔''

''آپی پلیز...... سسرال کی ہمدردی میں بھائی کے ساتھ ظلم مت کرنا۔''

''شمی...... شمی! خدا کے لیے چپ کر کے پہلے میری بات سن لو۔''صبحٰی آپی ذرا سی دیر میں زچ ہو اُٹھی تھی۔

''سچی بات کوئی برداشت ہی نہیں کرتا۔'' وہ بچوں کی طرح روٹھا۔''باہر کی دنیا میں کیا کچھ بدل گیا ہے آپ کو خبر ہی نہیں۔''

''مجھے سب خبر ہے، چپ کر کے میری بات سنو۔ وانیہ، شہود کی ماموں زاد ہے، آج کل ہمارے گھر میں رہتی ہے۔ تم ویک اینڈ پر آؤ اور اس سے مل لو، دیکھ لو۔''

''آپی! شہود بھائی کے ون اینڈ اونلی ماموں کریم احمد کی دو عدد بیٹیوں کی شادی میں، میں خود شریک ہوا ہوں۔ یہ تیسری بیٹی کیا آرڈر پر ریڈی میڈ تیار کرائی ہے۔ وہ بھی اس عمر میں......؟'' وہ اپنی سنجیدگی کے باوجود فطری بذلہ سنجی کو روک نہ سکا۔

''اللہ...... تم نے تو مجھے زچ کر دیا ہے۔ ساری تفصیلات نانو کو پتا ہیں...... ان سے پوچھ لینا۔ ابھی بس میں نے کہہ دیا ہے کہ تم سنڈے کو آ رہے ہو، اللہ حافظ......'' انہوں نے سلسلہ منقطع کر دیا۔

''اچھی زبردستی ہے۔'' وہ اپنا سامنہ لے کر سوچتا رہ گیا۔

○......❖......○

وانیہ کو سوئے ہوئے ابھی کچھ دیر ہی ہوئی تھی کہ اس کے سرہانے رکھا موبائل بج اُٹھا۔ اس کی پلکیں ہنوز نم تھیں۔ مندی، بھیگی پلکیں کھول کر اس نے قدرے گھبرا کر موبائل اُٹھا کر دیکھا تو اس کے بابا کریم احمد کی کال آ رہی تھی۔ رات کے ایک بجے وہ یقیناً بڑی امی کے سونے کے بعد اسے فون کر رہے تھے۔

''السلام علیکم بابا......''

''سو گئی تھیں...... وہ دراصل میں......'' دوسری طرف سے اسے اپنے بابا کی شرمندگی میں ڈوبی ہوئی آواز سنائی دی تھی۔

''بابا جان! پلیز کوئی وضاحت مت دیا کریں۔ مجھے آپ کی شرمندگی تکلیف دیتی ہے۔'' وہ قدرے دُکھ محسوس کر کے بولی۔ دوسری طرف کچھ لمحے کی خاموشی چھا گئی۔

''کیا بات ہے بابا...... آپ کچھ کہنا چاہتے ہیں؟''

''ت...... م...... تم...... خوش ہو اس فیصلے سے؟''

''پھپھو نے میرے لیے جو بھی سوچا ہے، اچھا ہی سوچا ہے۔ بابا جان...... آخر میں کسی کے گھر میں کب تک مہمان بن کر رہ سکتی ہوں۔'' اس کے لہجے میں کہیں ہلکا سا شکوہ بھی پوشیدہ تھا۔

''آپا تو تمہیں اپنی بیٹی ہی سمجھتی ہیں، بیٹا تم ایسا کیوں سوچتی ہو، آخر بیٹیوں کو رخصت تو کرنا ہوتا ہے۔'' کریم احمد نے اس کا شکوہ محسوس کر لیا تھا۔

''جی...... مجھے معلوم ہے بابا...... آپ بالکل بھی فکر نہیں کریں...... میں آپ کو اور پھپھو کو کبھی شرمندہ نہیں ہونے دوں گی، میرا اعتبار کریں۔'' وہ ایک دم سنبھل گئی تھی۔ بابا کو پریشان کرنے کا کوئی فائدہ نہیں تھا۔ ویسے بھی اس کی فطرت و تربیت میں صبر و قناعت خاص عنصر کی طرح شامل تھے۔

''مجھے اعتبار ہے اپنے بیٹے پر...... اچھا...... جس ضروری بات کے لیے میں نے فون کیا تھا وہ تو رہ گئی۔'' کریم احمد بھی نارمل ہو کر بولے۔

''جی...... کہیے بابا......'' ٹھنڈی آہ کے ساتھ جیسے اس نے اندر بھی ٹھنڈک اُتاری۔

''میں نے تمہارے اکاؤنٹ میں رقم جمع کرا دی ہے۔ اپنی پسند سے شاپنگ کر لینا اور تمہاری امی کے زیورات بھی صبح لاکر سے نکلوا کر آپا کی طرف بھیج دوں گا۔ سنبھال لینا۔'' کریم احمد کی شفقت نے اس کی آنکھیں پھر سے نم کر دیں۔

''بابا...... جا...... ن...... میں کیسے سنبھال...... سکتی ہوں۔''

''بیٹا...... وہ تمہاری امانت ہے، اب تمہیں ہی سنبھالنی ہے۔ اچھا میری پیاری بیٹی اب رونا نہیں...... بابا

کی جان ہے تم میں...... یہ ہمیشہ یاد رکھنا۔'' بہت عرصے کے بعد بابا اس سے اس طرح بات کر رہے تھے۔ شاید پھپھو نے انہیں احساس دلایا تھا یا پھر وہ رخصت ہو کر دور جا رہی تھی اس لیے وہ بھی آزردہ تھے۔ وانیہ اسی بات پر مطمئن تھی کہ اس کے سارے خدشے غلط تھے۔ بابا جان پہلے کی طرح آج بھی اسی کی محبت میں جیتے تھے۔

○......❖......○

اگلی شام آفس سے آنے کے بعد نانو اسے نہ صرف سمجھا رہی تھیں بلکہ صہبیٰ آپی کے گھر اسلام آباد جانے کے لیے راضی کرنے کی کوشش بھی کر رہی تھیں۔

''میرے بچے، تم وہاں جا کر دیکھو تو...... ایک بار ملو تو سہی...... صہبیٰ نے سوچ سمجھ کر ہی فیصلہ کیا ہے، وہ لڑکی ہمارے مطابق ہوگئی۔ تبھی تو اس نے اصرار کیا ہے۔'' وہ منہ بناتا رہا۔

''ان کا اصرار ہی تو مجھے کھٹک رہا ہے نانو...... آناً فاناً لڑکی پسند کر کے معاملات بھی طے کر لیے...... اور مجھے آرڈر کر دیا کہ آجاؤ...... اب وہاں جاؤں تو نکاح پڑھوا کر ساتھ نہ کر دیں۔'' وہ معصومیت سے بولا۔

''ہاں...... ایسے ہی ننھے ہو تم جو انگلی پکڑ کر لے آؤ گے۔ خاندانی لوگ ہیں، چار لوگوں میں تو ضرور بیٹی رخصت کریں گے خواہ مخواہ کے قصے نہ گھڑو...... اور جانے کی تیاری کرو...... بہن کو سسرال میں شرمندہ نہ کروانا۔'' نانو نے اسے خفگی سے تنبیہ کی تو وہ منہ بنا تا رہ گیا۔

وہ ویک اینڈ کی شام جانے کی تیاری کرنے کے ساتھ اپنے کمرے میں موجود عصمیٰ اور بچوں کو وارننگ بھی دے رہا تھا۔

''خبردار...... جو کسی نے آپی کو میری فلائٹ کی ٹائمنگ بتائیں۔ فضول کا تماشا مجھے پسند نہیں ہے۔'' اس کی خفگی و بیزاری ہنوز قائم تھی۔ ''میں جس طرح پہلے کیب سے جاتا تھا، اب بھی چلا جاؤں گا۔''

''بھائی آپ بھی عجیب ہیں، اپنی ہونے والی سسرال سے تھوڑا پروٹوکول مل جائے گا تو اچھی بات نہیں۔''

''نہیں چاہیے مجھے کسی کا پروٹوکول......'' اس نے شرٹ پر کوٹ پہنتے ہوئے سرد مہری سے کہا۔ عصمیٰ نے اسے جانچتی نظروں سے دیکھا۔

''بھائی...... جب آپ کا دل ہی نہیں چاہ رہا تو آپ خود پر جبر کیوں کر رہے ہیں۔'' وہ عصمیٰ کی بات پر کف لنکس بند کرتا، کرتا چونک اُٹھا۔ پھر سنبھل کر بولا۔

''اس لیے کہ یہ معاملہ جب بھی طے ہوگا، دل پر جبر کر کے ہی ہوگا۔ اینی وے...... تم سب کا خیال رکھنا اور ذرا ہوشیار ہو کر رہنا، اوکے......'' ثعلب نے آگے بڑھ کر اس کا سر تھپتھپایا۔ ''میں کل دوپہر تک آجاؤں گا ان شاء اللہ......''

''چاچو...... مجھے بھی ساتھ جانا ہے، دلہن چاچی دیکھنے۔'' گولڈی معصومیت سے بولتی آئی اور اس کی ٹانگوں سے لپٹ گئی۔ شمی خفگی سے پہلے عصمیٰ کو گھورے گیا پھر اسے گود میں اُٹھا کر بہلانے لگا۔

''آپ سے کس نے کہا ہے کہ میں دلہن دیکھنے جا رہا ہوں۔''

''مُجے پتا ہے، پھپھو نے فوٹو بھی دکھائی ہے مجھے۔'' شمی کی حیرت سوا تھی۔ سنی بھی تائیداً قریب آکر بولا۔

اس وقت اسے چاچو کے موبائل فون پر گیم کھیلنا بھی بھول گیا تھا۔

''ہاں...... ہاں چاچو، بڑی پھپھو نے نانو جی کے فون پر فوٹو بھیجی ہے آپ کی دلہن کی۔ بہت پیاری ہیں وہ......''سنی نے چالاکی سے آنکھیں گھمائیں۔

''بھائی آپ تو جا کر دیکھ لیں گے۔ نانو کی مجبوری تھی اس لیے...... سنی کی بات سچ ہے، وہ واقعی بہت پیاری، ہیں۔''عصمیٰ نے کہنے کے ساتھ ہی باہر کی طرف قدم بڑھائے۔ اپنی شامت سے بچنے کے لیے۔

O......❖......O

''شمی...... کیب میں کیوں آئے ہو؟'' میں خود آ جاتی ائیر پورٹ...... میں سمجھ رہی تھی کہ تم بائی روڈ آؤ گے۔''ان کی خوشی دیدنی تھی۔ وہ وضاحتیں بھی دے رہی تھیں۔ شکوہ بھی کر رہی تھیں۔

''اپنی تھکن اور آپ کا ٹائم بچانے کے لیے میں بائی روڈ نہیں آیا۔ اب تو آپ خوش ہیں ناں...... میں آپ اشارے پر بھاگا چلا آیا ہوں۔'' وہ کچھ دیر آرام دہ حالت میں بیٹھے ہوئے بولا۔

''اس احسان کا بہت شکریہ، نوازش میرے بھائی......'' وہ بھی اسی کے انداز میں بولیں۔

''ایک بات کہوں...... اگر مجھے آپ کی نند پسند نہیں آئی تو......؟''اس نے گویا ان کا امتحان لیا۔

''تمہاری پسند کے فریم میں رومانہ فٹ ہے شمی! تم تو خوبصورت سے خوبصورت لڑکی بھی ریجیکٹ کر سکتے ہو، تمہیں اس فریم سے رومی کی فوٹو نکال کر پھاڑنا پڑے گی۔ تبھی تمہیں کوئی دوسری پسند آئے گی۔'' آپی ایک دم سنجیدہ ہو گئیں۔

''او کے...... بابا...... اتنا سیریس ہونے کی ضرورت نہیں ہے، جو بھی ہے جیسی بھی ہے، گوری کالی، خوبصورت، بدصورت آپ لوگوں کی خوشی کی خاطر مجھے کوئی چڑیل بھی قبول ہے۔''شمی نے گہری سانس لے کر اپنے ساتھ انہیں بھی بہلایا تو خفگی کے باوجود صبحیٰ آپی ہنسی۔

''دشمن نہیں ہیں ہم تمہارے...... ساری زندگی دُعائیں دو گے مجھے۔''

''اچھا...... چلیں دیکھتے ہیں مگر پہلے چائے پلوا دیں اور ہاں آپ کے لاڈلے دلارے کہاں ہیں۔''شمی نے صبحیٰ کے دونوں بیٹوں کے بارے میں پوچھا۔

''تمہیں پتا تو ہے جنونی ہیں کرکٹ کے...... چھٹی کا دن ہو تو تینوں باپ، بیٹے گراؤنڈ میں نکل جاتے ہیں یا پھر گھر کو ہی گراؤنڈ بنا لیتے ہیں۔ بس آتے ہی ہوں گے۔ تب تک تم فریش ہو جاؤ۔'' آپی اسے لاؤنج سے اُٹھا کر گیسٹ روم میں دھکیل گئیں۔ وہ کمرے میں تنہا کھڑا اپنے احساسات کے ساتھ سوچ رہا تھا۔

''نئی زندگی کے آغاز کے لیے قدم تو اُٹھ ہی چکا ہے۔ اب پلٹ کر جاؤں تو کہاں اور کس کے لیے...... اب تو کسی کے آنے کا امکان بھی باقی نہیں ہے اور اس طرح چھوڑ کر جانے والے پلٹ کر آتے ہی کب ہیں۔ آ بھی جائیں تو گردِ مسافت سے اٹی روح محبتوں کی مسلسل بارشوں سے بھی کہاں نکھر پائے گی۔ تو اے دل...... سامنے جو رستہ ہے اسے ہی منزل سمجھ لے......'' دروازے پر دستک ہوئی تھی، وہ چونک کر متوجہ ہوا۔ ملازم لڑکا اسے بلانے آیا تھا۔

○......❖......○

وہ لاؤنج میں داخل ہوا تو شہود بھائی اسے دیکھتے ہی خوش دلی سے بولے۔ ''کیا کسی عید کا چاند نکلا ہے، یہ صاحبزادے، یہاں نظر آ رہے ہیں۔'' سعیدہ خانم، صہبیٰ، بچے اور شہود بھائی کے سوا کوئی نیا اضافہ نہیں تھا۔ وہ طائرانہ نگاہ ڈال کر سلام کرتا، صوفے پر بیٹھ کر بولا۔

''اس کا جواب تو آپ کو آپی دیں گی کیونکہ یہ تیسرا موقع ان کا خود ساختہ ہے۔''

''اچھی بات ہے بیٹا...... تم آ گئے ہو، یہ بھی تمہارا اپنا ہی گھر ہے، موقع کیوں دیکھتے ہو، جب دل چاہے آیا کرو۔'' سعیدہ خانم نے شفقت کا مظاہرہ کیا۔

''ماموں جانی آپ چائے پی لیں...... پھر ہمیں آپ سے بہت ساری باتیں ڈسکس کرنی ہیں۔'' دونوں بھانجے بلال اور طلال اس کے اردگرد آ بیٹھے تھے۔ چائے کے دوران رسمی، غیر رسمی باتیں چلتی رہیں۔ البتہ وہ ہستی موضوع ہی نہیں بنی جس کی خاطر وہ آیا تھا یا پھر وہ لوگ دانستہ اس کا ضبط آزما رہے تھے۔ چائے کے بعد وہ بچوں کے روم میں آ گیا۔

○......❖......○

بلال اور طلال اس کے ساتھ اپنی انفارمیشن ڈسکس کر رہے تھے۔ بچوں کی دانست میں کمپیوٹر سے حاصل شدہ معلومات میں علم انہیں زیادہ ہے، وہ ماموں کی قابلیت آزما رہے تھے۔ بچوں کے ساتھ کوئی گیم کھیلتے ہوئے اپنے یہاں آنے کا مقصد بالکل ہی فراموش کر بیٹھا اور وقت گزرنے کا احساس بھی...... وہ تو آپی نے رات کے کھانے سے پہلے آ کر تینوں کو متوجہ کر کے احساس دلایا۔ بلال اور طلال تو رات کے کھانے کو گول کر کے دودھ پینے پر راضی تھے۔ آج صہبیٰ نے بھی اصرار نہ کیا...... کیونکہ سنجیدہ معاملات وہ بچوں کے سامنے طے کرنے سے ہمیشہ گریزاں رہتی تھی۔ کھانے میں کچھ دیر تھی، وہ شمی کو لیے ہوئے لان میں چلی آئی۔ جہاں پہلے ہی وانیہ، شام سے پناہ گزین تھی۔ بھابی صہبیٰ کے ساتھ کسی اجنبی فرد کو دیکھ کر وہ سمجھنے کے باوجود بوکھلا کر کھڑی ہو گئی، سفید گھیر دار ٹخنوں کو چھوتے ملبوس پر بڑا سا دوپٹا سر اور بدن پر اوڑھے وہ اپنی بھرپور جاذبیت سے متوجہ کرنے کے باوجود کسی اور ہی دنیا کی بھٹکی ہوئی مخلوق دکھائی دے رہی تھی۔

''اس...... لا...... م...... علیکم......'' اس کے لرزتے لہجے کے باوجود اس کی آواز کا لوچ و ترنم سماعت کو بھلا لگا۔

''وعلیکم السلام...... بیٹھو وانیہ تم کہاں جا رہی ہو۔'' صہبیٰ آپی نے بھی سلام کا جواب دے کر اس کے ارادے بھانپے۔

''وہ بھابی...... میں کچن......''

''سب کھانا تیار ہے، امی جان نماز پڑھ لیں پھر مل کر کھانا چن دیں گے۔ شمی...... یہ وانیہ ہے اور وانیہ یہ میرا چھوٹا بھائی ہے شمی...... ثعلب۔''

''جسے یہ زبردستی بڑا کرنا چاہتی ہیں۔'' شمی نے بلاوجہ درمیان میں لقمہ دیا۔ آپی حیران ہوئیں اور وانیہ

خجل......

''میں نے تم دونوں کوایک دوسرے کے بارے میں آگاہ کر دیا ہے پھر بھی......اگر......''

''مجھے کب انفارمیشن دی ہیں آپ نے؟''ثمی نے اپنی بے ساختگی سے انہیں شرمندہ سا کر دیا۔ وانیہ نے پہلی بار نگاہ اُٹھا کر دیکھا......اچھا خاصا وجیہہ وپُرکشش مرد اس کے سامنے تھا۔ اور اس کا اندازِ بیاں بھی دلکش تھا۔ دل ایک دم تیزی سے دھڑکا...... بھابی اسے گھُرک رہی تھیں۔

''شرافت سے چپ کر کے بیٹھ جاؤ اور کرلو اپنی تسلی ...... لے لو خود ہی ساری انفارمیشن......''صبحیٰ جل کر بولیں۔

''چپ بیٹھنے کی شرط کے ساتھ کوئی اپنی تسلی کیسے کر سکتا ہے آپی؟'' وہ انہیں ستا رہا تھا۔ وہ بھی جانتی تھیں۔

''وانیہ...... یہ ایسا ہی ہے، پلیز مائنڈ مت کرنا۔''

''آپ کا مطلب کیا ہے آپی......آپ میری ریپوٹیشن خراب کر رہی ہیں۔'' وہ بچوں کی طرح روٹھا تو وانیہ بے ساختہ مسکرا دی۔ اس کی سیاہ آنکھوں کی جھلملاہٹ اور بیضوی چہرے کے گالوں میں پڑنے والے ڈمپل بھی اس کی مسکراہٹ عیاں کرتے ثمی کو مبہوت سے کر گئے، دل نے اسے سرگوشی کرتے ہوئے جیسے چھیڑا۔''حسیناؤں کی اسی ادا پر فدا ہوتے ہیں دل والے، ذرا سنبھل کے......'' اگلے ہی لمحے اس نے دل کی مچلتی دھڑکنوں کو قابو کرتے ہوئے توجہ ہٹا کر آپی کو دیکھا۔ وہ وانیہ کو جیسے سمجھا رہی تھیں۔

''وانیہ اس کی باتوں کا کوئی مطلب نہیں ہوتا، پلیز تم مائنڈ مت کرنا۔'' وہ یک دم جیسے چیخا۔

''مطلب کیا ہے آپ کا......؟ آپی آپ میرا مسلسل امیج خراب کر رہی ہیں۔ آپ کا مطلب ہے میں فضول باتیں کرتا ہوں۔'' وہ بچوں کی طرح ٹھنک کر بول رہا تھا۔ وانیہ نے سر جھکا کر بے ساختہ آنے والی مسکراہٹ دبائی جبکہ صبحیٰ آپی نے اسے زچ ہو کر گھورا۔

''تم کچھ دیر کے لیے سنجیدہ رہ کر بات چیت نہیں کر سکتے۔''

''میں تو سنجیدہ ہی ہوں......آپ کا پتا نہیں کیا پروگرام ہے۔'' وہ یک دم بے نیاز ہوا تو آپی بھی ہنس دیں۔

''میرے پروگرام کا بھی تمہیں پتا چل ہی جائے گا۔ تم اپنی رائے بتا دو بس۔'' وانیہ ان کی بات سن کر جواب سے پہلے ہی اُٹھ کھڑی ہوئی۔

''بھابی جان میں کھانا لگواتی ہوں۔'' پھر وہ رُکی نہیں، یقیناً وہ شرما کر گئی تھی۔ ثعلب نے لمحے بھر کو اسے جاتے دیکھا پھر قدرے جزبز ہو کر بولا۔

''میری رائے کی...... گنجائش آپ نے چھوڑی ہے؟''

''تم نے دیکھ لیا ناں...... میں نے کوئی غلط فیصلہ نہیں کیا۔ وانیہ صورت ہی نہیں سیرت کے لحاظ سے بھی تمہارے قابل ہے اور یہ تم جلد ہی مان جاؤ گے۔'' آپی نے اُٹھ کر اس کا کندھا اس طرح سہلایا جیسے اسے سمجھا رہی ہوں۔ اس کا حوصلہ بڑھا رہی ہوں۔

''کاش ایسا ہی ہو۔'' نہ چاہتے ہوئے بھی ثمی نے مایوسی سے کہا۔

''اللہ سے اچھی امید رکھو...... بس اُٹھو...... آؤ کھانا لگ چکا ہوگا۔'' آپی نے اس بار اپنی بات پُر زور انداز میں کہی تو وہ بھی ناچار سر ہلا کر اُٹھ کھڑا ہوا۔

○......❖......○

کھانے کے بعد آپی کچن سمیٹتی وانیہ سے اس کی رائے پوچھ رہی تھیں۔ وہ دانستہ ان سب کے ساتھ کھانے میں شریک نہیں ہوئی تھی۔

''کیا بات ہے وانیہ...... تم نے ہم سب کے ساتھ کھانا کیوں نہیں کھایا؟'' صہبیٰ بھابی نے ایک دم مخاطب کیا تو وہ گڑبڑا اُٹھی۔

''وہ...... بس بھابی! ایسے ہی...... آپ تو جانتی ہیں، میں کسی کے سامنے گھبرا جاتی ہوں۔''

''میری چندا...... اب اس کسی کے ساتھ ساری زندگی گزارنی پڑے گی۔ پھر کیا کرو گی؟'' بھابی نے اسے چھیڑا تو وہ جھینپ گئی۔

''وہ تو ٹھیک ہے بھابی! پھپھو اور بھائی جان کے سامنے پہلی بار......''

''اچھا بھئی جانتی ہوں تم ہماری شرمیلی بہن ہو...... مگر مجھ سے شرمانے کی ضرورت نہیں ہے۔ دل کی بات بتاؤ، ثمی تمہیں کیسا لگا؟'' صہبیٰ نے اسے بولنے پر اُکسایا تو وہ مزید سٹپٹائی۔

''بھابی جان...... پھپھو نے میرے لیے اچھا ہی سوچا ہوگا اور پھر مجھے یقین ہے آپ اچھی ہیں تو آپ کے بھائی بھی بہت اچھے ہوں گے۔''

''بھائی تو میرا واقعی بہت اچھا، بہت پیار، محبت کرنے والا ہے۔ بس حالات نے اسے کچھ بے یقین سا کر رکھا ہے، مجھے امید ہے وانیہ کہ تمہاری رفاقت میں وہ اپنا یقین دوبارہ پالے گا۔'' وانیہ نے خاموشی سے سر جھکا لیا۔ صہبیٰ سمجھ سکتی تھیں کہ اس مقام پر وانیہ کھل کر اظہار نہیں کر پائے گی وہ اسے تھپتھپا کر رہ گئیں۔

○......❖......○

اگلی صبح صہبیٰ آپی، ثمی کے لیے خود چائے لے کر آئیں۔ وہ نئی جگہ کی وجہ سے ٹھیک طرح سے سو نہیں سکا تھا۔ ان کی آمد پر فوراً ہی اُٹھ بیٹھا۔ انہیں دیکھتے ہوئے منہ بسور کر بولا۔ ''اب تو آپ کا مشن کامیاب ہوگیا ہے، اب مجھے اجازت ہے واپس جانے کی؟''

''ابھی جاؤ گے؟ کیا ہمارے ماموں کریم سے نہیں ملو گے؟ وہ سہ پہر تک آئیں گے۔'' آپی سامنے بیٹھتے ہوئے اطلاعی انداز میں بولیں تو وہ چائے کا گھونٹ بھرتے بھرتے رہ گیا۔

''میں ان سے کبھی ملا نہیں؟ اب کسی فارمیلیٹی کی ضرورت نہیں ہے، پلیز آپی...... مجھے......''

''جب فیصلہ کر چکے ہو تو اب کیوں گھبرا رہے ہو...... بس آج سارے معاملات طے ہو جائیں...... میرا مطلب ہے تاریخ کے بارے میں تم اپنی رائے دے دو، میں اور نانو جلد از جلد اس ذمے داری سے فارغ ہونا چاہتے ہیں۔'' انہوں نے ثعلب کی پھٹی آنکھوں میں بسے سوالات سے گھبرا کر وضاحت دی تو وہ سر جھٹک کر رہ

گیا۔

''صاف کہیں، اپنی نند سے جان چھڑانا چاہتی ہیں، سچ کہتے ہیں، بھابیاں، بیچاری نندوں کو برداشت ہی نہیں کرسکتیں۔''

''بکواس نہیں کرو، وہ ایسی نند نہیں ہے جس سے جان چھڑائی جائے۔ اس کی وجہ سے تو مجھے بہت آرام ہے، تمہارے گھر کے سکون کے لیے جلدی کر رہی ہوں۔'' آپی کی بے ساختہ وضاحت پر وہ بھی ہنس دیا۔

''اللہ رے...... آپ کی خوش فہمیاں۔'' انہوں نے اسے خفگی سے دیکھا تو وہ فوراً بات پلٹ گیا۔

''سلامت رہیں۔'' آپی پہلے تو اسے گھورتی رہیں پھر ہنس دیں۔

''کچھ دیر بعد ناشتے کے لیے آجانا...... پھر نہ سو جانا......'' وہ اسے تنبیہہ کر کے نکلیں تو وہ پھر سے اسی احساس میں گھر گیا جو گزشتہ کئی دنوں سے اسے گھیرے ہوئے تھا۔ وہ خود کو مسلسل سمجھا رہا تھا اور اب کافی حد تک ذہن کے ساتھ ساتھ دل بھی مائل کر ہی لیا تھا کہ نئی زندگی میں پرانے احساسات کا عمل دخل نہ رہے۔ وانیہ اپنی شخصیت و ذات کے لحاظ سے مقابل کو متاثر کرنے کی صلاحیت رکھتی تھی۔ اس کا نرم لہجہ، مترنم آواز، صاف رنگت، لمبے بال، قد کاٹھ وہ ہر زاویے سے رومانہ سے بڑھ کر تھی۔ اس کا اعتراف بڑی مشکل سے کیا تھا اس کے دل نے...... دونوں کے فریقین تو پہلے ہی دل و جان سے راضی تھے۔ بس رسم دنیا نبھانے کو ملنے ملانے کا سلسلہ رکھا تھا۔ کریم احمد آئے بھی تو معمول کی گفتگو ہی کرتے رہے۔ ثعلب بھی ہلکا پھلکا ہو گیا۔ کسی نے بھی زیادہ محسوس نہیں ہونے دیا کہ وہ اپنے بارے میں کسی اہم فیصلے کے لیے وہاں آیا ہے۔ وہ تو جب واپسی کی تیاری کر رہا تھا تو آپی نے آکر اسے مطلع کیا۔

''نانو کے مشورے سے دو ہفتے بعد کی تاریخ مقرر کی ہے۔ میں دو تین دن میں آؤں گی تاکہ کچھ خریداری کر لوں ٹھیک؟'' آپی خوشی سے بتا رہی تھیں۔

''آپ کو جو مناسب لگتا ہے کریں۔'' پہلے تو وہ حیرت سے دیکھے گیا پھر سر جھٹک کر بولا۔

''ہاں بھئی...... مجھے تو یہی مناسب لگا ہے، تم خوش ہوناں......؟'' آپی نے اس کے ہاتھ سے شرٹ لے کر خود اس کے سفری بیگ میں رکھی۔

''پلیز آپی...... بار بار مجھ سے یہ سوال نہ کریں...... اس وقت میرے لیے خود بھی یہ اندازہ لگانا مشکل ہے کہ میں کس کیفیت میں ہوں۔ میرے لیے بس آپ سب کا خوش ہونا معنی رکھتا ہے۔''

''ہم تو خوش ہیں اور ان شاء اللہ تم بھی خوش رہو گے۔ بس اپنی خوشیوں کی خاطر اپنی پچھلی زندگی اور رومی کی یادوں کو دل سے نکال دینا...... اسی میں تمہارے گھر اور اس نئے بندھن کی بقا ہوگی۔ یہ بات یاد رکھنا۔'' آپی نے ناصحانہ انداز میں اسے سمجھایا۔

''کوشش تو کروں گا آپی! باقی میرا مقدر......'' وہ جیسے بے بس ہو گیا تھا۔ آپی نے آگے بڑھ کر اس کا حوصلہ بڑھانے کو گلے سے لگا لیا۔

○......❖......○

ثعلب چلا گیا تھا۔ رات کے کھانے کے بعد صبحیٰ آپی، سعیدہ خانم، شہود اور وانیہ قہوہ پینے میں مصروف تھے۔ سعیدہ خانم نے موقع کی مناسبت سے موضوع چھیڑا۔

''کریم سے میں نے کہہ دیا ہے کہ اسے تردد کرنے کی ضرورت نہیں ہے، ہم لوگ خود سارے انتظامات کر لیں گے۔'' انہوں نے رائے طلب نظروں سے سب کو دیکھا۔ وانیہ سر جھکائے بیٹھی تھی۔

''ٹھیک ہے امی جان...... ہم کرلیں گے انتظامات...... ویسے بھی...... نانو اور ثمی کہہ رہے تھے جہیز کے نام پر انہیں کچھ بھی نہیں چاہیے۔ وانیہ بس اپنی ضرورت کی کچھ چیزیں کپڑے وغیرہ اپنی مرضی سے بنالے۔ یہی کافی ہوگا۔'' صبحیٰ نے رسانیت سے کہا تو سعیدہ خانم کافی متاثر ہوگئیں۔

''وہ کچھ بھی کہیں، ہم اپنی بیٹی کو بالکل خالی ہاتھ تو نہیں رخصت کر سکتے ناں...... تم جانے سے پہلے وانیہ کو ساتھ لے جا کر شاپنگ کرلو...... باقی کچھ خریداری میں کرلوں گی، تمہیں بھی تو جا کر بھائی کی بری بنانی ہوگی۔''

''آپ بالکل فکر نہ کریں، دو دن میں ہو جائے گی شاپنگ، ادھر کی بھی اور اُدھر کی بھی......'' صبحیٰ کے تسلی آمیز رویے سے ثابت ہو رہا تھا کہ وہ خود بھی اس معاملے میں کس قدر پُر جوش ہے۔

○......❖......○

ثمی واپس لوٹا تو نانو جان نے بے ساختہ خوشی کے اظہار کے طور پر اس کا منہ میٹھا کروایا۔

''شکر ہے تم نے بروقت عقلمندی دکھائی ہے میں تو ڈر رہی تھی کہیں بدک کے انکار ہی نہ کر آؤ۔'' وہ لاؤنج میں ان کے ساتھ لگا بیٹھا ان سے لاڈ اُٹھوانے کے موڈ میں نظر آ رہا تھا۔ وہ ان کے کندھے سے سر اُٹھا کر قدرے سنجیدگی سے بولا۔

''میرے انکار سے آپ سبھی کا تقاضا تو نہ بدلتا ناں۔ آخر تو شادی کرنی ہی تھی۔ سوچا جلدی سے جان چھڑا لوں۔'' بچے سو چکے تھے۔ عصمیٰ اس کے لیے کافی بنا کر لائی تھی۔ اس کی بات سنتے ہی شرارت سے چھیڑنے لگی۔

اتنی جلدی آپ کی جان چھوڑنے والے نہیں ہیں ہم...... دو دن بعد آ رہی ہیں آپی، یاد رکھیں ساری شاپنگ کروانی ہے آپ نے ورنہ......''

''ورنہ کیا......نانو پلیز...... ان سب سے کہہ دیں۔ مجھے اب کسی سلسلے میں تنگ نہ کریں۔ اپنی مرضی سے جو بھی خریدنا ہے خرید لیں بلکہ میری ایک بات اور آپی تک پہنچا دیں۔ یہاں کسی بھی رسم کے نام پر کوئی ہنگامہ نہیں ہونا چاہیے...... سادگی سے نکاح ہو جائے تو یہی غنیمت سمجھیں۔'' نہ جانے ایک دم اسے کیا ہوا تھا۔ دل کی دنیا میں احساسات نے پھر سے انتشار پھیلایا تھا۔ نانو نے رُخ موڑ کر اسے دیکھا۔ عصمیٰ کو کچھ نہ کہنے کا اشارہ کرتے ہوئے رسانیت سے بولیں۔

''میرے بچے، پریشان کیوں ہوتے ہو، تم جیسا چاہتے ہو، ویسا ہی ہوگا۔ جہاں تک میرا اندازہ ہے سعیدہ بھی غیر ضروری رسموں کی قائل نہیں ہیں۔ تم بے فکر ہو جاؤ۔'' وہ تو مطمئن ہو گیا تھا یا نہیں البتہ عصمیٰ کا منہ بن گیا تھا۔ بھائی کی شادی کے سلسلے کی ساری رسومات کو انجوائے کرنے کا پروگرام ٹھپ ہوتا نظر آ رہا تھا۔ ڈھولک، مایوں، مہندی، وہ تو سہیلیوں کے ساتھ اپنے کپڑوں کے سلسلے میں بھی بات چیت کر چکی تھی۔ وہ نانو کو ان کے

کمرے میں لٹانے آئی تو شکایتاً بولی۔

''نانو...... آپ نے کہا کیوں نہیں...... ہم ساری رسمیں کریں گے۔ کتنے عرصے بعد تو کوئی خوشی ہمارے گھر آئی ہے، اسے بھی روکھے پھیکے انداز میں منائیں۔'' عصمٰی بھی بچوں کی سی خفگی کے ساتھ بولی۔

''میری بچی! اس وقت بھائی کی حالت سمجھو...... اس نے کس مجبوری سے ہامی بھری ہے۔ اور ابھی کچھ دن ہیں، صبحٰی آئے گی تو شاید اس کی مان جائے۔'' نانو نے اسے آس دلائی۔

''اللہ کرے وہ مان جائیں۔'' وہ بھی جانتی تھی، بھائی نے جبراً یہ قدم اُٹھایا ہے دعائیہ انداز میں بولی۔

O...... ❖ ......O

سعیدہ خانم اور وانیہ ساری شاپنگ پھیلائے ان کی نئے سرے سے پیکنگ میں مصروف ہونے کے ساتھ ساتھ باتوں میں بھی لگی ہوئی تھیں۔ صبحٰی، بھائی کی بری کی تیاری اور خریداری کے لیے لاہور جا چکی تھیں۔ سعیدہ خانم بہو کی خریداری کو سراہتے ہوئے وانیہ کو اُکسا رہی تھیں کہ اسے مزید کوئی خواہش ہو تو وہ بتا دے۔

''ماشاء اللہ صبحٰی نے تو دو دن میں کافی زیادہ خریداری کروا دی ہے۔ تم دیکھ لو بیٹا مزید کچھ رہ گیا ہے تو کل پھر چلتی ہوں میں تمہارے ساتھ۔''

''پھپھو...... مجھے تو یہی بہت لگ رہا ہے، سمجھ نہیں آ رہی اتنا کچھ میں کیسے سمیٹوں گی۔'' وہ کچھ جھجکی ہوئی سی لگ رہی تھی۔

''بہت کیا ہے بیٹا...... صرف کپڑے اور ضرورت کی تمہاری ذاتی چیزیں ہی تو ہیں۔ وہ تو ثعلب نے منع کر دیا ورنہ ہم تو تمہیں پورے جہیز کے ساتھ رخصت کرتے، خیر سے بہت سلجھا ہوا بچہ ہے، تمہیں وہاں واقعی کوئی کمی نہیں ہو گی۔''

''پھپھو...... چیزوں کی کمی کے باوجود زندگی گزر جاتی ہے۔ آپ دعا کیجیے گا مجھے وہاں سب کی محبت، اعتماد اور دل میں جگہ مل جائے۔'' وانیہ گہرے احساس میں ڈوبی بولی تو پھپھو نے بڑھ کر اسے گلے سے لگا کر تھپتھپایا۔

''ان شاء اللہ مل جائے گی...... میری بیٹی اپنی محبت سے سب کے دل جیت لے گی مجھے یقین ہے، بس ذرا صبر، حوصلے اور سمجھداری سے کام لینا۔ سارے حالات تمہارے سامنے ہیں۔ بن ماں، باپ کے بچوں کو اپنی شفقت واپنائیت دو گی تو دیکھنا سبھی تمہارے گن گائیں گے۔ شوہر کی توجہ حاصل کرنے کے معاملے میں بھی کوئی ایسی بے وقوفی نہ کرنا جو اسے تم سے بدظن کر دے۔''

''پھپھو...... آپ کو کبھی شکایت نہیں ملے گی۔'' پھپھو کی نصیحتوں کے جواب میں اس نے سعادت مندی سے یقین دلایا۔

''مجھے امید ہے بیٹا پھر بھی سمجھانا تو میرا فرض تھا ناں...... اچھا یہ سب تو آج سمٹ جائے گا۔ میں سوچ رہی ہوں کہ کل جیولر کے پاس چل کر تمہارے زیورات بھی ڈھلوا دوں اور تمہاری نندوں کے لیے پہناوئی میں کوئی زیور وغیرہ ہی خرید لیتے ہیں۔'' انہوں نے اُٹھ کر بڑے بڑے اٹیچی کیسوں میں سامان رکھنا شروع کیا۔

''پھپھو آپ کو جو مناسب لگتا ہے کریں۔'' وانیہ نے تائیداً سر ہلایا۔

''بھئی اتنا تو ہم کر ہی سکتے ہیں اور پھر تحفے تحائف سے بیٹی کی سسرال میں عزت بڑھتی ہے۔'' سعیدہ خانم کی اپنی رائے تھی۔ وانیہ بھی متفق تھی سو خاموشی سے سامان سمیٹتی رہی۔

○......❖......○

صبحی آپی نے آتے ہی سرگرمی دکھائی۔ عزیز و اقارب میں مٹھائی بانٹنے کے ساتھ ہی دعوت نامے بھی تقسیم کر دیئے اور شادی کی خریداری بھی...... عرصے بعد گھر میں زندگی کا احساس دوڑ رہا تھا۔ نانو مطمئن و خوش تھیں۔ عصمی اور بچے پُر جوش، گولڈی کو تو خود ہی دلہن بننے کا معصوم شوق چڑھ رہا تھا۔ اب بھی وہ عصمی کا گہرا عنابی دوپٹہ سر پر گھونگٹ کی طرح اوڑھے ہوئے سب کے درمیان کھڑی گول گول چکر کاٹتی ڈیک پر لگے شادی کے گیت پر جھوم جھوم کر سبھی کو محظوظ کر رہی تھی۔ عصمی تالیاں بجا بجا کر سنی کو بھی اُکسا رہی تھی کہ وہ بھی گولڈی کی طرح ناچے مگر وہ کسی بات پر روٹھا ہوا تھا۔ شمی ابھی ابھی آفس سے آیا تھا گھر میں مچا شور ہلا گلا اس کی طبیعت پر گراں گزر رہا تھا۔ لاؤنج میں آتے ہی اس نے سب سے پہلے میوزک سسٹم بند کیا۔

''یہ کیا ہو رہا ہے؟'' اس کے تیور بگڑے ہوئے تھے۔ گولڈی جو اپنی خوشی میں مگن کسی گانے پر جھوم رہی تھی، وہ بھی میوزک بند ہونے پر یک دم رُک کر دوپٹہ اُتارنے کی کوشش کرنے لگی جو کہ مزید اس سے اُلجھ گیا تھا۔ ''میں نے منع کیا تھا۔ مجھے گھر میں شور شرابا نہیں چاہیے۔ مگر آپ......''

''شمی...... کیا ہو گیا ہے، بچے ذرا سا خوش ہو رہے ہیں۔ گھر میں شادی کا موقع ہے، اتنا حق تو ہے ناں ہمیں۔'' آپی نے جواباً اسے خاموش کروانے کی کوشش کی۔

''ضروری ہے، اپنی خوشی کا اظہار اس طرح کرنا...... بچے بھی آؤٹ آف کنٹرول ہو رہے ہیں۔ انہیں اپنی روٹین ہی بھول گئی ہے۔'' لہجہ دھیما ہو گیا تھا مگر رویے سے ناراضی جھلک رہی تھی۔

''ہو جائے گی۔ دوبارہ روٹین سیٹ...... تم خواہ مخواہ حواسوں پر سوار مت کرو...... زیادہ ہی بُرا لگتا ہے ہمارا خوش ہونا تو جاؤ جا کر اپنا کمرا بند کر کے بیٹھ جاؤ۔'' آپی نے جواباً خفگی سے جھاڑا تو بے بسی سے وہ چپ تو ہو گیا پھر یک دم جھنجھلا کر مڑا۔ وہاں سے نکلتے نکلتے اس کی بڑبڑاہٹ سبھی نے سنی۔

''اوکے...... اب مجھے کمرے سے باہر نکلنے کے لیے کوئی نہ کہے۔'' اس کے جاتے ہی نانو نے حمایت کی۔

''بچہ بھی صحیح پریشان ہے، اپنی خوشی میں ہمیں اس کا دھیان ہی نہیں رہتا۔ اس کی ضرورت کا کسی کو خیال ہی نہیں...... شہنی بوا...... دیکھو اس سے چائے کا تو پوچھ لو...... کھانا تو جب بنے گا تب بنے گا......'' نانو بھی فکرمند ہوئیں۔ شہنی بوا جلدی سے کچن کی طرف چل دیں۔

''نانو...... آپ کیوں پریشان ہو رہی ہیں۔ وہ تو بس ایسے ہی ہواؤں سے بھی لڑنے کا ارادہ ہے اس کا...... آ جائے گی چند دن میں اس کے نخرے اُٹھانے والی۔'' آپی نے بے پروائی سے کہا۔ نانو نے سر ہلاتے ہوئے اسے منانے کے لیے اپنی وہیل چیئر کا رُخ لاؤنج سے باہر کی طرف موڑا۔

○......❖......○

کریم احمد نہ جانے کس احساس میں گھرے بڑے دنوں بعد کچھ فرصت سے بیٹی سے ملنے آئے تھے۔ وانیہ نمازِ عشا سے فارغ ہو کر بیٹھی تھی۔ اپنے بابا کو اپنے کمرے میں دیکھ کر حیران سی رہ گئی۔

''بابا...... آپ......؟'' اس کی پلکوں پر ٹھہری نمی پلکوں پر ہی ٹھہری رہ گئی۔

''ہاں بھئی...... میں نے سوچا کہ میں اپنی بیٹی کے ساتھ کچھ ٹائم گزاروں۔'' جواباً وہ خاموشی سے انہیں دیکھے گئی۔ جیسے جانچ رہی ہو۔

''کیا ہوا؟ اُداس ہو، اپنی ماں یاد آ رہی ہے۔'' کریم احمد نے پاس بیٹھ کر اس کا سر تھپکا تو وہ بے اختیار ہو کر ان کے کندھے سے لگ کر رونے لگی۔

''ارے بیٹا کیا ہوا میرے بچے...... میری جان......''

''بابا...... امی ہی نہیں...... مجھے تو آپ بھی بے حد یاد آتے ہیں۔ امی تو مجھے چھوڑ ہی گئی تھیں...... آپ بھی مجھ سے دور ہو گئے۔ کیوں بابا جان! کیوں آپ نے مجھے بھلا دیا...... آپ نے مجھے خود سے دور کیوں کر دیا بابا جان......'' وہ سسک سسک کر اپنے دل کا حال کہے جا رہی تھی۔ کریم احمد کو بیٹی کی کیفیت اور شکوے تکلیف دے رہے تھے۔

''بابا کی جان...... میرے بچے...... ایسا کیوں سوچ رہی ہو۔'' انہوں نے فرطِ محبت سے اس کے سر پر بوسہ دے کر اس کا سر کندھے سے اُٹھا کر اسے یقین دلانے کی کوشش کی۔ ''میں تم سے کبھی دور نہیں تھا اور اب بھی تم میرے دل کے قریب ہو بیٹا...... یہ وہم تمہارے ذہن میں کیوں آیا؟'' اس نے لبریز آنکھوں سے انہیں دیکھ کر کہا۔

''بابا...... بابا جان یہ...... وہم نہیں ہے، میرا احساس ہے، مجھے جب آپ کی بے حد ضرورت تھی...... آپ نے تبھی مجھے تنہا کر دیا...... آپ اس طرح تو مجھے خود سے الگ نہ کرتے۔'' بڑے دنوں کا غبار جمع تھا، آج ضبط ٹوٹا تھا۔ اسی لیے وہ بے اختیار ہو گئی تھی۔ شادی کا موقع تھا، ماں کی ابدی جدائی تو مقدر تھا ہی باپ کی جدائی کا دُکھ بھی سوہانِ روح بنا ہوا تھا۔ کریم احمد نے خاصی بیچارگی سے بیٹی کو دیکھا۔ وہ اپنی جگہ درست تھی جبکہ کریم احمد کی مجبوری بھی مسلم تھی۔

''وانیہ بیٹا...... خدانخواستہ تم تنہا نہیں ہو، یہ تمہاری پھپھو کا گھر ہے، میں تمہاری شناخت ہوں اور اب تو ماشاءاللہ تمہارا اپنا گھر اپنی حیثیت و مقام بننے جا رہا ہے۔ تم نے ایسا کیوں سوچ لیا...... کیا...... تمہیں ہمارا فیصلہ غلط لگ رہا ہے؟'' کریم احمد کی تشویش چہرے و لہجے میں بھی بھر گئی تھی۔ ''بولو وانیہ...... اگر تم اس فیصلے سے خوش نہیں ہو تو میں آپا سے معذرت کر لوں گا...... مگر بیٹا......''

''مم...... میں...... خوش ہوں بابا...... بس آپ سے دور جانے کے خیال سے......'' باپ کی کشمکش و پریشانی اسے ایک دم سنبھلنے پر مجبور کر گئی۔ کریم احمد کو بھی اس کی دلی کیفیات کا اندازہ ہو رہا تھا۔

''بیٹا...... اسلام آباد سے لاہور کا فیصلہ ہی کتنا ہے؟ تم جب چاہے ملنے آ سکتی ہو...... بلکہ جب کہو گی میں آ جاؤں گا۔ بالکل بھی پریشان ہونے کی ضرورت نہیں ہے۔'' وہ بھی سنبھل گئی تھی۔ اپنے آنسو پونچھ کر انہیں دیکھنے

گئی۔ ''خدیجہ کی خواہش تھی کہ تم جلد از جلد اپنے گھر کی ہو جاؤ۔ اللہ نے اس کی خواہش کو بروقت پورا کر دیا۔ مجھے اسی بات کا اطمینان ہے تم پھر کبھی مت سوچنا کہ میں تمہیں بوجھ سمجھ کر اُتار رہا ہوں۔''

''نہیں بابا جان...... میں ایسا تو نہیں سوچ رہی...... بس امی یاد آرہی تھیں تو...... سوری...... بابا جان......''

''اٹس او کے بیٹا......'' انہوں نے شفقت سے اس کا سر تھپکا تو عرصے بعد وانیہ کے دل کا بوجھ ہٹا تھا اور چہرے پر اطمینان نظر آرہا تھا۔

○......❖......○

نانو تو پہلے ہی اسے منانے، سمجھانے آئی تھیں۔ وہ اپنے رویے پر نادم بھی تھا اور انہیں وجہ بھی بتا چکا تھا کہ اس موقع پر وہ عاقب بھائی اور تمکین بھابی کی کمی شدت سے محسوس کر رہا ہے۔

''نانو میں چاہ کر بھی خود پر کنٹرول نہیں رکھ پا رہا۔ میری وجہ سے...... میری خاطر عاقب بھائی اور تمکین بھابی کی جان چلی گئی اور میں خوشیاں منا رہا ہوں۔'' اس کی درد میں ڈوبی آواز نانو کو بھی تڑپا گئی تھی۔

''میرے بچے...... میرے چاند...... ہم اللہ کے نظام کے تابع ہیں، اس کے قانون کے مطابق ہی چل کر جینا ہمارے مذہب و ایمان کا حصہ ہے جو دنیا میں آیا ہے، اسے واپس بھی لوٹنا ہے اور واپس جانے والوں کے لیے زندہ انسانوں کا زندگی کے معمولات سے کٹ جانا اللہ کے قانون سے منحرف ہونا ہے، تم کیوں خود بھی اذیت میں ہو اور بچوں کو بھی محروم کر رہے ہو۔'' نانو نے کافی رسانیت سے اسے سمجھایا تو وہ مان کر بھی بے بس ہوا۔

''نانو...... میں کوشش کر تو رہا ہوں...... مگر...... ٹھیک ہے، میں اب کچھ نہیں کہوں گا۔ مگر پلیز آپ سب بھی تو میرا خیال کریں۔''

''ہمیں تمہارا خیال ہے تو سب خوش ہیں ناں...... بس چند دن کی بات ہے، بچیاں اپنا شوق پورا کریں گی تو انہیں بھی سکون مل جائے گا۔'' وہ ٹھیک ہی تو کہہ رہی تھیں عرصے بعد گھر میں زندگی کی لہر دوڑی تھی، اُداسیوں کی فضا میں خوشی کے جلترنگ بجے تھے، عصمی اور گولڈی، سنی اپنے اپنے سہم سے نکلے تھے۔ ماحول میں وارد ہوتی تبدیلی خوش آئند تھی۔ وہ یہی تو چاہتا تھا۔

○......❖......○

''شمی...... بس قسم توڑ دو اور میری کچھ ہیلپ کروا دو میں اکیلی کیا کیا کروں۔'' وہ ابھی آفس سے آکر بیٹھا ہی تھا کہ آپی نے اس کے سامنے بیٹھتے ہوئے دہائی دی۔

''میں نے آپ سے پہلے ہی کہہ دیا تھا۔ I can't help you اب آپ اپنے شوق خود ہی پورے کریں۔'' اس نے بے پروائی سے دامن چھڑایا۔

''میرے شوق...... برخوردار میں اپنے شوق پورے نہیں کر رہی، تمہاری دلہن کے لیے شاپنگ کرتے میں ہلکان ہو چکی ہوں۔ ابھی کتنے کام پڑے ہیں۔ پرسوں مجھے واپس جانا ہے۔'' آپی نے مصنوعی خفگی سے اسے احساس دلانے کی کوشش کی۔

''تو آپ کو کون کہہ رہا ہے ہلکان ہوں...... آپ کی نند صاحبہ اپنی مرضی سے خود ہی شاپنگ کر لے گی۔'' اس نے مزے سے مشورہ دیا۔

''بہت اچھے...... اب ہم اس کے لیے چار چیزیں بھی نہیں خرید سکتے۔ وہ آتے ہی بازاروں میں خوار ہو گی۔''

''تو پھر میں کیا کروں؟'' وہ زچ ہوا۔ شہنی بوا اس کے لیے چائے لے کر آئی تھیں وہ چائے کی چسکیاں لینے لگا تو آپی اسے دیکھے گئیں۔

''تم ایک دن میرے ساتھ چل نہیں سکتے؟'' وہ بھی توقف سے بولیں انداز زچ کرنے والا تھا۔

''میرا جانا اتنا ضروری کیوں ہے، میں کیا کروں گا۔ یو نو مجھے لیڈیز شاپنگ کا کوئی تجربہ نہیں ہے۔''

''تو تجربہ حاصل کرو...... شادی کے بعد اس کے لیے شاپنگ نہیں کرو گے؟'' آپی مسلسل اسے آمادہ کرنے کی کوشش کر رہی تھیں۔

''نو نیور......'' اس نے قطعیت سے کہہ کر اپنی جگہ چھوڑ دی تو آپی نے اسے دھمکایا۔

''دیکھوں گی...... کتنے عرصے تک اپنی بات پر ڈٹے رہو گے۔''

''مجھے چیلنج نہ کریں...... بعد میں آپ کو ہی بھگتنا پڑے گا۔ آخر آپ کی نند صاحبہ آ رہی ہیں یہاں......'' ثمی، آپی کو زچ کر کے محظوظ ہو رہا تھا۔ آپی اسے بے بسی سے گھور کر رہ گئیں۔ وہ اپنی مسکراہٹ ضبط کرتا گنگناتا ہوا وہاں سے چلا گیا۔

''تم سے تو شادی کے بعد نمٹتی ہوں بچو......'' صبحیٰ آپی تھکن و کوفت کے مارے جھنجھلا رہی تھیں...... کئی کپڑے ٹیلر کے پاس پڑے تھے۔ شادی اور ولیمے کا ڈریس بوتیک سے لینا تھا۔ جیولری میچ کرنا رہتی تھی اور بھی کئی ضرورت کی چیزیں تھیں اور انہیں واپس بھی جانا تھا...... ثمی نے اپنی جان چھڑا لی تھی۔ اب انہیں ہی سب کچھ کرنا تھا۔

○......❖......○

سنی، گولڈی حسبِ معمول سونے سے پہلے اس کے ساتھ سارے دن کی باتیں کر رہے تھے کہ دونوں نے کیا کیا شرارتیں کیں...... دونوں ایک دوسرے کی شکایتیں بھی کر رہے تھے۔

''چاچو...... اس گولڈی بدتمیز نے آج میری بک پر کلر پنسل سے لائن لگا دی ہے۔ اب ٹیچر مجھے ماریں گی۔'' چاچو کے دائیں بائیں دونوں لیٹے ہوئے تھے۔

''گولڈی...... یہ کیا؟ اپنے بھائی کی بک خراب کیوں کی؟''

ثمی نے نرمی سے سرزنش کی۔ گولڈی کا منہ پھول گیا تھا۔

''وہ بھائی نے بھی تو میری ڈول کا ہاتھ توڑا تھا۔'' وہ تتلا کر بات کر رہی تھی۔ ثمی کو بے تحاشا پیار آیا۔

''چاچو یہ اپنی ڈول کو کہہ رہی تھی، یہ چاچو کی دلہن ہیں۔ چاچو پتا ہے اس کی ڈول تو بہت کالی ہے اور آپ کی دلہن تو بہت کیوٹ ہیں۔'' سنی نے وجہ بتائی۔ ثمی دونوں کی لڑائی کی وجہ سن کر حیرت سے اُٹھ بیٹھا۔

''چاچو میری ڈول بھی تو پیاری ہے ناں......'' گولڈی نے تائید مانگی۔

''گندی ہے، کالی ہے تمہاری ڈول...... چاچو کی دلہن کتنی پیاری ہیں اور کمپیوٹر پر بات بھی کی تھی ہم سے...... بلال اور طلال بھائی بھی تھے ان کے ساتھ۔'' سنی نے کچھ غصے میں جیسے اسے یاد دلانے کی کوشش کی۔

''اچھا......'' شمی کو حیرت بھی تھی۔ کسی نے اسے بتایا ہی نہیں تھا۔

''تو آپ دونوں نے بات کی ہے اپنی آنٹی سے؟ ہوں...... کیسی ہیں وہ؟'' وہ بھی متجسس ہوا، چلو اچھا تھا وہ بچوں کے دلوں میں خود ہی جگہ بنانے کی کوشش کر رہی تھی۔

''چاچو...... وہ بہت سوئٹ ہیں، مجھے انہوں نے بتایا ہے وہ اب ہمارے ساتھ رہیں گی۔'' سنی اپنی دانست میں اسے نئی معلومات دے رہا تھا۔ شمی کو ان کی معصومیت پر بے ساختہ پیار آیا۔

''ہاں...... اب وہ یہیں رہیں گی...... اب آپ دونوں نے لڑنا نہیں ہے، بس اب آپ جا کر سو جائیں۔ باقی باتیں صبح کرلیں گے او کے......'' شمی نے سنی اور گولڈی کو اُٹھایا اور کمرے میں لے جا کر تھپک کر سلا دیا۔ شمی آ کر بستر پر لیٹا تو پہلی بار وانیہ کے لیے دل میں خوشگوار احساسات پیدا ہوئے تھے۔ وہ جن کی خاطر اپنی زندگی وقف کر دینے کا ارادہ کر چکا تھا اور سوچتا تھا کہ اس کی زندگی میں آنے والی ہستی کہیں اسے اس کے ارادوں میں کمزور نہ کر دے۔ اب گولڈی، سنی سے اپنائیت و محبت بھری باتیں سن کر دل و ذہن میں اُٹھتے وسوسے دم توڑ گئے تھے۔ دل بے اختیار وانیہ سے بات کرنے کو مچلا تھا۔ گزشتہ روز آپی نے زبردستی اسے وانیہ کا سیل نمبر دیا تھا کہ اگر وہ چاہے تو وانیہ سے بات کر سکتا ہے۔ یقیناً اُدھر سے بھی اجازت تھی، شمی نے کچھ سوچ کر بیڈ سائیڈ سے اپنا سیل فون اُٹھایا اور وانیہ کا نمبر ملایا۔ بیل مسلسل بج رہی تھی۔

وانیہ، پھپھو اور صبحی بھابی کی اس کے لیے کی گئی شاپنگ کاٹن میں ترتیب سے رکھ رہی تھی۔ اس کے کمرے میں قالین پر کئی چیزیں بکھری ہوئی۔ ان میں کئی قیمتی کرسٹل کے گلدان بھی تھے جو اس کی ماں خدیجہ نے اس کے لیے خریدے تھے۔ انہیں پکڑ کر کارٹن میں رکھتے ہوئے وہ اپنی امی کے اس لمس کو محسوس کر رہی تھی جس کی کمی اب اسے شدت سے محسوس ہو رہی تھی۔ اس کے احساسات اس کے سوا کوئی نہیں سمجھ سکتا تھا۔ امی جان تو اس کی کل کائنات تھیں، اس کی ہر خواہش ہر تمنا بنا کہے سمجھنے والی ایک ہی ہستی، جنہوں نے صرف اس کی خاطر زندگی کو گزار دینے کا حوصلہ دیا تھا۔ ان کی زندگی اتنی مختصر ہو گی۔ اس نے کبھی سوچا بھی نہیں تھا۔

امی کی کئی باتیں، کئی یادیں اس کی آنکھوں میں نمی بن کر چمک رہی تھیں۔ اسی اثناء میں اس کے سیل فون پر گھنٹی بجنے لگی۔ وہ قدرے چونک کر متوجہ ہوئی اس وقت سوائے بابا کے کسی اور کے فون کی توقع نہیں تھی اسے مگر سیل فون پر نا آشنا سا نمبر دیکھ کر وہ کچھ اُلجھ سی گئی۔ وہ ایسے میں فون سننے کی غلطی نہیں کر سکتی تھی، بجتے فون کو اس نے فوراً بند کر کے رکھ دیا۔ اس معاملے میں وہ بے حد محتاط تھی۔ اس نے آج تک اپنی کلاس فیلو تک کو اپنا نمبر نہیں دیا تھا۔ نہ ہی زیادہ دوستیاں نبھانے کی اسے اجازت تھی۔ امی کی نصیحتوں کے زیر اثر اس نے بھی احتیاط کا دامن تھامے رکھا تھا۔ اس کی امی نہیں چاہتی تھیں کہ وہ کبھی اپنی ہم عمر لڑکیوں کی طرح بے پروا ناز نخرے والی لڑکی بنے سو انہوں نے اس کی تربیت بھی اپنے انداز میں کی تھی تبھی وہ بے حد سنجیدہ اور احساسِ ذمے داری سے بھرپور لڑکی

تھی اور یہ اسی کے لیے اچھا ثابت ہو رہا تھا۔ وقت کی کروٹ نے جلد ہی اسے سنبھلنے کا حوصلہ جو دیا تھا، یہ اس کی امی کی پرورش و تربیت کا ہی نتیجہ تھا۔ صبر، برداشت، تحمل ایثار و وفا اس کی گھٹی میں شامل تھے۔ وہ انہی باتوں کو سوچتی، سوچتی بستر پر آ کر لیٹی تو پھر اسے خبر ہی نہیں ہوئی کہ کب اس کی آنکھ لگ گئی۔

اِدھر ثعلب فون پر رابطہ نہ ہونے پر خاصا حیران تھا، بنا کہے سنے فون کا رابطہ منقطع کر دیا گیا تھا۔ اسے یہ بات بڑی عجیب لگ رہی تھی۔ اس کا خیال تھا کہ اگر آپی نے وانیہ کا نمبر اسے دیا ہے تو یقیناً ثعلب کا نمبر بھی اسے دیا ہوگا۔ جبکہ اصل میں ایسا نہیں تھا۔ اس کے ذہن میں بھی ایک سوچ اُبھری تھی اور اسی سوچ کے زیر اثر اس نے بڑی پلاننگ سے آپی کا سیل فون لاؤنج کی کارنر ٹیبل سے اُٹھایا تھا اور آفس کے لیے نکل آیا تھا۔ نانو اور آپی ناشتے کے بعد نانو کے کمرے میں زیورات وغیرہ دیکھنے میں مصروف تھیں۔ گھر سے کچھ فاصلے پر جا کر اس نے گاڑی ایک طرف روکی اور آپی کے سیل فون سے مطلوبہ نمبر ملایا، وانیہ اس وقت کچن میں کھڑی ناشتے کے بعد ملازمہ کے ساتھ کچن سمیٹ رہی تھی۔ لاؤنج کی میز پر اس کا سیل فون پڑا تھا۔ کچن تک گھنٹی کی آواز آ رہی تھی۔ وہ ہاتھ میں پکڑی جیم کی بوتل کو کچن کاؤنٹر پر رکھ کر لاؤنج میں آ کر اپنے سیل فون کی طرف لپکی اور اسکرین پر بھابی صبیٰ کا نام دیکھتے ہی اس نے کال ریسیو کی۔

''السلام علیکم...... بھابی جی! کیسی ہیں؟ انداز و لہجے میں عجلت تھی۔

''وعلیکم السلام...... میں بھابی کا بھائی بات کر رہا ہوں۔'' گاڑی میں بیٹھا ثعلب تصور میں ہی اس کا ردِ عمل سوچ کر محظوظ ہو رہا تھا۔ وانیہ نے نہ سمجھ میں آنے والے تاثرات کے ساتھ ہی فوراً رابطہ منقطع کیا۔

شمی نے ہلکے سے تبسم کے ساتھ پھر سے رابطہ بحال کرنا چاہا۔ بیل مسلسل جا رہی تھی، لاؤنج میں تنہا کھڑی وانیہ حیران پریشان سی تھی۔ اسے سمجھ نہیں آ رہی تھی کہ ثعلب نے اسے کال کیوں کی اور وہ بھی صبیٰ بھابی کے نمبر سے...... مسلسل بجتی گھنٹی پر ملازمہ کچن سے نکل کر آئی اور اسے ٹوک کر متوجہ کیا۔

''بی بی...... کس کا فون ہے؟ اُٹھا کیوں نہیں رہی ہو۔'' ملازمہ کا مشکوک رویہ وانیہ کو سنبھلنے پر مجبور کر گیا۔ اس نے بجتی گھنٹی سے گھبرا کر یس کا بٹن پُش کیا۔

''تھینکس گاڈ...... آپ نے کال تو ریسیو کی......؟ پلیز میری بات سنے بغیر بند مت کیجیے گا۔'' شمی نے گاڑی کی نشست پر کچھ سہولت سے بیٹھ کر پُر اصرار لہجے میں کہا۔ وانیہ بہت محتاط انداز میں لاؤنج سے نکل کر اپنے کمرے میں آ گئی۔ ''آپ لائن پر ہیں؟'' شمی اس کی خاموشی محسوس کر کے پوچھ رہا تھا۔

''جی...... آپ کہیں......'' وانیہ کا اعتماد بحال ہو چکا تھا۔ وہ اپنے بستر پر بیٹھ کر اسی اعتماد سے بولی...... تو شمی کو بھی کچھ کہنے کا حوصلہ ملا۔

''میں رات کو بھی آپ سے بات کرنے کے لیے کال کر رہا تھا مگر آپ نے سوئچ ہی آف کر دیا؟'' شکوہ تھا یا اطلاع وانیہ بھی سمجھ نہ پائی۔

''میں اجنبی نمبرز ریسیو نہیں کرتی۔ آئی ایم سوری...... مجھے اندازہ بھی نہیں تھا کہ آپ کی کال ہوگی۔'' اس کے محتاط انداز پر شمی کے چہرے پر مسکراہٹ گہری ہوگئی۔

''ڈونٹ وری...... مجھے آپ کی احتیاط اچھی لگی۔ اسی لیے میں نے آپی کا سیل فون اُڑایا ہے۔'' ثمی نے بے ساختہ ہی دل میں آئی بات کہی۔ دوسری طرف وانیہ بھی زیرلب مسکرائی تھی۔

''مجھے آپ کا شکریہ ادا کرنا تھا۔''

''جی...... کس بات کے لیے؟'' وانیہ نے واضح حیرت سے پوچھا۔

''آپ سنی، گولڈی کے ساتھ اٹیچمنٹ بڑھا رہی ہیں، اس کے لیے...... سچ پوچھیں تو میں اس حوالے سے کچھ اَپ سیٹ تھا۔ تھینکس اگین......''

''آپ مجھے شرمندہ کر رہے ہیں، میں آپ سبھی کی زندگی میں شامل ہونے جا رہی ہوں، اس لیے سب سے ہی اٹیچمنٹ ضروری ہے۔'' وانیہ کا جواب بہت جامع تھا۔ اک سکون و اطمینان ثعلب کے دل میں اُترا تھا۔

''ان سبھی میں مَیں بھی شامل ہوں؟'' انداز چھیڑنے کا سا تھا، ثمی کا استفسار وانیہ کے چہرے پر گلرنگ بکھیر گیا۔ اس کا جواب اس کے پاس بہت واضح لفظوں میں تھا مگر وہ اپنی فطری نسوانی شرم وحیا کے باعث فقط اتنا ہی بولی۔

''اس کا جواب آپ کو آنے والے دنوں میں مل جائے گا، اللہ حافظ......'' اس کی طرف سے سلسلہ منقطع ہو گیا تھا۔ ثمی پہلے تو اس کے لفظوں کے معنی سمجھ کر محظوظ ہوا پھر گاڑی واپسی کے لیے موڑی۔ آخر آپی کا سیل فون بھی تو واپس پہنچانا تھا۔ وانیہ کچھ دیر تک بیٹھی ثعلب کی باتیں سوچ کر محظوظ ہوتی رہی۔ زندگی نئے زاویے سے دیکھنے کا احساس خوشگوار لگنے لگا تھا۔ خوش امیدی کے خواب اس کی پلکوں پر سج کر تعبیر کے پیرہن بدلتے اس کی دھڑکن میں دھڑکنے لگے تھے۔ ثمی کی اپنائیت اسے پہلی بار نئی انوکھی سرشاری دے گئی تھی۔

ثعلب کا سارا دن بہت خوشگوار گزرا تھا اور وہ اسی خوشگواری کے ساتھ واپس آیا تھا۔ آپی بھی ابھی بازار سے وانیہ کی عروسی اور ولیمے کے ملبوسات لے کر آئی تھیں۔ لاؤنج کے کارپٹ پر ڈبے پڑے تھے، نانو اپنے کمرے میں مغرب کی نماز ادا کر رہی تھی۔ عصمی اور بچے ٹیوٹر سے ٹیوشن لے رہے تھے، وہ دروازے سے ہی بولتا ہوا اندر آیا۔

''کہاں ہیں سب...... اتنی خاموشی...... خیریت ہے؟'' دوسری طرف سے آپی اپنے لیے چائے کا مگ لے کر برآمد ہو رہی تھیں۔

''شکر ہے کچھ خاموشی ہوئی، بھلا ہو ٹیوٹر کا...... ورنہ تو یہاں ایک طوفانِ بدتمیزی اُٹھا ہوا تھا۔ میری ساری شاپنگ منٹوں میں بکھیر کے رکھ دی تھی ان شیطانوں نے۔'' ثمی نے ان کی شکایت پر طائرانہ نگاہ بکھرے سامان پر ڈال کر مسکراتے ہوئے کہا۔

''یہ تو معمولی سی افراتفری ہے...... توبہ جو کچھ پچھلے دنوں میں نے بھگتا ہے الامان، الحفیظ......'' وہ بولتے بولتے صوفے پر بیٹھ گیا۔

''سمجھ نہیں آتی تھی انہیں کیسے ہینڈل کروں۔''

''آرہی ہے تمہارے ساتھ مل کرانہیں ہینڈل کرنے والی۔ اس سے پہلے کہ وہ پڑھ کر پھر آجائیں، تم یہ برائیڈل ڈریسز دیکھو۔'' آپی نے چائے کا مگ اس کے قریب سائیڈ ٹیبل پر رکھا۔ جسے اس نے بلاتوقف اُٹھا لیا۔ آپی بھاری زرتار عروسی جوڑے کا سرخ دوپٹا پھیلائے اسے دکھارہی تھیں اور ساتھ ساتھ ان کی تعریفی کمنٹری بھی جاری تھی۔ بلاشبہ بہت خوبصورت کام سے مزین لہنگا سیٹ اپنی شان خود بتارہا تھا۔ ایک نظر دیکھتے ہی وہ کہیں دور پہنچ گیا۔ ایک خوبصورت یاد ذہن کی اسکرین پر اُبھری تھی۔ کسی مشترکہ دوست کی شادی میں رومی بھی اس کے ساتھ گئی تھی۔ سرخ رنگ میں دلہن کوملبوس دیکھ کرشمی نے بے اختیار ہی اسے چھیڑا تھا۔

''رومی...... ہماری شادی پر تم ریڈکلر کا ویڈنگ ڈریس مت پہننا...... میں اپنی پسند کا ویڈنگ ڈریس بنواؤں گا۔'' بات کرتے ہوئے شمی کی آنکھوں میں خواہش بھی تھی اور جذبوں کی حرارت بھی۔

''کیوں؟ میں تو ریڈکلر ہی پہننا پسند کروں گی۔ تمہیں پتا ہے، ریڈکلر میرا فیورٹ ہے اور شادی والے دن لڑکیاں ریڈکلر ہی پہنتی ہیں۔''

''پہنتی ہوں گی مگر تم میرا فیورٹ کلر اسکائی بلیو پہنو گی۔''

''جی نہیں......'' دونوں میں بحث چھڑ گئی تھی۔

''جی ہاں...... سمجھیں۔'' شمی نے بڑے استحقاق سے رائے مسلط کرنا چاہی۔

''شمی...... یہ کیا بات ہوئی؟''

''یار...... رومی میں چاہتا ہوں کہ تم دنیا کی ہر دلہن سے مختلف لگو۔ آخر ثعلب فاران کی دلہن بنو گی تم، کوئی مذاق تو نہیں ہے۔'' شمی نے اس کے آگے رکھی کولڈ ڈرنک اُٹھا کر اسے مزید تپ چڑھائی۔

''بات سنو...... عجوبہ لگنے کا مجھے کوئی شوق نہیں ہے۔ یادرکھنا میں ریڈکلر ہی پہنوں گی، ہاں......'' رومی نے قدرے ناراضی سے کہتے ہوئے اپنے مشروب کا گلاس زبردستی اس سے جھپٹا۔

''اور تم بھی یادرکھنا۔ میں بھی تمہیں رخصت کروا کر نہیں لاؤں گا۔ بیٹھی رہنا اپنے لال جوڑے کو پہن کر۔'' شمی کا منہ پھول گیا تھا۔

''مجھے دیکھ کر ہوش میں رہو گے تو......'' وہ شرارت سے بولی۔

''اوکے...... دیکھی جائے گی۔'' شمی بھی اس کی پونی شرارت سے کھینچتے ہوئے جواباً بولا تھا۔ آپی نے تبھی اسے چونکا دیا۔

''شمی...... کہاں گم ہو۔ کیا بات ہے ڈریس پسند نہیں آیا؟'' وہ ایک دم سنبھل گیا تھا۔

''پلیز آپی...... اگر کلر چینج ہو سکے تو......'' نہ چاہتے ہوئے بھی وہ اپنی رائے دے گیا۔

''کیوں...... تمہیں پسند نہیں آیا؟'' آپی قدرے حیران ہوئیں۔

''آج کل ریڈکلر فیشن میں بھی ہے اور ہماری روایت بن چکا ہے۔'' آپی نے اس کے چہرے پر نگاہ ڈالی وہ ان سے نظریں چرا گیا۔ ''ٹھیک ہے چینج تو ہو جائے گا۔ تم کلر بتا دو یا پھر میرے ساتھ ہی چلنا۔''

''میرے پاس ٹائم نہیں ہے، آپ اپنی نند صاحبہ سے پوچھ لیں اگر انہیں یہ کلر پسند ہے تو رہنے دیں۔''

”کہاں بھئی...... وہ تو دنیا کی انوکھی لڑکی ہے، پہلے اسی سے مشورہ کیا تھا۔ اس نے اسکائی بلیو کلر کے لیے کہا تھا مگر مجھے تو یہی خوبصورت لگ رہا تھا۔“ آپی نے سہولت سے سامنے بیٹھ کر کپڑوں کی تہ لگانا شروع کر دی۔

”اسکائی بلیو......“ وہ زیر لب بولا۔ یک دم آنکھوں میں انوکھی سی چمک لہرائی۔

”اسکائی بلیو ہی ٹھیک ہے آپی۔“ ان دونوں کا پسندیدہ رنگ اور خیال ایک تھا۔ ثعلب کے دل میں اک کسک اُبھری۔ وہ ایک دم ہی کھڑا ہو گیا۔

”یہ تم کہاں چل دیئے، بیٹھو ابھی میری بات سنو......“ انہوں نے سلیقے سے دوپٹا ڈبے میں لگایا۔

”آپی فریش ہو کر کچھ دیر آرام کروں گا...... پھر تو عصمٰی کی سہیلیاں آجائیں گی ان کی دھم دھما دھم شروع ہو جائے گی۔“ اس کے چہرے پر تھکن اور لہجے میں شکوہ تھا۔

”بس دو چار دن کی تو بات ہے، بچیوں کے لیے یہی خوشی کا موقع ہوتا ہے، تم بتاؤ تم نے اپنے لیے شادی کی شاپنگ کر لی؟“ آپی نے سرسری انداز میں پوچھا۔

”نہیں...... مجھے ضرورت نہیں...... بہت سے کپڑے ہیں میرے پاس۔“

”دماغ تو ٹھیک ہے تمہارا، اپنی شادی پر پرانے کپڑے پہنو گے؟“

”تو کیا فرق پڑتا ہے۔“ اس نے بے نیازی سے پینٹ کی جیبوں میں ہاتھ ڈالے۔ آپی نے بطورِ خاص اس کی جانب دیکھا کہ آیا وہ سنجیدہ ہے یا ان سے مذاقاً کہہ رہا ہے۔

”فرق...... کیوں نہیں پڑتا۔ زندگی میں ایک ہی بار تو شادی ہوتی ہے اور تم کہہ رہے ہو کہ......“

”میں تو چار کا ارادہ رکھتا ہوں، ڈونٹ وری...... میں نیکسٹ ٹائم پوری تیاری کروں گا۔“ وہ ان کی حیرانی سے خاصا محظوظ ہو کر شرارت سے بولا تو آپی نے قریب پڑا کشن اس پر اُچھالا جسے اس نے کیچ کر لیا۔

”بکواس مت کرو اور شرافت سے اپنے کپڑوں کا آرڈر دے کر آؤ، پرانے کپڑے پہن کر کیا ظاہر کرنا چاہتے ہو کہ زبردستی دولہا بنائے گئے ہو۔“

”تو اس میں شک بھی کیا ہے۔“ وہ بے ساختہ ہنسا۔ مطلب انہیں چڑانا تھا۔

”اچھا...... تو پھر ٹھیک ہے بچو! اب ہم بھی اپنی ساری باتیں تم سے زبردستی ہی منوائیں گے۔ اب دیکھنا ہم ساری رسمیں کریں گے، اونہہ...... خواہ مخواہ اپنے دل کو ماریں ہم۔“ آپی نے بھی اسے دھمکایا۔ ”ہمارے ارمان تو کم از کم پورے ہوں۔“ ان کی بات سن کر وہ پلٹ آیا، چہرے پر یک دم سنجیدگی در آئی تھی۔

”آپی آپ اپنے اور اپنی نند صاحبہ کے دل کے ارمان ضرور پورے کریں مگر مجھے کسی بھی فضول رسم کا حصہ بننے پر مجبور مت کیجیے گا۔“ اور صبحی اس کی شکل دیکھتی رہ گئی۔

○......❖......○

عصمٰی اپنی محلے کی سہیلیوں کے ساتھ مل کر ڈھولک پر اُلٹے سیدھے گانے گاتے ہوئے ہلا گلا مچائے ہوئے تھی۔ سنی، گولڈی بھی اسی کے ساتھ لگے ہوئے تھے۔ کھانے کے بعد آپی بھی کچھ دیر ان کے ساتھ آکر بیٹھی رہیں پھر اُٹھ کر ثعلب کے کمرے میں آگئیں جو کھانا کھاتے ہی کمرے میں پناہ گزین تھا اور بستر پر بیٹھا لیپ ٹاپ پر اپنے

دوستوں کے ساتھ چیٹ کرر ہا تھا۔ آپی نے اسے بیٹھا دیکھ کر شکر کا کلمہ پڑھا۔

''شکر ہے تم جاگ رہے ہو......''

''اتنے شور اور ہلے گلے میں کوئی سو سکتا ہے، آپ کو کوئی کام تھا؟'' اپنی مصروفیت ترک کر کے وہ بہن کی طرف متوجہ ہوا۔

''میں تمہیں یاد دلانے آئی تھی کہ صبح آفس جانے سے پہلے تم مجھے ائیر پورٹ چھوڑنے جاؤ گے۔ وہاں بھی جا کر مجھے کام دیکھنے ہیں۔'' صبیٰ اس کے بیڈ پر سامنے ہی ٹک گئیں۔ آثار بتا رہے تھے کہ وہ اسے کچھ سمجھانے بتانے آئی ہیں۔

''مجھے یاد تھا آپی اب اتنا غیر ذمے دار تو نہ سمجھیں۔'' وہ ذرا سا مسکرایا۔

''''مجھے معلوم ہے میرا بھائی بہت سمجھ دار اور ذمے دار ہے۔ پھر بھی ایک بات سمجھانا چاہتی ہوں۔''

''اب بھی کوئی نصیحت رہ گئی ہے؟'' وہ جیسے زچ ہوا۔ ''بابا کہہ تو چکا ہوں، آپ کی ناک بچی رہے گی، آپ کی نند کو کبھی شکایت کا موقع نہیں دوں گا۔ وہ جو کہے گی آنکھیں بند کر کے مان لوں گا۔ خوش......''

''یہ کیا؟ آپ کی نند، آپ کی نند لگا رکھی ہے، اب وہ تمہاری بھی کچھ ہونے جا رہی ہے۔ اس دن بھی تم میرا مذاق اُڑا رہے تھے، میں بالکل سچ کہہ رہی ہوں وہ عام لڑکیوں سے مختلف ہے، وہ پیار و محبت والی لڑکی ہے...... صبر، قناعت، برداشت اس کی خصوصیات ہیں۔ تم خود بھی ایک دن مان لو گے کہ میں نے تمہارے لیے ہیرا چنا ہے۔'' وہ قدرے بُرا مان کر اسے احساس دلانے کی کوشش کر گئیں۔ شمی نے آپی کی جذباتیت پر انہیں مسکرا کر دیکھا۔

''آپ تو جذباتی ہو رہی ہیں آپی...... آپ محترمہ کے گن بھی تو اس قدر گاتی ہیں۔ میں سمجھا آپ مجھے امپریس کرنا چاہتی ہیں۔''

''اور جو نہ ہونا چاہے وہ خوبیوں کو بھی خامیاں بنا سکتا ہے۔'' آپی کی ناراضی لہجے سے بھی عیاں تھی۔

''استغفر اللہ...... آپ مجھ سے اتنی بدگمان ہیں...... اپنے بھائی پر بھروسہ رکھیں۔'' آپی نے اسے ایک نظر دیکھ کر لمبی سانس لی۔

''اپنے بھائی پر بھروسہ ہے، بس کبھی کبھی تمہارا رویہ پریشان کرتا ہے، تمہاری رومی سے وابستگی۔''

''پلیز آپی......'' وہ انہیں درمیان میں ہی ٹوک گیا۔ ''میں بہت مشکل سے خود کو سنبھال پایا ہوں آپ......'' وہ بولتے، بولتے خاموش ہو گیا۔ دونوں کے درمیان چند لمحے خاموشی کا وقفہ رہا۔ دونوں ہی کشمکش میں تھے، چند لمحوں بعد شمی نے ہی خاموشی کو ختم کیا۔

''آپی کیا آپ نے اسے رومی کے بارے میں بتا دیا ہے؟'' شمی کے تاثرات یک دم بدلے تھے۔ اسے خود ہی اپنی آواز دور سے آتی محسوس ہو رہی تھی۔ صبیٰ آپی نے بھی خود کو سنبھال لیا تھا۔

''ہاں...... یہی بہتر تھا، بعد میں کوئی بڑھا چڑھا کر بتاتا، خواہ مخواہ گھر کا سکون برباد ہوتا، بے شک وہ ایسی نہیں ہے۔ پھر بھی عورت کی فطرت کب اور کس بات پر اسے بہکا دے، اس کی تو کوئی گارنٹی نہیں ہے ناں...... ہر

عورت چاہتی ہے کہ اس کا شوہر صرف اسی کو سوچے، سراہے، اسی سے وفادار رہے، میں نے بھی اسے یقین دلا دیا ہے کہ تم رومی کو بھول چکے ہو، وہ تمہارے لیے عہدِ رفتہ کی ایک تلخ یاد سے زیادہ کچھ نہیں اور تمہیں بھی یہ ثابت کرنا ہوگا۔'' وہ انہیں دیکھ کر رہ گیا۔ اس کی آنکھوں میں ایک سوال ضرور تھا۔ جیسے کہہ رہا ہو۔''یہ اتنا آسان ہے کیا......؟''

''ایسا ہی ہوگا آپی۔'' نہ چاہتے ہوئے بھی اسے کہنا پڑا۔ صہبیٰ آپی کے لیے اس کا اقرار ہی کافی تھا۔

○......❖......○

اس نے اقرار تو کرلیا تھا مگر خود کو سنبھالنا اتنا آسان نہیں تھا۔ دل میں درد بھی تھا اور دردناک یادوں کا ہجوم بھی...... آخر وہ دن، وہ لمحے، وہ ساعتیں، وہ گھڑیاں آپہنچی تھیں۔ جن کے ٹلنے کی وہ دعائیں مانگ رہا تھا رات بھر رومی کی تصویر و تصور سے باتیں کرتے ہوئے وہ اسے باور کرا رہا تھا کہ اپنی محبت کا رُخ بدلنے پر وہ اسی کے ہاتھوں مجبور ہوا ہے...... اگر وہ اس کا ساتھ دیتی تو وانیہ کی جگہ پر آج وہ ہوتی۔'' کاش...... کاش رومی تم ایک بار تو میرا ساتھ دیتیں تو میری زندگی میں زبردستی یا جبر والا عنصر شامل نہ ہوتا۔ میں بھی اپنے پیاروں کے ساتھ دل سے ہنستا، دل سے ہر رسم، ہر بات میں شامل ہوتا...... یہ خوشیاں، یہ رنگ مجھے مصنوعی نہ لگتے...... میں اپنے پیاروں کو دھوکا نہ دیتا...... کاش تم میرے ساتھ ہوتیں۔'' خود کو لاکھ سمجھانے بجھانے کے بعد بھی وہ اندر سے نئی ٹوٹ پھوٹ کا شکار ہو رہا تھا۔

چند مخصوص رشتے داروں اور احباب کو باراتی بنا کر وہ اپنے ہمراہ اسلام آباد صہبیٰ آپی کے گھر پہنچا تو وہاں ان کا استقبال بالکل روایتی گرمجوشی کے ساتھ ہوا تھا۔ صہبیٰ آپی نے تمام رسوم کی ادائیگی اسی اہتمام سے کی تھی جو شادی کے حوالے سے منسوب تھیں۔ نانو کا اطمینان ان کے چہرے سے جھلکتا ان کے اندرونی سکون و قرار کا پتا دے رہا تھا۔ مگر نہ جانے کیا بات تھی نکاح کے ایجاب و قبول کے بعد بھی اس کے دل کی کیفیت میں خاص تبدیلی رونما نہیں ہوئی تھی۔ حتیٰ کہ اسٹیج پر اس کے پہلو میں آکر بیٹھی وانیہ اس کے دل کی دھڑکن نہ بڑھا سکی تھی۔ وہ خود کو اس وقت کوئی مشینی انسان سمجھ رہا تھا۔ جس کے احساسات و جذبات کا ریموٹ کہیں گم ہوگیا تھا یا چارج ہونے سے رہ گیا تھا۔ ذہن و دل کی اسکرین پر ایک ہی منظر ریوائنڈ ہو کر بے چین کر رہا تھا۔ بار بار رومی اس کے تصور میں آرہی تھی۔ سرخ جھلملل کرتے لباس میں شرمگیں مسکراہٹ، پلکوں کی چلمن گرائے، اسی لیے تو وانیہ کو نظر اُٹھا کر بھی دیکھنے کے لیے دل مچلا تھا، نہ ہی نظروں میں شوقِ دید نے ضد دکھائی تھی۔ دل میں جذبوں میں آتش بنا جلے، بجھی بجھی سی تھی۔ اپنوں کے آسودہ اور مطمئن چہرے بھی اسے متوجہ نہیں کر پائے تھے۔

سب مطمئن تھے۔ خوش تھے اسی لیے کسی نے اس کے سرد و سپاٹ رویے کا نوٹس نہیں لیا تھا۔ یقیناً اس کی سنجیدگی کسی کے لیے بھی قابلِ اعتراض نہیں تھی۔ وانیہ اس کے ساتھ رخصت ہو کر اس کے گھر آگئی تھی۔ اس گھر میں جسے تمکین بھابی نے اپنی محبتوں، وفاؤں اور قربانیوں سے سنوارا سجایا تھا اور پھر اسی گھر کی بقا کے لیے وہ خود کو فنا کر گئی تھیں۔ سبھی مہمان جا چکے تھے۔ صہبیٰ آپی ان کے ساتھ ہی آئی تھیں...... ولیمے کی تقریب ایک دن بعد طے تھی، اس لیے آتے ہی عصمیٰ تو تھکن کی وجہ سے نانو کے ساتھ ہی ان کے برابر میں لیٹ گئی تھی۔ صہبیٰ آپی بھی

شہنی بوا کے ساتھ پھیلاوا سمیٹتی پھر رہی تھیں۔ بچے اپنی خوشی میں دوڑے بھاگے پھر رہے تھے۔ انہیں دلہن کے روپ میں جیسے اپنی پسندیدہ ہستی مل گئی تھی۔ ثمی سبھی سے نظریں بچا کر اپنے کمرے میں جانے کے بجائے گھر کے پچھلے حصے میں آبیٹھا تھا۔ اس کے اندر سرد سی جنگ چھڑی تھی۔ آپی نے گھر آتے ہی اس کی سرد مہری کا اسے احساس دلایا تھا۔

''کیا کر رہے ہو ثمی تم...... دلہن کو ساتھ لے کر چلو...... اتنی جلدی کیا ہے تمہیں......'' ان کے مسکراتے ہوئے چہرے پر ان کی سنجیدہ نظروں کی سرزنش ثعلب کو پل بھر میں احساس دلا گئی تھی کہ وہ کتنا غلط رویہ اپنائے ہوئے ہے، دلہن بنی وانیہ کو تو اس نے قابلِ اعتنا بھی نہ سمجھا تھا۔ بچے، عصمٰی اور آپی ہی اسے اہمیت دے رہے تھے اور وہ خود اس سے تو کیا اپنے آپ سے بھی بیگانہ بس آگے بڑھے جا رہا تھا۔ اب آ کر تنہا بیٹھا تھا تو اپنا محاسبہ خود ہی کر رہا تھا۔

''ثعلب فاران...... یہ تم کیا کر رہے ہو؟ زندگی کی حقیقتوں کو تسلیم کرو یار...... پاگل نہ بنو...... اب تمہاری زندگی، تمہارے جذبوں پر صرف اور صرف وانیہ کا حق ہے، جسے تم کئی لوگوں کی موجودگی میں اللہ کو گواہ بنا کر لائے ہو......تم اس بے وفا کی خاطر اپنے جذبے، اپنے احساسات وقف کر دینا چاہتے ہو، جس نے پلٹ کر تمہیں دو حرف تسلی بھی نہ دی تھی۔ آج اسی کی خاطر ایک معصوم لڑکی کے جذبوں سے کھیلنے کی کوشش کر رہے ہو...... یہ غلط ہے......آج عہد کرو کہ وانیہ کو وہ خوشیاں، وہ محبت، وہ جذبے اور وفائیں پوری، پوری ایمانداری کے ساتھ دو گے جو اس کا حق ہے۔''ضمیر کی خلش نے اسے بے چین کر دیا تھا۔ وہ خود بھی ایسا ہی چاہتا تھا بس کچھ بے بس سا ہو گیا تھا۔ انگلیوں میں دبے سگریٹ کے گہرے اور لمبے کش لے کر اس نے جلدی سے ایش ٹرے میں سگریٹ ملا...... کسی کے آنے کی آہٹ نے اسے متوجہ کر لیا تھا۔

○......❖......○

وانیہ نئے جذبوں کے کیف و سرور کے ساتھ ثعلب کے سادگی سے سجے کمرے میں بیڈ پر بیٹھی اس کی منتظر تھی۔ صبٰحی بھابی کچھ دیر پہلے اس سے کھانے پینے کے بارے میں پوچھنے آئی تھیں اور پھر اس کے انکار پر اسے آرام سے بیٹھنے کا مشورہ دے گئی تھیں۔ وانیہ نے قدرے سکون سے بیٹھتے ہوئے اطراف کا جائزہ لیا۔ روایتی سجاوٹ سے عاری کمرا کافی سلیقے سے سجا تھا۔ کمرے میں موجود کتابوں اور میوزک البمز کی الماریوں سے ثعلب کے ذوق شوق کا بھی اندازہ ہو رہا تھا۔ بچوں اور بھائی بھابی سے وابستگی کی گہرائی کا اندازہ دیوار پر آویزاں فریم میں جڑی تصویروں سے بھی ہو رہا تھا۔ وانیہ خود رشتوں کو ترسی ہوئی تھی، ثمی کی اپنے گھر والوں سے وابستگی اسے رشک میں مبتلا کر گئی۔ وہ اُٹھ کر تصویریں دیکھنے میں محو تھی کہ اسی لمحے دروازہ کھلا اور سنی، گولڈی دبے دبے قدموں اندر آئے تھے۔ وانیہ کو وہاں موجود نہ پا کر دونوں کے چہروں پر اُلجھن سی نظر آنے لگی تھی۔

''گولڈی دلہن بھی نہیں ہے اور چاچو بھی نہیں۔'' وانیہ کو دونوں کی معصوم حرکتیں محظوظ کر رہی تھیں۔

''سنی...... گولڈی میں تو یہیں ہوں...... البتہ آپ کے چاچو نہیں ہیں یہاں۔'' وانیہ ان کے سامنے آئی تو دونوں کے چہرے کھل اٹھے تھے۔ دونوں ہی اس سے متاثر تھے۔

''ارے...... آپ اکیلی ہیں۔ آپ کو ڈر تو نہیں لگ رہا۔'' سنی نے بڑے پن سے پوچھا تو وانیہ کے چہرے پر ہنسی سی آ گئی۔ جسے وہ خوبصورتی سے چھپا کر قدرے جھکتے ہوئے بولی۔

''ہاں...... پہلے لگ رہا تھا اب تم دونوں آ گئے ہو تو نہیں لگ رہا۔''

''آپ کو پتا ہے چاچی...... مجھے بھی پہلے ڈر لگتا تھا۔''

''اچھا کیوں...... کس سے ڈر لگتا تھا؟'' سنی کے بتانے پر وہ بیڈ کے سرے پر ٹک کر انہیں بازوؤں میں سمیٹ کر قریب کرتے ہوئے پوچھنے لگی۔

''مجھے نائٹ میئرز آتے تھے۔''

''ہاں...... مجھے بھی۔'' گولڈی نے بھی فوراً تائید کی۔

''ارے...... بہادر بچے نائٹ میئرز سے تھوڑی ڈرتے ہیں۔'' وانیہ نے انہیں باری باری دیکھ کر حوصلہ دیا۔

''چاچو بھی یہی کہتے ہیں۔'' سنی کی تائید و معصومیت پر اس نے بے اختیار اس کا گال کھینچا۔

''بالکل ٹھیک کہتے ہیں۔ ویسے بھی جو بچے سونے سے پہلے اللہ تعالیٰ کو یاد کر کے سوتے ہیں انہیں ڈراؤنے خواب تنگ نہیں کرتے۔'' وہ دونوں اس سے باتیں کرتے کرتے اسے اپنے کمرے میں زبردستی کھینچ کر لے آئے تھے۔ وہ اسے اپنے کھلونے، گیمز، اسٹوری بکس دکھاتے ہوئے بے حد خوش تھے۔

''ثمی...... تم یہاں بیٹھے ہو؟ تمہیں پتا ہے وانیہ کو بچے اپنے کمرے میں لے گئے ہیں۔'' آپی نے اچانک آ کر اسے نہ صرف چونکا دیا تھا بلکہ اپنی سرزنش سے اسے شرمندہ بھی کر دیا تھا۔ ''معصوم بچوں تک کو احساس ہے کہ دلہن کو اتنی دیر تک تنہا نہیں چھوڑنا چاہیے۔'' وہ ان سے کیا کہتا۔ اپنی کشمکش سے نکلتا تو کچھ سوچتا۔

''وہ بس...... جا ہی رہا تھا آپی......'' اس نے جانے کے لے قدم اُٹھائے ہی تھے کہ آپی نے بے یقینی سے اسے پکارا۔

''ثمی...... تم اسموکنگ کرنے لگے ہو......؟'' ان کے استفسار میں دُکھ، افسوس، ملامت سبھی کچھ شامل تھا۔ وہ نظریں جھکا گیا۔ آپی کی نظریں ایش ٹرے پر تھیں۔

''آپی ٹینشن میں...... کبھی کبھی......'' وہ مزید نہ بول سکا۔

''اچھا جاؤ...... وانیہ بھی انتظار کر رہی ہے، بچوں کو بھی سونا ہوگا۔ ان کی عادتیں بھی تم نے بگاڑی ہوئی ہیں اور اپنی بھی......'' آپی کی بڑبڑاہٹ اسے اپنے پیچھے سنائی دی تھی۔

وانیہ بچوں کے ساتھ کسی بات پر ہنس رہی تھی جب ثعلب کمرے میں داخل ہوا۔ وہ بچوں کے بیڈ پر پاؤں لٹکائے بیٹھی تھی۔ چہرے پر دوپٹے کا ہالہ سا بنا تھا۔ اسکائی بلیو جدید طرز کے لہنگا سیٹ میں وہ واقعی آسمانی حور دکھائی دے رہی تھی۔ جس کے چہرے پر نور بھی تھا اور ملاحت بھی...... ثعلب کی آہٹ پر وہ یک دم بوکھلا کر کھڑی ہوئی تھی اس پر بچے تو حیران تھے ہی ثمی بھی متوجہ ہو گیا۔

''پلیز...... بیٹھو...... تم کھڑی کیوں ہو گئیں۔'' ثمی کی بے تکلفی اس بات کی غماز تھی کہ وہ اپنے دل و ذہن کو کنٹرول کر چکا ہے۔

''چاچو...... چاچی کو ڈر لگ رہا تھا۔ ہم چاچی کو اس لیے اپنے روم میں لے آئے۔'' شمی کو دیکھتے ہی دونوں بچے اس کی طرف لپکے تھے اور پھر اسے کھینچتے ہوئے وانیہ کے سامنے لا کھڑا کیا تھا۔

''اچھا...... انہیں کیوں ڈر لگ رہا تھا۔ کوئی بھوت دیکھ لیا تھا روم میں؟'' شمی نے شرارت سے کہتے ہوئے اس کے چہرے پر نگاہ ڈالی۔ وہ لرزتی پلکیں لیے سر جھکائے کھڑی تھی۔ ہاتھوں کی انگلیوں کو مروڑنے سے ظاہر ہو رہا تھا کہ وہ اس کی موجودگی میں پزل ہو گئی ہے۔

''نہیں ناں چاچو، یہ فرسٹ ٹائم ہمارے گھر آئی ہیں اس لیے نروس ہو رہی تھیں۔'' سنی نے سمجھداری کا ثبوت دے کر وانیہ کو بھی حیران کر دیا۔ وہ دیکھنے لگی وہ کس کس محبت سے اس کا دفاع کر رہا تھا۔

''سنی، گولڈی مائی سویٹ ہارٹ اب سونے کی تیاری کرو...... صبح ٹائم پر نہ اُٹھے تو پھپھو ناراض ہوں گی۔'' ثعلب نے کہنے کے ساتھ انہیں پکڑ کر بستر پر لٹایا بھی۔

''پر چاچو ابھی تو چاچی سے سٹوری بھی سننی ہے۔'' دونوں مچلے۔

''یہ بات تو کر نہیں رہیں۔ تمہیں اسٹوری کیسے سنائیں گی۔ دیکھو یہ کل سے سٹوری سنائیں گی آج چاچو سے سن لو۔'' شمی نے بہ مشکل انہیں قائل کیا۔ وہ بچوں کو بہلا رہا تھا اور وانیہ پھر سے اپنے احساسات میں اُلجھی ہوئی تھی۔ شمی کی میٹھی نظریں اور دلآویز باتیں گو کہ اس کے اندر بھی ہلچل مچا چکی تھیں۔ اس کے اندر نئے جذبے جگا چکی تھیں۔ محبت کی دھیمی آنچ اس کے دل میں جل اُٹھی تھی مگر وہ خوفزدہ تھی، ثعلب کی گزشتہ محبت سے...... اسے خود پر اپنی وفا پر بھروسہ تو تھا کہ وہ ثعلب کی زندگی میں، ہی نہیں اس کے دل میں بھی مقام پالے پا لے گی مگر ثعلب کے بارے میں وہ نہیں جانتی تھی کہ وہ اپنی محبت کو اس کی خاطر بھلاتا بھی ہے یا نہیں...... اس کی وفا پر اپنی وفا نثار کرتا ہے یا نہیں۔''

''اے...... چلو اپنے روم میں۔'' کانوں کے قریب گرم سانسوں کے ساتھ ثعلب کی سرگوشی کے احساس نے اسے یک دم چونکا دیا تھا۔ اسے ایک دم یاد آیا تھا کہ وہ دلہن بنی وہاں موجود ہے۔

''کیا...... سو گئی تھیں......؟'' شمی نے اس کی بوکھلاہٹ پر پوچھا۔

''نہ...... نہیں تو......'' وہ یک دم کھڑی بھی ہو گئی تھی۔

''اوکے...... تم روم میں چلو...... میں لائٹ آف کر کے آ رہا ہوں۔'' وانیہ ہولے سے سر ہلا کر بھاری لہنگا سنبھالتی پہلے دروازے تک گئی اور پھر مڑ کر بچوں کے بیڈ کے قریب آ گئی۔ ثعلب اس کی حرکت پر حیران سا سوئچ بورڈ کے پاس کھڑا رہ گیا۔ وہ بچوں پر جھکی ان پر کمبل درست کرتی ان کی پیشانی کو نرمی سے چھوتی بالکل تمکین بھابی کا عکس لگ رہی تھی۔ اس کے دل کی دھڑکنیں نئے انداز میں دھڑکنے لگی تھیں۔ وانیہ درمیانی دروازے سے کمرے میں چلی گئی تھی اور وہیں شمی کھڑا کچھ سوچ رہا تھا۔

○......❖......○

''شکر ہے بچی اپنے گھر کی ہوئی...... میرا دل بے حد مطمئن ہے، کریم......'' کریم احمد بیٹی کی رخصتی کے بعد بہن کے گھر ہی رہ گئے تھے۔ دل مطمئن ہو کر بھی بے چین تھا۔ وانیہ کی سسکیاں کانوں میں اب تک گونج رہی

تھیں۔ وقتِ رخصت وہ ان سے لپٹ کر روئی تھی اور ٹوٹ کر روئی تھی۔ دونوں بہن، بھائی دیر تک جاگ کر وانیہ کے بارے میں گفتگو کر کے ایک دوسرے کو تسلیاں دے رہے تھے۔

''ہاں...... آپا...... سکون تو مجھے بھی ملا ہے مگر اس کا رونا پریشان بھی کر رہا ہے۔''

''افوہ...... اس میں پریشان ہونے کی کیا بات ہے، بچیاں ماں، باپ کے گھر سے رخصت ہوتے وقت اسی طرح روتی ہیں، آخر برسوں کا ساتھ ہوتا ہے...... بعد میں سنبھل جاتی ہیں۔ یہی دستور ہے۔''

''پھر بھی آپا...... مجھ سے زیادتی تو بہر حال ہوئی ہے، خدیجہ کے بعد میں چار دن بھی اپنی بچی کی ذمے داری نہ اُٹھا سکا۔ یہ بوجھ وہ دل پر لے کر گئی ہے، کاش، طاہرہ ہٹ دھرمی نہ دکھاتی تو میں اپنی بیٹی کو باقی اولادوں کی طرح اپنے گھر سے ہی رخصت کرتا۔'' کریم احمد کو ملال رنجیدہ کیے ہوئے تھا۔ سعیدہ خانم نے چھوٹے بھائی کو رنجیدہ دیکھ کر حوصلہ دیا۔

''اب ان باتوں کو سوچ کر افسوس کرنے کا کیا فائدہ...... بیٹی اپنے ہی گھر سے رخصت ہوئی ہے، تمہیں کچھ کمی لگی ہے تو بتاؤ۔ صبحی نے کوئی کسر تو نہیں چھوڑی...... بس اب دعا کرو بیٹی اپنے گھر میں عزت اور سکون سے رہے۔''

''آپا کوئی کمی نہیں تھی۔ میں تو آپ کا شکریہ بھی نہیں ادا کر سکا۔ آپ نے میری ذمے داری کو اپنے کندھوں پر لے کر نبھایا ہے اور خوب نبھایا ہے، مجھے اُمید ہی نہیں یقین بھی ہے وانیہ وہاں خوش و خرم رہے گی۔''

''آمین...... ایسا ہی ہوگا۔ ان شاء اللہ......'' سعیدہ خانم نے تائیدی انداز میں بھائی کو مطمئن کیا۔

○......❖......○

وہ کمرے میں داخل ہوا تو وانیہ پانی کا گلاس لبوں سے لگا رہی تھی۔ اسے دیکھ کر وہ گلاس واپس رکھنے گئی تو ثمی نے اسے ٹوکا۔

''پانی پیو...... مجھے دیکھ کر پریشان کیوں ہو جاتی ہو۔''

''نہیں...... میں......'' وہ کچھ نہ کہہ پائی تو ثمی نے بلاتوقف اس کے قریب بیٹھتے ہوئے اسے پانی پینے کا اشارہ کیا...... وانیہ نے دو تین گھونٹ پانی پیا اور پھر گلاس ہاتھوں میں تھام لیا۔ جسے ثمی نے اگلے ہی لمحے اس سے لے کر سائیڈ ٹیبل پر رکھ دیا۔ اب ثمی کی نگاہ اس کے حنائی ہاتھوں پر تھی جو آپس میں اُلجھے ہوئے تھے۔

''وانیہ آر یو آل رائٹ......؟ کیا بات ہے، پریشان ہو؟'' ثمی کی نرم بوجھل آواز، اس کے قرب کی حدت وانیہ کے لیے نئے کیف سے آشنائی تھی، وہ بس سر ہلا کر خود میں سمٹنے کی کوشش کرنے لگی۔ چوڑیوں کی کھنک، آنچل کی سرسراہٹ، پازیب کی چھنک نے ماحول کی خاموشی میں سُر ول کا سا ارتعاش پھیلا دیا تھا۔ ثمی نے بے اختیار ہی اس کا حنائی ہاتھ تھام کر اپنی مٹھی میں قید کیا اور خود اس کے پاس کہنی کے بل نیم دراز ہو کر اس سے پوچھنے لگا۔

''مجھے معلوم ہے، تم میری وجہ سے پریشان ہو، تمہیں آپی نے رومی کے بارے میں بتایا ہوگا، تم اسی کے حوالے سے دل میں ہزار اُلجھنیں لیے ہوئے ہو، میں ٹھیک کہہ رہا ہوں ناں؟'' اس نے وانیہ کا مٹھی میں قید ہاتھ محبت آمیز دباؤ کے ساتھ مزید جکڑا...... وہ بالکل ٹھنڈی ہو رہی تھی۔ دل کی دھڑکن مدھم ہو کر بھی کانوں میں بجتی سنائی دے رہی تھی۔ جانے وہ کیا کہنے جا رہا تھا۔

''سنو...... رومانہ اب میرے لیے کچھ بھی نہیں ہے، ماضی کی ایک تلخ یاد کے سوا...... میرے لیے اب تم اہم ہو...... بحیثیت شوہر میری وفا، میری محبت پر صرف اور صرف تمہارا حق ہے اور رہے گا۔ مجھے یقین ہے کہ تم ہمیشہ میرا اعتبار کروگی۔'' ثمی نے دل کی گہرائی میں اپنے سابقہ عشق کو ابھی اسی لمحے دفنا کر وانیہ سے عہدِ وفاداری نبھانے کا ارادہ کیا تھا۔ تبھی اس کے دل سے نکلی باتیں وانیہ کو بھی متاثر کر رہی تھیں۔

''کروگی ناں میرا اعتبار......؟'' وہ بصد اصرار پوچھ رہا تھا۔ ''سنو شوہر اور بیوی کے درمیان تعلق اعتبار و اعتماد کی بنیاد پر ہی قائم رہتا ہے۔'' وانیہ بھی یک دم سنبھل گئی۔ وہ اس کی طرف سے یہی ایقان تو چاہتی تھی۔ سر ہلا کر بولی۔

''مجھے آپ پر اعتبار ہے اور میں ہمیشہ کروں گی، بس آپ مجھ سے ایک وعدہ کریں۔'' ثعلب کو اس کا اس اعتماد سے بولنا خوشگوار حیرت میں مبتلا کر گیا۔

''کیسا وعدہ......؟'' ثمی نے سیدھا ہو کر بیٹھتے ہوئے پوچھا تو وہ بھی کچھ سہولت سے بیٹھ گئی۔

''یہی کہ آپ رومانہ کو بھول جائیں گے۔'' ثمی نے اسے ناسمجھی سے دیکھا۔

''میں اسے بھول چکا ہوں۔'' ثمی نے اسے یقین دلانے کی کوشش کی تو وہ قطعیت سے بولی۔

''نہیں ابھی آپ اسے نہیں بھولے۔''

''یقین کرو...... میں اسے بھول چکا ہوں، میں نے کبھی اسے چاہا تھا مگر اب اس سے نفرت کرتا ہوں، اس کی میری زندگی میں کوئی اہمیت ہے نہ گنجائش...... تم مجھے آزما لو۔'' وانیہ اس کے اُلجھے حواسوں کو دیکھ رہی تھی۔ یقین دلاتا ثعلب فاران واقعی سچ بول رہا تھا۔

''میں اسی لیے تو کہہ رہی تھی کہ آپ اسے نہیں بھولے...... انسان محبتیں تو آسانی سے فراموش کر دیتا ہے یا کسی اور کی محبت پہلی محبتوں پر حاوی ہو کر زیر کر لیتی ہے مگر کسی کی نفرت دل میں بس جائے تو پھر اسے دبانا، مٹانا اختیار میں نہیں رہتا۔ ہم جتنی شدت سے اس احساس سے نجات پانا چاہتے ہیں، وہ اسی شدت سے ہم پر حاوی رہتا ہے، ہمارے ذہن و دل پر وہی کرب مچلتا دھڑکتا ہے جو ہمارے مخالف نے ہمیں دیا ہوتا ہے۔'' وہ بول رہی تھی اور ثمی یک ٹک حیران نظروں سے اسے تک رہا تھا۔

''میں چاہتی ہوں آپ اب رومانہ کو معاف کر دیں۔ اس کی خطا درگزر کر دیں۔ بھلا دیں کہ اس نے آپ کے ساتھ کچھ بُرا کیا تھا۔ اس کی مجبوری سمجھیں، اس طرح آپ مطمئن ہو جائیں گے اور دل و روح کو بھی قرار آ جائے گا...... اور پھر یقیناً آپ کو رومانہ کبھی یاد نہیں رہے گی۔ خواہ کسی بھی حوالے سے۔'' ثعلب نے اسے متاثر کن نظروں سے دیکھ کر گہری سانس لی۔

''میں وعدہ کرتا ہوں، ایسا ہی ہوگا۔'' ثمی نے اس کا ہاتھ پھر سے تھام کر عہدِ وفا کیا۔ ''میں ذہن و دل سے ہر تلخ یاد کو بھی مٹا دوں گا...... لیکن...... تمہیں میرا ساتھ دینا ہوگا۔ ہمارے گھر میں پھیلی اُداسیوں کو نئی خوشیوں کی فضا میں بدل کر اپنائیت و محبت کے رنگوں سے سجانا ہوگا۔ وفاؤں کے اجالوں سے ہماری زندگی میں پھیلے بے یقینی و ناامیدی کے اندھیروں کو دور کرنا ہوگا۔ تم بھی وعدہ کرو، وانیہ تمہارے لیے بھی اس گھر کا سکون، اس گھر کی

خوشیاں اہم و مقدم ہوں گی۔"

"آپ نہ بھی کہتے، تب بھی میں ایسا ہی کرتی...... ایک عورت اپنی زندگی، اپنے گھر پر لٹا کر جو سکون حاصل کرتی ہے، اس کا اندازہ صرف ایک عورت ہی کر سکتی ہے، ان شاء اللہ ہمارے گھر میں اب کسی غم کی پرچھائیں بھی نظر نہیں آئے گی۔ میری محبت، میری وفا میں آپ کبھی کمی نہیں پائیں گے۔" وانیہ کا تجدیدِ عہد ثعلب کو نئی سرشاری دے گیا۔ اپنی حیرت کو شوخی میں چھپا کر بولا۔

"یار...... تم واقعی اس صدی کی لڑکی ہو......؟ میں تو تمہیں بالکل عام سی لڑکی سمجھ رہا تھا۔ اسی لیے تو کمرے میں آنے سے ڈر رہا تھا کہ تم سے جیسے ہی رومانہ کے حوالے سے بات کروں گا۔ تم ننانوے فیصد لڑکیوں کی طرح پنجے جھاڑ کر میرے پیچھے پڑ جاؤ گی۔ مگر تم تو واقعی بہت خاص چیز نکلی ہو...... آپی صحیح پبلسٹی کرتی رہی ہیں تمہاری۔"

وانیہ نے اس کی شرارت پر ذرا پیچھے ہوتے ہوئے مصنوعی سنجیدگی سے اسے باور کرایا۔

"میں بالکل بھی خاص واص نہیں ہوں، یاد رکھیے گا، میں بھی عام سی لڑکی ہوں، اپنے گھر اور فیملی کے لیے بہت پوزیسو...... روز، روز رومانہ کا ذکر نہیں سن سکتی۔ اس لیے پہلے روز ہی قصہ ختم کرنا چاہتی ہوں تا کہ آئندہ ہمارے درمیان یہ ٹاپک ہی نہیں چھڑے...... وہ ماضی میں آپ کے لیے کیا تھی کیا نہیں...... وہ قصہ ختم ہو چکا...... اسی لیے میں ماضی کے قصوں سے اپنی زندگی اور اپنا گھر خراب نہیں کر سکتی...... آپ سے بھی چاہتی ہوں کہ آپ ماضی کے بجائے حال میں رہنا سیکھیں۔ مستقبل کی فکر کریں۔" وانیہ بولی تو بولتی چلی گئی۔ ثمی نے تالی بجا کر شرارتی نظروں سے اسے دیکھا۔

"واہ...... واہ...... یار تم تو بہت اچھا بولتی ہو، کالج ڈیبیٹس میں کتنی ٹرافیاں جیتی ہیں؟" وانیہ کو یک دم احساس ہوا وہ شادی کی پہلی رات میں ہی کیا کچھ بول گئی۔ خجالت سے اس کے چہرے کا رنگ بدل گیا۔

"کسی دلہن کو پہلی بار میں نے اتنا اچھا بولتے سنا ہے، ویل اچھا مشورہ ہے، عمل ہو سکتا ہے اور پھر جس کا حال اتنا خوبصورت ہو، وہ کافر ہوگا جو ماضی میں جھانکے۔" ثمی نے اسے مزید شرمندہ کرنے کے ساتھ شریر سی جسارت کرتے ہوئے قریب ہو کر سرگوشی کی تو وہ اسے شرمگیں انداز میں اسے دھکیل کر رہ گئی۔

وانیہ نے چاہتوں کی سرزمین پر اپنی محبت کا بیج بو کر یقین و وفا سے آبیاری کی تھی۔ اسے اعتماد تھا آنے والے موسم میں یہی بیج مضبوط پیڑ کی طرح اس گھر کے ہر فرد کو زندگی کی وہ انمول خوشی دے گا جو اُن سے غم کے کسی موسم میں چھن گئی تھی۔ وہ دیکھ رہی تھی غم کے بعد خوشیاں گھر کے آنگن میں رقصاں ہیں اور ثمی بھی ان کے ہم قدم ہے۔

O......❖......O

پہلی صبح ہی اتنی خوشگوار تھی، ثمی اُٹھ کر آیا تو اسے یقین ہی نہیں آیا۔ کچن کا ماحول بہت خوشگوار تھا۔ وانیہ ڈائننگ ٹیبل پر ناشتے کے لوازمات رکھتی بہت بھلی لگ رہی تھی۔ آپی چولہے کے سامنے کھڑی تھیں اور آملیٹ بنا رہی تھیں سنی، گولڈی اس کے ساتھ ساتھ گھوم کر بار بار اسے متوجہ کر رہے تھے۔ اپنی اپنی پسند بتانے میں دونوں ہی ایک دوسرے سے سبقت لے جانا چاہتے تھے۔

''چاچی...... میں تو فلیور ملک لیتا ہوں، گولڈی کو ملک اچھا ہی نہیں لگتا۔'' سنی نے یقیناً اس کے سوال کا جواب دیا تھا۔

''گولڈی کو بھی ملک اچھا لگے گا۔ گولڈی کو معلوم ہے دودھ پینے سے بون اسٹرونگ ہوتی ہیں، ہائٹ بڑھتی ہے اور باڈی میں جراثیم سے فائٹ کرنے کی طاقت بڑھتی ہے۔'' وانیہ نے گولڈی کو بازوؤں سے اُٹھا کر کرسی پر بٹھا کر سمجھایا۔ ''گولڈی بھی ملک لے گی ناں......'' وانیہ جیسے ہی فریج سے دودھ کا ڈبا نکالنے پلٹی دروازے میں کھڑے شمی کو دیکھ کر ٹھٹک کر رہ گئی۔

''میں بھی یہی سمجھاتی ہوں...... مگر بچے سمجھیں بھی...... اچھا اب تم بھی بیٹھو میں دیکھتی ہوں عصمیٰ اور نانو ابھی تک کیوں نہیں آئیں...... بلکہ شمی کو بھی جگاتی۔'' آپی بھی شمی کو دیکھ کر حیران ہوئیں۔ ''واہ وانیہ تم نے تو ایک دن میں اس کی عادت بدل دی۔''

''ہاں تو دیکھ لیں، آپ کی نند کتنی ظالم نکلی...... صاف کہہ دیا، پہلی آواز پر نہ اُٹھا تو ناشتہ نہیں ملا کرے گا۔'' شمی کی مصنوعی سنجیدگی پر وانیہ نے بھی حیرت سے دیکھا۔ اس نے ایسا کب کہا تھا۔

''ہاں...... تم ایسے ہی سیدھے ہو ناں...... بچی کے کہے میں آنے والے۔'' نانو اور عصمیٰ بھی اندر آ رہی تھیں۔

''السلام علیکم...... نانو......'' وانیہ فوراً ان کی طرف بڑھی۔

''وعلیکم السلام...... جیتی رہو، آباد رہو...... یہ کیا پہلے دن ہی کچن میں لگ گئیں۔ کچھ دن تو آرام سے رہتیں۔''

''نانو میں نے بھی منع کیا تھا مگر اسے تو کام میں سکون ملتا ہے، مجھ سے پہلے ہی کچن میں آ گئی تھی۔'' آپی نے بھی ہنستے ہوئے جیسے شکایتی انداز میں کہا۔

''یہ آپی اچھی بات نہیں ہے کہ گھر والی نے گھر کی ذمے داری سمجھ لی۔ آپ سبھی یہی تو چاہتے تھے، تھینکس گاڈ اب میں سارے الزامات سے بری ہو جاؤں گا۔ آئی ہوپ اب گھر کے کسی معاملے میں مجھے شکایتیں نہیں سننی پڑیں گی۔'' شمی اپنے فطری غیر سنجیدہ انداز میں بولتا ڈائننگ ٹیبل کے پاس کھڑا ہوا۔ آپی اس کے بولنے پر اسے گھور رہی تھیں جبکہ نانو مسکرا رہی تھیں۔ شمی کی بشاشت اس بات کا پتا دے رہی تھی کہ وہ وانیہ کو ذہنی و قلبی طور پر قبول کرنے میں کامیاب ہو گیا ہے۔

''بھائی...... سنی، گولڈی کی شکایتیں تو پھر بھی آپ کو ہی سننی پڑیں گی۔...... اُف توبہ صبح دونوں نے چینج کرتے ہوئے مجھے جتنا تنگ کیا ہے، میں بتا نہیں سکتی...... یہ دونوں صرف آپ ہی کی سنتے ہیں۔'' عصمیٰ نے نانو کی وہیل چیئر میز کے قریب لگاتے ہوئے اسے اس کی بات کا جواب دیا تو شمی نے دونوں کو پچکار کر پوچھا۔

''اچھے بچے پھپھو کو تنگ کرتے ہیں؟''

''نہیں چاچو، پھپھو تنگ کرتی ہیں ہمیں...... ہے ناں گولڈی۔'' سنی نے تائید مانگی تو گولڈی بھی سر ہلا کر کہنے لگی۔

''ہاں...... پھپھو نے مجھے آپ تے روم میں جانے نہیں دیا۔''

''میں نے اس لیے روکا تھا تم دانت برش نہیں کر رہی تھیں۔'' عصمٰی نے اسے یاد دلایا۔ آپی کو پتا تھا اب ایک لمبی بحث چھڑنے والی ہے اس لیے انہوں نے درمیان میں ہی ٹوکا۔

''بس باقی باتیں بعد میں...... ناشتہ ٹھنڈا ہو رہا ہے، وانیہ تم بھی اب بیٹھ جاؤ۔ آئندہ دنوں میں تو تمہیں ہی سب کچھ کرنا ہے۔''

○......❖......○

آپی، شمی کے ساتھ لاؤنج میں بیٹھی اگلے دن ہونے والے ولیمے کے انتظامات کے بارے میں بات چیت کر رہی تھیں۔ باتوں کے دوران آپی نے اچانک ہی موضوع بدلا تو وہ چونک اُٹھا۔

''تم نے وانیہ کو رونمائی میں کیا تحفہ دیا؟''

''رونمائی...... تحفہ......'' وہ خجالت سے سر کھجانے لگا۔ اپنی عجیب کیفیت و احساس کے باعث وہ وانیہ کے لیے کچھ بھی نہیں لے پایا تھا اور نہ وانیہ نے اسے احساس دلایا تھا کہ یہ بھی رسم دنیا ہے۔

''تم نے اسے رونمائی میں کچھ بھی نہیں دیا؟'' آپی سنجیدگی سے پوچھ رہی تھیں۔

''آپ سے...... وانیہ نے کچھ کہا۔''

''اس نے مجھ سے کچھ نہیں کہا۔ اس سے بدگمان ہونے کی ضرورت نہیں ہے، میرا اپنا اندازہ ہے، شمی تم اتنے ناسمجھ تو نہیں ہو۔ یہ رسم عورت کو سسرال اور میکے میں معتبر کرنے کے لیے بنی ہے۔ شوہر سے ملنے والا چاہت و محبت بھرا تحفہ لڑکی کا مان بڑھاتا ہے۔ آخر ایک انگوٹھی تو خرید سکتے تھے تم اس کے لیے...... کل کو امی جان یا اس کی کزنز اس سے پوچھیں گی تو وہ کیا جواب دے گی۔'' آپی کا سنجیدہ رویہ سرزنش بھرا تھا۔ وہ واقعی خجل ہو گیا۔

''خیال نہیں رہا مجھے، آپ یاد دلا دیتیں...... او کے کیا مسئلہ ہو گیا، چلیں میں آج کچھ دے دوں گا۔''

''آگے مسئلہ نہ ہو...... اسی لیے تمہیں سمجھا رہی ہوں...... ابھی جاؤ فوراً اس کے لیے کوئی تحفہ لو...... کیونکہ کل کو نہ میں شرمندہ ہونا چاہتی ہوں نہ ہی وانیہ کو شرمندہ ہوتے دیکھنا چاہتی ہوں۔'' آپی نے اسے اُٹھنے پر مجبور کر دیا۔

''افوہ...... آپ بھی ناں...... اچھا بابا جا رہا ہوں ناں...... نہیں ہوتا کوئی بھی شرمندہ......'' وہ واضح بڑبڑاہٹ کے ساتھ اپنی جیبیں ٹٹولنے لگا۔ یقیناً گاڑی کی چابی اور والٹ چیک کر رہا تھا۔ ''جا رہا ہوں بھئی...... اب خوش......'' اس نے مصنوعی چڑچڑاہٹ سے انہیں بھی چڑانے کی کوشش کی۔

''اصل خوشی تو مجھے اس دن ملے گی شمی جس دن تم دونوں مجھے ہنستے بولتے دکھائی دو گے۔'' آپی نے اس کے جانے کے بعد جیسے اپنے آپ سے کہا۔

○......❖......○

سنی، گولڈی کو سلانے کے بعد دونوں کمرے میں آئے تو شمی نے کافی سنجیدہ تاثرات کے ساتھ اسے مخاطب کیا۔

''وانیہ...... کل مجھ سے ایک غلطی ہوگئی...... بندہ بشر ہوں بھول چوک ہوسکتی ہے، ہوسکتی ہے ناں......'' وہ اس کے سامنے بیٹھا پوچھ رہا تھا اور وانیہ اس کے تاثرات سے پریشان ہونے لگی۔

''ایک بھول ہوگئی...... اور تم نے آپی سے میری شکایت کردی؟''

''میں نے شکایت...... نہیں تو...... میں نے بھابی جان سے کچھ نہیں کہا۔'' وہ سٹپٹا کر بولی۔

''تمہیں شاید معلوم نہیں، تمہیں نہ کہہ کر بھی بہت کچھ کہنے کا فن آتا ہے۔'' شمی اس کی بوکھلاہٹ سے حظ اُٹھا رہا تھا۔

''میرا یقین کریں...... میں نے ان سے کچھ نہیں کہا اور مجھے تو معلوم بھی نہیں ہے کہ آپ کس بارے میں کہہ رہے ہیں۔ صبح سب کی روٹین جاننے سے زیادہ میں نے ان سے کوئی بات نہیں کی۔'' وہ آنکھوں کی نمی کے ساتھ دیکھتی اپنی طرف سے صفائی دینے کی کوشش کررہی تھی۔ گہرے اور ہلکے گلابی رنگ کے امتزاج سے بنے ہاتھ کی کڑھائی کے دوپٹے کا ہالہ اس کے چہرے کی ملاحت میں مزید اضافہ کررہا تھا۔

''تو پھرانہیں کس نے بتایا کہ میں نے تمہیں رُونمائی کا تحفہ نہیں دیا؟''

''جہ...... ی...... میں نے نہیں بتایا۔ میرا یقین کریں...... میں ان سے یہ بات کہہ کر خود ہی شرمندہ ہوتی...... آپ نے یہ کیسے سوچ لیا کہ میں نے انہیں......'' اس کی آنکھیں ٹپ ٹپ برسنے لگیں تو ثعلب کو احساس ہوا کہ معاملہ زیادہ ہی سنجیدہ ہوگیا ہے، ایک دم تاثر بدل کر بولنے لگا۔

''Listen وانیہ...... پلیز رونا نہیں...... مجھے یقین ہے تم نے ان سے کچھ نہیں کہا...... انہیں ہی میری جاسوسی کی عادت ہے، میں تو ایسے ہی مذاق کررہا تھا۔ اوکے میری طرف دیکھو......'' ثعلب نے زبردستی ٹھوڑی اوپر کرکے اسے دیکھنے پر مجبور کیا۔

''مذاق؟ آپ کے مذاق نے مجھے خود سے ہی شرمندہ کردیا۔ آپ کبھی یہ مت سوچیے گا کہ میں آپ سے متعلق کوئی بات، کوئی شکایت کسی سے کروں گی۔ خواہ وہ بھابی جان ہی کیوں نہ ہوں۔''

''سوری یار...... میں تو بس کچھ شرارت کرنا چاہ رہا تھا...... اوکے پلیز...... دیکھو غلطی تو مجھ سے ہوئی ہے، مجھے کل رات کو تمہیں کچھ گفٹ تو دینا چاہیے تھا مگر......'' شمی نے نارمل ہوتے ہوئے معذرت کی...... ''مگر...... میں کچھ لے ہی نہیں سکا تھا۔ یونو...... میں ذرا اپ سیٹ تھا اور......''

''تو کوئی بات نہیں...... میں سمجھتی ہوں...... آپ پھر دے دیجیے گا۔'' وانیہ نے اُٹھنے کی کوشش کی تو اس نے ہاتھ پکڑ کر روکا۔

''یعنی...... تمہیں گفٹ چاہیے۔ وہ بھی رُونمائی کا۔'' وہ ہلکا سا مسکرائی۔

''تحفے مانگ کر نہیں لیے جاتے۔ آپ کا دل چاہے تو دیں۔ دل نہ چاہے تو مت دیں۔'' شمی نے قدرے حیرت سے دیکھا۔

''مگر مجھے تو مانگ کر لینے کی عادت ہے۔''

''لیکن مجھ سے آپ کو کچھ مانگنے کی ضرورت نہیں پڑے گی۔''

''اوکے...... ویسے میں سوچ رہا تھا اب تو رُونمائی بھی ہو چکی بلکہ لب کشائی بھی ہو گئی اور......'' وانیہ نے اس کی آنکھوں کی شرارت سے گھبرا کر منہ پھیر لیا اور وہ ہنسنے لگا۔ ثمی نے ایک بار پھر اس کا ہاتھ تھامنا چاہا۔ وانیہ کی مزاحمت پر وہ جلبلایا۔

''یار اب رُونمائی کا تحفہ تو پہنانے دو...... ورنہ صبح پھر کلاس لگ جائے گی۔'' ثمی نے تکیے کے نیچے سے ایک ڈائمنڈ رنگ نکال کر اسے پہنائی تو وانیہ نے حیرت و خوشی بھرے تاثرات کے ساتھ پہلے اپنے ہاتھ کو دیکھا پھر ثمی کے چہرے کو...... اس کی آنکھوں میں محبت ہی محبت تھی۔

''کیسی ہے؟''

''بہت خوبصورت...... تھینکس......'' وانیہ کی آنکھیں نمی سے چمکنے لگیں۔

''اور دینے والا......؟''

''وہ بھی......''

''اور لینے والی بھی......'' ثمی نے بڑھ کر ایک شریر جسارت کی تھی۔ وانیہ مزید سمٹ گئی۔

O......❖......O

ولیمے کی تقریب بھی بخیر و عافیت گزر گئی تھی۔ سبھی ان دونوں کی شادی سے خوش اور مطمئن نظر آ رہے تھے۔ سعیدہ خانم نے ولیمے کے بعد رسماً اسے ساتھ لے جانا چاہا تو اس نے خود ہی معذرت کر لی۔

''پھپھو...... ہم بعد میں آئیں گے۔ ابھی بچے سکول جانا شروع ہوئے ہیں اور مجھے بھی گھر میں...... ایڈجسٹ ہونے کے لیے ٹائم چاہیے۔'' انہوں نے شفقت سے اسے تھپتھپایا۔

''ٹھیک ہے بیٹا...... جیسے تمہاری خوشی...... ہم تو بس چاہ رہے تھے کہ رسم کے مطابق چلتیں۔ ایک دو دن رہ کر آ جاتیں۔''

''آؤں گی پھپھو...... ضرور آؤں گی۔ ابھی مجھے سب کے دلوں میں جگہ بنانے دیں۔ مجھے آپ کی دعاؤں کی ضرورت ہے۔'' اس کی آنکھ بھر آئی تھی۔ میکے والوں کی چاہ تو آخر اسے بھی تھی۔ بس مصلحت کے تحت وہ جانا نہیں چاہ رہی تھی۔ کسی نے اسے منع بھی نہیں کیا تھا۔ نانو، آپی حتیٰ کہ ثمی بھی اسے اجازت دے چکے تھے۔

''ہر وقت دعائیں میرے دل سے نکلتی ہیں، اللہ تمہیں اپنے گھر کی خوشیاں دے، سلامت رہو آباد رہو۔'' جاتے جاتے سبھی نے اسے دعائیں دیں۔

ثعلب کی محبت و چاہت کا حصار اس کے گرد زندگی کے رنگ بکھیرتا، اسے وابستگیوں میں جکڑتا جا رہا تھا۔ زندگی اتنی خوش رنگ اور حسین بھی ہو گی وہ یقین ہی نہیں کر پاتی تھی۔ مگر گزرتا ہر لمحہ اسے ایقان بخشتا گزر رہا تھا۔ گھر کی روٹین جاننے سمجھنے میں اسے کچھ خاص دقت پیش نہیں آئی۔ آپی بھی اسے سب کچھ سونپ کر سمجھا بجھا کر رخصت ہو چکی تھیں۔ اب وہ تھی اور گھر سے وابستہ ذمے داریاں...... نانو جان کی محبت لٹاتی مسکراہٹ اور حوصلہ بڑھاتی آنکھیں اس کی رہنمائی کے لیے کافی تھیں۔ ثعلب سے متعلق سارے کام اس نے خود سنبھال لیے تھے۔ اسے کب، کیا چاہیے وہ بنا کہے سمجھنے لگی تھی۔ بچوں کو خوش رکھنا اسے آتا تھا۔ ان کی ہر خواہش کو وہ وقت بے وقت

پورا کر دیتی...... عصمٰی اسے ٹوکتی بھی کہ انہیں اتنا سر نہ چڑھائیں۔ وہ اپنی ذات کو نظر انداز کر جاتی مگران کی بات کو رد نہ کرتی...... وہ رات کو اس سے کہانیاں سنے بغیر نہ سوتے۔ کئی بار اسے اپنے پاس سونے پر مجبور کر دیتے۔ ثعلب، وانیہ کا انتظار کر کر کے تھک جاتا تو دونوں کمروں کے درمیانی دروازے سے جھانک کر پکارتا۔ ''آ جاؤ اب......''

○......❖......○

''نیا...... پلیز جلدی سلا دیا کرو بچوں کو...... میرا بھی کچھ حق ہے تم پر۔'' وانیہ بچوں کے کمرے سے اپنے کمرے میں آئی تو شمی نے کچھ بیزاری سے شکوہ کیا۔ تو وہ پہلے کچھ حیران ہوئی پھر اس کے چہرے پر پھیلے تاثرات دیکھ کر قریب جاتے ہوئے نرمی و محبت سے پوچھنے لگی۔

''کیا ہوا بھئی...... ''کچھ'' کیا میرے تو جملہ حقوق آپ کے نام ہیں۔ کچھ چاہیے تھا؟'' قریب بیٹھ کر اس نے اس کی پیشانی چھو کر دیکھی۔

''تمہاری تھوڑی سی توجہ......'' شمی نے اس کا ہاتھ تھام لیا۔

''ابھی کوئی کمی ہے۔'' وانیہ نے اسے جن نظروں سے دیکھا شمی شرمندہ ہو گیا۔ پھر اپنی خجالت مٹانے کی خاطر بولا۔

''یار...... تم نے عادتیں بھی تو خراب کر دی ہیں ہماری...... نہ بچے تمہارے بغیر سوتے ہیں اور نہ ہی مجھے نیند آتی ہے۔''

''تو اس میں قصور کس کا ہے......؟'' وہ ہلکے سے مسکرائی۔

''سراسر تمہارا......؟ نہ تم اتنی اچھی ہوتیں نہ ہم تمہارے عادی ہوتے، تھوڑی دیر بھی تم نظر نہ آؤ تو...... جان نکلنے لگتی ہے۔''

''اچھا......'' وہ بے ساختہ کھلکھلائی۔

''مذاق نہیں کر رہا......'' وہ اس کے ہنسنے پر یقین دلانے لگا۔

''تو میں کب کہہ رہی ہوں آپ مذاق کر رہے ہیں...... ویسے میں کوشش کروں گی بچے جلدی بہل جائیں...... بائی داوے مجھ سے شکایت کا خیال کیوں آیا۔''

''سب دوست اصرار کر رہے ہیں، دعوتوں کے لیے...... تم ہر بار بہانہ کر دیتی ہو، میں آخر کس، کس کو ٹالوں......'' شمی نے اپنے رویے کی وجہ بتائی تو وہ بھی مسئلہ سمجھ کر سنبھل گئی۔

''میں بہانہ تو نہیں کرتی، جہاں ساری فیملی جا سکتی ہے جاتے تو ہیں ہم لوگ...... اچھا آپ ٹینشن نہ لیں...... آپ جب کہیں گے، جہاں کہیں گے میں چل پڑوں گی۔ خوش......''

''اس فرمانبرداری کا بہت شکریہ۔'' جواباً شمی نے اسی کے انداز میں کہا تو وہ بے اختیار ہنس دی۔ ثعلب کو وانیہ کی سنگت میں زندگی کا مزہ آنے لگا تھا۔ سارے خدشے سارے وہم وانیہ کی ذات کی خوبیوں نے دبا دیئے تھے، اس نے جس خوبی و ماہرانہ صلاحیت سے گھر اور گھر کے افراد کو سنبھالا تھا۔ ثعلب بھی قائل ہو گیا تھا۔ گھر کا

ماحول بے حد خوشگوار اور پُر رونق تھا اور گھر کے افراد بھی مطمئن...... آہستہ آہستہ عزیز و احباب کے ہاں دعوتیں بھی جاری تھیں۔ گھر کی سیٹنگ میں بھی تبدیلیاں کرتے ہوئے وہ سب سے مشورہ کرتے ہوئے شمی کو بھی ہمنوا کرنے کی کوشش کرتی تو وہ صاف بچ نکلتا بلکہ صاف کہہ دیتا۔

''میری اس شعبے میں معلومات بالکل زیرو ہیں۔ جو بھی کرنا ہے، اپنی اور عصمیٰ کی مرضی سے کرو۔'' وانیہ اس کے بچ نکلنے پر بے بسی سے خاموش رہ جاتی۔ ہفتے بھر وہ روٹین کے کاموں میں اُلجھی رہتی۔ چھٹی کے دن وہ التوا میں پڑے کاموں کو کرنا چاہتی تو شمی بہانوں سے روک دیتا...... یا پھر بچوں کو پیچھے لگا دیتا اور وہ اسے فرمائشیں کر کے اپنے ساتھ آئس کریم یا برگر کھانے کے لیے ساتھ چلنے پر مجبور کر دیتے۔

وانیہ کے ذہن میں آج بھی بہت سے کام تھے اور وہ جانتی تھی شمی اور بچوں کے جاگنے کے بعد آج پھر کئی کام رہ جائیں گے۔ اسی لیے وہ سب کے اُٹھنے سے پہلے اپنے ڈریسنگ روم اور سٹور کی ترتیب بدلنے کا سوچ رہی تھی۔ بدلتے موسم کے کپڑے بیگز سے نکال کر وارڈ روب میں رکھنے تھے۔ گھڑی کی رفتار دیکھتے ہوئے اس نے جلدی جلدی کام سمیٹنے کی کوشش کی...... سٹور روم میں اسے کئی بیکار اور بے ضرورت چیزیں نظر آ رہی تھیں۔ شمی کے جوتے، چپلیں، کئی ٹی شرٹس اور خالی ڈبے تھے، ایک بڑا کارٹن کونے میں پڑا تھا۔ جسے ٹیپ کے ساتھ مہر بند کیا گیا تھا۔ ہلکا سا تجسس اس کے ذہن میں اُبھرا تو تھا مگر شمی کی اجازت کے بغیر وہ اسے کھولنے کی جرأت نہیں رکھتی تھی۔

وہ ابھی ڈبے کے پاس ہی بیٹھی ہوئی تھی کہ شمی اُٹھ کر اس کے سر پر آ کھڑا ہوا۔

''کیا ہو رہا ہے؟'' نیند سے بوجھل آواز اور مندی آنکھیں اس بات کی غماز تھیں کہ وہ کھٹ پٹ کی آواز سے ہی جاگا ہے۔

''سٹور کی صفائی......'' وہ ہاتھ جھاڑتی کھڑی ہو گئی۔

''تمہیں بھی چین نہیں ہے، صبح صبح ہی شور، کھٹ پٹ......''

''صبح...... ذرا آنکھیں کھول کر گھڑی دیکھیں جناب...... گیارہ بجنے والے ہیں۔''

''ایک چھٹی کا دن تو ملتا ہے مرضی سے سونے کے لیے۔''

''تو آپ سوئے رہیں، میں نے تو نہیں جگایا۔'' وہ وارڈ روب کے سلائڈنگ ڈور کو دھکیلتے ہوئے پلٹ کر بولی تو شمی نے اسے قدرے حیرت سے دیکھا۔

''تو اور کیسے جگایا جاتا ہے۔ بس اب چھوڑو یہ سب...... اور میرے لیے چائے بنا کر لاؤ۔'' وہ خالی ہینگر ایک طرف سنبھالتی معمول کے لہجے میں بولی۔

''بنا لاتی ہوں...... بس یہ بتائیں اس کارٹن میں آپ کی کوئی امپورٹنٹ چیزیں تو نہیں ہیں۔ ورنہ پھر میں اوپر والے سٹور میں رکھوا دوں؟'' وہ مکمل طور پر اس کی جانب متوجہ ہو کر اس کی جانب دیکھ رہی تھی۔ اس کے اشارے پر شمی نے نیچے کارپٹ پر پڑے ڈبے کو دیکھا۔ اس کے تاثرات ایک دم بدلے تھے۔ وانیہ اس کے رنگ بدلتے چہرے کو دیکھ کر قدرے پریشانی سے بولی۔

''آپ کی ضرورت کی چیزیں ہیں تو میں سنبھال دیتی ہوں۔''

''نہیں......نہیں اس میں ایسی کچھ خاص چیزیں نہیں ہیں۔ بلکہ ایسا کرو، برکت علی (ڈرائیور) کو دے دو۔ یا میں خود ہی دے دوں گا۔تم جاؤ میرے لیے چائے بنا کر لاؤ۔ پھر کچھ کرنا۔''

شمی کا اُلجھا ہوا انداز اور لہجہ وانیہ کو سمجھ نہیں آ رہا تھا۔ آج پہل بار وہ اس کے سامنے اس طرح بیزاری کا مظاہرہ کر رہا تھا۔ وہ کچھ سوچتی اس کے لیے چائے بنانے کچن میں آ گئی۔ نانو کو وہ پہلے ہی ان کے کمرے میں ناشتہ دے چکی تھی۔ عصمٰی کے ایگزامز ہونے والے تھے وہ بھی رات دیر تک پڑھنے کی وجہ سے اب تک سو رہی تھی۔ بچے بھی دیر تک دھینگا مشتی کرتے رہے تھے۔ ویسے بھی چھٹی کے دن کی عموماً تمام گھروں کی یہی روٹین ہوتی ہے۔ وہ شمی کے لیے چائے بنا لائی تو بچوں کو شمی کے ساتھ مستیاں کرنے میں مصروف پایا۔ بچوں کا کوئی فرمائشی پروگرام تھا۔

''سوری......سوری آج کہیں نہیں جانا۔ آج اپنی چاچی سے کہو وہ تمہارے لیے پیزا گھر پر ہی بنا دیں گی اور فن لینڈ ہم نیکسٹ سنڈے چلیں گے اوکے؟''

''مجھ سے تو آج چائینیز کی فرمائش ہے اور وہ میں برنچ میں بنا رہی ہوں۔'' وانیہ نے اسے چائے کا مگ تھمایا۔

''تو ہم شام کی بات کر رہے ہیں چاچی۔ چاچو نے ہم سے کل پرامس کیا تھا۔'' سنی نے قدرے خفگی سے کہا تو وانیہ نے اس کے بال بکھیرتے ہوئے اپنے قریب کھینچا۔ وہ تینوں بیڈ پر تھے۔ وانیہ بھی قریب ہی بیٹھ گئی۔

''چاچو......آپ نے پرامس کیا تھا ناں ہمیں آج جانا ہے۔'' گولڈی زبردستی اس کی گود میں بیٹھ کر لاڈ سے بولی۔ وہ بھی اب سکول جانے لگی تھی۔ اسی لیے اس کی تتلاہٹ بھی کافی کم ہو گئی تھی۔

''بچو اب آپ کے چاچو کو پرامس یاد نہیں رہتے۔ مجھ سے بھی آج انہوں نے میری ہیلپ کا پرامس کیا تھا مگر میں نے خود ہی سارے کام کر لیے۔'' وانیہ نے بھی بچوں کے ساتھ مل کر اسے چھیڑا تو وہ ایک دم چڑ اُٹھا۔

''اب تم بھی بچوں کے ساتھ شروع ہو جاؤ......نہیں ہے میرا موڈ کچھ بھی کرنے کا۔ نہیں جانا ہے آج کہیں بھی۔'' وہ گولڈی کو بیڈ پر ایک طرف بٹھا کر چائے کا مگ لے کر کمرے سے ہی نکل گیا۔ وانیہ کو اس کا رویہ عجیب سا لگا وہ ناسمجھی سے اسے جاتا دیکھ رہی تھی۔

''چاچی......چاچو خفا ہو گئے؟'' گولڈی نے قریب آ کر اسے متوجہ کیا تو وہ ایک دم چونکی۔

''آں......نہیں سوئٹی، آپ کے چاچو خفا نہیں ہیں۔ ان کی طبیعت اچھی نہیں ہے اس لیے کہہ رہے ہیں۔ ہم نیکسٹ سنڈے چلیں گے۔ اب آپ چاچو سے مت کہنا ہم خود پزا بنائیں گے، اوکے۔'' وانیہ نے انہیں بہلا لیا تھا مگر شمی کے بدلے رویے کی وجہ جاننے کی جستجو سے بچنے کی چاہ کے باوجود وہ خود کو بہلا نہیں پا رہی تھی۔ سارا دن کام میں مصروف رہنے کے باوجود وہ شمی کا لہجہ اور باتیں ذہن سے نکال نہیں پا رہی تھی حالانکہ برنچ ٹائم پر وہ بالکل ہشاش بشاش سبھی سے چھیڑ چھاڑ کر رہا تھا اور رات کو بچوں کو گھمانے بھی لے گیا تھا۔ وہ کام کا بہانہ کر کے ان کے ساتھ نہیں گئی تھی۔ اسے حیرت تھی کہ شمی نے ساتھ چلنے پر اصرار بھی نہیں کیا تھا۔

''بیٹا تم کیوں نہیں گئیں؟'' نانو نے ان کے جاتے ہی پوچھا۔

''ایسے ہی نانو دل نہیں چاہ رہا تھا۔'' اس نے انہیں جوس کا گلاس پکڑا کر ان کے ساتھ بیٹھتے ہوئے معمول کے انداز میں کہا مگر پھر بھی نانو نے اسے بغور دیکھا۔

''چلی جاتیں، سارا دن کاموں میں لگی رہتی ہو اسی بہانے دل بہل جاتا۔''

''ہر بار تو جاتی ہوں نانو آج نہیں گئی تو آپ کیوں پریشان ہوتی ہیں۔'' وانیہ نے بے وجہ مسکرا کر انہیں مطمئن کرنے کی کوشش کی۔

''پریشان نہیں ہوں، تمہاری اُداسی کی وجہ سے فکر مند ہوں میکا یاد آ رہا ہے تو چلی جاؤ دو چار دن کے لیے...... وہ سب بھی بلا رہے ہیں۔ صبیٰ بھی اصرار کر رہی تھی۔''

''نانو...... سنی، گولڈی کی چھٹیاں ہو جائیں پھر سبھی مل کر جائیں گے۔ آپ کو بالکل بھی فکر مند ہونے کی ضرورت نہیں ہے۔ میں ذرا تھک گئی تھی ان کے ساتھ جا کر ہلا گلا نہیں کر سکتی تھی اس لیے۔''

''تم بھی تو مسلسل کاموں میں لگی رہتی ہو اب جاؤ جا کر کچھ آرام کرو۔'' انہوں نے اسے محبت آمیز نظروں سے دیکھتے ہوئے کہا تو وہ ان کے کمرے سے نکل آئی۔

بچے بہت خوش اور پُر جوش واپس آئے تھے۔ چاچو انہیں فن لینڈ لے گئے تھے اور انہیں کیا چاہیے تھا۔

''چاچی بوت مزہ آیا میں اور چاچو ڈاجنگ کار جیت گئے۔ سنی اور پھپھو کو تو ریس لگانی نہیں آتی۔ میں نے شوٹنگ بھی کی تھی اور کوائن بھی وِن کیے ہیں ناں چاچو۔'' گولڈی پورے جوش سے بولتی ثعلب سے تائید مانگ رہی تھی۔

''ہاں بھئی بس اب چاچو تھک گئے ہیں اب چاچو بھی سوئیں گے اور آپ بھی سو جاؤ۔ صبح مجھے آفس اور آپ کو سکول جانا ہے۔'' وہ سر ہلا کر بولا اور انہیں لاؤنج میں چھوڑ کر اپنے کمرے کی طرف بڑھ گیا۔

''اور کھانا...... کھانا نہیں کھانا کیا؟'' اس نے جاتے ہوئے عُمی سے سوال کیا تو وہ مڑے بغیر بولا۔

''ہم نے باہر ہی کھا لیا، بچوں کو بھوک لگی تھی۔'' وہ جواب دے کر چلا گیا تو عصمیٰ بھی معذرت کرنے لگی۔

''سوری بھابی...... آپ کا بنایا پزا کل کھالیں گے ابھی بالکل گنجائش نہیں ہے۔''

''کوئی بات نہیں...... ٹھیک ہے تم آرام کرو۔ چلو بچو جلدی سے چینج کرو، برش کرو اور سو جاؤ۔'' وانیہ نے بھی خندہ پیشانی سے کہتے ہوئے بچوں کو پچکارا۔ اسے معلوم تھا بچے باہر جا کر ضرور کچھ نہ کچھ کھالیں گے، اس نے پزا پیک نہیں کیا تھا۔

وہ کمرے میں آئی تو ثعلب اپنے لیپ ٹاپ پر کچھ کام کرنے میں مصروف تھا۔ اسے دیکھ کر اپنی مصروفیت ترک کر کے اسے معمول کے لہجے میں مخاطب کرنے لگا۔

''کیا بات ہے آج میرے ساتھ کوئی ناراضی چل رہی ہے؟'' بکھری چیزیں سمیٹ کر ان کی جگہ پر رکھی وانیہ نے قدرے حیرت سے چہرہ موڑ کر اسے دیکھا پھر اس کی طرف رُخ کر کے اپنی حیرت کا اظہار بھی کر دیا۔

''یہ سوال تو مجھے آپ سے پوچھنا چاہیے، صبح سے آپ کا موڈ آف ہے۔''

''میرا موڈ آف...... وہ بھی تمہارے ساتھ؟ یار اتنا بڑا الزام تو نہ لگاؤ۔'' وہ سامنے سے لیپ ٹاپ ہٹا کر اُٹھا

اور بڑھ کر اس کا ہاتھ تھام کر بستر پر اپنے سامنے بٹھا کر اسے دیکھتے ہوئے مزید بولا۔ ''تمہیں ایسا کیوں لگا کہ میرا موڈ تمہاری وجہ سے خراب ہے۔''

''صبح آپ نے جس طرح ری ایکٹ کیا تھا۔'' اس کی آنکھیں بھر آئیں۔

''اوہ گاڈ...... ٹوٹل مس انڈرسٹینڈنگ یار اَپ سیٹ تھا سونا چاہ رہا تھا۔ پہلے تمہاری کھٹ پٹ سے آنکھ کھلی پھر سویا تو بچوں نے آ کر جگا دیا اور تم......'' ثعلب نے اس کا ہاتھ تھام کر بھرپور انداز میں صفائی دی۔

''میں نے جو فیل کیا کہہ دیا۔ میں تو بہت آرام سے کام کر رہی تھی۔'' اس نے اپنے چھلکتے آنسو دوسرے ہاتھ سے صاف کیے۔ ''آپ کیوں اَپ سیٹ تھے؟''

''بتایا تو ہے...... اچھا بھئی سوری۔'' شمی نے اپنے کان پکڑنے کے بجائے اس کے کان پکڑے تو وہ پہلے تو خفگی سے دیکھے گئی پھر ایک دم ہنس دی۔

''آپ بھی ناں......''

''شکر ہے تمہارے چہرے پر ہنسی تو نظر آئی۔ صبح سے سڑی شکل دکھا دکھا کر بور کر دیا تھا۔'' شمی نے اسے کندھوں سے تھام کر کہا تو وہ اس کے ہاتھ ہٹاتی اُٹھ گئی۔

''میں تو نارمل تھی لفٹ تو آپ نہیں دے رہے تھے، مجھے ساتھ چلنے کے لیے بھی نہیں کہا۔'' دل میں آیا شکوہ وہ کیے بغیر نہ رہ سکی۔ شمی نے اسے محبت بھری نظروں سے دیکھتے ہوئے کہا۔

''یار تمہیں کہنے کی ضرورت تھی؟ پہلے سے طے ہے کہ ہم سبھی ایک ساتھ جائیں گے تو تم نے کیوں انکار کیا اچھا بس اب یہ گلے شکوہ ختم کرو اور ادھر آؤ میرے پاس۔'' شمی کو بھی احساس ہوا کہ یہ بحث چھڑ گئی تو بہت لمبی ہو جائے گی اور بدمزگی کا امکان بھی تھا۔

''میں آپ کے لیے صبح کا ڈریس نکال کر آتی ہوں۔ سٹور میں بھی کچھ سامان بکھرا ہے وہ ایک طرف کر دوں۔ آپ اپنا کام کریں۔''

''او کے......'' شمی نے سر ہلا کر اجازت دی۔ اس کے جانے کے بعد شمی کسی گہری سوچ میں رہا۔ ذہن میں کئی خیالات ہلچل مچا رہے تھے جنہیں جھٹک کر بھی وہ جھٹک نہیں پا رہا تھا۔ صبح اس ڈبے کو دیکھ کر اسے ماضی کے کئی لمحے یاد آئے تھے۔ کئی خوشگوار یادیں تھیں جنہیں وہ بھلانے کی کوشش میں ناکام ہو رہا تھا۔ رومانہ سے متعلق کئی تحائف اس ڈبے میں بند تھے اور وہ سوچ رہا تھا اگر وانیہ نے وہ ڈبا کھول لیا تو نہ جانے اس کا کیا ردِعمل ہوگا۔ یہ چیزیں اب اس کے لیے زندگی کی تلخیوں سے زیادہ اہمیت نہیں رکھتی تھیں لیکن وہ تلخیاں اس کی موجودہ خوشگوار ازدواجی زندگی کی مٹھاس میں گھلتیں تو یہ بھی اسے گوارا نہیں تھا۔ وانیہ کے ساتھ وہ اب بھرپور اور مطمئن زندگی گزار رہا تھا۔ ماضی کی محبت اس کے لیے اب کسی نادانی یا حماقت جیسی تھی۔ اسی لیے وہ بے جان و بے ضرر چیزوں کو وانیہ کو اذیت دینے کا ذریعہ نہیں بنانا چاہتا تھا۔ وانیہ واپس آئی تو وہ اپنی سوچوں سے نکل کر اسے دیکھ کر بھرپور انداز میں مسکرایا۔

○......❖......○

نانو کے پاس کوئی رشتے دار خاتون آئی بیٹھی تھیں۔ وانیہ ان کے لیے چائے اور لوازمات کی ٹرالی لے کر خود آئی اور پھر انہیں اصرار کے ساتھ سرو بھی کر رہی تھی۔ نانو کی بھتیجی اس سے کافی متاثر نظر آ رہی تھی۔

''ماشاء اللہ پھپھو، ثمی کی دلہن نے بھی گھر سنبھال لیا ہے۔ اب تو آپ کو کوئی فکر نہیں رہی ہو گی۔'' وانیہ کے سامنے ہی انہوں نے توصیفی انداز میں کہا تو وہ جھینپ گئی۔

''الحمد للہ...... اللہ نے ہم پر بڑا کرم کیا...... ماشاء اللہ سے ہماری بچی بڑی سگھڑ اور سلیقہ مند ہے۔ ہم تو اس کے بغیر بالکل ادھورے ہیں۔'' نانو نے بہت شفقت و محبت سے پاس بیٹھی وانیہ کو تھپتھپایا تو وہ شرما کر اُٹھ گئی۔

''نانو بلکہ میں آپ سب کے بنا ادھوری ہوں۔ آپ میرا ساتھ نہ دیں تو میں گھر کی ذمے داریاں کیسے سنبھال سکتی ہوں۔'' اس کی انکساری متاثر کن تھی۔ ''آنٹی پلیز آپ مائنڈ مت کیجیے گا مجھے کچن میں کچھ کام ہے۔ میں آپ کے پاس پھر آ کر بیٹھتی ہوں۔''

''کوئی بات نہیں بیٹا! تم جاؤ کام کرو۔ میں بھی بس تھوڑی دیر میں چلی جاؤں گی۔''

''بالکل نہیں آپ کھانا کھا کر جائیں گی۔ سات بجے تک ثعلب بھی آفس سے آ جائیں گے۔ آپ کو ڈرائیور گھر چھوڑ دے گا۔ آپ آرام سے نانو کے ساتھ بیٹھ کر باتیں کریں۔'' وہ انہیں بہ اصرار کھانے کے لیے روکنے پر مجبور کر گئی۔ اس کے جانے کے بعد شکیلہ آنٹی نے مزید اسے سراہا۔

''واقعی پھپھو جیسا سنا تھا ثمی کی دلہن اس سے بھی بڑھ کر ہے۔ تمکین کی کمی ذرا بھی محسوس نہیں ہوئی۔'' نانو نے بھی فوراً ہی تائید کی۔

''ہاں بالکل تمکین کا ہی پرتو لگتی ہے۔ آتے ہی گھر کو سنبھال لیا۔ اللہ میرے بچوں کا گھر اسی طرح شاد و آباد رکھے۔''

''پھپھو، ثمی تو خوش ہے ناں اس شادی سے۔ میرا مطلب ہے رومی سے تو وہ شدید محبت کرتا تھا۔ اسے دل سے قبول کر لیا۔'' شکیلہ نے قدرے تجسس ظاہر کیا تو نانو کے لبوں پر خفیف سی مسکراہٹ آ گئی۔ جب سے ثعلب کی شادی ہوئی تھی۔ ہر دوسری خاتون یہی سوال دہراتی تھی۔

''اللہ کا شکر ہے۔ دونوں ہی بہت خوش ہیں ایک دوسرے کی رفاقت میں۔ رومی سے محبت کی شدت تو تبھی ختم ہو گئی تھی جب وہ ہمیں مشکل گھڑی میں چھوڑ گئی تھی۔ مرد کے لیے وہی عورت اہم رہتی ہے جو اس کے برے وقت کی ساتھی بنے۔'' نانو جان نے دوٹوک انداز میں بات ختم کر دی۔ نانو اپنی بھتیجی کی عادت سے واقف تھیں، جانتی تھیں خاندان کی باتوں کی ٹوہ لینا اور پھر ان کا چرچا عام کرنا ان کی خصلت میں شامل ہے۔ تبھی انہوں نے جلدی سے موضوع بدل دیا تھا۔ شکیلہ آنٹی بہت خوش، خوش رخصت ہوئی تھیں اور جاتے جاتے انہیں اپنے گھر آنے کی دعوت بھی دے گئی تھیں۔

شکیلہ آنٹی کو ڈرائیور برکت علی چھوڑنے گیا ہوا تھا۔ برکت علی کافی عرصے سے آفس میں ڈرائیور کی پوسٹ پر کام کر رہا تھا۔ جب سے نانو یہاں رہائش پذیر ہوئی تھیں، ثعلب نے برکت علی کو مستقل گھر کے کاموں کے لیے وقف کر دیا تھا اور اسے رہائش بھی سرونٹ کوارٹر میں دے دی تھی۔ سال پہلے ہی برکت علی کی شادی ہوئی تھی اور وہ

اب گاؤں سے اپنی بیوی بھی لے آیا تھا۔ ایماندار اور قابلِ اعتماد تھا، اسی لیے بچوں اور عصمٰی کو سکول کالج سے لانے لے جانے پر بھی مامور تھا۔

نانو کو ڈاکٹر کے پاس لے جانا بھی اسی کی ڈیوٹی تھی۔ اس کی فرض شناسی کی بنا پر ثمی اس کا بہت خیال رکھتا تھا۔ اپنی بہت سی استعمال شدہ چیزیں کپڑے وغیرہ اس نے پہلے بھی کافی دفعہ برکت علی کو دیئے تھے۔ اب بھی وانیہ نے جو کچھ بھی چھانٹی کیا تھا وہ برکت علی اور اس کی بیوی کو ہی بھجوا دیا تھا۔ خصوصاً وہ بڑا سا کارٹن بھی۔ برکت علی، شکیلہ آنٹی کو چھوڑ کر نانو کے لیے منگوائی ہوئی میڈیسن دینے آیا تو قدرے جھجکتے ہوئے کہنے لگا۔

''باجی...... وہ آپ نے کل مجھے ایک ڈبہ دیا تھا، مجھے لگتا ہے وہ مجھے غلطی سے دے دیا ہے۔''

''غلطی سے...... نہیں نہیں...... صاحب نے وہ تمہیں ہی دینے کے لیے کہا تھا۔ کیوں کیا ہوا...... کیا بات ہے؟'' وانیہ اس کے مبہم سے تاثرات پر قدرے چونکی سی ہوگئی۔

''وہ...... اس میں صاحب کی کافی قیمتی چیزیں ہیں، اس لیے مجھے لگا، آپ پھر بھی صاحب کو ایک بار دکھا دیں۔ مجھے ان کے کام کی چیزیں لگتی ہیں۔''

''اچھا...... ہوسکتا ہے۔ ٹھیک ہے تم لا دو میں دکھا دیتی ہوں۔'' وانیہ کو احساس ہوا کہ شاید وہ غلطی سے کچھ اور سامان نہ دے چکی ہو۔ بعد میں مسئلہ ہونے کا احتمال تھا جتنی دیر میں برکت علی وہ ڈبا لے کر آیا وہ وہیں لاؤنج میں بیٹھی رہی۔ سبھی آرام سے اپنے اپنے کمروں میں سونے کی تیاری کر رہے تھے۔ بچوں کو وہ سلا چکی تھی۔ ثمی کمرے میں لیٹا ٹی وی پر حالاتِ حاضرہ کا پروگرام دیکھ رہا تھا۔ وانیہ، برکت علی سے ڈبا لے کر اندرونی دروازہ مقفل کر کے کمرے میں آئی تو ثمی اس کے ہاتھ میں پھر وہی ڈبا دیکھ کر پہلے تو حیران ہوا پھر قدرے جھلاتے ہوئے استفسار کرنے لگا۔

''یہ کیا اُٹھا لائی ہو برکت کو دیا نہیں ابھی تک؟''

''میں نے تو دے دیا تھا مگر وہ کہہ رہا ہے کہ اس میں آپ کا قیمتی سامان ہے۔ میں نے اسے غلطی سے دے دیا ہے۔'' وانیہ نے ڈبا صوبے کے پاس پڑی میز پر رکھنے کے بعد بستر کی طرف قدم بڑھائے۔

''کچھ خاص قیمتی نہیں ہے۔ بس دے دیا تھا تو...... واپس لینے کی کیا ضرورت تھی۔'' ثمی مزید جھنجھلایا تو وہ پلٹ کر اس کی جانب آگئی۔

''میں نے تو واپس نہیں مانگا...... وہ خود دے کر گیا ہے۔ ہوسکتا ہے کہ آپ کی کوئی اہم چیز ہو...... آپ ایک بار چیک کرلیں...... پھر اسے دے دیجیے گا۔''

''نہیں چیک کرنا مجھے...... کہہ دیا ہے ناں......'' ثمی کو اپنی چڑچڑاہٹ سے خود ہی اُلجھن ہوئی۔

''ثعلب...... کیا بات ہے، ایسا کیا ہے اس میں؟ کہیں آپ کی گرل فرینڈز کی نشانیاں اور لو لیٹرز تو نہیں۔'' وانیہ نے تو اسے مذاق سے چھیڑا تھا۔ ثعلب نے نہایت سنجیدگی سے جواب دیا۔

''ہاں...... ایسا ہی ہے...... تم دیکھنا چاہتی ہو تو خود دیکھ لو یا پھر میں دکھاؤں؟ اگر حوصلہ ہے تو......'' ثعلب کی بات اور سنجیدگی اسے حیران کر گئی۔

''میں نے تو تم سے اپنی محبت و وفا کی پائیداری کے لیے ہر اس یاد کو مہر بند کر دیا تھا جو ہمارے رشتے میں دراڑ ڈالنے کی کوشش کرتی۔ اب تم یہ پینڈورا بکس کھولنا چاہتی ہو تو میں کیا کر سکتا ہوں۔'' شمی کی آواز کسی کرب کے اثر سے بوجھل سی تھی۔ وانیہ جو مذاق مذاق میں واقعی ڈبے کو کھولنا چاہتی تھی۔ وہ وہیں ساکت و جامد رہ گئی جبکہ شمی نہ جانے کس جذبے کے تحت ڈبے کی طرف بڑھا اور اس نے یک دم سارا ڈبا میز پر اُلٹ دیا۔

''دیکھو...... یہ ہے وہ قیمتی سامان جو اَب میرے لیے کسی ملبے کے ڈھیر کی طرح ہے، تم یقین کرو نہ کرو یہی حقیقت ہے۔'' وہ حیران نظروں سے بکھرے سامان کو دیکھ رہی تھی۔ کئی ٹائی پنز تھیں، گھڑیاں، گاگلز، ڈائریاں، فوٹو البمز، سی ڈیز، کیپ، وشنگ کارڈز، نیم پینڈنٹ، چین، کی چین اور پین سیٹ، کف لنکس اور نہ جانے کیا کچھ تھا۔ اتنی ساری چیزوں کے ساتھ ایک ہی ہستی وابستہ تھی۔ رومانہ...... یہ تمام چیزیں دونوں کی ایک دوسرے کے ساتھ وابستگی کی شدت کا احساس دلانے کے لیے کافی تھیں۔ اس کے باوجود دونوں کی جدائی...... وانیہ کی آنکھیں بے اختیار چھلک کر بہنے لگیں۔ شمی نے صرف اس سے ایک رشتے کی پائیداری کی خاطر اپنی ساری وفائیں، سارے جذبے، سبھی ارمان مہر بند کر دیئے تھے۔ اپنی ذات اپنی مہر و فا صرف اس کے لیے وقف کرنے کی خاطر اپنی زندگی کی انمول یادوں کو مہر بند کر کے بے وقعت کر دیا تھا۔ احساسِ تشکر سے اس کے آنسو تسلسل سے بہنے لگے۔ وہ بے اختیار ہو کر اس کی جانب بڑھی اور اس کے بازو سے لپٹ کر اسے یقین دلانے لگی۔

''مجھے تو آپ پر ہمیشہ سے یقین ہے۔ آپ نے یہ کیسے سوچ لیا کہ میں ان چیزوں کی وجہ سے اپنا یقین کھو دوں گی۔ جس طرح آپ کے لیے یہ سب کوئی وقعت نہیں رکھتیں، اسی طرح مجھے بھی کوئی فرق نہیں پڑتا۔ پلیز آپ انہیں رکھ لیں۔ استعمال کریں مجھے کوئی فرق نہیں پڑتا۔ میرے اطمینان کے لیے یہی کافی ہے کہ آپ صرف میرے ہیں...... اور میرے ہی رہیں گے۔'' وہ اتنی شدت سے روئی کہ ثعلب بھی پریشان ہو گیا۔ اسے بھی جیسے سمجھ آئی کہ وہ کیا کر چکا ہے۔

''وانیہ...... چپ کر جاؤ...... بھئی اس میں رونے کی کیا بات ہے۔ میں نے اپنی خوشی سے کیا ہے یہ سب......''

''میں نے آپ کو مجبور کیا تھا ناں...... میں بے حد بُری ہوں۔ آپ کو کس قدر دُکھ ہوا ہو گا۔'' وہ اس کے دل کا درد محسوس کر کے بلک ہی اُٹھی تھی۔ شمی نے اسے بازوؤں میں سمیٹ کر سنبھالنے کی کوشش کی...... مگر وانیہ کے احساسات بُری طرح چٹخے تھے۔

''ڈونٹ بی سلی...... نیا پلیز اب چپ کر جاؤ...... سنو۔'' شمی نے اسے جھنجھوڑ کر جیسے متوجہ کیا۔ ''سنو...... جب رومانہ سے میرا کوئی واسطہ تعلق ہی نہیں رہا تو ان بے جان چیزوں کی کیا ضرورت ہے۔ شادی کی پہلی رات تم نے مجھ سے جو باتیں کی تھیں...... میں نے انہیں دل سے قبول کیا تھا۔ میں واقعی رومانہ کو بھلانا چاہتا تھا اور تمہارے دکھائے درگزر کے راستے پر عمل کر کے میں اپنی کوشش میں کامیاب ہوا ہوں۔ پلیز اب تم مجھے ماضی کی اذیت ناک یادوں کو پھر سے گلے لگانے کا مشورہ مت دو۔''

شمی کے لہجے میں سچائی کی خوشبو تھی۔ وانیہ نے خود کو قدرے سنبھال کر اس کی جانب دیکھا تو شمی نے مزید

پُر اعتماد ہو کر اسے یقین دلایا۔

''سنو وانیہ...... مرد کی زندگی میں وہی عورت اہم مقام پاتی ہے جو اسے اور اس سے وابستہ مسائل سمجھ کر انہیں حل کرنے کی صلاحیت رکھتی ہے۔ تم میری زندگی میں اسی اہم مقام پر ہو...... باقی سب بکواس ہے، اب رونا دھونا بند...... یار آج جلدی سونا چاہتا تھا مگر...... آج کی رات تمہارے نام......'' شمی نے سنجیدگی سے کہتے کہتے اسے شرارت سے چھیڑا تو وہ جھینپ کر اسے پیچھے دھکیل گئی۔

○......❖......○

زندگی کا حُسن وانیہ کو اب محسوس ہونے لگا تھا۔ اپنی امی کی، بابا جان سے چاہت کی وجہ اسے اب سمجھ آنے لگی تھی۔ اس کی امی نے جس طرح اس کے بابا کے لیے اپنی ذات نچھاور کر دی تھی۔ وانیہ بھی خود کو اسی مقام پر محسوس کرنے لگی تھی۔ اس کا دل چاہتا وہ شمی کے قدموں میں بچھ بچھ جائے۔ وہ اس کی ہر خواہش بنا کہے سمجھنے لگی تھی۔ اس کی آہٹیں محسوس کرنے لگی تھی۔ اس کی ذراسی تاخیر اس کی جان پر بنا دیتی تھی۔ اس کا دل چاہتا کہ وہ ہر وہ عمل کر گزرے جو شمی کی جان کو راحت و سکون دے اور شمی کی جان کا راحت و سکون تو اپنے گھر کے افراد اور سنی، گولڈی کی خوشی میں اٹکا ہوا تھا۔ اسی لیے وانیہ کے لیے سبھی کو خوش رکھنا اور خوشی دینا سب سے مقدم تھا۔

○......❖......○

سعیدہ خانم کی طبیعت موسم کے زیر اثر کچھ خراب تھی۔ صبٰحی دل و جان سے ان کی تیمار داری کر رہی تھی۔ وانیہ کو بھی اس نے اطلاع دے دی تھی۔ کریم احمد بھی ہر روز آ کر بہن کی خبر گیری کرتے تھے اور آج تو بہت عرصے بعد طاہرہ بھی ان کے گھر آئی تھیں۔ چھوٹی بھاوج کی آمدان کے لیے کسی عید کے چاند جیسی ثابت ہوئی تھی۔

''شکر ہے تمہاری صورت بھی نظر آئی...... ورنہ میں تو سمجھ رہی تھی تمہاری ناراضی کا ملال دل میں لیے دنیا سے رخصت ہو جاؤں گی۔'' طاہرہ بڑی نند کی بات سن کر قدرے جز بز سی ہوئیں۔ ان کے شکوے نے کریم احمد کے چہرے کا رنگ بھی بدلا تھا۔

''اللہ نہ کرے آپا...... آپ کو کچھ ہو...... ایک آپ ہی تو اب ہماری بزرگ ہیں۔'' کریم احمد نے بے ساختہ بہن کو ٹوکا تو طاہرہ نے بھی پیش رفت کی۔

''کریم ٹھیک کہہ رہے ہیں آپا اور میری آپ سے بھلا کیا ناراضی...... آپ بہن ہیں تو اپنے بھائی کا ہی ساتھ دینا تھا آپ کو......'' طاہرہ نہ چاہتے ہوئے شکوہ کر گئیں۔ کریم احمد نے بیوی کو گھور کر دیکھنے کے بعد بات کا اثر زائل کرنے کی کوشش کی۔

''اب ان باتوں کا کیا فائدہ جو ہونا تھا ہو گیا۔''

''نہیں کریم...... اسے کہنے دو...... اپنوں سے ہی شکوے کیے جاتے ہیں۔ اچھا ہے کہہ سن کر دلوں کا غبار نکل جاتا ہے۔'' سعیدہ خانم نے خندہ پیشانی سے اپنی بھاوج کے رویے کو درگزر کیا۔

''آپا...... انصاف سے سوچیں...... شوہر ساری زندگی بیوی کو دھوکا دیتا رہے اور بڑھاپے میں آ کر سوکن کا ہوّا سامنے لا کھڑا کرے تو بیوی بیچاری کا...... ردعمل کیا ہوگا۔'' طاہرہ ہنوز کبیدہ و شاکی تھیں۔

''تمہاری سوکن کا تو اب وجود ہی نہیں رہا۔ تم کیوں خواہ مخواہ جلتی کڑھتی رہتی ہو۔ ویسے بھی ہم آپا کی مزاج پُرسی کے لیے آئے ہیں۔ گھر جا کر اپنے قصے نمٹا لینا......'' کریم احمد نے دبے دبے لہجے میں بیوی کو کچھ باور کرایا۔ صہبیٰ اس وقت ٹرالی میں چائے کے لوازمات لیے سعیدہ خانم کے کمرے میں داخل ہوئی تو انہوں نے مزید سرگوشیانہ انداز میں تنبیہ کی۔

''بس......اب آپا کی بہو کے سامنے کوئی گوہر افشانی مت کرنا'' طاہرہ نے نخوت سے سر جھٹک کر آپا کو دیکھا تو وہ بھی نظروں میں یہی اشارہ کر رہی تھیں۔

''ماموں جان......آپ نے بہت اچھا کیا آج مامی جان کو بھی لے آئے۔'' صہبیٰ نے ماحول کی کشیدگی محسوس کر کے موضوع بدلنے کی کوشش کی۔

''اور تم نے تو ہماری طرف نہ آنے کا بہانہ ڈھونڈ لیا ہے......میری سوکن کی اولاد کو بھابی بنا کر نئی رشتے داریوں میں مجھے نیچا دکھانے کی خوب کوشش کی ہے۔'' طاہرہ بیگم دل کی بات دل میں رکھ لیں ایسا کبھی نہیں ہوا تھا۔ صہبیٰ کے چہرے کا رنگ لمحے بھر کو متغیر ہوا......لیکن پھر وہ خود کو سنبھال کر بولی۔

''مامی جان اس میں خدانخواستہ آپ کو نیچا دکھانے والی کیا بات ہے۔ وانیہ کی شادی تو ماموں جان کو کرنی تھی۔ وہ آخر ان کی ذمے داری تھی......اگر میرے بھائی کے ساتھ اس کا سنجوگ لکھا تھا تو اللہ کی مرضی......آپ کو تو وہ ذمے داری اُٹھانی بھی نہیں پڑی۔'' صہبیٰ نے کافی رسانیت سے بات کی تھی۔ سعیدہ خانم نے بھاوج کے ماتھے کے بل دیکھ کر صہبیٰ کو بہانے سے اُٹھا دیا۔

''صہبیٰ......بیٹا دیکھنا ڈرائیور میری میڈیسن لے آیا ہے۔''

''جی امی جان......میں دیکھتی ہوں۔'' صہبیٰ ساس کا اشارہ سمجھ کر فوراً ہی وہاں سے چلی آئی۔

''میں کیوں اُٹھاتی پرائی اولاد کی ذمے داری......جس نے پیدا کیا تھا......وہ جانے نہ جانے......میں نیا سر درد کیوں پالتی۔'' طاہرہ نے جلے بھنے انداز میں کہا تو دونوں بہن بھائی بے بسی کے طور پر سر ہلا کر رہ گئے۔ سعیدہ خانم نے بات ختم کرنے کے سے انداز میں نرمی سے سمجھانے کی کوشش کی۔

''بس پھر طاہرہ......جب تمہارا اس بچی سے کوئی تعلق کوئی واسطہ نہیں ہے تو تم کریم کی اور اپنی زندگی میں کھچاؤ کیوں پیدا کرتی ہو کریم اپنی ذمے داری پوری کر چکا۔ بچی اپنے گھر بار کی ہو چکی۔ وہ اپنے گھر میں خوش ہے، تم دونوں بھی اپنے گھر میں خوش رہو۔ بہو بیٹیوں کو تماشا مت دکھاؤ۔''

''یہی بات تو میں بھی سمجھاتا ہوں آپا......'' کریم احمد نے پھر سے لاچاری ظاہر کی۔

''میں بھی بس یہی چاہتی ہوں کہ بار بار اپنی چہیتی اولاد کا رونا رو رو کر میری جان نہ جلائی جائے۔ میں آج آئی بھی اسی لیے ہوں آپا کہ اس لڑکی سے کہیں بار بار فون کر کے میرے گھر کا سکون خراب نہ کیا کرے۔'' طاہرہ نے آخر اپنے آنے کا مقصد بیان کر ہی دیا۔ سعیدہ خانم حیرت سے بھائی کو دیکھے گئیں۔ ان کا خیال تھا کہ شاید بھائی کچھ کہے گا ان کی خاموشی محسوس کر کے۔ سعیدہ خانم کو ہی وانیہ کا دفاع کرنا پڑا۔

''بیٹی اپنے باپ کو فون نہیں کرے گی تو کس کو کرے گی۔ کریم احمد اس کا باپ ہے، تم یہ پابندی دونوں پر

نہیں لگا سکتی ہو۔ تم اسے اپنے گھر میں نہ آنے دینے کا اختیار رکھتی ہو طاہرہ...... کریم سے اس کا رشتہ ختم کرنے کا تمہارے پاس کوئی اختیار ہے نہ حق......؟'' ماحول ایک دم ناسازگار ہو گیا تھا۔ دونوں بہن بھائی ایک دوسرے سے نظریں چرائے کچھ دیر خاموش رہے آخر طاہرہ نے ہی واپسی کے لیے جانے کا قصد کیا۔

○......❖......○

رات کے کھانے پر سبھی جمع تھے۔ وانیہ حسبِ معمول بچوں کو اپنے دائیں بائیں بٹھائے کبھی اپنے ہاتھ سے نوالہ کھلاتی، کبھی سب کو کھانے کی ڈش پیش کرتی، وہ سب کے لیے کسی ماں کی طرح فکرمند نظر آتی تھی جو اپنی ذات بھلائے دوسروں کی ضروریات و آرام کا خیال رکھ کر ہی مطمئن و پُرسکون نظر آتی ہے۔ نانو اور ثعلب کے ذہن میں بیک وقت یہی سوچ تھی۔ کھانے کے دوران نانو نے ہی ایک بار پھر اسے اسلام آباد جانے کا مشورہ دیا۔

''وانیہ! بیٹا اب تو تمہیں جانا چاہیے۔ صُہیٰ فون پر بتا رہی تھی، سعیدہ کی طبیعت کافی خراب ہے۔ تمہاری پھپھو ہیں تمہیں ضرور جانا چاہیے۔''

''ہاں...... میں نے بھی وانیہ سے کہا ہے۔ یہ اپنا پروگرام بنا لے، میں ٹکٹ کروا دیتا ہوں۔'' ثمی نے بھی تائیدی انداز میں کہا۔

''میں اکیلی جاؤں گی؟ میرا مطلب ہے ہم سب کا تو اکٹھے جانے کا پروگرام تھا ناں اور......'' وانیہ نے قدرے تردد سے کہا۔

''اکٹھے بھی چلیں گے ان شاء اللہ...... مگر ابھی تمہارا جانا زیادہ ضروری ہے...... تم اپنی پیکنگ کر لو...... میں دیکھتا ہوں پرسوں کی کوئی سیٹ مل جائے۔'' ثمی نے مزید کچھ کہنے کی گنجائش ہی نہیں چھوڑی تھی۔ پھپھو کی ناسازی طبع کا سن کر پریشان تو وہ بھی تھی، جانا بھی چاہتی تھی لیکن گھر کے معمولات میں خلل کا سوچ کر ذہن میں کشمکش بھی تھی۔ اب ثمی اور نانو کے اصرار نے اس کی ہمت بندھا دی تھی۔

○......❖......○

گھر واپس جاتے ہوئے طاہرہ کا موڈ بُری طرح بگڑا ہوا تھا۔ وہ بولتے ہوئے گاڑی چلاتے ڈرائیور کو بھی فراموش کر چکی تھی۔

''تم اسی لیے مجھے اپنی بہن کے گھر لائے تھے تاکہ سبھی مل کر مجھے ذلیل کریں۔''

''پہلی بات تو یہ ہے کہ تم اپنی مرضی سے آئی تھیں اور دوسرے تم فضول میں ہر بات کو اپنی انا کا مسئلہ بنا لیتی ہو۔ نہ تم صُہیٰ کو کوئی بات سناتیں نہ وہ تمہیں جواب دیتی۔''

''اس کے جواب پر تم تو بہت خوش ہوئے ہو گے، تمہارا ارمان پورا ہو گیا۔''

''میرے ساتھ بار بار اس موضوع پر بحث کرنے کی ضرورت نہیں ہے طاہرہ...... تمہاری وجہ سے...... ہاں صرف تمہاری وجہ سے میں نے اپنی بیٹی کو وہ حق نہیں دیا جس کی وہ حقدار تھی۔ شادی کے بعد ہر لڑکی اپنے باپ کے گھر رہنے آتی ہے مگر میں تو رخصت کرنے کے بعد اسے ایک دن کے لیے بھی نہیں بلا سکا۔ اگر وہ میری

خیریت معلوم کرنے کے لیے مجھے فون کر لیتی ہے تمہیں اس کی بھی تکلیف رہتی ہے۔'' کریم احمد کا پیمانہ صبر جیسے چھلک پڑا تھا۔

''ہاں...... ہوتی ہے مجھے تکلیف یہ سوچ سوچ کر کہ تم نے میرا ہی نہیں میری اولاد کا بھی حق دوسری عورت اور اس کی اولاد کی جھولی میں ڈال دیا۔ میرے جیتے جی اب تم اسے کچھ نہیں دو گے۔ نہ ہی اسے کبھی میرے گھر میں آنے کی اجازت ہوگی۔'' طاہرہ بیگم جیسے چیخ اُٹھیں۔

''تم نے ہی مجھے مجبور کر دیا تھا کہ میں دوسری عورت کی طرف جاؤں۔'' کریم احمد بھی چڑ چڑے پن سے بولنے لگے تھے۔

''تمہاری اپنی نیت میں فتور تھا۔ تم جیسے مردوں کو بیوی سے ہمیشہ دور جانے کے بہانے چاہیے ہوتے ہیں۔ ایک سے دل جو نہیں بھرتا۔''

''بس کر دو طاہرہ ایسا نہ ہو تمہاری بکواس سن سن کر میں کوئی ایسا قدم اُٹھا لوں جس پر تمہیں باقی زندگی پچھتانا پڑے۔'' کریم احمد کا لہجہ سنجیدہ ہی نہیں سنگین بھی ہو گیا تھا۔ طاہرہ بہت حیرانی سے انہیں دیکھ رہی تھیں۔ گھر آ گیا تھا۔ ڈرائیور نے جیسے ہی گیٹ پر گاڑی روکی کریم احمد اُتر کر اندر بڑھ گئے۔

○......❖......○

وانیہ رات کے سارے معمولات سے فارغ ہو کر کمرے میں آئی تو ثعلب نے اسے اطلاع دی۔

''نیا صبح دس بجے کی سیٹ کنفرم ہو گئی ہے تمہاری، تم اپنی پیکنگ کر لو...... میں نے آپی کو بھی انفارم کر دیا ہے۔ وہ خود تمہیں ریسیو کرنے آ جائیں گی، او کے......''

''اتنی جلدی کیا تھی آپ کو؟'' وانیہ قدرے جھنجلاتی، زچ ہوتی اس کے سامنے آ بیٹھی۔

''کیا مطلب؟ تم جانا نہیں چاہتیں؟'' ثمی نے اسے حیرانی سے دیکھا۔

''جانا تو چاہتی ہوں...... مگر اس طرح......'' وہ کہتے کہتے جھجکی۔

''کس طرح......؟ کیا ہاتھی گھوڑوں کے ساتھ جانا چاہتی تھیں۔'' ثمی نے اس کی خاموشی پر اسے چھیڑا۔

''اس طرح کا مطلب ہے، بلال اور طلال کے لیے کسی گفٹ کے بغیر......'' وہ زچ ہو کر بولی۔

''وہ صرف میری پھپھو کا گھر نہیں ہے۔ صبحی بھابی، آپ کی بہن کا سسرال بھی ہے۔ آپ کے حوالے سے میری اب الگ حیثیت ہے۔ میں خالی ہاتھ وہاں منہ اُٹھا کر چل دوں...... کیا اچھے لگے گا؟'' وانیہ کے چہرے پر پریشانی کے اثرات بالکل حقیقی تھے۔ ثمی کچھ متاثر ہوا پھر اس کے قریب ہو کر کندھوں سے تھامتے ہوئے رسانیت سے کہنے لگا بلکہ مصنوعی سنجیدگی سے اسے چھیڑا۔

''اوہو...... یار واقعی یہ تو بہت بڑی پرابلم ہے۔ مگر اب کیا ہو سکتا ہے۔ سیٹ تو کنفرم ہو چکی ہے او کے...... ڈونٹ وری...... میں آپی سے خود ایکسکیوز کر لوں گا۔''

''آپ تو ایکسکیوز کر لیں گے۔ مگر میرے حوالے سے ہمیشہ کے لیے بات رہ جائے گی کہ مجھے رشتوں کے حساب سے ملنے برتنے کا سلیقہ ہی نہیں ہے۔'' وہ قدرے سنجیدگی سے کہتی سامنے سے اُٹھ کر ڈریسنگ روم کی

طرف بڑھی تو شمی ایک جست میں اس کے سامنے جا کھڑا ہوا۔

''سوئٹ ہارٹ ...... تم ٹینشن کیوں لے رہی ہو۔ کوئی کچھ نہیں کہے گا...... او کے ہاں ایک حل ہے تم وہاں جا کر بلال، طلال کی پسند سے انہیں گفٹ لے دینا۔''

''میں ٹینشن نہیں لے رہی...... بس ایک بات کہہ رہی تھی۔ شادی کے بعد بہت سی باتوں کا خیال رکھنا پڑتا ہے۔ عموماً ملنے برتنے کے معاملات میں مرد بری الذمہ ہی رہتے ہیں۔ شکایت پیدا ہوتی ہے تو بیوی کو ہی موردِ الزام ٹھہرایا جاتا ہے۔''

''اللہ! میری زوجہ محترمہ میں کس صدی کی روح ڈال دی ہے تُو نے......'' شمی نے اس کی سنجیدگی پر جیسے دہائی دی۔

''مجھے نہیں پتا تھا کہ تم اتنی گہرائی سے سوچتی ہو...... آئندہ میں اپنے سر ہر الزام لے لوں گا۔ تمہیں اپنی ننھی سی جان پر اتنا بڑا بوجھ لینے کی ضرورت نہیں۔ اب پلیز کچھ مت کہنا...... جلدی سے اپنا سوٹ کیس پیک کرلو۔ مجھے واقعی بہت نیند آرہی ہے اور دائیر پورٹ سے تم چاکلیٹس وغیرہ بچوں کے لیے لے لینا۔'' شمی نے اس کے بولنے کی کوشش پر اس کے منہ پر ہاتھ رکھتے ہوئے اسے کندھوں سے پکڑ کر ڈریسنگ روم میں دھکیل دیا۔

سب میٹھی نیند سو رہے تھے اور وہ کچن میں آئندہ کچھ دنوں کے لیے مختلف ڈشز بنا کر رکھنے میں مصروف تھی۔ اسے معلوم تھا بچے اور شمی، شہنی بوا کے ہاتھ کے سادے کھانے رغبت سے نہیں بلکہ مجبوراً کھاتے تھے۔ ناشتے سے پہلے پہلے وہ فارغ ہونا چاہتی تھی اور آٹھ بجے تک نکلنا بھی تھا وہ فجر سے اُٹھی ہوئی تھی۔ شہنی بوا اپنے معمول سے اُٹھ کر آئیں تو کچن میں مختلف خوشبوئیں پھیلی محسوس کر کے سر دھننے لگیں۔

''ارے بٹیا...... تمہیں بھی بس خبط ہے کام کا۔ ارے مجھے جگا لیتیں۔ میں کچھ مدد کروا دیتی۔''

''مدد تو بوا آپ ہی کو کرنی ہے میری...... یہ سب ٹھنڈا ہو جائے تو فریزر اور فریج میں رکھ دیجیے گا اور پلیز نانو کو روزانہ تازہ سوپ اور بچوں کو جوس ضرور دے دیجیے گا۔ یہ کچھ چکن و یجیٹیبل کباب بھی بنا دیئے ہیں۔ آپ فرائی تو کرلیں گی ناں؟'' وانیہ نے مصروف انداز میں کہتے ہوئے پوچھا تو بوا جھٹ بولیں۔

''یہ بھی کوئی مشکل کام ہے، اتنا تو کر ہی لوں گی...... بلکہ تمہارے آنے سے پہلے اُلٹا سیدھا جیسا بھی بنتا تھا میں بنا لیتی تھی۔ اب تم نے انہیں چٹخاروں کی عادت ڈال دی ہے تبھی تو انہیں کچھ پسند نہیں آتا۔'' بوا نے شکایت بھرے انداز میں کہا تو وانیہ مسکرا دی۔

''بوا جی بچے اب ٹی وی پر جو چیزیں دیکھتے ہیں۔ وہی مانگتے ہیں، اچھا آپ جلدی سے ناشتہ بنا لیں۔ میں ذرا جانے کے لیے تیار ہو جاؤں۔'' وانیہ نے کبابوں کی ٹرے کو پلاسٹک کور سے پیک کر کے فریزر میں رکھا اور پھر ہاتھ دھو کر جانے لگی تو بوا نے پیچھے سے پکار کر پوچھا۔

''بیٹا! کتنے دن کے لیے جا رہی ہو...... جو اتنا کچھ بنا دیا۔''

''بوا جی! دو تین دن میں آجاؤں گی میں۔ ان شاء اللہ...... اللہ پھپھو کو صحت دے...... میں تو ابھی نہ جاتی مگر کیا کروں جانا بھی ضروری ہے۔''

''ہاں بیٹا! ضرور جاؤ...... بلکہ تمہیں تو پہلے ہی جانا چاہیے تھا۔ گھر کی فکر مت کرو، میں سب سنبھال لوں گی۔''

''مجھے معلوم ہے بوا جی آپ سب سنبھال لیں گی اسی لیے بے فکر ہو کر جا رہی ہوں۔'' وانیہ کو واقعی ان کی وجہ سے کافی اطمینان تھا اگر وہ نہ ہوتیں تو وہ جانے کا سوچتی بھی نہیں۔ چلتے چلتے وہ بار بار نانو کو ثمی کو مختلف تاکیدوں سے باندھ رہی تھی کہ وقت پر کھانا اور دوا کھانا، ثمی بچوں کو آفس سے آ کر پراپر ٹائم دے انہیں رات کو کہانیاں سنائے، سکول ٹائم پر خود اُٹھ کر انہیں وین میں بٹھائے...... جس پر ثمی نے اسے چھیڑا تھا۔

''اتنی بھاری ڈیوٹی میں تو نہیں دے سکتا۔ اپنے لاڈلے، دلاروں کی عادتیں اتنی نہیں بگاڑنی تھیں تمہیں......'' گاڑی میں بیٹھی ثعلب کے ساتھ ائیرپورٹ جاتے ہوئے وانیہ نے خاصی حیرت سے اس کی جانب دیکھا۔

''یہ آپ کہہ رہے ہیں؟ میں نے ان کی عادتیں بگاڑی ہیں؟''

''تو اور کیا؟ بچے تمہارے بغیر سوتے نہیں تمہارے بغیر کھاتے نہیں، اُٹھتے نہیں...... تمہارے بغیر میں ادھورا ہوں...... اب بتاؤ بھلا کس کا قصور ہے؟'' وانیہ آخری بات سن کر اسے خفگی سے دیکھ کر بولی۔

''اب ان باتوں کا مقصد...... میں نہ جاؤں۔''

''یار اب کچھ کہوں گا تو لڑائی ہو جائے گی۔ میرے بڑے کہتے ہیں، بیوی میکے جا رہی ہو تو اسے روکنے کی کوشش بیکار ہوتی ہے۔''

''آپ ہی نے insist کیا تھا۔ آپ روک لیتے، میں نہ جاتی۔'' وانیہ اس کی فطرت سے کافی آگاہ ہو چکی تھی۔ اس کی چھیڑ چھاڑ کا بُرا مانے بغیر جواباً خوشدلی سے بولی تو ثعلب بھی مسکرا دیا۔

''ہاں...... تاکہ کل کو تمہارے میکے میں، میں ظالم شوہر کے نام سے مشہور ہو جاتا...... جو اُن کی بیٹی کو ان سے ملنے نہیں دیتا۔''

''کوئی آپ کو میرے سامنے ایسا کہہ کر تو دکھائے...... میں اسے خود جواب دے لوں گی۔'' وانیہ نے فوراً سنجیدگی سے جواب دیا جس پر وہ مصنوعی حیرت ظاہر کرنے لگا۔

''واقعی......؟ تم کسی اور کے سامنے بھی بول سکتی ہو؟ میں تو سمجھا تھا میری زوجہ محترمہ صرف میرے سامنے ہی بولتی ہے۔'' لہجے میں شرارت بھی تھی وانیہ نے اسے قدرے خفگی سے دیکھا۔

''آپ کے کہنے کا مطلب ہے میں بہت زیادہ بولتی ہوں۔''

''میرے فرشتے گواہ ہیں، میں نے ایسا ہرگز نہیں کہا...... اچھا چھوڑو، اب جاتے جاتے ناراضی والا سین مت بناؤ۔ ائیرپورٹ آ گیا ہے، اب تو تمہیں جانا ہی ہے۔ بس پہنچتے ہی ایک کال ضرور کر دینا...... اور جلدی آنے کی کوشش کرنا۔ آئی مس یو سوچ......'' گاڑی ائیرپورٹ کی حدود میں داخل کرتے ہوئے ثعلب نے قدرے جذباتی ہو کر اس کا ایک ہاتھ تھاما تو وہ جھینپ کر جزبز ہوئی۔

''آپ بھی ذرا دھیان سے گاڑی چلائیں۔ زیادہ رومینٹک ہونے کی ضرورت نہیں۔ لوگ کیا کہیں گے۔''

وانیہ نے اپنا ہاتھ اس کی گرفت سے چھڑوایا۔

''کیا کہیں گے...... میری وائف پہلی بار اپنے میکے جا رہی ہے، اتنا رومینٹک تو فرسٹ ٹائم پر ہر ہزبینڈ ہوتا ہے۔ ہاں ذرا معاملہ پرانا ہو جائے تو بیچارہ شوہر گھر سے ہی رخصت کر کے شکر ادا کرتا ہے۔'' ثعلب نے کار پارکنگ میں لگا کر اس کا چھوٹا سا سفری بیگ ڈگی سے نکالا۔

''تو آپ میرے جانے کے بعد شکرانہ ادا کریں گے؟'' وانیہ اس کے ہم قدم چلتے ہوئے اس کی بات سے محظوظ ہوئی تھی۔

''ابھی مجھ پر وہ وقت کہاں آیا ہے۔ ابھی تو میں تمہاری واپسی کی دعائیں کروں گا...... ہاں ایسا کچھ عرصے بعد ہو سکتا ہے کہ تمہارے جانے کے بعد میں بھی شکرانہ ادا کیا کروں۔''

''بےفکر رہیں، میں آپ کو ایسا موقع ہرگز نہیں دوں گی۔ آئندہ آپ کے ساتھ جاؤں گی ورنہ نہیں جاؤں گی۔'' وانیہ نے جواباً اسے حیران کر دیا۔

''رئیلی...... کرو وعدہ......'' ثعلب نے چلتے، چلتے رُک کر اپنا ہاتھ اس کے آگے پھیلایا تو وانیہ نے بھی فوراً اس کے ہاتھ پر اپنا ہاتھ رکھ دیا۔

''وعدہ......'' ایک یاد کی کسک لمحے بھر کو ثعلب کی آنکھوں میں لہرائی تھی۔ رومانہ نے بھی کبھی اسی طرح کچھ وعدے کیے تھے، قسمیں کھائی تھیں، جن کا وہ اسیر ہوا تھا۔ وانیہ بیگ لے کر ڈیپارچر لاؤنج کی طرف بڑھ کر الوداعی ہاتھ لہرا رہی تھی۔ ثعلب نے بھی میکانکی انداز میں ہاتھ لہرا کر رخصت کیا تھا۔ واپسی پر اس کا دل بھی بوجھل تھا اور ذہن بھی...... ایک یاد کی کسک تھی دوسرے وانیہ کی جدائی کا احساس...... اپنی یادوں کے خیال پر وہ واپسی پر خود کو ملازمت کر رہا تھا۔

''ثعلب فاران یہ تم کیا کر رہے ہو۔ تمہاری سنگت میں تمہاری بیوی تھی اور تم رومانہ کو سوچ رہے تھے۔ اگر وانیہ جان جاتی تو کیا ہوتا...... وہ تمہارے لیے تمہارے گھر کے لیے اس قدر مخلص و فکرمند ہے اور تمہیں اس کے خلوص و محبت کے بجائے وہ لمحے یاد آ رہے تھے، جن کا تعلق زندگی کی حقیقتوں سے نہیں ہے۔ تم پھر سے کسی سراب کے گرداب میں پھنس رہے ہو۔'' وہ خود کو سرزنش کرتا ڈرائیو کرتے کرتے اپنے سیل فون پر وانیہ کا نمبر ڈائل کر بیٹھا۔ جہاز اُڑنے والا تھا، وہ اس سے معذرت کرنے لگی۔

''میں آپ کو اسلام آباد ائیر پورٹ پر اُتر کر کال کروں گی۔''

''اوکے ٹیک کیئر...... سوئٹ ہارٹ......'' وانیہ کی آواز سن کر ساری کسک معدوم ہو گئی تھی۔ وانیہ کی محبت اتنی طاقتور ضرور تھی جو پل بھر میں ماضی کی یادوں کو دھوئیں کی طرح تحلیل کر گئی تھی۔

○......❖......○

''شکر ہے پھپھو! آپ بہتر نظر آ رہی ہیں...... ہم سب تو بہت پریشان ہو گئے تھے۔'' وانیہ، سعیدہ خانم کے پہلو سے لگی اپنی فکر و چاہت کا ثبوت دیتی انہیں بے حد پیاری لگی۔

''بیٹا تم بچے تو یونہی پریشان ہو جاتے ہو...... بڑھاپا آ گیا ہے ذرا سا موسمی نزلہ زکام بھی جان کو آ جاتا ہے۔

ناحق سب کو فکر مند کر دیا صبٰحی نے۔''

''امی جان! ہم صحیح فکر مند تھے۔ آپ کو دو دن تو ہوش ہی نہیں تھا اپنا...... شہود نے بھی دو دن آپ کے سرہانے بیٹھ کر گزارے ہیں۔'' صبٰحی چائے کی ٹرالی ملازمہ کے ہمراہ لے کر آئی تو سعیدہ خانم کی بات کا بڑی رسانیت واپنائیت سے جواب دیا۔

''ہوا کیا تھا پھپھو کو؟'' وانیہ نے چائے کا کپ لیتے ہوئے پوچھا تو صبٰحی بھی تفصیل بتانے لگی۔

''امی جان نے پچھلے دنوں کچھ زیادہ ہی پرہیز کر لیا تھا۔ ہمیں پتا ہی نہیں چلا ان کی شوگر لو ہوگئی۔ تبھی یہ بے ہوش ہوگئیں...... وہ تو ہسپتال لے کر گئے تو معلوم ہوا۔''

''پھپھو آپ اتنا بھی پرہیز نہیں کیا کریں...... تھوڑا بہت میٹھا لے لیا کریں۔ بابا کو بھی یہی پرابلم ہے۔ میں تو بابا جان کو امی جان کے منع کرنے کے باوجود سوئٹ ڈشز کھلا دیتی تھی۔'' وانیہ، پھپھو کو مشورہ دے کر اپنی یادیں بانٹنے لگی تھی۔ سعیدہ خانم نے بھتیجی کو قدرے ملال سے دیکھا۔ باپ اسی شہر میں موجود تھا مگر باپ، بیٹی کے ملنے پر پابندی تھی گزشتہ روز ہی کریم احمد نے بہن کو طاہرہ کے جھگڑے کا قصہ سنایا تھا۔

''بدبخت شوگر بھی کوئی بلا ہے، ڈاکٹر بھی تو ڈراتے رہتے ہیں۔ خیر...... دفع کرو میری بیماری کو...... اب تو میں بھلی چنگی ہوں، تم بتاؤ ثعلب، تمہاری نانو سب ٹھیک ہیں۔''

''سب خیریت سے ہیں پھپھو...... نانو تو بہت فکر مند تھیں۔ انہوں نے ہی مجھے اصرار کر کے بھیجا ہے۔ ورنہ میں تو بچوں کی چھٹیوں میں آجاتی۔''

''ہاں تو پھر آجانا چھٹیوں میں، تمہارا اپنا گھر ہے، ابھی کتنے دن رُکو گی؟'' سعیدہ خانم نے اس کا کندھا تھپتھپا کر جیسے اپنے ساتھ کا احساس دلایا۔

''دو تین دن کا کہہ کر آئی ہوں پھپھو......''

''صرف دو تین دن...... اتنی جلدی ہم تمہیں نہیں جانے دیں گے۔'' صبٰحی آپی نے اس کی طرف بسکٹ بڑھاتے ہوئے خاصی اپنائیت سے کہا تو سعیدہ خانم بھی تائیداً بولیں۔

''ہاں بالکل...... کچھ دن تو رُکو...... میں کریم کو بھی فون کرتی ہوں۔ وہ بھی تم سے ملنا چاہ رہا تھا۔''

''بابا جان سے بھی مل لوں گی مگر مجھے دو دن بعد ضرور جانا ہے۔ میری غیر موجودگی سے سبھی ڈسٹرب ہوں گے...... سنی، گولڈی تو مجھے آنے ہی نہیں دے رہے تھے۔''

''بچوں کو ثمی سنبھال لیتا ہے، تم فکر مت کرو۔ میں خود بات کروں گی۔ پہلی دفعہ میکے آئی ہو۔ آرام سے رہو۔'' صبٰحی آپی نے اس کی ایک نہیں سنی فی الحال وہ بھی خاموش ہوگئی تھی۔ جانے کا پروگرام پہلے سے بتا کر اسے اپنی غلطی کا احساس ہوگیا تھا۔

O......❖......O

وانیہ رات کے کھانے کے بعد لان میں نکل آئی تھی۔ صبٰحی کچن سمیٹ رہی تھی اسی لیے اسے ٹی وی دیکھنے کا مشورہ دیا تھا مگر وہ لان میں چلی آئی تھی۔ اسے بچوں سے بات کرنی تھی۔ ثعلب کا نمبر ملا کر اس نے کان سے لگایا

تو اگلے ہی لمحے اس کی کال کاٹ دی گئی۔ دو تین بار کی کوشش کے بعد بھی نتیجہ یہی رہا تو وانیہ کو پریشانی لاحق ہوئی۔ یہ کیسے ہوسکتا تھا۔ ثعلب اس کی کال ریسیو نہیں کر رہا تھا، وانیہ کو سو طرح کے وہم وخیال پریشان کرنے لگے تھے۔ سب سے پہلا خیال تو نانو کی طبیعت کے حوالے سے آیا تھا یا پھر سنی گولڈی کے بارے میں...... دونوں بہن بھائی لڑنے پر آتے تھے تو کسی کی نہیں سنتے تھے۔ سنی تو گولڈی کی چیزیں توڑ پھوڑ دیتا تھا۔ یہ تو وانیہ نے ہی انہیں کافی سمجھایا بجھایا تھا تو وہ دونوں منع ہوئے تھے۔ وہ اپنی پریشان سوچوں میں غلطاں تھی اسی لمحے ثعلب کی کال آ گئی۔

''سوری یار...... تمہاری کال ڈسکنیکٹ کر دی تھی۔ یہاں ایک ہنگامہ مچا ہوا تھا۔'' وہ کال ریسیو ہوتے ہی بولا۔

''کیسا ہنگامہ...... خیریت ہے ناں......'' وانیہ حقیقی طور پر پریشان ہوگئی تھی۔

''خیریت کہاں...... تم نے دونوں کے لیے جو سرپرائز رکھا تھا۔ وہ گولڈی کے ہتھے چڑھ گیا...... اس آفت کی پرکالہ نے سنی کے حصے کی چاکلیٹ بھی کھالی اور اس کی سٹوری بک پر لائنز بھی لگا دیں۔ اب سنی بھی بدلہ لیے بغیر اسے بخشنے پر تیار نہیں ہے۔ کہتا ہے کہ اس کے ڈول ہاؤس کو توڑ کے سوئے گا۔'' شمی اسے وجوہات بتانے لگا۔

''یہ تو بہت بُرا ہوا...... حالانکہ میں نے دونوں کے الگ الگ پیکٹ بنائے تھے۔ میں اسی لیے کہتی ہوں کہ بچوں کو اُلٹے سیدھے کارٹون نہیں دیکھنے چاہئیں۔ بچے ایگریسو ہونے لگتے ہیں۔''

''ہاں صحیح کہہ رہی ہو...... مگر بچوں کو بہلانا اسی طرح آسان لگتا ہے...... ویل پلیز تم بس آ جاؤ...... پھپھو جان اب ٹھیک ہیں ناں۔''

''کیا......؟'' شمی کی بات پر وہ حیران ہوئی۔ ''آپ نے کیا کہا؟ میں آج ہی تو آئی ہوں۔''

''یار...... نہیں سنبھل رہے یہ شیطان مجھ سے یونو کل فن لینڈ جانے کے وعدے پر بڑی مشکل سے مانے ہیں۔''

''سچ...... سچ بتائیں، بچے نہیں سنبھل رہے یا...... آپ......'' وانیہ نے بھرپور شرارت سے کہا تو شمی نے یک دم بے ساختہ قہقہہ لگایا۔

''نیا...... یہ تم ہی ہو ناں...... آئی کانٹ بلیو......'' شمی کافی محظوظ ہوا تھا۔ ''Very pleasant change یہ سارا کمال میری صحبت کا ہے ناں؟''

''لے لیں آپ سارا کریڈٹ......'' وانیہ نے مصنوعی خفگی ظاہر کی۔

''میں کیا غلط کہہ رہا ہوں؟ شادی سے پہلے تمہیں بولنا بھی نہیں آتا تھا، کچھ یاد ہے جب میں آپی کی طرف آیا تھا تو محترمہ کی بولتی بھی بند تھی۔''

''وہ تو میں شرم سے نہیں بول پائی تھی...... ورنہ اپنے کالج کی بیسٹ ڈیبیٹر رہی ہوں۔''

''بھئی میں تو ہوں ہی تم سے امپریس...... مزید ضرورت نہیں ہے، بس یہ بتاؤ کل آ رہی ہو ناں۔'' ثعلب نے بہ اصرار پوچھا تو وہ یک دم سنجیدہ ہو کر معمول کے انداز میں بولی۔

''ثعلب...... اتنی جلدی؟ ابھی تو میں بابا جان سے بھی نہیں ملی ہوں...... اور صبحیٰ بھابی تو مجھے کافی دن

روکنے کا پروگرام بنائے بیٹھی ہیں۔"

"ان کے پروگرام ان کے ساتھ رہنے دو، تم کل اپنے بابا سے مل لو اور پلیز پرسوں تک آجاؤ۔" وہ ملتجی ہوا۔

"میں دیکھتی ہوں...... اگر پھپھو اور بھابی نے اجازت دے دی تو...... میں آجاؤں گی ورنہ......"

"اب زیادہ سر نہ چڑھو...... اتنی منتیں کوئی شوہر نہیں کرتا...... معلوم ہے ناتمہیں دیکھے بنا صبح نہیں ہوتی میری...... یہ کمرا، یہ بستر کاٹ کھانے کو دوڑ رہے ہیں مجھے...... میں نے کہہ دیا ہے پرسوں تم واپس آرہی ہو بس......" اس کی محبت کا احساس وانیہ کی سرشاری میں اضافہ کر گیا۔

"اچھی دھونس ہے۔" وہ بے ساختہ کھلکھلائی۔

"تم جو چاہے سمجھو...... مگر یہ میری محبت ہے۔" دونوں دیر تک اسی طرح چھیڑ چھاڑ کرتے رہے۔ شہود کافی دیر سے کھڑکی کا پردہ ہٹائے سگار پیتے ہوئے لان کا نظارہ کر رہے تھے۔ کھڑکی سے ذرا فاصلے پر بنچ پر بیٹھی وانیہ کے چہرے پر پڑتی پول لیمپ کی روشنی اس کی اندرونی و بیرونی خوشی کو چھلکاتی اسے بے حد حسین دکھا رہی تھی۔

"وانیہ کو دیکھ رہے ہیں؟ شمی سے بات کر رہی ہے۔" صبیحہ ذرا دیر میں متوجہ ہو کر دیکھنے لگیں۔

"ہوں......" شہود نے گہری سانس لے کر پلٹ کر بیڈ تک آتے آتے اطمینان کا اظہار کیا۔

"شکر ہے، ہمارا فیصلہ درست رہا...... سچ پوچھو تو امی جان نے جب یہ ذمے داری اپنے سر لی تو میں زیادہ مطمئن نہیں تھا۔ شمی کی رومانہ سے کمٹمنٹ تھی...... مجھے زیادہ یقین نہیں تھا کہ وہ اپنی زندگی میں کسی دوسری لڑکی کو دل سے جگہ دے گا...... مگر وانیہ کو خوش دیکھ کر لگتا ہے کہ دونوں میں اچھی انڈراسٹینڈنگ ہے۔"

"صرف انڈراسٹینڈنگ ہی نہیں...... دونوں میں بے حد محبت اور ایک دوسرے کے لیے احترام بھی ہے اور مجھے یقین ہے دونوں کی یہ محبت ہمیشہ قائم رہے گی۔"

"آمین......" شہود نے بے ساختہ کہا تو صبیحہ نے بھی دل سے تائید کی۔

○......❖......○

کریم احمد، سعیدہ خانم کے بلانے پر آفس ٹائمنگ میں وانیہ سے ملنے آئے تھے...... سعیدہ باپ، بیٹی کو تنہا چھوڑ کر ظہر کی نماز کے بہانے اپنے کمرے میں چلی گئی تھیں۔ جبکہ صبیحہ دوپہر کے کھانے کے انتظام میں لگی ہوئی تھی۔ کریم احمد کو سمجھ نہیں آرہی تھی کہ وہ بیٹی سے کیا بات کریں۔ وانیہ کو بھی ان کی خاموشی کھل رہی تھی آخر اسی نے ابتدا کی۔

"بابا جان...... کیا آپ مجھ سے یہ بھی نہیں پوچھیں گے کہ میں کیسی ہوں...... اپنے گھر میں خوش ہوں یا نہیں......اور......؟"

"بیٹا...... یہ باتیں پوچھی نہیں جاتیں...... نظر آجاتی ہیں۔ محسوس ہو جاتی ہیں۔ ماشاء اللہ تم خوش ہو مجھے محسوس ہو رہا ہے۔ آخر باپ ہوں تمہارا...... اتنا تو جان سکتا ہوں ناں......" انہوں نے سنجیدگی سے بولتے ہوئے پاس بیٹھی وانیہ کا سر تھپتھپایا۔

"بابا جان مجھے آپ بہت کمزور اور اُداس محسوس ہو رہے ہیں...... کیا آپ اپنا خیال نہیں رکھ رہے۔ اپنا

چیک اَپ تو کروا رہے ہیں ناں؟''

''تمہاری امی کے بعد میرا خیال رکھنے والا کون رہا ہے بیٹا۔'' کریم احمد نے بے ساختہ کہا تو عرصے بعد ان کے منہ سے اپنی ماں کا ذکر اسے حیران کر گیا۔

''بڑی امی آپ کا خیال نہیں رکھتیں؟''

''اس عورت کو میرے ساتھ لڑنے جھگڑنے سے فرصت ملے تو وہ کچھ اور سوچے ناں......بس گڑے مردے اُکھاڑ کر خود بھی پریشان رہتی ہے اور مجھے بھی پریشان رکھتی ہے۔''

''بابا جان......آپ انہیں اطمینان دلا دیں کہ اب امی تو اس دنیا میں ہی نہیں رہیں......اور میں بھی آپ کی ذمے داری نہیں رہی۔ وہ بے فکر ہو جائیں...... میں کبھی ان کی زندگی میں مخل ہونے نہیں آؤں گی۔'' وانیہ رسانیت سے بولتی آخر میں آزردہ ہو گئی......تو کریم احمد نے ایک بار پھر شفقت و محبت سے بیٹی کو تھپکا۔

''مجھے یہی تو دُکھ ہے کہ میری بیٹی اپنے باپ کے گھر میں ایک دن کے لیے بھی نہیں آسکتی جبکہ بیٹیوں کا تو مان ہی باپ کا گھر ہوتا ہے۔'' کریم احمد آبدیدہ ہو گئے......وانیہ سے باپ کی رقیق القلبی دیکھی نہیں گئی تو فوراً تسلی آمیز لہجے میں گویا ہوئی۔

''میرا مان تو اب بھی آپ ہی ہیں ناں......بس آپ زیادہ نہ سوچا کریں، سچ پوچھیں تو مجھے خود کہیں بھی رہنے کی فرصت نہیں ہے۔ صرف پھپھو جان کی خاطر اپنا گھر چھوڑ کر آئی ہوں۔ سب گھر والے بے حد مس کر رہے ہیں مجھے...... ہوسکتا ہے میں آج رات کو ہی چلی جاؤں......'' وانیہ اپنے احساسات ظاہر کر کے اپنے بابا کو مزید پریشان نہیں کر سکتی تھی۔ پھپھو نے اسے بتا دیا تھا کہ کس طرح طاہرہ نے ان کا جینا دوبھر کر رکھا ہے۔ اب بھی وہ اس سے ملنے چوری چھپے آئے تھے۔ کریم احمد مزید کیا کہتے بس بیٹی کو دیکھ کر رہ گئے۔

O......❖......O

صہبیٰ ابھی ابھی ثعلب کا فون سن کر فارغ ہوئی تھیں۔ ان کی جھنجھلاہٹ ان کے رویے سے واضح تھی۔ وہ خفگی سے بولتی ساس کے سامنے بیٹھ گئیں۔ اس وقت وانیہ بھی وہاں تھی۔

''عجیب لڑکا ہے، دو دن نہیں ہوئے تمہیں آئے ہوئے اور کہہ رہا ہے کہ تمہیں واپس بھجوا دوں۔ شادی کے بعد پہلی بار آئی ہو تم......اس طرح کیسے جانے دوں تمہیں۔''

''وہ بھابی دراصل سنی، گولڈی بہت یاد کر رہے ہیں......ہم سب نے ایک ساتھ آنے کا پروگرام بنایا تھا تو اس لیے وہ زیادہ ہی پریشان کر رہے ہیں۔'' وانیہ نے اپنے طور پر صفائی دینے کی کوشش کی تو وہ مزید جھلائیں۔

''بچوں کا کیا ہے، ضد کرتے ہیں پھر بہل جاتے ہیں۔ اب اتنی دور آئی ہو تو چار دن تو رہو......امی جان بھی تمہارے آنے سے کافی بہتر نظر آرہی ہیں۔ ماموں جان بھی یہاں تم سے ملنے آسکتے ہیں......اپنے گھر میں تو وہ ممانی جان کی وجہ سے نہیں بلا سکتے۔''

''بھابی جان! بابا جان کو مزید شرمندگی سے بچانے کے لیے بھی میرا جانا بہتر ہی ہے۔ میں جتنے دن یہاں رہوں گی وہ مجھ سے ملنے آئیں گے اور پھر بڑی امی ان سے جھگڑتی رہیں گی۔ میں نہیں چاہتی بابا جان کے گھر کا

سکون میری وجہ سے خراب ہو۔" وانیہ نے بڑی رسانیت سے بات ختم کرنا چاہی تو صبحی بھابی قدرے زچ ہو کر بولیں۔

"ممانی جان کے جھگڑے تو تاحیات رہیں گے۔ تم ماموں جان کی جائز اولاد ہو...... اس طرح اپنا حق چھوڑ کر اپنی ہی زندگی مشکل بناؤ گی۔ اور کسی وقت پر پچھتاؤ گی...... ارے بیٹی، باپ سے نہ ملے، اس کے گھر نہ جا سکے یہ کہاں کا انصاف ہے۔ میں تمہاری جگہ پر ہوتی تو شادی کے اگلے دن ہی ان کے سر پر پہنچ جاتی۔"

"بھابی جان، جہاں دل سے قبول نہ کیا جائے وہاں مسلط ہونے کا فائدہ...... میرے لیے اتنا ہی کافی ہے کہ آپ سبھی نے مجھے دل سے قبول کر کے اپنی محبتیں اور مان دیا ہے۔ بابا کی مجبوری اگر میں نہیں سمجھوں گی تو مجھ میں اور ان میں کیا فرق ہے۔" سعیدہ خانم جو بالکل خاموشی سے دونوں کی باتیں سن رہی تھیں اسے سراہتے ہوئے بولیں۔

"بالکل صحیح کہہ رہی ہو...... بیٹیاں ہی والدین کی مجبوریاں سمجھتی ہیں۔ تم دل پر مت لو ایک دن طاہرہ کو بھی عقل آ ہی جائے گی۔ ٹھیک ہے بھئی اگر ثعلب تمہیں بلا رہا ہے تو جاؤ...... اپنے گھر میں خوش رہو، آباد رہو، میں اب بالکل ٹھیک ہوں......" سعیدہ خانم نے اسے اجازت دے دی تھی۔ صبحی کچھ کہنا چاہتی تھی مگر انہوں نے اشارے سے منع کر دیا۔

○......❖......○

کریم احمد نے وانیہ کو فون کر کے کہہ دیا تھا کہ وہ اسے خود ائیرپورٹ چھوڑنے جائیں گے۔ وانیہ نے منع بھی کیا تھا مگر وہ بضد تھے۔ سو وہ اپنا سامان پیک کیے انہی کے انتظار میں بیٹھی تھی۔

"وانیہ! ماموں جان آ رہے ہیں یا میں تمہیں ڈراپ کر آؤں؟"

"میں نے کال تو کی تھی مگر انہوں نے ریسیو نہیں کی...... شاید بابا جان راستے میں ہوں۔" وہ ایک دم سنبھل کر بتانے لگی۔ صبحی نے بھی غور نہیں کیا ورنہ اس کی آنکھوں کی نمی انہیں پریشان کر دیتی۔

"ایک بار پھر ٹرائی کر کے پوچھ لو...... ایک گھنٹہ تو راستے میں لگ جائے گا۔ اگر رش ہوا تو مشکل ہو جائے گی۔ کہیں فلائٹ مس نہ ہو جائے۔" صبحی نے فکرمندی سے مشورہ دیا تو وہ سر ہلانے لگی۔

"میں فون کرتی ہوں۔"

"ٹھیک ہے...... میں پھر بھی احتیاطاً ڈرائیور سے کہتی ہوں کہ وہ بھی تیار رہے...... دس منٹ میں ہمیں نکل جانا چاہیے۔" صبحی بھابی اسے لاؤنج میں چھوڑ کر گئیں تو اس نے پھر کال ملائی۔ اسی اثناء میں سعیدہ خانم بھی وہاں چلی آئیں۔ بیل مسلسل جا رہی تھی...... مگر کوئی کال ریسیو نہیں کر رہا تھا...... اسے فکر لاحق ہو گئی۔

○......❖......○

وانیہ کی فلائٹ صبح گیارہ بجے کی تھی۔ کریم احمد کا ارادہ تھا کہ وہ ناشتہ کیے بغیر وانیہ کو لینے نکلیں گے مگر ان کے ارادوں پر طاہرہ نے پانی پھیر دیا تھا۔ انہیں جانے کیسے سن گن مل گئی تھی۔ وہ صبح سے شوہر کا سیل فون سائلنٹ پر کرنے کے بعد ان بھی غائب کیے بیٹھی تھیں۔ دونوں میں کافی دنوں سے بات چیت بند تھی اسی لیے کریم احمد خود

ہی پریشان ہو کر فون ڈھونڈنے کی کوشش کے ساتھ جھنجھلاتے بڑبڑاتے پھر رہے تھے۔

"ہزار بار منع ہے، میری چیزوں کو کوئی ہاتھ نہ لگائے۔ رات کو سرہانے رکھ کر سویا تھا کہاں چلا گیا میرا فون...... راتوں رات اس کے پیر لگ گئے یا پر نکل آئے تھے۔" وہ اب ملازموں کو جمع کیے ان پر چلا رہے تھے۔

"جس کا بھی یہ کام ہے مجھے بتا دے ورنہ پھر مجھ سے بُرا کوئی نہیں ہوگا۔"

"صاحب...... ہم سے قسم لے لیں...... ہم سب نے آپ کا نمک کھایا ہے، ہم کیوں چوری کریں گے۔ ہم نے تو کبھی آنکھ اُٹھا کر بھی کسی چیز کو نہیں دیکھا۔" شرفو میاں سب ملازمین کی گواہی دیتا گھگھیا کر بولا۔

"شرفو میاں جاؤ اپنا کام کرو...... انہیں تو اپنی چیزیں رکھ کر بھولنے کی عادت ہوگئی ہے۔ فون گھر پر لاتے تو گھر پر ملتا...... کل گئے ہوئے تھے خاص ملاقات پر وہیں چھوڑ آئے ہوں گے۔"

"تم...... تم میری جاسوسی کرتی رہی ہو......؟" طاہرہ بیگم نے درمیان میں مداخلت کی۔ طاہرہ کے جلے کٹے انداز پر وہ ایک دم چونک کر مڑے۔

"جوانی میں تو تم پر نظر نہ رکھ سکی، اب بڑھاپے میں تمہاری کیا جاسوسی کرواؤں گی۔ ویسے بھی تم جیسے گھنے مرد اپنے پکڑائی دیتے کہاں ہیں۔"

"تم اپنی حرکتوں سے باز نہیں آئی ناں...... شرافت سے میرا فون لا دو...... وانیہ کا فون آ رہا ہوگا...... مجھے اسے ائیرپورٹ چھوڑنے جانا ہے۔" کریم احمد کو اندازہ ہوگیا تھا کہ فون طاہرہ کے پاس ہے۔

"کبھی اپنی باقی اولاد کی ذمے داری بھی اس طرح اُٹھائی تھی۔ جس طرح اپنی چہیتی کے لیے بے چین ہو رہے ہو۔" طاہرہ کا زہر خندلب ولہجہ کریم احمد کو بھی زہر لگ رہا تھا۔

"ساری زندگی تمہاری اولاد ہی کی تو ذمے داری اُٹھائی ہے، اس مسکین کو تو میں چار دن اپنے گھر میں نہ رکھ سکا۔ تمہاری اولاد کے لیے کیا کچھ نہیں کیا، آج دونوں بیٹے تنہا چھوڑ کر گھر اور کاروبار الگ کر کے بیٹھے ہیں۔ صرف اور صرف تمہاری شہ پر......"

"اچھا...... اب سارا الزام میرے سر پر رکھ دو۔ وہ بھی تمہاری اولاد ہی ہیں۔ انہیں جب پتا چلا کہ باپ نے ایک اور حصے دار پیدا کر رکھا ہے تو وہ اپنا حق لے کر الگ ہوگئے۔ تو کیا بُرا کیا......"

"اس حصے دار کو میں نے کیا دیا؟ اپنی محبت تو میں اسے دے نہیں سکتا۔ دیکھو طاہرہ میرے ساتھ اس معاملے میں ضد مت لگاؤ ایسا نہ ہو تم اپنی ضد کے ساتھ تنہا رہ جاؤ۔" کریم احمد بھڑک کر بولتے بولتے یک دم سرد لہجے میں کہہ کر وہاں سے چلے آئے۔ طاہرہ کے تن بدن میں آگ سلگ اُٹھی۔ ان کا دل چاہ رہا تھا کہ وانیہ ان کے سامنے آئے اور وہ اسے خاکستر کر دیں۔ اپنے جوش میں وہ کمرے میں آئیں الماری سے فون سیٹ نکال کر وانیہ کا نمبر نکال کر ڈائل کرنے لگیں۔ وانیہ اور صہبیٰ پورچ میں کھڑی تھیں۔ ڈرائیور اس کا سامان ڈگی میں رکھ رہا تھا۔ تبھی وانیہ کے سیل فون کی ٹیون بجنے لگی۔ صہبیٰ بھی متوجہ ہوگئی...... وانیہ فون سننے لگی۔

"السلام علیکم بابا جان...... آپ ٹھیک تو ہیں، آپ کال ریسیو کیوں نہیں کر رہے تھے؟" وانیہ کی بے چینی دیدنی تھی۔ دوسری طرف طاہرہ کا کاٹ دار انداز میں جو دل میں آ رہا تھا بولے جا رہی تھیں۔

''بات سنو لڑکی! آئندہ کریم احمد کو فون کرنے کی یا ملنے کی کوشش مت کرنا...... سمجھ لو کہ جس طرح تمہاری ماں مرگئی اسی طرح تمہارا باپ بھی...... سن رہی ہو ناں میں کیا کہہ رہی ہوں۔'' وہ مزید کچھ کہہ رہی تھیں مگر وانیہ نے فون بند کر دیا تھا وہ جیسے شدید صدمے کے اثر میں تھی۔ صہبیٰ اس سے کچھ پوچھ رہی تھی۔ بتا رہی تھی مگر وہ تو گم صم سی ہوگئی تھی۔ صہبیٰ نے اسے بازو سے پکڑ کر گاڑی میں بٹھایا۔

کریم احمد ڈرائیور کے ساتھ گھر سے نکلے غصے نے ان کی سوچنے سمجھنے کی صلاحیتوں کو جیسے ماؤف کر دیا تھا۔ گھر سے ذرا دور جانے کے بعد ان کے ذہن نے کام کیا پھر انہوں نے اپنے ڈرائیور سے اس کا سیل فون لے کر وانیہ کا نمبر ملایا تو اس کا سیل فون بند جا رہا تھا۔ انہیں اندازہ ہو رہا تھا کہ وہ ائیر پورٹ کے لیے نکل چکی ہو گی۔ انہوں نے پھر بھی اپنی تسلی کے لیے سعیدہ خانم کے گھر کا نمبر ملایا تو انہیں معلوم ہو گیا کہ وہ ان کا انتظار کرتے کرتے صہبیٰ کے ساتھ جا چکی ہے۔ کریم احمد عجیب سی کشمکش محسوس کر رہے تھے۔ وانیہ سے محبت فطری تھی...... طاہرہ ان کے جذبات سے کھیلنے کی کوشش کر رہی تھی جو اُن سے برداشت کرنا مشکل ہو رہا تھا۔

○......❖......○

صہبیٰ کے اصرار پر آخر روتے ہوئے وانیہ نے طاہرہ بیگم کی باتیں دہرا دیں تو صہبیٰ بھی دنگ رہ گئی۔

''ممانی نے تم سے یہ سب کہا......؟ اُف کتنی بے حِس عورت ہیں...... تم فکر نہ کرو...... میں امی جان سے کہوں گی...... خوب خبر لیں گی۔ استغفار اپنی ضد میں اپنے ہی شوہر کو مردہ کہہ دیا۔'' صہبیٰ کی حیرت کم نہیں ہو رہی تھی۔ جبکہ وانیہ کا رونا کم نہیں ہو رہا تھا۔ صہبیٰ نے بڑی مشکل سے اسے کندھے سے لگا کر سنبھالا تھا۔

''بس کر دو وانیہ...... کیوں اپنا خون جلا رہی ہو۔ ان کی تو عادت ہے۔ ساری زندگی ماموں جان کو سکون نہیں لینے دیا۔ بہوؤں، بیٹوں کو اُکسا اُکسا کر خود ہی دور کر دیا۔ حتیٰ کہ اپنی بیٹیوں کو بھی ورغلاتی رہتی ہیں کہ اپنے شوہروں کی ہر حرکت پر نظر رکھیں مگر خود کو بدلنے پر تیار نہیں...... تمہیں ان کی باتوں کا زیادہ اثر لینے کی ضرورت نہیں......'' صہبیٰ رسانیت سے بولتی اسے تھپک رہی تھی۔

''مگر بھابی جان...... وہ اس طرح تو نہ کہتیں...... میری عمر بھی بابا جان کو لگ جائے...... وہ تا قیامت سلامت رہیں...... انہوں نے میرا کتنا دل دُکھایا ہے، وہ بس کہہ دیتیں...... میں ان سے ہرگز نہ ملتی مگر......''

''ان کے کہنے سے تم اپنے بابا جان سے اپنا رشتہ تو ختم نہیں کر سکتی ہو۔ خود کو سنبھالو۔ اپنے گھر جا رہی ہو خوشی خوشی جاؤ۔''

''ہوں......'' صہبیٰ بھابی نے اس کے آنسو خود صاف کیے تو وانیہ کو بھی مجبوراً سنبھل جانا پڑا۔

○......❖......○

وہ اپنا سامان لے کر ڈیپارچر لاؤنج کی طرف ابھی بڑھ ہی رہی تھی اسی لمحے کریم احمد اس کے قریب چلے آئے اور پھر اسے پکار کر روکا...... وانیہ ایک بار پھر بے اختیار ہوگئی۔ ان سے گلے لگ کر ایسا پھوٹ پھوٹ کر روئی جیسے پہلی بار رخصت ہو رہی ہو۔ کریم احمد بھی آبدیدہ تھے۔ طاہرہ بیگم کی باتیں بتا کر وہ انہیں پریشان کرنا نہیں چاہتی تھی۔ جانے سے پہلے کریم احمد نے ایک لاکھ کا چیک جیب سے نکال کر اسے دینا چاہا تو اس نے انکار

کر دیا۔

''بیٹا رکھ لو...... میں تمہیں شاپنگ نہیں کروا سکا۔ اپنی مرضی سے جو چاہے جا کر خرید لینا۔''

''نہیں بابا جان! مجھے آپ کی دُعاؤں کے سوا آپ سے اور کچھ نہیں چاہیے۔'' وانیہ نے خود کو سنبھال لیا تھا۔

''بیٹا والدین کو دعا کے لیے کہنے کی ضرورت نہیں ہوتی ...... اور دیکھو اپنا حق لینے سے انکار نہ کیا کرو۔ تمہارا یہ گریز تم سے تمہارا سب کچھ بھی چھین سکتا ہے۔'' کریم احمد نے اس کے سر کو تھپکتے ہوئے رندھے گلے سے کہا تو اس کی آنکھیں پھر سے چھلک پڑیں۔

''بابا جان...... مجھے واقعی کچھ نہیں چاہیے۔ مجھے اگر کچھ چاہیے تو صرف آپ کی زندگی، سلامتی، آپ کا سکون، پلیز بابا جان آپ بڑی امی کو خوش رکھیں۔ وہ جو کہتی ہیں مان جائیں۔ مجھے کچھ نہیں چاہیے کوئی حق نہیں چاہیے۔ آپ میرے بابا ہیں، میرے لیے یہی کافی ہے۔'' کریم احمد کو اس کی باتوں سے اندازہ ہو رہا تھا کہ طاہرہ نے اس سے کچھ نہ کچھ ضرور کہا ہے۔ وہ اسے تسلی دینا چاہتے تھے مگر آخری اناؤنسمنٹ ہو رہی تھی۔ صہبیٰ بھابی نے اسے جانے کا اشارہ کیا۔ اس کے جاتے ہی صہبیٰ بھابی نے طاہرہ ممانی کی کہی بات بتا کر انہیں پریشان کر دیا۔

''ماموں جان...... ممانی جان کی نیچر تو آپ جانتے ہیں۔ ایسا نہ ہو وہ ہمارے خاندان میں جا کر اُلٹی سیدھی باتیں کر کے وانیہ کو شرمندہ کروائیں۔ وہ مجھے بھی کئی بار فون کر کے عجیب وغریب باتیں کرتی رہی ہیں۔ وہ تو میں حقیقت سے آگاہ ہوں اسی لیے پلیز آپ پہلے طاہرہ ممانی کو کسی طرح قائل کر لیں کہ وانیہ بھی آپ کی اولاد ہے۔ اس کے بھی آپ پر حقوق ہیں۔ اگر وہ قائل نہیں ہو رہی ہیں تو میری مانیں فی الحال وانیہ کو اپنے ہونے کا احساس نہ دلایا کریں۔ وہ اپنے گھر میں ایڈجسٹ ہو چکی ہے۔ ممانی جان کا رویہ اسے ڈسٹرب کر سکتا ہے۔''

صہبیٰ کافی سنجیدہ تھی۔ اسے واقعی اپنے بھائی کے گھر کا سکون بھی درکار تھا۔ اسے ڈر تھا طاہرہ ممانی کی باتیں وانیہ کے رویے اور اخلاق کو متاثر نہ کریں۔ کریم احمد کے پاس فی الحال کوئی جواب نہیں تھا۔ وہ سمجھ رہے تھے کہ صہبیٰ کو کیا خدشات لاحق تھے اور وہ ایسے بے جا بھی نہیں تھے۔

○......❖......○

وانیہ جہاز میں بیٹھتے ہی پھر سے بے اختیار ہو گئی تھی۔ ایئر ہوسٹس دو بار اس کے پاس آ کر وجہ جاننے کی کوشش کر چکی تھی۔ وہ سر درد کا کہہ کر ٹال گئی تھی۔ ساتھ بیٹھی معمر سی خاتون نے بڑی شفقت سے پوچھا تھا۔

''بیٹا اگر آپ بُرا نہ مانیں تو میں جان سکتی ہوں آپ کے رونے کی وجہ......'' وانیہ ایک دم چونک کر متوجہ ہوئی تھی۔ بے اختیار اس نے اپنے آنسو صاف کیے...... اسے اپنے دُکھ میں موقع محل کا احساس ہی نہیں رہا تھا۔

''کچھ...... نہیں...... ایکچوئیلی...... وہ بابا...... میرا مطلب ہے سسرال جا رہی ہوں ناں......'' وہ خجالت سے بولتی خاتون کو مسکرانے پر مجبور کر گئی۔

''آئی سی...... ہزبینڈ نے جلدی آنے کے لیے کہا ہو گا اور ابھی اپنے پیرنٹس کے ساتھ رہنا چاہتی ہوں گی۔''

''نہیں یہ بات نہیں ہے آنٹی جی...... میرے ہزبینڈ نے مجھے نہیں کہا میں خود اپنے گھر کو مس کر رہی ہوں۔''

''یہ تو اچھی بات ہے، آپ اپنے گھر اور ہزبینڈ کو مس کر رہی ہیں۔ ورنہ تو بچیاں زیادہ میکے کو مس کرتی ہیں۔'' خاتون نے اسے سراہتی نظروں سے دیکھا۔ خاتون کو بھی اس کے گریز سے اندازہ ہو رہا تھا کہ وہ اصل بات بتانا نہیں چاہتی...... وہ اس سے دوسری باتوں میں لگ گئیں۔ وانیہ بھی ان کے ساتھ باتوں میں لگی تو اس کے ذہن سے بہت سارا بوجھ ہٹ گیا۔ ثعلب اسے ائیر پورٹ لینے آیا ہوا تھا۔ وانیہ اسے دور سے دیکھ کر ہی سنبھل گئی تھی، بھابی نے اسے پہلے ہی سمجھایا تھا کہ میکے سے متعلق شوہر سے کوئی بات نہ کرے۔

''تھینکس الاٹ مائی ڈیئر...... مجھ معلوم تھا کہ تم میری بات نہیں ٹالو گی۔'' سامان کی ٹرالی اس کے ہاتھ سے لے کر پارکنگ کی طرف بڑھتے ثعلب نے بڑی وارفتگی سے دیکھ کر کہا تو وہ مسکرا دی۔

''میرے پاس آپ کی بات ٹالنے کا کوئی جواز ہی نہیں تھا۔''

''ماشاءاللہ...... سبحان اللہ...... بڑی تابعداری دکھائی جا رہی ہے۔ خیر تو ہے۔''

''ہاں...... آپ کی محبت نے وہاں ٹھہرنے ہی نہیں دیا۔'' وانیہ دھیمے لہجے میں اسے یقین دلاتے ہوئے اسے مزید حیران کر رہی تھی۔

''ایک منٹ...... ایک منٹ۔'' شمی ایک دم اس کے سامنے آ کھڑا ہوا...... ''تم...... وانیہ ہی ہو ناں......''

''نہیں، میری روح آپ سے ہم کلام ہے۔'' وہ قدرے مسکرا کر ایک طرف سے آگے بڑھی۔

''بالکل...... تمہاری روح ہی ایسا اعتراف کر سکتی ہے۔ ورنہ تم تو اس معاملے میں بے حد کنجوس ہو۔'' شمی نے بھی مذاق میں بات بڑھائی۔

''اور آپ تو جیسے بہت دریا دل ہیں ناں......'' دونوں نوک جھوک کرتے گاڑی تک آ گئے۔ اتفاقاً وانیہ کے ساتھ سفر کرنے والی خاتون کی گاڑی بھی ساتھ ہی پارک تھی۔ بیس اکیس سالہ نوجوان ان کا سامان گاڑی میں رکھتا بات چیت کر رہا تھا۔ وہ خاتون، وانیہ اور شمی کو قریب آتا دیکھ کر دونوں کی طرف بڑھی چلی آئیں۔

''اوہ...... تو بیٹا یہ ہیں آپ کے ہزبینڈ...... جنہیں آپ جہاز میں بیٹھی مِس کر رہی تھیں۔'' ثعلب کا جواب منہ کے اندر ہی رہ گیا تھا۔ وہ معمر خاتون کو حیرت سے دیکھنے کے بعد وانیہ سے آنکھوں میں استفسار کر رہا تھا۔

''یہ آنٹی...... میرے ساتھ جہاز میں تھیں۔ اپنی بیٹی کی طرف آئی ہیں نواسی کی شادی کے سلسلے میں۔'' وانیہ نے تفصیلی تعارف کروایا۔

''اور میں نے وانیہ بیٹی سے وعدہ لیا ہے کہ آپ دونوں اپنی فیملی کے ساتھ شادی میں ضرور شرکت کریں گے۔ میں فون پر انویٹیشن سینڈ کر دوں گی۔ بیٹا آپ نے ضرور آنا ہے۔'' وہ بڑے خلوص سے دعوت دے رہی تھی۔ وانیہ صرف تائیدی طور پر سر ہلا رہی تھی۔

''آپ بھی ضرور آیئے گا ہمارے گھر...... ایک ہی تو ایریا ہے۔'' آخر وانیہ مروتاً بولی۔

''ہاں...... کیوں نہیں...... اگر یہ میرا باڈی گارڈ لے آیا تو......'' انہوں نے منہ بنائے کھڑے نواسے کو دھپ لگائی تو وہ جلے بھنے انداز میں بولا۔

''اتنی عزت افزائی کی ضرورت نہیں ہے نانو...... صاف کہیں یہ ڈرائیور لے آیا۔''

''باسط......'' انہوں نے نواسے کو سرزنش کی پھر مسکرا کر بولیں۔ ''اکلوتا ہے...... چار بہنوں کا بھائی بڑی ذمے داری ہے میرے بچے پر آپ برا نہیں ماننا۔''

''آئی انڈر اسٹینڈ...... اکلوتوں پر واقعی بڑی ذمے داری ہوتی ہے۔ او کے...... ہم چلتے ہیں۔ بچوں کو سکول سے پک کرنا ہے۔'' ثعلب نے سنجیدگی سے کہتے ہوئے معذرت کی...... دونوں الوداعی سلام کر کے بیٹھے تو ثعلب نے خاصی سنجیدگی سے پوچھا۔

''ان خاتون کو تم پہلے سے جانتی ہو؟''

''نہ...... نہیں کیوں؟'' وانیہ نے اپنا بیگ اپنے پہلو میں ٹکایا۔

''تو وہ اتنی فرینک کیوں ہو رہی تھیں؟'' ثعلب کی سنجیدگی میں ایسی بات ضرور تھی جو وانیہ کو چونکا گئی۔

''وہ...... آج ہی تو پلین میں...... ملاقات ہوئی ہے۔ ایکچوئیلی میں کچھ اَپ سیٹ تھی تو انہوں نے مجھے کافی مورل سپورٹ دی...... اپنی بھی باتیں کیں...... وقت کا پتا ہی نہیں چلا۔''

''یار...... تم اتنی بے وقوف ہو تو نہیں...... اپنا ایڈریس اپنا نمبر تک انہیں دے دیا؟ جانتی نہیں ہو، دنیا میں کیا کچھ ہو رہا ہے۔'' ثعلب نے ڈرائیونگ کرتے کرتے اسے اسی ٹون میں سمجھانے کی کوشش کی تو وانیہ مزید حیران ہوئی۔ شمی پہلی بار اتنا سنجیدہ ہوا تھا۔

''وہ اچھی خاتون ہیں۔ اچھی فیملی سے تعلق لگ رہا تھا ان کا...... آپ نے دیکھا تھا کہ......''

''ہر کسی پر ٹرسٹ نہیں کرتے میری جان...... او کے چھوڑو اور مجھے بتاؤ تم اَپ سیٹ کیوں تھیں۔ پھپھو کی طبیعت ابھی ٹھیک نہیں تھی کیا......؟'' شمی نے اچانک موڈ بدل کر اس کا ہاتھ تھام کر پوچھا تو وانیہ بھی قدرے سنبھل گئی۔

''پھپھو اب ٹھیک تھیں...... سوری...... واقعی مجھ سے غلطی ہوگئی۔ مجھے آپ سے اجازت لیے بغیر کسی کو بھی نمبر وغیرہ نہیں دینا چاہیے تھا۔''

''بس اس ٹاپک کو چھوڑو...... دراصل ان کی انٹری سے میرا love seene تو خراب ہو گیا تھا ناں...... میں کیا کہنا سننا چاہ رہا تھا تم سے...... ویل رات کو سنوں گا قصہ ہجر...... اور سناؤں گا بھی......'' شمی نے اس کا ہاتھ لبوں سے قریب کر لیا۔

''رات کی رات کو دیکھی جائے گی۔ ابھی رومینٹک ہونے کی ضرورت نہیں...... دھیان سے ڈرائیو کریں......'' وہ جھینپ کر ہاتھ کھینچ کر بولی۔

''ایک تو تم ہمیشہ مجھے غلط وقت پر ٹوکتی ہو...... تمہیں اندازہ ہی نہیں ہے۔ میں نے کیسے یہ دو دن گزارے ہیں...... You know what مجھے خود بھی اندازہ نہیں تھا کہ میں تم سے اتنی شدید محبت کرتا ہوں۔ تمہارے جانے کے بعد ایسا محسوس ہونے لگا تھا کہ ساری دنیا خالی ہوگئی ہے۔'' وہ بول رہا تھا اور وانیہ کی روح سرشاری کی نئی کیفیت سے گزر رہی تھی۔ زندگی تو ثعلب کے ساتھ ہی سے خوبصورت تھی۔ بڑی امی کی باتیں اور رویے تو بے معنی اور بے حقیقت سے لگنے لگے۔ اس کا شوہر اس کے ساتھ تھا تو اسے اب کسی اور رشتے کی ضرورت ہی کیا

تھی۔ یہ بات اسے جلد ہی سمجھ آ گئی تھی۔

ثعلب اسے گھر چھوڑ کر خود بچوں کو سکول لینے چلا گیا تھا۔ کیونکہ یہ بھی اس نے وعدہ کیا تھا کہ آج وہ انہیں خود سکول سے پک کرے گا۔ نانو اسے غیر متوقع طور پر دیکھ کر حیران رہ گئی تھیں۔ ثمی نے کسی کو بھی نہیں بتایا تھا وہ آج واپس آ رہی ہے۔ وانیہ سیدھی ان کے کمرے میں چلی آئی تھی۔

''السلام علیکم نانو......'' محبت احترام، اپنائیت سبھی کچھ اس کے لہجے سے عیاں تھے۔ وہ ان کے سامنے جھکی کھڑی تھی۔

''وعلیکم السلام......تم......یوں اچانک......؟''

''آپ کو انہوں نے بتایا نہیں؟ اوہ......'' وانیہ کو نانو کی حیرت مسکرانے پر مجبور کر گئی۔ ثمی نے یقیناً انہیں بے خبر رکھا تھا۔

''یہ لڑکا بھی من موجی ہے۔ ہمیں بتا تو دیتا...... تمہیں بھی وہاں سکون نہیں لینے دیا۔ خود بھی یہاں منہ بسورے رہا ہے۔ ایک وقت بھی کچھ ڈھنگ سے کھایا ہو......آنے دو ذرا...... بچی چار دن کو میکے چلی گئی تھی تو رہ لینے دیتا۔''

''نانو آپ انہیں کچھ مت کہیے گا۔ میں اپنی مرضی سے اپنے گھر میں آئی ہوں۔ وہاں زیادہ دن رہ کر کیا کرتی۔ پھپھو اب کافی بہتر ہیں۔''

''پھر بھی بیٹا تمہاری پھپھو کیا سوچتی ہوں گی کہ......'' نانو نے رواداری سے کہا تو وہ ان کے کندھے پر ہاتھ رکھ کر انہیں یقین دلانے کی کوشش کرتے ہوئے ان کی شرمندگی دور کرنے لگی۔

''انہیں معلوم ہے میرا دل اپنے گھر کے علاوہ نہیں لگتا...... آپ ٹینشن نہ لیں۔ یہ بتائیں آپ کی طبیعت تو ٹھیک رہی؟''

''شکر ہے بیٹا، میں بھی ٹھیک رہی...... اور تم جیسی پیاری بچی کے ساتھ رہنے کے لیے ٹھیک رہنے کو دل چاہتا ہے۔ اللہ میرے بچوں کی خوشیاں سلامت رہیں۔'' نانو کی پُرنم آنکھوں میں اس کے لیے وہ جذبے وہ دعائیں تھیں جو دنیا بھر کے خزانوں کے عوض بھی نہیں مل پاتے۔ وانیہ نے انہیں ممنون نظروں سے دیکھا...... اسی لمحے شہنی بوا بھی...... ''آمین'' کہتی اندر داخل ہوئیں۔

''شکر ہے بیٹا تم آ گئیں...... ورنہ بچوں نے تو میرا ناک میں دم کر رکھا تھا۔ اب سکول سے آنے والے ہیں اور سمجھ نہیں آ رہی کیا بناؤں؟''

''آپ چلیں...... میں آ کر ان کے لیے نوڈلز بنا لیتی ہوں۔ آپ روٹیاں بنا لیں۔ ثعلب بچوں کو لینے گئے ہیں وہ بھی آج گھر پر لنچ کریں گے۔'' وانیہ انہیں کہہ کر ان کے پیچھے ہی نکل گئی۔ نانو جان اسے جاتے ہوئے دیکھنے لگیں۔ ان کے لبوں پر اس کے لیے دعائیں ہی دعائیں تھیں۔ بچے گھر میں آئے تو وانیہ فوراً کچن سے نکل کر دروازے میں چلی آئی۔ بچے اسے دیکھ کر پہلے تو حیران ہوئے پھر ایک دم چلاتے ہوئے اس کی طرف لپکے۔

''ہر......رے...... ہماری چاچی آ گئیں۔ چاچو، چاچی آ گئیں...... آہا...... اب مزہ آئے گا۔'' دونوں ہی آ

کراس سے لپٹ گئے۔ وانیہ نے جھک کر دونوں کو اپنے دائیں بائیں پہلوؤں میں سمیٹ کر پہلے چوما پھر قدرے خفگی سے بولی۔

''یہ کیا...... پہلے آ کر سلام کرتے ہیں ناں......'' دونوں نے ایک دوسرے کو دیکھ کر اس کی جانب دیکھا۔ چاچی کی ناراضی سے دونوں ہی ڈرتے تھے فوراً ایک زبان ہو کر بولے۔

''سوری...... چاچی...... السلام...... علیکم......''

''وعلیکم السلام...... چلو اب جلدی سے چینج کرنے چلو...... پھر آ کر کھانا کھاتے ہیں۔''

''ہاں بھئی جلدی سے آؤ، مجھے بھی بہت بھوک لگی ہے۔'' ثعلب نے اندر آتے ہوئے کہا۔ وانیہ تائیداً مسکرا کر دیکھتی بچوں کے کمروں کی طرف بڑھ گئی جبکہ ثمی بھی فریش ہونے اپنے کمرے میں چلا گیا۔

O......❖......O

''میرے جانے کے بعد تم دونوں نے چاچو کو بھی تنگ کیا اور شہنی بوا کو بھی۔'' گولڈی کی شرٹ اُتار کر پہناتے ہوئے سنجیدگی سے پوچھا تو گولڈی بڑی معصومیت سے بولی۔

''نئیں...... چاچی...... ہم نے تو تنگ نئیں کیا...... ہے ناں سنی۔''

''جھوٹ بولنا بُری بات ہے۔ پتا ہے ناں جھوٹ بولنے والے بچوں کی زبان کالی ہو جاتی ہے اور منہ سے بیڈ اسمیل بھی آنے لگتی ہے۔'' وانیہ نے بڑی نرمی سے سرزنش کی۔

''چاچی...... گولڈی نے سب کو بہت تنگ کیا۔ میری چاکلیٹ بھی کھائی تھی اور میری اسٹوری بک پر لائنز بھی لگا دی تھیں۔'' سنی بڑی چالاکی سے بولتا سامنے آیا۔ اس کی شکایت پر گولڈی مچلی۔

''چاچی سنی نے بھی میرا ڈول ہاؤس توڑ دیا۔ چاچو نے پرامس کیا ہے۔ وہ مجھے نیا اور بڑا ڈول ہاؤس لے کر دیں گے۔''

''جھوٹی ہو تم......'' سنی تقریباً چیخا۔

''تم جھوٹے ہو...... ڈرٹی بوائے ہو۔ چاچی تمہیں کچھ نہیں لے کر دیں گی۔ چاچو بھی نہیں لے کر دیں گے۔'' وانیہ نے دونوں کو پہلے حیرت سے دیکھا پھر تقریباً خفگی و غصے سے بولی۔

''تم دونوں کو ہی اب کچھ نہیں ملے گا اس لیے کہ تم دونوں میری بات نہیں مانتے ہو۔ تم دونوں نے مجھ سے پرامس کیا تھا کہ دونوں کبھی نہیں لڑو گے مگر او کے اگر تم دونوں کو لڑنا ہے تو میں واپس چلی جاؤں گی اپنی پھپھو کے پاس۔''

''چاچی...... آپ نہیں جائیں ناں...... ہم نہیں لڑیں گے۔'' دونوں ہی یک دم سہم سے گئے تھے۔ چاچی انہیں چھوڑ کر جائیں یہ انہیں منظور نہیں تھا۔ سنی فوراً ہی اس کے کندھے پر آ کر جھول گیا۔ اس کا منانے کا یہی انتظار تھا۔

''سوری...... میں بھی نہیں لڑوں گی۔ پلیز چاچی......'' گولڈی نے معصومیت سے کہتے اپنے کان پکڑ لیے تو وانیہ کو بے اختیار اس پر پیار آیا۔ خود سے چمٹاتے ہوئے بڑی محبت سے بولی۔

”او کے...... اگر آپ دونوں نہیں لڑے تو میں نہیں جاؤں گی۔ اور جس نے اب اپنا پرامس توڑا تو میں اس سے بات نہیں کروں گی۔“ وانیہ نے دونوں کے سامنے اپنا ہاتھ پھیلایا تو دونوں نے ہی وعدہ کر لیا۔ درمیانی دروازے سے جھانکتے ثعلب نے خاصی دلچسپی سے سارا منظر دیکھا۔ وانیہ کے لیے اس کے دل میں جذبات مزید گہرے ہو گئے تھے۔ دو دن کی دوری نے اس کی اہمیت کا احساس تو پہلے ہی دلا دیا تھا۔ وہ گھر میں تھی تو ہر شے میں اس کی جھلک نظر آتی تھی۔ وہ گئی تو سب کچھ ادھورا، بکھرا، بے قرار سا محسوس ہوا تھا۔

○......❖......○

رات کو وہ اس سے تجدیدِ عہدِ محبت کر رہا تھا۔ وانیہ اس کے پہلو میں نیم دراز اس کی محبت کی حدت سے نئی توانائی پاتی خود کو مزید مضبوط محسوس کر رہی تھی۔

”نیا...... تمہارے جانے کے بعد میں نے جس طرح دو دن گزارے ہیں، اس کا اندازہ صرف تم ہی لگا سکتی ہو۔ مجھے محسوس ہو رہا تھا جیسے میرا کچھ گم ہو گیا ہے۔ سب کچھ تھا مگر تمہاری کمی پلیز آئندہ مجھے چھوڑ کر مت جانا...... ورنہ......“

”آپ تو ایسے بے قرار ہو رہے تھے جیسے میں ہمیشہ کے لیے آپ کو چھوڑ کر چلی گئی ہوں۔“

”شٹ اَپ......“ وانیہ کی مسکراہٹ سے واضح تھا کہ وہ مذاق کر رہی ہے مگر ثمی کی سنجیدگی نے اسے حیران کر دیا تھا۔

”آئندہ مذاق میں بھی مت کہنا یہ بات اب مجھ میں کسی کو کھونے کا حوصلہ نہیں ہے۔ پلیز...... ایسا مت کہنا۔“ ثعلب شدت جذبات میں بولتے ہوئے اس کے ہاتھ اپنی گرفت میں لیے وانیہ کو مزید حیران کر رہا تھا۔

”یو نو...... سب کہتے تھے شادی کے بعد اپنی بیوی سے ہونے والی محبت سچی اور کھری ہوتی ہے۔ میں نہیں مانتا تھا...... مگر......“

”رومانہ...... کی وجہ سے......؟ میرا مطلب......“ وانیہ کو نہ جانے کیسے رومانہ کا خیال آ گیا تھا اور وہ بے ساختہ کہہ بھی گئی تھی۔ ثعلب ایک دم ایسے چونکا تھا جیسے کسی نے گہری نیند سے جھنجھوڑ کر جگا دیا ہو۔

”وہاٹ...... کیا مطلب ہے یہاں اس کا کیا ذکر؟“ ثمی کے تاثرات فوراً بدل گئے تھے۔ وہ سیدھا ہو بیٹھا...... وانیہ سے بات کرنا مشکل ہو گئی۔ اسے احساس ہو گیا تھا کہ وہ نادانستگی میں اس کے جذبات کو ٹھیس لگا بیٹھی ہے۔

”مجھے یقین نہیں آ رہا کہ تم مجھ سے یہ بات کہو گی۔“ وانیہ کے چہرے پر شرمندگی، خجالت، بے بسی سبھی کچھ تھا۔

”مم...... میں شرمندہ ہوں...... واقعی مجھے اس طرح بات نہیں کرنا چاہتی تھی۔ وہ تو بس اچانک......“

”اچانک؟ اچانک تم نے مجھے احساس دلا دیا کہ تمہارے دل میں میرے لیے کتنی بدگمانی اور شک ہے اب تک...... میں نے کب سے اس کے بارے میں سوچا بھی نہیں اور......“ وانیہ نے اس کے ہونٹوں پر ہاتھ رکھ کر اسے مزید کچھ کہنے سے روکا۔

''کہہ رہی ہوں ناں مجھ سے غلطی ہوگئی میں آپ سے بدگمان ہوں نہ ہی میرے ذہن و دل میں کسی قسم کا شک ہے۔ میرا تو اس بات پر ایمان پختہ ہے کہ اصل محبت تو شادی کے بعد ہی ظاہر ہوتی ہے اور آپ کی محبت بھی صرف میرے لیے ہے پلیز میری غلطی سمجھ کر معاف کر دیں۔'' بولتے بولتے وانیہ کی آنکھیں چھلک پڑیں، ثعلب کو بھی احساس تھا کہ اس نے جان بوجھ کر نہیں کہا تھا۔

''جرمانہ دینا پڑے گا۔'' کچھ توقف کے بعد اس کا موڈ ذرا بدلا تھا۔

''جی......''

''نیکسٹ ویک اینڈ پر تمہیں میرے ساتھ ایک پارٹی میں چلنا پڑے گا...... میرے سارے فرینڈز تم سے ملنا چاہ رہے ہیں۔''

''مگر...... میں بچے...... بھی ساتھ ہوں گے ناں؟'' وہ ڈرتے ڈرتے پوچھ رہی تھی کیونکہ بچے اس کے ساتھ جانے کی ضد کرتے تھے اور اسے انہیں چھوڑ کر جانا اچھا نہیں لگتا تھا۔

''نو...... ناٹ ایٹ آل...... صرف ہم دونوں...... اور تمہیں میری چوائس پر ڈریس اَپ ہونا پڑے گا...... بچوں کو بھی خود ہی ہینڈل کرنا ہوگا...... کہو منظور ہے؟ ورنہ پھر میں ناراض ہوں تم سے......'' ثعلب نے بچوں کی طرح اس کی طرف سے رُخ موڑا تو وہ بے بسی سے فوراً ہامی بھر بیٹھی۔

''مجھے منظور ہے، آپ مجھ سے ناراض نہ ہوں...... آپ جیسا کہیں گے میں ڈریس اَپ بھی ہو جاؤں گی پلیز......'' وانیہ نے اس کے سامنے ہو کر ہاتھ جوڑے تو ثعلب بے اختیار ہو کر قہقہے لگا اُٹھا...... اور اس کے ہاتھ گرفت میں لے کر ہنستے ہنستے بولا۔

''یار دیکھا کیسے تمہیں ٹریپ کیا ہے...... ورنہ کیا تم مان لیتی میری بات...... ہر بار بہانہ ہر بار بہانہ......''

''خیر...... بہانہ تو نہیں کرتی میں...... آپ جانتے ہیں، بچے میرے بنا رہتے نہیں ہیں اور انہیں چھوڑ کر جانا مجھے اچھا نہیں لگتا۔'' وانیہ نے اپنے ہاتھ اس کی گرفت سے نکال کر چہرے پر آئی لٹ کو ہٹایا تو ثعلب شرارتی ہوا۔

''رہ تو میں بھی نہیں سکتا تمہارے بنا پھر مجھے کیوں چھوڑ کر گئی تھیں۔''

''اب نہیں جاؤں گی۔'' شمی اس کی طرف جھکا تو وہ جھینپ کر بولی۔

''اور میں جانے بھی نہیں دوں گا۔'' وہ مزید رومینٹک ہوا...... وانیہ کو اور کیا چاہیے تھا...... وہ خود بھی کب اس کی محبت کے دائرے سے باہر جانا چاہتی تھی۔

O......❖......O

زندگی کے معمولات میں وانیہ کے ذہن و دل سے جلد ہی بڑی امی کی باتیں تقریباً محو ہو گئی تھیں۔ بچوں کے ساتھ ان کی شرارتوں میں ان کا ساتھ دینا...... عصمٰی کو چھوٹی بہنوں کی طرح روزمرہ کی باتوں میں زندگی کے اتار چڑھاؤ پر صبر و قناعت کا سبق پڑھانا...... نانو کی خدمت گزاری میں راحت و سکون پانا...... جیسے اس کی زندگی کا مقصد بن گیا تھا۔ خصوصاً ثعلب کے آرام و سکون اس کی ضرورتوں کا خیال رکھنا تو اس کا نصب العین تھا، شمی آدھی رات کو بھی کوئی فرمائش کرتا تو وہ اپنی نیند، اپنا آرام قربان کر کے اس کی خواہش پوری کرنے پر کمر بستہ ہو جاتی۔

ویک اینڈ تھا، ثعلب آفس جانے سے پہلے اسے یاد دلا رہا تھا۔

''یاد ہے ناں آج حسن (دوست) کی طرف پارٹی میں جانا ہے۔'' شمی اپنی ٹائی کی ناٹ سیدھی کرتا اس کی طرف پلٹا تو کمالِ اداکاری سے انجان بن کر بولی۔

''اچھا...... آج جانا ہے...... میں سمجھی نیکسٹ ویک اینڈ پر......'' شمی نے اسے مزید بولنے سے پہلے ٹوکا۔

''بس...... نو ایکٹنگ...... میں مان ہی نہیں سکتا کہ تمہیں یاد نہ رہا ہو کہ آج جانا ہے...... میں نے تمہارے لیے جو ساڑھی لی تھی آج وہی پہننی ہے، اوکے......؟'' ثعلب نے اس کے چہرے پر پھیلی مصنوعی بیزاری کا ذرا بھی نوٹس نہیں لیا۔

''آج میرا موڈ نہیں ہے ساڑھی پہننے کا۔ میں کوئی شلوار سوٹ پہنوں گی۔'' وانیہ نے اس کا تولیا وغیرہ بیڈ سے اُٹھاتے ہوئے قدرے سنجیدگی سے کہا۔

''ہرگز نہیں...... میں کہہ رہا ہوں ساڑھی پہننی ہے تو ساڑھی پہننی ہے بس...... اور میرے آنے سے پہلے ریڈی رہنا...... چلو اب میرے لیے ناشتہ بناؤ۔'' ثعلب نے اس کا ہاتھ پکڑ کر کمرے سے باہر لے جاتے ہوئے کچھ دھونس سے کہا۔ تو وانیہ مصنوعی خفگی سے اسے دیکھ کر بولی۔

''اب ہر معاملے میں آپ کی مرضی نہیں چلے گی۔'' شمی نے قدرے چونک کر اسے دیکھا۔ اسی لمحے شہنی بوا کچن سے نکل کر آئیں۔

''بیٹا...... سب کے لیے چائے تو تم ہی بناؤ...... شمی میاں کل کی طرح چائے پیئے بغیر چلے جائیں گے۔''

''ہاں تو بوا جی آپ بھی تو چائے میں جوشاندہ ملا دیتی ہیں۔ جیسے......'' بوا اور شمی کی نوک جھوک جاری تھی۔ وانیہ انہیں وہیں چھوڑ کر کچن کی طرف بڑھ گئی۔

O......❖......O

بچے ٹیوٹر سے پڑھ رہے تھے...... وانیہ معمول کے کام نمٹا کر اپنے اور نانو کے لیے چائے بنا کر ان کے کمرے میں آ گئی۔ اس کی عجیب سی طبیعت ہو رہی تھی۔ شمی نے اسے تیار رہنے کے لیے کہا تھا جبکہ وہ سرے سے جانا ہی نہیں چاہ رہی تھی۔

''نانو...... آپ سے ایک بات کہوں؟'' چائے کا کپ ایک طرف رکھ کر وہ ان کے قدموں میں وہیل چیئر کے پاس ہی بیٹھ گئی۔

''ہاں...... ہاں کہو میرے بچے...... میری جان...... کیا بات ہے؟'' نانو نے بڑی نرمی وشفقت سے اسے پچکارا تو وہ سر اُٹھا کر کشمکش میں بولی۔

''نانو...... وہ دراصل میں آج پارٹی میں جانا نہیں چاہتی...... پلیز آپ مجھے روک لیں...... میرا بالکل بھی دل نہیں چاہ رہا......''

''تو تم اس سے خود کہہ دو...... وہ زبردستی تھوڑی کرے گا۔'' نانو نے ذرا اُلجھن سے اس کی طرف دیکھا...... وہ صبح سے ہی تھکی تھکی سُست نظر آ رہی تھی۔

''نانو آپ کو پتا تو ہے ان کا......''

''نہ جانے کی کوئی وجہ ہے؟'' انہوں نے پاس بیٹھی وانیہ کے بکھرے بال ہاتھ سے سنوارے۔

''بس کہیں بھی جانے کو جی نہیں چاہ رہا۔ گھر پر رہنا چاہ رہی ہوں۔''

''طبیعت تو ٹھیک ہے ناں تمہاری......؟'' انہوں نے خاصی تشویش سے اسے دیکھا بھی اور پوچھا بھی۔

''آپ پریشان نہ ہوں...... میں ٹھیک ہوں، بس یونہی......''

''بیٹا جب طبیعت ٹھیک ہے تو پھر چلی جاؤ...... ویسے بھی تم لوگوں کو تنہا کہیں جانے کا موقع ہی کب ملتا ہے، اس کے دوست نے پوچھ کر بلایا ہے اب نہیں جاؤ گی تو کیا سوچے گا...... وہ سمجھے گا کہ تم دونوں میں کوئی ان بن رہتی ہے جو تم کہیں بھی جانے سے انکار کر دیتی ہو۔'' نانو نے کافی رسانیت سے سمجھانے کی کوشش کی۔

''ایسا کیوں سمجھے گا کوئی...... میں بیمار بھی تو ہو سکتی ہوں۔'' وہ اُٹھ کر کاؤچ پر جا بیٹھی۔

''اللہ نہ کرے...... جو تم بیمار پڑو۔'' نانو نے بے ساختہ اسے ٹوکا۔

''سمجھنے میں کیا حرج ہے نانو......''

''بس میرے بچے...... بُری بات منہ سے نہیں نکالتے...... تم تو رونق ہو ہمارے گھر کی...... تمہاری وجہ سے تو ہمیں زندگی کا احساس ملتا ہے۔''

''نانو...... آپ کو نہیں پتا...... کتنا بور ہوتی ہوں میں پارٹیز میں جا کے...... نہ مجھے فیشن کا پتا ہے، نہ مجھے جیولری ڈیزائن پر باتیں کرنا آتی ہیں۔''

''تو بیٹا سیکھو ناں تم بھی دنیا داری کے تقاضے...... ویسے بھی وانیہ بچے...... تم شمی کو سمیٹ رہی ہو...... ابھی سے اس سے پہلو بچاؤ گی تو وہ بکھر سکتا ہے، بھٹک سکتا ہے اسے اپنی گرفت سے نکلنے مت دو...... مرد کو بیزاری نہیں دکھاتے، یہ میرا تمہیں مخلصانہ مشورہ ہے۔'' نانو اور بھی مفید مشوروں سے اسے نواز رہی تھیں اور وانیہ بڑی سعادت مندی سے سننے میں مصروف تھی۔ تبھی اسے وقت گزرنے کا احساس تک نہیں ہوا۔ وہ تو عصمیٰ نے کمرے میں جھانک کر اسے احساس دلایا۔

''بھابی...... بھائی آ گئے ہیں۔ آپ کا پوچھ رہے ہیں۔''

''اتنی جلدی......؟'' وانیہ کی نگاہ دیوار گیر گھڑی پر گئی...... اس سے پہلے کہ وہ باہر نکلتی...... شمی خود ہی نانو کے کمرے میں چلا آیا۔

''السلام علیکم...... تم ابھی تک تیار نہیں ہوئیں؟'' اسے کھڑے دیکھ کر شمی نے ذرا خفگی سے پوچھا۔

''بس جا رہی ہوں۔'' وہ دروازے کی طرف بڑھی۔

''ٹائم دیکھو...... تمہاری تیاری میں بھی دیر لگے گی۔''

''صرف ساڑھے چھ...... اور وہاں نو بجے سے پہلے کوئی نہیں پہنچے گا...... میں پندرہ منٹ میں تیار ہو جاتی ہوں۔ آپ تب تک چائے پی لیں میں بھجواتی ہوں۔'' وہ اس کا غصہ ٹھنڈا کرنے کے لیے فوراً نکل گئی۔ وہ جھنجھلاتا ہوا نانو کے سامنے آ بیٹھا۔

''دیکھ لیں آپ اپنی لاڈلی کے نخرے...... صبح کہہ کر گیا تھا کہ میرے آنے سے پہلے تیار رہنا...... مگر نہیں...... اپنی مرضی چلائیں گی محترمہ......'' ثعلب نے اپنی بھڑاس نکالی تو نانو نے جھٹ اس کا دفاع کیا۔

''تیار ہونے تو گئی ہے، غصہ کیوں کرتے ہو...... صحیح تو کہہ رہی ہے اتنی جلدی کون پہنچے گا...... شکر کرو وہ جا رہی ہے حالانکہ اس کی طبیعت اچھی نہیں ہے۔ تم نے دیکھا نہیں کچھ...... سُست سی ہے کل سے۔''

''آپ کو بنا دیا ہے اس نے...... کوئی طبیعت وبیعت خراب نہیں ہے، آپ نہیں جانتیں ساری لڑائی وائٹ ساڑھی کی ہے۔ کہتی ہے ساڑھی نہیں سوٹ پہنے گی۔'' ثعلب واقعی جھنجھلایا ہوا تھا۔ نانو نے اسے تعجب سے دیکھا۔

''تم دونوں میں لڑائی ہوئی ہے؟ اور اس نے مجھے بتایا ہی نہیں...... شمی تم ہمیشہ اپنی منواتے ہو...... کبھی اس کی مرضی کا بھی خیال کیا کرو...... اس کی بھی کوئی پسند ہو گی۔'' انہوں نے سمجھانے کی کوشش کی...... وہ مزید جھنجھلایا۔

''تو پہن لے وہ سوٹ، کر لے اپنی مرضی...... میں کیا کہہ رہا ہوں...... آپ ہمیشہ اسی کی سائیڈ لیں گی...... دیکھتا ہوں جا کر کتنی تیاری رہ گئی ہے۔'' وہ جانے لگا تو نانو اس کے بچگانہ رویے پر مسکرا دیں۔

''اب اس کے سر پر جا کے سوار مت ہو جانا کہ اس کے ہاتھ پاؤں پھول جائیں...... بات سنو جانے سے پہلے مجھے مل کر جانا، میں بھی تو دیکھوں اس سفید ساڑھی میں ایسی کیا خاص بات ہے جو تم میری بیٹی سے اُلجھ پڑے ہو۔''

''میری لائی ہوئی ساڑھی میں کوئی بات کیسے ہو سکتی ہے۔ ساری خصوصیات تو آپ کی بیٹی میں ہیں۔'' وہ بچوں کی طرح روٹھ کر چلا گیا تو نانو مسکرا دیں۔ جانتی تھیں اس کی ناراضی چند لمحوں کی ہو گی۔ وانیہ خود اس کے لیے چائے بنا کر لائی تو نانو نے اسے کمرے میں جانے کے لیے کہا۔

''اُف...... آج میری خیر نہیں ہے۔'' وہ وہاں سے کمرے کی طرف آئی شکر کیا سنی، گولڈی اس سے پہلے کمرے میں جا رہے تھے اسے ذرا تسلی ہوئی ثعلب ان کے سامنے خفگی نہیں دکھا سکتا تھا۔ اسے دروازے سے اندر آتے دیکھ کر وہ قدرے برہمی سے بولا۔

''تم...... میں تو سمجھ رہا تھا کہ تم ڈریسنگ روم میں ہو؟''

''اتنی جلدی کس بات کی ہے...... ابھی آپ کو بھی تو فریش ہونا ہے۔ گرم گرم چائے پئیں اور فریش ہو جائیں، میں بھی بس ابھی آئی۔'' اسے کپ تھما کر اس نے چٹکی بجائی اور فوراً ہی باتھ روم کی طرف بڑھ گئی۔ پشت پر شمی کی گھورتی نگاہیں تھیں...... سنی اور گولڈی نے فوراً اپنی موجودگی کا احساس دلایا۔

''چاچو! آپ چاچی کو لے کر کہاں جا رہے ہیں۔'' گولڈی نے بڑے رعب سے پوچھا تو چائے کے گھونٹ بھرتے ثعلب نے اسے مسکرا کر دیکھا۔

''اپنے دوست کے گھر پارٹی میں حسن انکل ہیں ناں ان کے گھر......'' بات کرتے ہوئے شمی نے اسے ایک بازو میں سمیٹا۔

''انہوں نے ہمیں نئیں بلایا؟'' اس کی معصومیت میں بھی بڑی سنجیدگی سی تھی۔

''نہیں میری لٹل فیری...... حسن انکل نے مجھے اور تمہاری چاچی کو ہی بلایا ہے۔'' شمی نے کپ سائیڈ ٹیبل پر رکھتے ہوئے اسے اپنے گھٹنوں پر بٹھا کر اس کی پیشانی پر بکھرے بال ہٹا کر محبت سے چوما تو سنی کو جلن سی ہوئی۔

''چاچو...... یہ گولڈی کہہ رہی تھی، چاچو کے دوست بہت گندے ہیں۔ ہم بچوں کو پارٹی میں کیوں نہیں بلاتے۔'' اس بار گولڈی اُلجھنے کے بجائے تائیداً بولی۔

''ہاں...... ناں کتنے برے ہیں حسن انکل...... ان کے بچے بھی تو ہمارے گھر آتے ہیں، ہمیں کیوں نہیں بلایا؟''

''بری بات ہے سنی، گولڈی...... بڑوں کو ایسا نہیں کہتے...... آپ کو اچھا نہیں لگتا ناں کہ میں آپ کی چاچی کو اپنے ساتھ لے کر جاؤں تو ٹھیک ہے آئندہ نہیں لے کر جاؤں گا مگر آج تو چاچو نے اپنے فرینڈز سے پرامس کیا تھا۔اس لیے ہمیں جانا ہے۔''

''تو آپ ہم سے بھی پرامس کریں...... آپ ہم کو بھی کل لے کر جائیں گے۔'' گولڈی نے اسے بڑی معصومیت مگر چالاکی سے گھیرا تو شمی قہقہہ لگا اٹھا۔

''ہونہہ...... تو اصل چکر یہ تھا۔ اوکے میری جان...... ہم سب کل چلیں گے۔ مگر ابھی تو ہمیں تیار ہو کر جانے دو...... جاؤ آپ دونوں جا کر کھیلو...... ہم جلدی گھر آجائیں گے۔'' شمی نے دونوں کو باری باری چوم کر لپٹایا۔ دونوں چلے گئے تو ثعلب اُٹھ کر ڈریسنگ روم میں آ گیا۔ وانیہ ڈریسنگ روم میں نصب آئینے کے سامنے کھڑی اپنے گھٹنوں تک لمبے بالوں کو سلجھانے مصروف تھی۔

''کیوں مجھے تنگ کر رہی ہو۔'' شمی اس کے پاس جا کر اس کے بالوں کی ایک لٹ مٹھی میں لے کر کھینچتے ہوئے بولا۔

''آہ...... میں آپ کو کب تنگ کر رہی ہوں...... چھوڑیں ناں...... ارے درد ہوتا...... مت کھینچیں۔''

''صبح سے منہ بنا کر پھر رہی ہو...... سیدھے منہ بات ہی نہیں کر رہی ہو۔'' شمی نے آئینے میں دیکھتے ہوئے ذرا خفگی سے پھر اس کے بال جھٹکے...... وہ اس کے جھوٹ پر حیران ہوئی۔

''میں...... ہا...... ں نہیں تو......؟ آپ کو غلط فہمی ہوئی ہے۔ پلیز میرے بال ٹوٹ رہے ہیں۔'' وانیہ نے کراہتے ہوئے بال چھڑانے کی کوشش کی مگر شمی کے ارادے کچھ اور تھے...... اس کے مزید قریب ہو کر اپنے ہاتھ پر اس کے بال لپیٹتے ہوئے ایک دم موڈ بدل کر بولا۔ ''جب میں نے کہا تھا کہ تیار رہنا تو...... سوچا تھا تمہیں تیار دیکھ کر ساری تھکن اُتر جائے گی مگر تم...... آج ارادے کیا ہیں؟''

''ارادے تو آپ کے خطرناک نظر آ رہے ہیں...... میرے بالوں کے دشمن بنے ہوئے ہیں...... پارٹی میں جانا بھی ہے یا...... نہیں۔''

''جانا ہے، جانا ہے مگر پہلے بتاؤ کیا پہنو گی؟''

شمی نے آخر اس کے بال جھٹکا دے کر چھوڑ دیئے۔ وانیہ بھی اس سے چند قدم دور ہٹتے ہوئے آنکھوں میں شرارت بھرے بولی۔ ''بتا تو دیا تھا...... اب ذرا باہر نکلیں اور مجھے تیار ہونے دیں۔'' وانیہ نے ہینگر اسٹینڈ سے اس

کارائل بلیو ڈنر سوٹ اتار کر اسے تھماتے ہوئے مزید اسے تپایا۔

''آئی تھنک آپ بھی چینج کر ہی لیں...... اب یہ اچھا تو نہیں لگے گا کہ میں بنی سنوری چلوں اور آپ اسی باسی تباسی حلیے میں......'' وانیہ کی شوخی پر وہ ہینگر لیے اسے خفگی سے گھورتا باہر نکل گیا۔ صرف بیس منٹ میں وہ مکمل تیار ہو کر ڈریسنگ روم سے باہر آئی تو وہ کا اظہار لیے اسی طرح آفس ڈریس میں آنکھیں بند کیے دونوں ہاتھ سر کے نیچے رکھ کر ایزی چیئر پر نیم دراز تھا۔

''ار...... رے آپ ایسے ہی بیٹھے ہیں اب تک اور مجھے ڈرا رکھا تھا'' وہ بولتی، بولتی قریب چلی آئی۔ دلفریب مہک ثعلب کی سانسوں کو مہکا گئی۔ اس نے آنکھیں کھول کر دیکھا تو مبہوت رہ گیا۔ وانیہ اس کی پسند کردہ سفید شیفون سلک کی ساڑھی میں ملبوس اس پر بجلیاں گرا رہی تھی۔ ساڑھی پر بنا کام اسے لاجواب کر گیا تھا اور مزید لاجواب وانیہ نے زیب تن کر کے کر دیا تھا۔ لگتا تھا یہ ساڑھی اس کے متناسب جسم اور لانبے قد کے لیے بنی تھی۔ پرل کی جیولری اس کے حسن کو مزید نکھار بخش گئی تھی۔ ثعلب کے یک ٹک دیکھنے پر اس کی آنکھوں کے آگے ہاتھ لہرا کر قدرے جھینپ کر اس کی محویت توڑی۔

''اس طرح کیا دیکھ رہے ہیں۔ کب سے شور مچا رہے تھے، اب خود ایسے ہی بیٹھے ہیں۔ اب دیر نہیں ہو رہی؟'' ثعلب کے تاثرات یک دم خوشگوار ہو گئے تھے۔ وہ اُٹھ کر کھڑا ہو گیا۔

''بیوٹی فل، ایکسیلنٹ، میرے تصور سے بھی زیادہ حسین لگ رہی ہو...... کیا خیال ہے، حسن کو منع کر دوں؟'' اس کی نظروں میں وارفتگی اور لہجے میں شرارت تھی۔

''جی نہیں...... اب آپ کی کوئی بات نہیں مان سکتی...... جلدی چینج کریں، تب تک میں عصمٰی سے بالوں میں گجرے لگوالوں۔'' وہ جانے کے لیے مڑی۔

''قتل کرنے کے پورے انتظام کرو گی آج۔'' ثعلب نے مڑ کر جاتی وانیہ کے کھلے بالوں کو پھر سے گرفت میں لیا۔ وہ سامنے سے بالوں کو اُٹھا کر کلپ لگا کر باقی بالوں کو کھلا چھوڑے ہوئے تھی۔

''یہ آج آپ میرے بالوں کے پیچھے کیوں پڑ گئے ہیں؟'' ثعلب نے اسے کھینچ کر اپنے قریب کیا۔

''تم تو اپنی پسند سے کپڑے پہننے والی تھیں...... پھر ارادہ اتنی جلدی کیسے بدل دیا؟''

''کیا کرتی...... آپ کا مرجھایا منہ دیکھا نہیں جا رہا تھا، یہی سوچا کہ میرے علاوہ آپ کی پسند پوری کون کر سکتا ہے۔ ایک ہی تو بیوی ہو گی آپ کی......'' وانیہ کی شوخ ادا نے ثمی کو بھی محظوظ کیا۔

''تم اجازت دو تو...... میری مرضی پوری کرنے کے لیے دوسری بھی آ سکتی ہے۔''

''کہ...... کیا...... کیا؟'' وہ ایک دم اس کے سامنے ہوئی۔ ''میں مر کر بھی اجازت نہیں دوں گی۔ ایسا سوچیے گا بھی مت ورنہ...... قتل کر دوں گی دوسری کو......'' وانیہ بھی اس کی شرارت سمجھ گئی تھی۔ اس کے اس طرح بگڑنے پر ثعلب بے اختیار قہقہہ لگا اُٹھا۔

''آج معلوم ہوا کہ میرے لیے کتنی پوزیسیو ہو تم...... اپنی بات منوانے کا گُر آ گیا ہے مجھے۔''

''آپ کھڑے باتیں کرتے رہیں گے یا تیار بھی ہوں گے ورنہ پھر میں بھی چینج کر لوں......'' وانیہ نے

اسے دھمکایا تو وہ فوراً بولا۔

''نہ...... نہ...... ایسا غضب مت کرنا...... میں بھی بس یوں گیا اور یوں آیا۔'' شمی نے ہنستے ہوئے چٹکی بجائی۔ ''اب تو مجھے بھی شو، شا بنانی پڑے گی ورنہ یار لوگ بیگم صاحبہ کا ملازم سمجھیں گے۔''

''ایسے ہی......'' وانیہ نے جھینپ کر اسے پیچھے کیا اور کمرے سے باہر نکل گئی۔

○......❖......○

عصمیٰ کے کمرے میں دیوار گیر آئینے میں وہ اپنا مکمل عکس دیکھ کر خود بھی حیران تھی۔ عصمیٰ کی نظروں میں بھی تعریف اور توصیف تھی۔ شہنی بوا نے گھر کے لان میں لگے موتیے کے پودے سے کلیاں توڑ کر بڑی گندھی ہوئی لڑیاں پروئی تھیں۔ جنہیں اب عصمیٰ نے بڑی مہارت سے اس کے بالوں میں سجا دیا تھا۔

''بھابی جان! آج آپ بہت پیاری لگ رہی ہیں...... جانے سے پہلے نانو جان سے اپنی نظر اُتروا لیجیے گا۔'' عصمیٰ نے ایک بار پھر اس کی تعریف کی۔

''مجھے کس کی نظر لگے گی؟'' وہ جھینپ کر مسکرائی۔

''میری......'' اسی لمحے ثعلب اندر داخل ہوتے ہوئے بولا۔ اس کے لہجے میں ہی نہیں نظروں میں بھی وارفتگی تھی۔ وانیہ نے مڑ کر اس کی جانب دیکھا...... رائل بلیو سوٹ، وائٹ شرٹ، بلیو اور وائٹ ڈاٹس والی ٹائی میں ثعلب نکھرا نکھرا مزید پُر اعتماد نظر آ رہا تھا۔ ہمیشہ کی طرح اس کے لبوں کے ساتھ اس کی آنکھیں بھی مسکرا رہی تھیں۔

''اپنوں کی نظر نہیں لگتی۔''

''کبھی کبھی لگ جاتی ہے مائی کوئین۔'' ثعلب ذرا ترنگ میں وانیہ کی طرف بڑھا تو عصمیٰ دونوں کو اس کمرے میں چھوڑ کر وہاں سے چلی گئی۔ وانیہ نے اس کا جانا محسوس کیا۔

''عصمیٰ کا تو خیال کریں...... کیا سوچتی ہوگی وہ۔''

''کچھ نہیں سوچتی ہوگی...... وہ اب سمجھدار ہے۔''

''اسی لیے کہہ رہی ہوں۔'' وانیہ نے اسے احساس دلانے کی کوشش کی۔

''کم آن یار......'' ثعلب نے بے پروائی سے کہا۔

''اچھا اب چلیں...... ابھی نانو اور بچوں سے بھی ملنا ہے۔''

''ہاں...... ہاں...... چلو......'' ثعلب نے بڑی ادا سے اپنا ایک ہاتھ کمر پر رکھ کر بازو کا حلقہ سا بنا کر اسے بھی اپنا بازو کراس کرنے کا اشارہ کیا تو وانیہ اسے دیکھ کر بولی۔

''جی نہیں...... میں آپ کے کسی ایسے سین پارٹ میں آپ کا ساتھ نہیں دے سکتی۔ آپ کو تو خیال ہی نہیں...... بچے بھی موجود ہیں۔''

''تو بچے کیا کہتے ہیں، میرا ہاتھ بھی نہیں تھامو؟''

''بہت سی باتوں کا خیال ہمیں خود ہی رکھنا چاہیے۔ بچوں کے ذہن کچے ہیں، پتا نہیں کب کون سی بات اثر

کر جائے۔'' وانیہ کا رویہ و لہجہ متاثر کن تھا۔

''ہوں...... عقلمند ہوتی جا رہی ہو، ہاں بھئی سارا کمال میری صحبت کا ہے...... مزید میری ہم نشینی میں رہیں تو جینئیس ہو جاؤ گی۔'' ثعلب نے آخر اس کا بازو تھام کر باہر کھینچا۔ وانیہ کی ہنسی شرارت بھری تھی۔

○......❖......○

عصمٰی وہاں سے نکل کر نانو کے کمرے میں آ گئی تھی۔ بچے بھی وہیں موجود تھے۔ نانو نے وانیہ کو بنا سنورا دیکھتے ہی بے ساختہ کہا۔

''ماشاء اللہ...... میری بیٹی تو واقعی بہت پیاری لگ رہی ہے۔ شہنی بوا...... ذرا بچوں کی نظر تو اُتارنا...... چشم بد دور۔'' شہنی بوا بھی فوراً ہی بھاگی آئیں۔ ان کے ہاتھوں میں کچھ مرچیں اور سفید دھاگے کے ٹکڑے تھے جسے انہوں نے دونوں پر سے وارا...... اور فوراً وہاں سے نکل گئیں۔ شمی حسبِ توقع بس ہنسے جا رہا تھا۔ وانیہ، نانو سے مل کر بچوں کی پیشانیوں پر محبت بھری مہر لگا کر عصمٰی کو گلے لگا کر ثعلب کے ساتھ باہر نکل آئی۔

ثعلب نے گاڑی میں رومانوی گانوں کی سی ڈی لگا کر خود بھی ساتھ ساتھ گنگنانا شروع کر دیا۔ سارے راستے اس کی چھیڑ چھاڑ جاری رہی۔

عصمٰی بچوں کو زبردستی کھانا کھلا رہی تھی۔ دونوں ہی اسے تنگ کر رہے تھے...... اسی لمحے کال بیل بجی تو دونوں ہی کرسیوں سے اُتر کر دروازے کی طرف بھاگے۔

''آہا...... چاچو آ گئے...... چاچی آ گئیں......'' دونوں کا شور پورے گھر میں گونج رہا تھا۔ نانو بھی حیران تھیں۔ اتنی جلدی کیسے آ سکتے ہیں۔ ابھی تو گئے تھے...... شہنی اور بوا دروازہ کھولنے لپکی تھیں۔ عصمٰی بھی ڈائننگ روم سے نکل کر لاؤنج میں آئی تو حیران رہ گئی۔ صہبٰی آپی گولڈی کو گود میں لیے بڑھی چلی آ رہی تھیں۔

''آپی...... اچانک'' عصمٰی بھی چیخ اُٹھی۔ صہبٰی بنا اطلاع کے اچانک ہی آئی تھیں۔

''سرپرائز......'' صہبٰی آپی بھی خاصی خوش نظر آ رہی تھیں۔

''سب کہاں ہیں؟'' صہبٰی نے آگے بڑھتے ہوئے پوچھا۔

''ہم سب کھانا کھا رہے تھے اور شمی بھائی اور بھابی جان تو آج حسن بھائی کے گھر گیٹ ٹو گیدر میں گئے ہیں۔''

''اچھا...... تو یہ ٹھاٹ ہیں، آنے دو پوچھتی ہوں۔''

''میں فون کر دوں......؟'' عصمٰی بھی بے چین ہوئی۔

''نہیں...... نہیں، انہیں انجوائے کرنے دو...... میں ابھی دو دن یہیں ہوں......'' عصمٰی نے بہن کو دیکھ کر قدم بڑھائے۔ نانو بھی انہیں دیکھ کر حیران تھیں۔

''اطلاع کیوں نہیں دی؟ وانیہ کو معلوم ہوتا تو وہ نہ جاتے...... بلکہ وہ تو جانا بھی نہیں چاہ رہی تھی۔'' نانو نے بھی اظہار کیا تو صہبٰی مسکرا دی۔

''بس اچانک ہی آنے کا پروگرام بن گیا...... یہاں ایک دو کام تھے...... ایسی کیا بات ہے، فارغ ہو کر گھر

ہی آئیں گے...... ابھی تو میں بھی کھانا ہی کھاؤں گی...... کیا پکا ہے؟'' صہبیٰ آپی نے ایک کرسی سنبھالی۔

''وانیہ بھابی بنا کر گئی تھیں آلو گوشت اور چاول آج میں نے بنائے ہیں۔ اگر آپ کو کباب وغیرہ کھانا ہیں تو فریزر میں ہیں۔ بوا سے کہوں فرائی کر دیں گی۔'' عصمیٰ نے خاصی خاموشی سے بتایا تو صہبیٰ نے پہلے اشارے سے منع کیا پھر پلیٹ میں چاول ڈالتے ہوئے بولی۔

''ہوں تو اب ہماری چھٹکی بھی گھر داری سیکھ رہی ہے۔ اچھی بات ہے، بیٹھو کھانا کھاؤ۔'' صہبیٰ کی بات پر عصمیٰ کچھ جھینپ کر بیٹھ گئی۔ بچے بڑی پھپھو کو دیکھ کر آرام سے کھانے بیٹھ گئے تھے۔

''ہاں بھئی اچھی بات ہے، پڑھائی کے ساتھ ساتھ بچیوں کو آہستہ آہستہ گھر داری بھی آنی چاہیے تاکہ شادی کے بعد سسرال میں جا کر کوئی مشکل نہیں ہو۔ ماشاءاللہ ہماری وانیہ نے تو آتے ہی گھر سنبھال لیا۔ سچی بات ہے تمکین کی کمی پوری ہو گئی۔'' نانو نے اپنی نرم بیانی سے وانیہ کو جس طرح سراہا صہبیٰ آپی کو وہ سرشار کر گیا۔ آخر وہ انہی کا انتخاب تھی۔

○......❖......○

پارٹی میں ثعلب کے کئی شادی شدہ دوست مدعو تھے اور سبھی نے وانیہ کو سراہا تھا۔ ثعلب کی شوخ نظروں کے حصار میں وہ سبھی کے شوخی بھرے فقروں پر قدرے نروس ہو رہی تھی۔ ثعلب کے ایک دوست سالار کی بیوی ثمینہ آخر اسے ایک طرف لے کر بیٹھ گئی۔ سالار اور ثمینہ، ثعلب کے یونیورسٹی فیلو تھے باتوں، باتوں میں ثمینہ نے رومانہ کا بھی ذکر چھیڑ دیا۔

''وانیہ آپ تو بہت ہی سمپل ہیں۔ باتوں میں بھی اور......'' ثمینہ نے ڈھکے چھپے لفظوں میں اس کے حلیے...... پر بھی جیسے تنقید کی۔

''سمپل ہونا اگر خوبی نہیں ہے تو میرا خیال ہے یہ اتنی بڑی خامی بھی نہیں......'' وانیہ نے پہلی بار ذرا اعتماد سے جواب دیا تو وہ یک دم لہجہ بدل کر بولی۔

''وانیہ تم غلط سمجھ رہی ہو...... دیکھو...... شاید تمہیں معلوم ہو...... رومانہ سے ہی تو کالج، یونیورسٹی میں اصل فیشن شروع ہوتا تھا۔ بہت ماڈرن اور بولڈ تھی وہ...... اور ثعلب بھائی اس کے دیوانے...... تمہیں ثعلب بھائی نے کبھی نہیں کہا کہ تم بھی ذرا ماڈرن لک دو خود کو۔''

''مجھے تو کبھی نہیں کہا اور بھابی ہر انسان کی اپنی ایک الگ شخصیت ہوتی ہے۔ میں انہیں ایسے ہی پسند ہوں۔''

حیرت ہے بھئی...... مردوں کی پسند بدلا تو نہیں کرتی...... پہلی محبت تو خصوصاً دل پر نقش رہتی ہے۔ چلو خیر یہ تو اچھی بات ہے، وہ تمہیں احساس نہیں دلاتے...... ورنہ تو لائف بہت مشکل ہو جاتی......'' ثمینہ نے اپنے شولڈر کٹ گولڈن اسٹریپ کٹنگ بالوں کو اس طرح انگلیوں سے سنوارا جیسے پانی میں کوئی لہر اُٹھی ہو۔ اس کے ناز و انداز اور بانکپن اسے اصل عمر سے کافی چھوٹا دکھا رہے تھے۔ وانیہ کو اس کے مصنوعی پن سے ایک دم اُلجھن سی ہونے لگی۔ اس کا دل و دماغ مکدر سا ہو رہا تھا۔ سبھی اپنے آپ میں مگن تھے۔

ثعلب بھی ذرا فاصلے پر موجود تھا۔ وہ تو غنیمت ہوا کہ ثمینہ کے سیل فون پر کسی کی کال آ گئی تو وہ اُٹھ کر ایک طرف چلی گئی۔ کچھ لمحوں بعد شمی بھی اس کے پاس آ بیٹھا۔

''کیا ہوا...... بور ہو رہی ہو......؟'' شمی نے اس کے چہرے پر بیزاری دیکھ کر پوچھا۔

''شاید...... پلیز ذرا جلدی نمٹیے...... بس مجھے گھر لے چلیں۔'' وانیہ کی بات نے ثعلب کو حیران کر دیا۔

''اتنی جلدی...... اینی پرابلم...... ثمینہ نے کچھ کہا ہے؟'' ثعلب نے اپنے تئیں قیاس کیا۔

''کسی نے کچھ نہیں کہا...... بس میں گھر واپس جانا چاہ رہی ہوں۔ میری طبیعت عجیب سی ہو رہی ہے۔ آپ چلیں۔'' وانیہ نے خود کو سنبھالنے کی کوشش کی اور انگلیوں سے پیشانی کو مسلا بھی...... ثعلب نے بغور اسے دیکھا۔ تکلیف اس کے چہرے سے عیاں تھی۔ ثعلب نے اپنے آس پاس دیکھا...... سبھی آپس میں مگن تھے۔ وہ بھی ایک طرف ہو کر بیٹھے ہوئے تھے۔

''کیسا فیل کر رہی ہو؟''

''میں بتا نہیں سکتی...... پلیز شمی......'' وانیہ نے پہلی بار اسے شمی کہہ کر مخاطب کیا تو ثعلب کی آنکھوں میں نئی چمک کوندی۔

''پھر...... پھر سے کہو۔''

''کیا کہوں......؟'' وہ زچ ہو کر بولی۔ اسے اپنی کیفیت خود سمجھ نہیں آ رہی تھی۔

''شمی......''

''یا اللہ...... آپ کو میری ساری بات میں بس یہی سمجھ آیا ہے۔'' وانیہ نے ایک بار پھر کوفت سے کہتے ہوئے اپنی پیشانی مسلی۔

''یار...... تھوڑا صبر سے کام لو۔ اس طرح پارٹی چھوڑ کر جانا کیا اچھا لگے گا؟'' ثعلب نے بہت دھیمے دھیمے لہجے میں اسے سمجھایا تو وہ مزید بے چین و بے قرار ہو کر بولی۔

''اور میرا دل جو اُلٹ کر باہر آ جائے گا۔''

''اچھا...... چلو پھر اُلٹو اپنا دل، اس کے لیے میری ہتھیلی حاضر ہے۔ میں بھی گاتا پھروں گا...... آپ کا دل...... ہمارے ہاتھ پر ہے، ہمارا دل......'' ثعلب اس کی حالت کا نوٹس لیے بغیر خاصا شوخ ہو گیا وانیہ کے سامنے ہاتھ پھیلائے وہ ترنگ میں گیت گنگنا رہا تھا۔

''آپ کو شرارت سوجھ رہی ہے اور میری جان پر بن رہی ہے۔ مجھے یقین ہے اگر مزید یہاں رُکی تو میرا تماشا بن جائے گا۔ آپ سمجھتے کیوں نہیں ہیں ثعلب......'' وانیہ نے زچ ہو کر اُٹھنے کی کوشش کی مگر آنکھوں کے آگے اندھیرا سا آنے کی وجہ سے پھر سے بیٹھ گئی۔ اس کا دل اتھل پتھل ہو رہا تھا۔

''کیا سمجھوں میں...... تمہاری نیت میں پہلے سے خلل تھا۔''

''ٹھیک ہے بس یہی سمجھیں۔ میں جا رہی ہوں، گاڑی کی چابی دیں، میں گاڑی میں بیٹھوں گی جا کر...... جب آپ کا دل چاہے آ جایئے گا۔'' وہ ایک دم جانے کے لیے کھڑی ہو گئی تو ثعلب نے اسے حیرت سے دیکھا

اسی لمحے میزبان خاتون فاریہ حسن بھی اِدھر آنکلیں۔

''ارے آپ لوگ ایسے ہی بیٹھے ہیں، سوئٹ ڈش تو ٹیسٹ کریں ناں...... وانیہ بھابی آپ نے کھانا بھی بس چکھا ہی تھا۔ ارے کیا ہوا آپ کی طبیعت تو ٹھیک ہے؟'' فاریہ کی نگاہ یک دم اس کے رنگ بدلتے چہرے پر ٹھہری سی گئی۔ وہ خاصی تشویش سے پوچھ رہی تھیں۔ فاریہ کی تشویش پر ثعلب نے بھی اسے دیکھا۔

''نہ......نہیں وہ بس......طبیعت اچانک بوجھل ہوگئی ہے......تو پلیز۔'' وانیہ سے بات نہیں ہو رہی تھی۔

''آپ کی حالت تو کافی بدل گئی ہے۔ میں ڈاکٹر کو فون کر کے بلواتی ہوں۔'' فاریہ کی تشویش ثعلب کو بھی متوجہ کر گئی۔

''نہیں......آپ رہنے دیں...... میں راستے میں کسی ڈاکٹر کو دکھا دوں گا۔ بس حسن کو بلوا دیں، میں اس سے ایکسکیوز کرلوں۔'' فاریہ نے آواز دے کر حسن کو بلا لیا۔ ثعلب کے باقی دوست بھی چلے آئے۔ اور ساتھ ان کی بیویاں بھی...... سبھی اپنی، اپنی رائے دینے لگے۔ ثعلب برجستہ جواب دے رہا تھا۔ فاریہ گاڑی میں بیٹھنے تک تاکید کرتی رہی کہ اسے جاتے ہوئے ضرور کسی ڈاکٹر کو دکھایئے گا۔

گاڑی حسن کے گھر سے ذرا دور آئی تھی کہ وانیہ نے بے اختیار ہی ثعلب کا بازو پکڑ کر بہ مشکل کہا۔

''ثمی...... وہ......'' اسے ابکائیاں آ رہی تھیں۔ ''گا......ڑی روکیں۔'' گاڑی کے ٹائر بڑی زور سے چرچرائے تھے۔ ثعلب کی گاڑی بیچ سڑک میں رُکی تھی اور وانیہ فوراً ہی گاڑی سے اُتر کر ایک طرف بھاگی تھی۔ اس نے جو کچھ بھی پارٹی میں کھایا تھا اسی طرح اُلٹ دیا تھا۔ ثعلب بھی اُتر کر اس کی طرف لپکا...... وہ سڑک کے کنارے جھکی کھڑی تھی۔ ثمی کے چہرے پر پریشانی صاف نظر آ رہی تھی۔ ثمی نے اسے سنبھالا تو وہ نڈھال سی اس کے ساتھ گاڑی میں آ بیٹھی۔ سر سیٹ کی پشت پر ڈال کر وہ جس طرح بے دم ہوئی تھی وہ انداز ثمی کے لیے پریشانی کا باعث تھا۔ ڈرائیونگ سیٹ پر آ کر اس نے بڑی بے قراری سے اس کی نم آلود پیشانی کو چھو کر پکارا۔

''وانیہ...... نیا...... کیا ہوا ہے...... پلیز بولو تو......'' وانیہ آنکھیں موندھے بالکل خاموش تھی۔ ثعلب زور، زور سے اس کے گال تھپتھپانے لگا۔

''نیا......میری جان تم ٹھیک تو ہو؟''

وانیہ کچھ لمحوں بعد گہری سی سانس کھینچ کر سیدھی ہوگئی۔

''میں ٹھیک ہوں......'' نقاہت اس کے لہجے سے عیاں تھی۔

''آئی تھنک تمہیں فوڈ پوائزن ہوگیا ہے۔'' ثعلب نے گاڑی اسٹارٹ کرتے ہوئے خاصی فکرمندی سے اظہار کیا۔

''شاید......'' وانیہ کے جیسے لب ملے تھے۔

''مگر یار تم نے تو وہاں بالکل ذرا سا کھایا تھا پھر بھی...... یقیناً تمہیں کسی کی نظر لگی ہے، تم لگ بھی تو بہت خوبصورت رہی ہو ناں...... اور تمہارے بال...... خدا کے لیے آئندہ کہیں کھلے چھوڑ کر مت جانا۔ ساری خواتین تمہیں ہی گھور رہی تھیں۔'' ثعلب اپنے مخصوص انداز میں تبصرہ کرتا گاڑی چلا رہا تھا۔

''یہ بات آپ مجھے کتنی بار بتائیں گے، پلیز جلدی گھر چلیں۔'' وانیہ نے اسے ترچھی نظر سے دیکھا۔

''کتنی بار...... مجھے تو لگتا ہے پہلی بار کہا ہے۔''

''اُف...... آپ تو دیوانے ہو رہے ہیں، سارا قصور آپ کا ہے۔ آپ ہی مسلسل مجھے گھور رہے تھے، میں نانو سے کہوں گی کہ......'' وانیہ اب قدرے بہتر محسوس کر رہی تھی۔

''شوہر کی محبت کو گھورنا کہتی ہو...... صحیح جا رہی ہو...... بالکل ٹھیک......'' ثمی نے مصنوعی خفگی سے کہہ کر اسے دیکھا تو وانیہ گڑبڑا گئی۔

''آپ خفا ہو گئے...... میں تو مذاق کر رہی تھی۔''

''مذاق کے لیے طبیعت درست ہو گئی۔'' ثعلب نے اسے مصنوعی سنجیدگی سے چھیڑا۔

''آپ کا مطلب ہے کہ میں جھوٹ بول رہی تھی۔''

''لگتا ہے بلڈ پریشر ہائی ہونے لگا ہے۔''

''نہیں...... میں تو اتنا بڑا ڈراما کر رہی تھی ناں......'' وہ سچ مچ بگڑ اُٹھی۔ اس کی طبیعت ہی ایسی ہو رہی تھی۔ وہ خود پر کنٹرول نہیں رکھ پا رہی تھی۔

''کول ڈاؤن ڈیئر...... تمہاری طبیعت پھر بگڑ جائے گی اور میں گھر پہنچنے تک پھر سے اسی سچویشن کو فیس کرنے کی پوزیشن میں نہیں ہوں۔ سو پلیز کنٹرول یور سیلف......'' ثمی محض دل لگی کرتا اسے چھیڑ رہا تھا مگر وہ ایک دم سنجیدہ ہو کر رو پڑی۔ ذہن کے کسی گوشے میں ثمینہ کی باتیں بھی گردش کر رہی تھی۔

''کیا...... آپ......؟''

''ار...... رے...... یار ہنی...... مذاق کر رہا تھا میں...... ہو کیا رہا ہے آج...... کبھی شعلہ، کبھی شبنم......'' ثعلب نے ایک ہاتھ سے...... سنبھال کر دوسرے سے اس کا ہاتھ اپنی گرفت میں لے کر اسے حوصلہ دیا۔ ''میں آج جتنا موڈ میں تھا اتنا ہی تمہارے موڈ نے ستیاناس کر دیا۔ مسئلہ کیا ہے؟ کل سے ڈسٹرب ہو تم...... بتاؤ مجھے۔'' وانیہ نے اس کی شکایت پر ایک دم دوسرے ہاتھ سے اپنے آنسو صاف کیے اور بڑھ کر اپنا سر اس کے کندھے سے ٹکا دیا۔ اسے احساس ہو گیا تھا کہ اس کا رویہ کچھ ٹھیک نہیں ہے۔

''سوری...... ثمی...... پتا نہیں کچھ دن سے میں اچانک اَپ سیٹ ہو جاتی ہوں۔ مجھے خود بھی نہیں معلوم کہ کیوں...... بس......'' اس کے اعتراف پر ثمی نے قدرے بے قرار ہو کر ذرا کی ذرا اسے دیکھا۔

''تم نے پہلے کیوں نہیں بتایا۔ ڈاکٹر کو دکھایا ہوتا۔ میں خود ڈاکٹر سے ٹائم لے لیتا بلکہ ابھی لے کر چلتا ہوں۔''

''نہیں...... ابھی گھر چلیں...... میں کل ڈاکٹر کے پاس چلی جاؤں گی۔''

''دیکھ لو یار تمہاری یہی کنڈیشن رہی تو میرا گزارہ کیسے ہوگا۔''

''میں اب آپ کو تنگ نہیں کروں گی۔''

''اچھا...... مجھے تنگ نہیں کرو گی تو پھر کسے تنگ کرو گی؟''

''ثعلب...... مجھے ایک بات بتانی ہے آپ کو......'' کچھ توقف کر کے وہ بولی۔

''ہوں......کہو...... میں سن رہا ہوں۔''شمی نے سامنے سے نظر ہٹا کر پھر سے اسے دیکھا۔

''پہلے آپ وعدہ کریں، مجھے تنگ نہیں کریں گے۔'' وانیہ سنبھل کر بیٹھ گئی۔

''کوئی خاص...... بات ہے؟''شمی کو ذرا سا تجسس ہوا۔

''بہت خاص......''

''بتاؤ تو......''

''پہلے وعدہ کریں۔'' وانیہ نے اصرار کیا تو اس بار وہ قدرے حیران ہوا۔

''میں جھوٹا وعدہ نہیں کر سکتا...... تم جانتی ہو میں تمہیں چھیڑے بنا نہیں رہ سکتا۔''

''اچھا یہ وعدہ تو کر سکتے ہیں کہ ابھی کسی کو نہیں بتائیں گے۔''

''یہ تم مجھے کوئی خاص بات بتا رہی ہو یا مجھ سے کوئی بل پاس کروا رہی ہو؟'' وہ ایسے بولا جیسے اسے وانیہ کی خاص بات والی حقیقت پر شبہ ہو۔

''سرپرائز ہے ناں...... ابھی میں نے کسی کو بھی نہیں بتایا۔ پہلے آپ کو ہی پتا لگے گا...... مگر......'' وانیہ کا رویہ پہلی بار اس قدر تجسس آمیز تھا۔

''کوئی خزانہ مل گیا ہے یا کوئی لاٹری نکل آئی ہے؟'' ثعلب کی سنجیدگی میں بھی شوخی تھی۔

''دونوں ہی باتیں ہو سکتی ہیں۔'' وہ بھی نظریں جھکا کر مسکرائی۔

''مجھے لگتا ہے تم بھی سیریس نہیں ہو نیا...... مجھے اُلو بنانے کی کوشش ہے۔''

''پہلے سے بنے ہوئے ہیں...... مزید میں کیا کر سکتی ہوں۔'' وانیہ نے برجستہ شوخی دکھائی تو ثعلب اس بار تو بے حد حیرت سے اسے دیکھنے لگا۔

''یہ تم ہی ہو...... ذرا چٹکی تو کاٹوں...... میں کہیں خواب تو نہیں دیکھ رہا۔''

''جو خبر میں آپ کو دوں گی، اسے سن کر شاید آپ کے ہوش اُڑ جائیں۔'' وانیہ اب جس طرح چہک رہی تھی وہ حیران کن بات تھی۔

''ایسی خبر ہے تو رہنے دو ابھی میں ڈرائیونگ سیٹ پر ہوں۔ یہ کام بیڈ روم میں جا کر کرنا...... ایسا نہ ہو میرے ہوش اُڑاتے اُڑاتے تمہارے بھی فلائی کر جائیں۔ بس گھر آ گیا ہے۔ کمرے میں چل کر بتانا، او کے......'' گاڑی گیٹ پر روک کر ہارن دیتے ہوئے ثعلب نے غیر سنجیدگی سے کہا تو وہ ذرا خفا ہوئی۔

''آپ کبھی سیریس نہیں ہوتے......'' چوکیدار نے گیٹ کھول دیا تھا۔ ثعلب گاڑی اندر لے گیا۔ وہ لوگ جلدی لوٹ آئے تھے، گھر کی تقریباً سبھی بتیاں روشن تھیں۔ وانیہ کو اُتر کر کھڑے ہونے میں ذرا دقت ہوئی تھی۔ ثعلب اسی کی طرف متوجہ تھا۔ ایک دم تشویش سے اس کی طرف بڑھا۔

''یار میں واقعی تمہاری کنڈیشن کو سیریس نہیں لے رہا تھا۔ مگر تم تو اچھی خاصی زرد ہو رہی ہو۔ نانو کو تو فکر ہو گی۔'' وہ اس کے ساتھ اندر بڑھتے ہوئے اسے تسلی دینے لگی۔

''آپ فکر نہیں کریں، میں انہیں سنبھال لوں گی۔'' وہ ثمی سے بھی پہلے اندر بڑھ گئی تھی۔

○......❖......○

نانو جان، صہبیٰ آپی، عصمیٰ اور بچے لاؤنج میں بیٹھے تھے۔ سنی اور گولڈی اپنی پسند کے کارٹون دیکھ رہے تھے۔ جبکہ نانو اور آپی باتوں میں مگن تھیں۔ تبھی وانیہ اور ثمی السلام علیکم کہتے اندر داخل ہوئے۔ جہاں ان کے جلدی آنے پر سبھی حیران ہوئے وہیں وہ دونوں بھی آپی اور بچوں کو موجود دیکھ کر حیران رہ گئے۔ وانیہ جلد ہی سنبھل کر صہبیٰ کی طرف بڑھی اور پھر جا کر ان سے لپٹ گئی۔

''بھابی جان آپ اچانک......''

''ہاں بھئی ایک دو ضروری کام نمٹانے تھے اور پھر تم لوگوں کو دعوت بھی دینی تھی۔ چار مہینے ہو گئے ہیں شادی کو یہاں ابھی تک دعوتیں چل رہی ہیں اور ہمیں تم لوگ ٹال رہے ہو۔'' صہبیٰ آپی نے ہنستے ہنستے شکوہ کیا تو ثعلب بھی سامنے آ بیٹھا۔

''چار مہینے ہو گئے؟ واقعی...... نیا تم نے مجھے بتایا نہیں......'' بولتے بولتے اس نے شرارت سے وانیہ کو آنکھ بھی ماری تو وہ گھور کر رہ گئی۔

''چھوڑ دو یہ ایکٹنگ، تم اسے بنایا کرو جو تمہیں نہیں جانتا......'' آپی نے اسے مصنوعی خفگی سے ڈانٹا۔

''ہائے......آپ اپنے بھائی پر شک کر رہی ہیں۔ قسم لے لیں میں تو بالکل تیار تھا۔ آپ کی نند نے ہی مجھے نہیں کہا۔''

''بالکل جھوٹ بھابی جان...... انہیں خود فرصت نہیں تھی۔ میں نے تو کہا تھا......مگر......'' وانیہ نے فوراً صفائی دی۔

''چاچی آپ جلدی آ گئیں۔ ہم اب آپ سے اسٹوری سنیں گے۔'' سنی اور گولڈی اس کے پاس آ کر اس کی گود میں چڑھ گئے تو وہ انہیں سر ہلا کر مطمئن کرنے لگی۔ جبکہ عصمیٰ بھی ان کے جلدی آنے پر تعجب ظاہر کر رہی تھی۔

''ہاں......وہ اچانک......'' وانیہ سے بات بنانی مشکل ہوئی۔

''گئے بھی تھے یا نہیں......دونوں میں یہیں سے ٹھنی ہوئی تھی؟'' نانو نے بغور دونوں کو دیکھا۔ جیسے دونوں کے مابین ناراضی ڈھونڈ رہی ہوں۔

''نانو جان ہم گئے تھے وہاں...... اچانک میرے سر میں درد ہونے لگا تھا۔ اس لیے ہم جلدی واپس آ گئے۔'' وانیہ نے رسانیت سے جواب دیا تو نانو مزید فکر مند ہو گئیں۔

''سر میں درد تو تمہیں کل سے ہے بیٹی...... ڈاکٹر کو کیوں نہیں دکھایا؟''

''معمولی سا درد ہے نانو جان! میں نے وہاں ٹیبلٹ لے لی تھی۔ آپ ثعلب سے پوچھ لیں۔'' ثعلب اس کے پاس ہی آ بیٹھا تھا۔ وانیہ نے تائید چاہی تو وہ بے ایمانی سے مسکرا دیا۔

''جھوٹ بولے کوا......'' وانیہ نے بے اختیار ساتھ بیٹھے ثمی کو چٹکی کاٹ کر کسی مزید شرارت سے روکا۔

''اُف...... یہاں کوئی چیونٹی ہے، بڑی زور سے کاٹتی ہے۔'' ثعلب مصنوعی طور پر کراہا تھا آپی سامنے بیٹھی دیکھ رہی تھی۔

''ثمی...... کیا بات ہے، تم دونوں کچھ کچھ چھپا رہے ہو؟''

''ہاں تو...... دیکھو ذرا......'' نانو نے بھی تشویش ظاہر کی۔ ''معمولی سے درد سے شکل ایسی پھیکی ہو گئی ہے۔ شام کو تو ایسی نکھری اُجلی گئی تھی۔ بچو...... یہ معمولی درد بھی کبھی، کبھی جان لیوا بن جاتے ہیں۔ میں نے بھی کبھی پروا نہیں کی تھی۔ بار بار ٹانگ میں اُٹھنے والی سنسناہٹ نے آخر معذور کر دیا ناں......''

''اوہ نانو...... آپ اس طرح مت سوچیں میں بالکل ٹھیک ہوں۔'' وانیہ ان کی شفقت پر متاثر ہو کر بولی تو ثعلب نے بھی ان کی تشفی کے لیے اپنے مخصوص شریر انداز میں کہا۔

''ایکچوئیلی نانو...... ہونی کو کوئی نہیں ٹال سکتا، آپ کا وہم پورا ہو گیا ہے۔ آپ کی بہو رانی کو نظر لگ گئی ہے اور بقول محترمہ کے وہ بھی میری۔''

''مجھے پہلے ہی خدشہ تھا۔ لگ بھی تو کتنی پیاری رہی تھی میری بیٹی، تمہیں کہا تو تھا راستے میں ہی کچھ صدقہ دے دینا۔''

''نانو...... اب کیا ہو سکتا ہے، اب تو لگ چکی......'' ثعلب نے پھر چھیڑا۔

''تمہیں کیا پتا بچے...... صدقات سو بلائیں ٹالتے ہیں۔ صبح میں خود ہی صدقہ دوں گی۔'' نانو نے وارفتگی سے کہا تو وانیہ نے اسے چپ رہنے کا اشارہ کیا جبکہ صبٰحی آپی مسکرا دیں۔

''نانو آپ اس کی مذاق کی عادت تو جانتی ہیں۔''

''چلو بچو! اب سونے چلو......'' وانیہ نے گود میں اونگھتی گولڈی کو تھپتھپا کر کہا اور اُٹھ کھڑی ہوئی۔ عصمٰی اسی وقت سب کے لیے چائے بنا کر لے آئی تھی۔

''بھابی جان...... آپ چائے نہیں پئیں گی۔''

''نہیں، میرا دل نہیں چاہ رہا۔ میں سنی، گولڈی کو سلا کر چینج کر کے آتی ہوں۔ آپی آپ ابھی یہیں بیٹھیں گی ناں۔''

''ہاں...... مگر تمہاری طبیعت ٹھیک نہیں ہے، تم آرام کرنا...... صبح تفصیل سے باتیں ہوں گی۔'' آپی نے بھی اسے اپنائیت سے مشورہ دیا تو وہ دھیمی سی مسکراہٹ کے ساتھ بچوں کا ہاتھ تھامے کمرے کی طرف بڑھ گئی۔

○......❖......○

''میں نے سنا ہے تم وانیہ کو بہت تنگ کرتے ہو۔'' صبٰحی آپی نے وانیہ کے جاتے ہی ثعلب سے پوچھا تو وہ ایک دم سیدھا ہو بیٹھا۔

''یہ ہوائی کس دشمن نے اُڑائی ہے؟ بلائیں ذرا میرے سامنے......''

''مجھے وانیہ نے کچھ نہیں کہا۔''

''پھر......؟''

آپی نے اسے گھورا۔

''پھر کچھ نہیں...... وانیہ ہمیشہ تمہاری تعریف ہی کرتی ہے۔ یہ تو میرا اندازہ ہے کہ تم اسے چین نہیں لینے دیتے ہوگے۔'' انہوں نے فوراً وانیہ کا دفاع کیا۔

''پتا ہے کیا...... اس وقت آپ مجھے اپنی سسرال کیمپ سے لگ رہی ہیں۔ بھائی کے بجائے نند کی بڑی فکر ہے۔''

''ہاں تو کیوں نہ ہو...... تمہارے بچپنے سے آگاہ جو ہوں۔ کسی بات کو سنجیدگی سے نہیں لیتے ہو تم......'' صبحیٰ نے اسے اس کے انداز میں جواب دیا۔

''آپی اب میں بڑا ہوگیا ہوں۔ اتنا نہ ڈانٹا کریں پلیز......'' وہ منہ بنا کر بولا۔

''نئی اطلاع ہے......'' آپی اور وہ ساتھ ساتھ بیٹھے ہوئے تھے۔ تبھی کال بیل ہوئی، باہر چوکیدار تھا تو سب اپنی جگہ اطمینان سے بیٹھے رہے۔''

بیرونی دروازے سے لاؤنج میں آنے والی ہستی کا ''السلام علیکم'' نہ صرف حیران کر گیا بلکہ سبھی کے چہروں پر تاریک سا سایہ لہرا گیا۔ نانو، صبحیٰ، ثعلب، عصمیٰ سب مبہوت رہ گئے۔ وہ ہستی یقیناً رومانہ تھی۔ وہ سبھی کو حیران دیکھ کر دروازے میں جمی کھڑی رہ گئی۔ شہنی بوا اس کا سامان رکھ کر واپس چلی گئی تھیں۔ اس نے اپنا شولڈر بیگ بھی کندھے سے اُتار کر وہاں رکھا اور خود آگے بڑھ آئی۔ بلیک اور گولڈن کیولاٹ پر گولڈن پرنٹڈ شرٹ اور گولڈن اسکارف گلے میں ڈالے۔ وہ پہلے والی رومانہ کہیں سے نہیں لگ رہی تھی۔ وہ ہمت کر کے آگے بڑھ آئی تھی۔ سب کی آنکھوں میں بے یقینی ہنوز قائم تھی۔

''میرا آنا...... آپ سب کو یقیناً حیران کر رہا ہے؟'' اس کی آواز کی گونج نے جیسے طلسم کو توڑا۔ سب کسی خواب سے جاگے تھے اور رُکی ہوئی سانسیں بحال ہوئی تھیں۔ آپی کے چہرے پر صاف تحریر تھا کہ انہیں رومانہ کی آمد اچھی نہیں لگی۔

''اب تم یہاں......؟'' وہ اپنی حیرت چھپا بھی نہیں سکیں۔

''کیا......؟ آپ سب کو میرا آنا اچھا نہیں لگا؟ میرا مطلب ہے مجھے یہاں نہیں آنا چاہیے تھا۔'' اس نے براہِ راست ثعلب کی آنکھوں میں دیکھا تو وہ نظریں چرا گیا۔

''آپ سبھی ناراض ہیں...... تو ٹھیک ناراض ہیں۔ ماما، پاپا نے کچھ اچھا بھی تو نہیں کیا تھا۔'' اس نے اپنے بیٹھنے کے لیے خود ہی جگہ چنی۔ ثعلب کے سامنے اور نانو کی وہیل چیئر کے پاس ایک صوفہ خالی تھا، وہ وہاں ہی بیٹھ گئی اور اپنی بات جاری رکھی۔

''وہ دونوں بھول گئے تھے کہ جب ہم دوسروں کے لیے اچھا نہیں کرتے تو ہمارے ساتھ بھی اچھا کیسے ہوسکتا ہے۔ میں سب کچھ بھلا کر آپ سب کے پاس آئی ہوں...... کیونکہ وہ دونوں اب اس دنیا میں نہیں رہے۔''

''کیا......؟'' سبھی کا ردِعمل بے ساختہ تھا، صبحیٰ آپی جو ثعلب کے قریب بیٹھی تھیں وہ بھی اُٹھ کر رومانہ کے

قریب دوسرے صوفے پر آ بیٹھیں۔

''انہیں...... کیا ہوا......؟'' آپی نے بے یقینی کے ساتھ استفسار کیا تو وہ نظریں جھکا کر بھرائی آواز میں بولی۔

''چند ماہ پہلے کار ایکسیڈنٹ میں وہ مجھے تنہا کر گئے۔ اپنی تنہائیوں سے ہی تنگ آ کر میں یہاں آپ سب کے پاس آئی ہوں، میرا اب آپ کے علاوہ ہے ہی کون......'' (آپی کا دل چاہا کہ پوچھیں تمہاری وہ پھپھو کہاں گئیں جو تم سب کو یہاں سے بھگا کر لے گئی تھیں) مگر انہیں لحاظ و مروت مار گئی۔

''میں کچھ دن یہاں رہنے آئی ہوں، کیا آپ لوگوں کی اجازت ہے؟'' وہ ٹھہر ٹھہر کر بول رہی تھی۔

''ہاں کیوں نہیں...... تمہاری ماں اس گھر کی بیٹی تھی...... اسی ناتے تمہارا بھی ان بچوں کے ساتھ خون کا رشتہ ہے۔ ماضی کے برے دنوں کو ہم بھی بھلا چکے ہیں، تم بھی بھول جاؤ...... جب تک دل چاہے رہو...... یہ تمہارے بھائی،، بہن، تمہارے دُکھ میں شریک ہیں۔ خود کو تنہا مت سمجھو۔'' نانو نے فراخدلی سے کہا۔ ثعلب کا چہرہ بالکل بے تاثر تھا۔ کوئی اندازہ نہیں کر سکتا تھا کہ وہ کیا سوچ رہا ہے...... عصمٰی اور آپی کے چہرے پر البتہ کشمکش تھی۔ انہیں سمجھ نہیں آ رہی تھی کہ رومانہ کی موجودگی پر وانیہ کا ردِعمل کیا ہو گا۔

''عاص...... اُٹھو بیٹا! بوا سے کہو...... بہن کے لیے کھانا گرم کرے۔'' نانو نے عصمٰی کو مخاطب کر کے نظروں سے بھی اشارہ کیا جیسے وہ چاہتی ہوں عصمٰی رومانہ کو وہاں سے لے جائے۔

''نہ...... نہیں مجھے کسی چیز کی ضرورت نہیں، نہ ہی طلب ہے۔'' اس کی نگاہیں ثعلب پر ٹکی تھیں۔ جن میں صاف لکھا تھا۔

''سوائے ثعلب کے......'' ثعلب نے نظر اُٹھا کر دیکھا تو وہ اسی کو دیکھ رہی تھی۔ اسی لمحے وانیہ بھی ذرا فاصلے سے بولتی چلی آئی۔

''کون آیا ہے۔'' اس نے ابھی تک ساڑھی چینج نہیں کی تھی۔ بس بچوں کو سلا کر آ گئی تھی۔ اس نے رومانہ کو نہیں پہچانا تھا۔ ویسے بھی رومانہ اپنی تصویروں سے یکسر مختلف دکھائی دے رہی تھی۔ وانیہ اپنی مدھر آواز بکھیرتی ثعلب کے پہلو میں آ کر بیٹھ گئی۔ رومانہ کی پہلی نظر متعجب، دوسری تنقیدی اور تیسری چبھتی ہوئی تھی۔ سبھی کی کشمکش مزید بڑھ گئی۔

''ارے...... مجھے ایسے کیوں دیکھ رہے ہیں؟'' وہ ہولے سے مسکرائی۔ اس کے لہجے کی کھنک نے ثعلب کو حوصلہ دیا تھا۔ اس کے حواس واپس لوٹ آئے تھے۔

''اس لیے کہ تم نے ابھی تک چینج نہیں کیا۔ تمہاری طبیعت ٹھیک نہیں ہے۔ آرام کرنا تھا یار......'' ثعلب کا وہی لب ولہجہ تھا۔ رومانہ حیرانی سے انہیں دیکھے جا رہی تھی۔

''آپی سے تو میں ٹھیک طرح سے ملی بھی نہیں۔ وہ آئی ہیں اور میں آرام کرتی رہوں یہ اچھی بات ہے کیا؟'' وانیہ نے فوراً جواب دیا۔

''تو...... تم چاہتی ہو آپی سے مل کر انہیں فوراً رفو چکر کر دو...... سن لیں آپی، آپ کی نند صاحبہ آپ کو یہاں

ٹھہرانے کے موڈ میں نہیں ہیں۔'' ثعلب اپنی جون میں تھا۔آپی بھی ذرا مطمئن ہو کر مسکرا دیں۔

''آپی ...... آپ بالکل یقین مت کریں ...... یہ تو ایسے ہی کہتے ہیں۔'' آپی کو یقین دلانے کے ساتھ اس نے رُخ موڑ کر شمی کو خفگی سے دیکھا بھی۔

''شمی بھی ٹھیک کہہ رہا ہے۔ صبّی ابھی دو تین دن رہے گی۔ تم ابھی آرام کرتیں ...... ایک دن میں کمزور اور زرد نظر آنے لگی ہو۔'' نانو نے بھی شفقت سے کہتے ہوئے حمایت کی۔ رومانہ کو جیسے سبھی نے نظر انداز کر دیا تھا۔ رومانہ کو سارا منظر ہی عجیب لگ رہا تھا۔ ثعلب کے اس قدر قریب بیٹھی ہستی اس کے اندر نئی آگ اور جلن بھڑکا رہی تھی۔ دونوں کے مابین تعلق کو کوئی بھی آرام سے سمجھ سکتا تھا۔ وانیہ کو بھی اچانک سامنے بیٹھی ہستی کی آنکھوں میں اپنے لیے عجیب سا احساس محسوس ہوا تھا۔

''ہم سبھی اپنی باتوں میں لگے ہیں، مجھ سے ان کا تعارف تو ہوا نہیں ...... حالانکہ میں اسی لیے واپس آئی تھی کہ دیکھوں کون آیا ہے۔'' ماحول میں یک دم خاموشی چھا گئی۔ وانیہ منتظر نظروں سے ثعلب کی جانب دیکھ رہی تھی۔ ثعلب نے ہی اپنی ہمت جمع کر کے پہلے وانیہ کا ہاتھ تھام کر اسے اپنی ذات کا اعتماد بخشا۔

''نیا ...... یہ ہماری پھوپی زاد رومانہ ہیں ...... کینیڈا سے آئی ہیں اور رومانہ یہ میری لائف پارٹنر مسز وانیہ ثعلب ......'' دونوں کے لیے یہ انکشاف نہ صرف حیران کن بلکہ دُکھ آمیز بھی تھا۔ وانیہ نے تو کبھی سوچا بھی نہیں تھا کہ زندگی میں کبھی رومانہ سے اس طرح سامنا ہوگا اور وہ بھی اپنے ہی گھر میں ...... اور رومانہ بھی نہیں سوچ سکتی تھی کہ ثعلب اس کی طرف سے اتنی جلدی مایوس ہو کر راستہ بدل لے گا۔ دونوں کے ہی چہروں پر سائے سے لہرائے تھے مگر الگ الگ احساس کے ...... ثعلب نے غیر محسوس طور پر وانیہ کا ہاتھ دبا کر اسے حوصلہ دینا چاہا۔ وہ اس کی آنکھوں میں دیکھنے لگی۔

''تو کچھ بھی بے معنی نہیں ہوتا، میری پریشان، مضطرب طبیعت کا آخر یہ نتیجہ نکلنا تھا۔'' وانیہ نے دُکھ سے سوچا۔ سب مہر بلب تھے۔ ''کچھ بھی ہو ثعلب اب میرے ہیں، مجھے خود اپنے حق کی حفاظت کرنا ہوگی۔'' ثعلب کی اعتماد بخش گرفت نے اس کے اندر نئی توانائی بھر دی تھی اسی لیے وہ آسودگی سے مسکرا دی۔ بڑے صبر و ضبط سے اس نے خود کو سنبھالا تھا۔ وہ خود کو کمزور ثابت کر کے ثعلب کو شہ نہیں دینا چاہتی تھی۔ اس لیے خوش دلی سے بولی۔

''آپ سے مل کر خوشی ہوئی۔'' رسمی سی بات کو اس نے غیر رسمی انداز میں کہا۔ ایک دم سبھی کے چہروں پر اطمینان نظر آنے لگا تھا۔ پھر نانو نے وہی باتیں دہرا کر رومانہ کا تعارف مکمل کر دیا۔ وہ باتیں جو کچھ دیر قبل رومی انہیں بتا چکی تھی۔

''رومانہ، آپ اسے اپنا ہی گھر سمجھیں، کوئی کام ہو ...... کسی چیز کی ضرورت ہو تو بلا جھجک کہہ دیجیے گا۔ بوا ...... بوا ......'' شہنی بوا کچن کے دروازے میں کھڑی تھیں۔ وانیہ کی آواز پر سامنے آ گئیں۔

''شفیق (ملازم) کو کوارٹر سے بلوا کر کہیں، ان کا سامان گیسٹ روم میں رکھ دے ......'' وہ اپنی جگہ سے اُٹھ کھڑی ہوئی۔ ثعلب کے ہاتھ میں اس کا ہاتھ ہنوز تھا۔ رومانہ کی آنکھوں میں چبھن بھی تھی اور شکایت بھی۔

''رومانہ آپ بھی اب آرام کیجیے......سفر کی تھکن تو بہت ہوگی۔'' وانیہ اپنی فطری نرمی سے سبھی کو متاثر کر رہی تھی۔

''آپی آپ بھی نہیں سوئیں گی کیا ابھی......؟ چلیں نانو......آپ کو بھی ابھی اپنی میڈیسن لینی ہوگی۔ میں آپ کو دے دیتی ہوں، صبح بچے تو ٹائم پر اُٹھ جائیں گے......پھر سب کو جگا دیں گے......پھر کوئی شکایت نہیں کرے......'' وہ اپنی محبت جتاتی سبھی کو وارننگ بھی دے رہی تھی۔ نانو کی وہیل چیئر دھکیلنے لگی تو آپی نے اسے روک دیا۔

''آج مجھے نانو کے ساتھ سونا ہے، تم اپنے اس تیسرے بچے کو لے کر جاؤ......یہی صبح اُٹھتے ہوئے تمہیں تنگ کرے گا۔ عصمٰی تم رومی کو اس کا کمرا دکھا کر خود بھی سونے جاؤ۔'' آپی نے بڑی رسانیت سے رومانہ کو وانیہ کی اہمیت جتائی تھی۔ وانیہ بنا کچھ کہے ثعلب کی طرف بڑھ گئی اور پھر اس کے اُٹھنے کے لیے اپنا ہاتھ بھی بڑھا دیا۔ عصمٰی نے رومی کو اپنے ساتھ چلنے کے لیے کہا۔ رومی شکستہ دل، شکستہ وجود سے بڑی بے ہمتی سے اُٹھی۔ اس کی نگاہیں ثعلب کی طرف ہی اُٹھی ہوئی تھیں۔ شمی نے کسی معمول کی طرح وانیہ کا ہاتھ تھام لیا تھا......اور پھر وہ سبھی کو شب بخیر کہتے سب سے پہلے وہاں سے چلے گئے......رومانہ نے وانیہ کی پشت پر نظریں جما دیں۔ اس کے لمبے بال لہراتے ہوئے اسے بہت کچھ یاد دلا گئے تھے۔ وہ اپنے ہی احساسات میں ڈوبی کمرے میں آ کر بھی حیران، پریشان تھی اسے جیسے یقین ہی نہیں آ رہا تھا کہ ثعلب کسی اور کو اپنی رفاقت بخش کر اس قدر مطمئن اور سکون سے تھا۔ وانیہ کے گھنے لمبے بال دیکھ کر اسے اچانک وہ دن یاد آ گیا تھا۔ جب اس نے اپنے بالوں کو مزید چھوٹا کر کے نئے انداز میں خود کو نمایاں کرنے کی کوشش کی تھی۔

شمی نے اسے دیکھتے ہی ٹوکا تھا۔''If you don't mind تم پر یہ اسٹائل اتنا سوٹ نہیں کر رہا......'' اور وہ جواباً برا منا گئی تھی۔

''تمہیں تو عادت ہے مجھ پر تنقید کرنے کی......سبھی نے اتنی تعریف کی ہے میری......لڑکیاں کیا......لڑکے بھی مجھے مڑ مڑ کر دیکھ رہے تھے۔''

''اصل دوست وہی ہے جو منہ پر بھی سچ کہنے کی جرأت رکھتا ہوں اور میں تمہارا دوست ہوں، اسی لیے کہہ رہا ہوں......آئندہ یہ ہیئر کٹ مت کروانا۔'' ثعلب نے قدرے سنجیدگی سے کہا تھا۔

''مگر کیوں......؟'' رومانہ نے اسے تیکھی نظروں سے دیکھا تھا۔

''اس لیے کہ تم پر سوٹ نہیں کر رہا۔'' شمی نے اسی انداز میں کہا تھا۔

''مجھے تو اچھا لگ رہا ہے اور پلیز تم مجھے ہر معاملے میں ڈس ہارٹ مت کیا کرو......میرا جو دل چاہتا ہے میں تو وہی کروں گی۔'' رومانہ نے اپنے مخصوص نخریلے انداز میں جواب دیا تھا۔

''ابھی کر لو......جو کرنا ہے......شادی کے بعد میں تمہیں بال نہیں کٹوانے دوں گا......یار خواتین کا اصل حسن تو ان کے لمبے بالوں میں ہوتا ہے۔'' ثعلب نے بھی اسے چڑایا تھا۔

''تو پھر کر لینا تم کسی لمبے بالوں والی سے شادی......'' وہ بھی رومانہ تھی ترکی بہ ترکی بولی تھی۔ جواباً اس نے

بھی کہا تھا۔

''اگر تمہارا مشورہ ہے تو ضرور مانوں گا۔'' ثعلب نے اس وقت بے شک شرارت میں کہا تھا...... مگر آج اس کی بیوی کے لمبے بال دیکھ کر رومانہ کو احساس ہو رہا تھا کہ وہ غیر سنجیدہ ہو کر بھی سنجیدہ تھا۔

''ثمی تم واقعی اتنے مطمئن ہو...... جتنے نظر آرہے ہو؟ یا پھر سب کو فریب دے رہے ہو۔'' رومانہ بیڈ پر بیٹھ کر پھر سے اپنی سوچوں اور احساسات میں اُلجھ گئی تھی۔

O......❖......O

ڈریس چینج کر کے بستر پر آنے تک دونوں کے درمیان ایسی خاموشی حائل تھی جیسے وہاں کوئی ذی نفس موجود ہی نہیں ہو۔ وانیہ اپنے خیالات میں تھی اور ثعلب اس کے بولنے کا منتظر...... حالانکہ وانیہ اپنے معمولات حاضر دماغی کے ساتھ نمٹا رہی تھی پھر بھی جیسے وہاں نہیں تھی۔ آخر ثعلب نے تکیہ درست کرتی وانیہ کا کندھا ہلا کر متوجہ کیا۔

''تم مجھے کوئی سرپرائز دینا چاہتی تھیں؟''

وانیہ نے بھی اپنا رُخ بدل کر اس کی طرف دیکھا۔

''ہاں...... بالکل......''

''پھر...... چپ کیوں ہو؟ رومانہ کا آنا اچھا نہیں لگا تمہیں...... ہے ناں......؟'' ثعلب نے اس کے تاثرات جاننے کے لیے استفسار کیا تو وہ مسکرا کر بولی۔

''کیا مجھے اچھا لگنا چاہیے؟''

اس کی مسکراہٹ سے اندازہ نہیں ہو رہا تھا کہ وہ کس موڈ میں بات کر رہی ہے، ثعلب نے اسے ناسمجھی سے دیکھا تو وہ مزید وضاحت سے بولی۔

''ایک بیوی کبھی برداشت نہیں کرتی کہ اس کے شوہر سے کسی زمانے میں منسوب رہنے والی ہستی کی پرچھائیں بھی اس کی زندگی پر پڑے۔ میری فیلنگز بھی یہی ہیں...... لیکن...... لیکن مجھے حقیقت سے بھی انکار نہیں ہے کہ آخر رومانہ سے آپ کا خون کا رشتہ بھی ہے اور میرے وسوسوں کے آگے اس کی ذات کو نظرانداز کرنا بھی مشکل ہے۔ پھر بھی فی الحال مجھے اطمینان ہے کہ آپ میرے ہیں اور میں آپ کی محبتوں کی...... امانت دار۔'' وانیہ اپنے جذبوں کے بہاؤ میں تھی۔ ثمی نے یک دم چونک کر اسے دیکھا۔

''میں صرف تمہارا ہوں اور آئندہ بھی تمہارا ہی رہوں گا...... سمجھیں۔'' ثعلب نے اس کے چہرے پر آئی لٹ کو کھینچا۔ ''تمہارے وسوسے بالکل غلط ہیں، کسی زمانے میں منسوب رہنے والی عورت کی پرچھائیں بھی...... اس شیشہ دل سے مٹ چکی ہے، وہاں اب صرف تمہارا عکس ہے...... تمہاری شبیہ...... تمہاری محبت...... اگر تمہیں یقین نہیں ہے تو آئندہ ضرور آجائے گا۔'' ثعلب کے لہجے میں وانیہ کے لیے سچی محبت گھلی تھی۔ اس کی آنکھوں سے پیار کی روشنی چھلک رہی تھی۔ اس کا پُراثر دھیما مگر گرم جوش رویہ وانیہ کو نئے سرے سے اعتماد بخش گیا۔ جواباً اس نے بھی ثمی کو اپنے یقین کا احساس بخشنے کے لیے اس کا ہاتھ تھام کر اپنے دل پر رکھتے ہوئے بڑے جذب سے کہا۔

''مجھے آپ پر خود سے زیادہ یقین ہے، شمی، تبھی تو میرے دل کی دھڑکن میں جو تسلسل ہے وہ آپ کی محبت کی وجہ سے اور میرے وجود میں بھی......'' وہ بولتے بولتے یک دم چپ ہوگئی کیونکہ ثعلب کی آنکھوں میں اس کے لیے محبت ہی محبت تھی اور شرارت بھی۔

''ہاں بھئی...... وجود میں کیا مطلب...... ڈائیلاگ پورا کرو، میں منتظر ہوں؟'' شمی نے اسے چھیڑا تو اس نے شمی کا ہاتھ چھوڑ کر اپنا چہرہ چھپایا۔

''نہیں...... پلیز......''

''کیا...... نہیں...... میں کچھ نہیں سمجھ پا رہا۔''

''بس مجھے شرم آتی ہے، نہیں کہا جاتا۔'' وانیہ نے چہرے سے ہاتھ ہٹا کر کہا تو ثعلب متعجب ہوا۔

''کیا ڈائیلاگ......؟''

''میرے اظہار کو آپ ڈائیلاگ سمجھتے ہیں۔'' اس نے مصنوعی خفگی سے اپنی مسکراہٹ سمیٹی۔

''اچھا...... اب ناراضی کا پروگرام نہ بناؤ۔ میں تمہارے سرپرائز کو دیکھنے، سننے کو بے چین ہوں اور اگر تم نے ایک منٹ کے اندر اندر کچھ نہ بتایا تو میں کچھ بھی کر سکتا ہوں۔'' وہ قدرے جھنجھلایا۔

''مثلاً......؟'' وہ اپنی مسکراہٹ روک نہ سکی...... خبر ہی ایسی تھی۔ وہ خود سنانے کو بے چین و بے قرار تھی مگر فطری جھجک و شرم مانع تھی۔

''مثلاً...... مثلاً یہ جو تمہارے بکھرے بال ہیں سب سے پہلے تو انہیں......'' شمی نے بھرپور شرارت سے اس کے بکھرے بالوں کی طرف ہاتھ بڑھایا تو وانیہ ڈرنے کی ایکٹنگ کرتے ہوئے تھوڑا پیچھے سرک کر اپنے بالوں کو سمیٹتے، سمیٹتے بولی۔

''اللہ...... پلیز نہیں...... انہیں کاٹنے کا خیال دل سے نکال دیں۔ میں نے انہیں بڑی مشکل سے پال پوس کر بڑا کیا ہے اور......'' اس دوران وہ ڈھیلا سا جوڑا بھی بنا چکی تھی۔ وانیہ کے چہرے پر بڑی دلکشی بکھری ہوئی تھی۔

''یار...... جلدی سے بتاؤ ناں...... دیکھو کتنا ٹائم ہوگیا...... صبح نہیں اُٹھا تو تم ہی شور مچاؤ گی۔'' ثعلب نے اس کا بازو پکڑ کر اپنی جانب کھینچا۔ ''اب بتاؤ...... چلو شروع ہو جاؤ۔''

''اچھا...... پھر کان اِدھر لائیں......'' وانیہ نے سنجیدہ ہونے کی کوشش کی۔

''میرے کان کاٹو گی......'' شمی نے شرارت میں اپنے کانوں پر ہاتھ رکھے تو وہ نفی میں سر ہلا کر رہ گئی۔

''یہاں کون ہے جو تمہارا سیکرٹ آؤٹ ہو جائے گا۔'' وہ پھر سے زچ ہوا۔

''اوکے...... آپ آنکھیں بند کرلیں...... پلیز دیکھیے گا مت۔''

''لگتا ہے تم آج آنکھ مچولی کھیلنے کے موڈ میں ہو...... صاف کہو۔''

''آپ سیریس نہیں ہیں جائیں میں نہیں بتاتی۔'' وہ ذرا خفا ہوئی۔

''کیسے نہیں بتاتی ہو، کب سے سسپنس پھیلا رکھا ہے، یہاں نیند سے برا حال ہے اور محترمہ شرطیں باندھ

کے بیٹھی ہیں۔'' ثمی نے آخر اس کے زانو پر سر رکھ کر زبردستی دکھائی تو وہ دھیمے لہجے میں بولی۔

''آپ دیکھتے ہی ایسے ہیں کہ میں نروس ہو جاتی ہوں۔''

''اب میں نے آنکھیں بند کر لی ہیں۔ اب فوراً بتاؤ اگر کوئی بات ہے تو بھی نہیں ہے تو بھی......'' ثمی کا لہجہ مشکوک تھا، اس نے پھر بھی شرافت سے آنکھیں بند کر لیں۔

''وہ...... میں دراصل ڈاکٹر کے پاس گئی تھی۔'' وہ رک رک کر بولی تو ثمی ایک دم سیدھا ہو بیٹھا۔

''دھت تیرے کی...... کھودا، پہاڑ اور نکلا چوہا...... مجھے پہلے ہی پتا تھا کہ تم خواہ مخواہ سسپنس کری ایٹ کر رہی ہو...... ڈاکٹر کے پاس جانے سے کسی...... خوشخبری کا کیا تعلق ہے...... یہ سمجھاؤ گی مجھے......؟'' اس کی کوفت بڑی واضح تھی۔ وانیہ نے اسے بے بسی سے دیکھا...... جو اس کی بات سمجھنے سے قاصر تھا۔

''آپ نے پوری بات سنی نہیں اور بگڑنے لگے ہیں، تعلق ہے تو بتا رہی ہوں ناں...... آپ اتنے ناسمجھ لگتے تو نہیں......'' اس کی بات سن کر وہ حیران ہوا۔

وانیہ کو اندازہ ہو گیا تھا کہ ثعلب کے صبر کا پیمانہ چھلک گیا تو وہ کسی کی نہیں سنے گا۔ اسی لیے اپنا سر جھکا کر جلدی سے بولی۔

''ڈاکٹر نے کنفرم کر دیا ہے کہ آپ پاپا بننے والے ہیں۔'' اور پھر فوراً ہی اپنے چہرے کے آگے تکیہ اُٹھا کر رکھ لیا۔

''وہاٹ...... رئیلی...... کب......؟'' ثعلب کو ایک لمحے میں کئی احساسات نے چھوا تھا۔ اس نے فوراً ہی وانیہ کے چہرے سے تکیہ ہٹایا تو اس کے چہرے پر نور کا ہالہ دیکھ کر یقین سا آ گیا۔

''کب گئی تھیں ڈاکٹر کے پاس؟'' ثمی کی آواز میں خوشی بھی تھی اور بے چینی بھی۔

''وہ ایکچوئیلی دو دن پہلے میں مسز زیاد (ہمسائی) کے ساتھ مارکیٹ گئی تھی تو وہاں میری بالکل آج والی کنڈیشن ہو گئی تھی۔ پھر وہ مجھے ڈاکٹر کے پاس لے گئیں تو ڈاکٹر نے یہ گڈ نیوز دی تھی کہ......''

''بڑی گھنی ہو تم، سب سے اتنی بڑی خبر چھپائے پھر رہی ہو۔ کسی کو بتایا تک نہیں......'' ثمی کی شوخی بھری شکایت پر وہ خجالت سے وضاحت دینے لگی۔

''مم...... میں تو آپ کو ہی سب سے پہلے بتانا چاہتی تھی مگر......''

''وہی تو...... وہی تو کہہ رہا ہوں، کل سے میں تمہیں نظر نہیں آ رہا تھا۔''

''آپ کا موڈ خراب تھا ناں...... میں کیسے بتاتی۔''

''بتا دیتیں تو موڈ خراب نہیں ہوتا۔ چلو ابھی اُٹھو...... کہیں باہر چلتے ہیں، کاش تم مجھے شام کو بتا دیتیں تو یہ رات بہت یادگار ہوتی...... چلو ناں...... اب تو میری نیند اُڑ گئی ہے۔'' ثعلب نے بڑی لگاوٹ سے کہتے ہوئے اس کا ہاتھ تھاما۔ تو وہ جز بز ہوئی۔

''ثمی اس وقت......؟''

''یہ ہوا وقت کو صرف ایک ہی تو بجا ہے۔''

''ساری دنیا سوگئی ہوگی اور ہم دیوانوں کی طرح نکل کھڑے ہوں۔''

''ساری دنیا جاگ رہی ہوتی ہے، تم بھی ناں بس فضول کے جواز ہیں تمہارے پاس......'' وہ پھر سے جھنجھلایا مگر فوراً ہی وانیہ کے چہرے کو دیکھ کر مسکرا اُٹھا۔

○......❖......○

رومانہ نے ساری رات جس بے قراری سے کاٹی تھی اس کا سارا عکس اس کی سرخ آنکھوں میں لہرا رہا تھا۔ ساری رات اسے یہی تصور انگاروں پر لوٹتا رہا کہ اب ثعلب اس کا نہیں رہا......اسے تو مکمل یقین تھا کہ کچھ بھی ہو جائے، کتنا عرصہ بھی گزر جائے وہ سات سمندر پار بھی چلی جائے ثعلب اس کا انتظار کرے گا۔ اس کی واپسی کا منتظر رہے گا......مگر ثعلب نے تو اسے بھلا دیا تھا۔ اس کی محبت کسی اور عورت کو سونپ دی تھی۔ اس کی محبت کی سیج پر دوسری کو لا بٹھایا تھا۔ یہی احساس اسے مارے دے رہا تھا۔ وہ اندر ہی اندر پیچ و تاب کھاتی رہی تھی صبح اُٹھ کر وانیہ کو گھر کے معمول کے کاموں میں لگا دیکھ کر وہ مزید جل بھن گئی۔ اور اسی ذہنی خلفشار کے تحت وہ ثعلب کے کمرے کی طرف چلی آئی۔ دل میں ارادے باندھتی کہ وہ ثعلب سے یہ کہے گی، وہ کہے گی اور اسے واپس اس کی طرف لوٹنا ہوگا۔ رومانہ، ثعلب کے کمرے کے دروازے کے پاس آ کر کان لگا کر کھڑی ہوگئی۔ دروازے میں ہلکی سی درز تھی اسی سے اندر کی آوازیں شعوری کوشش کے تحت وہ سن رہی تھی۔ وانیہ کی محبت و استحقاق سے لبریز آواز اس کی سماعت میں اُتری۔ اس کی نظریں کمرے کے اندر دروازے کے پاس تھیں۔

''بس......اب میں دوبارہ نہیں آؤں گی جگانے......آپ کو خود اُٹھنا ہوگا۔'' وانیہ اس کے قریب بیٹھی اس کے بالوں میں اپنی مخروطی انگلیاں سرسراتی اسے جگانے کی کوشش کر رہی تھی۔

''اتنی ظالم نہ بنو یار......تمہیں پتا تو ہے، جب تک تمہیں دیکھوں گا نہیں، اپنی صبح کا احساس ہی نہیں ہو گا۔''

''تو صبح تو ہوگئی ہے، میں اپنے کتنے کام چھوڑ کر بس آپ کو جگانے آتی رہوں۔ ابھی بچوں کو بھی جگانا ہے، اور یاد رکھیں، گھر میں مہمان بھی ہیں۔ کیا سوچیں گے، اگر بار بار اِدھر کے چکر لگائے تو......؟'' وانیہ نے اُٹھنے کی کوشش کی تو ثمی نے آنکھیں کھولتے ہوئے اس کا ہاتھ تھام لیا۔

''جو سوچتے ہیں سوچنے دو۔ تم تو ابھی میرے پاس بیٹھو......خود کو محسوس کرنے دو مجھے۔'' وہ بہت رومینٹک ہو رہا تھا۔

''بس ناں......میں جا رہی ہوں۔'' وانیہ نے اپنا ہاتھ چھڑانے کی کوشش کی۔

''ساری رات مجھے ڈسٹرب رکھا ہے۔ خود سو گئی تھیں اور میری نیند اُڑا دی تھی۔ ویسے مجسم خوشخبری کب دو گی؟'' ثعلب نے بوجھل مگر محبت کی حدت سے مہکتی آواز میں پوچھا اور نیم دراز ہو کر سائیڈ ٹیبل سے چائے کا کپ اُٹھا کر لبوں سے لگا لیا۔

''چھ ماہ بعد......'' وہ اُٹھ کر پھیلاوا سمیٹنے لگی تھی۔

''مائی گاڈ......اتنا انتظار......پھر تو سب کو پتا لگ جائے گا۔'' ثعلب کی ناسمجھی پر وہ ہنس دی۔ باہر کھڑی

رومانہ کے اندر تجسس نے سر اُبھارا...... (یہ کس خوشخبری کی بات کر رہے ہیں کہیں) اس سے آگے وہ سوچنا نہیں چاہتی تھی۔

''ہاں...... پتا تو لگ جائے گا...... سوچ رہی ہوں، نانو جان کو کیسے بتاؤں؟ نہ بتایا تو خفا نہ ہو جائیں۔'' وہ واپس اس کے پاس آ گئی۔

''تم ایسا کرو آپی کو بتا دو۔'' ثعلب نے مشورہ دیا۔

''میں نہیں بتا سکتی۔ مجھے شرم آتی ہے۔''

''تو نہیں بتائے گا کون......؟'' ثعلب نے دلچسپی سے اسے دیکھا۔

''آپ......'' وہ بے ساختہ مسکرائی تو ثعلب جھنجھلا سا گیا۔

''تمہیں شرم آتی ہے اور میں تمہیں بے شرم نظر آتا ہوں۔''

''ہاں...... نہ...... نہیں......'' ثعلب کے گھورنے پر وہ بے اختیار ہی کھلکھلائی۔

''اوکے...... آج تم آپی کے ساتھ ڈاکٹر کے پاس چلی جانا...... انہیں ڈاکٹر خود بتا دے گی۔'' ثعلب نے جلد ہی اس کی مشکل حل کر دی۔

''ٹھیک ہے، میں چلی جاؤں گی مگر پلیز آپ پھر سے مت سو جائیے گا۔ آپ ناشتے کے وقت ضرور آ جائیے گا...... آپ کی غیر موجودگی اچھی نہیں لگے گی۔'' وانیہ نے ذرا منت سے کہا تو شمی نے بھی محبت پاش نظروں سے اسے دیکھا۔

''اوکے......'' بابا تمہارا حکم بھلا ٹال سکتا ہوں، تم بے فکر ہو کر جاؤ...... میں آ جاؤں گا۔''

رومانہ کا دل تیزی سے دھڑک رہا تھا۔ یہ محبت یہ چاہت تو صرف اس کا حق تھی اور شمی اپنے جذبوں کی صداقت کسی اور پر نچھاور کر رہا تھا۔ کچھ عرصہ پہلے رومی کو دیکھے بنا شمی کو سورج کے نکلنے کا یقین نہیں آتا تھا اور آج کسی اور کے لیے اس کی صبح نہیں ہوتی تھی...... ایک تیر سا اس کے جگر کے آر پار ہو گیا تھا۔ اس کا دل چاہا وہ اندر جا کر ثعلب کو جھنجھوڑ کر اپنی محبت کا حساب مانگے...... شمی نے کہا تھا کہ وہ مرتے دم تک اس کی محبت کی حفاظت کرے گا مگر وہ اتنی جلدی بدل گیا...... وانیہ پھر سے ثعلب کو تاکید کر کے باہر آ رہی تھی۔ رومانہ قدموں کی چاپ پر چوکنی ہو کر جلدی سے وہاں سے ہٹی اور تیزی سے کاریڈور میں بڑھنے لگی۔ اس نے بڑی مشکل سے خود پر قابو پایا تھا۔ دونوں کچن کے قریب تھیں...... وانیہ نے اسے دیکھ کر بڑی خوشدلی سے کہا۔

''گڈ مارننگ رومانہ...... آپ رات کو آرام سے تو سوئیں۔'' جواباً اس کے ملائم چہرے پر رومانہ کی تیکھی نظر ٹھہر گئی۔

''تم شاید ابھی میرے بارے میں جانتی نہیں ہو ورنہ یہ مسکراہٹ تمہیں اتنا حسین نہ دکھاتی......'' وہ دل میں اعتراف بھی کر رہی تھی...... اور کچھ کہنے کی ہمت بھی نہیں پا رہی تھی...... وانیہ مزید اس سے کچھ کہہ رہی تھی۔

''ناشتے میں کوئی خاص ڈش بنوانا چاہیں تو بتا دیں...... پلیز......'' وانیہ نے اس کی خاموشی پر خصوصی طور پر اسے دیکھا تو وہ اپنے اندر کی تلخی کو باہر آنے سے نہ روک سکی۔

''تو تھینکس...... میں کوئی مہمان نہیں ہوں...... جو سب گھر والے لیں گے میں بھی وہی لے لوں گی۔'' اس کے لہجے میں کوئی بات ضرور تھی...... مگر وانیہ نے جان کر توجہ نہ دی۔ دونوں ایک ساتھ کچن میں داخل ہوئیں...... رومانہ کے ہاتھ میں چائے کا بھرا کپ تھا اس نے سنک میں لے جا کر کپ خالی کر دیا۔ وانیہ نے اس کی حرکت کا نوٹس لیتے ہوئے اسے دیکھا۔ وہ فوراً واپس چلی گئی تھی...... شہنی بوا اسی لمحے کچن میں داخل ہوئی تھیں۔ اس کے قریب آ کر خاصی ہمدردی سے مشورہ دینے لگیں۔

''بیٹا ایک بات کہوں...... ذرا دھیان رکھنا......''

''کس بات کا بوا جی......؟'' وانیہ جان بوجھ کر انجان بنی۔

''اسی رومی کا...... اس کی واپسی کوئی اچھا شگون نہیں ہے...... نظر رکھنا اس پر...... پہلے کی بات اور تھی اب تو شمی میاں پر صرف تمہارا حق ہے...... مجھے اس لڑکی کے ارادے اچھے نہیں لگ رہے...... ایسا نہ ہو یہ شمی کو تم سے چھیننے کی کوشش کرے۔'' شہنی بوا اس کی ناسمجھی پر قدرے زچ ہو کر وضاحت سے سمجھانے لگیں۔

''بوا جی...... شمی کوئی کھلونا تو نہیں جسے وہ جب چاہے گی پھینک دے گی اور جب چاہے واپس لے گی...... آپ بے فکر رہیں۔''

''پھر بھی بیٹا تمہیں احتیاط کرنا ہو گی، مرد کے دل میں کب ہیر پھیر آ جائے کچھ بھروسا نہیں...... دونوں کو گھلنے ملنے کا موقع مت دینا۔'' شہنی بوا کی باتوں میں تجربہ بول رہا تھا۔

''بوا جی...... مجھے ثعلب پر اعتماد ہے...... پھر بھی آپ فکر نہ کریں، میں آپ کی بات پر عمل کروں گی۔'' وانیہ نے اپنی مثبت باتوں سے انہیں قائل کیا...... تو وہ اسے دعائیں دینے لگیں۔

''جیتی رہو بیٹا...... تمہی نے اس گھر کو دوبارہ آباد کیا ہے، تم بھی سدا شاد آباد رہو۔''

''شکریہ بوا جی...... میں آ کر پراٹھے بناتی ہوں، آپ چائے کا پانی اور رکھ دیں...... میں سنی، گولڈی کو جگا کر آؤں......'' وہ ممنونیت کا اظہار کر کے کچن سے نکل گئی تو بوا نے بڑے دل سے اسے دعائیں دیں۔

ناشتے کی میز پر سبھی جمع تھے۔ وانیہ بڑی لگاوٹ سے سنی، گولڈی کو اپنے ہاتھ سے ناشتہ کروانے کے ساتھ ساتھ سبھی کو سرو بھی کر رہی تھی، رومانہ بھی اس وقت کافی مطمئن نظر آ رہی تھی۔ جیسے کسی نتیجے پر پہنچ چکی ہو...... وانیہ اپنے لیے گرم گرم پراٹھا بنانے کچن میں گئی تو بچے بھی فارغ ہو کر اس کے کہنے پر اپنے کمرے میں گیم کھیلنے چلے گئے۔ سبھی کے لیے یہ معمولی بات تھی جبکہ رومانہ بغور اس کی حرکات و سکنات دیکھ رہی تھی۔ اس کی چبھتی نظروں کو ثعلب نے بھی محسوس کیا تھا مگر وہ کسی کو کوئی احساس نہیں دلانا چاہتا تھا۔ رومانہ، وانیہ کی غیر موجودگی کا فائدہ اُٹھا کر آخر اسے مخاطب کرنے میں کامیاب ہو گئی۔ وہی دیرینہ لگاوٹ کا لہجہ سبھی کو چونکا گیا تھا۔

''شمی...... مجھے تم سے کچھ باتیں کرنا ہیں، اگر تمہارے پاس وقت ہو تو؟'' ثعلب خود بھی حیران تھا...... اس کے خیال میں ان دونوں کے درمیان ایک ایسی خلیج حائل تھی جو پاٹنی ناممکن تھی مگر وہ تو درمیانی عرصہ بھلا کر اسی طرح مخاطب تھی۔ ثعلب کی نگاہ کچن کے دروازے پر تھی جہاں سے وانیہ واپس آ رہی تھی۔ اس نے کافی محتاط انداز میں جواب دیا۔

''سوری مجھے ابھی کہیں جانا ہے...... نیا یار ایک کپ چائے گرما گرم اور بنادو۔'' نانو دیکھ رہی تھیں وہ وانیہ سے کچھ زیادہ ہی لگاوٹ کا اظہار کر رہا تھا۔ اسی لیے وہ مطمئن تھیں۔

''میں زیادہ وقت نہیں لوں گی۔ مجھے بھی کہیں جانا ہے، اگر تم مجھے ڈراپ کر دو تو......؟'' رومانہ اردگرد سے بیگانہ ہو رہی تھی۔ وانیہ اپنے اور ثعلب کے لیے چائے بناتے بناتے قدرے چونک کر متوجہ ہوئی۔

''Again sorry میرے پاس ٹائم نہیں ہے، گھر پر ڈرائیور اور گاڑی ہے، تم جہاں چاہے چلی جانا۔'' ثعلب کا رویہ سرسری اور عام سا تھا۔ وانیہ نے بھاپ اُڑاتا چائے کا کپ اس کے سامنے رکھا۔

''کیا مطلب......؟ تمہارے پاس میرے لیے وقت نہیں......؟'' وہ زچ ہو کر بولی تو ثمی نے اسی لہجے میں جواب دیا۔

''چھٹی کے دن میرا اپنا شیڈول ہوتا ہے، میں دوسروں کے لیے اپنا شیڈول نہیں بدل سکتا......'' رومانہ کو یہ سب سننے کی توقع نہیں تھی۔ وانیہ اس کے سامنے گرم گرم آملیٹ کی پلیٹ رکھ رہی تھی۔

''نہیں بس اور نہیں......'' اس نے اشارے سے بھی منع کیا۔

''آج آپ نے ٹھیک سے ناشتہ نہیں کیا؟'' وانیہ نے اسے چائے کا کپ لے کر اُٹھتے دیکھا تو تشویش سے کہا...... رومانہ کی آنکھوں میں یک دم فاتحانہ چمک کوندی...... (اس کا مطلب ہے ڈسٹرب تو تم بھی ہو) اس کی سوچ اس کے چہرے پر نظر آ رہی تھی اگر کوئی دیکھتا تو جان جاتا۔

''میں نے تو پہلے ہی کھا لیا تھا، البتہ تم آج کل کم کھا رہی ہو...... آپی پلیز اسے آج ڈاکٹر کے پاس لے جائیں...... یہ کافی دنوں سے سر درد کی شکایت کر رہی ہے۔'' ثمی نے آپی کو مخاطب کیا۔

''تو تم خود لے جاؤ...... تم کہاں جا رہے ہو؟'' آپی نے اسے روکا۔

''مجھے لے جانے میں کوئی پرابلم نہیں ہے، آفٹر آل یہ میری ذمے داری ہے مگر یہ خود آپ کے ساتھ جانا چاہتی ہے۔'' رومانہ کے اندر نئے سرے سے بے اطمینانی بھرنے لگی تھی۔ وہ یقیناً اسے جتا رہا تھا۔

''اچھا نانو...... میں دوپہر تک واپس آؤں گا...... ایک دوست سے ملنے جانا ہے، اللہ حافظ......'' کھڑے کھڑے چائے ختم کر کے وہ نانو کے گال سے گال ملاتا انہیں چوم کر باہر نکل گیا۔ وانیہ بھی ایکسکیوزمی کہتی اُٹھی اور اس کے پیچھے چل دی۔

''یہ بچے میری تو مانتے نہیں......کل سے کہہ رہی ہوں...... کچھ صدقہ دے دو...... کسی کی بُری نظر پڑی ہے بچی پر...... ورنہ تو ان چار مہینوں میں اسے سر درد کی شکایت بھی نہیں ہوئی۔ اب کیسی زرد، پھیکی سی نظر آ رہی ہے۔'' نانو نے پھر سے تشویش کا اظہار کیا تو صبیٰ آپی نے مسکرا کر معنی خیزی سے اپنی رائے دی۔

''نانو، کم کھانا، سستی، سر درد کی کوئی خاص وجہ بھی تو ہو سکتی ہے؟'' آپی کی مسکراہٹ دیکھ کر نانو کو بھی اچانک خیال آیا۔ اپنی عقل پر ماتم کرنے کو دل چاہا۔

''ارے ہاں...... واقعی مجھے یہ خیال کیوں نہیں آیا۔ مجھ سے تو شاید وہ جھجک جائے، تم ہی پوچھ دیکھنا۔'' نانو کے چہرے پر بھی نیا احساس اور مسکراہٹ تھی۔

”پوچھنا کیا ہے، ڈاکٹر کے پاس لے جاؤں گی تو خود ہی پتا لگ جائے گا۔“ وانیہ واپس آ گئی تھی۔
”کیا پتا لگ جائے گا؟“

”وہی جو تم چھپا رہی ہو......“ آپی نے معنی خیزی و محبت سے دیکھا تو وہ گڑبڑا گئی۔
”نہیں...... بھلا میں کیا چھپاؤں گی؟“ میز کے پاس آ کر اس نے اپنی چائے کا کپ اُٹھایا۔
”آپ نا معلوم کیا کہہ رہی ہیں...... چلیں آئیں نانو کے کمرے میں چل کر بیٹھتے ہیں۔“ وانیہ نے بھی بولتے بولتے اپنی ٹھنڈی ہوتی چائے کو دو تین گھونٹ میں پیا پھر نانو کی وہیل چیئر کے ہینڈل تھام کر باہر کا رُخ کیا...... رومانہ اپنی جگہ پر سر جھکائے بیٹھی تھی۔ وانیہ نے اسے بھی ساتھ چلنے کی دعوت دی۔
”رومانہ آپ بھی آئیں، ہم سب آپ کے اپنے ہیں، آپ یوں الگ تھلگ کیوں بیٹھی ہیں۔“ رومانہ کچھ سوچ کر بے دلی سے اس کے پیچھے چل دی۔

○......❖......○

ڈاکٹر نے آپی کی بات کی تصدیق کر دی تھی۔ آپی نے بے اختیار ہی اسے گلے سے لگا کر چوما۔
”شکر ہے اللہ کا...... اس نے ہمیں بروقت اس خوشی سے نوازا...... بہت مبارک ہو......“ آپی نے راستے میں مٹھائی لی اور جا کر نانو کی گود میں رکھ دی۔ ثعلب بھی گھر واپس آ چکا تھا۔ نانو کی خوشی دیدنی تھی...... سبھی ایک دوسرے کو مبارک باد دے رہے تھے، وانیہ سبھی کے درمیان شرمائی لجائی بیٹھی تھی۔ نانو اور شہنی بوا کی ہدایات فوراً شروع ہو گئی تھیں۔ کیا کھانا ہے، کیا نہیں...... کتنا آرام کرنا ہے، شمی کے لیے تو خاص وارننگ تھی کہ وہ وانیہ کو تنگ نہیں کرے گا۔ ان سب کا شور، ہلا گلا سن کر رومانہ بھی کمرے سے نکل کر آ گئی۔ عصمٰی نے اسے دیکھتے ہی مٹھائی کی پلیٹ بڑی خوشی سے اس کی طرف بڑھائی۔
”رومی آپی لیجیے...... ہم پھر سے پھپھو بننے والی ہیں۔“ رومانہ کے کانوں میں آواز تو عصمٰی کی تھی اور نگاہیں ثعلب کے کھلتے چہرے پر...... وہ اُلجھتی، جھنجھلاتی جس طرح آئی تھی اسی طرح مڑ آئی۔
”ایسا...... نہیں ہونا چاہیے، اس طرح تو شمی میرا نہیں ہو سکتا...... کبھی بھی نہیں اور میں...... میں اپنا سب کچھ اسی کے لیے چھوڑ کر آئی ہوں...... نہیں شمی...... تم صرف میرے ہو...... تمہیں مجھ سے کوئی نہیں چھین سکتا...... کبھی نہیں......“ وہ کمرے میں چکراتی اِدھر سے اُدھر پاؤں پٹختی اپنے مذموم ارادے باندھ رہی تھی۔

○......❖......○

پھپھو سعیدہ نے فون پر بے حساب دعاؤں کے ساتھ مبارک باد دی تھی۔ وانیہ کے بابا کریم احمد نے بھی آنے کا ارادہ ظاہر کیا تھا۔ ظاہر ہے بیٹی کی خوشی میں تو انہیں اپنی محبت کا ثبوت دینا ہی تھا۔
حسبِ وعدہ ثعلب بچوں کے ساتھ سبھی کو لے کر آؤٹنگ کے لیے نکلا تھا۔ رومانہ سے بھی کہا تھا مگر وہ نہیں گئی...... اس کا بس نہیں چل رہا تھا کس طرح ثعلب کو ان سب کے درمیان سے غائب کر کے لے جائے...... اسے آئے ہوئے تین دن ہو چکے تھے اور ثعلب نے اسے ایک لمحے کی بھی لفٹ نہیں دی تھی۔ وانیہ سے اس کی لگاوٹ و محبت دیکھ کر وہ زخمی ناگن کی طرح تڑپ رہی تھی مگر ثعلب کی نگاہِ التفات وانیہ سے ہٹنے کو تیار ہی نہیں تھی۔

○......❖......○

صہبیٰ آپی واپس جارہی تھیں اور جانے سے پہلے کچھ شاپنگ کرنا چاہتی تھیں...... عصمیٰ اور بچے بھی ان کے ساتھ جانے پر بضد تھے سو وہ سبھی شاپنگ کرنے نکلے تھے...... آپی بار بار ثعلب کو تنبیہ کرتی رہیں کہ وہ رومانہ کو جلد از جلد گھر سے چلتا کرے...... مگر وانیہ کو کوئی خطرہ نہیں تھا۔ ثعلب نے ہر لمحہ اس سے تغافل برتا تھا پھر وہ اپنا موڈ کیوں خراب کرتی...... گھر سے نکلتے ہوئے وانیہ نے ثعلب کو اپنے پروگرام سے آگاہ کر دیا۔ واپسی پر بچوں نے برگر کھانے کی فرمائش کی، انہیں اپنی باتیں منوانے کا گُر آتا تھا۔ وانیہ ان کی ضد کے آگے ہار جاتی تھی۔

○......❖......○

ثمی اپنے معمول سے گھر لوٹا تو گھر میں مکمل خاموشی تھی۔ ان کے شاپنگ پروگرام کا تو انہیں معلوم تھا مگر ان کا مزید کوئی پروگرام بن گیا تھا اسے یہ نہیں معلوم تھا۔ آفس سے آکر نانو سے ملنے کے بعد وہ سیدھا اپنے کمرے میں چلا آیا۔ حسبِ عادت اپنا لیپ ٹاپ بیڈ پر رکھ کر ٹائی کی ناٹ ڈھیلی کرتا گردن سے نکال کر ایک طرف پھینک کر وہ ایزی چیئر پر آنکھیں موندے نیم دراز ہو گیا۔ کچھ لمحے ہی گزرے تھے اسے کسی اجنبی سی خوشبو کا احساس ہوا۔ اس نے قدرے چونک کر آنکھیں کھولیں تو اس کے سامنے نک سک سے تیار رومانہ ایک فاتحانہ مسکراہٹ کے ساتھ بیٹھی تھی۔ وہ ایک دم سیدھا ہو بیٹھا۔

''تم...... تم یہاں؟ میرے کمرے میں کیا کر رہی ہو؟'' لہجے میں حیرانی و کرختگی ایک ساتھ در آئی۔

''کم آن ثمی ...... یہ ایکٹنگ کرنا چھوڑو، تمہاری بیوی، اس وقت گھر پر نہیں ہے۔'' رومانہ نے جیسے اسے کچھ جتانے کی کوشش کی۔

''تم نے کیسے سمجھ لیا کہ میں ایکٹنگ کر رہا ہوں۔'' ثمی کو اس کے یقین پر اچنبھا ہوا۔

''یہ ایکٹنگ نہیں تو اور کیا ہے، کتنے دن ہو گئے یہاں آئے ہوئے اور تم نے مجھے رسپانس نہیں دیا...... کوئی بات نہ کی صرف اس وجہ سے ناں...... کہ تمہاری بیوی، تمہارے سر پر مسلط رہتی ہے ورنہ...... ورنہ بے چین تو تم بھی ہو...... مجھے معلوم ہے ہزاروں سوال تم بھی مجھ سے کرنا چاہتے ہو۔'' وہ اپنے مخصوص لب و لہجے میں بولی۔

''ہاں سوال تو ہے مگر...... ہزاروں نہیں، صرف ایک سوال...... اور وہ یہ کہ تم اب یہاں کیا لینے آئی ہو...... تمہارا گولڈن فیوچر کیا ہوا؟'' ثمی کے لہجے میں خود بخود چبھن اُتر آئی تھی۔

''میں بھی تو...... ہاں میں بھی تم سے یہ سب کہنے کو بے چین ہوں ثمی مگر تم...... تم تو مجھ سے نظریں چراتے پھر رہے ہو۔'' وہ شکوہ کناں ہوئی۔

''وہ اس لیے کہ میں کسی اور سے نظریں ملا چکا ہوں اور جس سے نظریں ملا چکا ہوں وہ کبھی برداشت نہیں کرے گی کہ کوئی عورت اس کے شوہر کے ساتھ اسی کے بیڈ روم میں وقت گزارے۔'' اپنی توہین پر رومانہ کا چہرہ سلگ اُٹھا۔

''ثمی ...... یہ تم...... کہہ رہے ہو...... تم......؟'' وہ بے یقین ہوئی۔

''ہاں...... ایسا غلط تو نہیں کہہ رہا...... کیا تم اپنے شوہر کے ساتھ دوسری عورت کو برداشت کر سکتی ہو......؟ میں خود بھی اس بات کو اچھا نہیں سمجھتا کہ کوئی میری پرائیویسی میں مخل ہو۔'' ثعلب اپنی جگہ سے اُٹھ کھڑا ہوا اور اس کی طرف سے رُخ موڑ گیا۔

''تم...... کہنا کیا چاہتے ہو؟'' رومانہ بے یقین تھی۔

''یہی کہ تم یہاں سے میرا مطلب ہے میرے روم سے چلی جاؤ۔''

''مگر میں اپنی بات کہے بنا یہاں سے نہیں جاؤں گی۔'' وہ بھی اُٹھی اور اس کے سامنے ڈٹ کر کھڑی ہو گئی۔

''میں تمہاری کوئی بات نہیں سننا چاہتا......'' شی نے درشتگی سے دیکھا۔

''کیسے نہیں سننا چاہتے؟'' رومی نے اس کا بازو تھام کر اسے حرکت کرنے سے روکا۔'' مجھے درد دے کر تم آرام سے کیسے رہ سکتے ہو، میری نیندیں اُڑا کر تم چین سے کیسے سو سکتے ہو؟'' رومی جیسے چیخ ہی اُٹھی تھی۔ ثعلب کو حالات کی نزاکت کا احساس تھا۔ وانیہ کی آمد بھی کسی لمحے متوقع تھی، وہ لاکھ اس کی طرف سے پُر اعتماد سہی لیکن...... رومانہ کی موجودگی اسے ایک لمحے کے لیے تو جھنجھوڑ جاتی...... وہ ایسے کسی لمحے کو وانیہ کی زندگی میں شامل نہیں کرنا چاہتا تھا۔ وانیہ اس کی محبت بن گئی تھی...... اسے سکونِ زندگی بخشنے والی، اس کے بکھرے وجود کو سمیٹنے والی...... اب اس کی نظر میں رومانہ کی کوئی اہمیت کوئی حیثیت نہیں رہی تھی۔ اس نے بڑے صبر وضبط سے اپنا بازو اس کی گرفت سے چھڑوایا اور پھر اسے گھورتا ہوا کمرے سے نکل گیا۔

O......❖......O

شاپنگ کے بعد وہ سبھی بچوں کے پسندیدہ برگر پوائنٹ پر برگر کھانے آ تو گئے تھے مگر وہاں اس قدر رش تھا کہ ان کا آرڈر پورا ہونے کے لیے کم از کم ڈیڑھ دو گھنٹے ضرور لگتے...... وانیہ نے پندرہ منٹ تک تو آرام سے بیٹھ کر گزارے سولہویں منٹ میں وہ بے چینی ظاہر کرنے لگی۔

''آپی کیا کروں...... یہاں تو بہت ٹائم لگنے والا ہے اور گھر پر نانو بھی تنہا ہیں اور ثعلب بھی آنے والے ہوں گے......'' آپی نے بھی سنجیدگی سے اس کی بات سن کر کہا۔

''تمہیں بچوں کی ضد نہیں ماننی چاہیے تھی۔ یہاں دیر تو لگ جائے گی...... وہ دیکھو وہ تو کوائن گیمز میں بزی ہو گئے ہیں، اب انہیں کہیں گے تو کبھی واپس نہیں چلیں گے۔'' ان کی نگاہ بچوں پر تھی۔

''آپی...... میں ان کی بات ٹال ہی نہیں سکتی...... وہ بھی میری ہر بات مانتے ہیں...... اچھا...... میں ایسا کرتی ہوں ڈرائیور کے ساتھ گھر چلی جاتی ہوں پھر اسے واپس بھیج دوں گی۔'' وانیہ نے خود ہی حل نکالا۔

''تم شی کو فون کر دو...... بتا دو ہمیں دیر لگ جائے گی۔''

''نہیں آپی...... میں چلی جاتی ہوں، انہیں اب شہنی بوا کے ہاتھ کی چائے پسند نہیں آتی۔ نانو بھی پریشان ہوں گی، آپ بچوں کے ساتھ ہیں ناں...... تو کوئی فکر کی بات نہیں...... آدھے گھنٹے کی بات ہوتی تو میں رُک جاتی...... پلیز......'' وانیہ نے انہیں قائل کرنے کی کوشش کی۔

''ہاں انہیں تو میں سنبھال لوں گی مگر...... اچھا ٹھیک ہے تم جاؤ۔'' آپی بالآخر راضی ہو گئیں۔ بچے ریسٹورنٹ کے اندر پلے ایریا میں کھیلنے کودنے میں مگن تھے...... عصمی ان کو دیکھ رہی تھی اور وہ صبحی آپی سے کہہ کر ڈرائیور کے ساتھ گھر کے لیے نکل آئی۔

O......❖......O

ثعلب کمرے سے نکل کر لاؤنج میں آیا تو رومانہ اس کے پیچھے پیچھے لپک کر آ گئی۔ اسے گھر میں کسی کی موجودگی کا بالکل احساس نہیں تھا۔ نانو جان اپنے کمرے میں تھیں اور شہنی بوا کچن میں، باقی گھر میں بالکل سناٹا تھا۔

''تم آخر چاہتی کیا ہو اب؟'' وہ زچ ہوا۔

''اب بھی صرف تمہیں......'' ثعلب کی بے بسی و جھنجھلاہٹ پر وہ مسکرائی۔

''دیکھو رومانہ...... جو کچھ ہمارے درمیان تھا، وہ کبھی کا ختم ہو چکا۔ گزرا وقت واپس نہیں آئے گا...... ہمارے راستے بہت پہلے الگ الگ کر دیئے گئے تھے۔ ہم اب کسی موڑ پر نہیں مل سکتے۔ یہ بات تمہیں بھی معلوم ہے اچھی طرح سے۔ تمہاری واپسی کا مقصد اگر مجھے حاصل کرنا ہے تو تمہارا آنا بیکار ہو گا...... کیونکہ میرا طالب مجھے حاصل کر چکا ہے۔ میرے لیے پلٹنا تو دور کی بات پیچھے مڑ کر دیکھنا بھی ناممکن ہے۔'' ثعلب نے اپنے سرد رویے اور لہجے سے اس کے سارے گمان، سارے یقین جھٹلا دیئے تھے۔ وہ پھر لے اسے بے یقینی سے دیکھ رہی تھی۔

''شمی...... یہ...... یہ...... تم کہہ رہے ہو......؟ تم نے مجھ سے محبت کی تھی، تم نے مجھے اپنی وفا کا احساس بخشا تھا۔ تم کیسے بھلا سکتے ہو وہ سب...... وہ چاہت، جس کا تم دم بھرتے تھے، وہ دن، وہ شامیں...... وہ لمحے جو ہم نے ساتھ گزارے تھے، ساتھ جینے مرنے کی قسمیں کھائی تھیں۔ آخری سانس تک ساتھ نبھانے کے وعدے کیے تھے۔'' وہ جذباتی ہو کر بولی تھی۔ ''تم اتنی جلدی...... کیسے بھول گئے۔''

''اتنی جلد...... ی......؟'' شمی کے چہرے پر استہزائیہ پھیل گیا۔

''صدیوں کا سفر طے کیا ہے میں نے، تب کہیں جا کر سب بھلا پایا ہوں، وہ چاہت، وہ یادیں اسی دن ختم ہو گئی تھیں جب میرے رِستے ہوئے زخموں کے لہو سے تم نے اپنے ہاتھوں پر حنا رچائی تھی۔ انتظار کی آس بھی نہیں رہنے دی تھی، اب مجھ پر کیوں الزام لگا رہی ہو...... ایسا تو ایک دن ہونا ہی تھا۔ تم نے اپنا راستہ چن لیا تھا، میں اسی مقام پر کیسے ٹھہرا رہ سکتا تھا؟'' شمی بھی قدرے جذباتی ہو کر بول رہا تھا۔ مگر اس کا لہجہ بہت دھیما اور ٹھہرا ہوا تھا۔

''تم چاہتے تو میرا انتظار کر سکتے تھے۔ تم میری مجبوری جانتے تھے شمی...... میں نے جو کچھ کیا دباؤ میں آ کر کیا...... اپنی مرضی اور خوشی سے نہیں...... اور تم نے اپنی اور میرے حصے کی محبت کسی اور کو سونپ دی؟ میں یہ برداشت نہیں کر سکتی...... شمی...... تم کسی اور کے ہو جاؤ میں ایسا ہونے نہیں دوں گی......'' وہ جذباتی ہو کر رونے بھی لگی تھی۔ ''میں نے تمہاری ہی خاطر سب کچھ چھوڑا۔ وہاں اپنا گھر...... اپنا شوہر حتیٰ کہ اپنا چند ماہ کا بچہ بھی...... اب

تمہیں بھی اپنی بیوی کو چھوڑنا ہوگا......اور......اور۔'' وہ بول رہی تھی اور شمی جیسے پتھر کا ہوگیا تھا...... یہ انکشاف کسی دھماکے سے کم نہیں تھا۔ ایک ماں اپنے چند ماہ کے بچے کو چھوڑ آئی تھی۔ اپنی جنت کو آگ لگا آئی تھی...... رومانہ کا یہ انداز تو بالکل نیا اور سنگین تھا۔ آج وہ دعویٰ کر رہی تھی کہ وہ اس کی محبت کی خاطر سب کچھ چھوڑ کر آگئی تھی۔ وہی محبت جسے وہ بیچ منجدھار میں چھوڑ گئی تھی اور اس کے ڈوبنے کا نظارہ بھی نہیں دیکھا تھا......آج وہ اسی کی دعوے دار بن کر آگئی تھی۔

○......❖......○

نانو اپنے کمرے میں وہیل چیئر پر بیٹھی دہل رہی تھیں۔ شہنی بوا نے آکر انہیں سب کچھ بتا دیا تھا۔ انہیں وانیہ کی فکر کھائے جا رہی تھی۔

''خدایا...... یہ لڑکی کتنی بے باک ہے، ارے دوسروں کے گھر میں آگ لگانے آگئی ہے۔ وانیہ آگئی تو کیا سوچے گی کہ...... یا اللہ، شمی کو ہی عقل آ جائے...... چلا جائے کہیں...... کیوں بیٹھا سن رہا ہے اس کی رام کہانی......''

''بی بی...... میں نے تو بٹیا سے پہلے دن ہی کہا تھا کہ دونوں کو گھلنے ملنے کا موقع نہ دے...... مجھے تو خود ڈر ہے کہ اگر شمی میاں کی پرانی محبت جاگ گئی تو...... بٹیا کا کیا ہوگا؟''

''بوا دعا کرو......ایسا کچھ نہ ہو......مجھ میں اب اور سکت نہیں ہے کہ اپنے بچوں کے گھروندے کو بکھرتے دیکھوں۔''

''تمہیں یقین نہیں آ رہا ناں...... میں سچ کہہ رہی ہوں شمی...... میں چھوڑ آئی ہوں سب کچھ......'' ثعلب کی خاموشی پر وہ پھر سے یقین دلا رہی تھی۔

''میں نے روحیل کو دل سے قبول ہی نہیں کیا تھا......نہ ہی اسے وہ حق دیا تھا......وہ اپنی یک طرفہ محبت میں خوش تھا مگر تمہیں میں ایک پل کو بھی نہیں بھول پائی۔'' ثعلب نے اس کی بے حسی پر بے حد دُکھی ہو کر اسے دیکھا......رومانہ کا یہ روپ بہت عجیب تھا۔

''تمہاری یہ وضاحتیں اب کوئی معنی نہیں رکھتیں رومانہ...... میں سب کچھ بھلا چکا ہوں...... تمہیں......تمہاری محبت......سب کچھ......تمہاری دی ہوئی قربانی اب میرے لیے بے معنی ہے، جب میں اپنا حق حاصل نہیں کر سکا تھا تو قربانیوں کا متحمل کیسے ہو سکتا ہوں۔'' ثعلب کے اندر کا دُکھ آہستہ آہستہ اس کے لہجے سے سماعتوں میں اُترنے لگا تھا۔

''تم خود کو میری وفادار ثابت کرنے کے لیے اپنے شوہر سے بے وفائی کر کے آ سکتی ہو...... اپنے معصوم بچے کی محبت کو قتل کر سکتی ہو...... مگر...... مگر میں تم سے وفاداری ثابت کرنے کے لیے کوئی حماقت نہیں کر سکتا......وفا اور وفاداری تو ویسے بھی مشروط ہیں ناں...... جب تم ایفائے عہد نہ کر سکیں تو مجھ سے کیوں امید لگا کے آئی ہو؟ میں نے وفا کے بدلے میں وفا کا وعدہ کیا تھا...... جب تم نے ہی راستہ بدلنے میں پہل کر لی تھی تو میں بھی ہر قسم، ہر رسم سے خود بخود آزاد ہو گیا تھا۔ مجھ سے کوئی امید مت رکھو......تم اپنے شوہر اور بچے کو فراموش کر سکتی ہو۔ مگر میں اپنی

بیوی اور آنے والے بچے کو کسی قیمت پر نہ بھلا سکتا ہوں اور نہ ہی چھوڑ سکتا ہوں...... ہو سکتا ہے تم صحیح کہہ رہی ہو...... کہ تمہیں روحیل کی محبت یا رفاقت قائل نہ کر سکی اور نہ ہی اپنی ممتا کی تڑپ تم محسوس کر سکتی ہو گی مگر میرے بارے میں جان لو میں...... اول روز سے ہی وانیہ کی محبت میں ڈوب گیا تھا۔ وفاداری کا تقاضا بھی یہی تھا۔ اس نے بھی مجھے اپنی وفا کا اسیر کر لیا ہے۔ اس کے وجود، اس کی ذات سے مجھے وہ خوشیاں، وہ راحتیں ملیں کہ میں سمجھتا ہوں کہ کوئی اور مجھے وہ سب نہیں دے سکتا تھا۔

اور میرے گھر کا سکون اب اسی کے دم سے ہے، وہ میری زندگی میں نہ آتی تو میں اور یہ گھر کیا تھا...... ویران اُڑ جا بستی کے مانند...... تم یقین کرو، وہ جب سے میری زندگی میں آئی ہے اس نے مجھے کچھ سوچنے کا موقع ہی نہیں دیا۔ میرے دل سے تمہاری یادوں کے نقش تک مٹا دیئے ہیں...... مجھے اس سے پہلے یا اس کے بعد کسی اور کا خیال تک نہیں آتا۔ میں وانیہ کے سوا کسی کو سوچ بھی نہیں سکتا۔ تمہارے لیے کسی کو چھوڑنا آسان ہو گا...... میں کیوں اسے چھوڑ دوں؟ میرے لیے تو یہ سب سے بڑا گناہ ہو گا۔'' ٹھہر ٹھہر کر بولتا ثعلب، وانیہ کی محبت کا دم بھرتا رومانہ کے اندر زہر اُتارتا چلا جا رہا تھا۔ اور وہ اسے مبہوت سن رہی تھی۔ دیکھ رہی تھی، اس کے اندر دھڑ ادھڑ یقین کی بلند ترین کوئی عمارت گرنے لگی تھی۔ اس قدر شور و گرد کا طوفان ارد گرد تھا کہ ثعلب ہی کیا اسے اپنی آواز بھی سنائی نہیں دے رہی تھی۔

''کیا...... کیا تم...... یہ سب اتنی آسانی سے کہہ رہے ہو؟ ایک سال سے بھی کم کے عرصے میں تم اتنی دیرینہ رفاقت، محبت و چاہت کو بھلا چکے ہو۔ میرے ساتھ سے حاصل شدہ امنگوں کو مٹا چکے ہو؟ صرف چند ماہ میں...... میں تو تمہیں ایک پل نہ بھلا سکی اور تم ہر نقش مٹا چکے ہو...... تم جھوٹ کہہ رہے ہو...... ایسا نہیں ہو سکتا...... تم نے تو صرف میری تمنا کی تھی۔ تم تو میرے بنا زندگی گزارنے کا سوچ بھی نہیں سکتے تھے۔ پھر اب یہ طرزِ تغافل، یہ نئی روش، تمہاری کوئی مصلحت تو ہو سکتی ہے مگر مجھے یقین ہے میری تڑپ، میری کسک آج بھی تمہارے سینے میں دھڑکتے دل کی ہر دھڑکن میں موجود ہے۔ کہو یہ سچ ہے ناں...... پلیز کہو ناں......'' رومانہ کے چہرے پر عجیب سے رنگ اُبھر آئے۔ اُلجھن، پریشانی، کشمکش، وہ جسے اعتبار و بے اعتباری کے برزخ میں معلق تھی...... اس کی آنکھوں میں امید کی آخری لو تھرتھرا رہی تھی...... ثعلب افسوس و ملال بھری نظروں سے اسے دیکھ رہا تھا۔ اس کی خاموشی پر وہ پھر بولی۔

''میں ٹھیک کہہ رہی ہوں ناں...... میں جانتی تھی، تم میرے سوا کسی کو قبول نہیں کر پاؤ گے...... تمہاری آنکھوں کو میرے سپنے دیکھنے کی عادت تھی تو میرے خوابوں کے مالک بھی تو تم ہی تھے۔ بلکہ اب تک ہو...... پھر یہ سب کیا ہوا؟ تمہیں مجھ پر اعتبار ہونا چاہیے تھا۔ میں کتنی بھی دور...... چلی جاتی، مجھے پلٹ کر تمہاری طرف ہی آنا تھا اور دیکھ لو...... میں آ گئی ہوں وہ سب کچھ چھوڑ کر، ہر اس قید سے آزاد ہو کر جو تم تک پہنچنے میں حائل ہوتی......'' ثعلب کی پُر ملال آنکھوں کا تاثر بدلا اور ان میں بالکل نیا سا دُکھ نظر آنے لگا۔

آنکھوں میں نمی اور ہونٹوں پر مسکراہٹ سجائے رومانہ بے حس پتھر لگ رہی تھی...... وہ اپنے لہجے میں تاسف بھر کر بولا۔

''رومانہ میں نے جو کہا ہے وہ حرف، حرف سچ ہے، تمہیں بھی یقین کر لینا چاہیے۔ تم ایک سراب کے پیچھے چلی آئی ہو...... وہ ثعلب فاران...... جس نے تم سے محبت کی تھی جو تمہاری وفاؤں کا متمنی تھا۔ وہ تو اسی روز مر گیا تھا۔ جب تم اس کی وفاؤں کو ٹھکرا کر یہاں سے چلی گئی تھیں۔ وہ ثعلب فاران ایک زندہ لاش بن کر رہ گیا تھا۔ جس نے اس گھر کی فضاؤں کو بھی بے مہر و بے گیاہ بنا دیا تھا مگر وانیہ...... وانیہ کی محبت و ہمت نے اس ثعلب فاران کو دفنا کر ایک نئے ثعلب کو جنم دیا...... اس نے اس گھر کو سنوار کر گلشن بنا دیا ہے، اپنی اُمنگوں کے رنگ بکھیر کر خوشیاں سجائی ہیں۔ اس گھر کی فضا کو مہر و وفا کے پُر فضا جھونکوں سے رُوشناس کرایا ہے۔ اب یہاں صرف وانیہ کی مہک رچی ہے، میرا دل اس کی وفاؤں کا اسیر ہو چکا ہے۔ مجھے تمہاری تمنا نہیں...... میں وہ نہیں جس کی تمہیں تلاش ہے...... سمجھ لو جیسے تم بدل گئی ہو...... وہ بھی بدل گیا ہے۔'' ثعلب نے بڑی مشکل سے خود کو نارمل رکھا تھا۔

ڈرائیور کو واپس بھیج کر وانیہ رہائشی حصے کی طرف آئی تو لاؤنج کے نیم وا دروازے سے باہر آتی آواز نے جیسے اسے دروازے کے پاس ہی کسی زنجیر سے باندھ دیا...... وہ چاہ کر بھی قدم اُٹھا نہیں پا رہی تھی...... رومانہ جیسے گڑگڑا رہی تھی اس کا حرف حرف منت گزار تھا۔

''مگر...... مگر میں نے تو سب کچھ چھوڑ دیا ہے، صرف تمہاری خاطر...... میں تو اسی آس پر واپس آئی ہوں کہ تم...... تم میرے منتظر ہو گے، مجھے ہر حال میں قبول کر لو گے...... مجھے یقین تھا تم میرے ناکردہ گناہوں کو معاف کر دو گے...... مگر تم...... تم تو مجھے سزا دے رہے ہو تم ایسا نہیں کر سکتے...... میں تمہیں ایسا نہیں کرنے دوں گی۔'' وہ جنونی کیفیت میں بول رہی تھی۔

''ہاں...... اگر میں وہی ثعلب ہوتا اور تم وہی رومی...... وقت صرف ایک لمحے کا گزرا ہوتا...... تم ایک قدم کے بعد پلٹ کر آئی ہوتیں تو میں بڑھ کر تمہارا ہاتھ تھام لیتا لیکن...... ہم دونوں ہی وہ نہیں ہیں۔ وقت بہت آگے نکل گیا ہے، قدموں کے نشان تک گم ہو گئے ہیں۔ ہم دونوں ہی وہ نہیں رہے...... جو ایک دوسرے کے بنا جی نہیں سکتے تھے، تم نے دیکھا...... بلکہ محسوس کیا ہو گا کہ نہ تو تم میرے بنا مر گئی ہو نہ ہی میں...... تم بھی ایک طویل مدت میرے بنا بڑی سہولت سے گزار کر آئی ہو اور میں بھی...... میں بھی بہت پُرسکون زندگی گزار رہا ہوں، یقین کرو میرا سکون، میرا چین اب میری بیوی وانیہ ہے، جس کی ذات سے میں نے زندگی کی تمام خوشیاں، تمام جذبے حاصل کیے ہیں۔ جس نے تمہارے بارے میں سب کچھ جان جانے کے باوجود اپنا آپ اپنی محبت، اپنی وفا صرف میرے لیے وقف کر دی ہے۔'' رومانہ نے اس انکشاف پر آنکھیں پھیلائیں۔ اس کے اشک آنکھوں میں ہی ٹھہر گئے۔

''اعتبار کرو...... وہ سب جانتی ہے...... وہ میرے ماضی کے ایک ایک لمحے سے آگاہ ہے اور میں اس سے وعدہ کر چکا ہوں کہ پلٹ کر نہیں دیکھوں گا۔ اس کے نزدیک اس کی وفاؤں کا یہی صلہ یہی انعام ہے۔ میں حیران ہوں...... تم کیسے روحیل اور اپنے بچے کی محبت کو فنا کر آئی ہو......؟ تم کیسے ان زنجیروں کو اُتار آئی ہو، وہ جو نہ صرف تمہیں معاشرتی طور پر اسیر کرتی تھیں بلکہ مذہبی و روحانی طور پر بھی پابند کرتی ہیں، میں کیسے یقین کر لوں کہ

تمہیں، تمہاری ممتا نے نہیں روکا؟ تمہیں ایک لمحے کے لیے اپنے معصوم بچے کا خیال نہیں آیا، ماں کی محبت و تعلق تو دنیا کے تمام رشتوں سے اعلیٰ وارفع ہوتا ہے۔ ماں تو اپنی اولاد کے لیے ہر نعمت، ہر رشتہ ٹھکرا دیتی ہے اور تم...... تم...... تم محض آسودگی دل کے لیے اسے، اپنے جگر کے ٹکڑے کو چھوڑ آئی ہو؟ تم اس قدر بے رحم اور پتھر دل ہو میں سوچ بھی نہیں سکتا تھا اور تم مجھ سے بھی یہی اُمید رکھتی ہو کہ میں بھی تمہاری تقلید کروں؟ یہ جانتے ہوئے بھی کہ ثعلب فاران کو خودغرضی پسند نہیں...... تم نے ایسا کیسے سوچ لیا...... میں محبتوں اور وفاؤں کا اسیر ہوں...... اگر میں خودغرض ہوتا تو اسی وقت تمہاری ماما کی دلی خواہش پوری کر دیتا...... اپنے بھائی سے اپنا حق لے کر تمہاری ہمراہی میں اپنا مقدر بنا لیتا...... مگر نہیں میں نہ ہی تب ایسا کر سکا تھا اور نہ ہی اب ایسا کر سکتا ہوں۔ تم جیسی خودغرض ہستی کا میری زندگی میں گزر بھی نہیں ہو سکتا...... واہ بہت خوب...... جو اپنی ممتا کا تعلق نہ نبھا سکی وہ مجھ سے اب محبتیں نبھانے آئی ہے، اپنی نام نہاد وفا کا ثبوت دینے...... تمہیں کیا پتا وفاداری کیا ہوتی ہے، تم وفا نبھاؤ گی...... تم......؟'' ثعلب کا استہزائیہ قہقہہ لاؤنج میں بکھر گیا۔ رومانہ یک ٹک اسے تکنے گئی۔ اس کا دل جیسے کسی نے مٹھی میں لے لیا تھا۔ ثعلب نے اسے آئینہ دکھا دیا تھا۔

○......❖......○

دروازے کے اس پار کھڑی وانیہ کے پیروں میں بندھی زنجیر جیسے خودبخود ڈھیلی پڑی تھی اور وہ دم بخود کسی تنویمی عمل کے تحت بنا آہٹ کے نیم وا دروازے کو ذرا سا دھکیل کر لاؤنج میں داخل ہوئی۔ دونوں کو ہی اس کی آمد کا احساس نہیں ہوا تھا۔ ماحول میں مکمل سکوت تھا...... پھر آہستہ آہستہ رومانہ کی سسکیاں بلند ہونے لگیں...... بہت بلندی سے گری تھی وہ...... لہولہو ہو گئی تھی، چکنا چور ہو کر بکھر گئی تھی۔

''مجھے تم سے یہ اُمید نہیں تھی ثعلب...... تم...... تم مجھے اتنا کچھ کہو گے، میں نے سوچا بھی نہیں تھا۔ میں تو تمہارے بھروسے پر اس شخص کو ٹھکرا کر آئی ہوں جو میری ایک مسکراہٹ پر جشن منایا کرتا تھا۔ جس نے مجھے میری تمام تر بدتمیزیوں اور بے وفائیوں کے باوجود برداشت کر رکھا تھا، اب...... اب بتاؤ، میں کہاں جاؤں...... کس سے کہوں کہ مجھے میری محبت لوٹا دے...... بولو...... ثعلب میں کیا کروں...... کیا کروں میں......؟'' وہ بے بسی و شدت سے رو دی۔

''کشتیاں جلا کر لہروں پر سفر کرنے والے ساحل نہیں پا سکتے...... تم نے بھی بہت بڑی بھول کی، محبت، محبت، محبت تم یہ پرچار کیوں کر رہی ہو...... تمہیں کسی سے محبت نہیں، نہ مجھ سے...... نہ کسی اور سے...... تمہیں صرف اپنے آپ سے محبت ہے، تم اپنی ذات کے غرور میں سب کو جھکا ہوا دیکھنا چاہتی ہو۔ یاد رکھو...... جو اپنی ذات کے غرور میں مبتلا ہوں وہ اسی طرح تڑپتے، سسکتے اور خالی ہاتھ رہ جاتے ہیں۔ اللہ کا لاکھ لاکھ شکر ہے کہ اس نے مجھے تم جیسی خودغرض ہستی سے بچا لیا۔ ورنہ شاید تمہارے کزن کی جگہ آج میں برباد ہوتا...... اب میں ہاتھ جوڑتا ہوں خدا کے لیے تم یہاں سے چلی جاؤ...... اگر تم میں ذرا سی بھی انسانیت باقی ہے تو جاؤ اپنی محبت کا رُخ، اپنے بچے کی طرف موڑ دو جو ابھی تمہاری فطرت کے رنگ پہچان نہیں سکا ہو گا...... اور ہو سکے تو اس شخص کو بھی اعتماد بخش دو، جو تمہاری ایک مسکراہٹ پر جشن منایا کرتا تھا۔'' ثعلب اس وقت دوہرے جذبات کی لپیٹ میں

تھا۔ رومانہ کا سسکتا وجود دل گداز کرنے کے ساتھ ساتھ دماغ میں آگ بھی بھڑکا رہا تھا۔ اسے یقین کیا...... امید بھی نہیں تھی کہ اس کی محبت رہنے والی ہستی ایک اندھے راستے پر چل کر اسے اور اس کی محبت کو رسوا کرے گی۔ روحیل نے اس کے بارے میں کیا کیا نہ سوچا ہوگا...... اس کے معصوم بچے نے اپنی فطرت کے مطابق اسے کس کس طرح نہ پکارا ہوگا...... وہ اسے ہی چھوڑ آئی تھی...... رومانہ بھی بے یقین تھی کہ اس کی محبت میں جان دینے والا ثعلب اس کی ہر خواہش ماننے والا ثمی بدل گیا تھا...... اسے اچانک اپنی غلطی کا شدید احساس ہوا...... اس کے اندر یک بیک خوابیدہ ممتا بیدار ہوئی تھی۔ بچے کی تڑپ نے اسے بھی بے چین کر دیا تھا۔ وہ جو ہاری ہوئی سی شکستہ دل بیٹھی تھی اپنے آنسو پونچھتی اُٹھ کھڑی ہوئی۔ وہ یک دم پُرعزم دکھائی دینے لگی تھی۔

''تم ٹھیک کہتے ہو، تم وہ ثعلب فاران نہیں ہو جو میری محبت تھا...... جس کے لیے میں نے واپسی کے سارے راستے مسدود کر لیے...... جس کے لیے میں کشتیاں جلا کر آئی تھی۔ وہ تو کوئی اور ہی تھا۔ شاید تم ٹھیک کہتے ہو...... وہ تو مر گیا...... اگر وہ ہوتا تو کیا مجھے روتے دیکھتا؟ میری مسافتیں بڑھاتا......؟ میں لوٹ جاؤں گی، لہروں پر ہی سفر کر لوں گی، کم از کم وہاں تو پہنچ جاؤں گی جہاں میری ممتا کے لیے ننھا سا وجود تڑپ رہا ہوگا...... مجھے یقین ہے اس کی محبت کی کشش مجھے اس تک ضرور لے جائے گی۔ کیونکہ اس سے میرا غرض کا رشتہ نہیں ہے۔'' وہ ایک پل میں سنبھل گئی تھی۔ ''مجھے معاف کر دینا ثعلب...... میں نے آکر تمہیں، تمہارے گھر کو ڈسٹرب کر دیا...... میں ہی پاگل تھی جو سمجھتی رہی کہ کچھ بھی ہو جائے، زمانہ اور حالات لاکھ دوریاں کھڑی کر دیں، میں پھر بھی تمہارے پاس موجود رہوں گی...... لیکن خبر نہیں تھی کہ تم تو اپنے اردگرد سے میری پرچھائیاں تک مٹا دو گے۔ آخر تم بھی تو ایک مرد ہی ہوناں...... ایک پرچھائیں پر دوسرا عکس آسانی سے سجا سکتے ہو...... مگر...... میں کیا کرتی؟ میں کسی عکس کو تمہاری شبیہہ پر برداشت نہ کر سکی۔ تم سے جو تعلق بندھا تھا اسی کو وفا سمجھتی رہی۔ مجھے خبر ہی نہیں تھی کہ کیا وفا ہے اور کیا گناہ...... میرا خدا مجھے معاف کرے۔'' وہ سر ذرا سا اونچا کر کے اپنے آنسو پینے کی کوشش کرتی تیزی سے وہاں سے نکل گئی۔ ثعلب کتنی دیر تک سانس روکے اسی طرف دیکھتا رہا جدھر وہ گئی تھی۔

وانیہ بھی یکدم کسی طلسم سے باہر آئی تھی۔ اس کی سماعتوں میں ساری باتیں گردش کر رہی تھیں اور ثعلب کی گم صم کیفیت پر اسے اس کے ملال کا گمان ہوا...... خود کو سمیٹتی...... وہ اس کے قریب پہنچ کر متوجہ کرنے میں کامیاب ہو گئی۔ ثعلب کے کندھے پر ہاتھ دھرے وہ بڑی ہمت سے پوچھ رہی تھی۔

''آپ ٹھیک تو ہیں؟'' ثعلب نے یک دم چونک کر اسے دیکھا...... لمحہ بھر کو اس کا رنگ متغیر ہوا...... اسے وانیہ کی آمد کی خبر ہی نہیں ہوئی تھی۔

''تم...... تم کب آئیں؟'' ردِعمل بے ساختہ مگر سٹپٹایا ہوا تھا۔

''مجھے آپ سے کچھ کہنا ہے۔'' سوال کے جواب میں استفسار تھا۔ وہ اس کی پشت سے ہٹ کر اس کے سامنے آگئی۔

''مجھ سے......؟'' ثعلب نے نارمل ہونے کی کوشش کی۔

''ہاں...... آپ سے......'' وہ اس قدر سنجیدہ تھی کہ اس کے ارادے کا پتا نہیں چل رہا تھا۔ ثمی کو اس کے

تاثرات جاننے کی جلدی تھی۔

''کیا......؟ بولو......'' ثعلب نے اس کے چہرے پر پھیلے حزن و ملال کو دیکھا۔

''آپ رومانہ سے شادی کر سکتے ہیں، مجھے کوئی شکوہ نہیں ہوگا۔'' ثعلب کو ایک جھٹکا لگا۔ گویا وہ سب کچھ سن چکی تھی۔

''کیا......تم پاگل تو نہیں ہوگئی ہو......؟'' غیر شعوری طور پر ثعلب کی جھنجھلاہٹ اس کی بلند آواز سے ظاہر ہو گئی۔

''میں ہوش میں ہوں......البتہ وہ بے خبری میں یہاں تک پہنچی ہے اور اپنی واپسی کا راستہ بھی گم کر آئی ہے، اسے منزل کا ملنا بہت ضروری ہے ورنہ وہ بھٹک سکتی ہے......آپ اس کی منزل بن سکتے ہیں تاکہ وہ اپنے سفر کی تھکن بھلا سکے......'' وانیہ کی بوجھل آواز پر ثعلب یک دم اُٹھ کر اس کی جانب بڑھا پھر اس کی کلائی تھام کر اپنے خدشے کا اظہار کیا۔

''ت......م......ہاری......طبیعت تو ٹھیک ہے ناں......؟'' اس کی گرفت میں وانیہ کی یخ بستہ کلائی تھی۔

''میں ٹھیک ہوں......آپ میری بات کا جواب دیں۔'' وانیہ جیسے اس پر دباؤ ڈال رہی تھی۔ ثعلب قدرے زچ ہو کر بولا۔

''بے وقوفی کی باتیں نہ کرو......چلو......آؤ......کمرے میں چل کر لیٹو......مجھے تمہاری طبیعت ٹھیک نہیں لگ رہی۔'' ثمی نے اس کی کلائی تھامے ہوئے ہی اسے کمرے کی طرف لے جانے کی کوشش کی مگر وہ وہیں جمی کھڑی رہی۔

''میں رومانہ کو روکنے جا رہی ہوں......اور آپ کو اس سے کہنا ہوگا کہ آپ نے اس سے جو بھی کہا وہ سب جھوٹ تھا۔ آپ ہمیشہ اس کے منتظر رہے اور آج بھی اسے قبول کرنے کو تیار ہیں......میری وجہ سے آپ نے جھوٹ......''

''شٹ اَپ وانیہ......'' نہ چاہتے ہوئے بھی ثمی دھاڑا تھا۔ ''میں کسی بھی صورت تمہاری کسی حماقت کو قبول کرنے کو تیار نہیں انڈر اسٹینڈ......'' ثعلب کا لہجہ خود بخود کرخت ہو گیا......مگر وانیہ پر کوئی اثر نہیں تھا۔ وہ اپنے ارادے میں اٹل تھی۔

''آپ سچ کہیں......آپ نے واقعی رومی کو بھلایا تھا؟ آپ نے اسے صرف میرے کہنے پر فراموش کیا تھا ناں......؟ تو جب مجھے ہی کوئی اعتراض نہیں ہے تو آپ اپنے دل پر جبر کیوں کرتے ہیں۔'' وانیہ نے اس کی گرفت سے اپنی کلائی چھڑائی اور ثعلب کو دم بخود چھوڑ کر وہاں سے نکل گئی۔ ثعلب کو بڑا تکلیف دہ جھٹکا لگا تھا۔ رومانہ کی باتوں نے اسے اتنی تکلیف نہیں دی تھی جتنی اذیت وہ وانیہ کے ردِعمل سے محسوس کر رہا تھا۔ وہ دوبارہ سے لاؤنج کے صوفے پر جیسے ڈھے گیا......اس کے اندر بار بار یہی سوال اُٹھ رہا تھا۔

''وانیہ کو بھی......میری وفا پر شک ہے؟ اسے یہ احساس ہے کہ میں اس سے وفادار نہیں......اسے میری

محبت کی بس اتنی سی پہچان تھی......؟'' وہ سر پکڑ کر بیٹھ گیا۔

○......❖......○

زور سے رومانہ کے کمرے کا دروازہ کھول کر وانیہ کمرے میں داخل ہوئی تو اپنا بیگ بستر پر رکھے رومانہ نے یک دم چونک کر اسے دیکھا......اس سے پہلے کہ رومانہ کچھ بولتی وانیہ نے اس کا ہاتھ پکڑا اور پھر اسے تقریباً کھینچتے ہوئے ثعلب کے سامنے لاؤنج میں لے آئی۔ رومانہ مزاحمت کے باوجود اپنا ہاتھ چھڑا نہیں پائی تھی۔ ثعلب نے قدرے چونک کر مگر غصے سے وانیہ کو دیکھا۔

''رومانہ انہوں نے تم سے جو کچھ بھی کہا غلط اور جھوٹ تھا۔ صرف میری وجہ سے...... ورنہ یہ اب بھی تمہارے ہیں...... بس مقدر کے پھیر نے مجھے آپ دونوں کے درمیان لا کھڑا کیا...... مگر مجھے رکاوٹ مت سمجھنا...... میں تمہاری خوشی کے لیے ایک طرف ہونے کو تیار ہوں۔ میں جانتی ہوں تمہاری واپسی اب مشکل ہی نہیں ناممکن بھی ہے، تم ایک مرد کی انا کو چکنا چور کر کے آئی ہو...... وہ تمہیں اب اپنے بچے کی ماں کی حیثیت سے بھی شاید ہی قبول کرے...... اسی لیے تمہیں مزید بھٹکنے کے بجائے یہیں قدم جما لینے چاہئیں۔ جب تم نے منزل کے لیے اپنی راہ گم کر دی ہے تو پھر منزل چھوڑ کر کہاں جا رہی ہو؟'' وانیہ کا لب و لہجہ بہت نرم، دھیما اور سمجھانے والا تھا۔ ثعلب نے اپنا غصہ ضبط کرنے کے لیے اپنی مٹھیاں بھینچیں...... رومانہ نے سر اُٹھا کر پہلے ثعلب کو دیکھا وہ غصے میں کھول رہا تھا۔ پھر چہرہ وانیہ کی طرف موڑ کر مخاطب ہوئی۔

''سنو...... یہ میری منزل نہیں ہے، میں بھولے سے اِدھر آ نکلی ہوں، راستہ بھٹک گئی تھی۔ میری صحیح منزل تو میرا بیٹا ہے...... جسے صرف میری ضرورت ہے، شکر ہے میں نے اپنی منزل چھوڑی تھی کھوئی نہیں...... روحیل نے مجھے باقاعدہ طلاق نہیں دی تھی۔ میں خود اسے چھوڑ کر آئی ہوں......شاید کہ اسے میری ناکامی کا یقین تھا، میں یا وہ ایک دوسرے سے رجوع کر سکتے ہیں۔ یہ تمہاری ہی منزل ہے، تم اپنی منزل کھونے کی کوشش مت کرو اور تم بھی یقین کر لو کہ ثعلب کے دل پر صرف تمہاری حکمرانی ہے، تمہارے سوا اس کے دل پر اور کسی کا سایہ بھی نہیں ہے۔ اگر انجانے میں مجھ سے کوئی دُکھ پہنچا ہو تو پلیز مجھے معاف کر دینا۔ میں واپس جا رہی ہوں۔ میرے لیے بس دُعا کرنا۔'' رومانہ یک دم بہت مضبوط اور پُراعتماد نظر آ رہی تھی۔ نانو جان بھی اپنی وہیل چیئر کے پہیے گھماتی ہوئی لاؤنج میں داخل ہو رہی تھیں، رومانہ چلتی ہوئی ان کے قریب جا کر جھک گئی۔

''نانو میں نے یہاں آ کر وہ کچھ پا لیا ہے جو کھویا تھا۔ امید ہے آپ سبھی اپنے دلوں سے میرے لیے میل نکال دیں گے۔'' نانو نے غیر محسوس انداز میں اس کے جھکے سر پر ہاتھ رکھ کر تھپتھپایا۔ ان کی نگاہیں کافی فاصلے پر بیٹھے مٹھیاں بھینچے ثعلب سے ہوتی ہوئی صوفے کے سہارے کھڑی وانیہ پر رُک گئیں۔ وہ جیسے وہاں ہو کر بھی نہیں تھی۔ رومانہ ایک دم ان کے درمیان سے غائب ہو گئی تھی۔ تینوں نفوس اپنی اپنی جگہ پر خاموش تھے۔ شاید ایک دوسرے سے نظریں ملانے کا حوصلہ نہیں تھا۔ وانیہ بے آواز آنسو بہا رہی تھی۔ نہ جانے کیوں...... پھر اس کی مدھم سسکیاں ماحول میں ارتعاش پھیلانے لگیں۔ ثعلب نے بے چین ہو کر سر اُٹھا کر دیکھا...... نانو بھی وہیل چیئر کے پہیے گھما کر اس کے قریب آ گئیں۔ اس کا ہاتھ تھام کر بیٹھنے کے لیے کہا، وہ اسی صوفے پر بیٹھ گئی پھر ان کا سہارا

ملتے ہی پھوٹ پھوٹ کر رو دی۔ اسے خود سمجھ نہیں آ رہی تھی کہ ایسا کیوں ہو رہا ہے۔

''کیا بات ہوئی ہے، مجھے تو بتاؤ...... اس طرح کیوں رو رہی ہو...... وہ تو چلی گئی ہے شاید......'' نانو جان نے اپنی دانست میں تسلی دی تھی۔ مگر وہ مزید شدت سے رو دی۔

''ثمی! اِدھر آؤ، تم ہی بتاؤ ہوا کیا ہے؟'' انہوں نے ثعلب کو بھی قریب بلا لیا۔

''کچھ نہیں ہوا نانو......'' وہ سنجیدگی سے بولتا اسی کے قریب صوفے پر بیٹھ گیا۔

''کچھ نہیں ہوا...... پھر یہ اس طرح کیوں روئے جا رہی ہے؟'' نانو بے چین و پریشان ہو گئی تھیں۔

''کیا تم نے ایسا کچھ کہا ہے جو......؟''

''کہا تو ہے کہ کوئی بات نہیں...... بس inspire (انسپائر) جو نہیں کر سکیں محترمہ...... رومانہ کو میری قربانی دینا چاہتی تھیں۔ اس نے قبول نہیں کی...... اسی کا ردِ عمل ہے، عجیب ری ایکشن ہے۔'' ثعلب کی سنجیدگی میں شرارت بھی تھی مگر وہ سمجھ نہ سکی فوراً چلا پڑی۔

''آپ کیا سمجھتے ہیں، میں انجان ہوں...... میں نہیں جانتی...... کہ آپ نے میری خاطر اپنی خواہشوں کا گلا گھونٹا ہے...... صرف میرے لیے اپنی محبت سے دستبردار ہو گئے اور میں جانتے بوجھتے خود غرضی دکھاؤں؟ مجھے کیا حق پہنچتا ہے کہ میں آپ کو باندھ لوں اور آپ مجھے اپنا پابند سمجھنے لگیں۔'' وہ سسکتے ہوئے بول رہی تھی۔ ثعلب یک دم طیش سے چلا پڑا۔

''شٹ اَپ...... شٹ اَپ...... خبردار اگر اب ایک لفظ بھی منہ سے نکالا تو......'' ثعلب کے چہرے پر ایک لمحے میں کئی رنگ آ کر گزرے تھے۔ نانو بھی جیسے بات کی تہہ تک پہنچ گئی تھیں اگر وہ نہ ہوتیں تو ثمی یقیناً ان باتوں پر ہاتھ اُٹھا لیتا۔

''اوہو...... بچو...... میاں، بیوی کو حق ہے کہ وہ ایک دوسرے کو اپنی محبتوں سے باندھ لیں...... یہ خود غرضی نہیں وفا ہے، جس کے وہ پابند ہوتے ہیں۔ وانیہ بیٹی میں تو تمہیں بہت سمجھدار سمجھتی تھی مگر تم تو حد سے زیادہ بے وقوف نکلیں...... کوئی بھلا اپنا سر ننگا کر کے دوسرے کا ڈھانپتا ہے؟ ثعلب نے کیا ایسا کہا کہ تم نے اسے پابند بنا دیا ہے؟'' نانو جان بھی متاسف ہوئیں۔

''آئندہ یہ بے وقوفی مت کرنا ورنہ زندگی بھر پچھتاؤ گی جو فیصلہ کرنا ہے ابھی کر لو...... میرا مطلب ہے، اپنا دل صاف کر لو...... ثعلب کا کوئی عمل بھی قابلِ گرفت نہیں ہے۔ جس پر تم یا ہم اسے الزام دے سکیں۔ چلو اُٹھو...... جاؤ اپنے کمرے میں جاؤ اپنی حالت دیکھو...... بچے اور صبحی آنے والے ہیں، وہ آ گئے تو کیا سوچیں گے۔'' انہوں نے بڑی نرمی سے اسے سمجھانے کی کوشش کی...... وانیہ بہ مشکل آنسو صاف کرتی اُٹھی اور اپنے کمرے میں آ کر بستر پر جیسے ڈھے کر پھر سے رو دی وہ خود کو بڑا ذلیل خیال کر رہی تھی جو ثعلب کو اتنا دکھ کہہ دیا تھا۔ اپنی بے معنی بدگمانیاں ظاہر کر دی تھیں۔

ثعلب اس کے وہاں سے جاتے ہی قدرے بے بسی و دُکھ سے بولا۔

''نانو...... دیکھ لیں...... اسے مجھ پر آج تک یقین نہیں ہے۔''

''شمی اس کی حالت بھی سمجھو...... کوئی بھی ہوتی رومی کو دیکھ کر بدگمان ہو ہی جاتی۔ وہ بھی شاید تم سے کچھ بدگمان ہو گئی ہے، جاؤ اسے اپنا اعتماد دو اس وقت اس کی حالت ایسی ہے کہ تم کوئی بھی نقصان اُٹھا سکتے ہو۔''

نانو نے شمی کو کشمکش کا شکار دیکھ کر سمجھایا۔

''میں جانتی ہوں بیٹا...... رومی تمہارے لیے اب کچھ نہیں ہے بلکہ وانیہ سب کچھ ہے، تمہیں اپنا سب کچھ بچانے کے لیے خود میں لچک پیدا کرنی ہوگی۔ اس کی بے وقوفی کو بھلا دو، نادان ہے وہ، تم جاؤ...... وہ تو رو، رو کر پاگل ہو رہی ہوگی۔ بے وقوف لڑکی۔'' نانو نے اپنا چشمہ درست کرتے ہوئے ثعلب کے چہرے کے اُتار چڑھاؤ دیکھے تھے۔ تبھی محبت سے سمجھا رہی تھیں کہ کہیں وہ انا میں نہ آ جائے۔ وہ ایک لمبی سانس کھینچ کر کھڑا ہو گیا۔ نانو اسے نظروں سے بھی تحمل برتنے کا حوصلہ دے رہی تھیں۔

O......✥......O

وہ کمرے میں آیا تو وانیہ نانو کے کہنے کے مطابق واقعی تکیے میں منہ چھپائے سسک رہی تھی۔ ثعلب کا سارا غصہ سارا تناؤ جھاگ کی طرح بیٹھ گیا پھر اس کے قریب نیم دراز ہو کر وہ اسے چپ کروانے لگا۔ حوصلہ دینے لگا مگر وہ کسی طرح چپ ہونے کا نام نہیں لے رہی تھی۔

''نیا...... یہ تو سراسر زیادتی ہے، غلطی تمہاری ہے، اُلٹا تم مجھے سزا دے رہی ہو۔ کیا تمہیں مجھ پر اعتبار نہیں تھا جو تم مجھ سے بدگمان ہو گئیں؟ میری محبت، میری چاہت میں کہاں کمی رہ گئی تھی جو تمہیں میری وفا پر شک ہوا؟ جانم میرا یقین کرو...... میرے دل میں صرف تمہاری محبت ہے، تمہی میری زندگی ہو، تمہارے علاوہ میں کسی اور کے بارے میں سوچ بھی نہیں سکتا پھر...... پھر یہ بدگمانی، یہ ری ایکشن کیوں؟'' ثعلب اپنے مخصوص محبت بھرے لہجے میں اسے نئے سرے سے اپنی محبت، اپنی وفا کا ایقان بخش رہا تھا۔ وہ سیدھی ہو گئی۔

''آپ غلط سمجھ رہے ہیں...... میں...... آپ سے بدگمان نہیں ہوں بلکہ خود کو آپ کا مجرم سمجھ رہی ہوں...... آپ نے میرے لیے، اپنے در پر آئی من کی مراد، اپنی محبت کو ٹھکرا دیا۔ صرف میرے لیے......'' اس نے دوپٹے سے اچھی طرح اپنی ناک رگڑی۔

''فار گاڈ سیک...... یار...... بار بار یہ مت کہو...... میں تمہیں کیسے یقین دلاؤں، میرے من کی مراد بھی تم ہو اور محبت بھی تم...... میں تمہیں ٹھکرا کر جی سکتا ہوں؟ ہرگز نہیں...... رومانہ عہدِ رفتہ کی کسی شب کے خواب کے سوا میرے لیے کچھ نہیں ہے اور خوابوں پر زندگی کی حقیقتیں بلکہ خوبصورت حقیقتیں قربانی نہیں کی جا سکتیں۔'' ثعلب نے اس کا ہاتھ تھام کر محبت بھری نظروں سے دیکھا تو وہ نظریں جھکا گئی۔

''اور سنو...... جس طرح رومانہ کو میں یکسر بھول چکا ہوں، تم بھی اس کی کھٹک دل و دماغ سے نکال دو یار...... یہ تمہاری اچھی پالیسی تھی، مجھے تو پہلی رات ہی قائل کر لیا تھا اور خود ابھی تک دل میں پھانس بنا کر رکھا ہوا ہے۔ یہ اچھی رہی...... مان گیا ہوں بھئی تمہیں...... میں تو تمہیں کوئی الگ ہی بیوی سمجھا تھا مگر تم تو وہی روایتی، شکی، بدگمان بیوی ثابت ہوئی ہو۔ ابھی تک دل و دماغ میں سجایا ہوا ہے سب کچھ......'' ثعلب نے اسے اچھی

طرح شرمندہ کر دیا۔

''کوئی نہیں میں ایسی......'' وہ جھینپ کر خجالت سے بہ مشکل مسکرائی۔

''ہاں......ہاں اب تو یہی کہو گی، کچھ دیر پہلے جو حسد کی آگ میں مجھے جھونک رہی تھیں، تب کیا تھا؟''

''وہ حسد نہیں سچے دل سے ایسا کر رہی تھی کیونکہ میں خود کو آپ دونوں کا مجرم سمجھ رہی تھی۔ پتا نہیں کیوں۔'' اس نے آخری سسکی روکی۔

''اور......اگر وہ واقعی تیار ہو جاتی......تمہارا نذرانہ قبول کر لیتی تب......؟'' ثعلب کے لبوں پر واضح شریر مسکراہٹ تھی۔

''میں کبھی کوئی شکوہ نہیں کرتی۔'' اس نے ایک بار پھر چہرے کو دوپٹے سے صاف کیا۔

''اس کا مطلب ہے کوئی بھی آ جائے میری محبت کا حصے دار بننے تو تم تو بخوشی ساجھے داری کے لیے تیار ہو جاؤ گی؟'' ثعلب مصنوعی سنجیدگی سے پوچھ رہا تھا۔ گویا اسے آزما رہا تھا۔

''کیوں کوئی اور آ جائے......'' وہ یک دم چمک کر بولی۔ ''میں اس پر جینا نہ تنگ کر دوں۔'' شمی نے پھر جیسے اسے اُکسایا۔

''تم تو ویسے بھی اپنا حق دان کرنے والوں میں سے ہو۔ تم کیا کر لو گی؟''

''شمی......میں بتا رہی ہوں ایسا کبھی سوچیے گا بھی مت ورنہ......رومانہ کا معاملہ اور تھا......اور اب تو میں اس کے لیے بھی تیار نہیں ہوں......سمجھے آپ۔'' وہ پورے استحقاق سے بولتی ثعلب کو محظوظ کر گئی۔ اس کا جاندار قہقہہ کمرے میں بکھر گیا۔

''بالکل سمجھ گیا......ویسے ایک بات صاف، صاف بتاؤ۔ اب تو مجھ پر اعتبار ہے ناں......؟'' کچھ توقف سے وہ پھر پوچھ رہا تھا۔

''مجھے اپنے آپ سے بھی زیادہ تھا اور ہے......''

''اچھا......واقعی......؟'' شمی نے اس کی آنکھوں میں شرارت سے جھانکا۔

''سوری......'' اس نے شرمندگی سے ہاتھ جوڑے تو ثعلب نے اس کے ہاتھ تھام لیے۔

''اٹس او کے......بس ایک وعدہ کرو۔''

''ہوں......کیا؟'' وہ بھی سنبھل چکی تھی۔

''آج کے بعد مجھ سے کبھی بدگمان نہیں ہو گی اور یہ رونے کا معاملہ کیا تھا۔ تمہیں پتا ہے مجھے کتنا دُکھ ہو رہا تھا تمہیں روتے دیکھ کر......اگر رو رو کر تمہیں کچھ ہو جاتا تو میرا کیا بنتا......'' اس نے خفگی سے پوچھا۔

''رونے سے کچھ نہیں ہوتا جناب......'' وہ اس کی محبت پر مزید شرمندہ ہوئی۔

''آئینہ دیکھو ذرا، کیا حال ہو رہا ہے تمہارا......لگتا ہے تم نے آنسو نہیں اپنا خون بہا دیا ہے۔ بالکل ٹھنڈی اور پیلی ہو رہی ہو......اسٹوپڈ اتنا روتا ہے کوئی......طبیعت تو ٹھیک ہے ناں تمہاری......؟'' ثعلب کی فکرمندی اسے سرشار کر گئی۔ اثبات میں گردن ہلا کر وہ اسے یقین دلانے لگی۔

’’میں ٹھیک ہوں ثعلب......اور میں آپ سے بدگمان تو پہلے بھی نہیں تھی اول روز سے آپ کی وفا پر یقین و اعتبار تھا...... میں...... میں تو خود سے بدگمان ہو گئی تھی۔ مجھے سارا غصہ سارا رونا اپنے آپ پر اپنی بے بسی پر آرہا تھا کہ میں آپ کے لیے کچھ بھی نہیں، کچھ بھی تو نہیں کر سکی۔‘‘

’’کیوں نہیں کر سکیں...... میرے گھر کو جنت، تم نے بنا دیا......اپنی وفاؤں سے تم نے مہکا دیا۔ مجھے جھوٹ اور فریب کی دنیا سے نکال کر خوبصورت حقیقتوں سے رُوشناس کرایا اور...... اور ابھی تو بہت کچھ کرنے کو ہے میرے لیے۔‘‘ ثعلب نے اس کے بکھرے بال سمیٹے۔

’’میری خوش نصیبی ہوگی...... میری زندگی...... میری وفا، خلوص، محبت، ایمان حتیٰ کہ جان بھی آپ پر قربان ہے۔ میری زندگی کا مقصد ہی آپ کو خوشی دینا اور اس گھر میں خوشیاں بکھیرنا ہے۔‘‘ وہ بڑے جذب سے بولتی اسے مزید سرشار کر رہی تھی۔ ثعلب کے روح وقلب پر دھرا بہت بڑا بوجھ سرک گیا تھا۔ وہ اطمینان وسکون کی پھوار میں بھیگ گیا۔

’’تمہاری جان بہت قیمتی ہے میرے لیے، میری جان......بس تم اتنا کرنا......مجھ پر اپنی جان قربان کرنے کے بجائے دو چار بچوں کا بابا جان بنا دینا۔ وہی کافی ہے۔‘‘ ثعلب کی بھرپور شرارت پر وہ اسے پیچھے دھکیلتی منہ چھپا کر رہ گئی جبکہ ثعلب کا زندگی سے بھرپور قہقہہ کمرے کی فضا میں ہی نہیں پورے گھر میں جلترنگ سا بجا گیا۔ لاؤنج میں فکر مند بیٹھی نانو اور صہبیٰ نے بھی بے اختیار شکر کا کلمہ پڑھا تھا۔

○......ختم شد......○